美国亚裔文学研究丛书

总主编　郭英剑

An Anthology of Chinese American Literary Criticism
美国华裔文学评论集

主编　郭英剑　王　凯　冯元元

本研究受中国人民大学科学研究基金资助，系2017年度重大规划项目"美国亚裔文学研究"（编号：17XNLG10）的阶段性成果。

中国人民大学出版社
·北京·

美国亚裔文学研究丛书
编委会

King-kok Cheung　美国加州大学洛杉矶分校英语系教授

Evelyn Hu-DeHart　美国布朗大学历史系、美国研究系教授

Martin Puchner　美国哈佛大学英语系讲座教授

尹晓煌　美国西方学院校长特别顾问、教授，中国西北工业大学外国语学院院长、教授

郭英剑　中国人民大学"杰出学者"特聘教授，中国人民大学外国语学院院长、教授、博士生导师

王守仁　南京大学人文社会科学资深教授，南京大学外国语学院教授、博士生导师

李有成　台湾"中央研究院"欧美研究所前所长、特聘研究员

单德兴　台湾"中央研究院"欧美研究所前所长、特聘研究員

冯品佳　台湾交通大学前教务长、特聘教授

李贵苍　浙江师范大学国际文化与教育学院院长、教授

刘葵兰　北京外国语大学英语学院副教授，华裔美国文学研究中心主任

张龙海　闽南师范大学副校长，厦门大学外国语学院院长、教授

蒲若茜　暨南大学国际交流处处长，外国语学院教授、博士生导师

程爱民　南京大学海外教育学院教授、博士生导师

赵文书　南京大学海外教育学院院长、教授、博士生导师

潘志明　北京外国语大学英语学院教授、博士生导师

总 序

美国亚裔文学的历史、现状与未来

郭英剑

一、何为"美国亚裔文学"？

"美国亚裔文学"（Asian American Literature），简言之，是指由美国社会中的亚裔群体作家所创作的文学作品的总称。也有人称之为"亚裔美国文学"。在我国台湾学术界，更多地称为"亚美文学"。

然而，"美国亚裔文学"这个由两个核心词汇——"美国亚裔"和"文学"——所组成的术语，远没有她看上去那么简单。说她极其复杂，一点也不为过。因此，要想对"美国亚裔文学"有基本的了解，就需要从其中的两个关键词入手。

首先，"美国亚裔"中的"亚裔"，是指具有亚裔血统的美国人，但其所指并非一个单一的族裔，其组成包括了美国来自亚洲各国（或者与亚洲各国有关联）的人员群体及其后裔，比如美国华裔（Chinese Americans）、日裔（Japanese Americans）、菲律宾裔（Filipino Americans）、韩裔（Korean Americans）、越南裔（Vietnamese Americans）、印度裔（Indian Americans）、泰国裔（Thai Americans）等等。

根据联合国的统计，亚洲总计有48个国家。除此之外，还有我国的台湾地区，以及香港、澳门特别行政区。因此，所谓"美国亚裔"自然包括在美国的所有这48个亚洲国家以及我国台湾、香港、澳门社会群体的后裔，或者有其血统的人员。由此所涉及的各国（以及地区）迥异的语言、不同的文化、独特的人生体验，以及群体交叉所产生的多样性，包括亚洲各国由于战争交恶所带给后裔及其有关人员的深刻影响，就构成了"美国亚裔"这一群体具有的极端的复杂性。在美国统计局的定义中，美国亚裔细分为"东亚"（East

Asia）、"东南亚"（Southeast Asia）和南亚（South Asia）。[1] 当然，也正由于其复杂性，到现在为止有些亚洲国家在美国的后裔或者移民，尚未形成一个相对固定的族裔群体。

其次，文学主要由作家创作，由于"美国亚裔"群体的复杂性，自然导致"美国亚裔"的"作家"群体同样处于极其复杂的状态，但也因此使这一群体的概念具有相当大的包容性。凡是身在美国的亚裔后裔、具有亚洲血统或者后来移民美国的亚裔作家，都可以称之为"美国亚裔作家"。

由于亚裔群体的语言众多，加上一些移民作家的母语并非英语，因此，"美国亚裔文学"一般指的是美国亚裔作家使用英语所创作的文学作品。但由于历史的原因，学术界也把最早进入美国时，亚裔用本国语言所创作的文学作品，无论是口头还是文字作品——比如19世纪中期，华人进入美国时遭到拘禁时所创作的诗句，也都纳入"美国亚裔文学"的范畴之内。同时，随着全球化时代的到来，各国之间的文学与文化交流日益加强，加之移民日渐增加，因此，也将部分发表时为亚洲各国语言，但后来被翻译成英语的文学作品，也同样纳入"美国亚裔文学"的范畴。

最后，"美国亚裔"的划分，除了语言、历史、文化之外，还有一个地理因素需要考虑。随着时间的推移与学术界研究【特别是离散研究（Diaspora Studies）】的进一步深化，"美国亚裔"中的"美国"（America），也不单单指 the United States 了。我们知道，由于全球化时代所带来的人口流动性的极度增加，国与国之间的界限有时候变得模糊起来，人们的身份也变得日益具有多样性和流动性。比如，由于经济全球化的原因，美国已不单单是一个地理概念上的美国。经济与文化的构成，造就了可口可乐、麦当劳等商业品牌，它们都已经变成了流动的美国的概念。这样的美国不断在"侵入"其他国家，并对其不断产生巨大的影响。当然，一个作家的流动性，也无形中扩大了"美国"的概念。比如，一个亚洲作家可能移民到美国，一个美国亚裔作家也可能移民到其他国家。这样的流动性拓展了"美国亚裔"的定义与范畴。

为此，"美国亚裔文学"这一概念，有时候也包括一些身在美洲地区，但与美国有关联的作家用英语创作的作品，或者被翻译成英语的文学作品，也会被纳入这一范畴之内。

应该指出的是，由于"亚裔"群体进入美国的时间早晚不同，加上"亚裔"群体的复杂性，那么，每一个"亚裔"群体，都有其独有的美国族裔特征，比如华裔与日裔有所不同，印度裔与日裔也有所不同。如此一来，正如一些学者所认为的那样，各个族裔的特征最好应该分开来叙述和加以研究。[2]

---

[1] 参见：Karen R. Humes, Nicholas A. Jones, Roberto R. Ramirez (March 2011). "Overview of Race and Hispanic Origin: 2010" (PDF). United States Census Bureau. U.S. Department of Commerce.

[2] 参见：Chin, Frank, et al. "Preface" to *Aiiieeeee! An Anthology of Asian American Writers*. Edited by Frank Chin, Jeffery Paul Chan, Lawson Fusao Inada, and Shawn Wong. A Mentor Book. 1991. p.xi.

二、为何要研究"美国亚裔文学"？

虽然上文中提出，"美国亚裔"是个复杂而多元的群体，"美国亚裔文学"包含了极具多样化的亚裔群体作家，我们还是要把"美国亚裔文学"当做一个整体来进行研究。理由有三：

首先，"美国亚裔文学"与"美国亚裔作家"（Asian American Writers）最早出现时，即是作为一个统一的概念而提出。1974年，赵健秀（Frank Chin）等学者出版了《哎咿！美国亚裔作家选集》。[3] 作为首部划时代"美国亚裔作家"的文学作品选集，该书通过发现和挖掘此前50年中被遗忘的华裔、日裔与菲律宾裔中的重要作家，选取其代表性作品，进而提出要建立作为独立的研究领域的"美国亚裔文学"（Asian American Literature）。[4]

其次，在亚裔崛起的过程中，无论是亚裔的无心之为，还是美国主流社会与其他族裔的有意为之，亚裔都是作为一个整体被安置在一起的。因此，亚裔文学也是作为一个整体而存在的。近年来，我国的"美国华裔文学"研究成为美国文学研究学界的一个热点。但在美国，虽然有"美国华裔文学"（Chinese American Literature）的说法，但真正作为学科存在的，则是"美国亚裔文学"（Asian American Literature），甚至更多的则是"美国亚裔研究"（Asian American Studies）。

再次，1970年代之后，"美国亚裔文学"的发展在美国学术界逐渐成为研究的热点，引发了研究者的广泛关注。为此，旧金山州立大学、加州大学系统的伯克利分校、洛杉矶分校以及斯坦福大学率先设置了"美国亚裔研究系"（Department of Asian American Studies）或者"亚裔研究中心"，成为早期美国亚裔研究的重镇。随后包括宾夕法尼亚大学、哥伦比亚大学、布朗大学、哈佛大学、耶鲁大学等常青藤盟校在内的众多美国高校也都陆续增添了"美国亚裔研究"（Asian American Studies）专业，开设了丰富多彩的亚裔文学与亚裔研究方面的课程，教学与研究成果丰富多彩。在我国台湾地区，包括台湾"中央研究院"、台湾师范大学等在内的研究机构与高校，大都开设有亚裔文学与亚裔研究方面的课程，召开过众多的国际会议，研究成果丰富。

那么，我们需要提出的一个问题是：在中国语境下，研究"美国亚裔文学"的意义与价值究竟何在？我的看法如下：

第一，"美国亚裔文学"是"美国文学"的重要组成部分。不研究亚裔文学或者忽视甚至贬低亚裔文学，学术界对于美国文学的研究就是不完整的。如上文所说，亚裔文学的

---

[3] Chin, Frank; Chan, Jeffery Paul; Inada, Lawson Fusao; Wong, Shawn. *Aiiieeeee! An Anthology of Asian-American Writers*. Howard University Press, 1974.

[4] 参见：Chin, Frank, et al. "Preface" to *Aiiieeeee! An Anthology of Asian American Writers*. Edited by Frank Chin, Jeffery Paul Chan, Lawson Fusao Inada, and Shawn Wong. A Mentor Book. 1991. pp.xi-xxii.

真正兴起是在20世纪六七十年代。美国六七十年代特殊的时代背景极大地促进了亚裔文学发展，自此，亚裔文学作品层出不穷，包括小说、戏剧、传记、短篇小说、诗歌等各种文学形式。在当下的美国，亚裔文学及其研究与亚裔的整体生存状态息息相关。种族、历史、人口以及政治诉求等因素促使被总称为"亚裔"的各个少数族裔联合发声，以期在美国政治领域和主流社会达到最大的影响力与辐射力。对此，学术界不能视而不见。

第二，我国现有的"美国华裔文学"研究，无法替代更不能取代"美国亚裔文学"研究。自从1980年代开始译介美国亚裔文学以来，我国国内的研究就主要集中在华裔文学领域，研究对象也仅为少数知名华裔作家及长篇小说创作领域。相较于当代国外亚裔文学研究的全面与广博，国内对于亚裔中其他族裔作家的作品关注太少。即使是那些亚裔文学的经典之作，如菲律宾裔作家卡洛斯·布洛桑（Carlos Bulosan）的《美国在我心中》（America Is in the Heart, 1946），日裔女作家山本久枝（Hisaye Yamamoto）的《第十七音节及其他故事》（Seventeen Syllables and Other Stories, 1949）、日裔约翰·冈田（John Okada）的《不—不仔》（NO-NO Boy, 1959），以及如今在美国文学界如日中天的青年印度裔作家裘帕·拉希莉（Jhumpa Lahiri）的作品，专题研究均十分少见。即便是像华裔作家任璧莲（Gish Jen）这样已经受到学者很大关注和研究的作家，其长篇小说之外体裁的作品同样没有得到足够的重视，更遑论国内学术界对亚裔文学在诗歌、戏剧方面的研究了。换句话说，我国学术界对于整个"美国亚裔文学"的研究来说还很匮乏，属于亟待开发的领域。实际上，在我看来，不研究"美国亚裔文学"，也无法真正理解"美国华裔文学"。

第三，在中国"一带一路"倡议与中国文化走出去的今天，作为美国文学研究的新型增长点，大力开展"美国亚裔文学"研究，特别是研究中国的亚洲周边国家如韩国、日本、印度等国在美国移民状况的文学表现，以及与华裔在美国的文学再现，使之与美国和世界其他国家以及我国台湾地区的"美国亚裔文学"保持同步发展，具有较大的理论意义与学术价值。

三、"美国亚裔文学"及其研究：历史与现状

从历史上看，来自亚洲国家的移民进入美国，可以追溯到17世纪。但真正开始较大规模的移民则是到了19世纪中后期。然而，亚裔一开始进入美国，就遭到了来自美国社会与官方的阻力与法律限制。从1880年代到1940年代这长达半个多世纪的岁月中，为了保护美国本土而出台的一系列移民法，都将亚洲各国人排除在外，禁止他们当中的大部分人进入美国大陆地区。直到20世纪40至60年代移民法有所改革时，这种状况才有所改观。其中的改革措施之一就是取消了国家配额。如此一来，亚洲移民人数才开始大规模上

升。根据 2010 年的美国国家统计局分析显示，亚裔是美国社会移民人数增长最快的少数族裔。[5]

"美国亚裔"实际是个新兴词汇。这个词汇的创立与诞生时间在 1960 年代后期。在此之前，亚洲人或者具有亚洲血统者通常被称为 Oriental（东方人）、Asiatic（亚洲人）和 Mongoloid（蒙古人、黄种人）。[6] 是美国历史学家市冈裕次（Yuji Ichioka）在 1960 年代末期，开创性地开始使用 Asian American 这个术语，[7] 从此，这一词汇开始被人们普遍接受和广泛使用。

与此同时，"美国亚裔文学"在随后的 1970 年代作为一个文学类别开始出现并逐步产生影响。1974 年，有两部著作几乎同时出版，都以美国亚裔命名。一部是《美国亚裔传统：散文与诗歌选集》，[8] 另外一部则是前面提到过的《哎咿！美国亚裔作家选集》。[9] 这两部著作，将过去长期被人遗忘的亚裔文学带到了聚光灯下，让人们仿佛看到了一种新的文学形式。其后，新的亚裔作家不断涌现，文学作品层出不穷。

最初亚裔文学的主要主题与主要内容为种族（race）、身份（identity）、亚洲文化传统、亚洲与美国或者西方国家之间的文化冲突，当然也少不了性别（sexuality）、社会性别（gender）、性别歧视、社会歧视等。后来，随着移民作家的大规模出现，离散文学的兴起，亚裔文学也开始关注移民、语言、家国、全球化、劳工、战争、帝国主义、殖民主义等问题。

如果说，上述 1974 年的两部著作代表着亚裔文学进入美国文学的世界版图之中，那么，1982 年著名美国亚裔研究专家金惠经（Elaine Kim）的《美国亚裔文学的创作及其社会语境》[10] 的出版，作为第一部学术著作，则代表着美国亚裔文学研究正式登上美国学术界的舞台。自此以后，不仅亚裔文学创作兴盛起来，亚裔文学研究也逐渐成为热点，成果不断推陈出新。

同时，人们对于如何界定"美国亚裔文学"等众多问题进行了深入的探讨，进一

---

5 参见：Wikipedia 依据 "U.S. Census Show Asians Are Fastest Growing Racial Group" (NPR.org) 所得出的数据统计。https://en.wikipedia.org/wiki/Asian_Americans.

6 Mio, Jeffrey Scott, ed. (1999). *Key Words in Multicultural Interventions: A Dictionary*. ABC-Clio ebook. Greenwood Publishing Group. p.20.

7 K. Connie Kang, "Yuji Ichioka, 66; Led Way in Studying Lives of Asian Americans," *Los Angeles Times*, September 7, 2002. Reproduced at ucla.edu by the Asian American Studies Center.

8 Wand, David Hsin-fu, ed. *Asian American Heritage: An Anthology of Prose and Poetry*. New York: Pocket Books, 1974.

9 Chin, Frank; Chan, Jeffery Paul; Inada, Lawson Fusao; Wong, Shawn. *Aiiieeeee! An Anthology of Asian-American Writers*. Howard University Press, 1974.

10 Kim, Elaine. *Asian American Literature: An Introduction to the Writings and Their Social Context*. Philadelphia: Temple University Press, 1982.

步推动了这一学科向前发展。相关问题包括：究竟谁可以说自己是美国亚裔（an Asian America）？这里的 America 是不是就是单指"美国"（the United States）？是否可以包括"美洲"（Americas）？如果亚裔作家所写的内容与亚裔无关，能否算是"亚裔文学"？如果不是亚裔作家，但所写内容与亚裔有关，能否算在"亚裔文学"之内？

总体上看，早期的亚裔文学研究专注于美国身份的建构，即界定亚裔文学的范畴，以及争取其在美国文化与美国文学中应得的席位，是 20 世纪七八十年代亚裔民权运动的前沿阵地。早期学者如赵健秀、徐忠雄（Shawn Wong）等为领军人物。随后出现的金惠经、张敬珏（King-Kok Cheung）、骆里山（Lisa Lowe）等人均成为了亚裔文学研究领域的权威学者，他/她们的著作影响并造就了第二代美国亚裔文学研究者。90 年代之后的亚裔文学研究逐渐淡化了早期研究中对于意识形态的侧重，开始向传统的学科分支、研究方法以及研究理论靠拢，研究视角多集中在学术马克思主义（academic Marxism）、后结构主义、后殖民、女权主义以及心理分析等。

进入 21 世纪以来，"美国亚裔文学"研究开始向多元化、全球化与跨学科方向发展。随着亚裔文学作品爆炸式的增长，来自阿富汗、印度、巴基斯坦、越南等族裔作家的作品开始受到关注，极大丰富与拓展了亚裔文学研究的领域。当代"美国亚裔文学"研究的视角与方法也不断创新，战争研究、帝国研究、跨国研究、视觉文化理论、空间理论、身体研究、环境理论等层出不穷。新的理论与常规性研究交叉进行，不但开创了新的研究领域，而且对于经典问题（例如身份建构）的研究提供了新的解读方式与方法。

四、作为课题的"美国亚裔文学"研究及其丛书

"美国亚裔文学"研究，是由我担任课题负责人的 2017 年度中国人民大学科学研究基金重大规划项目。"美国亚裔文学"研究丛书，即是该项课题的结题成果。这是国内第一套较为完整的"美国亚裔文学"方面的系列丛书，由文学史、文学作品选、文学评论集、学术论著等所组成，由我担任该丛书的总主编。

"美国亚裔文学"研究在 2017 年 4 月立项。随后，该丛书的论证计划，得到了国内外专家的一致认可。2017 年 5 月 27 日，中国人民大学科学研究基金重大规划项目"美国亚裔文学研究"开题报告会暨"美国亚裔文学研究高端论坛"在中国人民大学隆重召开。参加此次会议的专家学者全部为美国亚裔文学研究领域中的顶尖学者，包括美国加州大学洛杉矶分校的张敬珏教授、南京大学海外教育学院前院长程爱民教授、南京大学海外教育学院院长赵文书教授、北京语言大学应用外语学院院长陆薇教授、北京外国语大学潘志明教授、解放军外国语学院石平萍教授等。在此次会议上，我向与会专家介绍了该项目的基本

情况、未来研究方向与预计出版成果。与会专家对该项目的设立给予高度评价,强调在当今时代加强"美国亚裔文学"研究的必要性,针对该项目的预计研究及其成果,也提出了一些很好的建议。

根据计划,这套丛书将包括文学史2部:《美国亚裔文学史》和《美国华裔文学史》;文学选集2部:《美国亚裔文学作品选》和《美国华裔文学作品选》;批评文选2部:《美国亚裔文学评论集》和《美国华裔文学评论集》;访谈录1部:《美国亚裔作家访谈录》;美国学术论著2部(中译本):*Articulate Silences* 和 *Chinese American Literature Without Borders*。同时,还计划出版若干学术专著和国际会议的论文集等。

根据我的基本设想,《美国亚裔文学史》和《美国华裔文学史》的撰写,将力图体现研究者对美国亚裔文学的研究进入到了较为深入的阶段。由于文学史是建立在研究者对该研究领域发展变化的总体认识上,涉及文学流派、创作方式、文学与社会变化关系、作家间的关联等各方面的问题,我们试图通过对亚裔文学发展进行总结和评价,旨在为当前亚裔文学和华裔文学的研究和推广做出一定贡献。

《美国亚裔文学作品选》和《美国华裔文学作品选》,除了记录、介绍等基本功能,还将在一定程度发挥形成民族认同、促进意识形态整合等功能。作品选编是民族共同体想象性构建的重要途径,也是作为文学经典得以确立和修正的最基本方式之一。因此,这样的作品选编,也会对美国亚裔文学的研究起到重要的促进作用。

《美国亚裔文学评论集》和《美国华裔文学评论集》,将主要选编美国、中国以及世界上最有学术价值的学术论文,虽然有些可能因为版权问题而不得不舍弃,但我们努力使之成为中国学术界研究"美国亚裔文学"和"美国华裔文学"的重要参考书目。

《美国亚裔作家访谈录》、美国学者的著作汉译、中国学者的美国亚裔文学学术专著等,我们将力图促使中美两国学者之间的学术对话,特别是希望中国的"美国亚裔文学"研究,既在中国的美国文学研究界,也在美国和世界上的美国文学研究界发出中国学者的声音。"一带一路"倡议的实施,使得文学研究的关注发生了转变,从过分关注西方话语,到逐步转向关注中国(亚洲)话语,我们的美国亚裔(华裔)文学研究,正是从全球化视角切入,思考美国亚裔(华裔)文学的世界性。

那么,我们为什么要对"美国亚裔文学"进行深入研究,并要编辑、撰写和翻译这套丛书呢?

首先,虽然"美国亚裔文学"在国外已有较大的影响,学术界也对此具有相当规模的研究,但在国内学术界,出于对"美国华裔文学"的偏爱与关注,"美国亚裔文学"相对还是一个较为陌生的领域。因此本课题首次以"亚裔"集体的形式标示亚裔文学的存在,旨在介绍"美国亚裔文学",推介具有族裔特色和代表性的作家作品。

其次，选择"美国亚裔文学"为研究对象，其中也有对"美国华裔文学"的研究，希望能够体现我们对全球化视野中华裔文学的关注，也体现试图融合亚裔、深入亚裔文学研究的学术自觉。同时，在多元化多种族的美国社会语境中，我们力主打破国内长久以来专注"美国华裔文学"研究的固有模式，转而关注包括华裔作家在内的亚裔作家所具有的世界性眼光。

最后，顺应美国亚裔文学发展的趋势，对美国亚裔文学的研究不仅是文学研究界的关注热点，也是我国外语与文学教育的关注焦点。我们希望为高校未来"美国亚裔文学"的课程教学，提供一套高水平的参考丛书。

五、"美国亚裔文学"及其研究的未来

如前所述，"美国亚裔文学"在20世纪70年代逐渐崛起后，使得亚裔文学从沉默走向了发声。到21世纪，亚裔文学呈现出多元化的发展特征，更重要的是，许多新生代作家开始崭露头角。单就这些新的亚裔作家群体，就有许多值得我们关注的话题。

2018年6月23日，"2018美国亚裔文学高端论坛——跨界：21世纪的美国亚裔文学"在中国人民大学隆重召开。参加会议的专家学者将近150人。演讲嘉宾除了国内的美国亚裔文学研究领域中的著名专家学者外，还包括了我国台湾"中央研究院"的特聘教授、欧美研究所前所长李有成先生；我国台湾"中央研究院"特聘教授、欧美研究所前所长、华人世界著名的美国亚裔研究学者单德兴先生；我国台湾"中央研究院"副研究员、现在中央美术学院的访问教授王智明先生等。

在此次会议上，我提出来：今天，为什么要研究美国亚裔文学？我们要研究什么？

正如我们在会议通知上所说，美国亚裔文学在一百多年的风雨沧桑中历经"沉默"、"觉醒"、走向"发声"，见证了美国亚裔族群的沉浮兴衰。21世纪以来，美国亚裔文学在全球冷战思维升温和战火硝烟不断的时空背景下，不囿于狭隘的种族主义藩篱，以"众声合奏"与"兼容并蓄"之势构筑出一道跨洋、跨国、跨种族、跨语言、跨文化、跨媒介、跨学科的文学景观，呈现出鲜明的世界主义意识。为此，我们拟定了一些主要议题。包括：1. 美国亚裔文学中的跨洋书写；2. 美国亚裔文学中的跨国书写；3. 美国亚裔文学中的跨种族书写；4. 美国亚裔文学中的跨语言书写；5. 美国亚裔文学中的跨文化书写；6. 美国亚裔文学的翻译跨界研究；7. 美国亚裔文学的跨媒介研究；8. 美国亚裔文学的跨学科研究等。

事实上，21世纪以来，亚裔群体、亚裔所面临的问题、亚裔研究都发生了巨大的变化。从过去较为单纯的亚裔走向了跨越太平洋（transpacific）；从过去的彰显美国身份（claiming

America）到今天的批评美国身份（critiquing America）；过去单一的 America，现在变成了复数的 Americas，这些变化都值得引起我们的高度重视。由此所引发的诸多问题，也需要我们认真对待。比如：如何在"21 世纪"这个特殊的时间区间内去理解"美国亚裔文学"这一概念？有关"美国亚裔文学"的概念构建，是否本身就存在着作家的身份焦虑与书写的界限？如何把握"美国亚裔文学"的整体性与区域性？"亚裔"身份是否是作家在表达过程中去主动拥抱的归属之地？等等。

展望未来，随着新生代作家的迭出，"美国亚裔文学"将会呈现出更加生机勃勃的生命力，"美国亚裔文学"研究也将迎来更加光明的前途。

2018 年 8 月 28 日定稿于哈佛大学

专家推荐语

"美国亚裔文学研究丛书"包括美国亚裔文学史、美国亚裔文学作品选读、美国亚裔文学评论集、美国亚裔文学研究专著等，具有基础性、综合性、前沿性的特点。从研究范围看，将美国华裔文学研究拓展到美国亚裔文学，呈现出一幅更为完整的美国少数族裔文学版图。从研究深度看，论著作者均为美国亚裔文学研究领域著名专家，学术积累丰厚，研究水平一流。作为中国人民大学科学研究基金重大规划项目的研究成果，"美国亚裔文学研究丛书"为我们开展美国亚裔文学教学、研究、翻译提供了亟需的学术资源，有助于促进我们国家对美国文学全面深入的研究。

——王守仁，中国外国文学学会副会长、南京大学人文社会科学资深教授

This series is a groundbreaking work not just for the Asian American literary field, but for literature on the whole. As the first series of books about Asian American literature in China, it will undoubtedly inspire an unprecedented scholarly movement and bring greater and deserved awareness to issues including—but by no means limited to—gender, sexuality, and race as depicted through the lens and narratives of Asians and Asian Americans, perspectives too little seen and heard until now.

——Henry Louis Gates, Jr., Alphonse Fletcher University Professor and Director of the Hutchins Center for African and African American Research at Harvard University

Chinese American literature, for the past hundred years or so, has always straddled at least two cultures: the American and the Chinese. This ambitious and impressive series edited by Prof. Yingjian Guo brings the complex world of Chinese American writers to a broader Chinese-language readership. Such scholarship will help broaden, for Chinese scholars and students, the horizons of literary discourse and the range of appreciation for the Chinese American experience. Asian American literature, when read in a comparative light, reveals aspects of an American and Chinese American cultural terrain which spans politics, law, culture, and more. This collection will be useful for those in China, the Chinese diaspora, as well as the Americas to understand the rich linguistic, generational, political, and gendered diversity within Chinese American literature.

——Russell C. Leong, Editor of UCLA's *Amerasia Journal* (1977-2010); Author of *Phoenix Eyes and Other Stories* (The American Book Award), and; Current Editor of CUNY FORUM, for the City University of New York

美国亚裔文学研究的第一本专书1982年于美国出版，中文世界有关美国华裔文学的学术研究也始于1980年代，在接近"不惑之年"之际，实有必要盘点以往的研究成果，了解当前的学科生态，并策划未来的研究发展。郭英剑教授担任总主编的"美国亚裔文学研究丛书"，经过审慎规划，是中文世界有关此领域的第一套具规模、有系统的出版品，内容涵盖文学作品、文学评论、学术专书、文学史与访谈录等，多方位、具深度地提供有关美国亚裔文学与研究的代表作品，值得高度肯定。

——单德兴，台湾"中央研究院"欧美研究所前所长、特聘研究员

"美国亚裔文学研究丛书"涵盖面甚广，有文学创作，有文学史，有学术论著，有文学评论等，属单一领域的多元呈现，为近年来大陆出版界所少见，颇能反映大陆学术教育界在美国亚裔文学研究方面的具体成就。

——李有成，台湾"中央研究院"欧美研究所前所长、特聘研究员

"美国亚裔文学研究丛书"内容涵括文学史著作、文学作品选读、文学批评选集、学术论著，为国内第一套全面性介绍亚裔美国文学的丛书，中文学术著作之外亦有英文著作译本，具有推广文学以及搜集研究资料的双重功能，对于华语世界的亚裔美国文学研究极其重要。

——冯品佳，台湾交通大学前教务长、特聘教授

前　言

"美国亚裔文学"研究，是由中国人民大学"杰出学者"特聘教授郭英剑先生担任课题负责人的2017年度中国人民大学科学研究基金重大规划项目。"美国亚裔文学研究丛书"是该项课题的结题成果。由郭英剑教授担任该套丛书的总主编。这是国内第一套较为完整的"美国亚裔文学"方面的系列丛书，由文学史、文学作品选、文学评论集、学术论著等组成。

在过去的15年间，我国（大陆地区）共出版过4本有关"美国华裔文学"研究的论文集，分别是程爱民主编的《美国华裔文学研究》（北京大学出版社，2003年）、吴冰和王立礼合编的《华裔美国作家研究》（南开大学出版社，2009年）、程爱民和赵文书合编的《跨国语境下的美洲华裔文学与文化研究》（南京大学出版社，2011年）以及邹建军、李淑春、陈富瑞主编的《中国学者眼中的华裔美国文学三十年论文精选集》（武汉出版社，2012年）。其中，《美国华裔文学研究》是我国（大陆）第一本有关美国华裔文学评论的选集，共收录了24篇评论文章，既包括综论性文章，也包括对具体作品的评论。《华裔美国作家研究》属于国家社科基金项目的成果，精选了19篇文章，以小说评论为主，兼收有关美国华裔戏剧和诗歌的综论，并且按照评论对象的出生时间排序，突出了美国华裔文学的发展脉络。《跨国语境下的美洲华裔文学与文化研究》是于2009年在"美国华裔文学国际研讨会"的基础上形成的一本论文集，既包括中国大陆学者的研究成果，也收录了我国台湾学者和美国学者的多篇文章；既包括对美国华裔作家的评论，又纳入了对加拿大华裔作家的评论。《中国学者眼中的华裔美国文学三十年论文精选集》是到目前为止收录华裔文学研究文章最为全面的一本论文集，共收录包括中国大陆学者和台湾学者所写的53篇文章。分为华裔美国文学综论、华裔美国文学与中外文化以及华裔美国作家作品探索等三部分，内容既包括综论性质的文章，又包括具体的文本分析。

然而，上述论文集也因为出版时间较早和编者的不同思路，存在着一些问题。比如，由于早期中国的"美国华裔文学"研究还处于起步阶段，有些论文集所选文章的评论对象过于集中在像赵健秀、黄哲伦、汤亭亭、谭恩美和任璧莲等主要作家身上。有些论文集所选择的学者较少，较难体现"美国华裔文学"研究在中国的整体生态；有些则对诗歌和戏剧的评论重视不够，难以呈现我国"美国华裔文学"研究的多元化局面；有些受限于会议论文集，在历史脉络的梳理和对文类的分类上显得不够清晰；有些论文集则前沿性不够突出，往往忽略"美国华裔文学"研究领域中成绩突出的青年学者这股新生力量，也未能较为全面地反映"美国华裔文学"研究在中国的全貌。

《美国华裔文学评论集》主要选编了中国学者和海外华人学者用中文撰写的、在我们看来最有价值的有关美国华裔文学研究的代表性学术论文。本评论集分为四个部分，分别为总体研究、小说研究、诗歌研究和戏剧研究。其中，总体研究文章15篇，小说研究文章20篇，诗歌和戏剧研究文章各5篇，共计45篇。

评论集在所选文章之前附有评论家简介与文章简介。其中，评论家简介主要是对学者的个人基本信息、研究领域以及代表成果的概述；文章简介则是提供了所选文章的写作背景、主要观点及其学术贡献。希望这样的简介能够帮助读者快速了解学者以及所选文章的中心思想与主要内容。

"美国华裔文学"研究在中国从1980年代的兴起到发展已经走过了近40年的历程。在编选过程中，我们秉持历史梳理、精选经典和学术引导的基本思路，力求保证所选文章的前沿性、深刻性与权威性。由于华裔文学研究在中国一直是学术热点，学术成果极为丰富，为了彰显这样的学术成就，突出中国学者和海外华人的声音，评论集的所选文章均以中国学者和海外华人学者的成果为主，这些文章皆为作者颇具代表性和影响力的学术作品。为了体现历史梳理的特点，我们每部分所编选的文章都是按照时间顺序排列的。

虽然"美国华裔文学"研究属于"美国亚裔文学"研究的一部分，"华裔文学研究"在美国并不是作为一个学科而存在，但作为中国学者，面对众多的中国学者与海外华人学者及其众多的学术成果，我们认为还是应该将"美国华裔文学研究"单独列出来，编写这部《美国华裔文学评论集》，从而让人们看到更多的中国学者与海外华人学者的学术观点、人生智慧与真知灼见。

最后，我们希望《美国华裔文学评论集》能够成为中国学术界研究"美国亚裔文学"，特别是"美国华裔文学"研究方面的重要参考书目。

编　者

2018年8月28日

目 录

总体研究

1. 中美文化的撞击与融汇在华裔美国文学中的体现
   张子清 ······ 3
2. 美国主流文化的"华人形象"与华裔写作
   卫景宜 ······ 15
3. 翻译与华裔作家文化身份的塑造
   王光林 ······ 29
4. 华裔美国的文学创新与中国的文化传统
   赵文书 ······ 41
5. 论美国华裔文学的发展阶段和主题内容
   程爱民 ······ 51
6. 冒现的文学——当代美国华裔文学述论
   郭英剑 ······ 65
7. 华裔美国人文化认同的民族视角
   李贵苍 ······ 75
8. 美国华裔文学研究在中国
   张龙海 ······ 83
9. 散居族裔批评与美国华裔文学研究
   张冲 ······ 91
10. "东方主义"视野中的美国华裔文学
    陈爱敏 ······ 99
11. 质疑华裔美国文学研究中的"唯文化批评"
    孙胜忠 ······ 109

12. 论美国华裔作家的姓名问题
    王理行……119
13. 关于华裔美国文学研究的思考
    吴冰……125
14. 家国想象——离散与华裔美国文学
    李有成……137
15. 世界文学语境下的华裔流散写作及其价值
    王宁……145

小说研究

16. 我是谁？：汤亭亭《女勇士》中的属性建构
    何文敬……157
17. 义不忘华：北美华裔小说家水仙花的心路历程
    范守义……171
18. 对性别、种族、文化对立的消解——从解构的视角看汤亭亭的《女勇士》
    蒲若茜……179
19. 《典型美国人》中的文化认同
    石平萍……189
20. 超越二元对立的话语：读美籍华裔女作家伍慧明的小说《骨》
    陆薇……197
21. 鬼魂言说：《女勇士》中"鬼"的意象之文化解读
    薛玉凤……207
22. 唐敖的子孙们——试论《中国佬》华裔男性的属性建构与语言传统
    潘志明……215
23. 《女勇士》：从花木兰的"报仇"到蔡琰的歌唱
    杨春……225
24. 历史是战争，写作即战斗——赵健秀《唐老亚》中的对抗记忆
    刘葵兰……233
25. 在路上的华裔嬉皮士——论汤亭亭在《孙行者》中的戏仿
    方红……243
26. 《灶神之妻》中"英雄拯救"主题的原型分析
    詹乔……251

27. 谭恩美小说中的神秘东方——以《接骨师之女》为个案
    邹建军 ··· 259
28. 魅影中国：谭恩美的《百种神秘感觉》、《接骨师的女儿》与《防鱼溺水》中的跨国诡魅叙事
    冯品佳 ··· 273
29. 谁在诉说，谁在倾听：谭恩美《拯救溺水鱼》的叙事意义
    张琼 ··· 291
30. 历史与文本的交融：新历史主义视角下的《中国佬》
    丁夏林 ··· 299
31. 族裔、文化身份追寻中的超越与传承——从任璧莲的《爱妾》说起
    许双如 ··· 309
32. 论《喜福会》中的创伤记忆与家庭模式
    顾悦 ··· 319
33. 哈金的战争书写：以《战废品》为例
    张琼惠 ··· 333
34. 重绘战争，重拾记忆——析论哈金的《南京安魂曲》
    单德兴 ··· 343
35. 华裔美国文学中华人伦理身份与伦理选择的嬗变——以《望岩》和《莫娜在希望之乡》为例
    苏晖 ··· 359

诗歌研究

36. 当代美国华裔英语诗人评述
    朱徽 ··· 371
37. "木屋诗"研究：中美学术界的既有成果及现存难题
    盖建平 ··· 379
38. 华裔美国英语诗歌：概况、研究现状与问题
    宋阳 ··· 391
39. 中国维度下"天使岛诗歌"史诗性与文学性再解读
    易淑琼 ··· 401
40. "内在无限性的绽开"：李立扬的诗
    冯冬 ··· 415

戏剧研究

41. 从蝴蝶夫人到蝴蝶君——黄哲伦的文化策略初探
    卢俊 ··· 425

42. 《蝴蝶君》：从边缘走向中心
    朱新福 ·· 433

43. 美国华裔戏剧的历史与现状
    徐颖果 ·· 441

44. 华裔美国戏剧综述
    周炜 ··· 451

45. 《蝴蝶君》中全景敞视监狱意象
    唐友东 ·· 467

Table of Contents

General Studies on Chinese American Literature

1. **The Collision and Fusion of Chinese and American Cultures Embodied in Chinese American Literature**
   Zhang Ziqing ··· 3
2. **Image of the Chinese in Mainstream American Culture and the Writing of Chinese Americans**
   Wei Jingyi ··· 15
3. **Translation and Re-creation of Cultural Identities of Diasporic Chinese Writers**
   Wang Guanglin ··· 29
4. **The Innovation of Chinese American Literature and the Tradition of Chinese Culture**
   Zhao Wenshu ··· 41
5. **New Territory: Remapping Chinese American Literature**
   Cheng Aimin ··· 51
6. **On Contemporary Chinese American Literature—An *Emerging* Literature**
   Guo Yingjian ··· 65
7. **Review of the National Perspective on Chinese American Identity**
   Li Guicang ··· 75
8. **Studies of Chinese American Literature in China**
   Zhang Longhai ··· 83
9. **Diaspora Criticism and Chinese American Literature**
   Zhang Chong ··· 91

10. Chinese American Literature from the Perspective of Orientalism
   Chen Aimin ··· 99
11. On the Limited Perspective of Cultural Criticism in the Study of Chinese American Literature
   Sun Shengzhong ·· 109
12. On the Issue of the Names of Chinese American Writers
   Wang Lixing ··· 119
13. Reading Chinese American Literature as "Introspection Literature"
   Wu Bing ·· 125
14. Imagining Homeland: Diaspora and Chinese American Literature
   Lee Yu-cheng ··· 137
15. Chinese Diasporic Writing and Its Value in the Context of World Literature
   Wang Ning ··· 145

Studies on Chinese American Fiction

16. Who am I?: Identity Construction in Maxine Hong Kingston's *The Woman Warrior*
   Ho Wen-jing ··· 157
17. Writing of Early Chinese Immigrants in North America: The Life Journey of Sui Sin Far
   Fan Shouyi ··· 171
18. The Subversion of Gender, Racial and Cultural Oppositions — Reading Maxine Hong Kingston's *The Woman Warrior* from the Deconstructionist Perspective
   Pu Ruoqian ·· 179
19. Cultural Identity in Gish Jen's *Typical American*
   Shi Pingping ·· 189
20. Neologism out of Binary Oppositions in Fae Myenne Ng's *Bone*
   Lu Wei ·· 197

21. A Cultural Analysis of the Ghost Imagery in *The Woman Warrior*

　　Xue Yufeng ·· 207

22. Tang Ao's Descendants: Identity Construction and Language Tradition of Chinese American Men in *China Men*

　　Pan Zhiming ·· 215

23. *The Woman Warrior*: From Hua Mulan's Revenge to Cai Yan's Singing

　　Yang Chun ··· 225

24. History Is War, Writing Is Fighting: Counter-memory in Frank Chin's *Donald Duk*

　　Liu Kuilan ·· 233

25. Overseas Chinese Hippies on the Road: Parody in *Tripmaster Monkey* by Maxine Hong Kingston

　　Fang Hong ··· 243

26. An Archetypal Analysis of the Theme of Redemption in *The Kitchen God's Wife*

　　Zhan Qiao ··· 251

27. The Mystical Orient in Amy Tan's Novels: A Case Study of *The Bonesetter's Daughter*

　　Zou Jianjun ·· 259

28. Ghostly China: Amy Tan's Narrative of Transnational Uncanny in *The Hundred Secret Senses*, *The Bonesetter's Daughter*, and *Saving Fish from Drowning*

　　Feng Pin-jia ··· 273

29. On the Narrative of Amy Tan's *Saving Fish from Drowning*

　　Zhang Qiong ·· 291

30. The Integration of History and Literary Text: *China Men* Under the New Historicist Perspective

　　Ding Xialin ·· 299

31. A New Perspective in the Pursuit of Ethnic and Cultural Identity: Reading Gish Jen's *The Love Wife*

　　Xu Shuangru ·· 309

32. Traumatic Memory and Family Patterns in *The Joy Luck Club*

　　Gu Yue ·· 319

33. Ha Jin's Writing of War: Reading *War Trash*

　　Zhang Qiong-hui ··· 333

34. Reinscribing War, Reclaiming Memories—Reading Ha Jin's *Nanjing Requiem*

　　Shan De-xing ·· 343

35. Transmutation of Chinese-Americans' Ethical Identity and Ethical Choice: from *Steer Toward Rock* **to** *Mona in the Promised Land*

　　Su Hui ·· 359

Studies on Chinese American Poetry

36. A Review of Contemporary Chinese American Poets

　　Zhu Hui ·· 371

37. Angel Island Poetry Study in China and America: Issues and Problems

　　Ge Jianping ··· 379

38. Chinese American Poetry: General Situation, Research Status and Problems

　　Song Yang ··· 391

39. Recognition of the Epic Quality and Literariness of the Poetry on Angel Island from the Chinese Dimension

　　Yi Shuqiong ··· 401

40. "The Flowering of Inward Infinity": On Li-Young Lee's Poetry

　　Feng Dong ··· 415

Studies on Chinese American Drama

41. From "Madame Butterfly" to "M. Butterfly": A Study of David Henry Hwang's Cultural Strategies

Lu Jun ··· 425

42. David Henry Hwang's *M. Butterfly*: From "Margin" to "Center"
　　Zhu Xinfu ·· 433

43. The History and the Present State of Chinese American Plays
　　Xu Yingguo ·· 441

44. Chinese American Drama: Major Playwrights and Their Works
　　Zhou Wei ·· 451

45. Reading the Image of Panopticon in *M. Butterfly*
　　Tang Youdong ·· 467

总体研究

1

中美文化的撞击与融汇在华裔美国文学中的体现

张子清

评论家简介

张子清，1964年毕业于南京大学外语系，美国哈佛大学博士后。曾历任南京大学外国语学院文学研究所教授，北京外国语大学华裔美国文学研究中心客座研究员。主要研究领域包括英美诗歌和美国亚裔文学。其代表性专著、译著包括《地球两面的文学》《美国语言派诗选》《T. S. 艾略特诗选》《二十世纪美国诗歌史》等。此外，他还主编有《华裔美国文学丛书》，系统译介了美国华裔文学的多部经典作品。

文章简介

再现中美文化的冲突与融合是美国华裔文学的鲜明特征。在美国华裔文学中，中美文化的冲突集中体现在代际矛盾上，标榜美国文化价值观的华裔青年与主张中国文化价值观的华人父母往往因语言和文化的隔阂而产生误会、抱怨甚至是仇恨。然而，在这种文化的撞击中所表现出来的并不仅仅是矛盾和冲突，实际上，两代人在相互的摩擦与碰撞中都不同程度受到了对方文化的影响，最终使矛盾走向缓和或消解。另一方面，尽管美国华裔作家生在美国、长在美国，但他们的根却源自中国和中国文化。因此，时常可以在他们的作品中发现对中国文学的引用。由此可见，中美文化在他们的作品中得到了有机的融合。本文提纲挈领地剖析了美国华裔文学的创作特点,是早期介绍美国华裔文学的扛鼎之作。它所阐释出的美国华裔文学中的代际矛盾和文化冲突深刻影响了美国华裔文学研究的视野和走向。

　　文章出处:本文原载于《外国文学评论》1996年第3期,第126—134页。

中美文化的撞击与融汇在华裔美国文学中的体现

张子清

一

美国历史学家托马斯·索威尔（Thomas Sowell）在他的专著《美国种族简史》（*Ethnic America: A History*, 1981）中介绍美国的华人历史时说："……华人作为一个种族的群体，融入美国文化的时间被耽误了，在美国出生的第二代华人几乎就没有融入。直到1940年大多数华人仍然不是在美国出生的，所以无从通过学校来学习英语和美国习俗，更谈不上像其他种族那样由第二代孩子来帮助父母去适应美国文化了。"[①]这一概括也适用于华裔美国作家的成长史。20世纪70年代开始形成并引起广泛注目的一群华裔美国作家马克辛·洪·金斯顿（Maxine Hong Kingston, 1940—）、艾米·谭（Amy Tan, 1952—）、吉西·任（Gish Jen, 1956—）、格斯·李（Gus Lee, 1947—）、戴维·王·卢（David Wong Louie, 1955—）、戴维·亨利·黄（David Henry Hwang, 1957—）、弗兰克·金（Frank Chin, 1940—）、约翰·姚（John Yau, 1950—）、阿瑟·施（Arthur Sze, 1950—）、拉塞尔·梁（Russell Leong, 1950—）、卡罗琳·刘（Carolyn Lau, 1950—）、梅梅·勃森布鲁格（Mei Mei Berssenbrugge, 1947—）等，多数都是在20世纪50年代出生的，只有两位出生在1940年。从某种意义上说，这些作家是一批幸运儿，历史机遇把他们推上了美国的文坛，其中有的作家，例如马克辛·洪·金斯顿，已进入了美国主流文学的殿堂。在他们之前的、出生在中国、受到中国传统教育的华人作家，例如当时著名的林语堂（1895—1976）、黎锦扬（Chin Yang Lee, 1917—）和刘易斯·朱（Louis Chu, 1915—）等才华横溢的作家，分别在30、50和60年代出版过畅销书，[②]但他们无缘跨进美国的文学主流。华裔青年比他们的上一代得天独厚，是因为有四种有利因素造就了包括这些作家在内的华裔精英：

（1）随着美国歧视性的《排华法案》的撤销和对移民法的修改，美籍华人的经济状况逐渐（尤其在第二次世界大战以后）得到了改善。据统计，1959年美籍华人的平均收入超过了其他美国人。[③]由于就业机会的增多他们逐步离开了封闭的唐人街，与白人接触的机会也随之增多，尤其是他们出生在美国的子女从小学到大学和白人孩子一道接受教育，自然而然地接受了美国文化，这给他们创造了中美文化融汇的环境，提供了黄种人与白人通婚的机会。

（2）美籍华人和华裔逐步从社会的最底层攀登到美国学术、经济，甚至政治领域，[④]同时加上他们的靠山——中国逐步强盛，这不但增强了华裔作家的自信心，而且提高了他们在美国人心目中的威信。

（3）美国规模大的大学都普遍设立东亚系或亚洲研究中心，对中国政治、经济、历史、文化、文学等方面进行广泛而深入的研究。这方面东海岸的哈佛大学和西海岸的加州大学伯克利分校走在前列。这便造就了对中国文学和中国文化感兴趣的读者群，华裔美国文学作品有了销售市场。

（4）华裔美国文学兴起的直接动因是20世纪60年代美国的反越战运动。在这个时期，各种反主流文学如黑人文学、女权文学、垮掉派文学等蓬勃发展，使华裔美国文学受到鼓舞，获得了成长的良机。

总之，华裔作家相对来说有了扬眉吐气的机会和本领，这同20世纪中期移民到美国的华工的精神状态真有天壤之别。如今在旧金山海湾的天使岛，仍保存着1910—1940年中国移民被扣留和关闭的木屋，这是中华民族的耻辱，是伟大文明衰落的历史痕迹[5]，从一幅幅当年拍摄下来的照片上，你依然可以看到当年华工拥挤、期待、彷徨、痛苦、受辱的情景。从他们在墙壁上留下的呼号、控诉的诗行里，你会深切地尝到"国弱与家贫"[6]的苦涩与辛酸。历史上华人移民的羞辱感和现实中种族歧视引起的疏离感在华裔美国文学作品中得到不同程度的反映。马克辛·洪·金斯顿的小说《中国佬》（*China Men*, 1977）是用艺术形式成功地书写赴美华工血泪史的典范。她的剧本《女勇士》揉进了《中国佬》的部分情节，去年在美国东部和西部演出，获得了极大成功，场场爆满。其中有一个场面，表现一群华工控诉美国政府历年颁布的排华法令，群情激愤，异口同声，产生了震撼人心的戏剧效果。某些白人批评家看过之后，认为这场面不好，建议作者删掉。在一次笔者对作者的访谈[7]中，作者征求笔者的看法。笔者告诉她说，这是这出戏最富艺术感染力的场面之一，劝她保留为好。但作者在修改剧本时对是否保留此情节仍左右为难，当然这只是她面临中美文化撞击的一个小小插曲罢了。在她和其他华裔作家的作品里，这种中美文化撞击的例子随处可见。

二

体现在华裔美国文学作品中的中美文化撞击首先是，主人公都面临着因代沟而产生的矛盾，即体现美国文化价值观的华裔青年与体现中国文化价值观的华人父母之间的矛盾，以及中美组合家庭出现的重重矛盾，而这类矛盾往往以对抗形式始，以妥协方式终。在某种程度上，矛盾双方的因素互为渗透，互为融汇。

艾米·谭的《喜福会》（*Joy Luck Club*, 1989）里四个新中国成立前从中国大陆移居美国的家庭主妇都有一个共同的愿望：以自己的审美标准塑造女儿的形象，用自己的理想规划女儿的前途。她们的理想都构筑在个人在旧中国的痛苦经历以及由此吸取的教训之上，缺乏美国的社会现实基础。她们都不能操作同美国社会沟通的工具——英语，只好常常在一起打麻将消磨时光。在美国出生、长大的女儿对他们说汉语和结结巴巴的洋泾浜英语感到不耐烦，更听不进她们不合时宜的唠叨。她们发觉女儿对母亲"带到美国的一切真理和希望同样漠不关心"，这使她们感到恐慌，对女儿的子女能否继承她们的传统更感到担忧。母女由于缺乏共同的话语而常处在统治与反抗的紧张状态里。这使母亲们无时无刻不感受到爱的折磨。她们为此有的作出了让步，有的（如吴淑媛）付出了死亡的代价。只有在这时，逐步成熟的女儿（如吴晶妹）才怀念失去的母爱，矛盾的双方才趋于妥协，但已遭到无法弥补的损失。

表现在马克辛·洪·金斯顿《女勇士》里母女矛盾的实质也是一样的，只是女主人公"我"与母亲的冲突形式不同。女主人公的母亲用讲故事的方式推销她的人生哲学，给女儿灌输应遵守的妇人之道，甚至用因通奸投井自尽的无名姑姑的故事来警告女儿，并嘱咐她别外传，因为这关系到家庭名声。可是女主人公并不以为然，偏偏把无名姑姑的事兜了出来。在中国人看来，这是家丑外扬。在女主人公的心目中，姑姑是封建社会的牺牲品，以死抗争是英勇的行为。母亲对发生月食的起码常识都不懂，说是青蛙吃月亮，需要大家一起敲锅盖，吓走青蛙，还需要听她什么劝告呢？当儿女们用浅显的科学道理反驳她时，她却归咎于他们的白人教师。药房小伙计把药错送上了门，她为此大为光火，责令女儿向药房老板索取糖果，以此消灾。女主人公当时年龄尚小，但明知母亲无理取闹，却不得不从命，吞吞吐吐地向老板讨糖。女主人公意识到药房老板是出于同情华人穷小孩而满足了她的要求，可是母亲却认为以此教训了药房老板。女主人公对母亲的迷信举止感到不可思议，对白人老板倒是多一分理解。这个戏剧场面搬上了舞台，美国观众对文化差异引起的误解发出了哄堂大笑。这位母亲来美国之前虽然上过助产学校，当过助产医生，但知识层次不高。因此，在这里发生的中美文化撞击，我们不妨说是属于低层次的。

女主人公的父亲和中国移民的男尊女卑思想伤害了她的自尊心，因此特别使她反感。诸如"养女等于喂鸟"、"养女无利可图，不如养鹅"和"养女是为别人带小孩"等等歧视性的格言，她一听到便尖叫起来，表示抗议。她的父母不以有女为乐，而是羞于带女出门，怕同乡见笑。这促使她奋发图强，门门功课得A。她暗暗积累了一百多条事实和理由，同父母歧视女子的态度进行公开的清算。她对父母嚷道：

> 我不能忍受上中文学校；那里的孩子粗暴，讨厌，整晚上打架。我再也不听你们的故事了；它们没有逻辑，把我的头脑也搅乱了。你们用故事撒谎。你们讲故事时，不说"这是真故事"，或"这是假故事"。我分不出真假来。我甚至不知道你们的真名实姓。我分不出什么是真的，什么是你们捏造的。（原著第202页）

母亲对女儿的抗议不接受，指出女儿听不清楚，分不出话中的玩笑成分。这是语言和文化的隔阂造成的误会。只有当女主人公上了大学、逐渐成熟了以后，从母亲那里学会了讲故事的本领,懂得珍惜中国文化遗产时,母女间的矛盾才趋于缓解,幸好她的母亲健在,她没有付出吴晶妹那样惨重的代价。

格斯·李的《荣耀与责任》(*Honor & Duty*, 1994)主人公丁凯的伯父是正宗的儒生,孔孟之道的卫士。他谆谆教导侄儿要遵从的是克己复礼、三纲五常和三从四德。他还要侄儿为了光耀门庭而好好读书,成为"翰林学士",并劝告他别当兵,因为在他看来,"好男不当兵"是天经地义的信条。他责备侄儿太洋化,说:

> 你是中国青年,能干的学生。你的思想言行虽如此外国化,但你是中国人。在这块外国的土地上,为了继承我们而不受影响、不做有损祖宗的荒唐事的唯一办法是:用更大的热忱遵循你过去受的教育。(原著第31页)

丁凯表面答应,实际上并不相信伯父的开导,他认为:

> 我是美国人,像我的父亲。我要到西点军校去,这是一个接受真正美国人的地方。我的出生证实了我有真正美国人的身份,我讲英语几乎像我的母亲,读过几百本英语著作,而且爱上了美国姑娘,她名叫克里斯廷。(原著第31页)

他的这种思想也有悖于他的生母。她在他很小的时候就去世了,生前留下遗书,希望他以伯父为楷模,将来成家立业,继承丁门香火。她嘱托丁凯的伯父在她死后照顾丁凯。她的遗书很长,其中有一条诸葛亮式的"锦囊妙计":

> 大伯伯代替我教育你,对你父亲的那一套是一种平衡。你的父亲不希望你成为中国人。大伯伯和我不希望你成为美国人。他教你讲流畅的国语和上海话。大伯伯受过翰林的教育,这是最好的教育。他爱你如同自己的儿子。他年老时,你要照顾他。(原著第404页)

丁凯的继母埃德娜是白人,她完全按照美国价值观和生活方式要求他,无情地消除他生母留下的影响。她教他说纯正的英语,要他锻炼强健的体魄,读西方名著,与漂亮的美国姑娘约会。在她心目中,丁凯的生母是未受过教育的农村妇女,满脑子迷信思想,相信门神、树神和灶神,相信祖宗亡灵飘浮在堂屋里,希望子女供奉中国祖宗,把食物放在供桌上。埃德娜认为这不可理喻,不可能期望这样一个歪曲基督教的"外国女人"会掌握基督教的美好规则和严格律法。然而,丁凯因继母对他严厉和赶走倔强的姐姐而一直怀恨于她。埃德娜为此感到伤心,临终前交给他一封信,披露了她对他的爱,希望取得丁凯的理解。

丁凯血管里流的毕竟是中国人的血液,和中国传统(通过伯父和生母)有天然的联系,无法全盘接受美国文化。丁凯的父亲是一个退役的国民党少校,在35岁时才放弃孔孟之道,接受了美国文化。他把丁凯上西点军校当作自己未能实现的理想的延续。在家庭的两种文化冲突中,他站在了白人后妻的一边,听任她把前妻的女儿赶出了家门。丁凯为此与他父亲一直保持疏远的关系。在重重的矛盾中，丁凯感到无所适从。他说：

  我的父亲和埃德娜要我成为西点军校的学生。施瓦泽德⑧要我保持清醒的头脑。托尼⑨要我做头戴礼帽、手提皮箱的大学生。大伯伯希望我是中国学者，反对暴力，不忘过去的传统……所有这些感情如同许多沸腾的气泡都冲到表面上来了，我真不知道如何对待才好。（原著第 227 页）

  在这些矛盾冲突中，丁凯的结局如何呢？他选择了西点军校，违背了伯父和生母的愿望，使继承中国文化传统的愿望落空，但他由于数学不及格而从西点军校退学，又使得美国文化中最美丽的理想归于破灭，让父亲感到绝望。他也没有追求他心爱的白人姑娘，只是处于痛苦的单相思状态。但是，通过伯父的说合，他最终又同父亲和解了。小说以父亲乐观的一段话作结束，说他和儿子都"正沿着美国梯子向上爬！"他的话没错，父子俩的确各自艰难地爬着美国梯子，这是双方缓和冲突的基础。至于他们将来的发展趋势，若从美国人的视角进行观察，他们也许爬不了多高。

  大卫·王·卢在《爱的痛楚》（*Pangs of Love*, 1991）⑩中揭示了主人公阿维与母亲潘太太之间的矛盾带给母子双方的爱的痛苦，因而显得更加深刻，更加感人。潘太太已 75 岁高龄，在美国住了整整 40 年，却以惊人的毅力抵制学英语，仍操一口广东话，偶尔迫不得已时才冒出几句洋泾浜英语。老伴新近去世，他的几个子女把她安排到长子阿维住处，让阿维照顾她。阿维的第一个白人女友阿曼达能讲中文普通话，并且还学会用不太熟练的广东话与她交流思想，这对她无疑是一个莫大的安慰。可是好景不长，不久阿曼达主动与阿维分了手。阿维的第二个白人女友德博拉不会讲汉语，对潘太太的言行十分不习惯，处处看不顺眼。潘太太对德博拉也无好感，蔑称她为"马蹄"（普通话称"荸荠"）。因为她俩缺乏共同的语言，共同的话语，两人的关系自然处于紧张状态，这使得阿维感到左右为难。阿维毕竟是中国人所生，仍多少保存了中国的传统美德：孝心。当他听到母亲在父亲死后深夜在房间里哭泣时，当他看到母亲封闭在与世隔绝的房间里长时间看中文电视节目，看她不需要语言表达就能看懂的拳击节目以及观众笑她也跟着傻笑的滑稽节目时，阿维清醒地意识到母亲缺少了解周围世界的交际工具——英语，成了令人啼笑皆非的"瞎子"、"聋子"和"傻子"。当他的母亲坐他开的汽车时，他发觉：

  她的眼神变得呆滞，对一切感到不可思议。在车里，在机器旁，她显得似乎错了位。她是一个从另一种文化另一个时代来的女人，只习惯于同针线和所饲养的猪、马打交道。当我想起我的 75 岁老母向前倾身坐在时速 80 英里的汽车里时，我不由地想到了我国的第一个宇航员——一只绑在水星号宇宙密封舱里的猴子，他同电线、线圈和电一起呼叫着射向外层空间。（原著第 86 页）

但阿维的母亲在香港时因为有语言交际工具而谈笑风生，并不像现在这般木讷，只是不像丁凯的伯父那样满腹经纶、引经据典地维护中国传统以及家族和个人的利益。到了美国后，她无法了解屋外发生了什么事，更不必说世界大事了。她的视野局限在厨房里，好心好意为儿子准备的食物有时反而成了他们的累赘，在美国客人面前更是大煞风景。美国化了的儿子哪里能知道中国母亲对子女的爱的具体表现是不辞辛劳地准备丰盛的饭菜而不是接吻和拥抱。她不习惯于阿维爱她的表示——用手抚摸她的脸。她的理想并不高，只希望儿子娶中国妻子，传宗接代，在她死后有儿孙能在她坟前供饭烧纸钱，否则她将是饿鬼、穷鬼。她在世时感到寂寞、苦闷，无法排遣，只能把幸福寄托于死后受到的供奉上。然而，前景不容她乐观，因为长子的女友很多，且全是白人，只同居，不结婚，谈不上生儿育女。次子更不争气，他宁愿同他的猫结婚，也不肯去香港挑选妻子，而且他交的全是男朋友。在她看来，要儿子接继香火近于无望，她的悲哀莫过于此。阿维虽不知道"不孝有三，无后为大"的中国封建伦理道德，但他能敏锐地体会到母亲的精神痛苦，常想去安慰她。他只有五岁中国小孩的汉语水平却帮不了忙，无法用以消除母子间的隔阂。她也意识到了这一点，不得不无可奈何地对阿维抱怨说：

　　好儿子不知道同他的母亲如何交谈。他的美国女朋友（指阿维的第一个情人——笔者）中国话讲得比他好。（原著第82页）

　　她的次子毕利更不能体会她的苦衷了。在这一家，两种全然不同的文化、不同的话语所造成的代沟之深，到了无法弥合的地步。阿维美国化得连家姓也忘了，通篇没有提父亲的姓，只提了他的母亲潘太太，怎么可能指望他传宗接代？尽管如此，阿维并不反对和老母同屋共餐，愿意照顾母亲的生活起居，并千方百计与她沟通思想，帮助她适应美国文化，虽然做得并不十分成功。须知，真正的美国家庭很少有子女与老年父母住在一起的。由此可见，阿维还没有失去中国人所珍视的孝心，也没有失去作为华裔青年的感知力。小说的结尾感人肺腑，阿维用结结巴巴的汉语告诉母亲说，埃德娜出走不是他的错，是她爱上了一个加州的日本青年，主动和他分了手。至于要母亲清楚理解其中原因，等于要幼儿园的小孩理解微积分的运算那样难。

　　综上所述，两代人的家庭矛盾重重，其中突出的有华人与华裔之间的母女矛盾、父子矛盾、母子矛盾和伯侄矛盾；华人与白人之间的准婆媳矛盾和白人与华裔之间的母子矛盾。各种矛盾的表现形式不同，代表中国文化的一方有不少封建迷信思想，不能代表中国文化的精髓，因此往往显得滑稽可笑；代表美国文化的一方（无论白人或华裔青年）只追求个人的幸福，个人兴趣和个人幸福至上。然而，两种文化的碰撞给人以深刻启迪的是：代表不同文化价值观的双方的期待视野是试图改造对方的世界观，改变对方的审美趣味，其动机或初衷并不坏，甚至可以说用心良苦，但由于缺乏共同的语言（英语与汉语）和共同的话语（由价值观引起的），双方必然产生误解、抱怨、甚至仇恨。但双方都在不同程度上接受了对方文化的影响，加上双方处在最亲近的人际关系之中，所以两种矛盾最终导致缓和或消解是必然的。现实生活复杂而多彩，以上的剖析无法概括处在边缘文化的华人和华裔青年两代人关系的特点，尤其是华裔青年在接受美国文化后产生的异化问题。

三

生在北京、六岁时随父母定居美国、在美国文化氛围中长大的作家艾米·林（Amy Ling）在评论王玉雪（Jade Snow Wong, 1922—）和马克辛·洪·金斯顿时说："少数民族个人异化感的结果不仅导致抵制占统治地位的文化，而且抵制父母的责难。"[11] 她的话完全符合华裔作家的状况，也符合他们笔下的主人公的经历。

华裔作家描写他们的主人公往往通过个人的自我审视和漫忆式回溯，以表现他们在异己文化中的失落感。马克辛·洪·金斯顿的小说《孙行者》（Tripmaster Monkey，1987）的主人公惠特曼·阿新是20世纪60年代后期旧金山的一个垮掉派华裔青年。他生性有大诗人沃尔特·惠特曼狂放不羁的性格，也有《西游记》里孙行者骚动不安的气质。他的自我中心态度、20世纪60年代政治造反的行为、用吸毒改变思维的试验无不打上了金斯堡式的垮掉派烙印。但他用他特有的玩世不恭、满口粗话、怪癖行为来反抗主流文化。在作者的笔下，他像大闹天宫的孙行者那样，把白人社会闹腾得天翻地覆，以发泄作为华裔青年受压抑的满腔怒火。惠特曼·阿新的表面狂野源自他内心的自卑或自我轻蔑。在中国，我们作为绝对多数的汉人，恐怕难以体会到处在边缘文化上的少数民族的复杂心理。生在以白人文化为主流的美国、作为少数民族的黄种人，主观上往往接受了白人的审美标准和价值标准，承认白人所取得的种种科学成就，总自觉或不自觉地有一种难言的自卑。这一方面使他们感到压抑和愤怒，另一方面又使他们奋发图强，产生一种一比高下的动力。作为第五代的华裔美国作家的弗兰克·金对此感触良深。他认为亚裔美国人感知力中与生俱来的、无意识的一个方面便是自我轻蔑。[12] 自称作家的惠特曼·阿新在这方面表现得更加突出。

华裔青年在美国受到白人歧视依然存在，丁凯的白人继母一再表明，丁凯不漂亮，在现在和将来都需要她的帮助。她这是用白人的审美标准衡量他的，其实丁凯是一个优秀的拳击手，有着男性的健康美。但继母的话伤害了他的自尊心，他在追求心爱的白人姑娘时总是怀着惴惴不安的心情。丁凯刚到西点军校时，一个白人称丁凯为"瘦小的中国佬"时，丁凯进行了针锋相对的反驳：

我放下擦皮鞋的布，说："那不是一个好字眼！"
"那么我究竟叫你什么？"他问。

"凯或者美国人都可以，称中国人不错，称华裔美国人也行。其他的字眼不好。"（原著第 86 页）

丁凯在西点军校一开头就受到种族歧视，这是他始料不及的，他原以为上西点军校是"鲤鱼跳龙门"：

我正一步步跨入美国的心脏，走出我原来生活贫困的贫民窟，远离埃德娜。……生活正在改变。我们宣誓拥护美国宪法，效忠政府。关羽桃园结义时也作过那样宣誓。后来他在保护荣誉中死去。（原著第 77 页）

丁凯在上学最初的激动过后，躺在床上辗转反侧，冷静下来进行反思：

我被挑选出来，却问我是什么人。我不是美国人，而是华裔美国人，带有连字号的公民。[13] 我试着找舒适的睡姿时，挺硬的帆布床吱吱嘎嘎直响。枕头发出一股陈年老味。我竭力想象我的父亲在本宁堡和我此刻一样辗转难眠。他作为唯一的中国人是如何应付的呢？我在此感到孤单。（原著第 77 页）

异化于白人主流文化中的丁凯除了接受严酷的现实外，别无选择。幸好他运用了中国文化中的精神武器去应付不友好的社会环境。他说：

我这儿孔夫子和关羽走到一起来了。保持荣誉。尽责。正确。勇敢。不自私。克己。（原著第 37 页）

丁凯伯父灌输给他的孔孟之道——"克己复礼"成了他应付一切的座右铭。

具有感知力的华裔作家总是感到自己在两个冲撞的世界之间奋斗，如同艾米·林所说："他们表达个人平衡的挣扎，即表达每个有双重种族和文化继承的美国人的体验……"。[14] 他们在和美国主流文化认同的同时又自然地产生了异化感。女诗人玛里琳·金（Marilyn Chin）在《中国佬的机会》（"A Chinaman's Chance", 1987）一诗中说：

如果你是生在美国的中国人，你相信谁是说着苏格拉底说过的话的柏拉图还是用下流方式说话的孔子：

"你生了一个男孩
我感到快乐，很快乐。"

＊＊＊＊

铁路害死了你的祖父。
他的手臂在这儿，他的双腿在那儿……
我们如何用他的形象重塑我们自己？

作为女性，诗人责备孔子男尊女卑的思想是必然的，但她对西方人推重的柏拉图也有质疑。她没忘中国根，在另一首诗《我们如今是美国人，我们生活在冻原》("We Are Americans, We Live in the Tundra", 1987）中，她说她站在如同冻土带的冷冰冰的美国，面向中国唱歌：

今天在雾蒙蒙的旧金山，我朝西面对中国，一棵巨大的秋海棠——

粉红，芬芳，被铜绿
所蚀，害虫所伤。我为她唱
一首布鲁斯歌；甚至一个中国女孩能唱布鲁斯歌，
她的沉默寡言是黑色和蓝色。

布鲁斯歌曲是美国黑人唱的，音调忧伤。这表明作为华裔少女，她的处境不比美国黑人好多少，因此其一腔幽怨可想而知。另外一个女诗人内丽·王（Nellie Wong）在她的一首诗《我的祖国在哪里？》("Where Is My Country?"）中也表达了她在两种文化夹缝中的尴尬处境。

这是一首令人心酸、震撼灵魂的诗，只有处在文化边缘的诗人，才能如此深切地感受到无所归属、无处适从的悲凉，发出"我的祖国在哪里？"的呐喊。像内丽·王一样，几乎所有华裔作家笔下的主人公都有寻找自我身份（identity）的苦恼。在白人文化中感到压抑的女诗人卡罗琳·刘说，英语不如汉语的表现力强，如英语中的"茄子"（eggplant）是一个丑字眼，不好听，而汉语"茄子"的发音给人以"吃在嘴里，咽在嗓里"的美妙动感。这当然是她的主观想象，出于对美国白人无好感罢了。她说：

历史学家、心理学家、新闻记者可以用"白人"这个词，但要白人作家说出这个词——没门儿。他们不考虑他们自己是不是白种人；他们视自己为"自由主义"或"进步"的化身，他们不想辨别自己为"白种人"。也许因为他们得承认，他们理应得到一切权力？⑮

美国是白人一统天下，因而白人用不着像有色人种那样寻找自我身份，这就是女诗人的结论。当然，公平而论，美国近年来各学校各单位在录取学生、就业方面都照顾到少数民族，在配额方面都有一定比例，但是白人在社会、政治、经济或文化等领域中仍占主导地位，这是既成的历史事实。白人警察鞭打黑人的现象仍然存在，种族歧视依然存在。这就是为什么作为少数民族之一的华人和华裔在白人文化氛围里仍感到不自在，感到失落的根由。华裔出生在美国，他们大都接受了主流文化。但他们的根源自中国，从父母那里继承了中国基因，吸收了中国文化。无论和华裔作家交谈，或者读他们的文学作品，我们发觉他们及其笔下的主人公都在不同程度上会讲几句不地道的汉语，在不同程度上引用中国的经典著作，或当作他们的精神支柱，或当作他们的行为准则，或当作他们批评白人文化的依据。我们还发觉，由于他们在作品中大量引用中国古典文学名著，诸如《三国演义》、《水浒传》、《西游记》、唐诗和神话传说等，使得中国文学古典名著在美国得到空前的普及，其作用是任何英译本所不能比拟的，因为上述华裔作家的作品不少是畅销书。可以这么说，中美文化在他们的作品里得到有机的融汇。

注释

① ③ 托马斯·索威尔:《美国种族简史》(1981)，沈宗美译，南京大学出版社，1992年，第182—183页，第188—189页。以下所引译本相同。

② 林语堂的《吾国与吾民》(*My Country and My People*, 1935)、黎锦扬的《花鼓歌》(*Flower Drum Song*, 1957)、刘易斯·朱的《吃一碗茶》(*Eat a Bowl of Tea*, 1961)都是当时的畅销书。

④ 据托马斯·索威尔的调查，东方学者、科学家和工程专家的学术造诣，一般都比黑人和白人高出一大截。很多的东方人（指日本人和中国人）获得博士学位，特别是获得著名高等学府的博士学位。诺贝尔文学奖得主有三个是美籍华人。乔·宋早在1939年已成为加州第二巨富。小杰拉德·蔡是华尔街一家拥有四亿多美元资产的总裁。C.Y.董是世界上的独资船主之一。华裔在政界初露锋芒。W.E.翁早在1946年已进入亚利桑那州立法机关。海勒姆·冯在1957—1976年间是夏威夷州的美国参议员。

⑤ 晚至16世纪，中国仍具有世界上最高的生活水平，而当时北美还处于落后状态。海外华人的出现始于明朝。参见托马斯·索威尔《美国种族简史》，第174—175页。

⑥ 引自当年华工作的一首诗："为何来由要坐监？／只缘国弱与家贫。／椿萱倚门无消息，／妻儿拥被叹孤单。／纵然批准能上埠，／何日满载返唐山？／自古出门多变贱。／从来征战几人还？" 参见 Island *Poetry and History of Chinese Immigrants on Angel Island*, 1919—1940, ed. Him Mark Lai, Genny Lim and Judy Yung, Seattle: University of Washington Press, 1980, p. 85.

⑦ 参见拙文《东西方神话的移植和变形——美国当代著名作家马克辛·洪·金斯顿谈她的创作》，载《文艺报》，1994年11月12日，第6版。

⑧ 西点军校的少校教官，丁凯父亲的朋友。他鼓励丁凯追求个人的自由和幸福，放弃克己复礼的信条。

⑨ 丁凯的朋友。

⑩ 短篇小说集，此处引用的材料出自其标题篇。

⑪ ⑫ ⑭ Amy Ling, *Between Worlds, Women Writers of Chinese Ancestry*, New York: Pergamon Press, 1990, p. 123, p.135, pxi.

⑬ Chinese-American.

⑮ Carolyn Lau, "Almost a Ma," in *Remapping the Occident*, 1995, p. 104.

2

美国主流文化的"华人形象"与华裔写作

卫景宜

评论家简介

卫景宜，暨南大学博士、教授，曾任暨南大学外国语言文学研究所所长。主要研究领域为英美文学、美国华裔文学、比较文化研究。专著有《西方语境的中国故事》《当代西方英语世界的中国留学生写作（1980—2010）》；编著有《跨文化语境中的英美文学与翻译研究》；译著有《美国文化模式》。

文章简介

本文运用赛义德的"东方主义"话语论述，对美国传媒中最早的"华人报道"，美国文学里的"华人形象"，美国影视、娱乐文化中的"华人形象"以及这些负面形象的构建过程予以细致的历史性梳理和考察。本文认为，在这种带有种族歧视性、排他性的历史语境和话语体系中，美国华裔文学是一种不折不扣的"反话语"写作，是挑战主流霸权话语的"另类"言说，具有深刻的族裔政治寓意。

文章出处：本文原载于《国外文学》2002年第1期，第28—36页。

美国主流文化的"华人形象"与华裔写作

卫景宜

一、美国华裔文学的言说背景

当代西方马克思主义者、后现代主义文化理论家詹姆逊（Fredric Jameson）在《政治无意识》一书中论证了马克思主义阐释框架的优越性，认为它是任何其他当今流行的阐释方法所"不可逾越的地平线"，并且毫不含糊地提出用政治的视角阐释文学文本是"一切阅读和一切阐释的绝对视域"。[①] 把这个观点运用到当下中国文坛变幻多端、鱼龙混杂的文学现象似乎过于僵硬，因为我们正处在几十年僵化应用这一正统阐释思维路线之后开始破除禁锢、活跃和开阔视野的时期。然而用这个观点解释美国华裔英语文学确具有提纲挈领的指导意义。美国华裔英语文学的生成与发展与美国华人移民的历史以及美国社会政治生活的变迁存在着一种同构关系，它包含着太多的意识形态因素。因此，离开政治与历史的视域审视美国华裔英语文本都会见树不见林。为了对美国华裔英语文学的特性有较清楚的了解，我们有必要回顾一下美国华裔英语文学走过的漫长道路。

最早在美国出版的华裔英语文本见于1887年，是由传教士资助去美学习的中国学生李彦福（音译，英文名：Lee Yanphou，1861—1938）撰写的自传《儿时中国》（*When I Was a Boy in China*）；另一本华人英文自传《西学东渐记》（*My Life in China and America*）于1909年在美国出版，作者是第一个获得美国大学学位（1854年获耶鲁大学文学学士）的中国留学生容闳（Yung Wing，1828—1912）。

与此同时，一对中西混血姐妹（依顿姐妹，Edith/Winifred Eaton，其父为英国人，其母为中国人）也发表了不少英语作品。有趣的是姐姐（Edith，1865—1914）的笔名叫"水仙花"（Sui Sin Far，广东话的谐音），妹妹（Winifred，1875—1954）则给自己起了个日本笔名（Onoto Watanna，并无此日本姓名）。正如她们的笔名所示，姐姐公开声明她是中国人，知行合一，一生书写华人并为华人呼吁不平，她最早的短篇小说发表于1896年；妹妹则从不承认自己的中国血统，她从1899到1924年间发表的10部小说写的都是关于日本的故事。[②]

此后，一直到30年代中期林语堂的英文著作在美国发表，华裔作家才又一次出现在美国公众面前。[③] 40年代美国出版的华裔英语作品约有20本（包括林语堂撰写的8本），大部分作者是出生在中国上层家庭，拥有良好西方教育背景的移民，[④] 其中有两本自传具有特殊意义：刘裔昌（Parfee Lord）《父亲和光荣的子孙》（*Father and Glorious*

Descendent，1943）和当时十分轰动、连印两版的黄玉雪（Jade Snow Wong）的《五闺女》（Fifth Chinese Daughter，1945），因为这两本书是第一次出自美国移民后代之手。

50 年代的华裔英语作品在题材和类型上有了较大的突破，不仅有小说，还有诗歌和非虚构小说，其中黎锦扬（Lee Chin-Yang，1916—）描写旧金山老辈华人和年轻人在婚姻问题上产生矛盾冲突的小说《花鼓歌》（Flower Drum Song，1957）成为当时的畅销书，并被改编成舞台剧和电影。[5]

60 年代是美国华裔英语文学的崛起的前期准备阶段，小说成了 60 年代华裔英语写作的主要形式（在 60 年代出版的十余本作品中小说占了约十本），而且描写美国华人和华人社群的小说越来越多。值得一提的是朱路易（Louis Chu，1915—1970）的《饮碗茶》（Eat a Bowl of Tea，1961），这是第一部使用唐人街英语和广东方言描写美国唐人街生活及单身汉社群的美国华裔小说，这本书在当时并未引起关注，但却十分受当代华裔文学批评界的重视，并于 1989 年被拍成电影。

60 年代末、70 年代初美国政治文化生活中发生的变革以及多元文化因素的兴起为华裔英语写作提供了新的机遇。1969 年伯克利大学成立了"美国亚裔研究中心"；1972 年和 1974 年分别出版了三本由亚 / 华裔作家编写的亚 / 华裔文选；[6] 另外，当代美国华裔英语文学的开路先锋、社会批评家和作家赵健秀（Frank Chin）也在这个时期发表了他的两个著名剧本《小鸡胆的中国佬》（The Chickencoop Chinaman，1972）和《龙年》（The Year of the Dragon，1974），表达了美国华裔青年对种族歧视的愤怒及建立华裔文化的精神需求，两个剧本在美国大学校园的巡回演出和在纽约的上演使美国公众对"华人的自我定型化等美国社会多民族共存的问题受到一定程度的关注"[7]。

这一切都为美国华裔英语文学在美国主流文化中的真正崛起铺平了道路。1976 年，汤亭亭自传体小说《女勇士》的发表获得了巨大的成功，华裔作家第一次用一种贴近读者的新型小说的叙述方式讲述华裔的种种感受，抨击华裔备受歧视的社会现实，用文学写作向美国种族主义抗争并重新书写华人被歪曲和抹杀的历史。

80 年代后的华裔写作可谓繁花似锦，老作家不断推出新作品，新作家新作品也令人目不暇接。活跃在 80 年代美国文坛的华裔作家除了汤亭亭之外（分别于 1980 年和 1989 年发表了她的后两部小说），还有剧作家黄哲伦（David Henry Hwang，1957—）和小说家谭恩美（Amy Tan，1952），他们的成名作《蝴蝶君》（Mr. Butterfly，1988，戏剧）和《喜福会》（The Joy Luck Club，1989，小说）深受美国大众的喜爱并被拍成电影。

90 年代出现了十多部从不同角度描写华裔族情感、拷问华裔族身份的小说。[8] 在当代美国文坛，华裔英语文学可谓异军突起，作为多元文化及文学表述的重要构成不仅拥有广阔的读者市场，而且以华裔族的文化和情感参与美国社会文化的进程。

二、华人移民的史实

纵观美国华裔英语文学的发展史，不禁引人发问：为什么美国华人移民在踏上美国国土之后一百年的时间里在美国的社会文化中近乎于默默无声？造成美国华人文学表述如此之难的原因究竟是什么？⑨另一个与此相关的问题是：我们应当站在一个什么样的事实基础上理解和把握美国华裔英语文学？詹姆逊所说的"意识形态视域"在此究竟在多大程度上构成一种有效阐释？要回答这些问题，就必须先弄明白上述百年期间到底发生了什么，也就是说，美国华裔文学的发生和发展与美国华人移民的历史之间存在什么样的关系。

尽管华人在美国的最早踪迹可追溯到 18 世纪后半叶（也有 16 世纪后半叶之说），但大批中国人进入美国是在 19 世纪 60 年代。国内华侨史研究专家朱杰勤曾撰文讨论华人流入美国的时间：

> 中国人何时流入美国有各种不同的说法。班克洛夫（Bancroft）说，1571 至 1748 年间，已有华人在加利福尼亚造船。密阿尼（Meany）说，1788 年美国遥远的西部已有华工。美国第一任广州领事馆萧（Smuel Shaw，有译作山茂召）在他的日记中提到，18 世纪后期，新英格兰有华人流寓。又另一记载说，1819 年波士顿有一个华人住了两年或三年，并有几个华人在那里读书。据美国官方不完全的统计，1830 年有中国人三名，1840 年有八名，至 1850 年有 758 名之多。十年之间人数增加将近百倍。1860 年中国人在美国有 34 933 名，到 1870 年就有 62 736 名，即十年之间增加 27 803 名。⑩

19 世纪中叶，由于帝国主义对资本的大肆掠夺和占有引发了世界范围的资源、劳动力的重新配置，对于受帝国主义剥削和压迫的国家和人民，这种资本的运行而带来的经济格局的变化则是伴随着血腥的侵略和苦难。鸦片战争的结果迫使清政府签订《南京条约》（1842），向西方帝国主义打开国门（1884 年和美国签订了《望厦条约》），随之而来的列强瓜分和巨额赔款以及对内的横征暴敛加剧了中国人民、尤其是农民的苦难，正如恩格斯所分析的那样：

> 对华战争给古老中国以致命的打击。国家的闭关自守已无可能；……于是旧有的小农经济制度也随之而日益瓦解（在旧有的小农经济制度中，农家自己制造必要的工业品），同时，可以安插比较稠密的人口的那一切陈旧的社会制度，亦随之而崩坏。⑪

美国在 1776 年独立战争胜利后，经济发展迅速。1848 年对得克萨斯、加利福尼亚和新墨西哥等地的兼并以及西部黄金的发现，需要大量的劳动力进行矿山开采和西部开发，美国南部奴隶的陆续解放以及 60 年代南北战争的爆发致使低廉劳动力更加短缺，于是美国人开始到中国东南沿海招募华人劳工。

广东珠江三角洲一带大批年轻农民正是在这种地域性经济遭到破产、民不聊生的背景下被迫远渡重洋，外出冒险谋生的。当地农民不惜变卖家产换取路费，大部分更加贫困的人则通过"赊单工制"的办法到达美国。[12]

华人在加州几乎参与了西部开发的所有行业，包括采矿、垦荒、种植、手工制造及服务业，成为修建加州铁路（1858，1860），特别是1863年开始修筑的第一条横贯大陆铁路西段工程的主要劳动大军。[13] 1868年清政府和美国签订了《中美天津条约续增条款》第五款，规定"大清国与大美国切念民人前往各国或愿常住入籍或随时往来，总听其自便，不得禁阻"。由此可见当时华人在美国的需求。

随着大批华人进入美国劳工市场，加之1869年铁路的完工，金矿开采殆尽以及70年代初美国经济危机的爆发，许多华人失去工作，他们往往愿意接受最低的工资去做任何白人工人不愿干的活儿，处于美国社会最底层、得不到法律保护的华人成了美国劳资矛盾的牺牲品，华人成了被敌视、排斥与暴力袭击的对象。[14] 排华情绪在70年代开始激化，并且以政府行为使其合法化（如加州宪法规定严禁任何公司雇用中国人）；1880年，美国强迫清政府修改《天津条约》并签订了《中美续修条约》，要求中国自愿限禁华工赴美；1882年，美国国会通过了第一个排华法案规定十年之内禁止华人劳工进入美国。事实上，这个禁令（到它终止的40年代为止）持续了60余年之久。华人聚居之地唐人街成为"孤岛"，华人不得与异族通婚的法令将华人置于自身消亡的境地。美国华人所遭受的种种歧视和迫害以及印刻在心理上的伤痛恐怕太深，以至于沉默了半个多世纪。[15]

美国华人文学表述的"失语"无疑体现着美国政治"权力"的运作。在这个意义层面上，华裔写作绝非个人行为，华裔作家所面对的是一个庞大的社会机构及其话语形式。也许，这就是为什么在积蓄和等待了一个世纪后的今天才发出了自己高亢而持久的声音。

三、美国传媒中最早的"华人报道"

差不多在华人进入美国的同时，美国的公共舆论及文学作品中就开始有了关于华人的描述。

早期的描述尽管充斥白人"居高临下"式的种族中心主义，但似乎并无恶意，如《莱斯利图文报》（*Leslie's Illustrated Newspaper*）在1870年刊载了"新来者"系列，报道华人出现在西海岸的情况：

> 这些中国人温顺、勤劳而节俭；他们可能永远不会承担公职或对"政治派别"产生影响，但只要不被迫害太甚使其失却忍受的限度，他们将能成为聪明与遵纪守法的公民。应该给他们一个机会"寻求自己的拯救之路"。我们相信，他们一旦得到这个机会必定会摆脱旧文明带给他们的所有那些有害的东西，而欣然使自己适应诞生于本世纪的我们这个时代新型和进步的生活。（May 7, 1870, 114页）（Choy, 24页）[16]

1882年《排华法案》颁布前后，美国公共舆论也开始大肆丑化和污蔑华人，偏激地宣传华人的"便宜人工"垄断了西部经济从而使白人无立锥之地，例如《胡蜂》（*The Wasp*）杂志1881年刊载的一幅丑化华人的漫画配文里说道：

> ……鲁莽的蒙古人在这个国家的同类，像猴子一般见样学样，他垄断了雪茄和洗衣业并对困窘的对手露出狡猾而胜利的微笑。他要将所有商业部门的钱和权集中到他的手中，这已成定规，现在正以越来越快的速度日益进展。（May 20，322页）（Choy，91页）

这种排华情绪在公共政治的层面上被定义为"中国问题"并以此作为评价公共人物是否得民心的准绳之一，反对排华行为的政治家被指责为"工人阶级的敌人"（Choy，85页）。

在种族与文化的方面，美国公共舆论工具则大肆宣扬美国文化是先进文明的代表，中国文化是"过了时的传统"（Choy，102页）；"中国文化低劣，华人形体怪诞，道德沦丧，是致命疾病的携带者"（Choy，111页），"华人由猴子进化而来，最后进化成猪"（Choy，125页）。

13世纪成吉思汗遗留给欧洲的"黄祸"情结再次席卷美国，报刊媒体充满中国人将大举进犯导致美国灭亡的煽动性预言，"苦力主义的后果"将带来美国家庭的毁灭和道德堕落，"脚踩白人尸骨、手持烟枪、衣衫褴褛"的华人取代"自由女神"矗立在西部海湾（Choy，136页）。

公共舆论对华人及其文化的丑化和诋毁实质上是为了抹杀华人对美国西部建设的功绩，将经济危机引起的民众不满情绪转移到华人移民身上，并使白人社会排挤华人，白人暴徒袭击华人社群具有"合理性"的依据。

四、美国文学里的"华人形象"

美国文学对华人移民的最早描写出现在19世纪60至70年代的美国边疆故事中。[17] 根据伍威廉（Wu）的统计，关于华裔描写的短篇小说主要登载在旧金山的两个文学杂志上：《陆路月刊》（*Overland Monthly*，1868—1875/1883—1935）和《加州》（*California*，1880—1882）；在它们发表的总共81篇短篇小说里，有关华人移民的故事就占了69篇（Wu，41页）。

当时比较有名的边疆作家哈特（Bret Harte）、密勒（Joaquin Miller）和毕尔斯（Ambrose Bierce）等人笔下的华人多为正面或中立的形象（Wu，13页）。例如，哈特在《异教徒王礼》（"Wan Lee, the Pagan"，1874）中盛赞华人移民商人Hop Sing的聪明与斯文，并对流行于当时美国社会关于华人的形象进行了反驳：

在我描绘他之前，请诸位读者从脑海里抛弃任何来自哑剧的关于中国人的概念。他不穿镶着小铃铛的漂亮灯笼裤——我从没见过中国男人有这个穿法；他也不把食指习惯性地伸在胸前，与身体保持九十度的距离，我也从未听他说过神秘的句子"Ching a ring a ring chaw"，更未见到他激怒后就舞蹈。总的来说，他是一位相当严肃、有教养、英俊的绅士……他讲着一口流利的法语和英语。简言之，我怀疑你是否能在三藩市基督教商人中找得到同这个异教小店主相匹敌的人。(Wu, 14页)

尽管这一时期美国社会中对华人移民存在许多负面看法（比如对"苦力"的说法：弱小、肮脏、多病、胆小、狡猾、相貌雷同、道德低下，喜偷窃、打斗、赌博、抽大烟和嫖娼）(Wu, 13页)，但在文学作品中对华人的描述基本持宽容与同情的态度。然而随着美国朝野排华情绪的增长，美国文学对华人的描写也开始从乡土风味的捕捉转向"黄祸"入侵的恐怖渲染。此外，美国文学中对华裔的描写一直存在着传教士写作，其主要目的是为引起读者对华人移民的同情，但后期传教士写作受自然主义的影响，认为中国人从生物学上比白种人低劣，所以生来就与美国的社会和文化相抵触（Wu, 127页）。

皮尔顿·杜诺（Pierton W. Dooner）的小说《共和国最后的日子》(*Last Days of the Republic*, 1880）虚拟华人移民的历史，把软弱无能的清政府描绘得强大而居心叵测，华人移民是蓄意的军事行动，目的是为了征服美国；唐人街"六大公司"是肩负打入美国使命的清政府的军队；华人服从、缺乏好奇心的特征正是他们接受军事训练所必需的条件（Wu, 35—36页）。

罗伯特·沃尔特（Robert Woltor）在1882年出版的《公元1899年中国人攻占俄勒冈和加州录实记》(*A Short and Truthful History of the Taking of Oregon and California*) 小说中不顾事实地宣称，华人在大城市的聚居具有军事战略价值，中国人在文化上不可同化。书中统领一路海军攻打旧金山的中国军事首领蔡方延亲王（Rince Tsa Fungyan）被描写得像是密尔顿笔下的魔鬼撒旦（Wu, 33页）。

杰克·伦敦写于1906年的《史无前例的入侵》(*The Unparalleled Invasion*) 预测中国1976年后对西方的入侵并主张消灭所有的中国人（Wu, 118—119页）。

1882年《排华法案》实施之后，华人移民大都聚居在旧金山、纽约、斯托克顿和西雅图等几大城市中的唐人街，形成了特有的美国华裔文化"孤岛"，唐人街成了白人猎奇"东方"文化的旅游热点。由于当时美国文坛自然主义写作风格以及"黑幕揭发"文学运动的流行（19世纪90年代到第一次世界大战之间专事暴露美国资产阶级政治、经济机构腐败、城市黑暗现象的写作），唐人街又成为美国文学中描写华人的重要主题，早期故事中的"报复"主题开始衍变成唐人街的暴力犯罪（Wu, 48页）。

美国19世纪著名作家弗兰克·诺里斯（Frank Norris）的小说《莱提女士的莫兰：加

州海岩历险记》(*Moran of the Lady Letty：A Story of Adventure off the California Coast*, 1898) 把旧金山唐人街说成可以逃避美国法律管制犯罪人的"世外桃源"，四邑头目出了人命后逃回唐人街，因为"唐人街是他的老巢；一旦到了那儿有了堂会的保护，他就安全了。他知道四邑馆为所有的会员提供了藏身的地方——鬼佬警察根本不知道的隐秘之处"（Wu, 103 页）。弗兰克·诺里斯在他的另一本小说《布里克斯》(*Blix*, 1898) 中对大火前的旧金山唐人街作了精彩细致的描述（Wu, 103—104 页）。诺里斯这种自然主义倾向的写作开启了美国文学中对于中国文化（唐人街文化）采取异国情调式、猎奇写作的先河。

印度籍作家多勒（C. W. Doyle）1900 年出版的短篇小说集《钟龙的阴影》(*The Shadow of Ouong Lung*) 塑造了一名耶鲁毕业的唐人街犯罪首领的形象："……我的影子落到之处，万物都会枯萎——我不但是文学硕士，而且还是灾难大师"（Wu, 108 页），这为后来的"傅满洲"提供了原型。

从第一本描写唐人街的美国小说（艾·特郎的《莫特街扑克俱乐部：书记备忘录》）到休·韦勒充满血腥恐怖的唐人街《满洲血案》（Wu，82，137 页），美国白人作家（除个别作家如华裔混血女作家"水仙花"——英文名为 Edith Eaton，"水仙花"是她的笔名）利用细节的真实描绘出一幅幅阴森、肮脏、神秘、充满犯罪和邪恶的非真实的唐人街景象。虽然美国文学中有关唐人街耸人听闻的虚构故事到 20 年代末基本消失，但对唐人街及"华人形象"的这种描写却以固定的形式在后来的电视、电影里得到不断地强化。

五、美国影视、娱乐文化中的"华人形象"

美国娱乐文化中最早的"华人形象"出现在哈特（Bret Harte）与马克·吐温 1877 年合写的话剧《阿森》(*Ah Sin*)⑬。剧作者的初衷也许是善意，马克·吐温在该剧上演时说道："中国佬将逐渐成为整个美国的一个常见景观，并且还将构成难以解决的政治问题。因此，公众很有必要预先在舞台上了解他（Moy, 23 页）。"⑭

但在剧中，讲着蹩脚英语的小角色阿森却饱尝剧中白人角色的咒骂："黄疸病人的斜眼儿子""大舌头的蠢蛋""道德的毒瘤""解决不了的政治问题"；在白人女主人的用语里他是一只"宠物"；他最大的本事就是"像猴子一样地模仿别人"（Moy, 26 页）。当时报纸上对该剧的评论也同样把阿森称为"可鄙的小偷和不动声色的说谎者"（Moy, 27 页）。事实上，阿森所遭受的人身污蔑迎合了当时美国白人社会对排斥和诋毁华人移民的期望与想象，阿森这个人物作为华人的受虐象征而被纳入美国公众意识之中。

阿诺德·盖塞（Arnold Genthe, 1869—1942）于 1895 到 1906 年间拍摄的一批（200 多张）旧金山唐人街日常生活的照片在西方影响很大（中国改制也是原因之一）。这些照片利用黑白（邪恶与正义）对照、剪裁以及配文等手法，夸张地渲染华人及其文化的神秘与不可同化性（Moy，64—80 页），强化华人移民在美国社会的"他者"形象。

20 世纪初出现了一些描述华人生活的长达数十秒或几分钟的超短电影（最早的《中国洗衣店》摄于 1894 年），其中一部长度不到两分钟，由白人演员扮演的故事片《中国异教徒与主日学校女教员》（*The Healthen Chinese and the Sunday School Teachers*，1904）讲述华人洗衣工为答谢白人女教员们的好意，邀请她们到洗衣店做客，在他们共同享用大烟的时候警察闯了进来，最后华人被关在监狱，女教员们前去送花（Moy，80—81 页）。影视媒体从一开始就完全控制了描述华人的"话语权"，华人形象的演绎完全基于白人主流社会的利益要求与"期望值"，这种情形几乎持续了整个 20 世纪美国影视的华人叙述。以下将简要讨论几个在西方影响较大的影视中的华人形象。

在美国流行文化中，邪恶的华人天才傅满州（Fu Manchu）是"黄祸"威胁的象征。1913 年英国作家萨克斯·罗墨（Sax Rohmer，又名 Arthur Henry Ward）在他的第一部傅满州小说《阴险的傅满州博士》（*The Insidious Dr. Fu Manchu*）中塑造了这个"长着莎士比亚式的眉毛和撒旦式的脸"的人，在他身上集中了"整个东方人种的残酷和狡猾"，"只要你能想象出那个可怕的生物的模样，那你就对'黄祸'的化身——傅满州博士有了大致的了解"（Wu，165）。[19]

在此后 40 余年的时间里（最后一本小说《傅满州皇帝》发表于 1959 年他去世前几个星期），萨克斯·罗墨一共写了 13 部小说、3 个短篇和 1 个中篇，描写傅满州和他的死敌、英国密探史密斯（Denis Nayland Smith）之间关于邪恶与正义的犯罪侦探故事（Wu，165—169 页）。萨克斯·罗墨也因此成为 20 至 30 年代闻名世界的流行作家之一（Hamamto，11 页）。[20]

1932 年第一部傅满州电影《傅满州的面具》（*The Mask of Dr. Fu Manchu*）上演，在西方引起相当轰动，由于中国国民党政府的抗议才中止了当时 MGM 电影公司的系列拍摄计划（Wu，170—171 页）。50 年代，为配合西方冷战情绪，傅满州又成为"红色中国威胁论"（yellow red）的银幕形象而活跃在西方。关于傅满州题材的电影一直持续到了 60 年代（1968 年上演的《傅满州的空中城堡》）讲述傅满州从太空来到地球，用高科技威胁人类（Moy，104—114 页）。然而，傅满州故事的始作俑者罗墨也被人调侃得颇有意蕴："真可谓诗意的公正，萨克斯·罗墨 1959 年 6 月 1 日死于'亚洲病毒'流感"（Hamamto，112 页）。

华裔侦探查理陈（Charlie Chan）是 1940 年以前的美国小说中唯一的华裔主角（Wu，180 页）。这个人物源自美国作家比格斯（Earl Derr Biggers）于 1925—1932 年间写的六部推理小说，但"查理陈"的广为人知却是通过 30 至 40 年代上演的 47 部电视系列片和故事片（1933 年作者去世后由其他作家担任有关电影、话剧、电台及电视剧本的创作），这些影视片至今仍在电视上播放（Wu，174 页）。

查理陈是个完全不同于傅满州的华人形象。傅满州瘦高，面色萎黄，脾性乖张，仇恨人类，是个令人恐惧的邪恶化身；查理陈则矮胖，面色粉红，性格平静，待人卑恭，行动缓慢，常常用蹩脚的英语引用"中国格言"，是个专注工作、温顺服从的华人侦探（Wu，179—184页）。这两个形象的确具有美国公众文化中对于亚裔人的两种描述的特征："黄祸"与"模范移民"。在美国文化网络中，华人男性形象便被定格在这两个白人想象的极端之间。

六、华裔女性的规约性描述

华裔女性的形象也同样具有这种极端化的描述："莲花"与"龙女"。好莱坞影片里的华人女性形象最早出现在20世纪20年代初，由华裔演员黄柳霜（Anna May Wong，1907—1961）扮演的华裔女性角色"莲花"在影片《海逝》（The Toll of the Sea，1922）中延续了《蝴蝶夫人》式的东方女性为西方男人的"爱"而殉葬的故事，[21]"莲花"把儿子交给孩子的美国父亲之后，走进大海（Moy，90页）。

影片《老三藩市》（Old San Francisco，1927）所塑造的"性乱交"的华裔女性"提供了早期流行的华裔妇女性放荡的固定形象"（Moy，89—90页）。华裔妇女不但被描述成西方男性想象中的性奴隶，而且还具有可怕的破坏力。

萨克斯·罗墨的傅满州系列小说《傅满州的女儿》（The Daughter of Fu Manchu，1931）塑造了替代其父傅满州、成为反对白人的亚洲恐怖女领袖"Fah Lo Suee"。这个人物具有三个基本特色：异国风情、可供白人男性享用、生性狡诈。这些所谓的华裔（亚裔）妇女的品质在美国媒体上一直被演绎到20世纪70年代。

卡尼夫（Milton Caniff）的连环漫画《特里与海盗》（Terry and the Pirates）中的"龙女"（the Dragon Lady）（Wu，190—192页）以及电影《龙的女》（Daughter of the Dragon，1931）（James Moy，91页）则是另一个具有上述典型性格的华裔女性形象。在好莱坞扮演过许多华裔女性形象的黄柳霜曾说，"我死后，墓碑上应该写'她已死去过一千次'。那是我电影生涯的写照。我通常扮演一些诡秘故事里的角色，到影片末尾，他们不知道怎样处置我，于是就把我杀了"（Moy，86页）。华裔女性的命运被美国媒体中的人物形象千百次地规定了下来：邪恶的性奴隶与必然的自我毁灭。

七、"他者"话语的构建

赛义德运用福柯《知识考古学》一书中的话语概念描述"东方主义"，揭示了自18世纪起西方对于"东方"的表述与西方殖民主义和帝国主义之间的关系。美国国内对"华人形象"的歪曲和丑化正是美国帝国主义殖民统治的"内化"表现，是美国统治集团为维护和巩固其既得利益，利用它对社会政治与经济资源的控制力以及对形成社会规约或价值观所具备的权力，极力否认美国这个移民国家的事实，将非欧洲籍的移民，尤其是华裔移民，排斥在公民的范畴之外，并通过文学和媒体，在美国公众文化意识中建立一种固定的关于"他者"的话语形式——stereotype，从而使它对于"他者"的控制与排斥获得意识形态层面的合理性。[②]

这种带有种族歧视性、排他性的描述华人的话语形式一经建立，便被不断重复和强化，成为美国社会生活中一种根深蒂固的"观念"或"看法"。美国华裔写作与主流文化规约下的没有英雄、没有正面人物、没有真实可言的"华人形象"之间存在着无法回避的关联性，任何有意义的华裔写作都不得不在表述华人这个"话语场"中面对主流话语进行自我表述。事实上，面对美国主流文化庞大的霸权话语，美国华裔作家用英语表述中国文化及华人生活本身就是一种"反话语"的写作。华人作家身处不同的历史文化氛围并因个人阅历等因素的影响而在表述华人及其文化时所采取的方式不同，但他们的作品都在主流霸权话语控制的英语世界里展示了关于华人的"另种"言说，在不同的层面和程度上为华人进行"辩白"。无论早期美国华裔文本，还是 60 至 70 年代崛起的当代美国华裔文学，抗衡美国主流霸权话语中"华人形象"的规约性描述成为美国华裔写作的重要构成，并且直接影响到华裔作家的写作意向及其样式。时至今日，反驳华人的"固定形象"或创立新的华人形象依旧不失为衡量美国华裔文学作品的一个批评原则。

注释

① 詹姆逊：《政治无意识》，王逢振、陈永国译，中国社会科学出版社，1999 年版，第 4 页，第 8 页。
② 参见 Amy Ling, "Reading Her/stories Against His/stories in Early Chinese American Literature," in *American Realism and the Canon*, eds. Tom Quirk and Gay Schamhorst (New York : University of Delaware Press, 1994), 72 页。有关 Winifred Eaton 的著作目录统计，见 Amy Ling, "Asian American Literature," in *Redefining American Literary History*, eds. A. C.V. Brown Rueff and Jeny W. Ward. Jr. (New York : Modern Language Association of America, 1990), 356 页。
③ 林语堂的《吾国与吾民》(*My Country and My People*) 1935 年由美国 John Day 出版。在此之前，没有任何有关美国华裔写作的记载。
④ 据 1990 年出版的《重新修订美国文学史》一书中美国华裔文学学者林英敏编写的"亚裔美国文学"部分的作品目录，林语堂在美国出版的三十余本著作仅收录了两本：《唐人街》(1948) 和《京华烟云》(1939)。40 年代发表作品的美国华裔作家群主要由"贵族"型家庭背景的女作家构成，如林语堂的三个女儿，毕业于美国康奈尔大学的国民党政府驻英大使 (Alfred Sze) 的女儿等，详细情况参见 Amy Ling, *Between Worlds—Women Writers of Chinese Ancestry* (New York: Pergamon Press , Inc., 1990), 62—63 页。
⑤《花鼓歌》在百老汇久演不衰，后被好莱坞拍成电影。有关详细中文资料，参见黎锦扬：《我的命运》，

载《国外文学》1998年第3期，20—25页。

⑥ 1972年 Kai-yu Hsu 和 Helen Dalubinskas 编写的《亚裔美国作家》(Asian American Author, Houghton Miffin Company)；1974年赵健秀、陈耀光、黄忠雄（Shawn Hsu Wong）和一名日裔作家（Lawson Fusao Inada）编写的《哎咿！美国亚裔作家选集》(Aiiieeeee! An Anthology of Asian-American Writers, New York: Anchor Books)。

⑦ 参见宋伟杰:《迟到的悲歌——美国华（亚）裔英文戏剧一瞥》，载《外国文学动态》1998年第2期，34—36页。

⑧ 90年代发表作品的美国华裔作家不仅有老一代的赵健秀、黄忠雄、许耀光，以及新出道的作家谭恩美、李键孙（Gus Lee, 1947—）、雷祖威（David Wong Louie, 1955—），还有崭露头角的作家伍慧敏（Fae Myenne Ng）和任璧莲（Gish Jen, 1955—）等。详细情况参见黄秀玲的 Reading Asian American Literature—From Necessity to Extravagance (Princeton: Princeton University Press, 1993), 3页；张子清发表在《外国文学评论》2000年第1期的论文《与亚裔美国文学共生共荣的华裔美国文学》。

⑨ 对此，国内学者宋伟杰也表达了相近的感受，他在《迟到的悲歌》一文谈及华裔英语文学在美国风靡一时的现象时说，"这群文化混血儿迟到的悲歌，即便有表层的欣快和狂欢，但其深藏的悲哀，悲凉乃至悲愤，却远远不是一时的畅销所补偿的"（参见注释7，34页）。

⑩⑬ 参见朱杰勤:《19世纪后期中国人在美国开发中的作用及处境》，载《华侨史论文集: 2》，暨南大学华侨研究所1981年版，2页，4页。朱杰勤认为大批华人进入美国的时间是19世纪后期，但美国通行的说法是19世纪中期，从朱先生本人的研究数据看，也表明19世纪50年代到60年代之间是华人大批流入美国的时间。

⑪ 恩格斯:《恩格斯致佐尔格的信》，载《马克思恩格斯论中国》，人民出版社1953年版，182页。

⑫ 有关"赊单工制"的详细情况，参见王绵长:《历史上华侨出国的原因》，载《东南亚史论文集》，暨南大学历史系东南亚史研究室编，暨南大学科研处1980年版，49—76页。

⑭ 详细资料可参见杨国标:《美国华工与中央太平洋铁路》，载《华侨史论文集: 4》，暨南大学华侨研究所1984年版，14—33页。

⑮ 这种提法是以最早的华人自传的发表到60年代末70年代初美国华裔英语文学的振兴为参照依据。

⑯ Philip P. Ckoy, Lorraine Dong & Marlon K. Hom, *Coming Man* (Seattle: University of Washington Press, 1995).

⑰ Wiwiam F. Wu, *The Yellow Peril—Chinese Americans in American Fiction, 1850 - 1940* (Archon Books, 1982).

⑱ 1870年哈特发表了他最有名的叙事诗《异教徒中国佬》(*The Heathen Chinese or Plain Language from Truthful James*)，内容讲述两个诚实的白人在和中国人阿森打扑克时欺骗他，结果发现他们倒被阿森骗了。作者批评白人虚伪的意图无论在作品或读者接受中都未得到发展，阿森成了华人移民狡猾、低劣的象征（见 Wu, 20—21页）。1877年的剧本作者加入马克·吐温的名字，估计后者是该剧的主要改编者。

⑲ James S. Moy, *Marginal Sights: Staging the Chinese in America* (University of Iowa Press, Iowa City, 1993).

⑳ 参见 Darrell Y. Hamamoto, *Monitored Peril: Asian Americans and the Politics of TV Representation* (Minneapolis, University of Minnesota Press, 1994)。根据 Hamamoto 的 *Monitored Peril* 中的资料（112页），"傅满州"

系列的第一本书名是《傅满州博士的奥秘》(The Mystay of Dr. Fumanchu—1913)。
㉑《蝴蝶夫人》最早的版本是 1898 年约翰·路得·朗（John Luther Long）的短篇小说，1900 年纽约剧作家大卫·贝拉司考（David Belasco）与朗合作将其改编成剧本上演。现在流行的《蝴蝶夫人》是 1904 年普契尼改编的歌剧。参见 Moy, 84。
㉒ Stereotype 源自印刷术语，指印刷使用的"铅版"。美国学者瓦尔特·利普曼（Walter Lippmann）在 1922 年发表的《公众舆论》(Public Opinion) 一书中首次将这个词用在社会科学领域，"他把它描绘成'我们头脑里的图像'。就族裔性的 Stereotype 来说，某一族群的明显的行为特点被该族群外的成员剔选，并被加以夸张以建构对该族群的形象化的速写"。参见 Martin N. Marger, Race and Ethnic Relations: American & Global Perspectives, 2nd edition (Belrnon: Wadsworth Publishing Company, 1991), 75 页。Stereotype 通过文学形象传递下来，成为一种固定的看法。这个词目前尚无约定性的中译，有时译成"滞定型"。澳大利亚籍华人作家欧阳昱在他的《表现他者——澳大利亚小说中的中国人》(新华出版社 2000 年版) 一书中使用"滞定型"。笔者倾向使用歪曲形象或固定形象，但此处用"滞定型"较为合适，这个词也有译作套话（见孟华：《试论他者"套话"的时间性》，载乐黛云、张辉主编：《文化传递与文学形象》，北京大学出版社 1999 年版，197 页），也有译作"定型理论"的。笔者倾向译成"固定形象"，但也可根据上下文的需要变换成"华人形象""对华人的丑化与歪曲""美国东方话语""美国主流话语""美国主流霸权话语"等不同表达。

3

翻译与华裔作家文化身份的塑造

王光林

评论家简介

王光林，华东师范大学博士，上海外国语大学英语学院教授，曾任上海对外经贸大学国际商务外语学院教授、院长、澳大利亚研究中心主任、孔子学院办公室主任。主要研究领域为英语文学、跨文化研究、文学翻译和比较文学。专著有《错位与超越：论美、澳华裔作家的文化认同》；编著有《澳大利亚现代批评与理论》(*Modern Australian Criticism and Theory*)、《当代澳大利亚经典小说译丛》；译著有《典型的美国佬》、《想像的人》、《荣誉与责任》、《支那崽》、《疯狂的眼球：萨尔瓦多·达利的内心独白》、《湖滨散记》和《上海舞》。

文章简介

本文运用后殖民翻译理论，从文化可译性、文化翻译中的东方主义倾向和重塑自我身份这三个方面论述了华裔作家的文化认同过程并揭示了华裔作家在从事文化翻译时对东方文化所流露出的西方霸权和殖民倾向。本文指出，华裔作家在再现第三世界、传递民族文化时，应该充分考虑源文本所产生的历史语境和当前语境，既要尊重目标文化，也要尊重源文化，只有这样，他们才能找到真正的文化归属，获得写作和翻译的动力。

文章出处：本文原载于《外国文学评论》2002年第4期，第148—156页。

翻译与华裔作家文化身份的塑造

王光林

萨尔曼·拉什迪在他的论文集《想象的家园》中将族裔散居者①的迁徙同翻译联系起来，认为在拉丁文里，"翻译"的意思是"携带过去"。"既然生来横跨两地，那我们就是翻译的人。"②霍米·巴巴同样表达了翻译的隐喻性，认为翻译"携带着家园与归属的含义，穿越中间过道……和文化差异，将民族的想象共同体联结起来"③。族裔散居作家的这种中间位置体现了华裔作家的尴尬处境，因为他们与想象中的家园隔离，失去了归属，同时又遭到宿主文化的排斥，他们只得不停地在家园文化和宿主文化之间徘徊，寻找自我与归属。澳大利亚华裔作家欧阳昱在一首诗歌中表现了这种复杂的心情：

> 翻译我自己成了一个问题
> 我是说我如何才能将自己转换成另一种语言
> 而同时又没有放弃我自己
> 没有背叛我自己
> 没有忘记我自己
> 没有宽恕我自己
> 没有甚至使自己丢失在一个不同的语境/文本里
> 我是说英语怎么可能这么透明
> 甚至无法遮盖我那中国皮肤的身份
> 我是说一个语言怎么可能这么无法摧毁在被变成另一种语言的同时还能保存自己④

这一翻译难题反映的不仅仅是语言在传递主体情感方面的匮乏。由于离开了家园，翻译成为华裔作家生存并且在宿主文化中维系自己的文化身份的一种方式。雅各布森说，"各种形式的理解、解释、重复、阐释和评论，只要涉及改写或替换，就都是翻译。"⑤在《翻译诗学》中，威利斯·巴恩斯通将创作和阅读二者都视作翻译行为，认为译者就是翻译过程中"能指符号的一个积极的合作者"⑥。华裔作家的创作，就承担着文化翻译的职能。对华裔作家来说，他们是以创作来建构主体，他们的创作不仅需要经历语言转换，还要经历文化转换。因此，研究华裔作家的叙事作品，不仅要阅读文本本身，还要考虑到文本的"世界性"。赛义德在《世界、文本和评论》一文中说："一个文本在成为事实文本的同时也成为世界上的一个存在。"⑦他强调的就是文本和文化之间的辩证关系，即文本产生所牵涉的政治、经济和社会因素以及读者接受文本时受到的环境制约。

文化可译性

在《译者的任务》一文中，瓦尔特·本雅明运用"可译性"一词来取代传统的忠实观。不过这种取代并不意味着原文的丧失，因为"翻译是一种模式。要想把它理解为一种模式，人们就必须回归原文，因为那儿包含着支配翻译的法则：它的可译性"[8]。在这里，原文的重要性并没有丢失，相反还得到了尊重。通过"可译性"，本雅明维护了对原文的需求，同时也提出了创造性翻译的原则。他说："可译性是某些作品的必要特性，这并不是说必要就得翻译，而是说原文中内在的某种特殊意义体现在可译性之中。"[9] 这种看似矛盾的翻译观牵涉西方传统的模拟复制和再创造之间的冲突，这同夹在两种文化环境中的华裔作家的情形非常相似，因此，在后殖民语境下，我们就应该关注华裔作家创作体现出的"能够证实共同体身份的约束力、表明语言之间身份的可译性"[10]。

可译性需要构筑一种话语，允许将外国的文化移植到自己的文化当中。这种话语将协调陌生性与熟悉性之间的空间。在许多华裔作家的作品中，我们都可以看到这种话语的存在。如果我们对美籍华裔女作家汤亭亭的《女勇士》和谭恩美的小说《喜福会》或澳大利亚华裔女作家贝思·雅普的小说《鳄鱼的愤怒》的结构进行分析，我们就会发现她们的叙述结构体现了一种对话机制。叙述者通常被安置在母亲或祖母所讲述的故事、文字和形象里，中国的文化和历史则放进了一种神话般的过去。在这些文本中，女儿和母亲或祖母进行着一种对话式的文化翻译，由女儿将母亲的叙述转换成"自我"的叙述，而这个"自我"实际上是母亲的中国文化和女儿的美国文化的一种综合。

在《女勇士》的结尾，叙述者宣布她要对蔡琰的故事和《胡笳十八拍》做出自己的阐释，"开始是她的，结尾是我的"。这充分体现了文化翻译的合作过程以及双方的差异。到了小说的结尾，作者还说了一句："译得不错。"张敬珏在分析汤亭亭重新创作蔡琰的故事的时候问道："人们想知道的是汤亭亭译的是什么（中文译成英文？中国文化译成华裔美国文化？）以及她译得好不好。"[11] 这些问题同样令我们感兴趣，因为我们想知道她在叙述过程中是如何翻译中国文化的，她的文化翻译运用的是什么样的原则。或者用本雅明的话来说，文化是否可译。

在不少华裔作家的作品中，我们可以感受到文化的可译性。在雷祖威的短篇小说《爱的痛苦》中，主人公无法跟母亲说他的美国女朋友已经离开了他而跟了一个日本人。母子双方生活在各自的世界里。故事的叙述者说："我母亲在这个国家已经住了40年，而且，凭着一种可以说十分巨大的意志力，就是不学英语。"[12] 而叙述者自己呢，"一旦我上学，我的汉语词汇就会停止增长；我和母亲交流时就成了一个语言上的矮子"[13]。由于母子双方都不愿意学习对方的语言，两人陷入了两代人与两种文化交流的陷阱之中。其实问题并不出在语言本身，而在于双方的心理，因为他们彼此都不愿意跨越边境，进入对方的世界。

但是与主人公不同的是，他的前女友曼蒂，一个标准美国女孩，倒是设法跟他的母亲进行交流。曼蒂"讲中文，她在瓦萨学院学了一口标准的中文，由于那不是我母亲的语言，曼蒂于是就拣些广东话来进行大人之间的交流，她口头上讲不清楚的就用笔写下来。她们合伙庆祝中国的节假日，做些椰子馅土豆包子、莲子点心、萝卜、葱汤，还有一小碗一小碗的素食，用来庆祝新年"[14]。一旦跨越了文化界限，她们就可以毫无障碍地进行交流。跟主人公不同的是，曼蒂对庞夫人（主人公的母亲）的世界观给予了充分的理解，并且有意识地将她们之间的文化和语言差异翻译成积极的跨文化的能指符号。可见，在这个文本中，作者的观点是：文化是可译的。

对我们来说，各个文化彼此并不是对立的，而是构成了一个整体。在这个整体中，不同的文化彼此共存，相互之间可以理解，也可以接受。因此，可译性似乎是一个比较合适的提法，因为在后殖民的语境下，它能够传递文化之间的差异，纠正文化再现过程中的不平等现象。一方面，它对原文表示出了极大的尊重，认为它并非某种神秘莫测的势力；另一方面，文化也是可译的，尽管有些具体的文化细节在翻译过程中难以处理。

除了语言和文化上的可译性，人们当然应该倾听一下那难以理解的细节问题。本雅明说过："在所有的语言和语言创造中，除了可以传递的之外还有不可以传递的东西；……译者的任务就是用自己的语言去释放给压在另一种语言之下的纯语言，用自己的再创造来解放被囚禁在作品之中的语言。"[15] 在本雅明看来，语言有它额外的含义，但它却被囚禁在沉默之中，因此，译者的任务就是倾听这些沉默，因为这些沉默有着历史、哲学和自传的意义。在华裔文学创作中，作者往往保留一些原文的字眼而不加翻译，这不仅仅是为了保持词语上的忠实，而且也是为了显示文化的独特性，尤其是那些在宿主文化中长期遭受压抑而被迫沉默的东西。在很多华裔作家的作品中，我们都可以找到这些没有翻译的词语（虽然没有翻译，但是解释是有的）。这些词语大体可以分为两类：一类是有关家庭结构和家庭关系的词语，另一类是有关中国的文化传统、行为准则及神话、迷信的词语。前者如"婆婆""太太"，后者如"能干""孝""糊里糊涂""我知道了"等。一些食品的名称，如"豆腐""馄饨"，或游戏名称，如"麻将"等则已进入了英语文化。将这些文字原文保留就是为了提醒人们注意到另一个文化的存在，而这个文化是与强势文化以及强势话语共同生存的。从语言上来看，源文本向目标文本的文化渗透似乎有点古怪，但是它并没有妨碍交流，而是将"压在另一种语言之下"的语言或文化释放了出来。这是边缘作家要求打破强势话语主导地位、获得主体性的一种手段。

文化翻译中的东方主义倾向

在汤亭亭的作品《女勇士》中，作者运用女性主义的观点对中国的夫权制度进行了批判。作者的意图十分明显：争取妇女的权利，维护她姑姑（实际上也是作者自己）的身份。

不过，由于她的故事发生在中国，而她本人对中国文化又了解不多，因此，面对中国这个第三世界的历史、文化、神话与传说，她的翻译必然会体现出她的文化立场及取向。

在《为翻译定位》一书中，特贾斯维莉·尼南贾纳强调了殖民语际翻译背后的权力关系，她尤其批判了传统翻译研究中的自由人文主义基础，认为这些研究"将不同语言间存在的历史的不对称加以自然化"[16]。尼南贾纳还注意到在殖民话语中，某些西方人翻译的东方文化译本被视作"典律"（canonical），这强化了被殖民者语言和政治上的驯服。华裔评论家雪莉·林也表达了类似的观点。她认为："当代美国文学的感受力是建立在盎格鲁文学共同体的凝视基础上的。作为种族能指符号来阅读的亚美文学名著首先是那些成功地赢得欧裔美国读者的作品。成功地赢得主流编辑和读者意味着一种筛选过程，它提出了少数民族文化身份的内容，而这些内容要得到大多数欧裔美国人的许可才能合法化。汤亭亭、谭恩美、黄哲伦……不应该仅仅被视作亚美文化产品，而且还应被视作经过非亚裔的主流美国读者认可的美国产品。"[17] 在这种情况下，我们也可以说，这些作家也面临着东方主义这一问题，也就是说，为赢得"典律"的地位，这些作家在对东方文化的表现与翻译中流露出西方霸权和殖民倾向。在他们的描述中，东方的人民、风俗、习性和命运等等衬托出了成功融入主流西方文化的移民作家"地位上的优越性"。他们对于东方这一他者的姿态不仅含混，而且还语带批评。

在《女勇士》中，读者可以发现有些地方显然是为了迎合英语读者而有意营造的文化差异。在翻译中国文化的时候，汤亭亭并没有表现出她是享有某种优势的局内人，相反，她和盎格鲁读者一样觉得中国文化奇怪、神秘、不可思议。在她的笔下，中国文化与西方文化并不对等，而是处在一种卑微的地位。无论是有意识还是无意识，她对中国文化的表现几乎必然带有描述权力游戏的倾向，其文本多多少少总是传递出中国文化中的夫权压迫和妇女自身的女性主义奋斗两个方面。尽管汤亭亭曾经为自己辩解，认为她的作品遭到了误解，然而，正如赛义德所说："我们所关注的一个书写文本最初是作者和媒体某种直接接触的结果，因此，它可以为了世界的利益，并且按照世界规定的条件进行复制；无论作者如何反对他或她所得到的公众形象，一旦文本得到了复制，作者的作品也就进入了世界，超出了作者的控制。"[18] 盎格鲁读者并不了解中国的文化，他们理所当然地认为这部作品是中国夫权文化和社会的真实再现，他们绝不会意识到华裔作家在协调两种文化方面所做的努力，也不会费神去辨别真伪。因此，汤亭亭以及和她观点类似的华裔作家在某些方面完全是按想象编故事，确定了中国文化是厌女文化和非理性文化这一东方主义式的刻板印象。这同赛义德所说东方是西方人的发明相类似。在《女勇士》中，我们可以发现许多例子说明中国文化完全由性别歧视主导，女孩一文不值：

"女娃好比饭里蛆。"

"宁养呆鹅不养女仔。"

"养女好比养牛鹂鸟。"

"养女等于白填。宁养呆鹅不养女仔。"

在这些话语当中,女孩不止一次地被比作"蛆""鹅""牛鹂鸟"等低等动物。这些词语就是要说明女孩是没用的,在中国的家庭里,女性没有任何地位。

汤亭亭在讲述故事的时候流露出一副专家的口吻,仿佛这些故事是中国乡村和中国文化里真正发生的事情(她的小说被视为自传)。而与此同时,她又以第一世界女性主义者的姿态来调查和推测第三世界无法自我表现的妇女的悲剧,用第一世界女性主义的观点来翻译她的悲剧,因此,作品的叙述者代表的是完全能够控制自我和命运的白人女性,而中国的村民则被视作暴徒,消极且受到压抑。

她的这部小说,引用了大量中国文化典故,尤其是蔡琰的故事。很显然,作者是想通过翻译蔡琰的故事来表明自己的双重身份。蔡琰和她都是女性,蔡琰嫁给了匈奴人,18年后才重返家园,但是作者却没有像蔡琰那样回归中国,也不愿回归。"父母每当提到'家',总是忘了美国,忘了娱乐。可我不想去中国。在中国,父母会把我和妹妹卖掉。"[19]汤亭亭的作品传递的是西方女性主义精神,但是由于作品翻译的是中国文化,因此它必然将美国读者的注意力转向中国,容易加深美国人对中国文化的误解,以为中国文化充满了同类相残的现象。正如黄秀玲所说:"《女勇士》的畅销一部分是因为它误导了美国人对传统中国文化的迷恋,这或许意味着想创作一个'可以翻译的'华裔美国文学的努力注定要受到刻板印象和东方主义的左右。"[20]

不错,中国文化确实包含有压抑女性的夫权制和家长制,但是汤亭亭在翻译这些文化现象时使用的却是"暴徒"一类的字眼儿,这满足了西方读者的猎奇心理。在"无名女子"的叙述中,当通奸的姑姑要生孩子的时候,整个村民都跑来袭击"我们家",这些村民像暴徒一样,一边叫喊,一边奔跑,就"像一把巨大的锯子,锯齿上挂满了灯,成队的人逶迤而来,穿过我们家的稻田,毁坏了稻子"。他们像美国的三K党一样,行动古怪,全都"戴着白色面罩","披着长发","长发披在自己的脸上"。他们洗劫房屋,屠宰牲口,破门而入,手上提着血淋淋的刀子。结果,姑姑在猪圈里生下了孩子,然后投井自杀。在整个翻译过程中,"我们"(我们家)和"他们"(村民)之间的符号差别非常明显。由于作品迎合的是白人读者,因此读者认同的是"我们",而非"他们"。如此一来,中国的村民形象正好符合了盎格鲁文化对东方的刻板印象:没有个人身份,没有脸,他们借助于夜幕的掩护残害同类,强化了西方殖民者心目中的"黄祸"理论。

黄秀玲在分析谭恩美的小说《灶神之妻》时也列出了一系列的误译,如将 McDonald

的中文译名"麦当劳"回译成"麦东楼"（wheat, east, building），将 Chennault 将军的中文名"陈纳德"误译成"闪闹"，尤其荒谬的是，作者竟然将"堂姐"译为"糖姐"（sugar sister）。谭恩美的文化翻译显然偏离了中国文化，她"因为对中国文化有一些了解，因而表现出一副权威的样子，通过文化阐释和文化同情"，将目标瞄向了白人读者。对女性主义读者来说，《喜福会》和《灶神之妻》中的母女双边关系使得主流文化中的美国女性主义者以一种恭维的姿态（因为不受政治影响）来构筑自己，这种结果是欧裔美国传统的作家写母女故事时不大可能写出来的"[21]。

诸如此类的翻译实际上充满了误解和偏见，加强了赛义德所说的西方人的"地位上的优越性"，强化了西方的白人种族至上的观点。劳伦斯·韦努蒂曾说："翻译能够创造出异国他乡的刻板印象，这些刻板印象反映的是本土的政治与文化价值，从而把那些看上去无助于解决本土关怀的争论与分歧排斥出去。翻译有助于塑造本土对异域国度的关注、对特定族裔、种族和国家或尊重或蔑视的态度，能够孕育出对文化差异的尊重或者建筑在我族中心主义、种族歧视或爱国主义之上的尊重或者仇恨。从长远来看，翻译通过建立起外交的文化基础，将在地缘政治关系中强化国家间的同盟、对抗和霸权。"[22]韦努蒂的话重申了翻译当中体现的种族主义、刻板印象和偏见，强调了它们对读者所产生的影响。它暗示译者，尤其是少数族裔译者在塑造自我身份时有自我殖民的倾向。他们忽视了民族共同体将会做出的反应。由此可见，民族作家在从事文化翻译时应该本着负责的态度客观地传递民族文化。他们将中国文化的文本重新进行语境化的同时，应该充分认识到这些源文本所产生的历史语境和当前语境，他们不仅要考虑这些文本对目标语文化中的读者产生的影响，而且还要考虑到对源文化读者的影响。不错，华裔作家，尤其是华裔女性作家一直为主流文化所忽视，生活在主流文化的边缘，但是他（她）们在要求自身的权利和主体性的同时应该知道，他们不应该以牺牲遭到剥夺了的文化为代价来追求自己的目标。

重塑自我身份

华裔作家对中国文化的翻译体现了他们心理错位后寻求文化归属的一种努力。而且，他们在翻译弱势文化时所表现的种种特征具有一定的普遍性。对于文化翻译在构筑民族整体和征服他者上所形成的霸权关系，亚美文学评论家丽萨·刘曾经做过一个简明扼要的评论。丽萨·刘认为："各种翻译理论，从讨论《圣经》的翻译到讨论比较文学，包括正在进行中的争论，一方宣称翻译文本必须严格忠实于原文，另一方则认为译者在传递原文'精神'的工作中有权利进行艺术创造；大多数翻译争论的基点都是对等理想，无论是文字还是精神或文化上的对等，这使得翻译成为忠实精神的一种象征。这种精神不仅拉平和降低了语言上的差异，而且对等的设想遮盖了不同的语言关系中运作的文化差异；一个民族国家不仅可以决定另一个民族的语言，而且可以决定另一个民族的物质生活，然而在传递时，这种权利却明显不见了。"[23] 丽萨·刘的这段话清晰地道出了西方语言对其他语言和文化实施的物质和话语霸权。因此，文化译者的任务就是恢复隐身人原有的地位，让他们在世界上享受应有的权力。许多华裔作家为此也进行了不懈的努力。汤亭亭、谭恩美等人通过语际努力，试图挖掘夫权统治下的女性地位和中美之间的文化冲突。但是由于作者采取了含混的姿态，因此作品展现出来的不仅是对中国夫权制度的批判，而且也包含了对中国传统文化的误解。从翻译的角度说，这强调了语言和文化的不对称性，强化了西方语言和文化的优越地位，因而有东方主义之嫌。不过，并非所有的作家都是如此。在华裔澳大利亚作家布赖恩·卡斯特罗的小说《候鸟》中，我们看到的是另一番努力。在这篇小说中，作者以艺术的手法再现了为澳大利亚的发展做出过突出贡献的早期华工的历史，但它并没有靠出卖什么来迎合西方的口味。[24] 小说展现了作者为隐身人争取身份、为新移民获得归属感而做出的话语努力。在这篇小说中，两条线索平行发展，一条是西默斯·欧阳，一个澳大利亚出生的华裔，另一条是罗云山，一个100多年前来澳大利亚淘金，但在主流文化中却隐而不见，只是在西默斯的翻译中才得以复活的人物。

在罗云山和西默斯·欧阳两人之间的对话中，语言和文化占据了相当重要的地位。尽管罗云山为澳大利亚的发展做出过贡献，但却长期埋没在主流历史里，而西默斯·欧阳尽管在澳大利亚出生，但是他的华人外表却使他被排斥在主流文化之外。由于他是个孤儿，不知道祖先在何处，因而有种无根之感。也正因为如此，当他偶然发现罗云山的日记之后，他立刻被它所吸引，并感到彼此的亲近，尽管他不知道这是日语还是汉语。通过他后来的翻译，罗云山得到了复活，同时，从某种程度上来说，西默斯·欧阳也得以复生，因为他在罗云山的日记中找到了归属，迎来了新生。这样一来，无论是文本还是作者都在一个新的语境下获得了新的含义。用翻译理论来说，"生存问题以及文本得以延续生命的能力是与特定的语境下能否界定一个文本并赋予它以意义连接在一起的"[25]。跟西默斯那捉摸不定的身份一样，文本的意义不是固定的，它会不断地得到重新阐释和重新解读。通过这种理解和重新阐释，西默斯发现并维护了自己的身份。他不懂中文，他得先学语言，然后再去查字典寻找对等含义，由此，他发出了疑问："在图书馆里我查着中文字典。一个人如何用另一种语言来表达感情，尤其是这种语言是建立在意象基础上的？这些感情准确吗？这些字眼儿准确吗？"[26]

由于西默斯想通过翻译罗云山来重构自己，因此，语言与时间的差异成为了他的负担，他感到难以理解这个人。或者用乔治·斯坦纳的话来说，西默斯所要克服的不仅是白纸上的文字，而且还要重新体验他的人生，重新阐释文字背后的这个人。卡斯特罗在《候鸟》中对文化归属与文化生存的探讨明显受到了斯坦纳的影响。在《书写亚洲》一文中，卡斯特罗引用了斯坦纳的一句话："由于不得不对现实说'不'"，因此一个人必须"富有创造性地忍受着，去构筑他类，构筑或梦幻或意欲或等待中的他类小说，让意识有所栖居。"[27] 笔者核对了斯坦纳的《通天塔之后》，发现在此之前还有一段话："是语言的构筑力使世界概念化，而这是人面对不可避免的生理限制，也就是说面对死亡时设法生存下去的关键因素。"[28] 跟人生一样，文本是不完整的，有泯灭的危险，我们必须将文本放在世界的语境中，了解我们周围从前与现在所发生的事情，从而给予文本应有的生命，重新构筑我们的身份。但是对于自己的理解是建立在他人生活的基础上的，因此，"我反复解读着这些文字，反复翻译着这些文字，辨认着中文的笔划，揣摩它们的含义，反复构建它们的意义。我感到跟作者描述的情况非常靠近；我感到这个100多年前写下日记的人就是另一个我。"[29]

西默斯对于日记的翻译与阐释商榷着文字形象与它所唤起的感情之间的关系。叙述者的这种商榷与阐释不仅确立了他的归属感，而且还使他意识到对于文字的真正理解不仅牵涉到文字的语境，而且还牵涉到各种社会、文化、经济、心理和政治因素。只有有了这样的认识，我们才能翻译边缘人和隐身人的沉默。正是翻译——既包括空间（因为这牵扯到中国和澳大利亚两个地理区域）上的翻译又包括时间（因为这牵扯到相隔100多年的两个人的对话）上的翻译——使得罗云山和西默斯能够展开对话。翻译成为他们打破隔阂的工具。在翻译过程中，中英文唤起的意象及最终产生的意义都是富含差异的。唯有跨越这些差异，译者才能消除传统意义上的主体或自我的本质，注意到从前缺席、不熟悉或没有意识到的另一个自我："这么说你发现了一块新的土地，改变了你的观点，重新调整了你的姿态。你身上的陌生性你会保留多少，又会失去多少？难道你的旅程实际上不是对你自己的翻译，对我的转变？（你已开始学英语，我也开始学汉语。）我们可以通过这种调整认识彼此吗？"[30] 从词源上来说，"翻译"（translate）的意思是"携带过去"，而"转变"（transition）的意思是"穿越"。它们恰如其分地表现了族裔散居的华裔作家的境况，因为他们不光是处在"中间"，而且要"穿越两者之间"，在两种文化之间来回移动。西默斯发现的是一种混杂身份，综合了他未知的中国过去和他个人现在的状况。他要做的不仅仅是要从一种状态穿越到另一种状态，而且要以一种更加动态的方式进入所有的过去，获得一切可能。从这个意义上来说，西默斯对罗云山日记的解读是对白澳政策的一种挑战，他的翻译不仅体现了个体对个人身份的追求，而且还有着更加广泛的意义，因为它对应了整个华裔的"想象的共同体"。

通观《候鸟》我们看到，译者应该发现文本的语言所存在的各种可能与局限，以便更好地理解文本及文本背后的人生，决定构筑一个什么样的身份和自我。对卡斯特罗来说，身居两种文化中间，构建一种新的语言对他的文化身份至关重要，但是翻译中重要的不仅有语言，还有文化。一名从事文化翻译的散居作家不仅要找到语言上的对等，而且还要理解其他文化，能够在头脑中翻译不同的文化。为了理解他类文化，译者就得进入到他民族的思想中，努力翻译不同民族的思想倾向。在卡斯特罗看来，翻译是一种伟大的想象活动，需要跨越边界，了解他人的思维。这种跨越边界的活动是一种复杂的商榷过程。一个人不能总是按照自己的意图去翻译别人的东西，或将他人的文化归化到自己的语言、哲学或文化之中，而是要能够跳越到另一种语言、文化或思维方式之中，从而获得一种不同的视角。在卡斯特罗的眼里，写作不仅是在翻译别的世界，而且也是在翻译自己跟这个世界的关系。正是这种翻译努力使他的小说充满了魅力。在他看来，"语言标志着自我失去牢房栏的场所——正是在这个地方出现了跨越边界的行为，穿越他人的边界。当一个人讲着或翻译中文的时候，他就在比喻的意义上变成了中国人；当一个人讲日语的时候，他就'成了'日本人。每一种语言都以其自身的方式讲述着这个世界。通晓数种语言的人是一个更加自由的人，一个能够生活在文字和世界中而不是狭隘拘束、缺乏想象的现实里的人。当我们从一种语言进入另一种语言的时候，我们不仅是在重新创造自己，而且也是在摆脱我们自身语言那种僵化的局限性。我们感到可以自由地跨越界限，脱胎换骨，经历神秘，我们可以得到威尔逊·哈里斯所说的另一种文化的即时性量子世界。其他的文化和语言有力地影响着我们，消除着我们熟悉的语言的稳定性，从而强化并丰富我们自己。我们失去自己的同时也有所获得。"[31]

卡斯特罗的陈述确认了华裔作家的混杂地位以及语言在构筑身份中的重要性。如果主体确实由语言和文化所构造，那么讲述两种以上语言或被两种以上语言讲述的主体就决不会局限在一种单一的语言里。在翻译中，译者会努力寻找对等关系以便将一种语言中的信息或文化传输到另一种语言当中，但是他们也应该认识到在翻译的政治中存在着不对称的权力关系。谁翻译，为谁翻译，什么目的——这都是权力关系的组成要素。文化译者要经历不断的商榷。作为一个族裔散居者，这种商榷不仅是一种本体和美学上的转变，而且还涉及译者（叙述者）自我与种族的对抗、和解。族裔散居者应该认识到，从表面上来看，他们似乎遭到了两种文化的抛弃，经受着不确定的身份的折磨，但是实际上，他可以通过努力成为文化间的使者。而他们也应对两种文化保持相应的尊重，就像翻译理论中探讨的一样，无论是源文化还是目标文化都应该受到尊重，只有这样，族裔散居作家才能找到真正意义上的归属，获得写作和翻译的动力。

注释

① 族裔散居（diaspora）源自希腊文中的动词 speiro（意为"播种"）和介词 dia（意为"遍及"）。威廉·萨弗冉认为族裔散居者具有以下特点：1. 他们或他们的祖先从原来的中心分散到两个或更多的外围或外国；2. 他们对原来的家园——它的实际地位、历史和成就保留着集体记忆、视角或神话；3. 他们认为自己不会为宿主社会所接受，因而感到与之疏远、脱离；4. 他们认为祖先的家园是他们真正的理想家园，是他们或后代最终应回归的地方；5. 他们认为自己应致力于维护他们的原始家园，努力恢复其安全和繁荣；6. 他们以各种方式与家园维持联系，这种联系确定了他们的种族共同体（ethinocommunal）

① 意识和团结。见 William Safran, "Diasporas in Modern Societies: Myths of Homeland and Return." in *Diaspora* 1(1) 1991: 83。

② Salman Rushdie, *Imaginary Homelands: Essays and Criticism,* 1981-1991, Granta Books, 1991, p. 17. 在对君特·格拉斯的讨论中，拉什迪认为，翻译就是流放、移居、外迁和移民的同义词。

③ Homi Bhabha, "Dissemi Nation: Time, Narrative, and the Margins of the Modern Nation," in *Nation and Narration*, ed. Homi Bhabha. London: Routledge, 1990, p. 291.

④ Ouyang Yu, *Moon over Melbourne and Other Poems*, Papyrus Publishing, 1995, p. 82.

⑤ 转引自 Eve Tavor Bannet, "The Scene of Translation: After Jakobson, Benjamin, de Man and Deirida." in *New Literary History* 24: 3(Summen; 1993), p. 579.

⑥ Willis Bamstne, *The Poetics of Translation: History, Theory, Practice*, New Haven: Yale University Press. 1993, p. 230.

⑦⑱ Edward Said, *The World, the Text and the Critic,* Harvard University Press, 1983, p. 33.

⑧⑨⑮ Walter Benjamin, "The Task of the Translator," in *Theories of Translation*, eds. Rainer Schulte, John Biguenet, Chicago: The University of Chicago Press, 1992, pp. 72, 80-81.

⑩ Joseph Kronick, "Resembling Pound: Mimesis, Translation. Ideology," in *Criticism* 35: 3(Spring. 1993). p. 220.

⑪ King-Kok Cheung, *Articulate Silences: Hisaye Yamamoto, Maxine Hong Kingston, Joy Kogawa,* Ithaca: Cornell University Press, 1993, p. 96.

⑫⑬⑭ David Wong Lonie, *Pangs of Love,* New York: Alfred A. Knopf, 1991. pp. 75, 78, 80.

⑯ 特贾斯维莉·尼南贾纳，《为翻译定位》，见许宝强、袁伟编《语言与翻译的政治》，北京：中央编译出版社，2001年，第170页。

⑰ Shirley-Geok-lin Lim, "Assaying the Gold: or. Contesting the Ground of Asian American Literature," in *New Literary History* 24: 1(Winter, 1993), p. 160.

⑲ 汤亭亭，《女勇士》，李剑波、陆承毅译，桂林：漓江出版社，1998年，第90页。

⑳ Sau-ling Wong, "Kingston's Handling of Traditional Chinese Sources," in *Approaches to Teaching Kingston's The Woman Warrior*, ed. Shirley Geok-lin Lim, New York: The Modern Language Association of America, 1991, p. 35.

㉑ Sau-ling Wong, "'Sugar Sisterhood': Situating the Amy Tan Phenomenon," *The Ethnic Canon: Histories, Institutions and Interventions*, ed. David Palumbo-Liu, Minneapolis: University of Minnesota Press, 1995, p. 181.

㉒ 劳伦斯·韦努蒂，《翻译与文化身份的塑造》，见许宝强、袁伟编《语言与翻译的政治》，北京：中央编译出版社，2001年，第360页。中译文略有变动。

㉓ Lisa Lowe, *Immigrant Acts: On Asian American Cultural Politics*, Durham: Duke University Press, 1996, p. 134.

㉔ 卡斯特罗对汤亭亭、谭恩美等人的文化误译和刻意迎合西方读者的做法似乎显得不屑一顾。见 Ouyang Yu, "An Interview with Brian Castro," in *Bastard Moon: Essays on Chinese Australian Writing*, ed. Wenche Ommundsen, pp. 73-81.

㉕ Andrew Benjamin, *Translation and the Nature of Philosophy: A New Theory of Words*, London: Routledge, 1989, p. 5.
㉖ ㉙ ㉚ Brian Castro, *Birds of Passage*, Allen &Unwin, 1983, pp. 3, 4, 62.
㉗ ㉛ Brian Castro, *Looking for Estrellita*, University of Queensland Press, 1999, pp. 167, 152-153.
㉘ George Steiner, *After Babel: Aspects of Language and Translation*, Oxford : Oxford University Press, 1998, p. xiv.

4 华裔美国的文学创新与中国的文化传统

赵文书

评论家简介

赵文书,南京大学博士、教授、博士生导师,南京大学海外教育学院院长。主要研究领域为美国华裔文学和计算机辅助下的英语教学。专著有《当代华裔美国文学研究》(*Positioning Chinese American Literature in Contested Terrains*)、《和声与变奏——华美文学文化取向的历史嬗变》;译著有《孙行者》和《甘加丁之路》等十余部。

文章简介

本文从美国华裔文学论战中的真伪论入手,分析了美国华裔文学与中国传统文化的关系。笔者认为,美国华裔作家对待中国传统文化的态度有别于赛义德的东方主义。他们以西方价值尺度为标准,改编、篡改中国传统文化资源,目的是为了在美国的多元文化社会中为华裔族群构建出既有别于主流社会又能与主流社会平等共处的华裔族性,并在东方主义的缝隙里开拓出华裔族群的生存空间。

文章出处:本文原载于《外国文学研究》2003年第3期,第69—75页。

华裔美国的文学创新与中国的文化传统

赵文书

　　华裔美国文学作为美国文坛上一支可见的力量是 20 世纪 70 年代以后的事，其萌芽、发展、壮大乃至在美国文学的创作和批评领域形成繁荣局面只有短短三十年的历史。70 年代初，在民权运动的影响下，华裔美国人民族意识的觉醒催生了华美文学，然而当时的华美作家尚寥若晨星。1976 年，华裔学者王燊甫在评介当时华美文学现状时只能列举出一群只有几首零星诗歌发表的诗人和一个孤军作战的华美剧作家赵健秀。1976 年是华美文学勃兴的起点。是年，汤亭亭发表了《女勇士》，一举成名。在随后的十几年里，华美小说界相继出现了谭恩美、任璧莲等一批新秀；在戏剧领域里，黄哲伦继赵健秀之后创作出大量剧作；在诗坛上，李立扬等华美诗人已站稳了脚跟。这些作家的作品既赢得了美国读者，也受到了学术界的关注，获得了各类文学奖项，进入了大学课堂，在近二十几年里俨然成为美国文学中一道亮丽的风景。

一、华美文学论战

　　在华美文学发展的过程中，有一场文学论战一直伴随着它的成长，对华美文学的创作和批评产生了广泛的影响。这场论战始于 70 年代初，当时，华美文学的先驱者挟民权运动的余威，对华美文学进行历史清算。赵健秀等编纂的《唉咿！》第一次对华美文学的历史脉络作了一番梳理。然而，该书的前言和导论与其说是对华美文学历史的总结，倒不如说是对华美文学历史的清算。当时，出版过作品的华美作家少而又少，为了提高华美文学的能见度，这样的文选似可以对华美作品兼收并蓄，但《唉咿！》却花了大量篇幅对历史上的华美作品根据"亚美感性"这个标准进行清理，把林语堂和黄玉雪等在美国读者中仅有的几个知名华美作家摒弃在亚美文学范围之外。[①]

　　《唉咿！》的前言和导论在华美文学的发展过程中具有重要的历史意义，不啻是华美文学乃至整个亚裔美国文学的宣言书，"堪与爱默生的'美国学者'相比拟"（McDonald xix），被众多评论家誉为是关于华美文学的"定义性的"论文。从这本选集起，赵健秀等人摆出论战姿态。十多年后，在续编的《大唉咿！》中，赵健秀又以一篇超长檄文《真真假假华裔作家一起来吧》，指名道姓地斥责在新兴的华美文坛上极负盛名的汤亭亭、谭恩美和黄哲伦等人是"伪"华裔作家，指责他们篡改和歪曲中国文化以迎合白人口味。

　　这场论战对华美文学的创作有着深刻影响。作为赵健秀批评的头号靶子，汤亭亭本人并未直接应战，但她发表于 1989 年的小说《孙行者》在很多读者和批评者的眼中却是对赵健秀的反攻,小说的副标题甚至取名为"他的伪书"②,可谓是对真伪论的反驳。这场论战有时竟像一个幽灵,在华美作家的心中挥之不去。任璧莲虽未受到赵健秀的直接批判,但她的第一部长篇小说出版后,在接受访谈时她不无担忧地说,"我在等着受赵健秀的攻击呢……这(论战)真像个谜"(Cheung 222)。

这场论战几乎成了华美文学批评的大背景。任何一部关于华美文学的论著都不能无视这场论战对华美文学的影响,更有学者撰写专文对论战中的是非曲直进行分析,其中尤以亚裔学者金依莲和张敬珏的观点最有影响,她们把这场论战归结为男权与女权的争战;也有学者拈出论战中赵健秀对传记文类的攻击加以讨论。更多的评论则把这场论战作为背景加以阐述,对论战中最为重要的"真伪"论——这是赵健秀的基本论点,也是他的批评和创作实践中一以贯之的核心关怀——则大多斥之为文化本质主义。在赵健秀的身上贴上"文化民族主义者"的标签,这似乎已经成为对赵健秀的定评。在把"真伪"论定为文化本质主义之后,评论家们即对之加以挞伐,没有人为"真伪"论辩护,也没有人深究其实质。的确,在"解构"和"颠覆"大行其道的"无中心"的后现代,坚持要辨明文化的真伪显然难以得到同情和支持,也有悖于"政治正确"。对于"真伪"论,不但批评者认为是偏执一端,就连赵健秀阵营中的战友也认为有失偏颇。梁志英③说,"就'真伪'而言,弗兰克最为执着,他认为自己最真,其他差不多全是假的"(Cheung 248)。

然而,在贬斥"真伪"论的同时,很多人又都认为他的争执有其合理之处,就连遭到他猛烈攻击的谭恩美也承认"赵健秀的声音很有道理"(Chung D4)。任璧莲的看法也许最能概括赵健秀及其论点在华美文学中的作用:"赵健秀有很多极有价值的话要说,但他的表达方式十分令人遗憾"(Cheung 222)。如果能够透过这场争论的喧哗和骚动的外表辨别其实质,我们也许能够更好地了解华美文学及其与中国文化的关系。

二、谁是"伪"华美作家?

在华美作家中,汤亭亭最为知名,受到赵健秀的批判也最为激烈,而且汤亭亭作品中对中华民族传统文化资源的应用也最为明显。《女勇士》中有一整章以花木兰的故事为主线展开叙述,全书以蔡琰的故事结尾;《中国佬》以独立章的形式把唐敖、杜子春和屈原等中国历史和中国文学中的故事与叙事的主线并置;《孙行者》则通篇穿插着与中国古典名著的互文。汤亭亭对这些文化遗产运用的一个显著特征是对传统文本的改编或者说"篡改",这也正是最为赵健秀诟病之处。以花木兰故事为例,汤亭亭的花木兰上山学艺,目的是为了下山复仇,与《木兰辞》颂扬的忠孝节义毫不相干,更何况她的花木兰故事中又移植了岳飞的故事,而且移植过来的故事也已面目全非,岳母刺字变成了花木兰之父在女儿的背上刺上一大段报仇雪恨之类的话。

为了证明汤亭亭作伪，赵健秀在《真真假假华裔作家一起来吧！》中，一字不漏地搬出《木兰诗》的原文和译文，与她的故事作对比，言之凿凿，使汤亭亭无可辩解。其实，如果想从文本层面上证明她作伪似乎用不着如此大动干戈。稍具中国文学知识的读者都能一眼看出她的故事已经是改头换面的新版本。汤亭亭自己从未试图证明自己在字面上信守中华文化传统，她承认，"在我所有的书中，我把古老的［中华］神话拿来把玩，让人看到神话是如何变化的"（Skenazy and Martin 131）。

　　赵健秀在汤亭亭之前成名。他的剧作《鸡笼中国佬》于1972年登上纽约舞台，他是最早受到主流社会关注的华裔作家，是当代华美文学的先驱。他所引发的这场真伪之争在华美文学圈内引起了很大争论。在这场争论中，他俨然成了坚持和捍卫中国传统文化的一面旗帜。

　　如果我们说赵健秀在其创作中所引用的中国文化也不是纯粹的，这似乎是个悖论，然而事实又确实如此：即使在文本层面上，他所理解的中华文化也不是全真的。即便是他用来证明别人作伪的证据也存在着对传统文化资源的"误用"。为批驳汤亭亭，他引用了《木兰诗》，却把中文标题写为《木兰诗二首》，在排版上将原诗分成两节，把两节误认是不同的两首诗。他引用的译文是自己翻译的，与原文也有出入，如"不闻机杼声，唯闻女叹息"成了"别问机杼声，要问女叹息"，改变了原文的叙事角度，使这二行诗从第三人物叙事变成了从第二人称的角度审视木兰故事主旨的陈述，显然是急于证明自己的论点。因此，赵健秀用以驳斥汤亭亭的"铁证"也就在很大程度上失去了公正性和可信性。

　　其实，问题的关键并不在于华美作家在利用祖先文化资源时是否尊重传统，严格跟在文本后面亦步亦趋。若要辨清真伪，文本层面上的忠实与否固然重要，但更为重要的是华裔作家利用传统文化资源所建构的东西是否与中华文化的精神传统一脉相承。汤亭亭在《女勇士》中以女权主义思想颠覆中国文化中的男权传统的创作动机是很明显的。她无意继承中华文化传统，因为在她看来，中华文化是以压迫女性的父权制为核心的，她当然不会全盘接受这样的文化遗产。经过她改造后的木兰所追求的目标不是儒家的忠孝节义，而是能够独立自主、与男性平等的女权主义理想。木兰学得一身武艺后，回乡复仇时对财主说：

"我是来报仇的女人。"
　　天哪，他做出一副媚态，想用男女之间的话来打动我："噢，别动肝火嘛。只要有机会，谁都会玩女人。家人也不想要她们。'女孩是米里蛆'，'宁养鹅，不养女'嘛。"他说出了我最痛恨的谚语。

　　在汤亭亭的笔下，木兰不说"我是来报仇的"，强调来报仇的我是个女人；财主在被杀之前所说的令她痛恨的是中国"谚语"；最后，她一刀砍了财主的头，杀的是中国传统中父权的代表。这就是她历经千辛万苦学艺报仇的对象。所以说，《女勇士》所抨击和对抗的不是西方社会，而是中国文化中的性别差异。

如果说汤亭亭挪用中国文化资源，弘扬女权主义，对中国文化中的父权传统反戈一击，因此背叛了自己祖先的文化传统，是"伪"华裔作家的话，那么有权指责她的也不是赵健秀。赵健秀作品中对中国文化资源的利用也很多。在其小说《甘加丁之路》的卷首语中，赵健秀转述了盘古与女娲的传说，称盘古和女娲是兄妹，不知有何根据，可能是把伏羲和女娲兄妹结婚繁衍人类的传说嫁接了过来。[④] 关于女娲，赵健秀写道："他 [盘古——引者注] 的妹妹女娲来到世上，这个世界是一个花园，但没有生命。她花了六天时间创造了动物；第七天，她创造了人。"盘古和女娲的神话可能比花木兰的传说流传得更广。如果不了解中国文化的西方读者需要一番解释才能明白汤亭亭的花木兰故事改编了木兰传说的话，那么，赵健秀的女娲故事则不用任何说明也能看出《圣经》中"创世纪"的影响，不可能是纯而又纯的中国神话了。

赵健秀对关公向来推崇备至，一直想借关公形象建构华美文学中的英雄传统。但他所推崇的关公与我们心目中的关公形象有相当大的出入。《甘加丁之路》中的三个主人公尼迪克特·汉、尤里西斯·关和迪戈·张模仿桃园结义，结为兄弟，并分别认同了刘、关、张三个角色。然而，除了在表面上的结拜形式外，这三兄弟与刘、关、张毫无可比之处。他们是 60 年代的美国嬉皮，到处可以得到毒品和性。迪戈·张甚至对自己的结义兄弟（同时也是他的亲表哥）的女儿也有欲念："本·毛的女儿玛莎面相太像本，我不喜欢她的这副长相，这倒是对大家都有好处。但我爱她的身体。长腿，长胳膊。圆奶子，圆屁股。……我的朋友们都知道我会对他们的女儿起色心。我是这个城里的野兽，是黑人中国佬，是都市里的土著。"这样的角色颇有"雄风"，确实与赵健秀所竭力反对的华裔的女性化形象大有区别，但这种雄风与《三国演义》中千里护嫂的关公的君子风范简直判若云泥。

三、传统与创新

如果说汤亭亭等华裔作家对中华文化作伪，赵健秀也未能对其存真；他们对中国传统文化资源的利用都有所改造。根据赵健秀的标准，我们可以说他本人也是"伪"华裔作家。然而，这样一来，我们在把他的论点证伪的同时也犯了与被我们证伪的论点同样简单化的本质主义错误。

如果说连遭受赵健秀猛攻的谭恩美也承认他的论争有道理，那么其合理之处不在于用以攻击她的"真伪"论上。如果我们能越过"真伪"论而探讨其终极目的，也许可以窥见另一番天地。赵健秀曾在不同的文章中说过："在我们能够讨论我们的文学之前，我们必须解释我们的感性。在我们能够解释我们的感性之前，我们必须勾勒出我们的历史。在我们能够勾勒出我们的历史之前，我们必须消除 [我们的] 概念化形象。在我们消除这些概念化形象之前，我们必须证明这些概念化形象的虚假性。"破除美国社会中根深蒂固的华裔美国人的概念化形象、摆脱白人对黄种人的异己化想象、创造出独特的华裔感性、创造出华裔新形象，这才是他关怀的终极目标。从林语堂到黄玉雪，从汤亭亭到黄哲伦，他们在赵健秀看来之所以是伪华裔作家，不仅因为他们对中国文化作伪，更深层次的原因是他们作品中的中国文化是概念化的，强化了华裔在白人社会中的概念化形象。就文本忠实性而言，即使赵健秀能够把汤亭亭作品中的中国文化证伪，他也不具备把林语堂证伪的能力，因为他和汤亭亭一样，是土生土长的美国人，他们对中国的了解是从"电影、电视和小人书等推销白人美国文化的媒体中得来的"（*Aiiieeeee!* vii），但他照样毫不留情地把林语堂排除在"真"华裔作家之外。由此，他们争论的焦点并不在于文化的真伪，而在于作者进行文化改造的目的以及因此在读者中造成了什么样的影响。

  赵健秀的"真"并非出于对中国文化的关怀。在编选《唉咿！》时，他主张亚裔应与亚洲文化断绝关系，对美国人认为华裔依然保持着中国文化的看法深恶痛绝："认为亚裔美国人保持着亚洲人的文化操守，认为在五百年前就已经不存在的某种上流的中国文化与在美国出生的亚裔之间存在着某种奇怪的连续性，这是神话"。但在《大唉咿！》中他却大张旗鼓地维护中国文化在华裔文学中的纯洁性，指责汤亭亭等人作伪，其主要原因不是因为他们歪曲和篡改了中国文化和中国历史，而是因为在赵健秀看来，他们的作品对中国文化的利用强化了华裔在白人心目中的概念化形象，不利于华裔在美国社会树立起正面形象。而破除美国主流社会对华人的偏见，特别是破除美国人心目中的华人概念化形象，进而树立起华人的正面形象，是赵健秀在创作中孜孜以求的目标，也是他对华美文学所抱有的希望。

  据报道，汤亭亭的《女勇士》在出版之前曾想请已经成名的赵健秀捧场，赵健秀也认为这部作品感人而且有田园味，却表示不能为之捧场，因为出版商要把它当作非小说出版，而赵健秀认为写自传就是叛卖。⑤《女勇士》出版后，好评如潮，但很多评论者从中看到的是异国情调和中国文化的神秘，而这正是赵健秀所欲极力破除的两种概念化形象。主流文化对《女勇士》的这种接受态度似乎印证了赵健秀的看法，连汤亭亭本人也不得不著文说明自己没想到评论这本书的标准是充满异国情调的、高深莫测的、神秘的东方人概念化形象。

  赵健秀所关注的并非华美作家是否恪守中华传统文化。他有一句口头禅"生活即是战争"，他所推崇的历史人物除了关公还有兵法家孙子。从这点上看，他摆出的文化本质主义的架式可以看作一种批评策略，在"真伪"问题上做文章容易抓住白纸黑字的确凿证据，便于一招制敌。实际上，他所关心的甚至不是中华传统文化，而是该文化在华美文学作品中的应用是否有利于华裔在美国主流社会中树立起正面形象。如果有利的话，传统文化也可以改变，他本人在其作品中便有如此实践。⑥

  种族歧视是美国社会中的痼疾。目前，这个社会在提倡多元文化，欲借此消解种族主义的积弊。华裔作家若想为自己的族群找到容身之地,必须建构自己独特的族裔属性。然而,诚如林英敏所言,"如果我们强调与其他种族的相似性,强调我们的人性高于我们的文化特性,那么我们似乎是在取消多元文化研究的理由"(Ling 165)。是故,华裔欲在文化多元的美国社会中立足就必须建构自己有别于其他族裔的特性,他们必须借助自己族裔的传统文化资源才能形成与主流文化不同且平等的族裔文化。由于处于弱势地位,他们为了取得平等地位势必要利用主流社会的规范,不可能摆出自己族裔文化中的标准来要求主流社会向少数族裔看齐。为了显示出不同,以免完全受主流同化而导致自身特性的灭绝,他们必须利用自己民族的文化资源以区分出我类,同时因为平等的标准是主流社会的,族裔文化势必要经过变异才能为少数族裔所用。

于是,为了替华裔女性立言,汤亭亭利用女性主义改编中华传统文化资源,为华裔女性争取与白人女性平等的地位,把华裔女性塑造成具有女性意识的现代女性;为了替华裔男性张目,赵健秀利用个人英雄主义重塑华裔形象,改变华裔男性的女性化概念化形象。为了彰显不同,汤亭亭在中华文化中找出花木兰加以改编利用,勾勒华裔的女性主义传统;为了表现区别,赵健秀祭起关公,并从自身需要出发重新诠释关公,为华裔男性在中华文化中梳理出一个英雄主义传统。在他们重塑华裔过程中,汤亭亭从女性主义出发、赵健秀从个人主义出发对中华文化资源进行利用和改编,不仅为华裔的女性和男性提供了可资仿效的正面形象,同时为华裔女性张扬女性主义、为华裔男性在白人男性主宰的美国社会中重振雄风提供了历史合法性。

结束语

在这场论战中,赵健秀以中国传统文化的守护人自居,他的立场被评论界普遍冠以文化民族主义的标签。对赵健秀的民族主义式的解读不仅遍及美国的华裔文学评论界,也传入了中国的外国文学批评中。⑦这种标签有误导的可能,特别是当它与赵健秀坚持在华美文学中保存真正的中国文化传统的主张相连时,它有可能会使读者误认为赵健秀所坚持的是中国文化的民族主义立场,但实际上正好相反。

民族主义在当代西方语境中总是与民族国家密不可分的一个概念,它的背后总是暗含着一个具有实在地域的国家并包含着爱国主义的内容,意指反对、反抗外部势力或殖民势力的压迫。如果我们检视华美文学中的民族主义背后的那个国家,我们会发现,支撑并激励着这种民族主义的不是中国而是"华裔美国";华裔美国并不是一个具有地域疆界的实体,只是一个想象的政治空间,它依附着美国,是美国的一个有机组成部分。这种民族主义实际上是(华裔)美国的民族主义,与之对立的不是外部压迫势力而是内部的种族歧视和东方主义在美国国内社会中的政治势力,它的目的不是保存和发扬中国文化传统,而是在美国国内的政治文化斗争中为作为少数族裔的华裔争取应得的权利。这样的文化立场与其说是民族主义，不如说是族裔本位主义，其立足点是美国社会中的政治现实，而不是中国文化的历史传统。明确这一点对于把握华美文学与中国传统文化的关系至关重要。

作为美国文学一部分的华裔文学所着力体现的是美国文化，它把中国文化当作一种与其自身间隔着巨大时空跨度的外部文化，吸纳其中有利用自身发展的因素以强化其以美国/西方价值体系为基础的内核，对中国文化采取的是一种拿来主义的态度，遵循着西学为体、中学为用的原则，择其善者而用之，其不善者而改之、弃之。

如此创造出来的华裔美国新文化与东方主义有着千丝万缕的联系，其间既有对抗的一面又有共谋的一面。面对作为主流社会中的主导意识形态的东方主义，华裔作家在创造新文化的过程中处于阿尔都塞所谓的"自由的主体／受支配的臣民"的尴尬处境，一方面，他们以主体身份建立自己的族裔新文化时必须借助祖先文化，反抗把自己的族群异己化、客体化的东方主义；另一方面，他们又摆脱不了这种主流意识形态的支配，在借用祖先文化时进行必要的改编乃至篡改，与其妥协甚至共谋，所以即便对赵健秀这样高呼要捍卫中国文化纯洁性的作家，也有批评家指责他把华美文学"东方化"了（Ma xv-xvi）。

但是，如果我们据此把华美作家贴上"东方主义者"的标签又未免走到了另一个极端，也低估了华美作家的创造性和华美文学的复杂性。华美作家在其作品中对待中国传统文化的态度与赛义德所勾勒出来的东方主义是有区别的。以西方／美国为中心的东方主义是"西方用以支配、重构和控制东方的一种方式"（Said 3），其目的是为了强化西方的主导，而华美作家以西方价值尺度为标准，改编中国传统文化资源，其目的是为了在美国社会中为自己的族群建构出既有别于主流社会又能与主流社会平等共处的华裔族性，在东方主义的缝隙里开拓出自己族群的生存空间。

注释

① 文中"亚美"和"华美"有时互换使用。关于亚美文学和华美文学的关系，张子清先生有专文讨论，详见张子清，"与亚美美国文学共生共荣的华裔美国文学"，《外国文学评论》1（2000）。
② 该书的副标题中的"Fake Book"一词除了有"伪书"的意思外还有一解，意思是"爵士乐中的用于即兴发挥的曲谱底稿"。
③ 梁志英是著名学刊 *Amerasia Journal* 的主编，也是一位华裔诗人、作家，是赵健秀的战友，《唉咿！》中收录有他的小说（以笔名 Wallace Lin 发表）。
④ 梁玉绳《汉书人表考》有伏羲、女娲为兄妹的记录。唐李冗《独异志》有关于兄妹成婚的记载。又，近年出土的汉画像石有伏羲、女娲交尾图。见袁珂《中国神话传说词典》（上海：上海辞书出版社，1985年）插图第4页，第164页。
⑤ 参 见 Edward Iwata, "Is it a Clash over Writing Philosophics, Myths and Culture?" *Los Angeles Times*,

24 June 1990 E1.
⑥ 关于这一点，参阅单德兴，《书写亚裔美国文学史》(纪元文主编，《第五届美国文学与思想研讨会论文选集：文学篇》，台北："中央研究院"欧美研究所，1997）和俞宁，《是"奠基人"还是"邪教主"？》(《国外文学》4（2000）。
⑦ 如王光林：《文化民族主义斗士》，《当代外国文学》3（2001）。

引用作品

Cheung, King-kok, ed. *Words Matter*: *Conversations with Asian American Writers*. Honolulu: University of Hawaii Press, 2000.

Chung, La. "Chinese American Literary War Writers, Critics Argue over Portrayal of Asians." *The San Francisco Chronicle,* 26 Aug, 1991.

Ling, Amy. "Maxine Hong Kingston and the Dialogic Dilemma of Asian American Writers." *Having Our Way. Women Rewriting Tradition in Twentieth-Century America*. Ed. Harriet Pollack. London Associated University Press, 1995. 151-166.

Ma, Sheng-mei. *The Deathly Embrace. Orientalism and Asian American Identity.* Minneapolis: University of Minnesota Press, 2000.

McDonald, Dorothy Ritsuko. Introduction. *The Chickencoop Chinaman & The Year of the Dragon*: *Two Plays*. Frank Chin. Seattle: University of Washington Press, 1981.

Said, Edward. *Orientalism*. New York: Random House, 1978.

Skenazy, Paul and Tera Martin, eds. *Conversation with Maxine Hong Kingston*. Jackson: University of Mississippi Press, 1998.

5 论美国华裔文学的发展阶段和主题内容

程爱民

评论家简介

程爱民，南京大学博士、教授、博士生导师，曾历任南京师范大学国际文化教育学院院长、南京大学海外教育学院院长。主要研究领域为英美文学、美国华裔文学。专著有《梭罗的自然观与道家自然观比较研究》、《中国文化概观》(*Aspects of Chinese Culture*)、《20世纪英美文学论稿》、《20世纪美国华裔小说研究》；编著有《美国华裔文学研究》、《跨国语境下的美洲华裔文学与文化研究》；译著有《青年生活启示录》、《终极证人》、《逾矩的罪人》和《第二十二条军规》。

文章简介

本文着重探讨了美国华裔文学100多年来的发展阶段和主题内容。粗略而言，美国华裔文学的发展大致可分为三个阶段：19世纪末至20世纪60年代为开创阶段；20世纪七八十年代为转折阶段；20世纪80年代末90年代初至今走向繁荣阶段。与之相对应的是，美国华裔文学在每个阶段所再现的主题内容都不尽相同。早期美国华裔文学大多是自传或自传体文学，主要表现的是华人/华裔在两个世界之外的迷茫；第二、第三代美国华裔作家着重表现的是美国华裔在两种文化、两个世界之中的困惑、无奈与挣扎以及少数族裔的"边缘文化"心态；而到了20世纪八九十年代，再现从自我迷惘到自我认同再到自我超越，把处于两个世界之外、两种文化之间的无归属状态转变为联结两个世界和两种文化的力量的经历则成为新一代美国华裔作家观照的重点。本文条理清晰地从宏观角度梳理了美国华裔文学的发展脉络和主题变化，为美国华裔文学研究提供了重要的参考价值，对美国华裔文学研究具有重要的指导意义。

文章出处：本文原载于《外国语》（上海外国语大学学报）2003年第6期，第46—54页。

论美国华裔文学的发展阶段和主题内容

程爱民

从第一批华人抵达美洲大陆之日起,[①]他们就把中国古老的文明、文学和文化传统带到了这个新的国度。如果从 1887 年李恩富(Yan Phou Lee)发表自传《我在中国的童年时代》(*When I Was a Boy in China*)算起,美国华裔文学已有 100 多年的历史。在过去的 100 多年里,美国华裔文学经历了从被忽略到被关注,从被边缘化到逐步进入"主流"的曲折而动荡的发展历程。今天,美国华裔文学经过几代人的努力,尤其是自 20 世纪 70 年代以来,已在美国当代多元文化的大背景中逐步受到关注并呈现出比较繁荣的局面,一批美国华裔作家也已杀入或正在杀入美国文学"主流"。

美国华裔文学是中美两种文化碰撞和杂交的产物,但又呈现出鲜明的个性与特色。美国华裔作家大多具备双重文化身份和视野,但他们在整体上是更具有强烈的文化感受力的群体,他们大多意识到美国华人/华裔的双重文化/民族属性(cultural/ national identity)及其"他者"地位;于是他们以考虑自身的存在状态为契机,以独特的生命体验和观物视角关注着华裔群体在中美两种文化碰撞中的生存以及对于命运和人生选择的思考。因此,他们的作品不仅描述了华人漂洋过海来到美国的艰辛的奋斗和创业过程,而且表现了作为美国少数民族之一的华人族裔的思想感受和生存境遇,同时也反映了一代又一代的华人/华裔所经历的中美两种文化之间的交流、碰撞和冲突,表现了他们对中美文化最终走向融合所寄予的美好憧憬和无限希望。

一

粗略地说,美国华裔文学可大致分为三个阶段:从 19 世纪末至 20 世纪 60 年代为开创阶段;20 世纪七八十年代为转折阶段;从 20 世纪 80 年代末 90 年代初至今可谓走向繁荣阶段。

根据目前的研究资料显示,美国华裔文学起始于 19 世纪末 20 世纪初,最初实为移民文学,形式多为口头文学,如歌谣、故事等。由于这一时期留下来的第一手资料太少,因此,第一本重要的美国华裔文学作品当推李恩富于 1887 年出版的《我在中国的童年时代》。随后有容闳(Yung Wing)的《我在中国和美国的生活》(*My Life in China and America*, 1909)。该书用自传体方式描写异国风采,迎合美国人看东方的心理,是早期华人崇尚白人优越论的典型体现。由于历史、文化、出版诸方面原因,他们在美国华埠内外均没有产生什么影响。

今天的批评家大多认为，真正在美国华裔文学开创初期产生过较大影响的是一对中英混血儿姐妹艾迪丝·伊顿（Edith Eaton）和温妮弗莱德·伊顿（Winnifred Eaton）的作品。姐姐以"水仙花"（Sui Sin Far）为笔名，妹妹以日本名 Onoto Watanna 为笔名。尤其是姐姐艾迪丝·伊顿常被视为美国华裔文学的先驱。她的短篇故事集《春香太太》（*Mrs. Spring Fragrance*, 1912）也常被认为是美国华裔文学的开山之作。

一般认为，第一部由在美出生的华裔作家以英文撰写的自传是刘裔昌（Pardee Lowe）的《父亲及其光荣后代》（*Father and Glorious Descendant*, 1943，又译《虎父虎子》）。这是早期华裔文学中较重要的一部作品，描写了父子两代人由于对中美文化持不同的态度而产生的矛盾和冲突以及早期华人力图认同并融入美国主流社会的心理和生活历程。

黄玉雪（Jade Snow Wong）的《华女阿五》（*Fifth Chinese Daughter*, 1945）是美国华裔文学发展史上一部具有重要意义的作品，也是今天研究美国华裔文学、社会和历史的必读之作。黄玉雪本人也因此书的出版而一夜成名，获得很多荣誉。该书出版后在相当长的时间内被加州的中学选作文学课本。此书对后来的一些华裔作家（如汤亭亭等）也产生了较大的影响。

美国政府于 1943 年废除了实行长达 61 年的《排华法案》之后，出现了一个较短时期的移民高潮。这些移民中也有一批知名作家，如林语堂（Lin Yutang）、黎锦扬（Chin Yang Lee）等。前者用英文出版了一系列作品，如《唐人街家庭》（*Chinatown Family*, 1948）等，后者出版了《花鼓歌》（*Flower Drum Song*, 1957）。

李金兰（Virginia Lee）和宋李瑞芳（Betty Lee Sung）在 20 世纪 60 年代分别发表了《太明所建之屋》（*The House That Tai Ming Built*, 1963）和《金山》（*Mountain of Gold*, 1967）。这两部作品仍然承袭了刘裔昌和黄玉雪的传记文学传统，也是早期屈指可数的美国华裔文学作品中比较重要的两部作品。[2]

美国华裔小说产生的时代相对较晚。张粲芳（Diana Chang）的《爱的疆界》（*Frontiers of Love*, 1956）是第一部由在美国出生的华裔作家写的小说。张粲芳生于美国，不到一岁即被带到中国，在上海具有浓厚欧洲氛围的外国领事区内长大。她的小说主要描写她作为美国人眼中的上海，其作品中的主要人物也大多是混血儿。女主人公西尔维亚（Sylvia）由于其父母分属不同的种族和文化传统而对自己的血缘属性、民族/文化身份感到迷惘而找不到归属。由于张粲芳的生活经历和作品所描写的内容与美国华裔生活和经历相去甚远，因而美国华裔文学研究中有些人更看重稍后出版的雷庭招（Louis Chu）的《吃碗茶》（*Eat a Bowl of Tea*, 1961）。但是我们认为今天的美国华裔文学研究不应忽视张粲芳的《爱的疆界》，因为该小说中所表现的文化/身份认同问题是 20 世纪 80 年代以来发表的许多美国华裔小说的最重要的主题之一。

雷庭招的《吃碗茶》被认为"是第一部以美国华埠为背景的美国华裔小说"。[1:198]

但该书出版后并未受到重视，尤其是小说的喜剧结构、唐人街英语和广东四邑方言的运用更不为美国主流社会所理解，因而作家生前一直默默无闻。然而经过赵健秀等人的重新发现，这部小说越来越受到批评界的关注。赵健秀等人在《哎咿！美国亚裔作家文集》中对这部小说高度赞扬，认为它"从一个美国华裔的角度而不是完全从'中国人或白人化的中国人的角度'真实而准确地描绘了美国华裔的经历"，[1:198] 是"第一部以不具异国情调的唐人街为背景的美国华裔小说，这部小说所描绘的唐人街颇具代表性"。[4:15] 如果说《父亲及其光荣后代》、《华女阿五》、《太明所建之屋》和《金山》等几部作品一方面强调儒家思想和中国文化的优越性，另一方面又迎合了白人对于华人的成见的话 [11:128-9]《吃碗茶》则第一次真实地"描绘了非基督教的美国华裔社会，以前后一致的语言和敏感度，精确而生动地刻画了美国华裔移民的生活与时代"。[16:91] 因此，正如金惠经教授所评价的："这部小说现在已被视为美国华裔文学传统的基石。"[8:155] 除了以上提及的作家作品之外，还有不少华裔作家在这一阶段也创作了相当数量的短篇诗文。

20 世纪 60 年代以美国黑人为主的民权运动在美国国内风起云涌，唤醒了在美少数族裔人民对自身权利及身份的意识，也催发了学术界对少数族裔的关注和兴趣。这股风潮不仅激发了一批在美国出生且受到良好教育的美国华裔（即所谓的 ABC—American Born Chinese）作家的创作冲动，同时也为他们提供了理论、观点、灵感和空间，推动了美国华裔文学创作和批评的繁荣。

因此，20 世纪七八十年代便成了美国华裔文学的转型期和觉醒期，是美国华裔文学走向成熟和繁荣的一个重要阶段。几部具有划时代意义的美国华/亚裔文学选集和作品在 20 世纪 70 年代相继问世，受到了美国主流学术界和读者的关注和好评，有的作品很快进入美国文学主流，把美国华裔文学推向了一个新阶段。

首先在 20 世纪 70 年代初期出现的是几部文学选集，它们是：由加利福尼亚大学洛杉矶分校亚美研究中心编选的《根：美国亚裔读本》(*Roots: An Asian American Reader*, 1971)、许芥昱（Kai-yu Hsu）和海伦·帕卢宾斯克斯（Helen Palubinskas）合编的《美国亚裔作家选》(*Asian-American Authors*, 1972)、赵健秀（Frank Chin）、陈耀光（Jeffrey Paul Chan）和徐忠雄（Shawn Hsu Wong）等四人合编的《哎咿！美国亚裔作家文集》(*Aiiieeeee! An Anthology of Asian-American Writers*, 1974) 以及王燊甫（David Hsin-Fu Wand）主编的《美国亚裔遗产：散文与诗歌选集》(*Asian-American Heritage: An Anthology of Prose and Poetry*, 1974)。

虽然这几部文学选集现在看来大多带有初创期的特点，但它们都具有表现族裔文学存在的宣言性质，尤其是赵健秀等人合编的《哎咿！美国亚裔作家文集》受到后来华/亚裔美国文学编选者和研究者的高度重视，认为它是具有划时代意义的里程碑式的文集，是"新亚裔美国文学意识的催化和根本的文选"。[7:xxvi] 其序言现在常被认为是与爱默生的

《论美国学者》具有相同意义的美国亚裔文学的"独立宣言"。黄秀玲女士曾这样评论道：

> 当60年代那一代亚裔美国活跃分子把注意力转向文学时，他们的兴趣不是抽象的或学术的。……尤其是赵健秀、陈耀光、徐忠雄和美国日裔诗人稻田在他们的具有里程碑意义的文集《哎咿！美国亚裔作家文集》中，为亚裔美国文学缔造了宣言。[3:40]

在20世纪70年代中期，在反映"边缘文化"的美国华裔文学取得长足发展的同时，华裔女作家汤亭亭（Maxine Hong Kingston）发表了美国华裔文学史上具有里程碑意义的作品《女勇士》(*The Woman Warrior: Memoirs of a Girlhood Among Ghosts*, 1976)，将美国华裔文学推向一个高峰。该书以独特的叙述视角和手法、丰富的文化形象和奇特的故事传说震撼了当代美国文坛，丰富了美国文学的内涵，并获得该年度"美国国家图书评论界奖"（National Book Critics Circle Award）非小说类奖。汤亭亭也因此作品一鸣惊人并杀入美国文学"主流"。1980年汤亭亭又发表了《中国佬》（*China Men*，又译《金山勇士》），获得美国国家图书奖（National Book Award）和"美国国家图书评论界奖"，并获普利策奖提名。1989年她又发表了《猴行者：他的伪书》（*Tripmaster Monkey: His Fake Book*），获得当年美国笔会小说奖（PEN Fiction Award）。汤亭亭的出现，使美国华裔文学不仅在美国通俗文学中占有一定地位，同时也正式走入美国主流文学的行列。

此外，徐忠雄（Shawn Hsu Wong）在1979年发表了自传体小说《家乡》（*Homebase*）。作品通过说故事、书信、想象和做梦等手法，表现了男主人公及其三代祖先在美国的生活经历，再现了美国华裔历史的一部分，尤其是修建铁路、开发西部的历史现实。这部作品出版后曾获得太平洋西北地区书店奖（The Pacific Northwest Booksellers Award）和华盛顿州长作家节奖（Washington State Governor's Writers Day Award）。

这一时期出现的一批华裔作家中，赵健秀和汤亭亭无疑是其中的代表人物。他们的创作思想、主题和手法也对其他华裔作家产生了重要的影响。

赵健秀的作品个性鲜明，广泛而深刻地展现了文化及种族问题。他在探寻华裔文学传统的过程中，以恢复华裔男性雄风为己任，在抵抗主流同化的语境中开始审视过去的华裔文学，积极消解美国主流文学中的种族刻板形象（racial stereotypes）。他在为中国文化的优秀传统呐喊的同时，一方面抨击白人种族主义的偏见和他们心目中扭曲的华人形象，尤其是将华人"女性化"的形象；另一方面批评、驳斥任何在他眼中违背中国文化、迎合白人读者、强化华人男性"女性化"形象的华裔作品。他对黄玉雪、汤亭亭、黄哲伦以及谭恩美、任璧莲等作家都有不同程度的批评。

与赵健秀不同的是，汤亭亭以现代女性（女权）的眼光去追寻华裔女性的传统。她更侧重于描写女性生活在两种文化、两个世界之中的困惑、无奈与挣扎。她的《女勇士》以"讲故事"的形式将叙述者游移在现实与幻想、中国与美国、过去与现代之间，抒发了她对中国男权压迫的愤恨，表达了自己作为一位女性和少数族裔在美国主流文化中的失落和失声。她同时也展现了在权力不平等的社会中，从自我厌恶到迷惑、反抗，再到寻求自我身份的不平常的成长过程。她的作品深受民权运动、女权主义以及（后）现代创作手法的影响。

自20世纪80年代后期起，美国华裔文学无论是从作家作品的数量或质量上看，还是从受关注的程度或影响上看，都开始呈现出一种新的繁荣景象。美国华裔文学逐步得到美国主流文学界的承认，并进入美国大学、中学的课堂，受到美国大众读者的欢迎。可以说，美国华裔文学从20世纪80年代末90年代初开始逐步走出"边缘"，走向繁荣和成熟。正如亚裔美国文学批评的重要开拓者金惠经在1992年所说："此时我们正经历着亚裔美国文化生产的黄金时代的开端。"[10:xi] 具体可以从以下几个方面进行说明：

第一，自20世纪80年代末90年代初以来，美国华裔文学出现了前所未有的繁荣。除了40年代出生的那一批作家，如汤亭亭、赵健秀、徐忠雄等在继续创作之外，美国文坛上又出现了一批十分活跃且富有影响的新生代华裔作家。他们中一些人的作品在美国引起了强烈的反响，如谭恩美（Amy Tan）在1989年出版了《喜福会》（*The Joy Luck Club*），一夜之间成为美国文坛明星。这部小说发表后雄踞《纽约时报》畅销书榜达九个月之久，销量达四千多万册，并先后赢得美国"国家图书奖"、1991年"最佳小说奖"、"海湾地区小说评论奖"、"联邦俱乐部金奖"以及"国家图书评论奖"提名等多个奖项。目前该小说已被翻译成包括中文在内的20多种语言。她的第二本小说《灶神之妻》（*The Kitchen God's Wife*, 1991）一经问世，也立即成为美国最畅销小说之一。③一般认为，谭恩美是美国华裔文学继汤亭亭之后的又一个高峰。如果说汤亭亭在当时还是一枝独秀的话，谭恩美的出现则引来了美国华裔文学百花争艳的春天。除谭恩美之外，这一时期其他重要的华裔作家还有李健孙（Gus Lee）、雷祖威（David Wong Louie）、黄哲伦（David Henry Huang）、任璧莲（Gish Jen）、伍慧明（Fae Myenne Ng）等一大批年轻作家。

谭恩美作为这一批新生代作家的代表人物之一，其代表作《喜福会》探寻了母女两代人之间的爱恨关系以及两代人在两个世界、两种文化之间的碰撞与融合，是近些年来美国华裔作家对中美文化之间的关系进行探索的一个范本。总体上看，谭恩美在作品中采用中国传统小说的叙述手法，从个人的记忆出发，建立了一个特定的观察历史和文化的视角，将自我经历放大，将家庭矛盾、母女之间的冲突提升到文化冲突的层面，并在中美文化传统的大背景下使之象征化、寓言化，使得小说更具文化内涵和艺术张力。

谭恩美和汤亭亭是当代美国华裔文学的两个高峰。谭恩美的小说在主题及艺术魅力上可谓是汤亭亭小说的延伸与继续,但她的小说较汤亭亭的作品更为凄美动人。这是因为,作为华裔女作家,谭恩美似乎具有一种摆脱不掉的中国情结和中国文化意识,具有东方女性独特的细腻情感和审美趋向。她在创作中十分关注家庭关系、亲情血缘以及华裔妇女的身份地位,因此她的作品更具人情味;此外,在她小说中,中国母亲的形象具有巨大的感染力;这一形象占据着其小说的情感中心,表现的是一种从独特的角度观察到的中国和中国文化传统,因而引起了美国华裔以及其他族裔美国人的极大兴趣。从很大程度上说,也正是因为这一点,使得谭恩美有别于汤亭亭:前者更为美国普通读者所喜爱,而后者则更受到批评界的关注。

在这个新生代华裔作家群中,任璧莲是另一位较有代表性的作家之一。她在多元文化主义思潮影响下,以轻快、诙谐、反讽的笔触,质疑、颠覆美国主流社会对于族裔的本质论式的偏见,探讨民族或文化身份的严肃主题。她至今已发表了《典型美国人》(*Typical American*, 1991)、《希望之乡的莫娜》(*Mona in the Promised Land*, 1996)、《谁是爱尔兰人?》(*Who's Irish?*, 1999)等多部作品。在其代表作《典型美国人》中,任璧莲探讨了华人族裔在中国传统文化和美国主流文化两种不同语境中遭遇的自我建构和文化身份问题,旨在批判"熔炉"模式中"典型美国人"的定义,提倡建立"美国色拉碗"式的多元文化。这部小说对于白人主流社会与华裔移民、对于所谓的典型美国特征和族裔经验的反讽和抵抗就反映在小说的题目当中。

《典型美国人》这部小说集中体现了作者的创作思想。长期以来,处于东西方文化夹缝之间的美国华裔作家常常强调文化的冲突和文化人格的分裂,任璧莲却乐观地提倡东西方文化的融汇和共存,这是她的独特之处。任璧莲的思考对当今时代为全球化和多元文化所困扰的人们不无借鉴意义。

除了谭恩美和任璧莲之外,李健孙和雷祖威的创作也受到美国主流批评界和读者的关注,他们四人曾被批评家称为美国文学界的"四人帮"。

第二,华/亚裔文学选集的出版在这一时期也形成高潮。据统计,从1989年至20世纪末,有近20种华/亚裔文学选集出版,其中比较有代表性的有:《夏威夷华人作品集》《被禁的针线:美国亚裔妇女作品选集》《两个世界之间:当代亚美戏剧选》《哎呀呀!美国华裔和日裔文学选集》《异国人的歌:当代亚美文选》《美国华裔诗歌选集》《当代亚美小说选集》《未断的线:亚美妇女戏剧作品选集》《美国龙:25位亚美作家》《美国亚裔文学选集与简介》等。④

第三，美国华/亚裔文学开始得到美国主流社会，尤其是文学界和学术界的承认，具体表现为：（一）美国华裔文学开始进入美国主流文学史或文学选集，如1988年出版的由爱默里·艾略特主编的《哥伦比亚美国文学史》是目前最权威的美国文学史之一，该书辟有专章论述美国亚/华裔文学。这是美国权威文学史家第一次在书中专门论述亚/华裔文学。此外，美国两大主流文学选集《诺顿美国文学选集》和《希斯美国文学选集》也从20世纪80年代末90年代初开始收录美国华裔文学作品；（二）"美国现代语文学会"1988年出版了由张敬珏和斯坦·约格编选的《亚裔美国文学书目提要》。这有两个方面的含义：一是在美国文学研究领域，书目的作用是非常重要且无可替代的。这本《亚裔美国文学书目提要》在美国文学研究中的地位既是历史性的、也是开创性的；二是这本书目提要是由"美国现代语文学会"出版的。大家知道，"美国现代语文学会"是美国文学界最权威、最有影响的学术组织。这至少说明美国主流文学界已认可华裔文学的重要性和在美国文学中的地位；（三）自20世纪80年代末起，一批美国学院派教授开始接纳华裔文学，美国许多大学，包括一些一流的大学，相继成立了"亚美研究中心"，纷纷开设"美国亚/华裔文学"课程；（四）不少美国华裔文学作品相继进入美国大众传媒界，有的被改编成电影，如雷庭招的《吃碗茶》、谭恩美的《喜福会》，分别于1989年和1993年上映；黄哲伦的《蝴蝶君》不仅登上百老汇的舞台，而且被改编成电影于1993年发行；汤亭亭的《女勇士》和《中国佬》两部作品被合并改编成一个剧本于1994年上演。

二

同小说创作一样，华人移民在早期的生活和创业中也创作了不少诗歌，但发表的、尤其是以诗集形式出版问世的很少。自20世纪六七十年代以来，许多美国华裔界人士逐步整理、翻译和出版了一些早期华人、华裔诗歌作品，其中比较有影响的有《金山歌集》（*Songs of Gold Mountain*）[5]、《天使岛诗集》（*Island: Poetry and History of Chinese Immigrants on Angel Island 1910—1940*）[6]等。如果说《金山歌集》（两卷，1911，1915）以诗歌形式开创了华人移民文学，记录了中国移民在美国的种种经历和感受，《天使岛诗集》则是中国移民在一种特定的情景中"铭刻"下的文学，表现出了华人族裔对祖国和家庭的眷恋、对美好生活的期盼和追求、在蒙受异族的歧视和虐待后的悲愤以及雪耻扬眉、光宗耀祖的决心等。从另一种意义上说，这些诗歌是相对于中国、尤其是美国文学和社会的"另类的历史、竞争的叙述和被压抑的声音"。[6:viii]

美国华裔诗歌创作从数量或从受批评界关注的程度上虽不能同华裔小说创作相比，但华裔诗人诗作的数量也是十分可观的。早期的如：蒋希曾[7]（Tsiang Hsi Tseng）的《中国革命诗歌》(Poems of the Chinese Revolution, 1929)、莫恩·关（Moon Kwan）的《中国镜子：诗歌和戏剧》(A Chinese Mirror: Poems and Plays, 1932)、大卫·拉费尔·王（David Rafael Wang）的《高脚杯月亮》(The Goblet Moon, 1955)、华拉斯·丁（Walasse Ting）的《中国月光：33位诗人的66首诗》(Chinese Moonlight: 63 Poems by 33 Poets, 1967)、王梅（May Wong）的《坏姑娘的动物书》(A Bad Girl's Book of Animals, 1969)；20世纪70年代以后的诗人诗作就更多了，如：美美·伯森布拉格（Mei-Mei Berssenbrugge）的《鱼魂》(Fish Souls, 1971)、玛丽·李（Mary Lee）的《牵手》(Hand in Hand, 1971)、卡洛·蓝（Carol Lern）的《草根》(Grassroots, 1975)、约翰·姚（John Yau）的《穿过运河街》(Crossing Canal Street, 1976)、艾里克·乔克（Eric Chock）的《一万个希望》(Ten Thousand Wishes, 1978)、玛丽·王李（Mary Wong Lee）的《透过我的窗户》(Through My Windows, 1979)、林玉玲（Shirley Geok-lin Lim）的《穿过半岛和其他诗歌》(Crossing the Peninsula and Other Poems, 1980)、亚瑟·苏（Arthur Sze）的《迷惑》(Dazzled, 1982)、张粲芳的《马蒂斯在追求什么》(What Matisse Is After, 1984)、陈美玲（Marilyn Chin）的《矮竹》(Dwarf Bamboo, 1987)、林小琴（Genny Lim）的《冬居》(Winter Place, 1989)、梁志英（Russell C. Leong）的《梦尘之国》(A Country of Dreams and Dust, 1993)等。

如果从发表的年代看，美国华裔戏剧创作起步要晚得多，绝大多数是从20世纪70年代才开始。但实际上有相当一批华裔剧作家一直活跃在美国华人社区的舞台上，如加州洛杉矶市的"东西剧团"、旧金山市的"亚美剧团"等，但他们创作的剧本大多未发表。除了赵健秀和黄哲伦的剧作之外，在已发表的剧作中比较重要的还有：美美·伯森布拉格的独幕剧《一、二杯》(One, Two Cups, 1974)、保罗·林（Paul Stephen Lim）的《出发点》(Points of Departure, 1977)、梅尔·吴（Merle Woo）的《平衡》(Balancing, 1980)、黛安娜·周（Diana W. Chou）的《一个白皮肤亚洲人》(An Asian Man of a Different Color, 1981)、林洪业（Darrell H. Y. Lum）的《橘子是幸运的》(Oranges Are Lucky, 1981)和《我的家在街那头》(My Home Is Down the Street, 1986)、劳伦斯·叶（Laurence Yep）的《恶魔》(Daemons, 1986)和《中国雇工》(Pay the Chinaman, 1990)、林小琴的《唯一一种语言》(The Only Language, 1986)、《鸽子》(Pigeons, 1986)、《纸天使》(Paper Angels, 1991)和《苦甘蔗》(Bitter Cane, 1991)、黛博拉·罗金（Deborah Rogin）根据汤亭亭的《女勇士》和《中国佬》两部作品改编的《女勇士》(1994)等。

这些戏剧大多采用华人生活题材，用写实的手法，或描写早期华人移民和劳工的生活和境遇，如《中国雇工》、《苦甘蔗》和《纸天使》等；或表现华人家庭关系和处境，如美美·伯森布拉格的《一、二杯》，描写了华人母女之间的关系；或反映种族、文化之间的矛盾和冲突，如黛安娜·周的《一个白皮肤亚洲人》。

在所有华裔剧作家中，以赵健秀和黄哲伦的影响为最大。赵健秀不仅以《哎咿！美国亚裔作家文集》蜚声美国文坛，而且也是第一位引起美国主流批评界关注的华裔剧作家。他的《鸡笼中国佬》(*The Chickencoop Chinaman*, 1972)是在美国剧院正式演出的第一部美国华裔剧本；第二个剧本《龙年》(*The Year of the Dragon*, 1974)也引起很大反响。

黄哲伦是另一位获得美国主流文学界承认的华裔剧作家。他的《蝴蝶君》(*M. Butterfly*, 1988)是第一部在百老汇上演的华裔戏剧作品，并获得1988年托尼最佳剧作奖(Tony Award for Best Play)。此外，他的《家庭忠诚》(*Family Devotions*)、《舞蹈和铁路》(*The Dance and the Railroad*)、《刚下船的人》(*FOB*)和《睡美人之屋》(*The House of Sleeping Beauties*)以及《航行》(*The Voyage*, 1992)等在美国文学界都有较大的影响。

三

在主题内容上，早期华裔文学作品大多属自传或自传体文学，主要表现的是华人/华裔在两个世界之外的迷茫，即所谓的 between the worlds。因此，如果说"自传为（美国）黑人作家开了一道门，使他们的作品得以进入文学的殿堂"，[12:15]那么，美国华裔文学的序幕也可以说是由自传或自传体文学拉开的，这一传统甚至一直延续至今。这些早期作品往往以家族或个人的经历为题材，主要描写了早期华人/华裔在美国的奋斗史，表现了华人移民在美国创业的艰辛以及他们的淘金梦、发财梦，其中有背井离乡的孤独、对故乡和仍留在故乡的父母妻儿的眷恋，有遭歧视、受迫害时的悲愤，有受挫折时的痛苦，也有成功时的喜悦。

据记载，华人抵达美洲大陆已有两个多世纪了。两百多年来，艰辛的移民历史在华人及其后裔的身上打下了深深的烙印。他们代代生活在海外，祖国离他们有万里之遥，在他们的心中已变得比较陌生。他们无法再称自己为中国人；然而在美国人眼里，他们是竞争对手，是抢白人饭碗的外国人，因而遭到歧视与压迫，被拒于主流社会之外。随着岁月的推移，现代华裔的社会状况和地位有了较大的改变，许多华人已走出了唐人街。但是，由于华人有着自己的文化背景与种族认同，以及他们长期以来在政治上和社会中得不到应有的重视，这就使得他们始终感到美国主流社会对他们的排斥，阻止他们真正融入美国社会和文化，因而感到无所适从，觉得自己既不属于中国，又不属于美国，处于两个世界的边缘地带。

如果说早期华裔作家较为关注的是华人在两个世界的夹缝中求生存的境况，那么，在美国出生的第二、第三代华裔作家更多地在思考并在作品中表现的是两种文化之间的困惑。他们以独特的视角去关注中美文化关系，探讨民族/文化身份(national/cultural identity)问题，着重表现华裔在两种文化、两个世界之中的困惑、无奈与挣扎以及少数族裔在美国主流社会和文化中的失落。

不论是在美国已生活了几代的老移民，还是20世纪移居新大陆的华侨，一般的华人家庭总是要求子女学习并接受中国文化传统和习俗，借以维持与祖国的联系。而在美国出生的新一代华人子女因为生活在与父母截然不同的文化环境里，耳濡目染，受着美国文化的熏陶，平时读的是英文书籍，而非孔子的经典，往往在思想上更倾向于接受美国文化与价值观。然而，无论华裔青年已经美国化到何种程度，以白人为代表的主流社会依然把他们看作是少数民族，是中国人，关键时刻总会对他们采取歧视和排斥的态度。这使得新一代华裔极易产生一种迷茫和身份危机："我究竟是谁？"

美国是近代世界史上最著名的移民国家之一。如何在它纷繁复杂的社会生活中继承中华文化，并吸收美国文化的精髓，这一直是美国华人所关注的现实问题。然而在这漫长的文化兼容与互补过程中，华裔却遭受了一个又一个沉重的打击，尤其是美国在 1882 年还颁布了《排华法案》。这项歧视性的法令以及 1884 年的追加限制几乎把华人赴美移民的大门彻底关闭了 60 多年，直到 1943 年才由罗斯福总统签署《马格纳森法》，废除了此项法案。但长达 61 年的排华法却带来了灾难性的后果。"它使华人作为一个种族群体，融入美国文化的时间被耽误了。"[18:182] 经过这样一段艰辛曲折的历史，美国华人就更希望能够保存本国的文化与习俗，留住他们的根。但是，多年的海外生活不可避免地会影响并改变他们的一些观念。不仅如此，近几十年来，许多华人经过努力已走出了唐人街，他们如同沙子一样散落在美国社会的各个角落，逐渐失去了个性，自愿或不自愿地被同化了。美国华裔的这种双重文化背景使得他们大多具备双重文化身份和意识。两种文化的冲突和碰撞常常使他们感到困惑，使他们陷入困境。

最能反映这种困惑和"边缘文化"心态的是 20 世纪六七十年代崛起的新一代美国华裔作家。他们不甘于在美国强势文化面前丧失自己的身份和传统，不愿被主流文化同化。他们想通过文学作品发出华人自己的心声，打破"欧美文化中心"的一统天下，在美国主流社会中为华人和中华文化争得一席之地。他们不再像老一辈华裔作家们那样注重表现美国华裔在异国社会中的生活和境遇，而是以独特的生命体验和观物视角关注着华裔群体在两种文化碰撞中的生存以及对于命运和人生选择的思考。⑧这些作家作品中的主人公常常意识到自己的夹缝地位，因而产生了孤独感，并在中美两种人格倾向中不断地寻找自己的位置。而且由于代沟及文化上的差异，年轻一代的华裔会在事业、爱情及家庭等问题上与父辈发生激烈的冲突，两代人时常处在一触即发的紧张关系之中。只有在他们经历了挫折逐渐成熟之后，这种关系才会得到改善；同时，华裔子女会感到他们与父母、与中国文化血脉相承，不可分割。这种在两种文化中探寻的历程，是基于华裔作家独特的生活经历、感受和思索，他们可以在这面镜像中，或明或暗地照见自身的存在。

正如他们作品中的主人公一样，许多当代美国华裔作家都经历了从对自我身份的迷惘、文化冲突的压力、价值观念的失落到重新定位自我、寻找自身价值、寻求文化沟通的再觉醒的过程。这一过程虽是痛苦的，但意义却是深远的，它表达了新一代华裔作家的理想境界："一个非白人，一个有色人，同时又完全可能是一个真正资格的美国人。"[5:684]

这种从自我迷惘到自我认同再到自我超越，把处于两个世界之外、两种文化之间的无归属状态转变为联结两个世界和两种文化的力量的经历也正是 20 世纪八九十年代出现的一大批华裔文学作品的主题。

正是由于华裔作家的这种独特的经历和身份，他们中间有许多人便自觉或不自觉地担当起消解文化对立、促进中美文化之间交流与融合的重任。他们试图用他们的笔在太平洋上空架起一座连接中美两个国度的文化巨桥。其实，不同民族之间、文化之间在本质上存在着许多共同的东西，这种共同的本质便是人类走向"大同"的基础；也正是人类相通的共性使许多华裔作品把不同时代、不同国度的人们的心灵或精神联系在一起，历史地展现了中美文化和价值观在不断的冲突和交融中发展的过程。

注释

① 根据有关资料，华人抵美的最早记载是在 1785 年。见 [13]。
② 据赵健秀等人统计，在《哎咿！美国亚裔作家文集》之前只有 10 部长篇作品。见该文集前言和绪论。
③ 谭恩美的近作还有：《一百个神秘的感觉》(One Hundred Secret Senses, 1995，又译《灵感女孩》)、《正骨师的女儿》(The Bonesetter's Daughter, 2001) 等。
④ 这一时期主要的华／亚裔文学选集有：Chock Eric and Darrell H. Y. Lum, eds. *Pake*: *Writings by Chinese in Hawaii*, 1989；Lim, Shirley Geok-lin et al, eds. *The Forbidden Stitch*: *An Asian American Women's Anthology*, 1989；Berson, Misha, ed. *Between Worlds: Contemporary Asian-American Plays*, 1990；Watanabe, Sylvia and Carol Bruchac, eds. *Home to Stay*: *Asian American Women's Fiction*, 1990；Chin, Frank et al., eds. *Big Aiiieeeee! : An Anthology of Chinese American and Japanese American Literature*, 1991；Chin, Marilyn and David Wong Louie, eds. *Dissident Song*: *A Contemporary Asian American Anthology*, 1991；Wang, L. Ling-chi and Henry Yiheng Zhao, eds. *Chinese American Poetry: An Anthology*, 1991；Hagedom, Jessica, ed. *Charlie Chan Is Dead*: *An Anthology of Contemporary Asian American Fiction*, 1993；Hong, Maria, ed. *Growing Up Asian American*, 1993；Hongo, Garrett, ed. *The Open Boat*: *Poems from Asian America*, 1993；Houston, Velina Hasu, ed. *The Politics of Life: Four Plays by Asian American Women*, 1993；Uno, Roberta, ed. *Unbroken Thread: An Anthology of Plays by Asian American Women*, 1993；Yep, Laurence, ed. *American Dragons: Twenty-five Asian American Voices*, 1993；Hongo, Garrett, ed. *Under Western Eyes: Personal Essays from Asian American*, 1995；Kudaka, Geraldine, ed. *On a Bed of Rice*: *An Asian American Erotic Feast*, 1995；Wong, Shawn Hsu, ed. *Asian American Literature*: *A Brief Introduction and Anthology*, 1996；Cheung, King-kok, ed. *Words Matter: Conversations with Asian American Writers*, 2000.
⑤ 1987 年，谭雅伦 (Marion K. Hom) 选择其中一些翻译成英文并以《金山歌集：旧金山唐人街的广东诗歌》(Songs of Gold Mountain: Cantonese Rhymes from San Francisco Chinatown. Berkeley: University of California Press) 为书名出版。
⑥ 在 1910 至 1940 年，17 万多华人移民被拘留在旧金山湾内的天使岛上。许多华人在拘留期间在移民屋的木墙上书写或刻下了许多诗句。1980 年，麦礼谦 (Him Mark Lai)、林小琴 (Genny Lim)、杨碧

芳（Judy Yung）三位天使岛移民的后裔编译出版了诗集（*San Francisco: HOC DOI [History of Chinese Detained on Island] Project*, 1980. Rpt. Seattle: University of Washington Press, 1991）。美国主流文学选集之一《希斯美国文学选集》（1990年版）中收录了其中13首。

⑦ 本节列出的华裔诗人和剧作家，由于其中一些无中文姓名或一时未找到他们的中文名，故根据英文名译出。以下恕不一一说明。

⑧ 加拿大华裔学者赵莲最近出版的学术著作《不再沉默》（*Beyond Silence*: Chinese Canadian Literature in English, 1997）对此有比较全面的论述。此书虽是对加拿大华裔文学的评述，但也同样适用于美国华裔文学的状况。

参考文献

[1] Baker, Houston A. Jr. *Three American Literatures* [C]. New York: The Modern Language Association of America, 1982.

[2] Cheung. King-Kok and Stan Yogi. *Asian American Literature*: *An Annotated Bibliography* [Z]. New York: The Modern Language Association of America, 1988.

[3] Cheung, Kng-Kok. *An Interethnic Companion to Asian American Literature* [C]. Cambridge: Cambridge University Press, 1997.

[4] Chin, Frank et al. *Aiiieeeee!: An Anthology of Asian-American Writers* [Z]. New York: Anchor Books, 1975.

[5] Elliot, Emory, *Columbia Literary History of the United States* [C]. New York: Columbia University Press, 1988.

[6] Greenblatt, Stephen. *New World Encounters* [C]. Berkeley: University of California Press, 1993.

[7] Hongo, Garrett. *The Open Boat*: *Poems from Asian American* [Z]. New York: Anchor, 1993.

[8] Jan Mohamed, Abdul R and David Lloyd. *The Nature and Context of Minority Discourses* [C]. New York: Oxford University Press, 1990.

[9] Lauter. Paul et al. *The Heath Anthology of American Literature* [Z]. 2 vols. Lexington, Mass. : D. C. Heath，1990.

[10] Lim, Shirley Geok-lin and Amy Ling. *Reading the Literatures of Asian American* [C]. Philadelphia: Temple University Press. 1992.

[11] Lin, Mao-chu. *Identity and Chinese American Experience*: *A Study of Chinatown American Literature Since World War II* [D]. Minnesota: University of Minnesota. 1987.

[12] Olney. James. *Autobiography*: *Essays Theoretical and Critical* [C]. Princeton, N. J: Princeton University Press. 1980.

[13] 陈依范．美国华人 [M]. 北京：工人出版社，1985.

[14] 何文敬，单德兴．再现政治与华裔美国文学 [C]. 台北："中央研究院" 欧美研究所，1996.

[15] 单德兴，何文敬．文化属性与华裔美国文学 [C]. 台北："中央研究院" 欧美研究所，1994.

[16] 单德兴，铭刻与再现：华裔美国文学与文化论集 [M]. 台北：麦田出版，2000.

[17] 单德兴，对话与交流：当代中外作家、批评家访谈录 [C]. 台北：麦田出版，2001.

[18] 托马斯·索威尔．美国种族简史 [M]. 南京：南京大学出版社，1992.

6

冒现的文学——当代美国华裔文学述论

郭英剑

评论家简介

郭英剑，南京大学博士，中国人民大学外国语学院院长、教授、博士生导师，中国人民大学"杰出学者"特聘教授，曾历任郑州大学外国语学院常务副院长、中央民族大学外国语学院院长。主要研究领域为英美文学、文学翻译、美国华裔文学、比较文学研究以及高等教育研究。专著有《全球化语境下的文学研究》《大学与社会：郭英剑高等教育文集》《域外，好书谭》和《墨影书香哈佛缘》；编著有《赛珍珠评论集》《比较文学与世界文学》；译著有《重申解构主义》《文化帝国主义》《公众的信任》《全球化与文化》《大瀑布》《因为他们并不知道他们所做的——政治因素的享乐》《交锋地带》《神秘的河流》《柳宗元与唐代思想变迁》《创造灵魂的人》以及《此时此地》等十余部。

文章简介

"冒现的文学"是针对新兴文学而提出的一种文学概念。与主流文学相比，"冒现的文学"毫不逊色，既充满令人惊奇的内容，又不断向主流文化的话语霸权提出挑战。为此，本文将20世纪70年代以来的当代美国华裔文学定义为"冒现的文学"，凸显了当代美国华裔文学在美国文学史上的地位。同时，本文还依据"冒现的文学"的概念对当代美国华裔文学进行了简单的梳理和总结，探讨了当代美国华裔文学兴盛的原委，并进而指出当代美国华裔文学在经历了发展后，正在进一步走向成熟。

　　文章出处：本文原载于《暨南学报（人文科学与社会科学版）》2004年第1期，第88—93页。

冒现的文学——当代美国华裔文学述论

郭英剑

从 20 世纪 70 年代起,仿佛是在一夜之间脱颖而出,一批华裔作家开始走上美国文坛,自此,在 10 年左右的时间内,这些华裔作家及其作品就获得了美国主流话语的认可。其标志就是马克辛·洪·金斯顿等华裔作家入选《哥伦比亚美国文学史》(1988)。而到目前为止,在短短 30 年的时间内,华裔文学已被公认为融入了当代美国文化和文学的主流,[1] 从而形成了一幅波澜壮阔的画面定格在了美国的文学史上。华裔文学创作在这么短的时间内取得了如此引人注目的成绩,代表作家之多,代表作品之重,获得认可程度之高,已经成为美国少数族裔文学中的佼佼者。

"冒现的文学"(emergent literature)是近年来较为流行的一个词汇。要对这个概念进行解释,不能不提现任美国加州大学圣克鲁兹分校人文学院院长的乌拉德·高吉克教授(Wlad Godzich),高吉克早年毕业于美国哥伦比亚大学,获法文及比较文学硕士、博士学位。早在 1991 年,高吉克就在瑞士日内瓦大学教授"冒现的文学"及比较文学,并任教于欧洲研究所。他曾于欧美多所知名大学担任教授或项目主持人。此外,他出版过许多备受赞誉的文学及语言学理论作品,最知名的如:《散文的冒现》(*The Emergence of Prose*, Minnesota, 1987)、《文学的文化》(*The Culture of Literacy*, Harvard, 1994)等。高吉克教授的声誉建立在他对全球化、人文主义和比较文学的研究上。他现在担任《理论与文学史》(*Theory and History of Literature*)与《冒现的文学》(*Litterature d'emergence*)丛刊的主编。高吉克教授的"冒现的文学"这一概念,是针对新兴的文学而提出来的。他认为,跟先前我们众所周知的主流文学相比,冒现的文学未必就会逊色,更主要的是,在这些冒现的文学中,总是充满了令人惊奇的内容,而且它们还在不断向霸权挑战。由此我们可以看出,冒现的文学这一概念的提出,有助于人们深入地了解"冒现"的意义,有助于少数族裔文学立足于多元文化,更有助于人们去重新定义和改写文学史。

应该说,对冒现的文学的认识,是一个深具前瞻性的话题。美国华裔文学无疑属于冒现的文学,与它所相对的就是美国主流的文学与文化经典。华裔作家用自己的生花妙笔把各自生存环境中的遭遇和感受展现了出来,正是其特异之处,带给了美国乃至西方读者以惊奇甚至震撼,并以此去挑战主流文化的话语霸权。本文想以此来定义当代美国华裔文学在美国文学史上的地位,并试图对当代美国华裔文学的代表性作家作简要的论述。

一

众所周知，中国的移民史可以追溯到 19 世纪中叶。从那个时候起，这些身居海外的中国人就开始拿起笔书写个人和族裔的情感世界。但真正的"华裔文学"的兴起，我认为，那还是近 30 年来的事。但为了说明和更好地认识当代华裔文学，回顾一下历史上的华裔文学还是有必要的。

如果往前追溯，今天我们能够看到的最早的华裔作家，是 19 世纪后期的李恩富（Lee Yan Phou, 1816—1938）。他在 1887 年出版了自传《我在中国的少年时代》（*When I Was a Boy in China*, 1887）。尽管这部作品非常幼稚，主要描写清朝时期中国的社会习俗，但它的重要性体现在是华裔文学史上的第一部较为重要的作品。

此后大约半个多世纪，华裔作家都没有发出自己的声音。这有其历史的原因。主要是从 1882 年《排华法案》（the Exclusion Act）后，在几十年的时间内，美国对华人的大门越关越紧。一直到 1943 年，一位名叫帕迪·刘（Pardee Lowe）的华裔，出版了自传作品《父亲和他光荣的后裔》（*Father and Glorious Descendant*, 1943）。这部作品在当时获得了一定的社会影响。

但华裔文学第一位重要作家，还是非王玉雪（Jade Snow Wong, 1922—）莫属。她在 1945 年出版的《第五个中国女儿》（*Fifth Chinese Daughter*）是华裔文学早期的代表作。

王玉雪属于华人移民的第一代子女，出生在第一次世界大战之前。但她开始写作时已经是第二次世界大战以后。在其成长的过程中，她因受严格的家庭教育而学习过中国文化，但与此同时她在学校又接受了西方文明的教育。因为考虑到难以在美国主流话语中立足，所以，作为作家的她采取了"中立"的立场，目的就是要向读者介绍中国传统的文化与习俗。不可否认，她获得了成功，成为了西方人眼里的中国代言人。应该注意的是，虽然她的作品无论从创作思想还是从创作手法上都处于较为幼稚的阶段，而她在作品中更多的是为了迎合西方读者，但她的意义在于打破了华裔在美国文坛上长期的"失语"状态，正因为如此，她才被马克辛·洪·金斯顿称作是"华裔文学之母"[2]（P.120）。

在王玉雪之后，还有一些较为重要的作家，两位移民美国的作家林语堂和黎锦扬（Chin Yang Lee, 1917—）。后者的代表作为 1957 年出版的《花鼓歌》（*Flower Drum Song*）。第三位是路易斯·朱（Louis Chu, 1915—1970），其代表作是 1961 年出版时《吃碗茶》（*Eat a Bowl of Tea*）。

如果为华裔文学划分时代的话，那么，上述作家无疑应当属于第一个时代。这个时期的华裔文学，时间跨度大，作家少，作品少，社会影响相对小。他们作品所具有的共同特点是：第一，几乎清一色是自传性质的作品。当然，这是少数族裔文学发生的特点，在美国，黑人文学的兴起也是从自传开始的。第二，大都是典型的美国梦的作品，充满了美国梦的特征。主人公大都是在美国经过个人奋斗后获得了成功。《第五个中国女儿》通过描写主人公摆脱了父亲及家庭的掌控和中国传统文化的束缚,从而实现自己的美国梦。在《父亲和他的光荣的后裔》中,最后当儿子娶了一位美国太太的时候,这使得做父亲的感到非常骄傲。或许这就是其"光荣的后裔"之"光荣"所在吧。第三,具有浓郁的东方色彩。作品中有诸多中国传统习俗和旧时文化的内容。从这个意义上说,这一时期的华裔文学,还不具备我在本文中所称谓的冒现的文学之意义。倒是用后殖民主义理论的话语来解读它们是非常适宜的。比如赛义德在《东方主义》中所指涉的有关东方的古老、神秘、落后、女性化等,都可以在这些人的作品中找到鲜活的例子。第四,更为重要的是,虽说这些作品都还幼稚,但它们已经具有了后来华裔文学的特点,即以写代际间的冲突来写两种文化间的矛盾和冲突。比如,在《父亲和他光荣的后裔》中,作者就写了父子间的矛盾和冲突。而同样有必要指出的是,在这里当两种文化相碰撞的时候,都是美国文化或说美国文化的观念取得了胜利。这一点,同样与后来的华裔文学有很多的共同点。

二

当代美国华裔文学,我认为,应该从 1970 年代算起。70 年代正是美国社会多元文化风起云涌的时代。在这样大的背景下,一批华裔作家登上了历史的舞台。这个时期有三个代表人物:马克辛·洪·金斯顿、艾米·谭和弗兰克·陈。

马克辛·洪·金斯顿(Maxine Hong Kingston)在 1976 年出版了她的第一部作品《女勇士》(*The Woman Warrior: Memoirs of a Girlhood Among Ghosts*)。4 年后,即 1980 年,她又出版了《中国佬》(*China Men*)。1989 年,她出版了她的第三部小说《孙行者》(*Tripmaster Monkey: His Fake Book*)。

就这三部作品而言,可以看出作者对中西文化的思考在一步一步地深入。尽管金斯顿的《女勇士》也写的是中西文化的矛盾和冲突,但她的创作显然比前人进了一大步。这主要体现在,她的创作思想、看问题的视角已经具有了普遍性。她在小说中所写的不仅是一位有华裔血统的中国女人的事,而是所有女性的心理感受。到了《中国佬》出版的时候,其创作目的是在努力为华裔美国人争得历史和社会地位。因此,她在叙述故事的同时,虽然穿插了许多关于古代中国的故事(比如关于道德和流放、知难而上的寓言等等),但更像是在宣扬中国的传统价值观念(比如中国人的勤奋、机灵、有教养和坚韧不拔等)。从某种意义上说,这可以看作是金斯顿站在一个较新的视角对中国文化进行重新审视和思考。而到了《孙行者》时,她对待中西文化乃至文明的态度有了一定的转变,她也开始批评美国社会文化中所有的缺陷了。

金斯顿是华裔中最有影响力的作家,她的《女勇士》是美国华裔文学中第一部引起学术界的热烈讨论并进入美国大学文学课堂的华裔文学作品。金斯顿的意义首先在于:她是第一个被美国主流话语认可的华裔作家。其次,透过作品,她将"美籍亚裔的经历,生动地展现在百万读者的面前，也鼓舞了新一代作家将他们独特的心声和经历告诉亿万读者。"[3]

艾米·谭（Amy Tan, 1952—）因在1989年出版她的第一部长篇小说《喜福会》（The Joy Luck Club）而一举成名，该作品当年荣登《纽约时报》畅销书排行榜长达9个月之久。两年后，她的第二部小说《灶神之妻》（The Kitchen God's Wife）同样获得了极大的成功。

应该说，艾米·谭的《喜福会》确实再现了华裔、尤其是女性的历史和生存现状，并且凸现了两代人之间在信仰、价值标准、传统和现代上的矛盾与冲突。其《灶神之妻》更是突出了这样的矛盾与冲突。以《灶神之妻》为例，该小说取材于艾米·谭自己母亲的故事，可以说是母亲的一部口述史。母亲自幼生活第二次世界大战前后的中国，那时的妇女受到了社会和夫权的双重压抑和压迫，大多数妇女既迷失了自我又丧失了做人的尊严。然而，在一个生长在美国文化之下的女儿看来，像母亲这样绝大多数的中国妇女所遭受的苦难，尤其是忍辱负重的人生态度，令她感到困惑不解。当然，最终女儿和母亲有了沟通。但尽管如此，我们还是不能不说，在作品里，读者看到的是只是一种努力，并不能说就已经了解了。正如作者对采访者所说，创作《灶神之妻》的目的就是去了解母亲。[4]

艾米·谭与金斯顿既有诸多的相似之处，同时也有很多不同的地方。

首先，金斯顿和艾米·谭同属失去族裔记忆的一代，即他们脱离了自己父辈或祖先的历史文化环境，丧失了族裔文化的传统标记，对其族裔的历史文化所知甚少或一无所知。此二人均从小生活在美国，接受的是美国式的教育，只知道自己是"美国人"。因此，他们都像其前辈作家一样，对中国文化持批评态度。只是到了金斯顿，这种批评深入到了更高的层次。甚至发出了"我真不明白他们怎么可能将文化延续了5 000年"这样的疑问。

其次，与金斯顿一样，谭也是以母女关系为主题进行其文学创作的。就主题思想而言，我们甚至可以把《喜福会》解读为是《女勇士》主题的延伸。小说通过讲述母女之间的故事和各自所代表的文化呈现出了的复杂的关系。在其作品中，矛盾和冲突都体现在华裔社会内的各种关系（以两代人之间的冲突如家庭中的母女关系等为主）之中。

但金斯顿和艾米·谭之间的不同也是显而易见的。就创作思想来说，在对待中西文化的态度上，二人还是有差别的。金斯顿是竭力反对与中国有关的传统文化的，尽管她在后来的作品中也反思西方文明的缺陷，但其基本的立场是没有改变的。而艾米·谭似乎不是去简单地认同美国文化，而是深思自己是如何游离于这两者之间。因此，我们可以看到，《喜福会》更多地体现了作家对文化中国的理解，例如，在作品中，女儿对待母亲就持有更多的同情和理解。如果说金斯顿的《女勇士》目的是在表现中西两个世界的对立，那么，艾米·谭的《喜福会》则着力表现母亲希望女儿能够在主流社会成功立足的故事，如果说有对立，那更多的是成功与失败的对立。另外，较之金斯顿的《孙行者》这样一部主要涉及华裔美国人体验的作品而言，《喜福会》也是进了一步的，正如《纽约时报》所说，它所谈的故事可以属于美国任何一个少数族裔的移民家庭。[5] 其实，仅就二人作品的题目来说，我们也可以看到艾米·谭在创作起点上比金斯顿更进了一步。金斯顿的《女勇士》讲述的是鬼怪缠绕的故事，它的副标题就是"一个生活在'鬼'中间的女孩子的童年回忆"。而到了艾米·谭，其作品《喜福会》的意象则是带有中国特色的麻将。所谓"喜福会"，实际上就是四个家庭主妇聚在一起打麻将。在麻将桌上，四方叫做"风向"。因此，在小说中，这四方不仅具有了象征意义，且被当作一种结构安排：整部小说被分成四个部分，每部分讲述了一个家庭的故事。

　　当代华裔文学还有一位特立独行的作家，是我们不能、也不应该忘记的，他就是弗兰克·陈（Frank Chin）。

　　这位出生于美国加州的华裔作家，写有长篇小说、短篇小说、戏剧等，同时他还是亚裔文学的极富影响力的倡导者。他早在1974年就与人合作编纂了第一部亚裔文学选本《哎咿！美国亚裔作家选集》（1991年又重编此书，出版了《大哎咿！华裔与日裔文学选集》等学术性著作）。但由于他对中国文化强烈的认同感、对西方文化猛烈的批判性，尤其是其对金斯顿、大卫·亨利·黄（David Henry Hwang）等华裔作家言辞激烈的批评，从而常常使人们想到他的批评家身份，而忘记了他还是一位出色的作家。

　　他的剧本《鸡笼里的中国佬》（The Chickencoop Chinamen）早在1972年就在纽约上演。两年后，又上演了《龙年》（The Year of the Dragon）。他这些作品中，大都含有自传的成分，其中总会有一个男性的主人公，不是背叛了他的家庭就是背叛了他的族裔。到80年代的时候，他开始转向去重新阅读中国古典作品如《三国演义》《水浒传》等。他1991年出版的长篇小说《唐纳德·杜克》（Donald Duck），写了一个起名字与唐老鸭（Donald Duck）音义相近的12岁孩子成长的经历。1994年，他又出版了长篇小说《庚加西高速公路》，其中的主人公又走向了传统的英雄本色。

　　弗兰克·陈曾猛烈抨击金斯顿对祖先文化的歪曲，是为了迎合西方读者的猎奇心理……因此，在亚裔文学选集中，金斯顿和艾米·谭等作家都被排除在外了。他认为，像金斯顿这样的作家应该承担起建立与维护唐人街文化的责任。因此，他对金斯顿等的创作深感失望，指责她们任意改写中国神话传说，背叛了唐人街文化，成为了西方殖民主义的帮手。当然，无论是金斯顿等作家，还是批评家，或者一般读者，都认为其评论过于偏激，难以服人。但其要保护族裔文化、颠覆西方人心目中类型化的东方文化原型的这种意识，则是令人不能不深而思之的。

　　另外一位与弗兰克·陈观念相近者，是近年来在美国戏剧界有一定声望的剧作家大卫·亨利·黄（David Henry Hwang）。他根据历史上意大利戏剧家普西尼（Puccini）曾经创作过歌剧《蝴蝶夫人》创作的《蝴蝶君》（M. Butterfly）试图颠覆西方人心目中的中国形象。

三

当代美国华裔文学发展到 90 年代，出现了一个转折点。我认为，吉什·任（Gish Jen，1955— ）首部长篇小说《典型的美国人》（*Typical American*）在 1991 年的出版，完全可以标志着华裔文学的创作进入了一个全新的时代。

虽然说吉什·任早在 1984 年就因其短篇小说《水龙头幻影》（*The Water Faucet Vision*）就被选入了当年的《美国最佳短篇小说选》而脱颖而出，但作为一名作家真正屹立在文坛的还是靠她的小说《典型的美国人》。

《典型的美国人》一书之所以"典型"，是因为作者并没有把这部作品写成金斯顿式或艾米·谭式的描写新一代华裔如何认同美国文化的故事，而是从多元文化的角度去思考美国和美国人。"在小说中，作者虽然没有在什么是美国人和中国人之间给出明确的界说，但它的重要性恰恰就在于促使我们再一次去审视什么是美国人和什么是中国人这样的观念，以及由此形成的刻板形象。"[6] 在作品中，我们可以看到，吉什·任笔下人物与中国文化没有什么相冲突的地方，也不故意去认同所谓美国文化，而是直言不讳地宣称，"我就是美国人"。这一点与此前的华裔作家大为不同。在他们的笔下，可以较为明显地感受到新一代主人公与其父辈及其祖先文化所有的千丝万缕的联系。如果说他们与父辈有不同的话，我们从其言谈举止中可以感受到他们无声的或是有声的话语，"我已经变成了美国人"，或者说"我只是有华裔血统的美国人"。

吉什·任在 1996 年出版的第二部长篇小说《梦娜在希望之乡》（*Mona in the Promised Land*）更是明确超越了文化认同的主题，她进一步在追问"我是谁"的问题。其结论是：作为美国人即意味着你想以什么身份出现都可以，这也就是说，想追求什么文化属性都是可以的。因此，说作者是"多元文化语境中的探索者"，是恰如其分的评论。[6]

我想，如果说艾米·谭在金斯顿的基础上有了一定的变化，那也只是一种量变，而到了吉什·任，华裔文学则出现了可喜的质的转变。吉什·任不是在等待着主流话语的认同，而是自身就认为自己是主流话语不可分割的一部分。或许，这就是《典型的美国人》之所以命名为"典型的美国人"的意义所在吧。

同期还有一些作家，值得引起我们的注意，一位是戴维·王·路易（David Wong Louie, 1955— ），代表作为《爱的痛苦》（*Pangs of Love*, 1991）。另一位是格斯·李（Gus Lee, 1947— ），其代表作为长篇小说《中国崽》（*China Boy*, 1991）。值得一提的是，虽然后两部作品都是 1991 年出版的，但他们还不能与《典型的美国人》相提并论。

1999 年，在华裔文学史上是个特殊的年份。因为就在这一年，华裔作家哈·金（Ha Jin, 1956— ）的小说《等待》荣获了该年度的美国全国图书小说奖。实际上，早在 1990 年哈·金就出版了一本诗集《在沉默之间》（*Between Silences*），而在 1996 年，他又出版了长篇小说《池塘里》(In the Pond)和短篇小说集《词语的海洋》(Ocean of Words)。在1997年又出版了短篇小说集《在红旗下》(Under the Red Flag)。我想,哈·金获奖的意义并不在于他是第一个获此殊荣的华裔作家,而在于他的小说在一个更高的层次上,代表了华裔文学的新发展。他是华裔文学中新移民文学的代表。

1980年前后,中国开始打开通往外部世界的大门。正是在这个时候,一大批中国青年进入到美国学习,而后就在那里生活。他们在中国生活的岁月,为他们从事文学创作提供了丰富的素材。哈·金就是其中的一个代表。

到目前为止,他写的故事都与美国没有关系。然而,尽管他写的是中国——这是真正的中国,现实生活中的中国大陆,而不是其他作家笔下的文化中国——但他的作品却具有永恒的价值观念,从而使人们更加深层次地去思考整个人类的生存环境,而不是专注于所谓东方的神秘、落后等。由此我们可以看到,在哈·金的作品中,所谓中国、中国人、中国事件,都成了作家创作的基本素材而已。对读者而言,你所看到的是主人公的生存状态和内心世界,引发你联想的是整个人类的生存状态和作为个体的内心世界。

哈·金的意义在很大程度上体现在,他不再有很强烈的身份焦虑感,也不去挖掘文化认同的问题,而是把中国当作大的社会背景去探索个人所面临的问题。我想,这也许是哈·金能够成为美国国家图书奖得主的原因所在吧。

四

在大致论述了美国华裔文学的历史及其代表作家后,我们不能不看到,唯有"当代"华裔文学,才能真正称为我们前述的"冒现的文学"。因为,唯有当代华裔文学,才真正触及到了沉淀在华裔中的矛盾和冲突。真正的冲突来自哪里呢?在家庭中,孩子们的反抗与叛逆,大都是由于上一辈在回头观看和抚摩他们留在身后的东西和历史,而年轻一代则在向往着往前走。当然,当代华裔文学也是经历了发展和变化的。这一点,我们从华裔文学作品题目的变迁,也可以得到点启示。比如从金斯顿的《中国佬》《孙行者》到谭的《喜福会》《灶神之妻》都有着浓郁的东方文化的色彩。而到了吉什·任的《典型的美国人》和短篇小说集《谁是爱尔兰人?》(Who's Irish?),再到哈·金的《等待》,你已经很难看到中国的影子了。在我看来,虽然后期的作家也写中国,笔下同样少不了中国人和中国事,但这些中国人和中国事都是素材而已。正如有的评论家所说,"许多新一代作家的小说和故事更多地是围绕着这些人物组织起来的。这些人物在某种程度上脱离了自身那模模糊糊的亚裔背景。这些作家更感兴趣的是确立小说中人物的个性,而对设置历史和出身的背景却不甚关心。"新一代作家与前辈作家不同的地方也正在于此。在未来,真正能在美国文坛占据更重要地位的华裔,非他们莫属。这也说明,华裔文学在走向成熟。

那么,为什么会在20世纪的70年代后,尤其是80至90年代出现了一批实力派华裔作家呢？

首先，随着世界格局的变化，西方中心论已经在文化研究领域里遭到了猛烈的抨击。而后殖民主义理论的突现，也使得多元文化成为了文化研究领域内的主流话语。在美国，所谓多元文化（multi-culturalism）主要是指除了白人文化之外的少数族裔的文化。它强调在以白人为中心的社会里，少数族裔必须自我认同，凝聚起来反抗主流社会，争夺文化权力。多元文化理论针对的是美国的所谓大熔炉理论，认为这个大熔炉实际上根本无法熔化外来的文化，而且如果熔化到最后都熔成了白人，那是不对的。由此我们也可以看出，多元文化理论主要是用来批评主流的政治文化的。这涉及一个多元的人类社会能否形成或能否找到一种共享的原理的问题。因此，没有多元文化，也就没有华裔及其他少数族裔文学的兴盛和发展。正是在这样的大背景下，众多的族裔文学与文化开始意识到自身文学与文化的特色。

其次，美国社会本身就是秉承着多元文化传统的社会，因此，族裔文化才能在第二次世界大战以后的学术界和现实生活中占据一席之地，从而形成与美国主流文化并存的局面。比如，仅从文学来看，以索尔·贝娄（Saul Bellow, 1915—）、约瑟夫·海勒（Joseph Heller, 1923—1999）为代表的犹太文学，以拉尔夫·埃利森（Ralph Ellison, 1914—1999）、托妮·莫里森（1931—）为代表的黑人文学，都已经成为美国文学不可分割的组成部分。也正是在这样的社会背景下，金斯顿和艾米·谭都已被公认为是当代美国很重要的作家，而新生代的吉什·任和哈·金则更是出手不凡，代表着新一代华裔作家的强劲的创作实力，使得华裔作家后继有人。

表现两种甚至多种文化之间的矛盾和冲突，过去是、现在是将来也必将会是华裔文学永恒的主体之一。族裔文化在一个强势文化的范围中，总是在本体文化的坚持、认同与放弃的彷徨、斗争中在不断的选择和调整，而在不同的历史时期，在不同的语境之中，族裔文化的选择会呈现出复杂性。我相信，这一点，会在今后的华裔文学中变得越来越明显。

参考文献

[1] 王宁. 全球后殖民语境下的身份问题 [N]. 中华读书报, 2002-08-06.
[2] Kingston Maxine Hong. Amy Ling. *Between Words: Women Writers of Chinese Ancestry* [M]. Pergamon Press, 1990.
[3] Scalise Kathleen. "President Clinton Pays tribute to UC Berkeley's Maxine Hong Kingston, author of *Woman Warrior*" [DB]. University of California News Release. http://www.wel.berkeley.edu. 1997-09-29.
[4] Meivyn Rothstein. "A New Novel by Amy Tan, Who's Still Trying to Adapt to Success" [J]. *New York Times*. 1991（6）.
[5] Julie Lew. "How Stories Written for Mother Became Amy Tan's Best Seller" [J]. *New York Times*, 1989（7）.
[6] 王理行. 美国多元文化语境中的跨文化探索者 [J]. 外国文学, 2002（2）.

7
华裔美国人文化认同的民族视角

李贵苍

评论家简介

李贵苍,美国宾州印第安纳大学博士,浙江师范大学外语学院院长,曾任汕头大学外语系教授。主要研究领域为美国华裔文学。专著有《奥兹国的红龙:美国华裔文学》(*Red Dragons in the Land of Oz: The Literature of Chinese American Identity*, 2003)、《文化的重量》、《书写他处:亚裔北美文学鼻祖水仙花研究》;编著有《比较文学与世界文学研究论集》《文学与文化传播研究》;译著有《地方意识与星球意识:环境想象中的全球》。

文章简介

本文从"民族视角"切入美国华裔族群的文化认同,详细阐释了该视角的理论内涵及其所面临的问题与挑战。"民族视角"是一种强调异质性、杂合性和多样性的后现代视角,主张文化认同的流动性、可变性和间际性,将不同和差异作为思考文化认同的出发点和终点。在这种理论框架下,间际性和多重性就构成了华裔身份认同的核心特征。这不仅有利于他们进一步审视自身文化的异同和独特性,还为他们提供了抵抗种族、文化群体二元论的有效策略。然而,需要注意的是,"民族视角"并非看似那么完美,它同样存在诸多的问题和不足。首先,"民族视角"一味强调差异,有可能使认同问题复杂化;其次,"民族视角"忽视了中国的移民话语以及中国文化在华裔认同形成过程中的作用。

文章出处:本文原载于《华文文学》2004年第1期,第52—57页。

华裔美国人文化认同的民族视角

李贵苍

纵观西方近20年文学理论的发展,随着拉康(1901—1981)、福柯(1926—1984)、阿尔都塞(1918—1990)、德里达(1930—2004)等理论大师的淡出或逝世,理论创新似乎失去了先前日新月异、高歌猛进的气势,但在其理论基础上对主体形成和"自我"的认同以及功能的研究和关注,探讨"我是谁"、"我何以成为我自己或者成为'非我'"、"我"是自主的"施动者"(agent)、表演者(actor)还是一个简单的个人等等问题的研究,却始终没有松弛,这大概可以算作"后大师时代"西方文学理论界一个小小的亮点(Culler 108-120)。笔者认为,对以上问题争论的实质是:"自我"是与生俱来的"给予"还是后天形成的,抑或是社会各种因素综合作用后通过表演而渐渐形成的,并会因为社会思潮的变化而作相应的变化。在过去的理论传统中,"自我"基本上被认为是先天"给予"的,具有相当或有限的理性,有一定的完整性。笛卡儿著名的"我思,故我在"就是典型。即使在康德哲学中,个人也必须先有理性的主体,才有认识事物的可能。主体的完整性也常常用来解释个人的具体行为,比如说"我做了那样的事恰恰说明我就是我"。然而,不论是当代心理分析、女性主义、西方马克思主义,还是后殖民主义、同性恋理论,都对这个问题有着自己的解释,都对自我的给予观从不同的视角提出挑战。拉康在《镜像阶段》中认为6至18个月的婴儿能利用反映于镜子之中自己的身影确认自己的形象,这使他逐渐摆脱支离破碎的身体而获得自我的基本统一性。镜像阶段之前,自己的身体仅仅是一堆破碎的物体,这时的婴儿无法通过自我的感知认识自己身体的完整性,只有外在于自身的镜像才能为他逐步形成内在的主体意识提供一个结构性的整体。当然,"镜像"不过是个象征,是对社会各种意识形态和文化因素的象征。值得注意的是,主体的结构性整体不是一成不变的,甚至并不是个人主体意识的核心。拉康到后来干脆发出"我思,故我不在"的豪言壮语(Barry 112),将"自我"与理性的关系完全割裂。女性主义者认为自我的形成与性别认同密不可分,由于个人的性别角色完全是社会建构的产物,而不是与生俱来和一成不变的,故自我只能是社会思潮建构的产物。换句话说,男人和女人并不是生就的,性别并不是个人的自然成分,而是因教化而变成的角色的表演或者行为。即便是马克思主义者也认为自我或者"主体"绝对不是生来具有的,而是在阶级关系中渐渐形成的。同性恋理论则认为自我的形成取决于个人的"性取向",坚持异性婚姻的"主体"与人的自然出生毫无关系,而是社会通过它的非镇压性的国家机器对同性婚姻的长期压制和排挤而形成的。后殖民主义理论则关注被殖民者的"自我"和"主体"在文化错位状态下是怎样形成的、"自我"与"他者"的关系、自我"杂和性"（hybridity）的内涵和意义是什么等等问题。

与此相呼应的是当代华裔美国作家和学者对华裔"自我"的形成和认同的不懈探索，并将这一问题置于移民、性别、阶级、种族、族裔文化和主流文化等各种语境下考察，逐步形成了三种重要的理论视角：生民视角、民族视角和离散（全球）视角。限于篇幅，本文将只对最近20多年间关于民族视角的探索和争议做一个理论总结。

民族视角的兴起是后现代主义理论发展到一定高度的必然产物。后现代主义对所有建立在整体性思维基础上的文化和社会理论的解构，对个体经验的无限张扬，对各民族之间文化区别的重新认识和重视，对文化多样性的强调，对整个欧洲和美洲的东方主义文化操作的无情揭露，对内殖民主义问题的重视和探讨等等，无疑对广大的华裔学者和文化人提供了一次解放思想的契机，使得他们有了挑战生民视角的理论基础和文化环境。换句话说，没有后现代主义在美国的迅速发展，学者们大概不可能把这个刚刚崛起的华裔文学领域放置于美国全民族文化文学发展的高度进行重新思考。人们可能还会是纠缠于"生民视角"关于"亚裔"知"亚洲人"的分类上，或者仍然自恋般地窃喜自己有在美国的出生权，然后再抱怨自己的出生权被美国社会和学术界抹杀掉了。一句话，后现代主义的发展使更多的学者看到了生民视角者将华裔美国人本土化的褊狭和绝对化。

亚裔/华裔文学领域的学者们开始重新思考生民视角的文化认同观，并认为有必要打破生民视角一统天下的局面。他们首先质疑随同生民视角产生的"还我美国"主张中所暗含的过分强调本土出生权的企图。生民视角的倡导者呼吁寻找华裔在美国的历史之根，并以此作为他们思考认同问题的出发点，在初期确实有它的积极意义。尤为重要的是，拥抱自己在美国的根，有助于他们反驳主流文化拒绝承认华人对美国的历史贡献的东方主义霸权意识，也有助于他们更理直气壮地大呼一声"还我美国"。然而坚持民族视角的学者从根本上不认为带有浓厚种族色彩的"生民视角"提倡的华裔的美国之根，犹若魔杖一样，轻轻一挥，就可以催生出他们理解中的"华裔认同"。民族视角中坚信女性主义思想的学者也不认为寻找美国之根的努力能够修补华裔作为一个整体族群在美国文化和社会中的懦弱形象。非出生于美国的学者和大部分女性主义者则认为"（华裔）文化的形成——在人们的想象中、实践中和传承过程中——在社区里是横向发生的，而不是纵向发生的"（Lowe 64）。于是，附着于华裔在美国的"根"之上的文化之"根"被消解了，人们认为华裔文化的形成是共时性的而非历时性的。

按照这种理解，文化不再是一代一代传承的一成不变的价值观念、行为准则和处世哲学，而是无时无刻不在变化着的，因为承载着文化传统的人——如果我们认为传统可以部分继承的话，是时刻变化着的文化个体。假如文化在形而下的层面上被认为是动态的，在变化中不断丰富成熟，那么，文化认同从逻辑上讲就不可能是与生俱来的——出生地并不能自动地赋予一个人完全的文化认同，文化也不可能是完全继承而来的，不可能是从某个历史起点或者事件中挖掘而来的,更不可能是从所谓的华裔之"根"上自然而然生出来的。即使华裔的文化认同得以产生,它也不可能不受一个社会或社区文化政治的影响而固定不变。后现代理论认为,文化认同从来都不是一种实现了或者说是完成了的自我状态,认同的形成是一个自我整合的过程,而在这一过程中逐步形成一种动态、应变的松散的文化认同观。故 Lowe 接受了斯图亚特·霍尔的观点并指出:"与其说华裔认同是一个固定不变、完全确立的'赋予',毋宁说华裔的文化实践会促使认同的产生(Lowe 64)。"在女性主义的影响下,Elaine Kim 一改她早期的观点,不再坚持认为亚裔的文化之根有助于认同的产生,在写给《查理·陈死了:当代华裔美国小说选集》的"前言"中重新为亚裔的认同下了定义,认为亚裔的文化认同在本质上是"流动的和可以转变的"(xi)。

为了进一步解构生民视角建立在历史、地缘政治和种族观念之上的认同观,Lisa Lowe 从理论和定量分析两方面,挑战生民视角企图在历史中发现认同起点的形而上学思维的褊狭。她在同一章中列举了大量的华人社区的例子后,断言构成华裔认同的形而下的文化实践活动"部分是继承下来的,部分是(为了适应时代变化)经过变化的,还有一部分是创造而成的"(65)。继承、改变和创造后的华裔文化不可能形成构成华裔认同的唯一文化基础,故华裔文化从本质上讲只能是杂和的,文化认同基本上也是杂和的,并应该具有包容性和可变性,绝对不是像生民视角坚持的那样,是所谓单一的和纯粹的,具有排他性和不变性。毋容置疑,今日的华裔社区从地缘构成上已呈多样性和开放性,不再像 1965 年以前那样由于受美国将近一个世纪的《排华法案》的影响。从前的华裔移民主要来自广东,男女比例为 10:1,绝大多数为农民,主要从事体力劳动,鲜有其他谋生技能和手段;最近几十年的华裔移民主要来自香港、台湾和改革开放后的中国大陆,甚至世界上的其他地区。仅从中国大陆移居美国的中国人而言,他们来自于中国的所有地区,就职业区分,他们可以是厨师、餐馆小工、纺织女工、商业人士、电脑专业人才、学生、教授、科学家等;就身份而言,他们可以是难民、持不同政见者、非法入境的偷渡者,也可能是暂时无法回中国被迫滞留美国的各类人士。这些人到达美国后会不同程度地与当地的华人社区发生联系,进一步丰富了华人社区原有的多样性,因此 Lowe 得出这样的结论:"华裔美国文化的边界的定义会持续不断地发生变化,而且会受到社区内部和外部的不断挑战。(66)"文化边界的不确定性会理所当然地产生流动的和可以转变的认同观。认同的流动性和可变性的产生是因为认同在形成的过程中,不仅受"出生地、死亡之地、不同居住地、种族、性别和语言的影响,而且还会受到职业、阶级、社会关系、个人性格、体态、年龄、爱好、宗教、星象、工资水平等等因素的影响,而且还会受到个人如何看待自己的影响。他人如何看待自己也是一个重要因素"。如此众多的因素相互作用、互相影响、冲突和掣肘,华人社区,用 Lowe 的话说,当然呈现"异质性、间际性(杂和性)和多重性"(67)。

华裔文化/文学领域的大部分学者认为,华裔当代文化在本质上具有中外文化碰撞和融合后产生的间际性（杂和性）。任何唯一性的概述都是对美国华人社区复杂现实的简单化或者蓄意歪曲。尽管文化认同本身是一个整体性的概念，但是为了避免整体性思维的排他性弊端和对差异的忽视，当代从事文化研究的学者大多都回避对文化和认同做任何先验的规定性，以避免简单化或者教条化之嫌。于是，华人社区有时不再被认为是主要奉行中国文化的行为准则集中的地方，而是由不稳定因素和异质性构成的一个个更小的团体，时刻处于变化之中的松散区域。在这样的区域内，区别性和多重性构成华人文化认同的制约因素。族群文化和主流文化的融合以及族群文化内部的协调和磨合，使得华人社区及其文化带上浓厚的不确定性和多重色彩。最近几十年移民来源的多样性和成分的复杂性也使得谈论华裔的文化认同问题变得日益复杂，同时也使得像生民视角那样的整体性思维的空间受到进一步的挤压。

就论述华裔认同的文化建构而言，Lowe 和其他坚持民族视角的学者几乎完全接受霍尔的观点——"文化认同既是一个逐步形成的过程，也是一种'存在'"（394）。虽然霍尔承认认同的相对确定性（存在），他并不认为二者具有同等的重要性，因为讨论"我们是什么"远远没有讨论"我们成为了什么"更有意义（Hall 394）。这里强调的是人们变成什么的过程，而不是认同形成的其他不可变因素，如历史、种族、语言、出生地、国籍、父母的籍贯等。

民族视角的一个重要贡献是对认同形成过程的探讨，而探讨的重点是个体——尤其是华裔女性所呈现的区别性因素。接受不同、认识不同、认可不同、尊重不同，将不同和差异作为思考文化认同的出发点和终点，是民族视角者的共同偏好。霍米·巴巴在《文化的位置》一书中关于"不同"做过精辟的阐述。巴巴认为详细解读"不同"才有可能创造一个时空同一的状态，而这样一种状态为更深入的对话提供了契机。对不同和区别的强调使民族视角理论家相信并接受华裔的双重文化身份，并认为文化的间际性是一种不可否定的根本事实。另外，在此基础上产生的多重华裔身份并不是对华裔或者中华文化以及整个华人族群的背叛。这样，民族主义者便完成了在理论上对生民视角的部分否定。就文学创作而言，汤亭亭、谭恩美、Gish Jen、Gus Lee 等作家的作品不仅表现了华裔拥有双重或多重身份的可能性，而且他们的认同书写还获得了巨大的商业成功。

民族视角的学者关于华裔文化的异质性是构成华裔文化身份间际性和多重性的观点，是基于对中国文化和美国文化关系的基本把握，即这两种文化在本质上是冲突的，双方的融合仅仅是在表面层次上的。中美两种文化在浅显的交汇处催生出一个边沿空间，这样的空间在殖民瞬间的现在产生了文化和阐释的不确定性。美国主流文化和华裔族群文化碰撞而产生的"不确定性"、当代华裔文化身份的"不确定性"等观点，为这一领域的学者们探讨华裔认同打开了另一道门，他们因而不必将自己的视角紧紧囚禁于"族群"和"本土性"事务之中。巴巴思考的也许是非洲大陆遭受欧洲列强殖民入侵的瞬间，是异族文化对非洲本土文化入侵的瞬间，而华人与美国文化的接触的情形与此并不完全相同。为了躲避内战与年馑，或者寻求更好的工作机会，大量的华人蜂拥美国，虽然有时空错位，但不存在文化入侵的问题。也就是说，是华人自己将自己奉行的中华文化的行为准则和自己理解的中国文化的精神直接带到了美国，是对美国文化的渗透和丰富，而不是美国文化对中国文化的入侵。这些人到美国后，"必须在发展、同化和获取公民身份的话语中寻求自己的位置"（Lowe 103）。在 Lowe 的理解中，这种"寻求"会在两个层面上影响华人的自我和认同的形成。首先，移居美国就意味着渐渐地疏远自己的文化之根，其次，也意味着渐渐地与美国的国家认同尤其是盎格鲁 – 撒克逊认同保持距离，因为"移民并不能毫不保留地接受（美国的）国家认同"（Lowe 103）。移居美国的华人在文化意义上的双层疏远，最终导致华人的自我意识处于双重错置之中，错置的结果使得华人 / 华裔处于文化间际性之中。文化间际性并不是一种无奈的境况，因为在这种文化处境中，文化、政治和经济意义上的异化感才可以通过反抗话语进行表述。根据这种理解，华裔美国人的文化主体的形成不仅具有了多重性的可能，而且其形成主要是在对抗主流文化"国家认同"的压力的时候实现的，所以，华裔主体的核心就是形成对抗性的多重认同。如果说，美国的文化霸权在移民政策中主要表现为对归化和公民身份的过分重视，那么，华裔的多重认同 / 杂和认同反而是一件值得称道的选择，因为具有这样的认同的人们能够进一步审视自己文化的异同和独特性，其次，具有这种认同还是抵抗种族和文化团体二元论原则的有效策略。

尽管如此，我们必须清楚，文化的错位并不会自然而然地使人产生文化的杂合性，因而也不可能自动催发间际性认同，因为杂合性并不是两种文化传承的自然融合。用巴巴的话说，杂合性是殖民列强生产力、力量变化和巩固权威的符号，因为间际性认同不过是消除殖民统治的策略的一个名称而已……杂合性展现的是对所有歧视和统治场所的破坏和剔除。换句话说，杂合性 / 间际性的形成既是对殖民统治的挑战，也是对殖民统治被动接受所造成的心理后果。如果我们接受华裔的文化认同基本上是间际性的判断或说法，那么，我们就不得不承认美国"内殖民主义"的存在及其作用。问题是如果我们认为间际性是抵抗种族和文化团体二元论原则的有效策略，同时又是——至少部分是——屈服于殖民统治的结果，那么，文化和认同的间际性就像一柄双刃剑，既是反抗殖民统治的策略，又能产生某种异化自己、奴役自己的力量，使处于文化间际性状态下的人们备受煎熬而难以自拔。毫无疑问，民族视角拓宽并发展了生民视角的认同观，但是坚持民族视角的学者将个性化和差异性推崇备之，似乎人与人之间只有差异而没有相同。如果每个人都将边缘当作主流歌颂，自己被边缘化了还沾沾自喜，自以为是地以为由于自己的推波助澜，美国社会的中心将从此存在于边缘之中，那么，民族视角的学者们是否根本无法抵御美国学界中心话语的影响———一味强调差异，拒绝任何带有整体性思维的观念，原本以为自己的研究的要旨是打破主流文化霸权一统天下的链条，不料自己却加入到了主流话语之中呢？

与任何一个社会或者社区一样，在美国的华人社区的确存在着文化的间际性、异质性和多样性，但这种存在并不能抹杀华裔有一定程度的共同"认同"的事实。因为有异质性和多样性而否认最基本同质性，其逻辑本身就不是十分严谨。多样性是一个有内涵却没有边界的概念，可以信手拈来描述任何程度上的不同。一个主要是白人学生的校园录取几个有明显种族特点的学生（黑人、亚洲人、印巴人等），完全可以说增加了校园学生构成的多样性。但是种族平等的理想果真实现了吗？肤色的点缀仍然不能改变美国校园的主色调（白色）。另外，多样性如果是指表面的不同，那么任何社区或者社会都可以因为成员的政治取向、阶级、性取向、性别、受教育程度、出身和家庭背景、心理、党派、收入状况等等方面的不同而分化为单一的个体，因为任何组织或者机构都不可能是由兴趣和背景完全一致的人组成的。如果一个社区里的成员为了丰富社区的多样性，而将自己的个性特点或者怪癖发挥到极致，社区的共同利益肯定是无法保障的。因此，如果过分强调华裔文化的异质性和多样性就有可能会陷入到文化相对论的怪圈之中，而迷失了我们强调异质性和多样性的初衷——建构挑战美国主流文化的反抗性认同。其次，民族视角通过阐述华裔文化的间际性，试图以强调文化的差异性证明华裔建立多样性认同的可能性，其根本思想是建立在这样一个假设之上：阐述差异不仅可以回避讨论文化/文明冲突的根本原因，而且有可能帮助消弭文化间的部分冲突。后殖民主义理论家对此坚信不疑，并不遗余力地为多元文化主义高唱赞歌。应该承认，各种后现代派理论对文化的特殊性和异质性的研究的确使我们进一步意识到种族之间的文化异同及其特殊性。但是我们仍然不能忽视文化和种族间的隔阂依然存在的事实，文化间的冲突仍然决定着国际政治的走向。华裔族群的文化空间虽然有所拓展，但并不能真正动摇主流文化的统治地位；华裔对自身文化传承的认同的可能性增加了，但这并不表明华裔创建华裔文化/文学传统的任务变得些许轻松了。

像生民视角一样，民族视角并没有像它期望的那样，有了更大的包容性。它不过是少了点排他性而已。如果说，生民视角建立在种族和本土事务上的话语体系有它与生俱来的狭隘性，民族视角强调异质性和多样性的后现代视角忽视华裔共性的理论颠覆，对于建构华裔认同的宏伟目标的作用还不是十分明朗。继续强调差异，还有可能使认同问题更趋复杂。其次，在这一领域的部分学者们发现以上两种认同视角均有其偏狭性，因为它们共同忽视了中国的移民话语以及中国文化在华裔认同形成过程中的作用。为了挑战以上认同视角，学者们呼吁将华裔族群的认同问题放在国际或者全球化的语境中加以思考，这种思考的角度，我将称其为"离散视角"。

引用作品

Bairy, Peter. *Beginning Theory: An Introduction to Literary and Cultural Theory*. Manchester: Manchester University Press, 1995.

Culler, Jonatlian. *Literary Theory: A Very Short Introduction*. London: Oxford University Press, 1997.

Hall, Stuart. "Cultural Identity and Diaspora." *Colonial Discourse and Post-Colonial Theory*. Ed. Patrick Williams and Laura Chrisman. New York: Columbia University Press, 1994: 392-403.

Lowe, Lisa. *Immigration Acts*: *On Asian American Cultural Politics*. Durham: University of Mississippi Press, 1998.

8 美国华裔文学研究在中国

张龙海

评论家简介

张龙海，厦门大学博士、教授、博士生导师，现任厦门大学外文学院院长。主要研究领域为美国文学，特别是美国华裔文学和哈罗德·布鲁姆研究，以及印度政治经济和印度英语文学。专著有《透视美国华裔文学》和《哈罗德·布鲁姆的文学观》；编著有《漫漫求索：外国语言文学教学与研究》；译著有《华女阿五》和《炼狱里的季节》。

文章简介

本文以文献研究为基础，从研究规模、研究队伍、研究成果以及研究中的不平衡等方面概述了美国华裔文学研究在中国大陆的初现和发展，为今后的美国华裔文学研究提供了重要的参考和引导。

文章出处：本文原载于《外语与外语教学》2005年第4期，第41—44页。

美国华裔文学研究在中国

张龙海

　　华人移居美国的最早记录是 18 世纪下半叶,而大规模的华人移居出现在 1849 年之后,即美国的淘金热。随着这批华人的迁徙,美国华裔文学作品逐渐显现。1887 年从耶鲁大学毕业的李恩富(Lee Yan Phou 1861—1938)发表《我在中国的少年时代》(*When I Was a Boy in China*),这是美国华裔文学第一本自传,1912 年,水仙花(Sui Sin Far 1865—1914)的《春香太太》(*Mrs. Spring Fragrance*)发表后成为第一部美国华裔小说。以上两组数字和事实表明,美国华裔文学从 19 世纪下半叶就已经开始出现。但是由于当时美国政府的排华政策和种族主义,美国华人、华裔几乎没人敢于从事文学创作行业。直到第二次世界大战爆发后,美国因其与中国的盟国关系而逐渐改变其国内的排华、反华政策。第二次世界大战结束后,美国麦卡锡主义盛行,反对红色中国,从而殃及在美的华裔和华人。20 世纪 60 年代起,美国出现以黑人为主的大规模民权运动,其他少数族裔也为争取自己的权利而紧随其后,美国华裔(首先是以亚裔这一大群体出现的)抓住良机,辛苦耕耘,终于出现一批具有相当知名度的美国华裔作家,如汤亭亭(Maxine Hong Kingston)、赵健秀(Frank chin)、谭恩美(Any Tan)、李健孙(Gus Lee)。

　　虽然华人早在 18 世纪就已经抵达美洲,但是他们在美国仍然被看成"中国人"(Chinese),他们自己也习惯于这种属性表征,对自己的属性没有提出质疑。这种状况直到 20 世纪 60 年代才得到改变。60 年代末期,美国日裔社会活动家市冈裕次(Yuji Ichioka)教授创造"美国亚裔"(Asian American)这一术语,以表述所有在美国具有亚洲血缘关系的人。由于这一术语的提出与使用,各个更小范围的族裔群体名称也相继出现,如美国华裔(Chinese American)、日裔(Japanese American)和韩裔(Korean American)等。

　　在美国,华裔文学研究最早被置于美国亚裔文学这一大脉络中。20 世纪 60 年代,随着美国民权运动的兴起与发展,美国华裔积极参与,争取权利。这一运动在文学及其研究领域中体现得尤为明显。1972 年,著名汉学家许芥昱(Kai-yu Hsu)与帕露宾丝卡丝合编第一本美国亚裔文学选集《美国亚裔作家》(*Asian-American Authors*),其中选录 8 位华裔作家:刘裔昌(Pardee Lowe)、黄玉雪(Jade Snow Wong)、李金兰(Virginia Lee)、赵健秀、张粲芳(Diana Chang)、陈耀光(Jeffery Paul Chan)、徐忠雄(Shawn Wong)、梁志英(Rus Sell Leong)。这本选集开天辟地,第一次将美国亚裔作家和作品以集体形式推介给广大美国读者,以此展示本族裔文学及其特色。从 1972 年至 1996 年,全美国共出版 23 本美国亚裔/华裔文学选集,从规模上形成一定的效应和氛围。值得一提的是,1988

年，美国文学研究领域具有权威标志性的《哥伦比亚美国文学史》(The Columbia History of American Literature)中专辟一章"美国亚裔文学"(Asian American Literature)，使得美国亚裔文学堂而皇之地进入美国主流文化和美国文学史。1990年，具有"重建美国文学"(reconstructing American literature)之称的劳特（Paul Lauter）主编《希斯美国文学选集》(The Heath Anthology of American Literature)收录一些华裔作品。最具权威性、代表性的《诺顿美国文学选集》(The Norton Anthology of American Literature)在1979年初版至1994年第4版中将华裔文学拒之门外，1998年第5版时终于收录汤亭亭等华裔作家的作品。这些标志性事件表明，美国亚裔文学/华裔文学已经从静音走向发言，成为美国文学史和文学选集的有机组成部分。[1]

在美国亚裔/华裔文学研究脉络中，最具里程碑意义的是《美国亚裔文学作品和社会脉络导读》(Asian American Literature: An Introduction to the Writings and Their Social Contest, 1982)和《美国亚裔文学书目提要》(Asian American Literature: An Annotated Bibliography, 1988)。前者不仅详细介绍美国亚裔文学社会背景，如"美国主流文学中的亚洲人形象"，"早期亚洲移民作家"，"第二代的自我画像"，"唐人街"，"美国日裔的家庭和社区"和"唐人街的牛仔和女勇士：寻找新自我"等，而且还指出这一研究的新方向，如"多重镜子和许多画像：美国亚裔文学新方向"。诚如作者金惠经（Elaine Kim）在书中所说的"美国亚裔文学是我们向世界其他地方发出的声音，它鼓励我们的人性和相互联系，它帮助我们界定我们的属性、文化、社区，以及我们的一致性和多样性"[2]。这些观点今天看来仍然具有参考价值。张敬珏（Cheung King Kok）编写的《美国亚裔文学书目提要》挖掘出许多以前被埋没的美国亚裔作品和评论，为后来的研究提供了重要的信息，具有历史性和开创性，从而也说明书目提要研究的作用。

经过一定时间的发展，一些学者逐渐把华裔文学从亚裔文学的脉络中独立出来，进行个案研究。在上述的23本文选中，就有6本美国华裔文学，它们分别是麦礼谦（Him Mark Lai）等主编的《埃伦诗集》(Island Poetry and History of Chinese Immigrants on Angel Island, 1910—1940, 1980)，谭雅伦（Marlon Hom）主编的《金山歌集》(Songs of Gold Mountain Cantonese Rhymes from San Francisco Chinatown, 1987)，艾瑞克·卓克（Eric Chock）和林洪业（Darrell H. Y. Lum）等主编的《咦：夏威夷华裔作品集》(Pake Writings by Chinese in Hawaii, 1989)，赵健秀等主编的《大哎咿：美国华裔和日裔文学选集》(The Big Aiiieeeee! An Anthology of Chinese American and Japanese American Literature, 1991)，王灵智（L. Ling Chi Wang）与赵毅衡（Henry Yi Heng Zhao）主编的《美国华裔诗歌选集》(Chinese American Poetry: An Anthology, 1991)和《华人他者1850—1925戏剧选集》(The Chinese Other 1850—1925: An Anthology of Plays, 1995)。这6本选集分别从不同文体、不同侧面收录华裔作家的作品，展示华裔文学的初现与成长，突显华裔文学与中国文学和美

国文学之间的独特关系、揭示弱势族裔作家生存的艰难困境，反映广大华裔在美国的抗争，从而唤起人们关注并承认华裔文学的存在和意义。

研究华裔文学及单个作家的专著更是不计其数，其中最具代表性的有《水仙花：文学传记》(Sui Sin Far/Edith Maude Eaton: A Literary Biography, 1995)、《展现叶添祥》(Presenting Laurence Yep, 1995)、《谭恩美批评导读》(Amy Tan: A Critical Companion, 1998)、《19世纪50年代以来的美国华裔文学》(Chinese American Literature Since the 1850s, 2000)和《汤亭亭批评导读》(Maxine Hong Kingston: A Critical Companion, 2001)等。这些专著从不同侧面剖析华裔文学，特别是《19世纪50年代以来的美国华裔文学》从华裔文学这个宏大视角出发，探讨早期华人移民作品，第二代华裔的自传，20世纪60年代以来的华裔文学主题和题材以及当代华裔文学的多重声音，正如作者在"绪论"中所说的，"本书覆盖19世纪50年代到20世纪80年代，试图努力跟踪美国华裔文学的渊源和发展，探讨其更为广阔的社会含义和文化脉络，分析构成美国华裔文学景象的不同风格和主题。"[3]《汤亭亭批评导读》从单个作家个案作为切入点，详细介绍汤亭亭的生平，探讨汤亭亭与美国亚裔文学传统的关系，然后剖析其三部作品《女勇士》(The Woman Warrior, 1975)、《金山勇士》(China Men, 1980)和《孙行者》(Tripmaster Monkey: His Fake Book, 1989)。这是研究和了解汤亭亭及其作品不可多得的参考书。

就中国大陆而言，美国华裔文学的研究，由于地理、社会文化上的差异和书刊流通领域的滞后，起步相对较晚。从笔者目前所做的文献研究发现，最早评介美国华裔文学的文章是江晓明于1981年发表在《外国文学》第1期上的《新起的华裔美国作家马克辛·洪·金斯顿》。该文简要介绍华裔作家金斯顿（即汤亭亭）的生平和她的两本开山之作《女勇士》和《金山勇士》；《外国文学》同时还刊登汤亭亭《无名女人》的中文译文。《世界图书》也在1981年第5期上刊登凌彰撰写的《美国华裔女作家汤亭亭》，简要介绍汤亭亭的重要文学创作成就。虽然其他刊物接着也发表一些零星的评介，但是从整体上看，这些文章没有形成规模。

从下面的表1可以看出，中国大陆美国华裔文学研究从一开始便逐年递增，进入20世纪90年代以后呈几何倍增。从1981年到2003年，全国各种期刊、报纸刊登美国华裔文学研究的大小文章179篇，而从1981年到1992年的12年间，全国主要期刊总共刊登这方面的论文7篇，仅占1981年至2003年间全国美国华裔文学研究论文总数（以下提到的总数均为此意）的3.91%，远不及2003年所发表的论文数量的零头。接下来虽然每年都有一些这方面的文章发表，但是数量均在个位数。直到1997年，这种状况才被打破，全年共发表此领域的论文12篇，占总数的6.7%，形成美国华裔文学研究的小高潮。接下来的3年里没有取得新的突破。进入21世纪后，国内的美国华裔文学研究突飞猛进，逐年递增，形成新的高潮。2001年共发表文章26篇，占总数的14.53%；2002年30

篇，占总数的 16.76%；2003 年 59 篇，占总数的 32.96%；其中，2003 年一年发表的文章数量竟然高出 1981 年至 2000 年 20 年间所发表文章数量的总和。

这一趋势在全国学术会议中得到进一步印证。1996 年在庐山召开的全国美国文学年会中并未见到有关美国华裔文学的论文；1998 年在西安召开的全国美国文学研讨会上提交 2 篇此方向的论文，其中笔者提交的《属性的变化，认同的执着——评美国华裔作家任璧莲的〈梦娜在向往之乡〉(Mona in the Promised Land, 1996) 中的出走原型》被推荐到大会发言；2000 年 6 篇；2002 年在南京大学召开时专门设立一个 "美国华裔文学" 讨论小组，笔者被指定为小组召集人；2003 年在四川大学举办少数族裔文学专题研讨会，华裔文学成为焦点之一，笔者提交的《拼贴零散叙事戏仿互文性——论赵健秀〈甘卡丁之路〉(Ganga Din Highway, 1994) 中的后现代派创作技巧》被推荐到大会发言。

中国大陆美国华裔文学研究论文分布情况一览表（表1）

期刊	外国文学评论	外国文学研究	外国文学	国外文学	当代外国文学	外国语	读书	浙江大学学报	南京师大学报	四川外国语学院学报	文艺报	外国文学动态	其他	小计	各年度百分比
1981—1992			3	1									3	7	3.91
1993		1			5								1	8	4.47
1994		1									1		2	4	2.23
1995				1									3	5	2.79
1996	1	1			1								1	4	2.23
1997			4	2									6	12	6.7
1998	1				1								2	4	2.23
1999				1						1		1	6	10	5.59
2000	1	1	1										6	10	5.59
2001	1		2	5		1		1	3	2	2		9	26	14.53
2002		1	3	2	1					3	3		17	30	16.76
2003		6	1	1	10	1		1		4	2		33	59	32.96
小计	4	9	17	13	14	3	6	1	4	10	8	1	89	179	
各期刊百分比	2.23	5.03	9.5	7.26	7.82	1.68	3.35	0.6	2.23	5.59	4.47	0.6	49.72		

中国大陆美国华裔文学研究论文分布情况一览表（表2）

作家	汤亭亭				赵健秀			谭恩美			任璧莲			黄哲伦	其他作家	综述
作品	《女勇士》	《金山勇士》	《孙行者》	其他	《鸡舍华人》《龙年》	《唐老亚》《甘卡丁之路》	其他	《喜福会》	《灶神之妻》	其他	《典型美国人》	《梦娜在向往之乡》	其他			
1981—1992				3				1	1							3
1993				1				1							3	2
1994				2				1								1
1995		1														4
1996										1						3
1997				1									1		3	6
1998								1		1						2
1999	3							2							1	4
2000	1						1	2				1			1	4
2001	7			2				5		2	1					9
2002	3	1		3				2		3	1		2	1	6	9
2003	7	1		6		2		4		9	2		4	1	4	18
小计	21	3	0	18	0	2	1	19	1	17	4	1	7	2	18	65
占个人作品百分比	50	7.14	0	42.86	0	66.67	33.33	51.35	2.7	45.95	33.33	8.33	58.34			
合计				42			3			37			12	2	18	65
占全部作品百分比				23.46			1.68			20.67			6.7	1.12	10.06	36.31

  中国大陆各种期刊、杂志、报纸在推介美国华裔文学方面起着决定性的作用。《外国文学》、《当代外国文学》、《外国文学研究》、《外国文学评论》、《读书》和《文艺报》等期刊和报纸是这支队伍中的主力军。从表1可看出，这些期刊的推介力度相当大，其中《外国文学》堪称这一领域的先锋：1981年第一篇介绍汤亭亭的文章出现在《外国文学》。1990年第一篇评介谭恩美的文章（王立礼撰写的《谭恩美的〈喜幸俱乐部〉》）也是发表在《外国文学》；从1981年到1990年10年间，国内5大外国文学期刊《外国文学评论》、《外国文学研究》、《外国文学》、《国外文学》和《当代外国文学》中只有《外国文学》发表这方面的文章，共发表3篇文章。当然，在研究热点形成之后，这5大期刊积极反应，

陆续刊登这方面的文章。从表1可以看出，从1981年到2003年间，《外国文学》共发表17篇美国华裔文学的研究论文，占总数的9.5%；《当代外国文学》14篇，占7.82%；《国外文学》13篇，占7.26%；《外国文学研究》9篇，占5.03%；《外国文学评论》4篇，占2.23%。其中，《当代外国文学》一马当先，率先推出美国华裔文学研究专栏，于2003年第3期刊登10篇这方面的文章，其力度和规模是绝无仅有的，因为《外国文学研究》虽然也在2003年第3期开辟这一专栏，但是只刊登了4篇文章。

从评介和研究对象来看，中国大陆美国华裔文学研究存在一定的失重和偏颇。表2显示，绝大多数的文章集中在汤亭亭和谭恩美的身上。有关汤亭亭的文章共有42篇，占总数的23.46%；有关谭恩美的共有37篇，占20.67%。而对汤亭亭的研究主要集中在《女勇士》和对汤亭亭的综述，其中关于《女勇士》的论文就有21篇，占汤亭亭个人作品研究的50%，占全国美国华裔文学研究论文总数的11.73%，而对《金山勇士》的研究只有3篇，对《孙行者：他的即兴曲》的研究却是零。同样，对谭恩美的研究主要集中在《喜福会》(*The Joy Luck Club*, 1989)，共有19篇文章，占其个人作品研究总数的51.35%，占全国美国华裔文学研究论文总数的10.61%，而对《灶神之妻》的研究只有1篇。对其他美国华裔作家的研究涉及很少。在美国华裔作家群体中，赵健秀成名最早，多才多艺，已经发表2部戏剧，2部小说，1本短篇小说集和2部选集，可是对他的研究却少得可怜，只有3篇文章，占总数的1.68%。

造成这种畸形研究的原因很多。首先是资料方面。有些作者是以英文原著为基础，阅读原著，而有一部分作者却以中文译本为依据（这一点可以从论文后面的参考文献得到验证），而早期译成中文的华裔文学作品恰巧是《女勇士》和《喜福会》。其次，这两部作品浅显易懂。《女勇士》和《喜福会》再现中国文化，改写中国神话传说，西方文化的含量相对较少，容易引起中国读者的兴趣。

从研究队伍来看，大部分的学者有外文背景，他们很多都是英语系教学科研人员，熟悉美国文化、历史、文学，能从中美两种文化背景出发，研究和比较华裔文学作品的互文性。这一优势可以在美国的华裔文学研究队伍中得到验证。他们当中比较有名气的张敬珏、王灵智、黄秀玲（Sauling Cynthia Wong）等都有双种文化背景，甚至是双语背景。美国华裔作家大量改写、拼贴、甚至扭曲中国、美国文化，没有双重文化背景的人很难理解作品的真实含义。耶鲁大学比较文学系的一位教授在与笔者交谈时说，她给学生所开的书单中没有汤亭亭的《孙行者》，因为里面有许多地方她看不懂。这更进一步体现出在研究美国华裔文学时双重文化背景的必要性，同时也说明，目前的国内研究为什么只集中在华裔文学，而日裔文学、韩裔文学、菲律宾裔文学等无人涉足，因为，我们对亚洲其他国家的文化历史了解不多。

中国大陆的研究生对美国华裔文学研究做出相当的贡献，是这一领域的生力军。他们年轻，容易接受新事物，许多研究生通过对华裔文学的研究获得博士、硕士学位。例如，笔者于 1996 年到庐山参加"全国美国文学年会"，通过交流发现，美国华裔文学研究在国内还是一片处女地，便下决心将华裔文学作为博士论文的题目，静心研读，终于在 1999 写成"中国大陆外国文学界第一篇系统研究美国华裔文学的优秀之作"的博士学位论文——《美国华裔小说和非小说中属性的追寻和历史的重构》("Searching for Identity and Reconstructing History in Chinese American Fiction and Nonfiction")。2002 年，河南大学的关合凤女士、北京外国语大学的刘葵兰女士、石平萍女士等也都先后以美国华裔文学的论文获得博士学位；另外，一些英语系的年轻老师到中文系或者比较文学系攻读博士学位。他们利用本身的外语优势，研究美国华裔文学，撰写此领域的论文，获得博士学位。以美国华裔文学作为研究对象获得硕士学位的更多。

有关美国华裔文学的著作也是与日俱增。首先，译著的规模越来越大。1990 年漓江出版社决定率先推出华裔文学译丛"美国华裔文学精品"，由南京大学张子清教授校译，组织人员翻译 4 部作品。后来由于各种原因，这套译丛直到 1998 年才与广大读者见面。2000 年，《译林》出版社决定再出一套华裔文学译丛，仍然由张子清教授负责组织人员翻译 6 部作品——《支那崽》(*China Boy*, 1991)、《骨》(*Bone*, 1993)、《甘卡丁之路》(译丛翻译成《甘加丁之路》)、《荣誉与责任》(*Honor and Duty*, 1994)、《华女阿五》(*Fifth Chinese Daughter*, 1945) 和《爱的痛苦》(*Pangs of Love*, 1991)，并于 2003 年 12 月出版，其中《华女阿五》由笔者翻译。有关华裔文学的专著也正在显现。一些学者将自己的博士论文进一步修改、补充、完善，最后以专著形式出版。2002 年，暨南大学卫景宜博士的《西方语境中的中国故事》由中国美术出版社出版。2003 年南京大学胡勇博士的《文化的乡愁》由中国戏剧出版社出版。2003 年 12 月，南京师范大学程爱民教授主编的《美国华裔文学研究》由北京大学出版社出版，共收录 24 篇论文；2004 年，笔者的《属性和历史：解读美国华裔文学》由厦门大学出版社出版，系统论述美国华裔文学的显现和发展。这些译著、专著和编著等对于美国华裔文学的研究起了功不可没的作用。

总而言之，经过十几年来的发展，中国大陆美国华裔文学的研究得到迅猛的发展。随着北京外国语大学"美国华裔文学研究中心"的成立，随着高校"美国华裔文学"课程的开设，越来越多的人必将对华裔文学感兴趣，并投身于这一领域的研究。

参考文献

[1] 关于文学选集和美国华裔文学的话题，请详见单德兴博士的《铭刻与再现：华裔美国文学与文化论集》[M]. 台北：麦田出版，2000: 239-270.

[2] Elaine H. Kin. *Asian American Literature: An Introduction to the Writings and Their Social Context* [M]. Philadelphia: Temple University Press, 1982: 278.

[3] Xiao Huang Yin. *Chinese American Literature Since the 1850* [M]. Urbana: University of Illinois Press. 2000: 1.

9 散居族裔批评与美国华裔文学研究

张冲

评论家简介

　　张冲，南京大学博士，现任复旦大学外文学院英文系教授、博士生导师。主要研究领域为文艺复兴与莎士比亚戏剧、美国早期文学、美国本土文学与美国华裔文学等。专著有《视觉时代的莎士比亚——莎士比亚电影研究》、《文本与视觉的互动》和《从边缘到经典：美国本土裔文学的源与流》；译著有《耻》、《布雷斯布里奇庄园》、《永恒之民无所畏惧》、《两贵亲》、《莎士比亚谜案》和《绿里》。

文章简介

　　本文在追溯散居族裔批评的起源、主要理论框架和批评方法的基础上，重点探讨了将该批评方法应用于美国华裔文学研究的可能性：首先，散居族裔批评对分析研究美国华裔族群的身份和归属问题具有一定的启发意义；其次，散居族裔批评可以促进对"美国华裔文学"本身定义的再思考；再次，散居族裔理论有可能为华裔文学研究开辟一个更加广阔的世界，帮助我们对"大华裔文学"有一个整体的了解。

　　文章出处：本文原载于《外国文学研究》2005年第2期，第87—91页。

散居族裔批评与美国华裔文学研究

张冲

散居族裔批评（diaspora criticism）是 20 世纪 90 年代发展起来的一种研究散居族裔群体的社会、经济和文化现象的理论取向。"散居"（diaspora）一词源于希腊语 diaspeir，意思是"离散"或"散落"（speir: scattering），原是植物学名词，描述植物种子在一个或几个区域的散布，后来有人借用以描述人类历史上出现过的种族（或人种）在较大范围内的迁徙移居现象（如犹太人），以及由此而产生的散居族裔与当地居民在社会、经济和文化交流中的适应、冲突、融合等问题。20 世纪 60 年代以来，随着经济全球化的规模日益扩大，进程日益加快，资本在全球范围内流动更为频繁和便利，跨国经营逐渐成为大公司的主要经营模式，原来主要在民族、种族和人种范围内进行的经济活动界限被一点一点地打破，在造成一个连接更为紧密的世界经济体系的同时，也造成了全球范围内规模更大、形式和内容更多样的人口迁徙和流动（包括由于国内情况而出现的大规模劳工外流），其结果就是产生了当代意义上的散居族裔，而这些散居族裔与居住地在经济、社会、文化等方面的交流中表现出的特征和问题，自然成为相关领域理论思考的对象。散居族裔批评（或称散居族裔理论）这一原来相对零散、边缘的研究角度便开始引起越来越多的人的注意。1991 年，《散居族裔》杂志（Diaspora）创刊，标志着人们开始有意识地将该理论作为一种批评工具或研究角度来研究历史和当代散居族裔问题，而散居族裔、跨国主义和全球化课题也已开始进入美国一些大学的课程计划。有人预测，随着全球化在 21 世纪的进程，散居族裔批评将成为 20 世纪具有相当影响的主要批评理论之一。[①]

目前，散居族裔批评的研究领域主要有三个方面：(1) 散居族裔的身份界定；(2) 由族裔散居引起的跨国文化流动；(3) 全球化语境下的散居族裔问题。而受到关注最多的是第一个领域，即界定散居族裔以及散居族裔身份的形成问题。在具体讨论中，人们通常把 20 世纪 60 年代看作一个分水岭，把此前的散居族裔称为"前现代"或"古典的""人种离散"，而犹太人则是这一时期最"经典"的散居族裔；此后迄今的族裔散居现象则被称为资本主义发达时代的主要人种种群的大规模散居，其结果就是现代意义上的散居族裔。也有人把一国国内的少数族裔、少数人种、移民等都归入散居族裔，这样一来，美国及世界其他地方的华裔群体似乎也被包括进了散居族裔的范围。散居族裔批评的主要理论家之一、《散居族裔》杂志主编、美国卫斯理大学英文教授托洛扬认为，散居族裔是"一种典型的暂时性跨国社区"（Tölölyan 1），说"跨国"，是因为这样的散居族群可能同时分布在好几个国家；说"暂时"，是因为这样的族群可能会因政治、经济、社会的原因而发生流动。另一位主要批评家、澳大利亚默多克大学的维杰伊·米施拉（Vijay Mishra）在研究了 1989 年《牛津英语大词典》上 diaspora 条的释义[②]、特别是该词的最后两条例句后指出，前后两个例句的源文本产生年代相差一百年，因此有必要对该词定义做些补充，以反映这一百年间世界历史、社会、经济等方面的发展及其对散居族裔概念造成的变化。他认为，当代的散居族裔应包括下面几种情形：

1. 相对均一的被移置的社群，与当地的本土/其他种族共同生活，对祖国有着明显的矛盾心态（如在南非、斐济、毛里求斯、圭亚那、特立尼达、苏里南、马来西亚等地的印度散居族裔；在马来西亚和印度尼西亚的华裔散居族裔等）；
2. 以自由移民为基础并与晚期资本主义发展相关的新散居族裔（如战后在英国、欧洲、美国、加拿大和澳大利亚的南亚、华裔、韩裔社群）；
3. 任何认为自己处于权力外围或被排斥在分享权力之外的移居者群体。
（Mishra 34-35）

对于米施拉的第三种情形，美国科罗拉多大学的萨弗兰（William Saran）担心，这样的定义可能有过分宽泛之嫌，因为这样一来，就得把一般的移居国外者、被放逐者、政治避难者、外国居民、侨民、移民等统统包罗进散居族裔的概念之中，而使问题失去实质意义。他认为，散居族裔应当具有这样的特点：他们（1）本身或其祖先从一特定的"中心"向两个或两个以上的"边缘"或外国地区移居；（2）有关于原在国的集体意识，有共同的神话；（3）觉得自己并没有完全被居住国接受，感觉自己被部分地间离和隔离；（4）认为自己祖先的国度是真正的、理想中的，是他们及其后代一定要回归的地方；（5）集体认为有责任保持和恢复祖国的安全和繁荣；并且（6）继续以各种方式与祖国发生关系，而他们的人种社区意识和团结是由这样一种关系来决定的（Safran 83-99）。这六条标准，迄今还是界定一国中某一人种群体是否能被归入散居族裔的主要标准。不过开普敦大学的科亨（Robin Cohen）则认为，萨弗兰过分强调了散居族裔与祖国的关系，看轻了"散居族裔在放逐国的本质"；在讨论散居族裔形成原因时，他认为在奴隶制、大规模流放等"创伤性历史事件"之外，至少还应当包括那些出于侵略或自愿目的移居，如历史上的殖民事件等（Cohen 22-25）。

不难看出，这样的定义把根据主要放在了散居族裔现象的地理特征（祖国和所在国）、本身的意识（对祖国和自身文化渊源等方面的意识），而散居族裔本身无论在祖国还是所在国的具体情况，如阶级、阶层、性别、代际等方面的不同，则或多或少被忽视了。事实上，即使是同一个散居族裔，由于在特定所在国的经济、政治、社会地位的不同，或者由于形成或加入散居族裔的历史年代的先后，各自对自己的祖国和文化渊源的态度和关联也呈现出十分不同的情况。例如，第一代海外华裔移民在对祖国和所在国的意识、情感和关联方面，就与第二、三代的华裔十分不同，把他们笼统地放在"华裔"的概念下讨论，恐怕过于简单化。另外．即使是祖国和所在国，也不是完全没有区别的领土实体，事实上，它们各自对散居族裔都起着不可忽视的外部影响。

针对这样的问题，美国圣克鲁兹加州大学的思想史教授克利福德（James Clifford）指出，分散于多处的散居族裔并不一定可以用一个特定的地理界限来描述（Clifford 304-305）。他认为某些"微观联盟"——如共同的文化活动、血缘关系及商务关系圈、同一宗教组织或城市等——的参加者，也可以被归入散居族裔的概念。但这样一来，一方面，原来固定的地域概念为移动的系列地域概念所替代，祖国与所在国的地缘政治意义相应减少，而另一方面，散居族裔的概念由此有扩大到超出离散问题本身的可能。因为，如果参加共同的文化活动或群集于某一地点可以成为散居族裔的认定条件的话，那么同一种族内文化传统、宗教意识等很不相同的群体至少在一定程度上具备了散居族裔的特征，然而这样一来，散居族裔的人种特征概念就被淡化，从而使这一概念有被无限扩大而失去实际意义的危险。

尽管散居族裔批评目前主要还是一种政治、社会和经济的跨学科批评取向，其研究成果主要反映在对散居族裔的认定上，它已经显示出在有关跨文化和全球化的各种课题、包括文化和文学课题研究方面的适用性和有效性。因为在一定意义上，散居族裔身份的形成与界定本身就是一种历史和文化上的"寻根"，是对人类历史上种族迁移、冲突、共生和融合的反思，是跨民族跨文化研究的重要内容。同时，由于散居族裔的跨民族、跨文化、跨国特征，他们身上经常体现着隐性的源文化、源意识与显性的现文化、现意识之间的分裂与冲突，体现着某种程度上的身份不确定性，体现着某种"双重身份"或"双重意识"。米施拉在发表于 1996 年的题为《假想的散居族裔》[③]的论文中，提到散居族裔在护照身份和真实生活身份之间的差异："某国公民"的护照身份的内容和作为该国散居族裔一员在政治、社会、经济、文化等方面的生活的内容，事实上并不相等。不少美国华裔作家在各种场合一再声称不愿意别人把自己当作"华裔作家"，而希望直接称他们为"美国作家"。这一现象本身就说明身份游移依然是困扰着这些散居族裔作家的问题之一。

散居族裔批评不仅在全球化和跨国时代的政治、社会及经济等方面课题的研究上可能具有独到的作用，而且由于其主要关注不同散居族裔之间和内部的、不同文化和美学产品之间和内部的、社会及其文化和美学效果之间的各种传承与断裂现象，它在文化和文学研究领域内也可能为我们提供一个特殊的视角，特别是研究华裔、犹太等具有明显散居族裔特征的文化和文学现象。

事实上，在迄今为止的美国华裔文学研究中，身份与归属（identity and identification）一直是两个最重要的课题之一。[④]无论是汤亭亭的《女勇士》，谭恩美的《喜福会》，还是任璧莲的《应许之地的梦娜》，作品所反映的美国华裔人在身份认同、归属、融合等方面的经历以及因双重意识而起的文化、意识冲突,均构成了作品重要的内容。即使在像任璧莲1999年出版的《谁是爱尔兰人?》中的同名短篇《谁是爱尔兰人?》这样看似情节简单篇幅短小的作品中,华裔和其他少数裔美国人因身份和文化归属而起的不确定感和冲突,也表现得淋漓尽致。故事讲述了"我"和爱尔兰亲家两家三代之间、特别是"我"和外孙女之间的矛盾和冲突,故事的一些细节,十分生动地表现了"双重身份"意识的某些特征:在看自己的时候,经常在自己的人种身份和社会身份之间划出清晰的界线,而在看别人的时候,则往往把人种和社会身份等同起来。故里主人公"我"是第一代美国华裔移民。尽管已经是"永久居民"了,可在教训女儿娜塔丽和外孙女索菲时,言谈中不住地"在中国"不这样,"在中国"不那样,[5]似乎很清醒地认识到由人种身份而起的文化冲突;可当她谈论起爱尔兰[6]女婿约翰时,却完全把人种身份和社会身份混为一谈了。对约翰兄弟四个都没有工作,"我"觉得十分不可理解,她说:"这些日子,甚至黑人的日子也好过了些,有些人的日子还十分风光呢,真让人吃惊。为啥希亚一家有那么多的麻烦?他们是白人,他们说英语。"在她看来,白人和说英语是构成本地族裔的要素,从而忽视了这样的事实,在美国社会里,白人并不都能站在社会阶梯的高处,更不用说像爱尔兰裔这样的"白人"了。

当然,任璧莲这个短篇所传达的,更主要的依然是散居族裔在身份和文化上的"断裂",这一点集中反映在索菲这位属于第三代华裔的小姑娘身上。从人种特征来看,索菲依然是地道的华人:"她看上去完全像中国人。美丽的黑头发,美丽的黑眼睛。鼻子大小正好,既不塌得像是什么坍倒了的东西,也没大到像是什么大玩意安错了地方。什么都恰到好处,……"除了她一身让"我"和爱尔兰亲家都感到不解的棕色皮肤,但在她的天性里,其实已经找不到一点"中国"的东西了。按故事中"我"的说法,"她那美好的中国一面被野性的希亚(按:"我"的亲家)一面吞吃了。"索菲只有三岁,可日常行为没有一点像中国孩子:去公园玩,她偏要站在推车里,一见水池就把自己脱个精光,把衣服全扔到水里。到后来,更发展到随便抬脚去踢玩伴的母亲,往人眼睛里撒沙土,受了呵斥竟钻进藏身洞里死活不肯出来。而"我"则下决心要"帮助她的中国一面和野性一面作斗争。"可这样的斗争在作为第一代华裔的女儿和属于另一散居族裔的约翰的阻挠下,收效甚微。女儿明确告诉母亲,"在美国,父母可不打孩子"。如果说作为第一代华裔的"我"依然保留着鲜明的人种和文化身份记忆,从而经常发现自己处于两种身份和文化冲突之间;作为第二代华裔的女儿娜塔丽已开始有意识地向居住国文化和社会身份归化,人种身份开始被压抑进入潜意识,成为他们要努力"遗忘"的东西;到了小索菲这一代,人种身份似乎仅限于外表的生物特征,而内心和意识已完全归化入居住国的"主体"之中,成为俗称黄皮白心的"香蕉人"。但是,即使是这样的"归化"恐怕也很难完全抹去人种身份的影子,故事中亲家母贝丝在夸赞"我"的女儿时的那句"我一向觉得娜蒂(按:娜塔丽的昵称)

和白人一样好"，再明白不过地告诉读者，无论你英语讲得如何出色，无论你的行为意识如何"归化"于居住国主体，你的生物特征让你永远印上了白人之外的"他者"的印记，使你永远无法不让人把你和白人区别开来。而近年来，越来越多的美国华裔作家越来越经常地向媒体和读者宣告：我不是美国华裔作家，我是美国作家，这本身就在一定程度上说明，这些作家依然在受着人种身份的困扰。任璧莲这篇故事发展到最后，"我"搬去和亲家一起生活，渐渐发现自己也成了"名誉爱尔兰人"，不禁发出感叹，到底"谁是爱尔兰人？"因为当散居族裔在谈论自己的身份时，永远无法遗忘人种身份和社会身份的双重意识，永远无法回避因此造成的割裂、冲突和含混。

散居族裔批评可以在一定程度上成为美国华裔文学研究的一种方法、角度或批评取向，在讨论美国华裔文学的起源和发展时，特别是该文学传统在早期相对封闭的"文化飞地"中的特点，后来与主流文学传统的共生、碰撞、冲突与部分融合等，以及文学作品中有关华裔族群或个人在美国的身份与归属问题，他们与主体族裔和其他少数族裔（其中不乏散居族裔）群体或个人间的文化关系等，这一理论都有可能起到一定的独到的启发作用。同时，散居族裔理论的讨论范围本身也可以使我们对诸如"美国华裔文学"本身的定义（内涵和外延）等问题进行再思考，例如，从作家角度看，它是否仅指取得了美国国籍的作家，还是应包括近二三十年来移民或暂住美国的作家；从语言角度看，它是否仅指用英语创作的作品，还是可以包括目前虽然数量不多但也在悄悄增长的用中文创作的作品；从作品角度看，它是否仅指关于华裔在美国的经历和意识的作品，还是可以包括只是在美国出版、其内容却更多地与中国有关的作品；等等。更重要的是，散居族裔理论有可能为华裔文学的研究开辟一个更广阔的世界，不仅将散居在世界各地的政治、经济、历史、文化各不相同的区域内华裔文学包括进来（"华裔某国文学"），甚至将在这些区域里以华文创作的文学现象也纳入研究范围。如果我们可以将一特定区域里的华裔文学现象比作植物的一个种群，那么在散居族裔批评的视界里，我们不仅可以研究分散在各区域里的华裔文学由地域、环境、历史、文化造成的种群特征，研究各华裔文学种群之间的关系，至少还可以比较研究以华文和英文两种语言创作的作品，从而对"大华裔文学"有一个总体的了解。

特别应当指出的是，散居族裔理论和华裔文学研究之间，并不是单纯的"矛"与"盾"，方法与问题的关系。诚然，华裔（美国）文学研究可能成为散居族裔理论在文学和文化研究方面的"试验田"，可以在该理论取向指导下深化华裔文学研究本身，还可以研究华裔文学在跨文化全球化进程中的角色。但是，它也完全可以而且应该成为散居族裔理论本身的一个重要组成部分，甚至是对话伙伴，可以为该理论在概念定义、研究方法、主要研究课题等方面的讨论带入新的问题和考虑。

注释

① 见 Sudesh Mishra, "Diaspora Criticism," *Introducing Criticism in the 21st Century*, ed. Julian Wolfreys（Edinburgh UP, 2002）.
② 1989 年版的《牛津英语大词典》diaspora 条的释义是："散开"；"（希腊犹太人中）被囚之后散居于非犹太教徒中的全体犹太人"；"（早期犹太基督徒中）居住于巴勒斯坦之外的犹太基督徒群体"。
③ 见 Vijay Mishra, "The Diaspora Imaginary: Theorizing the Indian Diaspora," *Textual Practice* 10.3（1996）：421-47.
④ 另一个课题即美国华裔文学中的女性形象、特别是母女关系。
⑤ 例如"我"谈到为女儿带孩子时说，"在中国，是女儿照顾母亲，可在这里，却倒过来了"。谈到教育外孙女要有创造性时，她说，"在中国我们可不大谈论这个词（按指创造性）"等等。
⑥ 通常认为，爱尔兰裔美国人在一定程度上也具备了散居族裔的特征。

引用作品

Clifford, James. "Diasporas." *Cultural Anthropology* 9（1994）：304-05.

Cohen, Robin. *Global Diasporas*. London: UCL. Press, 1997.

Mishra, Vi Jay. "Introduction: Diaspora." *Journal of the South Pacific Association for Commonwealth Literature and Language Studies* 3（1993）：34-35.

Safran, William. "Diasporas in Modern Societies：Myths of Homeland and Return." *Diaspora* 1（1991）：83-99.

Tölölyan, Khachig. "The Nation State and Its Others." *Diaspora* 1（1991）：3-7.

10
"东方主义"视野中的美国华裔文学

陈爱敏

评论家简介

陈爱敏,清华大学博士、南京师范大学外国语学院教授、博士生导师。主要研究领域为比较文学与世界文学、美国戏剧、美国亚裔文学、易卜生研究等。专著有《认同与疏离——美国华裔流散文学批评的东方主义视野》《西方戏剧十五讲》;编著有《英美诗歌与戏剧赏析》《异彩纷呈:20—21世纪之交美国戏剧研究》。

文章简介

在美国华裔作家当中,既有借助创作融入主流,为解脱自己东方人身份而自觉、不自觉地成为"东方主义"和"新东方主义"的附和者,也有用自己的文学创作抵抗"东方主义"的颠覆者。本文以赛义德的"东方主义"视角为理论依据,通过文本细读的方法详细阐述了不同时期的美国华裔作家对"东方主义"的建构、解构和超越。

文章出处:本文原载于《外国文学研究》2006年第6期,第112—118页。

"东方主义"视野中的美国华裔文学

陈爱敏

　　近二三十年来蓬勃发展的美国华裔文学,由于作家的华人血统和中美两国的双重身份,使得他们作品的内容很大程度上与两国的方方面面如文化、政治、风土人情等紧密相连,但由于作家各自的家庭、社会和经历等特点,作者对东西方文化的态度表现出很大差异。如果从爱德华·赛义德的"东方主义"的视角来解读他们的文本,读者既可以看到一些作家对"东方主义"的亲和与依附,也可以读到另一些作家与"东方主义"的不懈斗争,同时还可以看到一些新生代作家对"东方主义"的超越。那么,美国华裔文学与"东方主义"有什么样的联系?华裔作家又是如何建构与解构"东方主义"的呢?

一、新老"东方主义"和西方殖民话语

　　作为后殖民主义理论重要组成部分的"东方主义",其创新点之一就是将纯文学研究扩展开来,把文学与社会紧密地结合起来。换句话说,赛义德的"东方主义"理论有着"强烈的意识形态和政治批评色彩,其批评锋芒直指西方的文化霸权主义和强权政治"(王宁72)。"东方主义"比较全面地揭露了西方殖民主义者统辖东方的野心:首先,东方主义是指"任何教东方、写东方、研究东方的人——不管这个人是人类学家、社会学家、历史学家还是语文学家——无论是在特殊的还是在一般的方面,都是一位东方主义者,他或者她所做的一切都是东方主义"(赛义德2)。从这个意义上来讲,西方尤其是当今美国众多与亚洲有关的研究机构或者团体,像"东方研究"或者是"区域研究",热衷于这些研究的学者、专家以及与东方有关的各种论文、书籍、会议等,都可以归入这个类型之中。有人认为这其中有政治与非政治的行为之分。西方的东方研究机构的建立有一些是由政府授意的,还有一些是出于纯粹的学术目的,参加者并非都带有政治目的,比如美国每年一度的少数族裔文学研究年会,参加者有知名的评论家、教授,也有一般的讲师、助教和在校的本科生和研究生。会议专门设议题讨论非裔文学或者亚裔文学等。然而,我们应该看到,不管是政府直接投资或是院校自发建立起来的东亚研究机构,还是学术讨论会以及与东方研究相关的论文等,都会成为美国乃至西方政界决策的依据,为他们应对东方、控制东方甚至是侵吞东方提供帮助。"在赛义德看来这种东方主义者的所谓纯学术研究、纯科学研究,其实已经勾起了西方权力者的贪欲,这无疑成了帝国主义的帮凶。这种制造'帝国语境'强权征服的东方主义,已经不再是纯学术,而成了强权政治的理论基础"(王岳川44)。

　　赛义德指出:"东方主义"是"建立在关于'东方'与'西方'的本体论与认识论区

分基础上的一种思维方式"（赛义德3）。他认为，无论西方历史上的哪一个阶段，凡是以东方与西方这一基本二分法作为起点的对东方、东方人、东方习俗、东方"心性"、东方命运等等进行本质主义陈述的写作都属于东方主义。赛义德将东方主义定义成一种思维方式。在历史上，西方通过对东方的虚构使得西方与东方具有了本体论上的差异，并且使西方得以用猎奇和带有偏见的眼光去看东方，从而创造了一个与自己完全不同的民族，使自己终于能够把握"异己者"。有这么一些在美国出生长大的华裔作家，正充当了这样的"创造者"的角色。为了融入主流话语之中，摆脱自己黄种人的身份，他们有意识地站在西方立场上，用白人的眼光来"看"自己的父母、前辈，"审视"中国文化，竭力向西方呈现东方人丑陋、落后的他者形象，来迎合西方读者的猎奇心理。

　　赛义德的《东方主义》不仅分析并指出了西方控制、主宰以至于最终统辖东方的各种各样的形式，而且还进一步指出了它的历史演变。"从19世纪早期直到第二次世界大战结束法国与英国主导着东方与东方学（东方主义）；自第二次世界大战开始，美国逐渐在此领域占据主导地位，并且以法国与英国的方式处理东方"（克利福德5-6）。从赛义德的这段话便可以看出这样两个事实：一是第二次世界大战前英、法、德等列强对东方的侵略、瓜分和控制；二是第二次世界大战后迅速膨胀起来的美国对东方新的霸权。他指出了"东方主义"的延续性，告诉我们今天美国在不折不扣地操纵着"东方主义"话语。换言之，美国是当今"新东方主义"话语的制造者与控制者。其实，从19世纪中叶开始，美国随着现代工业、国防、科技等方面的高速发展，其帝国主义野心就随之膨胀，他们将扩张野心伸到了太平洋以外的亚洲。对美国而言，它要控制的东方，主要是中国和日本。美国华裔批评家李磊伟将美国的"东方主义"历史分成两个阶段：1854年到第二次世界大战结束为第一个阶段，可以称之为"老东方主义"的统治时期；第二次世界大战结束以来为第二个阶段，可以将其视为"新东方主义"的开始。如果说"老东方主义"通过制定法律、起草相关的文件、发布相关的报告、撰写与东方有关的文学作品和建立针对东方的研究机构来控制、主宰甚至侵略并统治东方的话，那么"新东方主义"则是在经济全球化到来之际，改头换面，以学术会议、文化交流、大众传媒等形式对东方实行的新一轮殖民战略。不可否认，无论是老的"东方主义"还是"新东方主义"，都是西方殖民者对东方实行颠覆、控制和殖民化的、有着强烈政治色彩的殖民话语，是我们必须加以识别和提防的。当今成名的一些华裔作家，都是在20世纪出生、美国本土上长大的，他们受美国新、老"东方主义"的影响极其深刻。在这样的环境中，华裔作家表现为两种态度：一种是为自己的双重身份而感到困惑，想尽力摆脱华人身份和中国文化的束缚，融入主流话语当中。因此，他们在思维方式和文学创作上自觉或不自觉地会站在西方的立场上，用"东方主义"者的眼光来看自己的父母、中国以及中国文化，以至于从某种意义上来说，建构了"东方主义"的画面。而另一些华裔作家，在种族歧视盛行的社会环境中，感受到民族强大的重要性，从而从自己的良知出发，竭力维护华人形象，强调并宣传正宗的中国文化经典，来解构西方的"东方主义"话语。

二、"东方主义"的建构

"东方主义"的一个重要支点在于东西方关系的二分法上，具体来说就是先进与落后、优与劣之分。在西方，东方人常常"被置于由生物学决定论和道德——政治劝诫所建立的框架之中"。因此，东方人与引起西方社会不安的诸因素联系在了一起，像罪犯、精神病人、妇女和穷人等，他们成为"令人悲哀的异类"（赛义德36），将要被解决、被限定……东方人放纵、懒散、残忍、堕落、愚昧、落后，是未开化的民族。赛义德所总结的东方人的特性，在一些华裔女作家的笔下似乎都能见到，她们已经将其落实到了在美华人和中国人的身上。

黄玉雪、汤亭亭、谭恩美三位华裔女作家，在西方主流话语当中以书写中国母亲/父亲、唐人街的风土人情和中国文化而出名，但是她们的身份、所处的环境和时代背景的特殊性与复杂性，使得她们的作品不免打上了"东方主义"的印记。她们在自传、小说和儿童故事当中有明显的"东方化"母亲/父亲、唐人街和中国以及中国文化的倾向。其原因是多方面的。"亚裔美国人叙述者的角色、美国的市场和'他者'的故事，这三者对她们的创作起到了一定的制约作用"（Ma 12）。在西方读者眼中，她们是东方人，她们的特殊身份和有关东方的知识使得她们"能够"代表东方来说话，她们深知她们所要吸引的读者是那些对东方充满好奇和幻想的白人。因此，市场的运作要求她们选取"他者""神秘"的故事来充当创作素材。也正是因为考虑到书的销售量，她们才想到了自己双重身份的优势，将目光转向东方和东方人，用她们拥有的第一世界的语言，向西方呈现第三世界的"看点"。利用独特的身份、瞄准诱人的市场、虚构"他者"的故事，这就是黄玉雪、汤亭亭与谭恩美三个女作家迅速崛起、获胜的法宝。

黄玉雪《华女阿五》的写作和出版是在第二次世界大战刚刚结束不久。作者声言要找一个不引起民族对立的突破口，让美国人了解中国。这个突破口就是向西方介绍中国文化，因为这样做可以不偏不倚，不会引起读者对华人的反感，书也才能销得出去。不过，尽管作者希望采取"中立""客观"立场来书写唐人街的华人生活习俗以及中国文化和传统礼仪，但其作品还是暴露出一边倒的倾向：对中国文化的厌恶，对西方文明的崇拜。仔细阅读其作品，读者不难看出作者深藏于字里行间复杂的思想感情。中国文化当中压抑她个性发展、限制她自由的父权制，重男轻女的性别歧视，原始、怪异的饮食习惯，愚昧、落后的祖先崇拜和迷信等，似乎这些丑陋的方方面面俯拾皆是①。中国文化博大精深，对于那些对中国文化知之甚少或者一无所知的西方读者来说，黄的描述无疑成了他们获取中国文化和中国人形象的重要来源。最好的一则例子就是黄在自己再版的《华女阿五》的前言中所说的，一个美国士兵赴越南战场之前登门拜访，感谢她提供了东方文化的读本。殊不知，这是作者精心选材的结果。显然作者是没有得罪西方人，赢得了"模范少数民族"的称号，但这是以损害中国人和中国文化形象为代价的。

汤亭亭的《女勇士》充分发挥了想象力，向西方读者呈现了一幅具有异国情调的中国画面。在这样一个遥远的东方古国，文化腐朽：重男轻女的思想充塞了人们的头脑，生男孩的父母亲就要大操大办、整天庆贺；"养闺女还不如喂只鸟"，因为"生了女儿在替别人忙"（Kingston 48）。女人是无度的淫荡：无名姑妈与村上不明身份的男人通奸；人性残忍：母亲残忍地用刀子割断女儿的脐带；姑妈被逼抱着孩子投井自杀；思想愚昧：鬼怪横行，闹得有房子也无人敢居住；社会动荡不安：剑客互相残杀……还有无数令人难以置信的故事。作为西方读者，读后肯定会瞠目结舌，领悟到什么是中国文化，因为"东方人"自己创作的故事绝对是真实的，这正好印证了西方读者头脑中固有的中国人形象。尽管这是明显的"东方主义"，但是汤亭亭认为这是文化误读，曲解了她的本意。美国华裔文学评论家马胜美一针见血地指出："与其说是公众读者的文化误读，倒不如说汤亭亭有意识地歪曲中国文化罢了。（Ma 14）"

1989年，谭恩美以她的《喜福会》一举成名。同样是以书写华人生活、中国文化为内容而获得成功的作家，谭恩美对东方、东方人的态度似乎比汤亭亭要温和得多，这部分是因为在汤亭亭的《女勇士》发表后的一二十年中，又有更多的华人移民来到了美国，而更主要的是美国政治和文化气候的改变，这使得她们不再急于要将自己与亚洲人区分开来。正像金惠经（Elaine Kin）在《亚美文学阅读》（Reading Literatures of Asian American）中所言：因为美国与亚洲一些国家的关系的改变，以及20世纪70年代中期美国内部移民政策的变化，早些时候显得非常重要的"亚洲人与亚洲美国人之间身份的界限逐渐变得模糊了"（Kim 8）。在这样的大背景下，谭恩美不再像汤亭亭那样对中国人、中国文化采取敌对的态度，"不过，在她的作品当中还是能看到'东方主义'的影子"（Ma 15）。最精彩的一则例子就是《喜福会》当中，安梅的母亲为了救婆婆一命而从自己的膀子上割下一块肉，放在药罐里，熬汤给病入膏肓的婆婆喝。在此，"东方主义"者常说的中国人残忍、愚昧、非理性等特性，都在这一幕中得到兑现。当然，中国人的这些弱点，在这部小说的其他部分以及其他几部小说中都屡见不鲜。

在《东方主义》一书中，赛义德曾总结了历史上西方对东方的描述：人们用许多词来表达东西方之间的关系，"东方是非理性的，堕落的，幼稚的，'不正常的'；而欧洲是理性的，贞洁的，成熟的，'正常的'"（赛义德49）。细读这些华裔女作家的文本，东方人落后、东方文化低劣的一面，在她们大部分的作品中都能看到，事实上她们以另一种方式使得"东方主义"具体化，在某种意义上自觉与不自觉地成了"东方主义"的同谋。

三、"东方主义"的解构

"生活的哲学就是斗争的哲学,我们的信仰是:任何人,不管是男是女,生来就是战士。我们生来就是要维护个人的尊严,所有的艺术都是战斗的艺术。写作就是战斗。"(Chan 35)这就是被人们称为"唐人街牛仔"的华裔作家赵健秀发出的呐喊,它代表了一些亚裔作家群落的呼声。从20世纪70年代开始,这些亚裔作家群落通过编辑出版《哎呀!美国亚裔作家文集》和《大哎呀!美国华裔与日裔文集》再现了华人移民在美国修筑铁路、开凿隧道、建设美国西部家园的历史事实,借此他们要向剥削、压迫华人的白人社会讨回公道,要打破长期以来亚裔男性在主流话语中的"失语"状态,重振男子汉的威风。这也正是以赵健秀为代表的一些亚裔作家群落从70年代以来进行的颠覆"东方主义"的辉煌事业。他们的努力使得美国华裔/亚裔文学,与美国其他少数族裔文学一样,在主流话语当中占有了一席之地,成为近几十年来西方读者关注的焦点、学术界讨论的热点、大众媒体瞩目的中心。

除了这些男性作家群落之外,其他一些华裔作家的共同努力也使得美国华人的声音在西方越来越响亮。从70年代开始,汤亭亭、谭恩美、黄哲伦等一大批作家的登场,使得华裔作家的队伍壮大起来。这些作家群落的出现,将美国华裔文学推向了一个新时代;更重要的是,从那时开始,西方人听到了来自华人自己的声音,而不是西方传教士、旅行家和想象作家的声音。华人的声音,有赞美、有愤怒、有呐喊,还有声讨。他们通过文学作品,不仅展示了中国文化的灿烂、民族的伟大、华人品格的高贵,而且他们还第一次向世人们揭露了美国政府、西方社会与舆论对华人的压迫、敲诈和非人的种族歧视,揭开了华人建设美国功不可没的历史事实。应该说这些作家群落的出现,打破了"东方主义"话语,颠覆了美国的"新东方主义"阴谋,在美国文学史上具有举足轻重的地位。

如果说以赵健秀为代表的一些作家群落的文学实践是华裔/亚裔作家的愤怒的呐喊的话,那么,以汤亭亭、黄哲伦为代表的一些作家的文学创作则是温和但是非常成功的发言。"这些作家从驯服、对抗两种姿态的经验和教训中采用了更安全、更有效的发言方式,并试图摆脱自传写作的传统,借文学/历史/文化隐喻或象征,表达现实中的个人乃至族裔群体的普遍境遇"(宋伟杰132)。虽然评论界对汤亭亭毁誉不一,虽然在某种意义上来说《女勇士》向西方展示了中国人/中国文化传统的男权主义歧视妇女的落后现象,有迎合白人读者之嫌,但是,汤亭亭以她敏锐的目光与深邃的洞察力和对华人移民及其对移民后代在美生活境遇的同情与关注,所创作的《中国佬》与《孙行者》是对主流话语压迫与歧视华人移民罪行的声讨,是对华人后代仍然遭受不平等境遇的揭露,更重要的是对美国的"新东方主义"的颠覆。因为在美国媒体尤其是电影当中,开发西部的英雄是白人,只有他们才能算得上男子汉。而华人充其量不过是厨工、理发工、洗衣工等角色,是白人的奴仆而已。美国的法律和种族歧视已经使他们完全女性化。而透过汤亭亭的《中国佬》，读者看到的中国劳工是顶天立地的男子汉，他们用自己结实的臂膀支撑起钢筋铁骨，用勤劳、有力的双手铺建了横贯东西、连接南北的一条条铁路和桥梁。他们不是无能、柔弱的女性，他们才是真正意义上的男子汉。汤亭亭不仅通过力量的展示来歌颂华人的英雄气概，解构白人心目中的东方男人的刻板形象，而且还别开生面，让"一贯"沉默"失语"的父亲们/男人们喊出自己的声音，通过写作《中国佬》和《孙行者》等反响强烈的小说，将华人及其后代的过去与今天的状况呈现给西方读者。她所获得的成功，本身就展示了华人的言说能力，打破了主流话语边缘化与压制少数族裔声音的企图，颠覆了美国"新东方主义"控制与主宰东方/东方人的野心。

在这些作家群落当中，黄哲伦是另一位比较成功的华裔作家，他的成绩尤其体现在戏剧上。他以温和的笔触、敏锐的洞察力和犀利的语言，反映了中国移民在美国的生活现状和所处的尴尬境地，以此来揭露主流话语对华人所持的民族偏见。他集中体现华人移民生活的"华美三部曲"：《刚下船的人》（F.O.B., 1979）、《舞蹈与铁路》（The Dance and the Railroad, 1981）和《家庭忠诚》（Family Devotions, 1981），接连获得了许多奖项。这些作品集中地反映了华人移民内部对中西方文化所持的截然不同的两种态度。

最能体现黄哲伦才华的要数《蝴蝶君》（M. Butterfly, 1988）罗伯特·斯克罗特声称："《蝴蝶君》通过对观众心目中的文化与性别假设的挑战"，对人们的偏见进行了"彻底的颠覆"（Skloot 59）。玛介里·加布称赞说："在《蝴蝶君》里我们看到的是对'角色'幻想的解构与分解正在起作用，而且正展示在观众面前"（Garber 143）。黄哲伦自己也称他这个剧本是对《蝴蝶夫人》的解构。事实上，该剧上演之后，从观众到评论界一直将其看成是一个颠覆工程，是对普希尼的古典歌剧《蝴蝶夫人》所建构的"东方主义"话语的解构。那么，引起评论界如此兴趣的《蝴蝶君》，到底解构了什么？颠覆了什么？与东方主义有什么样的联系？《蝴蝶夫人》在西方已经深入人心。它由法国作家普希尼（Puccini）对历史上一系列文学经典的重构而来。它所表现出来的表面上是日本女子为了对美国军官的爱而不惜牺牲自己的故事，但是实质上却影射了东西方之间的关系；表面上是男女关系，实际上又是主宰与顺从的关系，是民族与民族之间强弱关系的体现。长期以来西方人凭借着他们的幻想，为了达到控制、主宰东方/亚洲的目的，肆意制作、扭曲、侮辱东方民族的做法一直没有停止过。东方女性是他们"制作"的重要对象。因为正如赛义德所言，"东方女人表现出无度的性感"，而且"总是愿意的"（赛义德37）。

然而，黄哲伦《蝴蝶君》中的东方"女人"已不再温顺、被动、听人摆布。黄哲伦将《蝴蝶夫人》中的女性角色换成了男性，正显示了东方人的男子汉气概。在剧中东方人处处掌握着主动权，让痴迷者/狂妄者自食其果：法国外交官因越南策略上的失败被革职入狱。在《蝴蝶夫人》当中，亚洲女人对西方男人的迷恋导致了她最后的自杀；而在《蝴蝶君》当中，西方女人（法国外交官是真正意义上的女人）对东方（男）人的幻想，导致了自己的失败。如果以前的"蝴蝶夫人"经典在宣扬西方殖民者的荣耀的话，那么，黄哲伦的《蝴蝶君》文本，是给西方殖民主义者一个警示：对东方的幻想只能导致西方的最终失败。

长期以来，西方尤其是美国一直以"东方主义"者的眼光看待华人以及在美国的华人移民，中国人在他们心目当中已经成为定型的刻板形象。东方女人充满了异国情调，她们顺从、温柔、乐于为爱献身；东方男人则愚昧、无能，只能听别人的摆布。但是，近几十年来，华裔作家的集体创作，使得美国"东方主义"的幻想逐渐破灭，华裔作家用英文书写的小说、诗歌、戏剧等文学作品的出版，犹如华人愤怒的呐喊声，打碎了西方自我陶醉、自我标榜的美梦。当然，我们应该看到在这支华裔作家群落当中，既有用自己的文学创作颠覆"东方主义"的作家，也有借助创作融入主流，为解脱自己东方人身份而自觉与不自觉地成为美国"新东方主义"的附和者。

注释

① 参见"'东方主义'与美国华裔文学中的男性形象建构"，《外国文学研究》6（2004）：78-83；"母亲作为'他者'——美国华裔文学中的母亲形象解读"，《思想》5（2005）：212-231；"论美国华裔女性文学中呈现的中国文化"，《外国文学研究》6（2005）：71-74。

引用作品

Chan, Jeffery Paul, et al., eds. *The Big Aiiieeeee! An Anthology of Chinese American and Japanese American Literature*. New York: Meridian, 1991.

詹姆斯·克利福德："论东方主义"，罗钢等编：《后殖民主义文化理论》. 北京：中国社会科学出版社，1999.

[Cliford, James "On Orientalism," *Theories of Post Colonialism*. Ed. Luo Gang. Beijing: China Social Sciences Press, 1999.]

Garber, Maigorie, "The Occidental Tourist M. Butterfly and the Scandal of Travestism" *Nationalisms and Sexualities*. Ed. Andrew Parker, et al. New York: Routledge, 1992.

Kingston, Maxine Hong. *Woman Warrior Memoirs of a Girlhood Among Ghosts*. New York: Alfred A. Knopf, 1976.

Ma, Shengmei. *Immigrant Subjectivities in Asian American and Asian Diaspora Literatures*. New York: State University of New York Press, 1998.

爱德华·赛义德：《赛义德自选集》，谢少波等译. 北京：中国社会科学出版社，1999.

[Said, Edward W. Said's Self Selection, Trans. Xie Shaobo, et al. Beijing: China Social Sciences Press, 1999.]

Skloot, Robert, "Breaking the Butterfly. The Politics of David Henry Hwang," *Modern Drama* 33.1（1990）: 59-66.

宋伟杰："文化臣属·华埠牛仔·殖民谎言——论华裔美国作家刘裔昌、赵健秀、黄哲伦"，《美国华裔文学研究》，程爱民主编. 北京：北京大学出版社，2003.

[Song Weijie, "Cultural Submission Cowboys in China Town and Colonial Lies on Chinese American Writers, P. Louie, Frank Chin and Herry Davie Hwang," *A Study of Chinese American Literature*, Ed, Cheng Aimin, Beijing: Peking University Press, 2003.]

王宁:《超越后现代主义——王宁文化批评文选之4》. 北京: 人民文学出版社, 2002.
 [Wang Ning, *Going Beyond Postmodernism, Wang Ning's Selected Works on Cultural Criticism IV*. Beijing: People's Literature Publishing House, 2002.]

王岳川: 后殖民主义与新历史主义文论. 济南: 山东教育出版社, 1994.
 [Wang Yuechuan, *Post Colonialism and New Historicism*. Jinan: Shandong Education Publishing House, 1994.]

11

质疑华裔美国文学研究中的"唯文化批评"

孙胜忠

评论家简介

孙胜忠，上海外国语大学博士、教授、博士生导师，曾历任安徽师范大学外国语学院院长，安徽省外国语言文学学会会长。主要研究领域为英美文学、20 世纪西方文论。专著有《美国文学的第二次繁荣》《美国成长小说艺术与文化表达研究》；参编著作有《美国文学词典：作家与作品》《美国文学大辞典》；译著有《寻欢作乐者的历史》。

文章简介

本文在回溯文学研究和批评的对象和内容的基础上，指出美国华裔文学研究呈现出"唯文化批评"的弊端和悖谬。笔者认为，文化批评只是文学研究的视角之一，对美国华裔文学进行过度的文化阐释不仅会忽略文学文本中的审美价值，还有可能将真正有价值的作品打入冷宫。因此，美国华裔文学研究应该走出"唯文化批评"的误区，将研究的重心放在对文学性的探讨上，还文学批评以本来面目。

文章出处：本文原载于《外国文学》2007 年第 3 期，第 82—88 页。

质疑华裔美国文学研究中的"唯文化批评"

孙胜忠

当下国内美国文学研究中有一个热点，那就是华裔美国文学研究。在 2002 年 10 月由南京大学承办的"全国美国文学研究会第 11 届年会"上，两个主题发言中就有一个是关于华裔美国文学的。在八个大组讨论中，有一组讨论的专题就是华裔美国文学，而仅在发给与会者的 76 篇论文摘要中就有 11 篇论述华裔美国文学，实际就这一话题发言者更多。2006 年 11 月召开的"全国美国文学研究会第 13 届年会"又有一个子主题是"美国（主流）文化语境中的少数族裔文学"，讨论的当然又主要是华裔美国文学。在由刘海平和王守仁主编的四卷本《新编美国文学史》（上海外语教育出版社，2000—2002）中就开辟了两个专章——第二卷第七章"有关美国华裔的文学"和第四卷第五章"华裔美国文学的兴起"，共 99 页，介绍华裔美国文学，这在中国美国文学史的撰写历史上是空前的。该书的主编在"总序"中写道："中美文化的撞击和融汇构成华裔文学的一个重要主题，对华裔文学诞生、发展、演变的历史过程进行专门研究亦是本书的一个特色。"（刘海平、王守仁：xi）这从一个侧面反映出国内近年来对华裔美国文学的重视，同时也说明学者们在研究华裔美国文学时关注的是"中美文化的撞击和融汇"。国内甚至还有华裔美国文学的专门研究机构，例如北京外国语大学英语学院就成立了华裔美国文学研究中心。种种情况表明，华裔美国文学研究确实在国内美国文学研究界形成了一股"热"。

一、问题的提出：华裔美国文学研究 = 文化批评？

华裔美国文学研究热本身无可厚非，它有理由成为美国文学研究的一个重要组成部分；从文化的角度来审视此类文学作品也不失为一个有效的研究视角。但问题是它是否是唯一的，或者说是主要的研究视角。文化批评是解读华裔美国文学作品的"金钥匙"吗？

要回答这个问题，我们有必要首先来进一步检讨一下当下国内华裔美国文学研究的现状。华裔美国文学的研究目前在国内美国文学研究方面虽然形成了一股热，但其研究的视野却主要局限于文化批评的范畴之内。为了客观地描述目前国内华裔美国文学的研究现状，笔者在前期调研的基础上还特别检索了"中国期刊全文数据库"。在所显示的 30 项检索结果中，2 项为学术动态报道，1 项为访谈录，11 项为人物介绍，2 项为现状分析和理论述评，其余 14 篇是真正意义上的华裔美国文学作品的研究专论，但这 14 篇学术论文几乎无一例外地选择了文化批评的视角。即便是那篇访谈也是在"多元文化主义语境下"谈当代华裔美国文学的。

此外,《外国文学研究》2003 年第 3 期辟有"华美文学研究"专栏,所刊载的 3 篇论文也都选择了文化批评视角,关键词中分别含有"中国文化""文化差异""东西文化冲突",堪称"文化研究专栏"。这一调查结果大致反映了目前国内华裔美国文学的研究现状,即华裔美国文学批评似乎只有文化批评一途。在众多的研究论文中要么探讨华裔美国文学的创作主题,而这些主题无外乎流浪、漂泊和寻根之类,其根又必然是华夏之根;要么谈论文化认同,而认同的又似乎顺理成章地就是中国文化。这种趋同、单一的研究现状和一厢情愿,甚至自作多情的心态不能不令人生疑。华裔美国文学是美国文学,乃至世界文学的一部分,它虽然有自己的特色,但理应与其他文学有着某种共同的机制,对它的批评和研究也必然同其他文学批评一样有着共同的机制。鉴于此,我们就有必要对文学研究和批评的对象和内容作一番审视,并以此来观照国内华裔美国文学研究中存在的问题,探讨华裔美国文学研究的方向和应走的途径。

二、文学研究大于文化批评

要针砭时下国内华裔美国文学研究中存在的流弊,我们有必要来探讨一下文学研究到底要研究什么问题。按照雷·韦勒克的观点,文学研究可划分为文学理论、文学批评和文学史三个既相互区别又相互依托的领域(雷·韦勒克: 546-47)。其中,文学批评是对文学理论的实际运用。从上文的检索结果可以看出,国内对华裔美国文学的研究主要还是对文学作品的解读,它属于文学批评的范畴,因此,本文集中探讨在对华裔美国文学作品的批评实践中应该研究什么问题。

实际上,艾布拉姆斯在《镜与灯》中就提出了文学批评的对象和内容的问题。他著名的文学批评四要素——世界(社会)、作品、作家和读者引起了学者们的广泛兴趣。这至少说明文学研究不是单一视角的,而是多维的,更何况他把作品置于他那个三角图形的中央,并认为其他三个要素都是批评者用来"定义、分类和分析作品"以及判断作品价值的(Abrams: 6)[①]。而文化批评主要涉及其中的一个要素,即世界或社会,至多还会涉及作者所处的社会和历史背景。在承认历史、社会和现实对理解文学作品的作用的同时,我们必须认识到" 部文学艺术作品是一种具有一定连贯性和完整性的语言结构"。按照克利安思·布鲁克斯所言,"诗必须作为诗来阅读"(雷·韦勒克: 552),我们完全可以说文学作品必须作为文学作品来阅读,实际上,这里的诗指的就是文学作品。历史的、社会的、文化的乃至现实的知识对于解读文学作品恐怕只具有附属的价值,充其量也不过是研究文学作品的视角之一。文学之所以为文学关键还在于它的文学性。关于文学性(literariness),罗曼·雅柯布森在论及文学科学的对象时认为"文学学科的对象不是文学,而是'文学性',即那个使一部作品成为文学作品的东西",换言之,文学研究的对象是文学本身的特性,是文学之所以为文学的那种东西。所以,"诗对它所陈述的对象是毫不关心的",文学的本质特性只能在作品本身,而不可能在其他区域。(王岳川:129)文化批评专注于文学的意识形态和社会诸方面,而忽视了思想内容是如何在作品中得以表达的,忽视了对文学的表达方式及其运行机制的研究,忽视了文学与非文学之间的区别。长期浸淫在这种研究中,文学研究就会逐渐丧失其本质特征,甚至为其他学科的研究所取代。"如果仅仅关注文学作品的道德内容和社会意义,那是舍本求末。"(周小仪:51)人们常常关注的是文学作品的内容,如文学作品给人生带来的启示,"如果这就是文学的本质,那么文学就被包含在哲学及伦理学之内,文学所固有的东西则不存在了。"(池上嘉彦:9)如此,文学及其研究也就丧失了它们存在的根基和理由。这可能也是当下文学日益被边缘化的原因之一。

　　文学批评的出发点应该是文学性。文学性是文学的客观本质属性和特征,"是文学文本有别于其他文本的独特性"(周小仪:51)。这种"独特性"才是文学批评理应研究的对象,其目的在于发掘文学文本所取得的特殊审美效果,因为文学指涉的就是那种具有审美想象性的特殊文本。一般认为,文学阅读具有六种功能——认知功能、情感功能、劝说功能、交际或协作功能、②元语言功能和审美功能。(D. 佛克马、E. 蚁布思:194-99)从文学阅读的六种功能来看,文学研究,尤其是对文本的批评,无论从哪个角度来说都离不开对文学性的探究。后三种功能不言自明,即便是前三种,离开了对文学性的追问其功能也难以得到发挥。拿文学的认知功能来说,持文化批评立场的学者可能会很自然地想到现实主义小说之类较逼真地再现现实的文学样式。但这仅仅是千姿百态的文学表达形式中的一部分,更多的现当代文学文本将读者想了解的信息隐藏在陌生化、变形、自由联想和拼接等手法和技巧中。对这些文本的解读离开了对文学性的探讨是难以想象的。欧洲的浪漫主义和中国的"诗言志"传统等强调的都是文学的情感功能,但文学文本往往"不是对情感的直白的表露,而是把对情感的表现隐藏在风格化的语言和虚构性的故事之中"。(D. 佛克马、E. 蚁布思:195)同样,文学的劝说功能也不是靠简单的说教和政治口号式的表达来实现的,而是要利用各种艺术形式和手法来引起读者的共鸣,从而实现作者的意图,对读者产生影响。文学文本的这些特征都要求批评者对文本的语言、结构和作者的创作技巧等进行多方面的研究,即对文本进行文学性探讨。

　　总之,作为文学客观本质属性的文学性是发挥文学功能和实现作者意图的手段和途径,因而是文学批评的出发点,也理应成为文学批评的主要对象和内容。从文学研究的对象和内容以及文学的功能来看,文学研究大于文化批评。

三、华裔美国文学研究中"唯文化批评"存在的"理由"及其弊端和悖谬

　　如同文学可以"把现实中的矛盾和自我的分裂状态加以'想象性地解决'"一样,(周

小仪：58）文学批评本身也时常不可避免地带有一种强烈的意识形态，它也能对我们的心理起到一种抚慰作用，这种作用在文化批评中表现得尤其突出。从一定意义上来说，华裔美国文学批评中的"唯文化批评"现象反映的其实就是批评者需要得到一种心灵的抚慰。文化批评可能多少带有一种豪气，给人以快感，对华裔美国文学作品从文化的角度进行研究，尤其是得出华裔美国文学作品中的主题是寻找华夏之根，认同中国文化之类的结论还会带来一种民族自豪感。这种研究和由此得出的结论不仅使批评者自身得到一种精神上的满足和心理上的补偿，还能调动读者的民族情绪，甚至更容易吸引刊物编辑们的眼球，从而使论文容易被采用，对一些批评者来说，这似乎于己于人均有利。

但这种以无数面具出现的文化批评却得出了雷同的结论，似乎众多的华裔作家只为一个"真理"而写作，当然从他们的作品中也只能析出相似的主题。这种预先设定的文化假设已使文学文本本身变得无足轻重，在此情境下，一个令人堪忧的症候便日益显露出来，那就是，以文化为发射台，或者更具体一点来说，以中华文化为助推器的华裔美国文学研究正日益将华裔作家及其作品射出了审美的轨道，它的着落点当然也就在文学美学领域之外。如此下去，一切华裔美国文学作品的批评已不再是美学的，而是社会学的、文化学的，甚至是政治学的。因为这种研究已不再探讨华裔美国文学作品的艺术价值，不再审视华裔美国文学作品是如何通过特定的题材来再现人的生存状态的。这里的"人的生存状态"即便是"华裔的"，它所揭示的也应该是整个人类生存状态的缩影，就像威廉·福克纳所描写的那块"邮票般大小的"美国南方约克纳帕塔法县一样，它所反映的必然是人类共同面临的问题和困惑，否则它就不可能具有那么高的美学价值。"唯文化批评"会阉割华裔美国文学作品中那些最具审美价值的东西，也必然会淹没文学史上那些真正的艺术家。而这正是国内华裔美国文学研究领域所面临的情势。众多的所谓华裔美国文学研究实际上已演变成社会的、历史的和文化的研究，唯独缺失真正意义上的文学研究和对文本的美学探讨。纯粹意义上的文学研究的消失使华裔美国作家及他们的作品处于十分尴尬的境地，他们的地位不是作为艺术家而得到认可，其作品也不是作为艺术品而得到确认。这似乎应和了他们在美国的处境，一些著名的华裔美国作家在其作品获奖时常常获得的是非小说类作品奖，甚至出版商干脆就把它们当作非小说出版，如汤亭亭的《女勇士》当初的境遇。

对华裔美国文学作品进行过度的文化阐释的弊端还在于它极可能使批评者和读者把质量低劣的文本当作文学瑰宝，而将真正有价值的文学作品打入冷宫，因为他们的眼光不在艺术表达形式上，而在内容上。就如同国内某些在国际上获得奖项的影片一样，那些"评委大人们"带着猎奇的心态感兴趣的是中国男人们还留有长辫子，一个男人娶了几房太太，甚至是朝酒缸里撒尿，等等。这是典型的中国人吗？这是典型的中国文化吗？这些所谓的中国人的形象迎合了部分本来就带有偏见的西方人的心理。如同一些华裔美国文学作品中所呈现的所谓中国文化一样，这实际上是对中国文化的疏离，是在有意或无意地妖魔化中国人的形象,是部分华裔美国作家(或许还包括那些一心想在国际上拿大奖的中国导演们)为融入西方主流话语、摆脱"他者"身份必然付出的沉重代价,是他们因文化认同危机所产生的焦虑感的表现。在赛义德看来,"东方形象是西方文化霸权的产物"。(周小仪:60)为数不少的华裔美国作家在创作中强化了东方形象,而在华裔美国文学研究中那些"唯文化批评"的实践者们的行为看似是对东方主义的一种反动,实际上是对东方主义的一种不自觉的认同,因为此类批评的前提是承认有这么一种文化存在,然后生硬地在文本中找寻那种"正宗的"中国文化,并试图颠覆西方/东方这对二元对立。其结果是在无意中落入了东方主义布下的陷阱,至多是在想象中消解了西方/东方这对矛盾,象征性地带来一种文化快感。就文化在文学中的反映来说,实际上,"作为美国文学一部分的华裔文学所着力体现的是美国文化,它把中国文化当作一种与其自身间隔着巨大时空跨度的外部文化,吸纳其中有利用[应该是"有利于"——引者注]自身发展的因素,以强化其以美国/西方价值体系为基础的内核"。(赵文书:74)如果此言不虚,那么对那些着力在华裔美国文学中寻找中国文化的批评者们来说真是绝妙的讽刺。

从华裔美国文学作家及其作品中的主人公对自己"身份"的认定中也可以看出"唯文化批评"的悖谬之处。有人曾向华裔美籍作家任璧莲提过这样一个问题:"从 Mona③ 的形象看,她似乎不是一个纯华裔美国人的形象,而是一个当代美国人。这是否是当代美国作品的趋势?"她回答道:

> 我很高兴地了解到我的人物似乎超越了他们的种族身份,但我又必须说有时候我确实仍能感觉到自己身上"他者"的烙印。……然而这种感觉不是我意识中的主导,……尽管我的人物有时被放到社会历史学的角度上来进行定义,但这种定义不是唯一的,当然他们自己就更不是仅以这唯一一种方式来定义他们自己了。至于你提到的群体代言人问题,我不认为历史背景的改变导致了作家对这一角色兴趣的减弱,事实上,严肃的作家从来没有兴致要承担这样一种角色。(任璧莲:112-13)

任璧莲的话有四点值得注意:其一,她希望其作品中的人物能超越种族身份的限制;其二,"他者"的感觉在她的意识中已不明显,换言之,她主要是作为一个美国作家的身份在写作;其三,她作品中的人物不能仅仅"被放到社会历史学的角度上来进行定义",即不能仅仅从社会、历史或文化的角度来考察她的小说;其四,严肃的作家从来没有兴趣来承担群体代言人的角色,言下之意,她无意代表华裔美国人说话,更不要说来代表中国人了。她甚至都不愿被界定为"少数民族作家":"我认为自己是个少数民族作家,但又不仅仅如此。换句话说,我认为这个名词可用来描述我,但不能用来界定我。"(任璧莲:113)汤亭亭也认为她是创作美国作品的美国作家。为此,同为华裔美国作家的赵健秀把汤亭亭、谭恩美、黄哲伦和任璧莲等斥之为"被白人同化了的华裔美国作家",认为"这些作家失去了华裔民族性"。(管建明:114)已失去了华裔民族性的作家还能代表华人吗?华裔美国文学作品中的主人公也常常极力否认自己的华人身份,例如,汤亭亭《孙行者》中的主人公惠特曼·阿新就坚称自己不是中国人。任璧莲的代表作《典型的美国人》中的主人公是华裔,但这一书名已鲜明地表明了她的观点,即华裔就是典型的美国人,因为他们已经具有了典型的美国人的观念和理想。(倪大昕:12)在这些主人公及其创作者们都把自己定位为美国人的作品里还要刻意寻觅中国文化岂不显得荒谬?汤亭亭就拒不认为自己"信守中华文化传统",甚至坦言,"在我所有的书中,我把古老的[中华]神话拿来把玩,让人看到神话是如何变化的"。(赵文书:70)面对这些"把玩"中华文化的玩家,不知那些虔诚的文化批评者是否有被愚弄的感觉?由此可见华裔美国文学研究中"唯文化批评"的弊端和悖谬。

四、走出"唯文化批评"的误区,还文学批评的本来面目

文学批评固然可以从社会、历史和文化等角度进行所谓的外部研究,但即便是这类研究也必须以文学的艺术问题为中心,比如说,探讨作者所处的社会环境及其生平情况是如何影响作者的创作和文本表达的,文本又采取何种艺术表现手法再现社会、历史和文化景观的。同理,文学批评从来就不可避免地受到批评者自己的文化背景和生活、学术经历的影响,这种影响本来是正常的。正如泰纳在《英国文学史》序言中所指出的,要理解文学文本,我们必须要考察在文本创作中共同起作用的三种影响,即种族、环境和时代,而这三种影响对批评者同样起作用。文学批评的使命就在于考察"这一个"文本是以怎样特殊的方式表达作品思想内容的。但文学作品无论具有什么样的个性,它总包含着某种普适性的东西,即那种使一部作品成为文学作品的东西,这种东西才是文学研究应该关注的焦点。华裔美国文学当然也不例外。更何况"一些华裔美国作家正在逐渐跨越族裔作家和移民文学的界线,转向美国文学的主流,即使他们的主人公仍以华人为主体,但代沟、家庭矛盾、错综复杂的人际关系、人的价值、人的困境、生命的意义,以及人向命运抗争"等主题已"具有普遍意义"。(倪大昕:12)对于从艺术形式到作品的主题都已具备普遍性的华裔美国文学,我们就不应在批评实践中走文化批评的独木桥,更不应该将研究的视野仅局限在寻觅中华文化的再现上。

如果我们将华裔美国文学研究的视野仅局限于文化批评,那么最终失去的将是华裔美国文学研究本身,因为这是一种舍本逐末、自我否定和消解的行为。那种舍弃审美、只讲文化的研究方法可谓是"在别人的地里种自己的菜",不仅有越俎代庖之嫌,而且实质性地将文学文本降格为文化读本。离开文学性谈文学,抛弃审美、专注于内容只会使我们丧失对严肃文学作品的甄别能力。内容和主题本身并不能决定一部文学作品品格的高下,判

断一个文本是否是一部严肃的文学作品关键在于它的表达方式,即它是如何揭示作品主题的。诚如池上嘉彦所言:"对文学来说本质的东西不是表现了'什么'(WHAT),而是'如何'(HOW)表现。更准确地说,通过'如何'表现,我们学到了对被表现的'什么'的新看法,这是未曾经历过的,它使我们感动。"(池上嘉彦:9)这一点似乎已为美国的华裔文学评论界所认同,"美国评论界对华裔文学的评论,已从过去的人类学、社会学的兴趣逐渐向对作品本身的机制、张力、结构、文体等等艺术特色进行考察",而且这一转向被看作是"华裔文学开始趋于成熟"的征候。(张子清:3)对此我们或许可以作这样的理解或推导,对于趋于成熟的或高品位的华裔美国文学作品我们应该就它们的机制、张力、结构、文体等进行审美的内部研究。

乐黛云在给佛克马和蚁布思的著作《文学研究与文化参与》所作的序言中总结道:文学研究应该是"研究"(Research)与"阐释"(Interpretation)的统一。"研究"是"一种较为严格的客观化操作程序",而"阐释"则"强调带有'前见'的主体在意义产生(即理解)的过程中所发生的能动作用"。(乐黛云:1-2)前者是"内部"研究的特征,而后者常为"外部"研究所采纳,这两者的结合理应也是华裔美国文学研究应遵循的原则。由此看来,对华裔美国文学作"外部"和"内部"相结合的研究之路似乎才是正途。对文学性的探讨,即细读文本,并对此进行结构分析和审美评价的内部研究是文学批评的起点,它是洞悉隐藏在文本背后道德意识、社会意义、人际关系和文化生态的手段,是文学批评的应有之义和本来面目。因此,我们在华裔美国文学研究中应该还文学批评的本来面目,走出"唯文化批评"的误区。

注释

① Donald Keesey 在他的 *Contexts for Criticism* 书中还提出第五个批评要素——"文学"(literature),即与被批评的作品相关联的其他文学作品。这就是"互文性批评"(Intertextual Criticism),它强调一切文学的"技巧"(artifice)和"常规"(conventionality),认为"对任何文学作品的理解都必须通过同其他采用相似惯用技巧(Convention)的作品类比才能获得"。Keesey 也认为作品应该置于文学批评的中心位置。见 Donald Keesey. *Contexts for Criticism.* Mountain View: Mayfield Publishing Company, 1998: 3-4。
② 这里的"交际或协作功能"实际上指的是通常所说的互文性或文本间性(intertextualilty)。
③ Mona 是任璧莲第二部长篇小说《梦娜在向往之乡》(*Mona In the Promised Land*, 1996)中的主人公。

参考文献

[1] Abrams, M. H. *The Mirror and the Lamps: Romantic Theory and the Critical Tradition*. New York: Oxford University Press, 1953.

[2] 池上嘉彦. 诗学与文化符号学. 林璋, 译. 南京：译林出版社, 1998.
[3] D. 佛克马、E. 蚁布思. 文学研究与文化参与, 俞国强, 译. 北京：北京大学出版社, 1996.
[4] 管建明. 华裔美国文学中文化身份的认同危机及其文化生存策略. 广西社会科学, 2003(2): 113-115.
[5] 雷·韦勒克. 文学理论、文学批评与文学史. // 赵毅衡编. "新批评"文集. 天津：百花文艺出版社, 2001.
[6] 刘海平、王守仁. 新编美国文学史（1—4卷）. 上海：上海外语教育出版社, 2000—2002.
[7] 倪大昕. 华裔美国文学一瞥. 世界文化, 1996(3): 12-13.
[8] 任璧莲. 多元文化主义语境下的当代华裔美国文学——美籍华裔作家任璧莲访谈录. 徐春耘, 译. 国外文学, 1997(4): 112-113.
[9] 王岳川. 后现代"文学性"消解的当代症候. 湖南社会科学, 2003(6): 129-134.
[10] 乐黛云. 序言. D. 佛克马、E. 蚁布思. 文学研究与文化参与. 北京：北京大学出版社, 1996.
[11] 张子清. 美国华裔文学. 孙行者. 桂林：漓江出版社, 1998.
[12] 赵文书. 华裔美国的文学创新与中国的文化传统. 外国文学研究, 2003(3): 69-75.
[13] 周小仪. 文学性. 外国文学, 2003(5): 51-63.

12
论美国华裔作家的姓名问题

王理行

评论家简介

王理行，南京大学博士，曾历任《译林》编辑部副主任、副主编，《译林》杂志社社长兼执行主编。主要研究领域为英美文学、文学翻译、美国华裔文学、中国现当代文学，迄今共发表中外文学、翻译、出版等方面各类文章两百多篇，出版《金银岛》等译著多部。

文章简介

对美国华裔作家中英文名字的选用代表着选用者对美国华裔作家身份的不同理解。本文认为，美国华裔作家首先是美国人，其次才是他们有中国血统、与中华民族有着难以割断的血脉联系的特性。因此，应该像对待普通美国人的名字那样来处理美国华裔作家的名字，并采用其英文名字的音译。

文章出处：本文原载于《外国文学》2007年第6期，第65—68页。

论美国华裔作家的姓名问题

王理行

在当今我国翻译界，对于外国作家的姓名，一般是按照新华通讯社译名室编、商务印书馆出版的各语种姓名译名手册或两大卷的中国对外翻译出版公司出版的《世界人名翻译大辞典》译出的。这样做利于统一规范。少数查不到的姓名，可按这些工具书的发音规则推断译出，但一些著名的经典作家，如"莎士比亚"等，则不按这些工具书或其发音规则译出，而采用约定俗成的译法。

美国华裔作家总的说来自然也属于外国作家，（王理行、郭英剑）但由于其家庭出身、成长环境、背景等不尽相同，更由于他们有中国血统，与中国有割不断的关系，他们的姓名，他们在中文里如何称呼，自然也不是一个简单的问题。他们当中，大致有两种情况。第一种情况是，作家自己若干年前从中国移民去美国。他们在中国出生前后，父母已为他们取了中文姓名。他们移民美国后，为了在新的生活环境中便于交流，一般都新取并采用英文名字。他们新取的英文名字中，有的基本与原中文名字相同，把中文名字转化成拼音，仅按照英语国家的习惯，把名置于姓前，如李恩富（Yan Phou Lee）、黎锦扬（Chin Yang Lee）等；许多人保留了自己原来的姓，原来的姓用拼音的方式置于英文姓名中放置姓的位置，即英文姓名的最后，因为姓是自己祖祖辈辈流传继承下来的，而名则完全采用西方的，如帕迪·刘（Pardee Lowe，中文名叫刘裔昌），其中的名"帕迪"与原来的"裔昌"无关；有少数作家把中文名字的每个字翻译成英语，再按西方人名在前姓在后的顺序排列，而原来的姓用拼音的方式置于英文姓名中放置姓的位置，如黄玉雪（Jade Snow Wong）；也有的作家新取的英文名字与自己原来的姓名毫无关系，如路易·朱（Louis Chu，中文名叫雷庭招）。第二种情况是，作家出生于中国以外的国家（大部分情况是美国或某一西方国家），父母自然按所在国的文化习惯给作家取西方人的名字，但由于对祖国的深情难以割舍，也希望儿女别忘了自己的中国人身份，同时都会给作家取一个中文名字，如马克辛·洪·金斯顿（Maxine Hong Kingston，中文名叫汤亭亭）。到目前为止，第二种情况占美国华裔作家的姓名的大多数。

目前所见用中文发表的美国华裔文学方面的论文，提及作家时，绝大部分情况下都通行采用作家的中文名字，首次提到某一位华裔作家时一般会在其中文名字后的括号内注明其英文名字。这种通行的做法在实际操作中会遇到很大的麻烦或尴尬，而且与作家的实际生活状况相悖。

由于汉语中的一音多字现象极为普遍，由汉语拼音转化过去的英文名字中的姓或名，在得不到作家本人、其父母或知情者的确认的情况下，很难准确地还原为作家原来中文名字中的姓或名。如果取名者是按自己故乡的方言土音把自己中文的姓或名转化到英文名字中的，那对不掌握相关背景情况的研究者来说，再要把它们从英文名字中的姓或名准确地还原为作家原来中文名字中的姓或名，就完全是不可能的了。至于作家的中文名字与英文名字完全无关的情形中，研究者除了逐个从作家本人、其父母或知情者那里查问以外，可以说是一筹莫展了。尽管当今通信联络手段极为丰富发达，作为个体或群体的研究者要想把美国华裔作家的中文名字全部搞清楚、搞准确，实际上是不可能的。许多美国华裔文学研究者在多数情况下是从别的同行那里知道美国华裔作家的中文名字的，对于少数暂时无法知道的，就只好采取音译的办法了，但这样做就造成了同一篇文章中对同一个问题采用不同处理办法的尴尬情况。因此，研究者想尽各种办法通过各种途径好不容易搞清楚某位美国华裔作家的中文名字后，都会如有重大发现般地高兴一阵子。

美国华裔文学方面的论文中通行采用作家的中文名字的做法，其好处是，中文名字让中文读者容易记住。同时，这种做法无形中拉近了美国华裔作家与中文读者的距离，仿佛他们都是自己人，甚至有一种亲近感。然而，这种做法却与作家的实际生活状况相悖，与作家自身的文化身份定位有距离。本人近年来根据自己掌握的有限信息推断，在美国社会中的华裔作家，在其日常生活中是极少有人、甚至绝大多数情况下根本没人用其中文名字来称呼的。大部分美国华裔作家几乎、甚至完全不识中文，很可能根本就不认识、也不会写父母精心为自己取的中文名字。对于绝大部分美国华裔作家来说，他们的中文名字对他们的生活并没有多大实际的意义，对他们的文学创作则近乎毫无意义。美国的文学研究界、新闻界、出版界和相关媒体都是用他们的英文名字称呼他们的。因此，在正常情况下，在大多数情况下，不知道美国华裔作家的中文名字，并无碍于美国华裔文学的研究。

正是基于上述原因，我一直主张并身体力行，像对待普通美国人（西方人）的姓名那样来处理华裔作家的姓名，即用其英文名字音译，当然，第一次提到时在音译名字后括号内加注英文名字，如果知道，就同时加注其中文名字。在我涉足美国华裔文学之前和之后，也一直有部分研究者这样做，所不同的是，有的研究者是明确而清醒地这样做的，有的研究者则是习惯性地这样做，而有的研究者则是在其研究过程中时而用华裔作家的中文姓名，时而用华裔作家的英文姓名的音译。

2004年2月23日，著名美国华裔文学学者金–科克·张（King-Kok Cheung，中文名叫张敬钰，她本人就是十九岁时从香港去美国定居的华裔）在南京师范大学讲学时，本人曾经就我对美国华裔作家姓名问题的推断当面求教于她，得到了这位与美国华裔作家有广泛联系的学者的证实和充分肯定。

2006年11月31日，著名美国华裔作家马克辛·洪·金斯顿在南京举行了一个座谈会，我趁机请她谈谈自己的名字。

汤亭亭说，Maxine Hong Kingston 这个名字中，Kingston 是她丈夫的姓，而她丈夫家也是从他国移居美国的少数族裔。Kingston 是美国一个小城的名字，他们家到美国后给自己取英文名字时，就拿这个小城的名字用作自己家的英文姓名中的姓。中间名 Hong 是她父亲家的姓"汤"在广东方言中的发音。Maxine 是为她专门取的名字。而汤亭亭这个名字则是她小时候上中文学校时取的。她婚后的生活和文学生涯里一直使用 Maxine Hong Kingston 这个名字。2005 年她去复旦大学访问，发现校园里欢迎她的横幅上她的名字全都用汤亭亭而不是 Maxine Hong Kingston 时，觉得怪怪的。我把中国大陆用中文发表的美国华裔文学方面的论文里提及作家时绝大部分都采用作家的中文名字的情况及其遇到的尴尬告诉了她。赵文书教授则告诉她，用汤亭亭这个中文名字能让中国读者产生一种亲切感，能拉近她与中国读者的距离，有利于她和她的作品在中国的传播和接受。这时，刘俊教授抢先把我的关键问题提了出来：作为美国华裔作家的一员，她喜欢自己在中文的文章里被称为汤亭亭还是马克辛·洪·金斯顿？她想了想，最后说道："Tang Tingting is ok（汤亭亭也是可以的）。"

对于她的这种回答，有必要仔细分析其真实的含义和她说这句话时的心态。首先，"可以的"并非"最好"，并非她要提倡在中文的文章里称她为汤亭亭。相反，其言外之意似乎更乐意称她为马克辛·洪·金斯顿，但既然用中文发表的相关论文里绝大部分都称她为汤亭亭，而且考虑到这样做还能拉近她与中国读者的距离，有利于她和她的作品在中国的传播和接受，那她就不反对了，也是可以接受的了（这多少带有实用与功利的色彩）。如果把她这句"想了想"后说出来的话理解为她更赞成使用汤亭亭而非马克辛·洪·金斯顿，那就与前面我还没提出关于美国华裔作家的名字的麻烦或尴尬时她流畅而自然地叙述的在复旦的那种"怪怪的"感觉相矛盾了。

美国华裔文学学者金-科克·张和美国华裔作家马克辛·洪·金斯顿都可谓这一领域里最具代表性的人物。她们对美国华裔作家的姓名问题的回答，尤其是后者回答的真实含义及回答时的情景，使我更加坚定了自己一贯对待美国华裔作家的姓名的方法，即用中文发表的美国华裔文学方面的论文中，提到华裔作家的名字时，为了避免找不到其中某几位的准确的中文名字的麻烦，可以干脆就统一采用下列办法：像对待普通美国人（西方人）的姓名那样来处理华裔作家的姓名，即用其英文名字音译，当然，第一次提到时在音译名字后括号内加注英文名字，如果知道，可同时加注其中文名字。这样处理，说明其英文名字（在中文里是其音译）是首要的，而中文名字在括号里就是次要的了，既然是次要的，不知道时从缺也就没问题了。英文名字和中文名字之间这样的关系，与美国华裔作家实际生活中的情况相符。

在国内美国华裔文学方面的论文普遍采用作家的中文名字的同时，有一个有趣的例外：对于 1999 年美国全国图书奖获得者，那位在山东大学取得硕士学位后 1985 年赴美的长篇小说《等待》的作者，所有论文中都一致称他为哈·金（Ha Jin，他在美国使用的姓名，有的研究者喊习惯了竟忘了英文姓名音译为中文时姓名中间是要加圆点的，直接称他为哈金），而没有人用其中文姓名金雪飞来称呼他。这种惊人的一致完全是无意识的巧合吗？其背后的文化心态恐怕是颇为耐人寻味的。如果说，对其他几十年前早已赴美、甚至是在美国出生的华裔作家，需要放开胸怀拥抱他们并通过用其中文姓名称呼的方式来拉近他们与读者的距离，甚至希望读者认为他们都是中国人在远方的亲戚，他们的创作就是中国文学的一部分，那为什么对在中国生长并受教育、离开中国没多少年的那位很为华夏后裔争脸的作家，却不用他在中国一直使用、在华裔文学研究者中也广为人知的金雪飞这个名字来称呼他，而非要用他到美国后新起的名字哈·金或哈金来称呼他呢？难道对于他，就不需要拉近与读者的距离，而需要通过使用其在美国使用的名字让读者误以为他是与中国无关的外国人来拉远他与中国读者的距离吗？

说到底，目前对美国华裔作家中英文名字的选用，代表着选用者或明确、或模糊、或潜意识中对美国华裔作家的身份的不同理解。必须明确的是，从客观上来说，美国华裔作家首先是美国人，然后才是（也许许多中国读者从感情上更倾向于强调）他们有中国血统、与中华民族有着无法否认又难以割断的血脉联系这一特性。作为中国（中文）读者，既然能够接受并记住普通美国人（西方人）的英文名字音译，那么接受并记住美国华裔作家的英文名字音译，也应该没有问题的。而作为研究者，如何对待研究对象，不能片面强调自己的感受和方便，或凭自己想象中方便于读者，甚至从狭隘的民族主义出发，便不顾研究对象具体、客观而真实的情况了。更何况，研究中采用美国华裔作家的中文名字，对研究者来说其实并不方便。几乎可以肯定地说，任何一位研究者，对于自己已查清的那些美国华裔作家的中英文名字，都无法做到个个耳熟能详、运用自如，而常常看着一位华裔作家的英文名字却一时想不起其中文名字，非得去查一查才行，可查与不查对研究本身其实并无什么本质性的影响。如果在研究中一律用美国华裔作家的英文名字音译，则可免去这一麻烦。这样处理，在提到美国华裔作家的名字时，由拼音转化过去的英文名字中的姓或名能还原时还是尽量还原，因为那是取名时的用意所在，还原为中文时的麻烦，仍然无法避免，但毕竟这样的情况为数不多，而此外的麻烦都自然消失了。

用中文发表的美国华裔文学方面的论文中究竟该采用作家的中文名字还是英文名字，在笔者看来已是很清楚明确的事。不过，在整个中文的美国华裔文学研究界，这个问题暂时还不可能迅速解决并得到统一，还值得进一步探讨、争论和研究。笔者相信，这个问题总会有越辩越明并得到统一的时候。

参考文献

[1] 王理行、郭英剑. 论 Chinese American Literature 的中文译名及其界定. 外国文学, 2001(2).

13
关于华裔美国文学研究的思考

吴冰

评论家简介

吴冰，1958 年毕业于北京大学西语系，北京外国语大学英语学院教授、博士生导师，曾历任北京外国语大学英语系副主任、北京外国语大学华裔美国文学研究中心主任。主要研究领域为美国小说、美国亚裔文学、英语文体学、英语写作和口译。代表性著作有《美国全国图书奖获奖小说评论集》《全球视野下的亚裔美国文学》《华裔美国作家研究》等十余部。

文章简介

本文论及了有关美国华裔文学研究的六个热点问题，即 Chinese American Literature 的译名与界定，美国华裔文学究竟属于美国文学还是中国文学？美国华裔文学是否认同或在宣传中国文化？中国读者可以从美国华裔文学中受益吗？中国人研究美国华裔文学应该有自己的独到之处，以及美国华裔文学的翻译问题。这篇文章从某种程度上是对王理行、郭英剑的《论 Chinese American Literature 的中文译名及其界定》以及王理行的《论美国华裔作家的姓名问题》这两篇文章的回应，反映了中国学者对 Chinese American Literature 所持的两种不同的观点和见解。

文章出处：本文原载于《外国文学评论》2008 年第 2 期，第 15—23 页。

关于华裔美国文学研究的思考

吴冰

一、Chinese American Literature 的译名与界定

80 年代国内刚开始译介华裔美国文学时，一般用"美国华裔文学"，按照中文表达的习惯，把涵盖面大的放在前面，同时也和"美国犹太文学"（Jewish American Literature）、"美国黑人文学"（Black American Literature）、"美国印第安文学"（Indian American Literature）等提法一致。后来，随着华裔美国文学在国内译介的普及与深入，尤其看到华裔美国文学研究起步较早的台湾单德兴等学者在文章中使用"华裔美国文学"，国内许多人也开始采用这一译名。我觉得这一汉语语序与英语语序一致的译法是有道理的，因为在 Chinese American Literature 中，Chinese American 这个词组是定语，用来修饰 literature，Chinese American Literature 的意思是"华裔美国人创作的文学"。我们的汉语习惯说"华裔美国人"，不说"美国华裔（人）"，但说"美国华人"、"美国犹太人"、"美国黑人"或"非裔美国人"。

实际上，目前国内两种用法都有赞同者，两种译法也各有其道理。如果把"美国"放在前面，则用"美国华人文学"要比"美国华裔文学"好，既可以和"美国黑人文学"一致，也更符合汉语的表达习惯。

此外，如何界定亚裔美国文学/华裔美国文学至今仍是个有争议的问题。金惠经（Elaine Kim）在 1982 年发表的《亚裔美国文学作品及其社会背景介绍》（Asian American Literature: An Introduction to the Writings and Their Social Context）一书中把"亚裔美国文学"定义为华裔、日裔、朝裔以及菲裔美国人用英语创作、发表的作品。她解释说，所以仅包括四个族裔的文学，因为其他族裔为后来者，他们的作品直到 20 世纪 80 年代仍然较少。她还说，由于难以面面俱到，她只能舍弃亚裔美国人用亚洲各国语言撰写的在美经历以及用英语撰写的有关亚洲的文学作品。由此可以理解她把亚裔美国人用亚洲各国语言撰写的在美经历以及用英语撰写的有关亚洲的文学作品也包括在亚裔美国文学之内。[①] 概括地说，金惠经对"亚裔美国文学"的定义涉及三方面，即作者、使用语言和内容。借用她对亚裔美国文学的定义，华裔美国文学则可定义为"华裔美国人用英语创作、发表的作品，也包括用华文写的在美经历或用英语写的有关中国内容的作品"。

评论家张敬珏和 Stan Yogi 在 1988 年出版的《亚裔美国文学：注释书目》中把定居在美国或加拿大的所有亚裔作家的作品统统包括在内，无论这些作家在哪里出生、何时定居

北美、如何诠释个人经历，其中也包括父母中有一方为亚裔以及不是北美永久居民但作品是描写亚洲人在美、加经历的作家的著作。②用上面的定义做参照，华裔美国文学的定义则为定居在北美的所有华裔作家（包括父母中有一方为华裔以及不是美国永久居民的作家）所描写的华人在美国和加拿大的经历的作品。他们的定义同样涉及作者、使用语言和内容。作者方面，他们不强调美国国籍；在语言上，他们也没有做任何限制；他们注重的是作品内容须描写亚洲人在美、加的经历。不强调语言是有道理的。实际上，有的美国犹太作家，如1978年诺贝尔文学奖获得者辛格的大部分作品都是用意第绪语写的。

张敬珏等把定居在美国的所有华裔作家包括在内也有一定道理，否则一些优秀的、有代表性的作品会被排除在外。在我看来，一个人是否是某国人，最重要的可能不是国籍，而是他的核心价值观是否和那个国家的人一致。有些长期生活在海外的人，从价值观到思想感情都已经与本国人有相当大的差别，有的甚至格格不入，倒更像"外国人"。"定居"往往表示一种"认同"，自愿定居在美国的人首先是由于认同美国的价值观，如崇尚个人的价值、宪法赋予公民的权利、自由竞争、实现"美国梦"的机会等等。至于定居在美国、用英语写的中国故事是否属于美国文学，美国出版和评论界似乎也把它们算作美国文学，如哈金的《等待》就获得了1999年美国第50届全国图书奖。

然而，张敬珏等给"亚裔美国文学"下了定义之后，有个别作家仍然难以归类，如水仙花的妹妹Onoto Watanna/Winifred Eaton（Reeve）[一译"夫野渡名"]，她有华人血统，用英语写作，但写的大多是日本人或美国人而不是华裔美国人在日本的经历。我认为从血统上看，她应该算是华裔美国作家，但她的作品很难说属于"华裔美国文学"。其实赛珍珠的一些作品也有类似问题。

参照以上评论家的看法，结合近年来华裔美国文学的发展，我认为，凡是华裔美国人以华裔美国人的视角写华裔美国人事情的文学作品都属于华裔美国文学，其中最典型的、目前数量最多的"华裔美国文学"是有美国国籍、华人血统的作家所写的在美经历或有关美国的作品。至于使用语言，的确不能只限于英语。美国是个多元文化的国家，就像中国是个多民族的国家一样，中国文学包括所有用少数民族语言写的文学作品。因此，华裔美国文学不仅包括"华裔美国英语文学"，也应包括"华裔美国华文文学"。

依此定义，像哈金《等待》一类的作品不能算华裔美国文学，而更像是作者把自己有关中国的作品译成英文发表。哈金是以中国人的视角，写了一个中国故事。当今已经有一批这样的作家，即使他们已经取得了美国国籍，他们有关中国的作品如果不反映华裔美国人的视角，就不能算华裔美国文学或"典型"的华裔美国文学。我所以强调华裔美国人的视角，是因为华裔美国作家有时复述中国历史、神话故事或经典，但由于视角不同，他们笔下的故事已经不是中国人熟悉的故事，而是一种再创作。汤亭亭、赵健秀的作品中都不乏这样的例子，如他们笔下的关公和孔子。③

过去由于不知道华裔美国作家的中文名字，只能用音译；目前，国内仍然有些人主张华裔美国作家的名字应以音译为主，理由是他们是美国人。④但多数人主张用他们的中文名字，因为他们不仅是美国人，还是华裔，用中文名字能表示他们的"华裔"身份。何况不少华裔美国作家也认同自己的中文名字，如汤亭亭、任璧莲、谢汉兰等作家送给华裔美国文学研究中心的书上都签了自己的中文名字，这恐怕是她们会写的极少数汉字中的几个字。更重要的是，许多第一代华人移民是以"契纸儿子"的身份进入美国的，他们从踏上美国的第一天起，就失去了自己祖祖辈辈传下来的姓氏，改姓对华人来说是既心酸又无奈的事，因此他们的后代一旦有机会，便要恢复原姓，如 Frank Chin 的全名 Frank Chew Chin 中的 Chew 就是"赵"。

至于华裔美国作家的英文名字，我注意到有评论将汤亭亭称为 Hong Kingston，这样比仅用 Kingston 要恰当，能够体现她的华裔身份以及对于女性的尊重。

二、华裔美国文学是美国文学的分支还是中国文学的分支？

国内曾有评论试图或"争取"把华裔美国文学尤其是其中的华文文学作为中国文学的一部分。我认为华裔美国作家无论用英文或华文写作的在美经历的作品，都不属于中国文学的一部分。不过用华文写作的作家由于了解中国文化，写作对象又是华人读者，其作品的内容、视角、思想感情较用英语写作的作家更加接近中国作家。至于用英语写作的作家如汤亭亭，从不认为自己的作品属于中国文学的一部分，她曾说："实际上，我的作品中的美国味儿要比中国味儿多得多。我觉得不论是写我自己还是写其他华人，我都是在写美国人。……虽然我写的人物有着让人感到陌生的中国记忆，但他们是美国人。再说我的创作是美国文学的一部分，对这点我很清楚。我是在为美国文学添砖加瓦。评论家们还不了解我的文学创作其实是美国文学的另一个传统。"⑤对于汉学家指责她歪曲中国神话的批评，她说："……他们不明白神话必须变化，如果神话没有用处就会被遗忘。把神话带到大洋彼岸的人们成了美国人，同样，神话也成了美国神话。我写的神话是新的、美国的神话。"⑥正因为如此，中国读者不应该用衡量中国文学和中国作家的标准来批评他们，尤其是谴责他们伪造、歪曲中国社会历史文化。这是理解华裔美国文学的关键。

既然华裔美国作家创作的是虚构文学作品，就不能把他们的作品当作真实的历史或社会现状来读，尽管这些作品与作家创作时的中美两国国内社会状况以及中美两国之间的政治、军事、外交、经济关系以及当时的国际风云变化等因素关系密切。国内成熟的读者已经不把美国文学当作美国历史或现状来看，但是也有一部分人看了美国通俗小说或好莱坞电影后，误以为美国人都是私生活如此不检点！相比之下，美国人对中国的了解远不如中国人对美国了解多，许多非亚裔/华裔读者甚至评论家确实对华裔美国作家的作品中描写的一些情况信以为真，误认为是中国真实的历史或社会现状的写照，称赞作家某些细节的描写增加了对神秘的中国和中国文化的了解，因此有责任心的华裔美国作家在创作时，的确需要考虑"无知"的普通美国读者受到的主流文化中的东方主义影响，避免进一步误导他们。

那么该如何看待华裔美国文学中的东方主义或东方主义效果呢？华裔美国作家在美国生长、受美国教育，他们的作品中存在东方主义不足为奇，这是居于强势地位的美国主流文化的影响。

至于华裔美国作家从美国人的视角来看待或批评中国以及中国传统文化和价值观的作品是否都属于东方主义，这就需要做具体的分析，主要看他们反映的是否"确有其事"，批判得是否有道理。

华裔美国女作家的作品中反映最多的是中国传统文化对妇女的歧视，尽管有些事例不准确，但"大方向"还是值得肯定的。

另一点需要考虑的是作家为了出版，往往要做妥协，比较典型的例子是黄玉雪的《华女阿五》。尽管作者写作的初衷是想"使美国人更加了解中国文化"，"使华人的成就得到西方世界的承认"，但美国当局看重的是黄玉雪可以用现身说法表明"一个穷苦中国移民的女儿能够在有偏见的美国人中获得立足之地"，作为少数族裔的美籍华人可以从美国民主制度中受益。因此，《华女阿五》1945年出版后，美国国务院不仅出版了该书的日语、汉语（香港版）、乌尔都语、孟加拉语、泰米尔语、泰语、缅甸语等亚洲国家和地区语言的译本，1953年还出资请作者到45个亚洲城市做巡回演讲。华裔作家赵健秀因此怒斥黄玉雪为"汤姆叔叔"。黄玉雪生活在美国排华最严重的加州，但书中只有两处轻描淡写地提到对华人的种族歧视。是黄玉雪有意回避，还是另有其他原因，我们不得而知。只知道该书是在黄玉雪的英语老师和出版社的编辑鼓励之下写成的，最后定稿主要出于她们之手。编辑伊丽莎白·劳伦斯删去了原稿的三分之二，剩下的部分由老师艾丽斯·库珀协助串联。据黄玉雪本人说，删去的是"过多涉及个人的"的部分。她对采访者解释说："有些东西没有了，我原本是希望保留在书里的（每个人做事都有他的目的）。因此，你知道，你多少得和他们一起干。"因此，在评判种族歧视这一重大问题上，还应该就具体的作家做具体的分析。

至于对一些女作家的批评，如说谭恩美在作品中将"过去的中国"与"现在的美国"比较，描述中国封建迷信、夸大中国传统文化中的糟粕，将个别写成典型而产生东方主义或"一种东方主义效果"，这一问题也值得作深入的探讨。对作家而言，关于错位比较的批评确实值得重视，因为这种比较一来有失公允，二来会使作家失去对中国有一定了解的成熟读者的信任，同时又会误导受东方主义影响的无知读者。在这个问题上，我们需要关注的是：

1. 作家这样写主观上有否为出版而取悦白人主流强势文化的意图；

2. 自愿流放到美国的华人都有离开中国、向往美国的原因，他们该如何反映这些中国背景才不至于落入"东方主义"；

3. 中国文化中有否这样的糟粕，比如歧视、压迫妇女、封建迷信、赌博等。

华裔作家对作品中的"东方主义效果"应该付多少责任也值得考虑。是否有把华裔文学当作真实的历史或社会现状的误读现象？而又是谁该首先对误读负责？我以为华裔作家有其自身独特的审视两种不同文化的优势，但也有特殊的难处，其中相当一部分来源于读者的"无知"，而这种无知又是主流强势种族歧视文化的"熏陶"造成的。

三、华裔美国文学是否认同或在宣传中国文化？

既然华裔美国文学是美国文学的分支，华裔美国作家笔下的中国文化是他们的再创造，他们传达的就不是原汁原味的中国文化。何况华裔美国作家，尤其是用英语写作的华裔美国作家，认为自己首先是美国人，他们对中国文化也远不如对西方文化熟悉，引用时难免出错。如汤亭亭在《孙行者》中大量引入《三国演义》《水浒传》中的人物，但她把关云长写成了关长云（Gwan Cheong Wun），地彗星一丈青扈三娘成了"Ku San the Intelligent"，让唐三藏对孙悟空说"我敢打赌你翻不出我的掌心"等。[7]挪用、改写中国古典文学是汤亭亭的写作手法之一，但以上显然不是有目的的戏仿。

华裔美国作家书中有关中国文化的部分其实是他们创造的华裔美国文化。关于这一点，徐忠雄在他编写的《亚裔美国文学选集》的序言中说得好：

> 美国每个小城镇都有中国餐馆卖"华裔美国食品"，这种食品是在美国发明的，类似从前的中国食品。福饼和 chop suey 是美国原创。

的确，在中国根本就没有什么"福饼"，它和 chop suey[8] 一样，是在美华人的创造。实际上，当今的不少美国白人作家也是创造性地利用希腊神话、一千零一夜以及白雪公主等故事来写作的，如约翰·巴斯的《吐火女怪喀迈拉》、唐纳德·巴塞尔姆的《白雪公主》。

值得一提的是，在对待中国文化的问题上，赵健秀在《大哎咿》中的态度与在《哎咿》里完全不同，他以捍卫传统中国文化自居，大量引用《三国演义》、《水浒传》、《西游记》以及孙子、司马迁等等，以表现自己的正统中国古典文学知识，并将中国文化传统定义为"英雄主义"传统。赵健秀把《水浒传》看作是《三国演义》的续编，后者探讨报私仇的道德观念，前者则表现大众报仇、反对腐败官府的道德观念，或"天命"；赵健秀认为这两种观念正是孔子的基本思想。而《西游记》的"齐天大圣"又表达、发展了《水浒传》中的一百单八将的精神。赵健秀把孔子看作史学家、战略家、武士，因此和孙子有了共同点。他认为中华文明的传统是信仰"人人皆生为战士。我们生来就是为维护个人的完整人格而战。一切艺术皆武术。写作即战斗",正是《孙子兵法》培育了"生活即战争"的精神。⑨ 由此可见,不通晓中文的第五代华裔赵健秀,他作品中的中国文化是华裔美国文化,是华裔美国作家的再创造。

尽管华裔美国作家不是在"宣传"中国文化,但华裔美国文学中提及的中国文学、传统习俗、历史人物等无疑会引起西方读者对中国文化、历史等的好奇和兴趣,如美国的"花木兰"热恐怕要归功于汤亭亭的《女勇士》。

所以,有责任心的华裔美国作家在创作时也需要考虑"无知"的普通美国读者,同时最好能加强学习、研究中国文化。汤亭亭曾说她写作时从不做研究,⑩ 我却认为,学习、研究中国文化有助于华裔作家的创作,能够扩大视野,打开思路,把他们的创作提升到更高的层次。可以断言,随着中国经济发展、国力增强,世界会对中国更加关注,华裔美国作家也会更认真、自觉地深入学习和了解中国文化,并在创作中更好地利用它来表现华裔美国文学的独特魅力。

四、中国读者可以从华裔美国文学中受益吗?

华裔美国文学的价值在于它不仅有助于我们了解美国、了解华裔美国,还有助于我们了解自己。对有心的中国读者来说,华裔美国文学还可以作为"反思文学"来读。我们可以了解中国传统文化对海外华人的影响,经过几代人以后,华裔美国人还保留了传统文化中的哪些价值观和习俗,这些正是中华文化中最根本的元素,其中哪些有助于或有碍于他们的成功,这些反过来又能加深我们对中国文化中糟粕的认识,对于我们建设一个现代化的文明国家有启迪作用。

用英文写作的华裔美国作家多属第二、三、四,甚至五、六代华人移民,他们受的是美国教育,往往用不同的眼光来审视老一辈人的传统价值观和所作所为,对中华民族的优良品质和劣根性往往看得更清楚更客观。即便是作品中带有东方主义色彩的内容,由于我们在中国不是"弱势群体"或"他者",客观环境允许我们心平气和地审视华裔美国文学中提出的一些问题。比如:《吃碗茶》所揭示的个人和家族的关系、家长作风、父子关系、歧视妇女、面子问题、"为亲者讳"等情况在目前的中国仍然存在。有些我们认为理所当然的东西值得进一步思考,如"知恩报恩"。

在林露德写的关于19世纪华人刘锦浓的传记小说《木鱼歌》里,少年刘锦浓被范妮·伯林格姆收为养子,受报恩思想的影响,他大半生为她家无偿服务。由于他吃、住在工厂主老伯林格姆家,他不敢参加华工的罢工斗争,遭到同胞疏远。老伯林格姆剥削他,只给他极少工钱,不够他还债并寄钱养家,因此国内亲人饿死时,刘锦浓深受自己良心以及华人同胞的谴责。尽管在范妮·伯林格姆的帮助下,刘锦浓培育出以他命名的获奖优质橙,对美国柑橘业做出巨大的贡献,但他最后仍然是一个边缘人,一个和祖国与家人断了联系、在异国他乡既无家庭又无华人朋友的孤独名人!《木鱼歌》主要说的是刘锦浓的"成功"历程和他为此付出的巨大代价,不过读者从中也看到白人、华人和黑人三种不同的文化和价值观及它们之间的冲突。值得我们反思的是:造成刘锦浓的喜、悲剧的内因和外因是什么?有哪些社会历史原因?中国人推崇的"以德报怨""滴水之恩,泉涌相报"的美德到底应该掌握到什么尺度?今天中国的国际地位无疑对海外华人的生存状况产生极大的影响,作为华人如何很好地利用这些外部条件、如何批判地继承中国的文化传统,作为中国人又怎样从海外华人的奋斗史中汲取有益的教训,这也是华裔美国文学研究的一个重要课题。

五、中国人研究华裔美国文学应该有自己的独到之处

十几年来,国内的华裔美国文学研究有了很大发展,已经形成了由老中青组成的华裔美国英语文学和华裔美国华文文学两大分支。⑪前者的基本队伍是大学英语系的师生,后者的基本队伍是大学中文系的师生。华裔美国华文文学研究属于海外华文文学研究的一部分。大陆学者从20世纪70年代末80年代初开始研究台港文学,随后扩大到东南亚华文文学以至北美、欧洲、澳新华文文学。华裔美国文学早在1986年进入海外华文文学研究的视野。在深圳大学召开的第三届"台湾香港文学学术研讨会"上由于有黄秀玲的《美华作家小说中的婚姻主题》一文,会议名称更改为"台港与海外华文文学学术讨论会"。此时,学者们已认识到台港文学与海外华文文学的差异性。海外华文文学研究的领军人物是暨南大学的饶芃子教授。近年来,复旦大学中文系林涧教授领导的"华人文学研究所"也异军突起。大陆的华裔美国英语文学研究真正开始是在20世纪90年代。2003年1月北京外国语大学英语学院华裔美国文学研究中心的成立对大陆的华裔美国文学研究起了推动作用。北京外国语大学、南京大学、暨南大学、南京师范大学、四川大学等校已经培养出多届硕士、博士。北京工业大学、北京航空航天大学、天津理工大学、河南大学等都陆续开设了有关课程,并培养了一批对华裔美国文学感兴趣的学生。大陆华裔美国英语文学和华裔美国华文文学两支队伍各有特点和优势,老中青三代也各有所长。若两支队伍能互相学习、借鉴,取长补短,将会为提高中国对华裔美国文学的整体研究水平做贡献。

华裔美国英语文学和华裔美国华文文学由于使用语言不同,针对的读者不同,特点也不尽相同。⑫概括地说,用华文创作的作家比用英语创作的作家享有更多自由,尤其是处理高度敏感的主题时可以不考虑主流社会的社会准则、规范。他们探讨的有争议的主题与华裔美国英语文学不同,如华人和其他种族和少数族裔的关系;华裔美国妇女的女权意

识；非闹市/非商业区和闹市/商业区（uptown 和 downtown）华人的不同利益——前者为住在郊外、已经融入主流社会的专业人士，后者为住在与外部世界隔绝的华人聚居区里的贫困移民劳工；华人移民和美国生华人的相互排斥；跨种族的恋爱问题等。不过，虽然他们在创作时可以不考虑主流社会的社会准则、规范，但传统中国价值观对他们仍有限制和约束。

用英语写作的华裔美国作家，尤其是移民作家，往往对美国社会问题闭口不谈，他们倾向于描写符合公众想象力的形象，而用华文写作的作家能够没有顾虑，更加直率地讨论华人群体以及美国社会存在的问题，如华埠的贫困和犯罪；同时，与一些华裔美国英语文学作品不同，这些作品表明华裔美国人并不都是成功人士或模范少数族裔。

大陆的学者把华裔美国华文文学放到海外华文文学中去研究，视野更加开阔。饶芃子教授在《拓展海外华文文学的诗学研究》⑬一文中，对海外华文文学研究提出的观点值得华裔美国英语文学研究者借鉴，也为中文系有志于华裔美国文学研究的学子指明了方向。

相比之下，大陆的华裔美国英语文学研究范围较窄。在国外，华裔美国（英语）文学只是"亚裔美国文学"的一个重要分支，尽管有其独特之处，却没有人单独把它分离出来研究。

华裔美国英语文学研究的老中青队伍中，青年人接受新理论最快，近年来的博士论文和文章中使用的批评理论更加多样化，种族、身份、性别政治、东方主义、后殖民主义，反叙事策略，对抗记忆，文化研究，流/离散研究，第三度空间，全球化，去国家化等等理论和术语大都是由青、中年学者引进、介绍的。如今由于有许多出国与留学的机会，我们在使用文艺批评理论方面可以说已经和世界接轨，青、中年学者这方面的贡献和成绩功不可没。如果能提点要求的话，就是在解释、引用、运用理论时，把文章写得更通俗易懂些，要用理论来分析作品，而不是将二者割裂开来，或者用作品来证明理论；另一点是最好能对外国的理论提出一些自己的见解。

另外，就华裔美国文学研究而言，中国学者的长处是对中国社会、历史、传统文化的了解，我们应该很好地利用自己的优势，使我们的研究具有中国特色。如尝试借用中国文艺理论来分析研究华裔美国文学。同时，研究华裔美国文学应该基于对美国文学及其传统的总体了解，华裔美国文学毕竟是美国文学的一个分支。对总体缺乏了解，对分支的研究就会出现偏差，也不容易深入。

六、华裔美国文学的翻译问题

华裔美国文学研究也带动了对华裔美国文学作品的翻译。尽管早在 1985 年广东人民出版社就出版了林露德的《千金姑娘》(*Thousand Pieces of Gold*，阿良译)，更多的译本却是在 1998—2004 年间出版的。漓江出版社出版了汤亭亭的《女勇士》和《孙行者》；译林出版社出版了汤亭亭的《中国佬》、任璧莲的《典型的美国佬》、黄玉雪的《华女阿五》、赵健秀的《甘加丁之路》、李健孙的《支那崽》和《荣誉与责任》、雷祖威的《爱的痛苦》和伍慧明的《骨》。

要做好华裔美国文学的翻译，首先应该了解华裔美国历史，多查阅参考书。一些错误往往出现在这方面，如 Burlingame Treaty 不是《伯林盖姆条约》而是《蒲安臣条约》；queue tax 不是排队税而是"辫子法案"（queue ordinance），它规定男性犯人头发不得长于一英寸，因此要求华人在狱中剪掉长辫；Wellington Koo 不是惠灵顿·库而是顾维钧；Bloom's Day 不是"花日聚会"而是乔伊斯的书迷每年举行的 Leopold Bloom's Day 庆祝会，读者按照《尤利西斯》中的描写走 Leopold Bloom 那一天的行程。

其次，要向懂得作者家乡方言的人请教。许多文章把《女勇士》中的 "Ho Chi Kuei" 理解为"好吃鬼"或"好奇鬼/怪"，或翻译成"胡扯鬼"，而根据华裔美国学者谭雅伦的解释，"Ho ChiKuei" / "好似鬼 [仔]" 是第一代华人用以谴责第二代华人的用语，批评他们像洋鬼子一样。

再次，要认真细读原著，这样可以避免一些错误，如《喜福会》中，Jing-mei/ 精妹，Suyuan/ 夙愿和 Ying-ying/ 映莹的名字，作者在书中都分别解释为：

"'Jing' like excellent jing. Not just good, it's something pure, essential, the best quality. Jing is good leftover stuff when you take impurities out of something like gold, or rice, or salt. So what is left—just pure essence. And 'Mei,' this is common mei, as in meimei, 'younger sister.'"

"'Suyuan,'" he says, … "…it means 'Long-Cherished Wish.' …"

I was like her. That was why she named me Yingying, Clear Reflection.'"⑭

最后，书名、人名的翻译也大有讲究。比如《孙行者》，也被译作《引路人孙行者：他的即兴曲》⑮《猴行者：他的伪书》⑯，以及"猴子旅行大师"。⑰四种译法各有千秋，但把所有的意思都在中译名中体现出来并非易事，或许应选一个比较满意的，然后做注。

另如，水仙花的 Mrs. Spring Fragrance，大部分人译作《春香夫人》，而山西出版社出版的"华裔美国作家英语名著系列丛书"主编范守义将书名译作《春郁太太》。我认为后者更好。因为"春香"像丫鬟的名字，同时，按照《现代汉语词典》，"郁"有"香气浓厚"的意思。

华裔美国文学的历史还短，它有一个成长的过程。随着中国的强大，世界对中国的重视以及对中华文化兴趣的增长，华裔美国文学也会有不少新变化，会取得更大的进展，读者对华裔作家的评论也会更趋成熟。

注释

① Elaine H Kim, Preface, in *Asian American Literature: An Introduction to the Writings and Their Social Contet*, Philadelphia: Temple UP, 1982, xi-xii.
② King-Kok and Stan Yogi Cheung, Preface, in *Asian American Literature: An Annotated Bibliography*, New York: The MLA of America, 1988.
③ 赵健秀在《大哎咿》中把孔子看作是历史学家、战略家、战士, 说他的基本思想是复仇,《论语》不是讲修身养性, 而是如何建立永恒的国家。
④ 王理行:《论美国华裔作家的姓名问题》, 载《外国文学》2007 年第 6 期, 第 65-68 页。
⑤ Paula Rabinowitz, "Eccentric Memories: A Conversation with Maxine Hong Kingston, "in *Conversations with Maxine Hong Kingston*, Skenazy, Paul & Tera Martineds, Jackson: UP of Mississippi, 1998, pp. 171-72.
⑥ Maxine Hong Kingston, "Personal Statement, " in *Approaches to Teaching Kingston's* The Woman Warrior, Shirley Geok-lin Limed. , New York: The Modern Language Association of America, 1991, p. 24.
⑦ Maxine Hong Kingston, *Tripmaster Monkey: His Fake Book*, New York: Alfred A. Knopf, 1989, pp. 140, 138, 285. 汤亭亭似乎把"一丈青"译成 Pure Green Snake, 并将其别名误认为"母大虫", 在 298 页"扈三娘"又写成 Miss Hu the Pure, 因此 138 页的 Ku 也可能是印刷中的拼写错误。
⑧ Chop suey 来自粤语 tzap-sui, "炒杂碎", 一种主要由豆芽、竹笋、荸荠、香菇、肉或鱼等做成的美式中国菜。
⑨ Frank Chin, "Come All Ye Asian American Writers of the Real and the Fake, " in *The Big Aiiieeeee! An Anthology of Chinese American and Japanese American Literature*, Jeffery Paul Chan, Frank Chin, Lawson Fusao Inada, and Shawn Wong eds. , New York: Penguin Books USA Inc. , 1991.
⑩ Gary Kubota, "Maxine Hong Kingston: Something Comes from Outside Onto the Paper, " in *Conversations with Maxine Hong Kingston*, Paul Skenazy & Tera Martin eds. , Jackson: UP of Mississippi, 1998, p.2.
⑪ 饶芃子主编的《流散与回望》一书的代序《中国大陆海外华人文学研究概观》对此做了详尽的论述。
⑫ Xiao-huang Yin, Chinese American Literature Since the 1850s, Urbana and Chicago: University of Illinois Press, 2000, pp. 157-228. (尹晓煌《美国华裔文学史》, 徐颖果主译, 天津: 南开大学出版社, 2006)。
⑬ 饶芃子:《拓展海外华文文学的诗学研究》, 载饶芃子主编《流散与回望》, 天津: 南开大学出版社, 2007。
⑭ Amy Tan, The Joy Luck Club, New York: Putnam, 1989, pp. 281, 280, 243.
⑮ 张龙海:《戏仿、语言游戏、神秘叙事者、拼贴——论汤亭亭〈引路人孙行者〉中的后现代派艺术技巧》, 载《外国文学》2005 年第 3 期, 第 100—105 页。
⑯ 康士林《七十二变说原形——〈猴行者:他的伪书〉中的文化属性》, 谢惠英译, 载单德兴、何文敬主编《文化属性与华裔美国文学》, 台北:"中央研究院"欧美研究所, 1994。
⑰ 方红:《在路上的华裔嬉皮士——论汤亭亭在〈孙行者〉中的戏仿》, 载《当代外国文学》2004 年第 4 期。

14

家国想象——离散与华裔美国文学

李有成

评论家简介

李有成，台湾"中央研究院"欧美研究所特聘研究员，台湾大学、台湾师范大学兼职教授，中山大学合聘教授，曾任台湾"中央研究院"欧美研究所所长。主要研究领域为文学理论、文化研究、美国亚裔/非裔文学以及当代英国小说。专著有《文学的多元文化轨迹》《在理论的年代》《文学的复音变奏》《逾越：非裔美国文学与文化批评》《在甘地铜像前：我的伦敦札记》《他者》《离散》和《记忆》；编著有《帝国主义与文学生产》《在文学研究与文化研究之间》《管见之外：影像文化与文学研究》《生命书写》《南山不寂寞：怀念朱炎教授》；另有文学创作《鸟与其他》和《时间》。

文章简介

在这篇文章中，笔者认为，由于美国华裔作家所处时代的不同以及出身上的巨大差异，他们置身的离散情境和所怀的离散意识都是不尽相同的，而离散作为公共领域，更是对他们具有截然不同的意义。由此可见，根本不存在王赓武所忧虑的"单一华人散居者的思想"，离散经验显然是多元而繁复的。

文章出处：本文原载于《英美文学研究论丛》2010 年第 1 期，第 28—36 页。

家国想象——离散与华裔美国文学

李有成

华人与离散这个概念之间有任何联系只是近年来的事。即使到了 2000 年前后，历史学家王赓武对以离散指涉散居华人的社群还是存疑的。王赓武的著作多以英文发表，我们所说的"离散"（diaspora）在他的著作的中译中多作"散居者"。在《单一的华人散居者？》这篇演讲中，他坦率地说出他的疑虑：

> 我的保留意见来自华人由于华侨（sojourner）这个概念以及……政府从政治上利用这个词而遇到的问题。……在华人少数民族数量较多的国家，这个词是怀疑华人少数民族永远不会效忠于居住国的主要根源。经历大约三十年的争论，如今华侨一词已经不再包括那些持外国护照的华人，逐渐取而代之的是其他词，如（海外）华人和华裔，这些词否认与中国的正式联系。我心中挥之不去的问题是：散居者〔离散〕一词是否会被用于复活单一的华人群体的思想，而令人记起旧的华侨一词？这是否是那些赞同这个用词的华人所蓄谋的？倘若这个词广泛地付诸使用，是否可能继续将其作为社会科学的一个技术性用词？它是否会获得将实际改变我们关于各种海外华人社群性质的观点的感情力量？（王赓武，2002：4）[①]

王赓武的一连串疑虑相当有自传的成分，[②] 可以反映若干东南亚地区华人的心境。王赓武身处对种族或族群议题非常敏感的环境，他的忧惧，一言以蔽之，主要是出于政治考虑。他担心离散一词会像旧有的华侨一词一样，引起华人居留国强势民族的猜疑，甚至进一步挑战在这个词底下华人的政治认同与国家效忠。北美洲与东南亚地区的排华与歧视华人的历史血泪斑斑，西方世界"黄祸"之说更是如幽灵般永恒复现，王赓武的疑虑是有历史依据的，绝非无的放矢。[③] 因此在提到这个词时他总是小心翼翼，生怕这样用词可能引发负面的政治效应：

> 当代市场技巧的进步以及信用金融服务的性质已经模糊了早期的差别。政治认同日益被认为是不相干的，陈旧的词汇受到了挑战。如今许多社会科学家准备使用散居者一词阐明华人现象的新层面，这同样不会令我们感到奇怪。令人迷惑的是，这是否会再次鼓励中国政府遵循早期所有海外华人乃是华侨——侨居者的观念思路，确认单一的华人散居者的思想？使用散居者是否还会导致中国以外的作者，特别是以华文写作的作者，复活更加熟悉的词汇——华侨？华侨这个词是东南亚各国政府及华人在过去四十年花费大量时间和精力试图加以摒弃的（王赓武 15—16）。

在我看来，王赓武的疑问似乎有些过虑了。华侨早已是过时的用词，现在散居世界各地的华文作家鲜少有人会以这个词描述自己的身份与现状；至于中国政府是否具有将离散视为"单一的华人散居者的思想"——一如早年的华侨，则不是我所能回答的，不过中国政府早已无意介入华人在其居留国的政治活动应属事实。

随着中国内地在改革开放政策下的经济发展，再加上在经济上原已表现不俗的中国台湾、香港以及新加坡，因此有所谓华人资本主义（Redding 1990）或大中华经济圈的说法。王赓武忧虑类似的概念在有意无意间支持了单一华人离散社群的思想（王赓武 16），他对此深不以为然。他说："单一的华人一词可能越来越难于表达日益多元的现实。我们需要更多的词，每个词需要形容词来修饰和确认我们描绘的对象。我们需要它们来捕捉如今可以看到的数以百计的华人社群的丰富性和多样性。"（王赓武 19）

王赓武的意见很值得重视，不过今天我们使用离散一词——即使是单数——并不意味着我们忽略了此词背后"日益多元的现实"。离散经验繁复而多元，将离散经验强加统摄与划一是不符合事实的。即使有王赓武的疑虑，以离散来形容或描述华人散居世界各地的情形已经日趋普遍（譬如：Wang and Wang, 1998；Chen, 2004；Mung, 2004；Cohen, 2008）。世界各地华人的离散情形当然各有差异，不仅历史不同，在各个区域的境遇也不一样，断然不可能只有王赓武所质疑的单一的华人离散社群。

这里无法详述华人移民海外的历史。自明朝应该就有华人在海外活动的记载；不过，华人急速地大量移民海外则是在 19 世纪中叶之后，这一切是由于西方资本主义与殖民主义的发展。清廷日衰，往后百年，经历了辛亥革命、抗日战争、解放战争，加上各种政治运动，中国人因各种因素，自愿或非自愿地移居海外，有些最后落叶归根，有些则在海外开花结果；从早期的苦力、华工，乃至于"猪仔"，及至过去数十年或因政治、或因教育、或因专业等因素移民的人，不论移居何处，中国人移民的动机大概不脱已故亚裔美国历史学家隆纳德·高木（Ronald Takaki）所说的希望。高木在他的亚裔美国史的皇皇巨著中指出，华勒斯坦（Immanuel Wallerstein）的现代世界体系（modern world-system）理论与其经济动力之说只能局部解释亚洲移民何以愿意去国离乡，他借用汤亭亭（Maxim Hong Kingston）在《女勇士》（The Woman Warrior）中的话说，除了必要（Necessity），有些还出于奢华（Extravagance）。④换言之，在高木看来，除了生存的迫切需要外，这些移民不少还怀抱着巨大的梦想与希望（Takaki, 1989: 31），背井离乡，漂洋过海就是为了实现自己的梦想与希望。

在追求梦想、实现希望的过程中，不同时代的离散华人面对的历史经验与社会现实也不一样。以华裔美国人而论，早期以贩卖劳力为主的移民与其后代的美国经验，跟晚近因专业或其他个人或家庭因素而移民的经验自不相同，反映在不同时代的作家的创作上也大异其趣。这一点在他们对家国的想象上表现得最明显。这里所说的家国并不只限于政治上的意义，也可以是文化上的指涉；而想象一词也非关虚幻，反而具有集体属性，对离散社群而言，即使个人的想象往往也隐含着集体的意志与意义。

我们试举资深的华裔美国作家赵健秀（Frank Chin）为例加以说明。赵健秀40年来的文学创作与论述活动主要在抗议白人强势种族的种族歧视与文化偏见，目的是寻回华裔美国人的历史，消除种族刻板印象，以他所谓的英雄主义来界定华裔美国文学传统。他的创作因此是一种抵抗文学，他的论述则是对立论述。他的指涉往往是美国华人的离散历史与日常生活经验。他的家国想象不是建立在他少年时代成长的内华达山区，反而是大家所熟知的唐人街，以及唐人街所具现的中国的庶民文化传统。因此在批判与反击白人的文化偏见与种族歧视时，他所诉诸的家国想象基本上是文化的。众所周知，赵健秀崇尚他所谓的英雄传统，在文学上提倡一种男性英雄主义，他这样的论述立场屡遭非议，特别是他对汤亭亭、谭恩美（Amy Tan）等著名女性华裔美国作家的抨击，更被视为性别歧视。不过这样的论点也可能不尽公平。赵健秀其实也批判林语堂、刘裔昌（Pardee Lowe）、黎锦扬及黄哲伦（David Henry Hwang）等男性作家，同时对其他女作家如水仙花（Sui Sin Far）、韩素音及张粲芳（Diana Chang）等则颇多赞誉。他的关怀显然不在性别政治，而是地道政治（politics of authenticity）。换言之，他关心的是这些作家笔下所再现的是不是地道的中国文化——他的家国想象中所谓的中国文化。不合于他的版本的文化想象就会被他唾弃，就会被他讥为与白人强势种族与文化共谋合计。对赵健秀而言，家国想象背后的文化政治旨在止痛疗伤，是加拿大哲学家查尔斯·泰勒（Charles Taylor）所说的"修正的过程"（Taylor，1992: 62），是为了修正弱势族群长期遭到扭曲的形象。

在唐人街所构筑的华人离散世界中，赵健秀触目所及都是他所津津乐道的英雄主义的符号：

> 我总是被英雄传统所环绕。那些瓷器公仔都是些英雄人物，他们来自粤剧，来自故事与连环图所歌颂的战役，来自玩偶、木偶、浴缸童玩、印刷品、绘画、图像，以及所有中国移民都具备，都直觉了解，都会搜集、倾听的俗言谚语。（Chin，1985: 116）

而这个英雄主义中心的最重要的人物则是《三国演义》中的关云长：

> 尽管关羽并非《三国演义》的主要角色，但他却是《三国演义》中最受欢迎的人物。通俗文化迅速将这位在历史、粤剧及文学上广受欢迎的人物转变成战争、掠夺及文学之神。他是刽子手、赌徒及所有生意人的守护神。他是完美、清廉的人格与复仇的具体化身。……所有俱乐部、团体、各式各样的联谊会，从香港的犯罪调查部门到功夫道馆和唐人街的帮会，都争着供奉关羽——更多人称他为关公（或关老爷）——为守护神。（Chin，1991: 39）

在《这不是一篇自传》("This Is Not an Autobiography")中，关云长更被赵健秀上纲为"为践踏者、被压迫者的战士，与腐败的官吏、腐败的政府、腐败的帝国抗争不已"（Chin，1985: 120）。有趣的是，赵健秀在再现的议题上一向以地不地道为判断的准绳，我们当然也可以用同样的态度检验他对关云长的再现。略知《三国演义》的人不难看出，赵健秀所再现的关云长其实托附了不少他自己的文化想象，有时候未必与《三国演义》相关。他笔下的关老爷的形象只是为了成就他自己构思的中国英雄主义而已，其目的在于扭转白人世界对华人羸弱与女性化的刻板印象与错误想象。这样的家国想象主要是文化的，是为了响应白人强势种族与文化长期以来的歧视与偏见。

与赵健秀之类的作家不同的是，新一代的华裔美国作家所面对的移民情境毕竟大不一样，其离散意识与感性也极不相同，反映在家国想象上更是大相径庭。对新一代的作家而言，家国想象很多时候可能非关文化，而是直接指涉政治，而且通常家国不远——至少在时间上，想象可以相当真确。哈·金在其小说《自由生活》（*A Free Life*）第六部分的第21章中，叙述男主角武男（Nan Wu）参加亚特兰大华人小区中心一个研讨会的经过。武男已经申请入籍美国，但却因此面临道德与伦理上的挣扎，他"不能确定一旦中美开战自己会站在哪一边"。他之所以参加这个研讨会，无非希望研讨会有助于厘清他在道德与伦理上的困境。这个研讨会的目的主要是为了探讨《中国可以说不》这本畅销一时的书，结果却演变成各说各话、各种立场与各方利益互相颉颃角力的场域，最后竟沦为互揭疮疤、人身攻击的闹剧。显然，离散公共领域虽然形成于去国离乡的集体交谊，但是并不表示就此泯除离散主体彼此之间的差异；即使在公共领域，也不免众声喧哗，在面对家国与居留地的现实当中，我们看到国家认同或离散属性的纠葛难解。在研讨会中武男最后发言表示，"中国是我们的出生地，美国是我们后代的家乡——也就是说，是我们未来的地方"（Ha，2007: 495；哈·金，2009: 468），⑤武男的话非常贴切地道尽离散社群如何徘徊在人类学家柯立佛（James Clifford）所说的"根"（roots）与"路"（routes）之间（参考Clifford，1997）——"根"属于家国，属于过去与记忆，属于有朝一日可能回返的地方；"路"则属于居留地，属于未来，导向未知。在哈·金的小说里，我们看到周蕾所说的身在离散的离散者（Chou，1993: 23）如何面对过去与未来，在记忆与未知之间踟蹰彷徨。

从赵健秀和哈·金这两位不同时代且出身差异甚大的华裔美国作家身上可以看出，他们置身的离散情境既不一样，其离散意识也不尽相同，离散作为公共领域，对他们而言，更具有不同的意义。赵健秀将离散开拓为批判白人种族歧视与文化偏见的场域，哈·金笔下的离散则成为不同地区华人新移民的政治与意识形态抗衡的空间。离散的多元繁复由此可见，王赓武所忧虑的"单一华人散居者的思想"显然是不存在的。

注释

① 原文"A Single Chinese Diaspora?"为1999年2月王赓武在澳洲国立大学华南离散中心（Chinese Southern Diaspora Centre）成立仪式上的演讲词。

② 王赓武出生于英属马来亚，1947年10月至1948年12月间曾经到南京"中央大学"求学。国民政府在"淮海战役"兵败之后，他回到马来亚进入当时设于新加坡的马来亚大学就读。王赓武大半生的学术生涯都在亚太地区度过，是东南亚华人史方面卓然有成的专家，因此对该地区华人面对的困境——特别是政治困境——了然于心。

③ 即使认同与效忠只是假议题，也会有政客故意操弄这个议题，召唤族群意识，制造矛盾，以获取政治利益。不久前（2008年8月）在马来西亚槟城的一场国会补选记者招待会的造势活动中，执政党巫统区部领导人阿末依斯迈（Ahmad Ismail）即指称华人为寄居者（squatters），华人因此不能要求与马来人平等分享权力，他甚至警告华人不要学美国的犹太人，在经济上有所成就后还要插手政治。这种充满种族歧视、贬抑华人的公民权利的话一出，当然引起轩然大波。详见林友顺的报道与评论（2008）。

④ 汤亭亭在《女勇士》第一篇《无名女》（"No Name Woman"）中提到她母亲所引述的家族秘密：她的一位无名姑姑在丈夫远渡重洋后却身怀六甲，此事当然无法见容于保守的乡里，她最后选择投井自尽。对作者的母亲而言，年头不好，如何存活下去乃属"必要"的硬道理，除此之外，不论出于自愿或非自愿，通奸乃至于婚外生子就近乎奢华了（Kingston 6-7）。用作者的话说："在好年头，通奸也许只是个过错，在村里缺粮时却是大罪一桩"（Kingston 15）。黄秀玲（Sauling Cynthia Wong）后来借用汤亭亭这两个辞喻说明亚裔美国文学生产的处境"必要，与'奢华'这两个用词意味着生存与行事的两种对比形态，一个是从容自制，以生活为考虑，且倾向保存，另一个则偏向自由，缺少节制、情感流露与创作的自主存在"（Wong 1993: 13）。黄秀玲相关的观念最早见于她对《女勇士》一书的诠释（Wong 1988）。

⑤ 第一个页码指英文原著，第二个页码出自中译本。

引用作品

Chen, Zhongping. "Building the Chinese Diaspora Across Canada: Chinese Diasporic Discourse and the Case of Peterborough, Ontario." *Diaspora: A Journal of Transnational Studies*, 13. 2-3（2004）: 185-210.

Chin, Frank. "This Is Not an Autobiography." *Genre* 18（Summer 1985）: 109-130.

——. "Come All Ye Asian American Writers of the Real and the Fake." Jeffery Paul Chom et al., eds. *The Big Aiiieeeee! An Anthology of Chinese and Japanese American Literature*. New York：Meridian（1991）: 1-92.

Chow, Rey. *Writing Diaspora: Tactics of Intervention in Contemporary Cultural Studies*. Bloomington: Indiana UP, 1993.

Clifford, James. *Routes: Travel and Translation in the Late Twentieth Century*. Cambridge，MA: Harvard UP, 1997.

Cohen, Robin. *Global Diasporas: An Introduction*. 2nd ed. London: Routledge, 2008.

Ha, Jin. *A Free Life*. New York: Pantheon Books, 2007.

Mung, Emmanuel Ma. "Dispersal as a Resource." *Diaspora*: *A Journal of Transnational Studies*, 13. 2-3（2004）: 211-226.

Redding, S. Gordon. *The Spirit of Chinese Capitalism*. Berlin：Walter de Guyter, 1990.

Takaki，Ronald. *Strangers from a Different Shore*: *A History of Asian Americans*. Boston, Toronto: Little, Brown & Co., 1989.

Taylor, Charles. "The Politics of Recognition."*Multiculturalism and the Politics of Recognition*. Ed. Amy Gutmann. Princeton：Princeton UP（1992）: 25-73.

Wang, Gungwu and Ling-chi Wang, eds. *The Chinese Diaspora*: *Selected Essays*. Volumes 1 and 2. Singapore: Times Academic Press, 1998.

Wong, Sau-ling Cynthia. "Necessity and Extravagance in Maxine Hong Kingston's *The Woman Warrior*: Art and the Ethnic Experience." *MELUS* 15: 1（Spring 1988）: 3-26.

——.*Reading Asian American Literature*: *From Necessity to Extravagance*. Princeton: Princeton UP, 1993.

王赓武：" 单一的华人散居者？"，见刘宏与黄坚立主编，《海外华人研究的大视野与新方向：王赓武教授论文选》。River Edge, NJ: 八方文化，2002，第3—31页。

哈·金：《自由生活》，季思聪译，台北：时报出版，2009。

15
世界文学语境下的华裔流散写作及其价值

王宁

评论家简介

王宁，清华大学外文系教授、博士生导师，上海交通大学人文艺术研究院致远讲席教授、院长，曾任清华大学英语系兼比较文学研究所教授、北京语言大学比较文学研究所兼欧洲研究所所长。主要研究领域为现当代西方文论与思潮、英美文学、比较文学与世界文学、翻译与影视传媒研究、国外中国文学研究、文化研究以及全球化与世界主义研究。中英文著作有《比较文学与中国当代文学》《深层心理学与文学批评》《多元共生的时代》《比较文学与中国文学阐释》《后现代主义之后》《中国文化对欧洲的影响》《比较文学与当代文化批评》《二十世纪西方文学比较研究》《文学与精神分析学》《超越后现代主义》《全球化与文化研究》《全球化、文化研究和文学研究》《全球化与文化翻译》(Globalization and Cultural Translation, 2004)、《神奇的想象》《文化翻译与经典阐释》《翻译研究的文化转向》《"后理论时代"的文学与文化研究》《翻译的现代性：全球化和中国的文学和文化视角》(Translated Modernities: Literary and Cultural Perspectives of Globalization and China, 2010)、《比较文学：理论思考与文学阐释》《比较文学、世界文学与翻译研究》等20余部并有编、译中英文理论著作和文学作品40余种。

文章简介

　　本文高度评价了以美国华裔文学为代表的华裔流散写作并且主张将华裔文学置于世界文学的语境中予以考察和研究。他认为，华裔流散作家已经跳出了狭隘的民族主义圈子，具有了世界主义的意识，他们写作的对象不只是某个特定的民族/国家的读者，而更是全世界的读者。尽管他们现在仍被排斥于世界文学经典之外，但随着时间的推移和他们自身写作水平的提高，他们的潜在价值将逐步被当代和后代文学研究者所发现，进而跻身世界文学之林。

　　文章出处：本文原载于《深圳大学学报（人文社会科学版）》2012年第6期，第5—10页。

世界文学语境下的华裔流散写作及其价值

王宁

近几年来,无论是在西方的语境下或在中国的语境下,讨论世界文学问题都成了比较文学和文学理论界的一个热门话题。尤其是在中国的语境下,讨论世界文学问题在很大程度上表现为要致力于推动中国文学走向世界的进程。当然,这样的心情自然是可以理解的,而且我本人也在为之大力推波助澜。[①]但是,无论是西方学者还是中国学者,在讨论世界文学时,往往都忽视了一个独特的文学现象:流散写作。由于这是全球化时代的一个独特的文化和文学现象,它目前仍然处于发展之中,因此很难将其载入文学史,更无法使其跻身世界文学经典的行列了。但是,从理论的视角对之进行分析并将其纳入世界文学的大语境下加以考察甚至理论化应该是完全可能的。有鉴于此,本文在作者以往对全球化、世界文学以及流散文学的研究之基础上,将其综合考察,试图指出华裔流散写作的潜在文学史和文学理论价值。

一、华裔流散写作与多元文化认同

探讨华裔流散写作首先使我们不得不面对生活在异国他乡的华裔作家的身份问题,这是困扰每一位华裔作家的一个十分棘手的问题。而且随着全球化进程的加快,这个问题越来越困扰他们。诚然,生活在欧洲各国的华裔作家在"欧洲中心主义"的阴影下仍然很难形成一个强有力的群体,但是生活在向来标榜"多元文化主义"的北美的华裔作家则自觉地形成了一个群体,他们大多用英语写作,出版自己的刊物和报纸,并不时地在主流英语文学界发出越来越强劲的声音,从而引起了主流批评界的重视。由于他们独特的民族和文化身份认同,再加之他们独特的中国经验,所以在追求差异的美国社会形成了一道亮丽的风景线。最近一期的《亚美学刊》(*Amerasia Journal*)推出了由我本人参与主编的一个专辑,题为《走向第三种文学:美洲的中国写作》("Towards a Third Literature: Chinese Writing in the Americas"),全面探讨了全球化语境下的华裔美国及美洲的文学,所涉及的主要作家从早期的张爱玲开始,直到后来的汤亭亭、谭恩美、任璧莲、赵健秀、梁志英、哈金等,其中多篇论文也涉及了文化身份认同问题。[②]

身份认同作为一个理论概念其实并不是一个新话题,但随着全球化进程的加快,这一问题却越来越困扰生活在当今时代的人们。关于身份认同问题的讨论始于 20 世纪 90 年代初的北美文化理论批评界,在这方面,国际权威理论刊物《批评探索》(*Critical Inquiry*)起到了某种导向性作用。该刊曾发表一系列关于"认同的政治"(identity politics)方面的论文，之后由芝加哥大学出版社将这些论文结集出版，定名为《身份认同》(Identities)。我们完全可以从该论文集的英文书名中看出，编者将其用复数的形式来表达，无疑说明了身份认同的多元走向和多重特征。凯姆·安瑟尼·阿皮亚（Kwame Anthony Appiah）和亨利·路易斯·盖茨（Henry Louis Gates, Jr.）这两位分别有着鲜明的世界主义倾向和族裔背景的编者在导论中表达了各位作者的一个基本共识，即身份认同在当今时代已经不是一个单一的现象，而是裂变成了一个多重指向的复杂现象。因而对它的研究视角也自然应是多重的。他们指出，"来自各学科的学者都开始探讨被我们称为认同的政治的话题"，这显然是与后现代主义和后殖民主义的反本质主义"本真性"的尝试一脉相承。在两位编者看来，"对身份认同的研究超越了多学科的界限，探讨了这样一些将种族、阶级与女性主义的性别、女性和男性同性恋研究交织一体的论题，以及后殖民主义、民族主义与族裔研究和区域研究中的族裔性等相互关联的论题。"[1] 经过近二十年的讨论，这些研究滋生出了当今学术争鸣的许多新的理论和学术话题。而进入全球化时代以来，身份认同问题更是广大人文知识分子所关注的一个话题。作为文化人的华裔流散作家自然无法回避这个问题，不少作家还有意识地在自己的作品中提出并探讨了这一问题。

在全球华裔流散作家群体中，美国的华裔作家所取得的成就无疑是最为卓著的。汤亭亭、谭恩美、赵健秀、黄哲伦、伍慧明、任璧莲等早先的流散作家早已步入了英语文学界，他们的作品不仅在英语读者中有着很大的市场，其中少数佼佼者还不断地问鼎连美国的白人作家也很难拿到的各种文学大奖，而哈金、裘小龙、朱小棣等改革开放后从中国大陆直接移民去美国的流散作家也已经以其自身的文学创作成就为美国的"多元文化"社会带来了丰富的精神食粮。由于他们的作品都是用英文撰写的，并且率先在北美的英语图书市场占据了重要的一席之地，因而美国的文学史家在编写当代美国文学史时已经自觉地将他们的创作当作美国文学的一部分。连历来比较封闭的美国研究界现在也出现了"跨民族的"（transnational）倾向，并把研究的触角指向长期以来受到忽视的华裔美国文学。[③] 也许人们会感到不解：为什么这些在国内被人们认为才华平平、并且从未崭露头角的华裔作家一旦走出国门就能够在竞争十分激烈的美国文坛异军突起呢？其中一个重要的原因就在于他们的多重文化身份和多元文化认同：在一个向来追求差异和标新立异的多元文化社会，不同的民族和文化身份首先就使你能够写作与众不同的题材，此外夹杂着带有独特的异国文化含义的英语词汇的作品很容易吸引追求新奇的美国读者的眼球，再加之这些作家新颖的写作题材和精湛的叙事技能一下子使他们得以打动美国读者。众所周知，在当今这个英语占主导地位的世界文学界，在英语世界走红在很大程度上就意味着有可能走向世界。确实，在这些作家中，少数佼佼者，如裘小龙，他的作品通过英语的中介，甚至旅行到了世界各地，被译成了十几种不同的语言，并最终又旅行到自己的祖国，成为中文世界的畅销书。对于这些现象我们应该认真思考和研究，而不能简单地忽视他们的存在。

当然，国内不少学者依然认为，这些华裔作家之所以能在英语世界获得成功，与他们取悦于西方读者、并且加入西方主流意识形态对中国的"妖魔化"大合唱不无关系。其实这也不能一概而论。首先，我们通过阅读他们的作品不难看出，这些华裔作家对中国文化的态度往往是矛盾的：一方面，他们试图认同中国为自己文化的母国；但另一方面，从一个跳出了文化母国的新视角来反观中华文化，他们又自觉或不自觉地对中华民族的一些固有的劣根性和种种不尽人意之处持批判的态度，因而使人感到他们的批判客观上迎合了西方读者对中国以及中国人形象的"期待"：从一种"东方主义"的视角对自己本民族的弱点进行深刻的批判和剖析。其实这并不是他们的首创，包括鲁迅在内的一大批五四作家在留学归国后不也是致力于对中国文化的劣根性的批判吗？他们并不痛恨中华民族，只是痛恨这一民族的一些缺陷和劣根性，希望它强大起来。随着这二十年来中国经济的飞速发展和中国的国际地位的大大提高，这些华裔作家越来越希望自己的作品在中文世界出版，并且为自己的华裔民族身份而感到自豪。

哈金的作品曾一度在国内很难出版，其原因主要在于他写了一些在国内属于"禁忌"的题材，并且对中国的现实持批判的态度。但是，他的小说集《落地》（*A Good Fall*, 2009）由他自己译成中文，分别于2010年和2012年在海峡两岸出版，这个由12个故事组成的小说集以美国纽约的唐人街法拉盛为背景，讲述了华人新移民如何怀抱着美好的"美国梦"来到美国，后来又如何辗转反侧直到"美国梦"破碎的过程。其中对美国社会现实的揭露和批判绝不亚于那些批判现实主义的前辈作家。这就说明不少华裔美国作家并非仅仅对中国文化持批判态度，他们照样对美国社会和文化持批判态度。应该说这是任何知识分子所共有的社会良知。

其次，我们从文学的角度来研究流散现象和流散写作，必然涉及对流散文学作品的阅读和分析。应该指出的是，流散文学又是一种"漂泊的文学"或"流浪汉文学"在当代的变种，它是鲜明的世界主义意识在文学中的体现，它已经越来越有别于早先的"流亡文学"。不少流散作家本来在国内有着很好的工作和生活，他们移民国外后又不断地往返不同的国家和不同的文化，因而具备了一种世界主义的视野。因此称他们为"流散"作家是比较恰当的，因为他们散居在国外，而且处于流动的状态。既然流散写作有着自己发展的历史和独特的传统，因此阅读华裔文学的一些代表性作品也许可以使我们了解漂泊海外的华人是如何在全球化的过程中求得生存和发展的，他们又是如何在西方中心主义占主导地位的社会和文学创作界异军突起进而摘取各种文学大奖的。华裔美国作家的创作就具有这些跨民族/国家的特征，因此它们同时引起中美两国学者的关注就不是偶然的。

民族和文化身份认同历来是一个十分复杂的问题，不仅是那些有着不同民族身份的人经常为之困扰，就是我们这些土生土长的中国人也经常为之感到茫然。一般认为，文化身份与认同并非天生不可变更的。身份既有着自然天成的因素，同时也有着后天建构的成分,特别是在当今这个全球化的时代,一个人的民族和文化身份完全有可能是双重的甚至是多重的。就拿著名的美国华裔作家汤亭亭为例。她本人是一位在美国华人社区成长起来的华裔女作家,在学校里受到的几乎全部是美国式的教育,但是她回到家里后则听父母讲述了种种发生在古今中国的故事,因而在她的记忆里和心灵深处,始终充满了老一辈华人给她讲过的种种带有辛酸和传奇色彩的故事,再加之她本人所特有的非凡的艺术想象力,所写出的故事往往本身也并非是传统意义上的虚构式小说,而是更带有自传的色彩。非小说作品《女勇士》(*The Woman Warrior*, 1976)在美国以及整个英语文学界所获得的成功就说明,光是有一些道听途说的间接经验是远远不够的,作为一位作家,还必须具备讲故事的才能和创新的意识。因此正是在这二者的驱动下,她的作品被不少华裔作家和批评家认为是对传统"小说"领地的越界和颠覆,而在那些熟悉她的生活经历的人们看来,其中的自传成分又融合了过多的"虚构"成分,其中对中国文化的描写有相当部分是歪曲的。实际上,正是这种融多种文体为一炉的"混杂式"策略才使得汤亭亭的"非小说"作品得以既跻身美国主流文学批评界,又在图书市场上大获成功。她和她同时代的华裔作家们的成功不仅为有着"多元文化主义"特征的当代美国文学增添了新的一元,同时也客观上为海外华人文学扩大了影响。当然,对他们的写作的价值的评价应该是后来的研究者的任务,但我们仅从身份认同的角度来认定,他们的写作具有一定的批评和研究价值:不仅可以作为文化研究的鲜活材料,而且也可以据此对西方的文化认同理论进行重新建构。由此可见,对流散现象及流散写作的研究仍有着广阔的发展空间,也许我们可以通过对流散写作的考察建构出一种"流散"的身份(diasporic identity)和流散诗学(diasporic poetics)。

二、华裔流散写作的批评价值和学术价值

应该指出的是,国内学界对华裔知识分子以及华裔作家在推动中华文化和文学走向世界的进程中所作出的贡献并没有得到充分的肯定。不少学者写出的论文很难在学术刊物上发表,要获得国家社会科学基金项目也很难,尤其对青年学者更是如此。其中的一个理由就是这些华裔作家的作品还未经过实践的考验,还算不上经典作品,因此无须对之进行研究。那么人们不禁要问:华裔流散作家的作品真的就没有任何批评价值和学术价值吗?答案自然是否定的。那么它的批评价值和学术价值体现在何处呢?我这里首先回答后一个问题。正如前所述,既然华裔作家的文学创作在世界流散文学现象中表现出独特的特征,那么他们又是如何在自己的作品中处理异族身份与本民族身份之间的关系的呢?正如对华裔流散现象有着多年研究的王赓武所概括的,"在散居海外的华人中出现了五种身份:旅居者的心理;同化者;调节者;有民族自豪感者;生活方式已彻底改变者。"[2](P184)这五种身份在当今的海外华人作家中都不乏相当的例子,而在成功的华人作家中,第二种和

第四种身份则尤为明显，而另三种身份的华人则首先关心的是自己的生活状况和如何以牺牲自己的民族文化身份为代价而迅速地融入居住国的主流社会和文化并与之相认同。这些具有典型意义的个案对于我们从事文化研究和全球化时代的移民问题研究都是难得的第一手资料。

现在我们再来看看华裔流散写作的批评价值。当前，我们在讨论中华文化和文学的世界性或全球性进程时，明显地会遭遇到这样一个误区，即无法区分全球化或全球性与西化或西方性这个界限。我认为，中华文学以及中华文化学术要走向世界，并不仅仅是一味向西方靠拢，而是真正和国际上最先进、最有代表性的前沿理论进行对话，这样才能够促进中华文化及其研究朝着健康的方向发展。毫无疑问，华裔流散写作作为全球化语境下的流散及其写作的研究的重要方面，具有理论的前沿性和批评价值，在这方面，我们中国的比较文学学者完全有能力对之研究并拿出我们的成果。可以说，《亚美学刊》推出的"华美文学专辑"将在国际英语文学界和比较文学界产生应有的反响。

一般认为，比较文学的形象学研究的是民族/国家和个人在另一文学中的形象，我们从事中西比较文学研究的学者往往更注重中国的民族/国家和个人在西方文学中的形象。这当然是无可厚非的，而且确实，在西方文学史上，这方面的素材很多，东方和中国历来就是一代又一代西方作家试图描绘或建构的一个神秘而又遥远的对象，英小说家笛福、德国作家歌德和布莱希特、美国诗人庞德以及奥地利小说家卡夫卡等都在"东方主义"的视野下对中国进行过"想象性的"的建构。他们的这种近似歪曲的"建构"无疑占据了西方读者的"期待视野"，从而使得当代的不少华裔流散作家认为，要想赢得西方读者的接受和青睐，就得创造出符合西方读者"期待视野"的中国的民族/国家及个人的形象。由于比较文学的研究对象往往是跨越民族/国家界限和语言界限的文学，而美国的华裔作家大多加入了美国国籍，并且大多用英语写作，因此以他们的创作作为对象无疑是中西比较文学研究的一个重要课题。

最近几年来，尤其是在美国，用英语写作的华裔文学的崛起越来越引起主流文学批评界的注意，这一现象已被写入美国文学史，不少作家还获得了历来为主流文学界所垄断的大奖。我们对此绝不可忽视。当然，美国华裔作家的写作语言分别是英语和汉语，但本文所提及的那些成功的华裔作家的作品在很大程度上借助于英语的媒介，例如早先的汤亭亭和最近的哈金等，因为否则的话他们就只能够在有限的华人社区范围内传播，所以他们要达到从边缘步入中心，进而影响主流文学界之目的，就不得不暂时使用西方人的语言，即用英语来写作。通过这种"本土全球化"式的写作，把一些（本土化的）中国文化中固有的概念强行加入（全球性的）英语之中，使这种具有普遍性的世界性语言变得不纯，进而消解它的语言霸权地位。可以说，这些华裔作家在很大程度上扮演了一种文化翻译者的角色，他们在两种文化之间游刃有余，通过语言的媒介来表达自己的思想和生活经历。我始终认为,在表达思想方面,我们所使用的语言仅仅充当了一种表现媒介,如果我们用西方的语言来表达中国的思想和文化观念,不是可以更加有效地去影响西方人的观念吗? 从这一点来看,流散写作,尤其是用英语作为媒介的流散写作,在很大程度上已经推进了中华文化和文学的国际化乃至全球化进程,使得中华文化也像欧洲文化和美国文化一样变得越来越具有全球性特征。同时,另一方面,也使得这一独特的文化现象逐步进入国际比较文学和文化研究学者的视野。

但尽管如此,我们仍不应忽视以汉语为传播媒介对推进中华文化的全球化所起到的另一方面的作用。实际上,中华文化的全球性也取决于汉语在全世界的传播和普及。这在很大程度上得益于华人在全世界的移民和迁徙。在当前的全球化语境下,世界第一大语言英语实际上早已经历了一种裂变: 从一种(国王的或女王的) "英语"(English)演变为世界性(并带有各民族和地区口音和语法规则的) "英语"(englishes),这一方面消解了英语的权威性,另一方面也普及了英语写作,使之成为世界上最有活力和最为普及的一种写作,所带来的正面效果无疑是西方文化观念的全球性渗透,但其负面效果则是纯正的英式英语的解体。同样,作为仅次于英语的主导地位的汉语也随着全球化进程的加速,特别是大批中国移民的海外迁徙,也发生了或正在发生着某种形式的裂变: 从一种(主要为中国大陆居民使用的)汉语(Chinese)逐步演变为世界性的(为各地华人社区的居民使用的)复数的汉语或华文(Chineses)。它一方面破坏了中华民族语言固有的民族性和纯粹性,另一方面也加速了其世界性和全球性的步伐,使其逐步成为仅次于英语的第二大世界性语言,它的潜在作用将体现在最终将推进中华文化和文学的国际性乃至全球性。[3] 诚然,在现阶段,英语的霸权地位似乎不可动摇,但随着中国的综合国力的日益强大,以及中国政府在推广汉语方面所作出的努力和投资,汉语至少会在不远的将来真正成为仅次于英语的世界第二大语言,而用这种语言写作的文学的价值自然就会凸显出来。由此可见,华裔流散作家的写作不仅对于中华文化在全世界的传播有着重要的意义和价值,而且对普及汉语也有着巨大的价值。对此我们切不可忽视。

三、世界文学语境下的华裔流散写作

在上面两部分,我主要用比较的方法讨论了华裔流散写作的身份认同问题以及其批评价值和学术价值。正如本文在开篇所指出的,我们长期以来在对华裔流散写作进行研究时没有自觉地将其置于世界文学的语境下来考察,因而对其应有的潜在价值缺乏足够的认识。对于华裔流散写作之于文学史的重新书写的意义和价值我已在另一场合做过讨论,此处不再赘言[3]。我在本文中仅想指出,由于华裔流散写作的日益兴盛,它所产生的影响以及引起的关注早已超过了国别文学研究和文化研究的范围,因此将其置于广阔的世界文学语境下来考察势在必行。在这方面,保尔·杰(Paul Jay)在讨论英语文学的世界性意义时有一段话对我们的研究不无启发意义：

> 有了这种意识，在不将其置于特定情境的情况下研究英美文学便越来越难了，在与全球化相关联的跨国历史中研究这种文学所产生的文化也越来越难了。同时，英美两国之外产生的英语文学的明显扩张也表明，这一文学变得越来越依赖语言来界定，而非国家或民族来界定，因为来自不同文化和种族背景的作家都用这种语言来写作。从这一观点来看，英语的全球化并非是人文学科内的激进分子旨在取代经典而发展起来的一种理论主张或政治议程。英语文学确实是跨国家和跨民族的……[4]

如前所述，华裔流散写作主要的媒介虽然是汉语和外语，但更多的却是外语，尤其在世界华裔流散写作中处于领军地位的美国华裔文学的兴盛，更是得助于英语的中介。这些华裔作家走出封闭的小圈子（唐人街），进入了跨民族和跨文化的视野，他们从一开始就为自己确立了写作对象：英语世界的普通读者以及自己的华裔同胞，因此他们所探讨的话题既有着特殊性又更带有普遍性，而他们的创作通过英语的中介进而产生了世界性意义和影响。华裔流散作家中的少数佼佼者，如张爱玲，她的小说已经收入了英语世界的权威世界文学选集，连同乔伊斯、艾略特、索尔·贝娄、纳博科夫、奈保尔、库切等蜚声世界的流散大作家一起跻身世界文学。新一代流散作家哈·金被认为是诺贝尔文学奖最具有竞争力的人选，他的作品也将收入各种权威的世界文学选。但是就华裔文学整体所产生的优秀作品和影响而言，还远远不够。中国的综合国力的强大致使世界更加关注中国的本土文化和文学，而流散在海外的华裔作家的创作则由于民族、文化身份的不确定常常受到忽视。实际上，华裔流散作家已经跳出了狭隘的民族主义圈子，具有了世界主义的意识，他们写作的对象不只是某个特定的民族/国家的读者，而更是全世界的读者，因此我们将他们的创作置于世界文学的语境下来考察，一方面可以恰如其分地评价他们的文学成就，另一方面也给文学带来一些世界主义的意识。在这方面，华裔流散作家的潜在价值将愈益凸显出来。他们虽然现在仍被排斥于世界文学经典之外，但随着时间的推移和他们自身写作水平的提高，他们的潜在价值将逐步被当代和后代文学研究者所发现，进而跻身世界文学之林。应该说，本文仅仅是这方面的一个初步的尝试。

注释

① 这方面尤其可以参考我的几篇英文论文："World Literature and the Dynamic Function of Translation," *Modern Language Quarterly*, Vol. 71, No. 1（2010）：1—14；"'Weltliteratur': from a Utopian Imagination to Diversified Forms of World Literatures," *Neohelicon*, XXXVIII（2011）2: 295-306；"Translating Modernity and Reconstructing World Literature," *Minnesota Review*, Vol. 2012, No. 79（Autumn 2012）, forthcoming.

② 参阅 Amerasia Journal, Vol. 38, No. 2（2012）。其中专门有一个栏目讨论哈·金的创作。
③ 这一点尤其体现于 2012 年 6 月在北京举行的首届"跨民族的美国研究：理论与实践研讨会"的主题，中美两位主题发言人（王宁和雪莉·费西·费什金）在发言中都强调了华裔美国文学的重要意义和学术价值。有关报道参阅新华网：http://news.xinhuanet.com/politics/2012-06/15/c_123290732.htm。

参考文献

[1] Appiah, Kwame Anthony and Henry Louis Gates, Jr. eds. *Identities* [C]. Chicago: University of Chicago Press, 1995.1.

[2] Wang, Gungwu, "Roots and Changing Identity of the Chinese in the United States,"[A]. *Daedalus* [J].（Spring 1991）184.

[3] Wang, Ning, "Global English(es) and Global Chinese(s)：Toward Rewriting a New Literary History in Chinese,"[A]. *Journal of Contemporary China* [J]. 19(63)(2010), 159-174.

[4] Jay, Paul. "Beyond Discipline? Globalization and the Future of English,"[A]. *PMLA* [J]. Vol. 116，No.1（January 2001）: 33.

小说研究

16

我是谁？：汤亭亭《女勇士》中的属性建构

何文敬

评论家简介

何文敬，美国密歇根大学安娜堡校区美国文化研究所博士，逢甲大学外国语文学系教授，曾任台湾"中央研究院"欧美研究所研究员、副所长。主要研究领域包括美国小说和美国华裔文学。专著有《威廉·福克纳〈押沙龙，押沙龙！〉里的人际关系》(*Human Relationships in William Faulkner's Absalom, Absalom!*)。此外，他还在国内外期刊上发表学术文章十余篇。

文章简介

本义依据后现代身份理论，深入探讨了美国华裔作家汤亭亭如何在《女勇士》中书写自我，如何经由种族、性别、阶级等文化与社会差异，运用独特的表达方式，构建她的美国华裔身份。

文章出处：本文原载于《中外文学》1992年第7期，第131—151页。

我是谁？：汤亭亭《女勇士》中的属性建构

何文敬

> 我是谁——"真正的"我——乃是与多种异己的叙述（other narratives）互动下形成的……属性（identity）原本就是一种发明（invention）……属性是在"不可说"的主体性故事与历史、文化的叙述之不稳定会合点形成的。由于他/她所处的地位与文化叙述息息相关，而文化叙述完全被侵占了，所以被殖民的主体总是处于"别处"：被双重边缘化，总是被排除于他/她所处之外，或所能言之地位外。
>
> ——Stuart Hall（1987: 44）

霍尔（Stuart Hall）在《多重小我》（"Minimal Selves"）一文中谈到他对属性的看法时，明白指出"所有的属性都是经由差异（difference）建构的"（45）。这位牙买加裔的英国学者并以亲身经验为例，说明他如何经由差异政治而逐步体会到自己的"移民"与"黑人"身份。[①]霍尔的经验反映出后现代属性的几个明显特征：一、属性并非全然与生俱来的，部分是经由后天学习而得来的；二、属性并非一成不变的，而是随着时代、环境、地域的不同而有所改变；三、一个人的属性并非单一的，而是多重的；四、正如霍尔在《族群性：属性与差异》（"Ethnicity：Identity and Difference"）中所言，属性是认同的过程，受历史与差异等因素的影响（15）；五、属性是分裂的结构，有部分是透过自我与他者（the other）的辩证关系而建构的；六、他者既然是政治的，自我也是政治的；换句话说，属性与政治脱离不了关系，尽管属性问题不只是政治问题（也是社会、心理问题〔Stanley Aronowitz 98〕）；七、属性既然是自我的叙述，就无法脱离语言而存在；换言之，属性是在论述里（within discourse），在表现里（within representation），属性有部分借着语言文字的表现组构而成（Hall 1991: 16）；八、如果语言基本上是人为的建构，那么文化属性同样具有建构的特性。本文拟依据后现代属性理论，深入探讨华裔美国作家汤亭亭（Maxine Hong Kingston）如何在《女勇士》（*The Woman Warrior: Memoirs of a Girlhood Among Ghosts*）中书写自我，如何经由种族、性别、阶级等文化与社会差异，运用独特的表达方式，建构她的华美属性。

一

在《阁楼里的疯女人》（*The Mad Woman in the Attic: The Wowan Writer and the Nineteenth Century Literary Imagination*）里，姬儿波（Sandra Gilbert）和辜芭（Susan Gubar）指出：

长久以来，西方文学世界一直是白人男性的天下，作者（author）"创造"文本犹如上帝（"fathers"）创造世界，两者均为权威（authority）之表征。姬氏和辜氏将作者视为父亲、繁殖者、美学的父权人物，他的凸笔（pen）犹如阳具（penis），均为生产力之工具，比起阳具却有过之而无不及，因为"笔力……不仅具有制造生命的能力，而且可以创造它所属的后代"（4，6）。这两位白人女性批评家认为：在父权统治下的文学领域里，女作家都感受到"作者焦虑"（the anxiety of authorship），她们不仅得抗拒父权体制下的社会化（socialization）影响，而且得积极寻求女性前辈作家，具体证明反抗父系文学权威的可能性（49）。相对于白人女性作家，弱势族群（minority groups）女性作家之处境更为艰难，因为她们"被双重边缘化"了；在种族与性别的双重歧视下，自然产生了不同的属性意识。正如司考特（Joan Scott）所言，差异与不同属性的凸显，乃是因歧视而产生的，歧视塑造了某些族群的优越或普遍性，及其他族群的卑劣或特殊性（14-15）。阿罗诺维兹（Stanley Aronowitz）也指出：自从60年代以来，差异享有多种理论的支撑（101）；而且，在后现代时期里，理论与性别属性的构成，有着密不可分的关系（98）。

对汤亭亭而言，她的前辈女作家是黄玉雪（Jade Snow Wong）。尽管黄玉雪的《华女阿五》（*Fifth Chinese Daughter*）受到赵健秀等人的抨击，[②] 汤亭亭则对黄赞誉有加，她在一封写给林央敏（Amy Ling）的信中称呼黄玉雪为"华美文学之母"，在撰写《女勇士》前，《华女阿五》是她唯一读过的华美作品："我在图书馆发现黄玉雪的书，这本书让我大吃一惊，它协助我、启发我、让我下定决心、使我能够成为作家——生平第一遭我看到一个像我的人，充当一本书的女主角，是一本书的塑造者。"（Ling 120）

《女勇士》一书荣获1976年美国国家书圈奖（the National Book: Critics Circle Award）的非小说类奖。书中刻画华美女孩寻求文化、社会属性之心路历程，文笔生动且饶富诗意。然而颇令人不解的是，有些批评家对它所获得的好评并不以为然。例如，海杰亚（James A. Hijiya）漠视汤亭亭所经历的种种艰辛之余，竟然批评她枉顾伦常，"因憎恨故土而故意斩断其中国根"（555）。不仅如此，海杰亚昧于通盘了解汤亭亭在《女勇士》一书中的诉求，竟断言"汤亭亭……认为家庭或弱势族群对她个人之性格养成几无影响"（555）。也有批评家由于对第二章《白虎》（"White Tigers"）所知不详，竟贬斥《女勇士》一书为"杂碎"，断然论定它不应享有如此广泛的称誉（1981: 12）。然而，我们若仔细阅读此书，便会发现：它绝非杂碎，汤女士也绝非枉顾伦常。事实上，家庭和弱势族群对她自我身份之建构，影响极为深远。

二

《女勇士》一书感人地刻画出一个华美女孩在两种文化交会的间隙中，奋斗、挣扎、找寻自我属性的深沉痛苦。亭亭身为长女，父母俱为中国移民。在其自我陈述中，我们可以发现，她从小就深刻体认到性别的歧视。她的体认和母亲再三叙述的故事内涵息息相关。例如，她母亲有一回教唱《花木兰之歌》"the Song of Fa Mu Lan"。值得深思的是，她母亲教唱这首歌时，对亭亭到底有什么不能言宣的期许？或许因为深感于此，亭亭不时回溯先人的历史，期待能追寻她的自我身份。于是，撰写回忆录成为自我实现的手段。而她的自我追寻除涉及性别意识的困局外，亦因国家、种族认同的问题而趋于复杂。大抵说来，她的属性追寻是充满困惑、疑虑和恐惧的漫长过程；这可从她在第一章前面的问话窥出端倪："华裔美国人，当你们试图了解你们的身上哪些是中国时，你们怎么去把童年、贫穷、精神错乱、家人以及用故事来标示你们的成长的母亲等特殊事物，与中国的一切分开来？什么是中国传统？什么是电影呢？"（6）。③即使到该书结尾，她的属性建构并未终止："我继续清理出什么只是我的童年，什么只是我的想象，什么只是我的家庭，只是我的村落，只是电影，只是生活"（239）。不过，她在经过一番奋斗挣扎之后，就像说故事的母亲一般，终于找到了自己的声音；她勇敢地走出家门，寻找到一片自由的天地。

汤亭亭于1940年生于加州史塔克顿（Stockton）一个中国人所开设的洗衣店家庭；她在中国移民社会中度过了她的童年。在成长岁月中，她逐渐注意到重男轻女的社会现象。身为长女，④底下有三个弟弟，所以她很快就察觉到性别歧视从出生就开始了：在这唐人街社会，生下一个男孩可以欢度月余，女娃出生却四下无声，少人与闻。例如，亭亭的三舅公在生下三女之后，甫喜获麟儿，他合家大肆邀宴，并且频频为男婴添置玩具、尿布、裤子等类婴儿用品。反观女孩出生，却少人与闻，遑论欢宴；且女娃尽用一些旧的玩具、尿布和饼干盒。又如，父亲只顾给男孩买大号的玩具卡车，却不情愿给担任打字员的女儿买打字机。更有甚者，当着男孩的面，曾祖父餐餐叫女孩子"米虫"——批评女孩毫无用处，只会吃饭。

这种性别歧视的例子于亭亭家中俯拾皆是。在记忆中，每回大伯一采购，身边准带着男孩，而且一定给他们买一些糖果和玩具。

"孩子们，快快过来！谁要和大伯一块儿出去啊？"大伯（以前是江湖盗贼）每个周六早上外出购物："要去的就快穿上外套。"

"我要去！我要去！等我！"

大伯一听是女孩的声音，就大吼："女孩子，不要来！"我们自觉无趣，只得挂回衣服，低着头各自走开。（55）

历经这些会令她失望以至于愤怒的折腾，亭亭在书中坦承：参加大伯的丧礼时，她"暗自高兴大伯的死"（55-56）。但不幸的是，亭亭的父母偏袒男孩的心理和大伯如出一辙。例如，在亭亭的弟弟们未出世前，她父母就极其不喜欢同时带两个女儿外出办事，他们怕村人看见会摇头叹道："生了一个女的了，怎么又生一个女的。"言下大有养一个女儿已经够不幸了，养两个真是雪上加霜之意。

这种性别歧视的偏见导源于一个早已根深蒂固的观念——"女儿是别人的"。换言之，"养女儿是为旁人养的"（54,56）。诚如林语堂所说的，在传统的中国社会里，"婚姻是女人的天赋权利"（144）。江森（Elizabeth Johnson）在她的个案研究中指出："女人一旦结婚，精神和物质的归宿一并归于丈夫"（215）。傅瑞门（Maurice Freeman）也有同感："女人一旦结婚，她的利益从此和夫家绝不可分"（33）。亭亭的母亲深受这种重男轻女的观念影响，所以有一回亭亭说学校功课都得甲上时，她只淡然地笑道："女孩读书是为了她将来的男人"（56）。中国社会所谓"嫁出去的女儿好比泼出去的水"的观念，顺势延展为反女性的潮流——诸多俚语，例如"女孩是米虫""养女儿还不如养鹅""养女儿就像养掠鸟"等，一则反映此一趋势，二则否定了女性的人性，赤裸裸地剥夺了她们的自我价值。

此等性别歧视使亭亭心里产生了一种义愤与畏惧的情结。她对自己竟然如此受藐视感到非常愤怒，以致每回只要一听到带有性别歧视意味的俚谚，她就跳脚尖叫，反应极为激烈。她的母亲自然对她极其不悦，甚至称她"坏女孩"。及长，亭亭改以拒做家事来宣泄愤怒。而此时亭亭也已觉悟出，只要她无法证实自己不糟蹋粮食，她的父母就仍有可能把她卖到中国。

亭亭的隐忧源自她母亲所说的故事之影射，常使她有中国妇女深受迫害压抑的鲜明印象。例如，有回她母亲自叙身世，提及她从医事学校毕业时，在市场上买了一个女奴，后来训练她担任私人护士。从此，亭亭印象中的中国就成为一个允许人口买卖的地方。而亭亭的父母之久怀归乡念头也使她心中一直不能安宁。就如亭亭所自诉的，"我父母一说到家，就绝口不提美国。虽说他们不要享受，但我实在不想回中国。因为我怕他们会把我和妹妹卖掉"（116）。亭亭惧怕的心理有增无减，因为勇兰后来又告诉她不人道的杀婴故事："产婆和亲戚一手握住孩子的后脑勺，一把把它埋到灰里"（101）。⑤而雪上加霜的是，亭亭有次无意中找到一幅图画，上面画着穷苦人家把婴孩放置在河面的浮板上，任其浮沉。

亭亭心里的性别歧视阴影一直挥之不去。在亭亭初经来潮时，她母亲告诉她一个无名姑姑的故事。这个故事再次加深汤亭亭对女性在传统中国社会中受尽不平等待遇之印象。最令亭亭心痛的，不是村民对无名姑姑的不贞所施行的处罚，而是家人有意要忘掉她，完全否定她的自我属性："千万别告诉任何人你曾有个姑姑，你爹不要听到她的名字，就当她没出生过一般"（18）。亭亭的母亲勇兰随即告诉她这个"不可说的"故事，以训诫她千万不可有婚外性行为。当然，在亭亭心中，这个禁忌故事是性别歧视的另一章：因为她姑姑极有可能是被诱奸或强暴，此其一。她姑姑受到严处，而蓝田种玉的人却可逍遥法外，极为不公，此其二。为何她的家人只要求姑姑恪守传统，却允许其兄在国外拈花惹草而平安无事，此其三。

无论如何，亭亭从这个禁忌故事体会到：在以男性为中心的中国文化里，与众不同的女性会对社会的圆满形成威胁，是故女人放浪的行为绝不见容于社会。难怪村民要借抄家警告那无名女子——她的行为已伤害到村子的名声；他们要她知道"她不可能离群独居"（14）。诚如林语堂先生所说的，"中国家庭制度否定个人主义"（177）。许法兰（Francis L. K. Hsu，译音）在一篇谈到中国人的行为和家族制度的文章中，也指出"无性别"（"asexuality"）与"延续性"、"包容性"和"威权性"并列为中国亲族制度的四大特色（583）。他说道："为了延续香火，女人只向丈夫展现性感（除非她要被视为'坏女人'）"（587）。林语堂对这一点也表达了同样的看法，他说女人不像男人，所以必须贞节自守（145）。而婚姻的目的就是为了延续香火（112）。在这种文化氛围中长大的勇兰，自然期望正处思春之龄的亭亭不要步上无名姑姑的后尘，以免自我属性被完全否定，进而被隔绝于家庭、社会和自然之外。

在训诫亭亭要长成为人妻奴之后，勇兰也教亭亭唱《花木兰之歌》——女勇士之歌。在勇兰心目中，花木兰具体表现了忠孝两全的中华文化美德。然而，对汤亭亭而言，花木兰故事另有含意。她认为花木兰是极少数超脱传统中国性别观念束缚的女性。她的故事启示出女性只要获得平等的机会，成就绝不逊于男性。因此，在《白虎》这一章，亭亭幻想自己为童年梦里的女英雄花木兰；这里，汤亭亭从假设语气（"The call would come from a bird...."〔24〕）转到陈述语气"The door opened, and an old man and an old woman *came out*...."〔25〕）。⑥这种语气上的转折不仅显示亭亭此时已无法分辨真实与幻梦，也泄露了她欲成为幻想中之花木兰的渴望。所以，当她说道："我要长大成为一个女勇士时"（24），读者一面感受到她渴望达到母亲的期望；另一面却又感受到她企图超越传统性别属性的藩篱。总而言之，亭亭根据她母亲所说的故事，在想象中重塑女勇士的理想形象。

当亭亭驰骋于想象中，试图重塑母亲所说的故事时，还将亲身经历和民间传说融汇其中（Blinde 67）。⑦例如，亭亭说到女勇士的练功历程充满道教色彩时，添加了一代名将岳飞如何承继母训，精忠报国的事例。⑧是故，亭亭在山中拜师学艺十五年期间，曾效法岳飞要求父亲将其家庭冤屈刻于背上。此外，亭亭还将爱情与生育的情节，穿插于女勇士在战场上叱咤风云的幻想网络中。由于亭亭向来对压迫女性的暴君甚为不满，所以在本章末了将女勇士塑造成一个复仇者，她奋力一击，打倒一个长久以来压迫村女的贪官污吏。亭亭幻想借此为其个人，更为普天下所有历尽沧桑的女性报仇雪恨，一吐怨气。汤亭亭改写了她母亲的"木兰辞"之后，终于重塑了她自己的女勇士形象：这个女勇士表征自我与家庭、社会、自然之间的和谐关系。

无名女和女勇士分别代表两种女性属性的文字建构，而勇兰和月兰则是两种截然不同的女性形象的活生生范例。第三章的勇兰在比喻上和实质上都位居本书的中心。勇兰在亭亭心目中是个标准的女英雄原型。恰似女勇士的叱咤沙场、扭转乾坤，勇兰也曾在医事学校驱魔赶鬼。如果说那个弯腰驼背，"在她旁边翻来覆去，然后正坐在她胸间……压她、榨她"（81）的压死鬼（sitting Ghost）象征性压迫，那么勇兰将压死鬼赶离宿舍的举动，就象征她对男性宰制的成功反抗。难怪勇兰在新婚之夜，凭着机智借故避开向丈夫行叩头之古礼（《金山勇士》28）。她学成后悬壶济世而日渐成名的事实也证明了女人未必就不如男人。

在书中122页，勇兰向女儿诉说她在美国的艰辛生活时，提到"婴儿一落地，〔她〕就起来（继续工作）"。这段描述令人想起《白虎》中的女勇士，她"只有一次躲开战事，就是〔她〕生产的时候"（47）。的确，二者均具备无比的勇气、毅力和决心。再则，勇兰与丈夫两地分离十五年后，她躲过日军的迫害，渡海赴美与丈夫团圆。勇兰当初在中国事事有人侍候，但到美国后，她就一改原来习气，夜以继日地做工。根据汤亭亭在《金山勇士》的记载，勇兰有几年工夫，曾在开赌场的同乡家中当女佣，直到丈夫在史塔克顿买了房子和洗衣店才求去（243-44）。在自家的洗衣店中，勇兰日夜辛劳，还得扛起养育六个儿子的责任。勇兰原来个子不高，到了美国却能"一次扛起一百磅得州稻米上下楼梯"（122）。即使年届八十，她为了应征一份蕃茄园的工作而将头发染黑。

比起严峻、坚强的勇兰，月兰则显得软弱无比。她在亭亭笔下被塑造成一个"虽可爱却无用"的女性典型（148）。诚然，月兰是一个呼应于无名女子这原型的一个活生生例证。就如受尽痛苦的无名女子一样，她深受性压迫之苦却从不思报复。在《西宫》（"At the Western Palace"）这一章中，月兰在中国守了三十年活寡后，禁不住勇兰的鼓动，前来洛杉矶找寻业已重婚的丈夫（现任神经科医生）。在夹杂着闹剧和感伤的一幕里，月兰这"东宫太后"（the Empress of the East）由姊姊（勇兰）陪同，在黎明时分动身前往洛杉矶，以争取其大太太的合法权益。然而，到了她丈夫藏娇的西宫——洛杉矶中心的摩天大楼——之后，软弱的月兰因囿于东方的传统教养而愣住了，她羞容满面，难于启齿。于是，这位可怜中国老太太被"载回／赶回（driven back）她女儿家中"（179）。由于经不起被遗弃且漂泊海外的双重打击，月兰开始怀疑在她和勇兰所谓的"鬼国家"（"ghost country"）有人跟踪她。疑神疑鬼的月兰终于精神错乱而死于疯人院。

在《西宫》结尾，汤亭亭透过全知的观点，表明她拒绝接受女性是奴隶或物体＼客体／受词（object）之属性。她和两个妹妹决定长大后不要像月兰或无名女那样："勇兰的几个女儿下定决心，绝不容许男人不忠，她的小孩都决定主修科学和数学。（186）"[9] 在下一章开头，汤亭亭揭及月兰遭夫遗弃却默不吭声时，重申她不让男人役使、压迫的决心："我会讲的；我若是他的妻子，就会讲出来"（189）。

三

"诉说"（"telling"）在汤亭亭建构华美女性属性的历程中，的确是意义深远的暗喻。依她看来，唯有打破缄默，大声诉说，才有获致性别平等的希望。而且，有感于月兰的前车之鉴，汤亭亭体会到：欲塑造她的属性，就必须寻求"自己的声音"。在一次访谈中，汤亭亭承认语言对双文化（bi-cultural）人的心理平衡，极具重要性："语言对我们的心理健全（sanity）极为重要……神智正常就是能够懂别人/族（people）的语言……我是说如果她〔月兰〕说这种语言（英语），或许就没事（不会发疯）了"（Istas 17）。葛莉费丝和谢乐（Morwenna Griffiths & Anne seller）在《属性的政治：自我的政治》一文里，也强调运用语言的重要性。这种打破沉默、追寻"自己的声音"以建构自我属性，乃是本书最后一章《胡笳十八拍》（"A Song for a Barbarian Reed pipe"）的重点所在。

在双文化的冲击下，亭亭小时候曾有过语言障碍；她怀疑这可能是勇兰剪断她的舌声带（the frenum of her tongue）所致，勇兰则否认有此等情事。无论如何，亭亭在学校的前三年都没有说话，因而幼儿园成绩不及格，一年级时则被评为智商零蛋。上中文和美国学校时，她还弄不清楚英文的 I 和 here 二字，也不明白为什么它们和中文的"我"和"这里"在字形上差别如此之大（193-94）[⑩]。亭亭的困惑暗示：她打从孩提起就深受"自我""属性""华美社会""美国社会""家""国"等观念之困扰；此外，她不会念 I 和 here，不仅透露出她内心的挣扎，也影射她的属性危机和语言有关。

的确，语言在亭亭的属性建构过程中，扮演非常重要的角色。亭亭在小学六年级时，象征性的宣告沉默的死亡；换句话说，她开始了解到说话的重要。有一天下午放学后，她在一间偏僻无人的女生厕所里，想尽办法逼一个华美小女孩说话。亭亭一面拉她头发、压她脸颊，一面告诫那不说话的女孩："如果你不说话，就不可能有个性……你一定要让大家知道，你是有个性、有头脑的人（210）。"这个不说话的女孩其实就是亭亭当年的翻版；或者套用金伊莲（Elaine H. Kim）的说法，是"她的反自我，另一个我"（"her anti-self, an alter-ego"（153）。亭亭折磨这个沉默女孩，也象征她拒绝接受自我之中的中国化女孩的属性。她在第二章接近尾声时说道："我一定得让自己成为美国化的女孩，否则就不会有男朋友"（56）。然而，当她开始了解到在美国社会中，拥有自己的声音是何等重要时，镇里有位大富婆却说她的声音"像板鸭"（223）；这位有权势的唐人街富婆替她的嗓子命名后，接着指示勇兰要设法改善亭亭的嗓音，否则亭亭就嫁不出去。大富婆的一番话的确带给她父母不少压力，否则她父母不会急着想把她嫁出去；先是企图把她嫁给一个刚下船的移民（FOB—Fresh-off-the-Boat），继则想将她许配给一个有钱的智障男子。

这个智障男子先是在中文学校跟踪亭亭，然后来到洗衣店，坐在他带来的两纸箱黄色书刊、照片上面——一种象征性压迫的姿态。以前，压死鬼常在勇兰心中缠绕；现今缠绕在亭亭心中的则是这个驼背的坐鬼。亭亭经过一段时间的心理挣扎后，终于打开嗓子用话语赶走这个智障怪物，正如勇兰用唱符叫喊的方式驱赶压死鬼一般：

有一天晚上：……我的喉咙爆开了。我站起来、两眼直视着爸爸妈妈，滔滔不绝地大声叫道："我要你们去告诉那个大猩猩，要他走开，不准再来烦我们。我知道你们打得什么主意，你们觉得他有钱，我们穷。你们觉得我们古怪、不漂亮又不聪明。你们以为可以把我们嫁给畸形人。妈，你最好别那么做。明天我不要再看到他和他的脏东西。如果再看到他，我就出走……我不要做一个任人役使的妻子……把那只大猩猩弄走……"（233-35）

　　从此以后，那个怪物就不见了。亭亭痛斥她的母亲，除了心理与情绪上的治疗功能外，也显露出她渴望摆脱母亲的影响，进而追求独立的自我。最后，从她决定离开家，不做一个任人役使的妻子，看来此刻的亭亭已设计出她的性别属性典范，就是在美国当女勇士。

　　离开家对亭亭而言具有多方面的意识。首先，正如古中国之花木兰离家去受训，终于成为无敌女勇士，为家人和同村的人报仇申冤；汤亭亭的离家行径，在隐喻上表示她试图成为现代女勇士，此一企图也可从她的问话窥出端倪："我一旦离开家，什么鸟会召唤我？我可以骑什么样的马？"（57）。其次，亭亭决意离家象征她要远离家人的干预，以便塑造她自己的属性；她从无名女的例子了解到：在父系中心的中国文化里，她不可能拥有独立的自我。此外，接近成年的亭亭也察觉到：她不得不"离开厌恶的范围"（to get out of hating range）（62）。已成年的汤亭亭在最近一次返乡探望父母时，曾向她母亲解释她不得不离开家的原因："我在这个国家找到了一些没有鬼的地方，我觉得在那里我心有归属，我不会感冒，不必用医疗保险；在这里我时常生病，几乎无法工作……"（127）。最后，根据金伊莲的说法，离开家乡赋予亭亭必要的时空距离，以便了解她在双文化环境下的成长经验（Kim 153）。

　　为了了解她少女时代的经验，汤亭亭着手寻找其女性前辈，这是她追寻自我的重要步骤；而且，她在寻找过程中，统合了她的属性建构的两个层面：当女勇士与女作家。女勇士提供了汤亭亭属性建构的内涵，女作家则赋予她建构的形式和手段。麦儿丝（Victoria Myers）在《语言行为理论与〈女勇士〉中的属性追寻》一文里，也提到语言与属性的关系："不管我们接受或改变我们所学到的语言，我们都是借着语言来创造属性的。我们同时接受并改变我们的文化"（136）。汤亭亭重述她母亲所说的故事时，往往加以扩充或填补，因而改写/颠覆了她母亲的口头叙述，她还发现写作提供了实现她愿望的媒介。在《白虎》中，侠女认清了那只鸟的大能，它引导她达成目标——成为女勇士；同样地，汤亭亭也看出她母亲说故事的大能，因为说故事供应她写作的重要素材。再者，如果"revenge 一字表示'报道罪行'和'向五家族报告'，而报道是报仇——不是砍头，不是开肠破肚，而是文字"（63），那么，汤亭亭写下"她背上的字"时，就等于为家人报了仇，证明自己好比故事中的花木兰，是个孝女。因此，她深愿她的同胞早日了解她和女勇士的相似之处，使她可以回到他们那里（62）。

这样的许愿显示：曾对着她父母大吼大叫的亭亭，如今渴望与家人言归于好。她渴望有一天她父母能够了解她并原谅她，以减轻她与父母决裂所产生的罪恶感。终于，在她最近一次返乡探望家人时，她母亲表露了谅解之意：

> 她〔勇兰〕打了个哈欠："看来你是留在外面比较好……你随时可以回来看看。"她站起身子，扭熄了灯光："当然，你不得不走，小狗。"
>
> 心中块垒消失了……这世界似乎变得更明亮了。她已经多年没叫我的小名了——一个哄骗神明的名字……
>
> "晚安，小狗。"
>
> "晚安，妈妈。"

母女和好的另一个迹象，就是汤亭亭继承母亲的口述传统，她在书末承认她像母亲勇兰一样，也善于说故事。汤亭亭把这本书献给"妈妈和爸爸"，也是和好的表示。

《女勇士》的最后一个故事是母女合说的。勇兰先述说一段有关亭亭祖母的故事，这位留在中国的祖母，原来是个标准的戏迷。汤亭亭在建构她的作家属性时，[①]终于从勇兰的这段口述中找到了"先人的惠助"（ancestral help, 10）。接着，汤亭亭转述了"她（所知道）的"蔡琰（TS'ai Yen）故事。在两个故事之间，汤亭亭巧妙地以一句话当转折："我喜欢这么想：她们（祖母和妈妈）看戏时，曾听过蔡琰之歌……"（241）。汤亭亭之所以引用蔡琰的典故，因为两者间有些发人深省的共同点。就像女诗人蔡琰，作家汤亭亭也跨处两种文化。其次，正如蔡琰的诗歌娓娓道出她身为妻奴的惨痛经验，汤亭亭的书也披露她亲身所体验的种族与性别歧视。此外，汤亭亭认为如果少女时期的勇兰看戏时听过蔡琰之歌，现身为母亲（和祖母）的勇兰或许能了解汤亭亭的"心曲"。最后，汤亭亭盼望她的心曲也能流传久远，因为那是以她在新世界所找到的声音"唱出来"的。

总之，汤亭亭在这本"移民小说"（Katharine Newman 48）里，生动地刻画出第一代华裔美国女性如何建构她的属性。正如她在第一章所言，她书写《女勇士》的目的，乃是企图"弄清楚移民在我们童年所建立的那个看不见的世界，如何与具体的美国相调和"（6）。在华埠传统（Lyman 186-87）与美国现实生活夹缝中长大的亭亭，亲身体会到中国传统社会里的男女差异，以及美国主流文化下的种族和阶级政治。最后，她借着重述勇兰的故事，运用语言文字建构其华美属性。

注释

[①] 霍尔在50年代赴英时，牙买加尚未脱离英国统治（按：牙买加于1962年8月独立）。后来，他在60

我是谁？：汤亭亭《女勇士》中的属性建构　167

年代初期，也就是第一波移民英国浪潮之后，曾经返回牙买加探望亲人。当他母亲说道："希望他们没有把你当移民看待"时，他才意识到自己是个移民。因为"他们"就是把他视为移民。其次，英国白人认为牙买加是个黑人社会；事实上，境内有不少褐色人种，他们在过去三四百年来，从未称呼他们自己是"黑人"（1987: 45；1991: 15）。英国强势族群将黑白混血的褐色人种视为黑人，令人想起美国白人的种族歧视，尤其是所谓的"一滴血法则"（"One-Drop Rule"）——举凡身上流着一滴黑人血液的，就是法定的"黑人"。有关这方面的文献，请参阅 Kinney 5；Mencke 6；Myrdal 113；Wagley 164, 172—73。

② 赵健秀、陈杰菲（Jeffery Paul Chan）、黄雄绪（Shawn Hsu Wong）和日美作家 Lawson Fusao Inada 等在其合编之《哎咿！美国亚裔作家选集》（*Aiiieeeee!: An Anthology of Asian-American Writers*）中，没有选黄玉雪（和李金兰〔Virginia Lee〕、刘裔昌〔Pardee Lowe〕、宋贝蒂〔Betty Lee Sung，译音〕）等早期华美作家的作品，因为他们认为这些作家甘受白人出版商的操纵，一味迎合白人对华人的成见——认为男性华美/日美人士缺乏男子气概、没有创见、胆小、无冒险精神等（13-14；另参阅林茂竹 259）。赵健秀在《真假亚美作家现身来》（"Come All Asian American Writers of the Real and the Fake"）一文里，对汤亭亭（和谭恩美、黄哲伦）也有相当严厉的批评。

③ 本论文之中译，基本上并未参照吴企平之译本；笔者发觉该译本有不少误译、漏译之处。兹举数例：（1）本段引文未译。（2）原文第四页："In early summer she was ready to have the child, long after the time when it could have been possible,"吴译为："到了夏天，她要生产了，离该生产的时间晚了很多"（3），后半句显然是误译。（3）原文第八页："They expected her alone to keep the traditional ways, which her brothers, now among the barbarians, could fumble without detection." 吴译："他们希望她一个人能把传统的生活方式保持下去，因为她的几个哥哥现在置身于蛮夷之中根本无从摸索"（8），这里"fumble (the traditional ways) without detection"与"keep the tradition ways"相对，有"拈花惹草而平安无事"之意。（4）原文第 224 页第 6 行："... and she had named my voice." 吴未译出该句（见 149 页）。再者，吴除了将本书作者汤亭亭译为"洪亭亭"外，还调动原文章节次序，在译文中将原文第三章 "Shaman" 移至第五章。至于书名之中译，除了"女战士"（史书美、Su、Ho）、"女斗士"（刘绍铭〔1981: 47；1983: 67-81〕、陈长房）外，单德兴在《说故事与弱势自我之建构——论汤亭亭与席尔柯的故事》一文中指出："以 'Gold Mountain Warrior' 作为《金山勇士》的英文名（Li 1990: 485）若可接受，那么 'Woman Warrior' 又可译为'女勇士'"（页码未定）。以上三种译名各有其优点，单德兴在注二、注三中有很详细的说明，此处不再赘述。笔者认为"女勇士"之译名刚好与汤亭亭的姊妹作《金山勇士》相对应，而且不失原文之含意，故采用之。

④ 汤亭亭不明白为什么她母亲称她为 Biggest Daughter 而不称她 Oldest Daughter。她怀疑这是因为她母亲在中国曾生过两个孩子，却都不幸夭折了。亭亭的怀疑可能导因于她和父母间的文化差异；在中文里，"大女儿"和"长女"为同义词。

⑤ 汤亭亭在《对中国的一些保留》一文里，揭发了中国大陆的性别歧视："中国医生……将吸管插入孕妇子宫，从胎盘取出一些细胞来判定胚胎性别，在九十九件样本里，他们可以正确地判定出九十三件。他们使用这种辨别方式，打掉了二十九个女胚胎……我不得不采取与某些黑人和其他第三世界民族相同之立场：如果堕胎是灭绝种族或女性，或减少女性（而不是男性）族群，那么我不得不反对堕胎。（67）"

⑥ Suzanne Juhasz（1980: 233-34），Margaret Miller（22）和 Victoria Myers（134-35）也注意到这个语气上的转折。

⑦ 汤亭亭起初打算把这本书当小说出版，但是她的编辑认为自传是较为妥当的分类，而且以自传处理销路会更好（Ling 121，187，Note 8）。汤亭亭与布朗米乐（Susan Brownmiller）访谈时，承认本书的副标题"有些不实"，她认为该书"较接近小说"（210）。另一位访谈者 Islas 则将《女勇士》归类为小说（19）。有关本书的文类归属问题，请参阅 Elaine H. Kim, Suzanne Juhasz（1985），Margaret Miller, Elizabeth J. Ordonez, Deborah Homsher, Patricia Lin Blinde, Jung Su 和单德兴。

⑧ 岳飞精（尽）忠报国的故事，也出现在本书的姊妹作《金山勇士》（*China Men*, 53）。

⑨ 在伯克利加州大学时，汤亭亭"刚开始是主修工科，因为她数学很好，但后来转到英文系"（Brownmiller 211）。

⑩ 从字源学上看来，中文的"我"是由"人"和"戈"构成的，表示人握刀剑，即侠士或侠女（Swordswoman）之意。

⑪ 汤亭亭曾向布朗米乐透露："我从九岁起就想成为作家……少女时代的我就在写像书一般篇幅的作品。（211）"

引用作品

Arnowitz, Stanley. "Reflections on Identity." *October* 61（Summer 1992）: 91-107.

Blinde, Patricia Lin. "The Icicle in the Desert: Perspective and Form in the Works of Two Chinese-American Women Writers." *MELUS* 6.3（Fall 1979）: 51-71.

Brownmiller, Susan. "Susan Brownmiller Talks with Maxine Hong Kingston, Author of *The Woman Warrior*." *Mademoiselle* 83（March 1977）: 148ff.

Chin, Frank, et al., eds. *Aiiieeeee!: An Anthology of Asian-American Writers*, New York: Anchor Books, 1975.

⸺. "Come All Ye Asian American Writers of the Real and the Fake." In *The Big Aiiieeeee!: An Anthology of Chinese American and Japanese American Literature*. Ed. Jeffery Paul Chan, et al. New York: Meridian, 1991. 1-92.

Freeman, Maurice. "The Family in China, Past and Present." In *Modern China*. Ed. Albert Feuerwerker. *Englewood Cliffs*, N.J.: Prentice-Hall, 1964. 27-40.

Gilbert, Sandra M. & Susan Gubar. *The Mad Woman in the Attic*: *The Woman Writer and the Nineteenth-Century Literary Imagination*. New Haven: Yale UP, 1979.

Griffiths, Morwenna, & Anne Seller. "The Politics of Identity: The Politics of the Self." *Women: A Cultural Review* 3.2（Autumn 1992）: 133-44.

Hall, Stuart. "Ethnicity: Identity and Difference." *Radical America* 23.4（Oct.–Dec. 1989, pub. June 1991）: 9-20.

⸺. "Minimal Selves." In *Identity: The Real Me*. London: ICA, 1987. 44-46.

Hijiya, James A. "Roots: Family and Ethnicity in the 1970s." *American Quarterly* 30.4（Fall 1978）: 548-56.

Ho, Wen-ching. "In Search of a Female Self: Toni Morrison's *The Bluest Eye* and Maxine Hong Kingston's *The Woman Warrior*." *American Studies*（Taipei）17.3（Sep. 1987）: 1-44.

Homsher, Deborah. "*The Woman Warrior,* by Maxine Hong Kingston: A Bridging of Autobiography and Fiction." *The Iowa Review* 10.4（Autumn 1979）：93-98.

Hsu, Francis L. K. "Chinese Kinship and Chinese Behavior." In China! Crisis. Ed. Ping-Ti Ho & Tang Tso. Chicago: University of Chicago Press, 1968. 579-608.

Hsu, Vivian. "Maxine Hong Kingston as Psycho-Autobiographer." *International Journal of Women's Studies* 6.5（1983）：429-42.

Islas, Arturo. "Maxine Hong Kingston: An Interview Between Kingston and Arturo Islas, Professor of English, Stanford University, October 1, 1980, Berkeley, California." In *Women Writers of the West Coast: Speaking of Their Lives and Careers.* Ed. Marilyn Yalom. Santa Barbara: Capra, 1983: 11-19.

Johnson, Elizabeth. "Women and Childbearing in Kwan Mun Hau Village: A Study of Social Change." In *Women in Chinese Society.* Ed. Margery Wolf & Roxane Witke. Stanford: Stanford UP, 1975: 215-41.

Juhasz, Suzanne. "Maxine Hong Kingston: Narrative Technique and Female Identity." In *Contemporary American Women Writers: Narrative Strategies.* Ed. Catherine Rain-water & William J. Scheick. Lexington: UP of Kentucky, 1985. 173-89.

⋯. "Towards a Theory of Form in Feminine Autobiography: *The Woman Warrior.*" In *Women's Autobiography: Essays in Criticism.* Ed. Estelle C. Jelinek. Bloomington: Indiana UP, 1980. 221-37.

Kim, Elaine H. "Visions and Fierce Dreams: A Commentary on the Works of Maxine Hong Kingston." *AMERASIA* 8.2（1981）：145-61.

Kingston, Maxine Hong. *China Men.* 1980. New York：Ballantine Books, 1981.

⋯. "Some Reservations about China." *Ms.* 7（Oct. 1978）：67-68.

⋯. *The Woman Warrior*: *Memoirs of a Girlhood Among Ghosts.* 1976. New York: Vintage Books, 1977.

Kinney, James. *Amalgamation！*：*Race, Sex, and Rhetoric in the Nineteenth-Century American Novel.* Westport, Conn.：Greenwood Press, 1985.

Li, David Leiwei. "*China Men*: Maxine Hong Kingston and the American Canon." *American Literary History* 2.3（1990）：482-502.

Lin, Yutang. *My Country and My People.* 1935. New York: John Day, 1939.

Ling, Amy. *Between Worlds*: *Women Writers of Chinese Ancestry.* New York: Pergamon Press, 1990.

Lymar, Stanford M. *Chinese Americans.* New York: Random House, 1974.

Magrab, Phyllis R. "Mothers and Daughters." In *Becoming Female*: *Perspectives on Development.* Ed. Claire B. Kopp & Martha Kirkpatrick. New York: Plenum, 1979. 113-29.

Mencke, John G. *Mulattoes and Race Mixture*: *American Attitudes and Images,* 1865-1918. Ann Arbor, MI: UMI Research Press, 1979.

Miller, Margaret. "Threads of Identity in Maxine Hong Kingston's *Woman Warrior.*" *Biography* 6.1（Winter 1983）：13-33.

Myers, Victoria. "Speech-Act Theory and the Search for Identity in *The Woman Warrior.*" In *Approaches to Teaching Kingston's* The Woman Warrior. Ed. Shirley Geok-lin Lim. New York: MLA of America, 1991.

Myrdal, Gunnar. *An American Dilemma*: *The Negro Problem and Modern Democracy.* New York: Harper &

Brothers, 1944.

Newman, Katharine. "Hawaiian-American Literature Today." *MELUS* 6.2 (Summer 1979) : 46-77.

Ordonez, Elizabeth J. "Narrative Texts by Ethnic Women: Rereading the Past, Reshaping the Future." *MELUS* 9.3 (Winter 1982) : 19-28.

Rajchman, John. "Introduction: The Question of Identity." *October* 61 (Summer 1992) : 5-11.

Scott, Joan W. "Multiculturalism and the Politics of Identity." *October* 61 (Summer 1992) : 12-19.

Su, Jung. "Between Fact and Fiction: Maxine Hong Kingston's *The Woman Warrior*." M. A. Thesis. National Taiwan Normal University, 1991.

Wagley, Charles. *The Latin American Tradition*: *Essays on the Unity and Diversity of American Culture*. New York: Columbia UP, 1968.

Wong, Jade Snow. *Fifth Chinese Daughter*. 1945. New York: Harper & Brothers, 1950.

史书美. 放逐与互涉：汤亭亭〔亭亭〕之中国男子. 中外文学, 1991, 20 (3): 15–64.

林茂竹. 唐人街牛仔的认同危机. 美国研究论文集. 台北：师大书苑, 1989: 259–285.

洪亭亭. 女勇士：鬼群中童年生活回忆. 吴启平, 译. 台北：开源出版事业有限公司, 1997.

陈长房. 巴赫汀的诠释策略与少数族裔作家：摩理逊与汤亭亭的比较. 中外文学, 1990, 19(2): 4–5.

单德兴. 说故事与弱势自我之建构——论汤亭亭与席尔柯的故事. 第三届美国文学与思想研讨会论文选集：文学篇. 台北："中央研究院"欧美研究所, 1993.

刘绍铭. 唐人街的小说世界. 台北：时代文化出版事业有限公司, 1970.

——. 渺渺唐山. 台北：九歌出版社, 1972.

17

义不忘华：北美华裔小说家水仙花的心路历程

范守义

评论家简介

范守义，曾任外交学院英语系主任、教授。1978年于北京外国语大学英语系研究生班学习，获得硕士学位，1988年和1995年曾先后赴英国兰卡斯特大学和美国加州大学伯克利分校进修。从1981年开始在外交学院工作。主要研究领域为翻译研究。

文章简介

水仙花是第一个使用Chinese American一词的人。她充分肯定了中国人对美国做出的卓越贡献，认为中国人是最早来到美国的开拓者，对美国早期的建设做出过巨大的贡献。从美国华裔文学发展的角度而言，以汤亭亭为代表的许多当代华裔女作家都从水仙花身上汲取了无穷的精神力量和丰富的创作灵感，这才催生了一波又一波华裔文学的创作浪潮。

文章出处：本文原载于《国外文学》1997年第4期，第106—111页。

义不忘华：北美华裔小说家水仙花的心路历程

范守义

在加拿大的蒙特利尔市有一处庄严肃穆的皇岗墓园，园中竖立着一座与众不同的墓碑，其顶端篆刻着四个中文字：义不忘华。接下来是用英语刻的碑文：ERECTED BY HER/CHINESE FRIENDS/ IN GRATEFUL MEMORY/-OF-/EDITH EATON/ SUI SIN FAR/ DEARLY BELOVED/ DAUGHTER OF/ EDWARD & GRACE/EATON/ BORN MAR 15, 1865/ DIED APRIL 7, 1914 这座坟墓的主人就是本文所要介绍的第一位北美华裔（也是亚裔）小说家——埃迪思·牟德·伊顿（Edith Maude Eaton），她在华人的心目中享有崇高的地位。一位当时在纽约读书的中国留学生是这样评价埃迪思·伊顿的："在美华人永世感激水仙花为捍卫他们而采取的勇敢的立场。"[1]

埃迪思·伊顿实际上是具有一半中国血统的欧亚裔作家，在美国亚裔文学史上和华裔文学史上都占有一席之地。埃迪思·伊顿出生于 1865 年，卒于 1914 年，笔名水仙花（Sui Sin Far），其父爱德华·伊顿（Edward Eaton，1838—1915）是英国人，其母格拉斯·特列皮西司（Grace Trepesis，其中文文字是荷花，1847—1922）是中国人。[2] 母亲幼年被人拐骗，后被一位英国牧师收养，使她受到了英国式的教育。爱德华常往来于英国和中国从事经商活动，两人在上海相识并结婚。他们返回英国在爱德华的故乡麦克莱斯费尔德居住数年，生下六个孩子，包括长女埃迪思·伊顿。因为爱德华的父母并不赞成这门婚姻，所以他们举家移居美国，住在纽约的哈德森市。后于 1874 年迁往加拿大的蒙特利尔市。他们先后生育十六个孩子，有五男九女长大成人，埃迪思·伊顿曾在美国数地生活十余年，因此研究美国华裔文学也把她包括在内。

埃迪思·伊顿写过两篇有关自己生平的文章。一篇是《一个欧亚裔人的回忆书笺》"Leaves form the Mental Portfolio of an Eurasian"[3]。该文是埃迪思·伊顿去世前不久发表的一篇自传体文章，记录了她的心路历程。这篇回忆录以及在《西方人》杂志上发表的几篇速写表明埃迪思·伊顿与华人社区的认同更进了一步。怀特－帕克思认为"回忆书笺"一文的发表是埃迪思·伊顿写作生涯的一个转折点，她的作品更为成熟，不再是以局外人的身份观察和描写华人社会，而是以具有华人血统的局内人的身份，更为真切地叙述华人的生活经历和思想感情。[4]另一篇是《水仙花——具有一半中国人血统的作家讲述她的职业生涯》"Sui Sin Far, the Half Chinese Writer, Tells of Her Career"[5]。我们对于她的生平的了解主要来源于这两篇回忆录。怀特－帕克思著《水仙花/埃迪思·伊顿：文学传记》(*Sui Sin Far /Edith Maude Eaton. A Literary Biography*, 1995) 主要依据也是这两篇文章。埃迪思·伊顿的作品朴实无华,正如她自己所说:"我的文章或许并不完美,但是这些文章都是在我的头脑中所产生的思想留下的印记,是用我自己的语言表达出来的。"⑥

《春郁太太》(*Mrs. Spring Fragrance*,1912)⑦是埃迪思·伊顿发表的唯一的一部短篇小说集。它由两部分组成,即《春郁太太》,含 17 篇故事;《中国儿童故事》(*Tales of Chinese Children*)含 20 篇故事。由美籍华人林英敏(Amy Ling)和怀特–帕克思(Annette White-Parks)重新选编的《春郁太太及其他作品》(*Mrs. Spring Fragrance and Other Writings*, 1995)包括从第一部分中选出的 15 篇故事和从第二部分中选出的 9 篇故事。原版《春郁太太》发表之后,在加拿大和美国都受到了注意。《蒙特利尔每日见闻》(*Montreal Daily Witness*)刊登了一篇书评,写道:"本季度发行的一部精美的礼品图书出自一位加拿大华人妇女的手笔,她有一半中国人的血统,她在书中所流露出的同情心,说明她是站在她的中国母亲一边,而不是她的英国父亲一边。"⑧

林英敏和司特–帕克思为重辑的《春郁太太及其他作品》所作的序总结了埃迪思·伊顿的作品的意义:其一,这些故事描绘了世纪之交的北美中国城的画卷,故事的创作既不是她那个时代的"黄祸"文学的形式,亦不是传教士文学的形式,而是充满善意且富有真诚同情心的作品。其二,这些故事传达了中国人和北美华人妇女与儿童的心声,表现了他们所扮演的主人公的角色,从而突破了只描述"光棍社会"而无视为数不多的妇女人口,听不到妇女的声音,看不到妇女身影的文学程式。其三,在差不多是一半的美国社会中异族通婚被宣布为非法的时期,埃迪思·伊顿的小说首次介绍了亚洲人与白人结合所生的儿童的困境。⑨她们认为埃迪思·伊顿的作品在百年之后的今天仍然具有现实意义。譬如要加强民族之间的理解、自强不息的问题;处理好个人与社会需要的关系问题;当代移民的传统与变化的冲突问题;以及种族与文化混合的人们处在"两个世界之间"的苦难问题,等等。⑩两位学者的总结是很有见地的。在当今的美国社会中,种族冲突仍旧是潜在的社会危机的重要诱因。时有发生的白人警察殴打、枪杀黑人,虐待非法移民,乃至辛普森案件,平权法的取消问题都说明能否处理好各民族之间的关系,稳定国内局势是美国历届政府的首要任务。我们今天重温她的作品,其意义即在于记住过去,开拓未来,使今日的美籍华人能够超越种族主义的羁绊,在公平的基础之上,发挥他们更大的作用,不仅仅是为了美国,也是为了中美人民更为久远的合作,从而为世界的持久和平作出炎黄子孙的贡献。

综观埃迪思·伊顿的作品,我们可以发现贯穿她的故事的主题有二,即人权和女权问题。这是两个相互联系的问题,并且集中体现在埃迪思·伊顿的身上——作为一名女子,她深深感到妇女生活在社会的底层,不能享受与男子同等的权利,从她发表文章时不得不使用笔名即可以看出。而她作为一个具有中国人血统的欧亚裔女子,又时时被冷眼看待而感到屈辱。但是她没有像她的妹妹威尼佛莱德·伊顿(Winifred Eaton)那样采取逃避的态度,为自己起了一个听起来像是日本人的笔名 OnotoWatanna(夫野渡名——音译)。埃迪思·伊顿为自己起了一个中文笔名,即"水仙花"(Sui Sin Far)。她用这个笔名在二十余年中,先后发表了数十篇文章,为她的华人兄弟姐妹们争取合法权益而勇敢地辩护。林英敏指出在当时恐华症蔓延、反华活动甚嚣尘上的历史时期,水仙花作为一个具有欧亚裔血统的人本可以装成白人,但是她却选择了捍卫中国人和劳动阶级妇女的事业,并把自己当成她们的一员,公开地在报纸上发表自己的看法和主张,这是需要何等的决心和勇气!⑪《回忆书笺》一文正是堂堂正正地署上自己姓名的,讲述自己一生与种种不公正的斗争和她的中国情结。她大声疾呼,"我们需要中国人站出来为中国人的事业伸张正义!"⑫正是在这种正义感的召唤下,埃迪思·伊顿用她那战斗的笔写出一篇篇文章。

埃迪思·伊顿在作者序中写道:我把那些来到美国生活、定居的中国人称为华裔美国人。她第一个使用 Chinese American 这个词。⑬她指出这些中国人都是最早来到美国的开拓者。她肯定了中国人对美国早期建设所作的卓越贡献。"他们远在我们的横穿大陆的铁路建成之前就来到了这个海岸,他们帮助美国人开采我们的矿山,修建我们的铁路,使太平洋海岸繁荣昌盛起来,有如盛开的玫瑰花。"⑭而在美国进入了 20 世纪 70 年代,亚裔,包括华裔对美国的贡献才得到政府的首次公开承认。这就更显出埃迪思·伊顿在那个年月里为争取华人的合法权益而呐喊的深远的社会意义和历史意义。今天有了第一个华人出任州长,则说明华人开始懂得如何在美国政治中发挥更大的作用。这是百年努力的结果。水仙花倘若有知,当含笑九泉了。

埃迪思·伊顿还告诫美国人说,他们并不是什么外国人。"他们的思维和行为与白人毫无二致,也是按照控制他们的情绪作出反应。""他们有的待人接物和蔼可亲,有的则是冷酷自私。"也是什么样的人都有。她教导美国人要学会全面地分析问题,不能一叶障目不识泰山,不能因为个别不良分子的表现而贬低整个华人群体。埃迪思·伊顿认为,"行为的多样性并不改变人的本质:'华裔美国人恬静温和的外表掩盖着他们内心的激情;而一个人不善于表现自己的情感并不说明他没有情感。'"她还提醒人们要注意虐待来自中国的移民可能产生的国际政治影响:"他们在整个居住期间生存了下来,他们与故国的亲朋好友保持着经常的联系。他们想些什么、写些什么肯定会影响到他们的同胞对美国人民的看法。"她还说,"如果中国人能从美国人这里学到很多东西的话,那么中国人也能教会美国人一些东西。"⑮即是说学习和帮助是相互的,双方都能受益的,而不是像有些美国人认为的那样,只是中国人从美国那里得到些什么。

埃迪思·伊顿创作的巅峰是 1888—1897 年,这也是加拿大蒙特利尔的排华与加利福尼亚州的排华遥相呼应、愈演愈烈的年代。1894 年《新闻报》刊登了题为《中国的入侵:报警的呐喊》("Chinese Invasion: A Cry of Alarm and Warning")的文章,该文预测,倘若现今中国人移民的趋势继续下去的话,那么将会出现严重的劳工纠纷。该文呼吁加拿大政府为了白人的利益采取行动。⑯他们把全体中国人都看成是喜好赌博、贪吸鸦片之徒。华人被迫从事诸如洗衣等白人不屑干的活计。即便如此，白人还是对华人课以重税，或干脆把他们挤走。加之新闻报道对华人阴暗面的大肆渲染，使得华人的国际形象很糟糕。但是也有许多正直的传教士为华人作出辩护。他们要求政府取消用水税。他们还指出在赌桌旁的白人更多。至于吸鸦片的问题，那要归咎于唯利是图的英国人。[17] 埃迪思·伊顿还指出专门对华人征收人头税也是不公道的。白人的理由是这些华人只是到美国来打工，迟早要返回中国，并且把所挣的钱都带回中国。埃迪思·伊顿非常有力地驳斥了这些白人的指控。她说："中国人只不过是按照西方人的先例行事而已，……中国的通商口岸充斥着外国私人经商者。他们大捞一笔钱之后，就打道回府——而他们的家却不在中国。"[18] 美国商人从中国赚来的巨额财富远远超过了华人寄回中国的靠出卖廉价劳动力所得的血汗钱，因此那些人对中国的指责是毫无道理的。

埃迪思·伊顿的作品中对华人的态度与其他一些同代作家的态度迥然不同。她在致《世纪》杂志的一位编辑的信中说，有些作家对中国人的态度似乎是"站在离中国人远远的地方，大多数情况下，把他当成笑料来写。"[19] 更有甚者，有些白人作家，如奥立佛·迪搏特（Olive Dibert）和佛兰克·诺瑞思（Frank Norris），不仅把华人当作"笑料"来描写，还利用文学为种族主义、分割政策、排外政策张目。[20] 金惠经（Elaine H. Kim）[21] 指出，多少世代以来，美国的通俗文化总是把亚洲人描绘成漫画式的人物形象。她说，"在布列特·哈特、杰克·伦敦、约翰·斯坦贝科、佛兰克·诺瑞思等作家的有关美国西部故事的作品中，都会找到漫画式的中国人的形象，甚至在人们想不到的路易萨·梅·阿尔考特（Louisa May Alcott）的儿童文学作品中，也会见到中国人的这种形象。"[22] 但是在更多的情况下，特别是以亚洲人为主题的英美文学的作品中，都充斥着这种漫画人物，都是一些不入流的极其无聊的作品。即使我们不指责这些作者是出于政治偏见而写出这样的作品，至少我们可以认为他们没有深入生活，没有全面了解华人所处的社会环境、生活状况、精神风貌等等。

但是埃迪思·伊顿的一些早期的编辑看到了她与他们的不同之处。在 1896 年，W. B. 哈特在比较她的小说与布列特·哈特的小说时注意到"哈特所写的约翰"[23] 仿佛并不真正是人类，"……而水仙花闯入了这 领域，带来一位从全新视角描写的文静的、幽默的人物……压缩到了一适度的范围，表现了她的天生的讲故事的才能。"[24] 1900 年查尔土·拉米思（Charles Lummis）也观察到这一现象："对于别的作家，这个异域天朝之子民充其量不过是文学素材而已；但是在水仙花的故事中，他或她是一个人。"[25] 这就表明埃迪思·伊顿写作的出发点与所谓的主流作家有很大的区别。也正因为如此，她才能写出有血有肉、活生生的华人形象，使读者看到华人真实的一面，从而使读者，尤其是华人读者体会到一种亲切感，而不是在阅读了某些白人作家有关华人的作品之后所产生的反感。

在一个女人在文坛还不能以女人的身份公开写作的时代，埃迪思·伊顿的写作内容也只有局限于婚姻和家庭生活。但是，她成功地在这一主题范围内对读者陈述了她对妇女，特别是华人妇女，以及整个华人社区所面临的种种困难等重大问题的看法，表现了她对华人疾苦的关切，对来自母国人民的怜悯和爱护。"苦人"一词在中国话里是用来形容一个人的命苦，尤指女性。但是在埃迪思·伊顿的小说中，她常使用这个词（Ku Yum）作为小说里的主人公，从中我们可以看出她的良苦用心。她要用小说中的人物告诉读者中国妇女的所处的困境。因此，"苦人"不只是一个专有名词，而是一个符号、一种象征。作者希望用这个苦命的人物唤醒人们的良知，去改变妇女的处境，去推动社会的进步。可以说，在一个世纪之前，埃迪思·伊顿就在为妇女的应有权利大声疾呼了。我们不能不为这个弱小女子的英勇无畏的精神所感动，而她也就成为美国、加拿大乃至全世界争取女权运动的一名先驱。

自 20 世纪中叶以来，在北美这块陌生的土地上生活的华人同埃迪思·伊顿一样都有一种被流放的感觉。这种感觉正如《哎咿！》（Aiiieeeee!）的编者们所说的那种"被亚洲和白人的美国所抛弃"的感觉，"证明我们既不是亚洲人，也不是美国人"[26]。他们是林英敏所说的"在两个世界之间"的人。[27] 如果说只有中国人血统的华人在美国生活有这种感觉的话，那么埃迪思·伊顿这样一个具有英国人和中国人血统的人所体验的这种感觉则更为深刻。"我对父母都不讲悄悄话。他们不明白。他们怎能明白呢？他是英国人，她是中国人。我与他们俩都不一样，是一个陌生人，虽则是他们的孩子。"不论她生活在什么地方，在英国、加拿大，或美国，她都觉得自己是一个陌生人。[28] 埃迪思·伊顿不无痛楚地说，"欧亚裔的十字架沉甸甸地压在我年幼的肩膀上。"[29] 这种感觉正是百年来许许多多华人所体验的心态。他们的认同危机，他们的无根的感觉，他们的自卑心理是在白人至上的社会中，其心灵被扭曲的变态表现。或许是埃迪思抹不掉这种心态留下的阴影，或许是由于她的父母属于两个不同的种族而给他们的子女带来种种不便和痛苦，或许是加利福尼亚州于 1880 年把原来的反对异族通婚法扩展至也不准与蒙古人种通婚，或许是身体的原因，她终身未嫁。个中的缘由，我们只能猜测。然而正因为她经历了种种磨难，体验了生活的艰辛和世态炎凉，所以她有一种创作的激情，骨鲠在喉非吐不快的冲动，与世抗争与命运搏击的强烈欲望。

埃迪思·伊顿在痛苦和困惑中并未沉沦。她要了解她的母国的一切，她要知道她的母国到底是什么样子。"只要有机会我就偷偷地溜到图书馆，凡是能够找到的有关中国和中国人的书我都看，我从书中得到中国是地球上最古老的文明国家，以及其他一些介绍。在 18 岁这个年龄，使我苦恼的并非我是个混血儿，而是别人不知道我的优越在哪里。我虽人小，但是我的情感很丰富，我的虚荣心也很重。"[30] 正是由于她对中国的历史、中国的文化的了解，使得她对东方文明有了新的认识。她反驳了"西方垄断文明"之说。她指出，"有迹象表明，将来在这个国家，我们可能达到中国人业已达到的高度的文明，但是眼下看来，在这一方面，我们还是远远地落在了后面。"[31] 埃迪思·伊顿告诫美国人民，要他们知道美国可以从中国那里学习到很多东西，而不应该一味地排华，只有接触才能了解。正如埃迪思·伊顿所说："偏见可由接触交往而被消除。"[32]

埃迪思·伊顿的自豪感是她对中国热爱的自然流露，"我以自豪的心境幻想在焚尸的木柴堆上逝去，一个伟大的精灵从火焰中升腾而起，他向好些曾经讥讽过我们的人们宣布：'听着，中国人民是何等的伟大、光荣、崇高啊！'"[33] 她的高亢的呐喊声在美利坚的土地上回荡，穿越历史的时空，激励着每个苦斗中的华人，使他们在逆境中看到了希望。而这希望就掌握在他们自己的手中，就存在于他们与美国其他各民族携手共同建设美国的努力之中。在为华人的境遇操劳的同时，一个欲望在埃迪思·伊顿的心中渐渐升起："当我身在东方时，我的心在西方；当我身在西方时，我的心在东方。我希望不久能到中国。既然我的生命开始于我的父亲的国家，它也许该在我母亲的国家结束。"[34] 埃迪思·伊顿心系中华民族的命运，渴望看到祖国的繁荣强盛，她愿意把最后生命奉献给她的母国。埃迪思·伊顿的梦想虽然终未实现，但是她那颗中国心却与千千万万炎黄子孙的心紧紧地贴在一起。"义不忘华"正是对她的最高褒奖，而祖国也不会忘记她，同样不会忘记像水仙花一样钟情于祖国的人。

伊丽莎白·阿蒙斯（Elizabeth Ammons）是这样评价埃迪思·伊顿作品的政治意义的："水仙花冲破了万马齐喑般的死寂和有系统的种族压迫，发现了她自己——创造了她自己的声音，这是本世纪初美国文学史的胜利之一。"[35] 埃迪思·伊顿的"先锋"作用功不可没。如果说在世纪之交她还是孤军作战的话，那么到了21世纪后半期，华人的写作队伍则不断扩大。伊丽莎白·阿蒙斯称汤亭亭（Maxine Hong Kingston）为"水仙花的精神孙女。"[36] 即是说，以汤亭亭为代表的许多当代华人女作家都从埃迪思·伊顿那里汲取了精神力量和创作灵感，从而出现了一波又一波的华人文学的创作浪潮。他们的文学活动正在与美国文学的主流汇合，共同丰富具有多元化特色的美国文学。他们当中有些作家的作品列入了许多大学的课程设置。凡此种种都是21世纪60年代和70年代争取民权和妇女解放运动之前未曾有过的现象。[37] 换言之，也正因为有了这样一场争取民权和女权的斗争，才使人们能够有机会和有兴趣去重温已经忘却了的作家和他们的作品，并鼓舞着新一代作家用他们的笔法描绘当代华人的生活——他们的成功的喜悦，他们的困难和苦恼，也为他们在当代所遇到的新的不公而大声疾呼。因此，我们可以说华人文学的发展是与他们对社会、对历史的责任感，对人的尊严和人的权利要求，以及对未来的憧憬紧密地联系在一起的。

注释

①③㉙㉚㉜㉝㉞ 水仙花:"一个欧亚裔人的回忆书笺",载水仙花:《春郁太太及其他作品》,223,218—230,221,222,227,230 页。

② 据怀特–帕克思考证,格拉斯的父亲,即埃迪思的外公叫 A. Trepesis;其母名,即埃迪思的外婆叫 Ah Cheun(阿春),因此埃迪思的母亲本人也可能是混血儿。参见怀特–帕克思:《水仙花/埃迪思·伊顿:文学传记》,10 页。

④ 水仙花:《春郁太太及其他作品》,169—177 页。

⑤⑥《水仙花——具有一半中国人血统的作家讲述她的职业生涯》,载《春郁太太及其他作品》,288-296,295 页。

⑦ 把 Mrs. Spring Fragrance 回译成中文时,有几个可能的选择:"春香"多用于女子名,故此处译为"春郁太太"。是否妥当还望识者指正。

⑧《春郁太太和她的中美朋友》,载《蒙特利尔每日见闻》,1912 年 6 月 18 日。

⑨⑩㊲ 水仙花:《春郁太太及其他作品》总序,8,1—8 页。

⑪ 水仙花:《春郁太太及其他作品》第一部分序,11—16 页。

⑫《一位记者为华人的辩护》,载《蒙特利尔每日星报》,1896,见水仙花:《春郁太太及其他故事》,196 页。

⑬⑭ 作者前言,24 页。参见怀特–帕克思:《水仙花/埃迪思·伊顿:文学传记》,158 页。

⑮ 以上引语均出自作者前言,26 页。参见怀特–帕克思:《水仙花/埃迪思·伊顿:文学传记》,158 页。

⑯⑰⑱㉘㉛ 参见怀特–帕克思:《水仙花/埃迪思·伊顿:文学传记》,76,76—77,83—84,103 页。

⑲ 1903 年 12 月 4 日埃迪思·伊顿致纽约公共图书馆世纪公司档案、善本、手稿部负责人 R. U. 约翰逊的一封信。

⑳《佛兰克·诺瑞思全集》第 4 卷,纽约肯尼卡特出版社 1967 年版,1—10 页;奥立佛·迪博特:《中国百合花》,载《大陆月刊》第 42 期,1903 年 8 月,184—188 页。参见怀特–帕克思:《水仙花/埃迪思·伊顿:文学传记》,113—115 页。

㉑ 金惠经系加州大学伯克利分校族裔研究系主任,美韩裔。

㉒ 金惠经:《亚美族裔文学:作品与社会背景导论》,费城 1982 年版,3 页。

㉓ "约翰"在当时系指在美的华人男子。

㉔ W. B. 哈特:《卷心菜煎土豆——空洞无物》,载《莲花》(Lotus)第 2 期(1886 年 10 月),216—217 页。参见怀特–帕克思:《水仙花/埃迪思·伊顿:文学传记》,116 页。

㉕ 查尔士·拉米思:"西部文学",载《去西部》13 卷,1990 年 11 月,336 页。参见怀特–帕克思:《水仙花/埃迪思·伊顿:文学传记》,116 页。

㉖ 赵健秀(Frank Chin)等编辑《哎咿!亚裔美国作家选集》,Garden City,1991(1974),xii 页。

㉗ 林英敏:《在两个世界之间:祖籍中国的妇女作家》,纽约 1990 年版。

㉟㊱ 伊丽莎白·阿蒙斯:《勇敢的宣言:水仙花的春郁太太》,载《分庭抗礼:世纪之交至 20 世纪的美国妇女作家》,纽约 1992 年版,105—120 页。

18

对性别、种族、文化对立的消解——从解构视角看汤亭亭的《女勇士》

蒲若茜

评论家简介

蒲若茜，暨南大学博士、教授、博士生导师，暨南大学国际交流合作处处长，曾历任暨南大学外国语学院英语语言文学系主任，外国语学院副院长。主要研究领域为美国亚/华裔文学研究、跨文化视野下的海外华人诗学研究与英美哥特小说研究。专著有《族裔经验与文化想象：华裔美国小说典型母题研究》《多元异质的文学再现：蒲若茜选集》；译著有《从必需到奢侈——解读亚裔美国文学》《找麻烦是我的职业》。

文章简介

本文立足性别、种族和文化，运用解构主义的观点解读、阐释了美国华裔作家汤亭亭的处女作《女勇士》，并进而发掘了她在这部作品中对自己的性别、种族和文化的思考和质疑。本文认为，汤亭亭在花木兰的故事中用消解性别二元对立的方式消解父权中心，是对人类历史形成的两性间不平等关系的反拨，而作为"异性同一体"的"女勇士"形象则寄托了她对两性间互补、融合、平等关系的渴求，具有浓厚的女性主义色彩；她对蔡琰故事的挪用则又消解了"他者"与"自我"的对立，倡导民族沟通、文化融合，反对种族对抗、文化冲突，体现了鲜明的文化相对主义和文化多元主义的理念。

文章出处：本文原载于《国外文学》2001年第3期，第99—105页。

对性别、种族、文化对立的消解

——从解构的视角看汤亭亭的《女勇士》

蒲若茜

随着 20 世纪 60 年代晚期亚裔美国人运动的崛起,近三十年中亚裔美国文学在美国文学中获得了自己的席位并逐渐以引人瞩目的活力闪耀于美国文坛。在亚裔文学中,华裔文学遥遥领先,"它在美国当代文坛的影响大大超过了本土的印第安文学,目前虽不能和黑人文学或犹太文学并驾齐驱,但在个别领域(如小说)和它们相比则毫无愧色"。[①]

历史的机遇把 40 至 50 年代出生的华裔美国作家推上了文坛。在这批优秀的华裔作家群中,汤亭亭(Maxine Hong Kingston, 1940—)堪称其先锋和楷模:她的处女作《女勇士》(*The Woman Warrior*, 1976)一出版就引起了社会轰动,并荣获当年国家图书评论家奖;第二部作品《中国佬》(*China Men*, 1980)获国家图书奖和国家书评界奖;第三部作品《孙行者》(*Tripmaster Monkey*, 1989)获西部国际笔会奖。而由《女勇士》和《中国佬》的情节融合而成的戏剧《女勇士》1994 年在美国东、西部的演出更获得了巨大成功,使汤亭亭在美国的知名度更高。虽然成名已在中年,而且汤亭亭也并非多产作家,从成名到现在只完成了上述的三部长篇和二部短篇小说集(《夏威夷一个夏天》和《穿过黑幕》,1987),但正如美国文学专家张子清先生所言:"这三本总共不过是 857 页的小说,却艺术地建立了华裔美国文学的新传统";[②] "可以毫不夸张地说,华裔文学近年来在美国声誉日隆,与汤亭亭取得的文学成就密不可分。"[③]

但广大读者和评论家对《女勇士》的读解和阐释有着太多的分歧。屈夫(Jeff Twitcher)先生在《女勇士》译序中就说,"毫无疑问,美国普通读者对该书兴趣大部分原因是他们把它当做'中国'书来看的,因而发现它具有异国情调,十分动人。不过,汤亭亭本人强调一个明显的事实:她是美国人,因此这是本美国书。"[④] 张子清先生认为汤亭亭是最有实力的"女性主义作家",她"不单为消音了的无名女子争得发言权,而且使女子成为道德的楷模、冲锋陷阵无往而不胜的勇士和英雄"。[⑤] 日裔美国诗人加勒特·洪果(Garret Hongo)也认为该小说副标题"生活在'鬼'中的少女时期的回忆"("Memories of a Girlhood Among Ghosts")"激起了大家对在美国的一个亚裔女子个人经历的关注……它似乎能给我们的文化的任何消音了的'他者'以力量"。[⑥] 而亚裔美国文学家和文学评论家赵健秀(Frank Chin, 1940—)却把汤亭亭作为已被白人同化了的华裔作家而痛加斥责,认为汤亭亭一类作家已失去了华裔族性,误读误用中国经典和传说,曲意取悦白人读者,歪曲华裔美国人的本来面目。

这些评论都涉及性别、种族和文化，但其结论却大相径庭。鉴于此，本文将立足于这三方面，运用解构主义的观点对《女勇士》文本进行解读和阐释，进而去发掘汤亭亭在这部作品中对自己的性别、种族和文化的思想和质疑。

花木兰传说的移植和变形——对性别二元对立和父权中心的消解

如汤亭亭在其作品中引用的许多中国经典、神话和传说一样，《女勇士》中"白虎山学道"（White Tigers）一章中关于花木兰的故事并非"原版"，而是在其母亲（故事中的"勇兰"）讲述的基础上加上了自己的想象和变形的版本：

> ……一晚又一晚，母亲总要讲到我们睡着为止。我搞不清故事在何处结束，梦从何时开始。母亲的声音变成了我梦中女英雄的声音……
>
> ……最后，我感到在听母亲讲故事的时候，自己也有了非凡的力量。……母亲也许不知道这首歌对于我的意义：她说我长大了也会成为别人的主妇和用人，但她把女中豪杰花木兰的歌交给了我。我长大了一定要当女中豪杰。

民间传说中的花木兰的故事是强调维护家族的光荣："无论谁伤害了她的家庭，女剑客绝不会善罢甘休"；"她是位替父从军的姑娘……从前方光荣凯旋后就隐退乡下。"正如卡罗·米歇尔（Carol Mitchell）所言，"花木兰是为了使年老的父亲免于劳役之苦，是出于孝顺而不是个人的光荣去战斗，是传统上妇女可以接受的角色模式"[⑦]。因此民间传说中花木兰的使命与普通妇女的使命是一样的——孝顺父母，服从男性家长制，维护家族的光荣。民间传说中的花木兰还效忠于君王，她舍生杀敌、英勇奋斗都是为了皇上，为了维护封建统治制度。

而汤亭亭则在民间传说和母亲讲述的基础上发出了自己的声音：女勇士还是一个七岁的小女孩时就在形状像"人"字的鸟的带领下进入深山，她拜师学艺一方面是为了"跟强盗和外族野蛮人战斗"，为了"可以为村里人复仇"，使自己的"忠义行为永远被汉人牢记在心"，另一方面是为了"不必挖山芋"和"不必在鸡粪中跋涉"。从这一点上看，女勇士深山修炼及替父出征更大程度上是为了自我实现，为了摆脱天天琐碎的家务和劳作，为了摆脱听由父母摆布的命运。而履行孝道——这一父权制的道德，则成了一个附带的话题。不仅如此，汤亭亭故事中的女勇士不仅不效忠皇上，反而是与皇帝的军队作战，赶走了皇太子，还砍下了皇帝的脑袋，彻底否决了封建专制——父权制的极端体现。

故事中的小女孩为了自己辉煌的未来七岁就独自离家，在另一个替代的家庭（老汉与老太太的家庭）找到了温暖和安慰。这个新的家庭中没有父权中心和性别对立，作为永恒和自然的化身的老汉和老太太总是在不断变化，但又总是和谐一体：

我的眼前出现了一地金人儿,在那里跳着大地之舞。他俩旋舞的很美,简直就像地球旋转的轴心。他们是光,是熔化的金子在流变——一忽儿是中国狮子舞,一忽儿又跳起非洲狮子舞。金钟在我眼前离析为黄金丝缕,经风一吹,飘飘洒洒,编织成两件龙袍,龙袍旋即又化成为狮子身上的毛,毛长长的,成了闪光的羽毛——成了光芒……

这一幻象表现出汤亭亭对于性别对立的质疑:老汉与老太太之间显然没有主次和尊卑之分,他们之间没有对立和冲突,而是处于永恒的互补、互变、互动之中。这与父权制所维护的男尊女卑、男主女次是背道而驰的。正如莱斯利·W.雷宾(Leslie W. Rabine)所言:这对夫妇[老汉与老太太]使人联想起道家太极图里的'阴'(代表女性)和'阳'(代表男性),处于永恒的相互变化之中,而这变化又引起一系列的变化"。[8]太极图犹如两条头尾互含的鱼,一方的尾在完结时马上就化入另一方的头,不能说哪一方是主,哪一方是次,二者相互包含,互为显隐。道家的太极图显然不是为了消解性别对立这一话题,而汤亭亭的上述幻象似乎是得到了道家太极图的启示。这一幻象象征着汤亭亭对男女二元对立的否定和对父权中心的消解,同时也表现出作者在消解男女二元对立和父权中心之后对男女两性关系的一种理想:二者相互融合、相互补充,成为平等的、互动的"一体"。故事中的老汉与老太太是那么和谐、默契:像恋人,像朋友,像兄弟姐妹,相亲相爱而又平等独立。他们可以说是汤亭亭理想中的"异性同一体"的一种原型模式。

如果说亦人亦仙的老汉和老太太是一个比较模糊而抽象的"同一体"的话,女勇士则是这个"异性同一体"现实而具体的版本:"我穿上男装,披挂上甲胄,头发挽成男式……我跃身上马,不觉为自己的强劲和高大而暗暗称奇。"女勇士本为女儿身,但"白虎山学道"和女扮男装之后却获得了强劲高大的男性特质,成为一个奇妙的"异性同一体"。在战争中女勇士的丈夫出现在她的面前,但他并不是作为一家之长意义上的"丈夫"而出现的,而是作为"同一体"丢失的那一部分——"童年的朋友终于重逢了"。这不禁使人想到希腊神话中的始原人:始原人并没有男女性别之分,而是圆形的一体——"它有四只手,四只脚,一个脑袋,一个脖子上有两张一模一样的脸,其他的身体部件也是这样成双的,"[9]后来由于始原人激怒了众神,宙斯才把始原人劈成了两半,形成了现在的人类。由此可见,汤亭亭的建立"异性同一体"的理想与人类的原型模式是完全一致的,是要让人类回到始原的、完整的自然状态,而不是男女二元对立,一方压迫另一方。在她看来,性别的二元对立是一定历史阶段对人类本性的扭曲和异化,而一体和完整才是人的本真。

在女勇士怀孕的时候,其性别的混淆和复杂达到了顶峰:她挺着肚子冲锋陷阵,在星光照着她腹部的那一瞬间分娩。当她带着孩子催马杀敌的时候,她更像一个蕴藏着无限能量的男子,背上刻着家族的仇恨,怀里却兜着自己的婴儿。女勇士可以在报家仇国恨的同时生儿育女,体现了汤亭亭对父权制社会男主外女主内分工的挑战,也体了她对于理想中的"异性同一体"所寄予的厚望。

在汤亭亭的故事中，女勇士不仅为遭受冤屈和苦难的父老乡亲复仇，而且为遭受性别歧视的女性同胞复仇：她杀死了村里的财主，一方面是由于他抓走她的弟弟去当兵，更重要的却是因为财主说出了她最痛恨的歧视女子的谚语："女娃好比饭里蛆"，"宁养呆鹅不养女仔"。汤亭亭有意把一个在华人社区厌恶女子、歧视女子的传统中长大的华裔女孩子的经历融进了女勇士的故事，从而把一个看是缥缈的故事的现实意义体现出来。

女孩子的父母经常说："洪水里捞财宝，小心别捞上个女仔"；镇上的华侨邻居也常说："养女好比养牛鹂鸟"，"养女等于白填"；最典型的是女孩那当过江洋大盗的大伯，当他星期六早上要上街购物叫"孩子们来呀，快来快来"，而如果是女孩子争着要去的时候，他会转身大吼一声："女孩子不行！"而弟弟们总是能满载而归：糖果和新玩具。

正是女孩子所生活的华人家庭和社区对于女性的极度歧视使女孩日夜梦想自己成为一名女勇士："如果我不吃不喝，也许能使自己成为梦里的女勇士。"成为女勇士就不会作"人家[男人]的累赘"，可以摆脱附庸和被歧视的命运；更重要的是作女勇士既可以"干女人该干的活"，还可以"再干点别的"——可以推翻千百年来女子所遵循的清规戒律，实现个人的价值，体现自己生命的意义。

难怪很多评论家把《女勇士》看作女性主义的力作。汤亭亭用消解性别二元对立的方式去消解父权中心，是对人类历史形成的两性间对立、冲突、压迫与反压迫关系的反拨；而塑造出"女勇士"这样一个"异性同一体"则寄托着她对两性间互补、融合、平等的关系的渴求。从这一点上看，《女勇士》堪称女性主义的杰作。

但《女勇士》并不仅仅是一部狭义上的女性主义的杰作，它还深刻地触及了种族、文化等话题。

"羌笛野曲"——对种族、文化对立的消解

有人把《女勇士》看作一本超脱于种族和文化，抽象谈论女性自我的书。比如苏珊·朱安斯（Suzanne Juhase）就在其评论文章中指出："《女勇士》是典型的女性自传，通过幻象和想象的生活塑造女性身份。"[10]这一说法显然是没有抓住要点。

毫无疑问，移民经验是书中不可分割的一部分。作为美籍华人的一员，汤亭亭对"美籍华人"的非人定义相当敏感，对美籍华人所遭受的歧视和灾难有着切肤之痛："城市改建的时候，父母的洗衣作坊被推倒了，这一片贫民窟被夷为平地，改成了停车场"；"我想复仇的对象不只是几个愚不可及的种族主义分子，还有那些莫名其妙就剥夺了我们一家饭碗的家伙"。小女孩发现了自己与故事里的女勇士的共同之处："我和女勇士的相同之处就在于我们背上的字"，"背上的字"指的是仇恨和复仇的誓言。

但汤亭亭并非种族主义者和文化沙文主义者：她作为弱势种族和边缘文化的一员发出了自己的声音，但其发声的目的并不是为了颠倒弱势和强势、边缘和中心的位置，正如她塑造女勇士并不是为了把男女的等级关系颠倒一下一样。因为正是这种有破坏性的二元逻辑导致了男性与女性、自我与他者、白种人与非白种人的分别。在这一点上，汤亭亭的观点与美国著名批评家、《东方主义》一书的作者爱德华·赛义德的观点不谋而合：在其论著中，爱德华·赛义德指出并且雄辩地论证了这种等级制度导致人们把"东方"定义为被动的丧失了自然属性的"他者"。[11]在《女勇士》中，汤亭亭试图消解的，正是这种使种族对立成为可能的二元对立。

小说中故事叙述者的身份使她成为质疑种族对抗和文化冲突的最佳人选：她是中国移民的女儿，美国是她的漂泊地，中国才是她的家，但她却留在了美国；她唯一的现实是美国，但却处在美国的"边缘"；她既上中文学校也上英文学校。她自身所处的难以定义的位置正是她的族性难以定义的一个隐喻：

> 宇宙广袤无边，我也学会了使自己的心灵博大，能容纳各种各样的悖论。龙生存于天空、海洋、沼泽和大山之中，而大山却又是龙的脑袋。龙的声音如雷声隆隆，却也叮当作响，宛如铜盘。龙的呼吸是水也是火。有时龙独一无二。有时却又为数众多。

从表面上看，汤亭亭似乎是在自己的文本中刻意建立种族、文化的对立。在她的笔下，美国生活有逻辑性、具体、自由并能保证个人的快乐；而中国生活则没有逻辑性、充满了迷信色彩，受到性别角色的限制并且承受着族群内外的压力。美国学校的老师告诉她，"月食只是地球走到太阳和月亮之间投向月亮的影子"，毕业于医学专科学校的中国妈妈却把"月食"叫"蟾蜍吞月"，说"下次再来月食的话，我们就一起敲锅盖，把吞食月亮的蟾蜍吓跑"。美国文化使她确信只要不断得"A"就可以出人头地，同时也可以自愿去俄勒冈当伐木工人；在中国女孩则整天担心被当着女佣给卖掉，在美国华人社区的女孩子也免不了被嫁给刚下船的新移民的命运。

然而，汤亭亭建立这些对立的目的仅仅是为了破坏、消解这些对立："为了使我不作梦的时候过得正常些，我总是在幻影出现之前把灯打开。我把那扭曲变形的一切都关进梦里。这些梦都是用汉语作的，汉语是一种拥有千奇百怪的故事的语言。"读到这里，美国读者会怡然自得，会在头脑中形成一个"正常的美国——扭曲的中国"这样一个二元对立模式。而汤亭亭却对此发起了挑战："夏天的下午，当洗衣房的温度计升到111度的时候，母亲或父亲就会说，该讲个鬼怪故事了，让大家脖颈子后面都冒点冷气。""正常"的美国的现实是如此恶劣以至于要靠讲中国的鬼故事来加以缓解。同样，在中国由于连年不断的政治运动，"姑姑姨姨不断失踪，叔叔伯伯不断地被折磨被打死"；在美国斯托克顿，在加利福尼亚也时时处处发生着梦魇一般的暴力："我也见过一些像垃圾一样被拖着扔掉，短小肮脏的尸体,用警察的黄毯子盖着。"在中国有因不守妇道投水自尽的姑姑,有被石头砸死的疯女人(发生在中国国民党统治时期);在美国也有千里寻夫却遭遗弃的小姨,在其居住地附近的几个街区,有十几个疯女人和疯姑娘。

其实,小说的副标题"生活在'鬼'中的少女时期的回忆"就暗示着汤亭亭对于文化对立的质疑和消解。按汤亭亭的解释,"鬼"或许是"来自过去的幽灵",或许是"关于华人、华裔和白人许多无法解释的行为的质疑"。[12] 换而言之,"鬼"适用于一切无法清楚定义的概念。通过阅读文本,我们不难发现"鬼"这个字所蕴含的跨文化意义:来自中国的母亲是位"打鬼英雄",她讲千奇百怪的鬼故事,有"坐凳鬼"、"压身鬼"、"油炸鬼";在美国也有各式各样的"鬼"——"的士鬼""公车鬼""警察鬼""开枪鬼""查电表鬼""剪树鬼""流浪鬼""卖杂货鬼",还有"报童鬼"和"垃圾鬼"。在汤亭亭的笔下,在故事里的小女孩的眼中,无论是中国还是美国都有许许多多无法理解、无法清楚定义的东西,她把这一切都叫着"鬼"。

由此可见,汤亭亭是从不定义种族和文化属性的角度来消解种族文化对立的。作为美籍华裔,汤亭亭处于一种两难境地,"很难精确地区分在中国和美国中,谁是他们,谁是我们,很难确定自己的真正身份"[13]。以至于她写的书在外国人看来是"中国书",在中国人看来却是"美国书"。无论中国文化还是美国文化对汤亭亭而言都是"他者",都是许多相互矛盾因子的聚合物,是不可以用单一属性予以定义的。采取这样的态度和方法去质疑和抗拒文化对立,可以说是一个身份尚处于边缘的美籍华人作家赖以生存的策略,也是她的政治策略。

而消解似乎只是一种手段而并不是汤亭亭的终极目标。在小说的最后,在"羌笛野曲"那一章,我们读到了"汤亭亭版"的蔡琰的故事,这与中国民间传说中蔡琰的故事存在着巨大的分歧,最大的分歧在于没有像"原版"那样刻意宣扬大汉族主义:

> 20岁那年,在一次袭击中,她[蔡琰]被南匈奴的一个首领擒获。……在与蛮人共处的十二年间,她生了两个孩子,他们不会说汉语。他们的父亲不在帐篷的时候,她就对他们说汉语,他们只会像唱歌一样跟着模仿和嬉笑。
>
> 一天夜里,她听到了乐曲声,像沙漠里的风一样忽高忽低……这乐曲搅动了蔡琰的心绪,那尖细凌厉的声音使她感到痛苦。蔡琰被搅得心神不宁……使她不能入睡。终于,从与其他帐篷分开的蔡琰的帐篷里,蛮人们听到了女人的歌声,似乎是唱给孩子们听的,那么清脆,那么高亢,恰与笛声相和。蔡琰唱的是中国和在中国的亲人。她的歌词似乎是汉语的,可野蛮人听得出里面的伤感和怨愤。有时他们觉得歌里有几句匈奴词语,唱的是他们永远漂泊不定的生活。她的孩子们没有笑,当她离开帐篷坐到围满蛮人的篝火旁的时候,她的孩子也随她唱了起来。

在匈奴堆里生活了12年之后，蔡琰被赎了回来……她把歌从蛮人那里带了回来，其中三分之一是《胡笳十八拍》，流传至今，中国人用自己的乐器伴奏，仍然演唱这首歌。

从这个汤亭亭版的蔡琰的故事我们不难看到汤亭亭的理想：要消解"他者"与"自我"的对立，要民族沟通、文化融合而不是种族对抗和文化冲突。这种和平主义思想汤亭亭在大学时期就形成，并随着时间的推移愈来愈浓：她的在中国尚未面世的第四部长篇小说就取名为《第五和平书》，她说这本书写的是和平。在这一点上，汤亭亭的观点很适合当前文化界和学术界十分感兴趣的文化相对主义和文化多元主义的语境和氛围。文化相对主义早在20世纪40年代便在露丝·贝尼迪克特（Ruth Benedict）所著的《文化的范型》（Patterns of Culture）一书中被论及，文化多元主义也早在欧文·奥尔德里奇（Owen Aldridge）的论著《世界文学的再度出现》（The Reemergence of World Literature）（1968）中被定义，但直到今天才被更多的人广泛接受。究其原因，这与近几年来国际化的文化转型和文化变革的大气候不无关系。文化相对主义提倡对话与共存，反对对立与冲突；文化多元主义则指的是在一个由众多民族组成的社群里，既有着作为一种带有政治色彩的'国家'的文化，同时又可以见到民族文化共融共生的态势。[14]二者均强调协调的精神、宽容的态度、宽松的语境。

许多人对汤亭亭的创作立场很迷惑：她是一个女性作家，但却消解了性别概念；她是一个美籍华人，但却质疑种族定义。似乎她没有站在任何一个立场讲话，既不关心政治也不关心其作品的社会意义。殊不知，这种挑战传统的不确定的讲话角度正是汤亭亭所追求的。在汤亭亭的世界里，不仅没有男性与女性、自我与他者、强势与弱势文化的二元对立和冲突，而且她从根本上就拒绝任何单一的由强势文化强制性给予的定义和分类。

然而，汤亭亭并非一个单纯的"解构者"。她在消解性别、种族、文化对立之后并不是无所作为，而是重建了对立概念间的互动和融合并评价这些互动和融合对于人类的伟大意义。从这一点上看，汤亭亭可以说是文化相对主义和文化多元主义的实践者。在其文本中她作出了多元文化融合共生的大胆尝试，表现出对文化全球化的渴求。在《女勇士》中，汤亭亭通过女主人公明确地表达了这一点："现在我们属于整个地球了，……不管我们站在什么地方，这块地方就属于我们，和属于其他任何人一样。"

近几年来，随着后结构主义理论对结构主义的二元对立模式的消解以及后现代主义对整体化模式的冲击，世界已经变得越来越趋向多元化了。整个世界处于一种多元的、无序的状态之中。在当今这个多元共生的时代，多级角逐、多元共生、相互对话、相互交融已成了一个不可抗拒的历史趋势。在文化界和学术界，尤其是比较文学学者，已越来越对一种"文化多元主义"（cultural pluralism）和"地球村"（the global village）的境界发生兴趣。正如王宁先生在《比较文学与当代文化批评》中所言：

当今我们显然已真正进入了一个文化多元主义的时代,这既是一种语境,也是一种氛围,在这一语境之下,人为的时空差别大大缩小了……我们仿佛感到身处一个硕大无垠的"地球村"中,在"地球村"里,我们有众多的民族,众多的文化和文明,大家彼此都意识到各自的以及对方文化的优劣长短及差异,因此能够通过对话达到彼此间的沟通。⑮

这是20世纪末有识之士的共识,汤亭亭在25年前就在其文本中表现了这样的思想并成为实践的先锋,仅在这一点上我们就不得不佩服其独具的洞察力和认识的超前性。这当然也与她美籍华人的身份及其所处的多元文化环境有着密切的关系。

作为美籍华人,汤亭亭已经成为当代美国的主要作家,成为当今在世的美国作家之中作品被各种文选收录率最高、大学讲坛讲授得最多、大学生阅读得最多的作家之一。她的《女勇士》还被节选为中学和大学的教材。这个事实本身就显示出民族、文化对立的淡化、消解,并逐步走向对话和融合的趋势,也进一步阐释了其文本中体现的思想。

注释

* 原文引自 Maxine Hong Kingston, *The Woman Warrior*: *Memories of a Girlhood Among Ghosts* (New York: Vintage International Edition, 1989),部分译文参见李建波、陆承毅译《女勇士》(漓江出版社1998年版)。

① ③ 张子清:《美国华裔文学(总序)》,《女勇士》,李剑波、陆承毅译,张子清校,漓江出版社1998年版,1,4页。

② ⑤ 张子清:《与亚裔美国文学共生共荣的华裔美国文学(总序)》,《中国佬》,肖锁章译,译林出版社2000年版,11页。

④ 屈夫:《〈女勇士〉译序》,《女勇士》,李剑波、陆承毅译,张子清校,漓江出版社1998年版,8页。

⑥ Garret Hongo ed., *The Open Boat*: *Poems from Asian America*, p. 24.

⑦ Carol Mitchell, "'Talking Story' in *The Woman Warrior*: An Analysis of the Use of Folklore,"*Kentucky Folklore Record*, 27(1981), p. 8.

⑧ Leslie W. Rabine, "No Lost Paradise: Social and Symbolic Gender in the Writings of Maxine Hong Kingston," *Signs*, 12(1987), p. 475.

⑨ Plato, "The Two Symposium Myth," *The Myth of Plato*, J. A. Stewart trans. (London: Centaur Press LTD, 1960), p. 359.

⑩ Suzanne Juhase, "Toward a Theory of Form in Feminist Autobiography: Kate Miller's *Flying and Sita*; Maxine Hong Kingston's *The Woman Warrior*," *International Journal of Women's Studies*, 2(1979), p. 63.

⑪ Edward Said, *Orientalism*(New York: Random House, 1978), pp. 308-10.

⑫ Elain H. Kim, *Asian American Literature*: *An Introduction to the Writings and Their Social Context* (Philadelphia: Temple Press, 1982), pp. 96-7.

⑬ 胡亚敏:《谈〈女勇士〉中两种文化的冲突与交融》,载《外国文学评论》,2000年第1期,72页。

⑭ ⑮ 王宁:《比较文学与当代文学批评》,人民文学出版社2000年版,45-49页。

19

《典型美国人》中的文化认同

石平萍

评论家简介

石平萍,解放军外国语学院英语系教授,北京外国语大学华裔美国文学研究中心客座研究员。主要研究领域为英美文学、文学翻译和比较文化研究。代表性著作有《母女关系与性别、种族的政治:美国华裔妇女文学研究》、《当代美国少数族裔女作家研究》;译著有《安妮·弗兰克》《隐蔽战》《权力的中心》《半轮黄日》。

文章简介

本文认为,任璧莲在《典型美国人》中把儒家的人伦和个人主义视为是中关文化的一对基本差异,通过讲述华人移民张意峰及其他人物由语境的变化而在价值观、生活方式和思维方式上发生的改变及其后果,对华人移民的文化认同和美国社会的同化模式进行了探讨。笔者认为,任璧莲在这部小说中批判了"大熔炉"模式下对"典型美国人"的定义,提倡和拥护的是"美国色拉碗"式的多元文化主义,主张华裔移民在同化的过程中要注重兼收并蓄,融汇东西方文化中的精髓。

文章出处:本文原载于《南京师大学报(社会科学版)》2001年第4期,第120—125页。

《典型美国人》中的文化认同

石平萍

毋庸置疑，全球化是我们这个时代最显著的特征。随着经济的日趋全球化和科学技术的迅猛发展，全球范围内的文化交流达到了空前的规模，与之相关联的多元文化主义、文化认同和差异政治等问题已经成了当今世界人文与社会科学界的热门话题。[①]而早在20世纪60年代的美国，借着黑人民权运动的东风，各个少数族裔、妇女和同性恋者争相跃上政治前台，推动美国文化向多元化发展。作为文化载体之一的文学也不可避免地呈现出多元化的倾向，包括华裔在内的少数族裔作家不仅获得了出版的机会，像汤亭亭（Maxine Hong Kingston）这样的杰出代表还进入了美国文学经典，在活着的当代美国作家中，她的作品被美国大学采用为教材的频率最高。[②]作为弱势文化的代言人，面对盎格鲁－撒克逊主流文化，少数族裔作家注定无法回避的有关文化冲突和交汇的种种问题恰恰是全球化时代人们最感兴趣的话题。正是基于这个原因，研究美国文学的中国学者对华裔美国文学的关注便有了超乎寻常的意义和目的。本文所要探讨的就是被称为华裔美国作家"四人帮"[③]之一的任璧莲（Gish Jen）的代表作《典型美国人》中的文化认同问题。

在《典型美国人》中，任璧莲开宗明义地用一句话概括了小说主人公的经历："这是一个美国的故事：在他成为一个思想者、行动者、工程师和远非白手起家的百万富翁朋友格罗弗·丁那样的想象工程师之前，拉尔夫·张只是中国的一个小男孩，努力成长为父亲心目中的儿子。"[④]显然，这部移民小说讲述的不仅仅是华裔主人翁追寻美国梦的历程，更着意挖掘他在中国文化和美国文化这两种不同的语境中遭遇的自我建构和文化认同问题。

拉尔夫·张原名张意峰，出身于传统的中国知识分子家庭，耳濡目染的是讲究三纲五常的儒家文化。意峰的父亲是一位"正直的学者"，也许是遵循"学而优则仕"的孔孟之道做了政府官员，却由于愤世嫉俗丢了官。他望子成龙心切，把意峰送去美国留学。意峰决意尽忠尽孝，在轮船上为美国之行制订了两大目标："学习成绩在班上名列前茅；不拿到博士学位誓不回家见父亲。"其他一系列的次要目标包括"培养美德"，因为"真正的学者是有德行的学者"，其次就是"给家族带来荣耀"。意峰对自我的定位显然是符合儒家的人伦思想：做"父亲心目中的儿子"，做一个"孝顺的儿子"。熟谙美国经典文学的读者自然会想到本杰明·富兰克林的《自传》和F.斯科特·菲茨杰拉德的《了不起的盖茨比》。但富兰克林和盖茨比年少时写下的计划书体现的是爱默生倡导的个人主义思想，而意峰的决心书则渗透着孔子开创的儒家文化精神。个人主义是美国主流文化的一种基本价值观念，强调个人的至高无上性、个人的自足自立和自治权以及个人的无限潜力，走向极端却有可能导致自我的过分膨胀和社会的异化。儒家学说则是中国传统文化的立足点，强调的是人的社会性、责任感和集体主义精神,在它所规定的等级化和模式化的人际关系中,个人是作为其中的一个环节而获得意义的,克己复礼、负责任和尽忠孝是儒家大力宣扬的美德。儒家意义上的个人是一个道德载体,并不是一个政治或法律的概念,个体的独立、个人的自由与权利与人的个性是不受到鼓励的,这往往会导致消极的后果。⑤事实上,在《典型美国人》中,任璧莲正是把儒家的人伦和个人主义看作是中美文化的一对基本差异,并以此结构全篇,通过讲述意峰及其他人物由语境的变化而在价值观、生活方式和思维方式上发生的改变及其后果,对华人移民的文化认同和美国社会的同化模式进行了探讨。任璧莲对中美两种不同文化精神的短与长、利与弊的思考贯穿了整个小说。

在这部小说里,房子是一个非常重要的表明东西方文化差异的隐喻:"中国,每个人都住在各自家庭的房子里。在美国,每个人都可以指名道姓地说出他住的是谁的房子,住在不属于自己的房子里就意味着缺乏男子气概。"中国人四世同堂住在一栋房子里,充满着浓厚的亲情和大家庭的气氛,体现了儒家文化的人伦关系和集体主义精神;美国人一代或两代的小家庭住在一栋房子里,对男性一家之主而言,拥有自己的房子是自足自立的体现。拉尔夫和妻子、姐姐长期住在同一屋檐下,各尽其职,安贫乐道,共同缔造了一种"亲情,那如自然力一般强大的团结精神"。这种亲情的力量像"螺丝扣",稳固住了裂开大口子的张家公寓,也暂时稳固住了拉尔夫野心勃勃的心。然而当张家人在郊区购买了一栋"高品质房子"之后,美国文化中的个人主义和实利主义加紧了渗入张家的节奏:格罗弗住进了张家,而代表儒家优良传统的特丽萨被赶了出来。

在美国,对拉尔夫影响最大的无疑是格罗弗,一个土生土长的华裔美国人。格罗弗的家庭已经在美国繁衍生息了好几代,彻底断绝了与中国的联系,他当自己是"我们美国人"中的一员,思想观念、行为举止完全美国化。初次见面时,格罗弗便自称是"一个百万富翁,一个白手起家的人",向拉尔夫灌输美国梦和个人主义思想。当拉尔夫问他的家乡是哪里时,格罗弗回答说:"家乡!你来这里多久了?还在问人的家乡。我告诉你一个秘密。在这个国家,该问的是'你干什么活谋生?'。"格罗弗推销的显然是美国资本主义市场经济语境下的个人身份观,其决定性因素是变数职业而不是常数出生地或家系。这种自我确认的标准其实是激进个人主义的一个翻版:个人完全可以独立于社会关系和文化传统,凭借自己的力量和对市场的应变能力塑造一个流动的、多重的自我。导致的结果有其两面性:它可以激发人的无限创造性,充分实现各方面的潜能;它也可以产生赫尔曼·梅尔维尔《骗子》中主人公那样的"典型美国人"。格罗弗便是这样的骗子。他没有妻子儿女,对家庭的看法没有任何人情味:"家庭可能是一笔资产,也可能是一笔债务,视情形而定"。格罗弗发迹前当过油漆工,开过出租车,在餐馆洗过盘子,在音乐厅唱过歌,后来通过偷餐馆的油脂做肥皂发了财,开始涉足房地产、餐馆、矿井、服装、玩具等各个领域。格罗弗的确是靠自我奋斗成为百万富翁,但他的致富手段非常卑劣,偷税漏税、坑蒙拐骗是他的拿手好戏。他把建在深坑上的炸鸡店卖给了拉尔夫,声称这桩生意"将是一个成功故事的开始。这将是一个白手起家的人走出的第一步"，结果把拉尔夫推向了破产的境地。不仅如此，格罗弗还差点诱骗了拉尔夫的妻子海伦。正如任璧莲所言，格罗弗代表了美国文化和五十年代美国社会的黑暗面："丁代表一种美国人，尤其是在边疆长大的那种人，他们具有建国初期西部蛮荒地区的观念，与东部聚居区的观念截然不同。他集中体现了失去控制的合理性，他没有一丝一毫的责任感，完全无视社会结构的存在。与丁相对立的是由各种责任定义的其他人物。"[1](pp. 41-42) 也就是说，格罗弗是美国特产的边疆个人主义的典型代表。任璧莲对这种极端个人主义的贬斥是显而易见的。

与格罗弗形成鲜明对照的是拉尔夫的姐姐特丽萨。由于父亲的开明，生就一双大脚的特丽萨从小接受西式教育，在性别意识方面相当超前，与她"生活的时代和地点"很不相符。特丽萨在教会学校里不仅给自己起了个洋名，还学会了打棒球，走起路来像个男孩子。观念非常传统的母亲坚持要她去学舞蹈，做个中规中矩的大家闺秀，特丽萨却满不在乎。尽管如此，特丽萨在骨子里仍是个具有负责任、明人伦、自我牺牲等传统美德的中国人。在中国时，由于礼教规定妹妹必须在姐姐出嫁之后才能结婚，为了妹妹，特丽萨接受母亲安排与一个素不相识的人订了婚。"责任呼唤着她，如同她自己的声音"。到美国这片"自由的荒野"之后，为了生存，特丽萨不可避免地走上了自我奋斗的道路，但她始终没有丢弃自己身上的优良传统，"责任"二字几乎成了她的代名词。"一朝为张家，永远是张家"，特丽萨觉得自己是一个"与家族结婚的女人"，她关爱张家的每一个人，为张家的稳定和发展尽心尽力。天资聪颖的特丽萨考上了州立大学攻读医学博士，但为了顾全弟弟的面子和自尊心，她不仅假装自己的奖学金被取消了，甚至还愿意嫁人离开弟弟的视线。当拉尔夫夫妇因资金不足而买不起郊区住宅时，特丽萨主动要求把自己的收入抵押给银行，并且愿意在行医之外兼职以增加收入。"这是我的责任，"她对情人老赵说。看在她的分上，老赵帮助拉尔夫评上了终身教职。当张家由于炸鸡店破产而陷入财政危机的时候，被赶出家门的特丽萨不计前嫌，伸出援助之手。"这是她的责任，她对自己说。她在很多方面已经美国化了，但在这一点上仍是中国人——当家族迈步走的时候，她就会步调一致地跟上去"。"全家团圆"是"中国人的理想境界"，家族的利益在特丽萨心目中的地位比个人更重要。完全美国化的极端个人主义者格罗弗是无论如何也做不到这一点的。尽管他们两人都做出了第三者插足这样有悖于中国传统伦理道德的事情，但任璧莲对二者的态度显然是有区别的。特丽萨与老赵真挚相爱，且能顾及老赵妻子贾尼斯和孩子的利益，宁愿永远做老赵的情人而不是合法的妻子，因此赢得了贾尼斯的谅解；而格罗弗只想玩弄海伦，证明自己的男性魅力，毫无人性可言。

拉尔夫夫妇亲近格罗弗疏远特丽萨显然是被美国文化同化的结果。具体说来，海伦成了消费主义的俘虏，拉尔夫则沉迷于"以物质主义为特征的个人主义"[2](p.75) 而无法自拔。拉尔夫刚到美国不久，就有老人告诉他"美国的问题"是"在这个国家，人人都了解的就是钱。钱，钱，钱"。后来，格罗弗又对他说："那就是你在这个国家的身份，如果你没有钱的话，就是一个唱歌的中国佬。"就连特丽萨也认为"在这个社会里做一个非白人的确需要教育和成就，就是个人尊严的某种来源。白人本来就有头有脸。其他的人需要有钢筋铁骨护着心脏。"特丽萨在医院里目睹穷人由于无钱治病而死去，深知钱对生存的重要性，但她继承了儒家安贫乐道的传统，反对格罗弗宣扬的"拜金主义"。[6]值得注意的是这两个价值观念相左的人却一致承认由于种族歧视的存在，华裔移民必须获得某种成功才能在以白人为中心的美国社会里获得某种认可。这也是拉尔夫拼命想发财致富、实现美国梦的主要社会原因。虽然美国政府于1943年废除了《排华法案》，但非官方领域歧视华人的情绪绝不可能在一朝一夕间消失殆尽。1955年，张家人已经拥有了美国国籍，并且都学业有成，开始从事大学老师和医生等受人尊敬的职业，但是他们仍然不被白人主流社会接受。张家人是扬基棒球队的球迷，为此称自己是"中国扬基"（缩写为"张基"）。当他们去球场为扬基队加油的时候，白人扬基球迷却不接纳他们，反而骂他们，叫他们滚回洗衣房去。搬到郊区之后，阿瑟·史密斯之流的白人站在窗户后面监视他们。海伦也是由于不是白人，说英语有口音而找不到工作。拉尔夫并非如台湾学者刘纪雯所言，对种族歧视"看不见""听不见"。[7]恰恰相反，他弃文从商很重要的一个动机就是试图摆脱种族歧视。他教授的力学在发展太空科技的时代属于不受重视的冷门专业，除了种族歧视之外，还要遭到学术界同仁的歧视。拉尔夫认定只有像格罗弗那样实现发财致富的美国梦，才能战胜种族歧视，进入白人主流社会。他对女儿说的话与格罗弗如出一辙："你知道这个国家最重要的东西是什么？……钱。在这个国家，有钱你就可以做任何事情，没有钱你就是无名小卒。你就是中国佬！就这么简单。"

但是，种族歧视、拜金主义等社会原因只是问题的一个方面。在任璧莲看来，拉尔夫弃文从商并最终导致家庭悲剧也有个人方面的原因，是他将格罗弗所代表的极端个人主义内在化的结果。应该说，个人主义在拉尔夫的生活中起过一定的积极作用。皮尔斯教授的书如同一针强心剂，帮助拉尔夫变得乐观自信，开始"努力攻读博士学位，他孩子的将来全倚仗这个了"。但是与此同时，这本书也诱发了拉尔夫的野心，使他变成了"想象工程师"——这是他"以前从未想过的事情"。拉尔夫把"赐予我力量的基督使人无所不能"当成座右铭，开始漫无边际地勾画自己的理想，竟然希望自己变成"肉身上帝"，或实际一点，"肉身上帝的助手"。无怪乎拉尔夫会与格罗弗"一见钟情"。海伦虽然"不知道拉尔夫成了一个想象工程师，但感觉到了——感觉到要不是因为她和特丽萨，他可能不会与格罗弗待了漫长的一夜之后又回来"。拉尔夫在获得终身教职之后，可以说是差不多实现了当初在船上定下的目标，完全足以告慰父母的在天之灵和养家糊口，尽到做父亲和丈夫的责任。但是他从来没有断过"做一个白手起家的人"、创造一种"新生活"的念头，就如他从来没有忘记过格罗弗。破产之后，拉尔夫对自己的行为进行了反思："但是在平展延伸的美国，在这个人人可以为所欲为的关系松散的国家，……拉尔夫需要了解他的极限是什么，他的冲动，他的灵魂和双方可以塑造出怎样的善与恶。"为了实现所谓的个人的无限潜能，拉尔夫"竟然拿自己的妻子、自己的家庭、自己的工作、自己的房子做赌注，仿佛他们对他来说无关紧要，仿佛他的整个生活对他来说无关紧要——仿佛他的整个生活根本不属于自己。他父亲心目中的儿子做了些什么事？这么不计后果！"。

在自觉与不自觉当中，拉尔夫接受了美国文化中的实利主义和极端个人主义，变成了自己曾经非常鄙夷的"典型美国人"，结果差点酿成家破人亡的惨剧。好在张家的灾难终于把拉尔夫从迷梦中唤醒过来，"想象的工程被怀旧取代"。小说的结尾以"信念"为题，暗示出拉尔夫的转变和张家人"全家团圆"的前景。拉尔夫意识到"人在这里和在中国一样受到命运的主宰。……他不是想成为什么样的人就能成为什么样的人。人是局限性的总和；自由只会使他看清楚这种情形。美国不是美国"。极度孤独的拉尔夫否定了美国文化中的极端个人主义思想，以东方的宿命论思想取而代之。在冰天雪地中，拉尔夫想起他和姐姐共同拥有的"童年的天真烂漫"，心中充溢着怀旧情绪。中国是一个"等级化的社会"，在那里，"人际关系非常重要，连中文里的'没关系'，也常常是'不要紧'的意思"。等级化的人伦限定了个人的身份和自由，却洋溢着浓浓的人情味。借助拉尔夫的遭遇，任璧莲批判了"典型美国人"的价值体系，主张华裔移民在同化的过程中一定要保持自己本民族的优良传统，对传统文化的糟粕——比如男尊女卑的观念——则予以扬弃。

不难发现，在逐步认同美国文化的过程中，拉尔夫继承自儒家文化的夫权和男尊女卑思想有所改变。拉尔夫的父亲便常常因为他不求上进而打骂妻子，婚后的拉尔夫也信守"在家里，丈夫指挥，妻子服从"的原则。为了树立自己的权威，拉尔夫以粗暴的态度对待海伦，连妻子呼吸的方式都要受他管制，结果导致"孩童般的爱情变成了青春期的尴尬，而后变成了男子汉的专政"。拉尔夫常常挂在嘴边的话是"我是这个家的父亲"，他所定义的"张基"其实是以男人为中心、姑与嫂共处的中国传统大家庭。在这个不平等的大家庭里，拉尔夫"是父亲，可以为所欲为"，而妻子和姐姐都必须"极度小心翼翼"地维护拉尔夫的男性自尊。海伦本是中国上流社会的千金小姐，来美国后变成了能吃苦、会持家的贤妻良母。她遵循"儒家的三从四德"，相夫教子，不辞劳苦地营造一个"高品质的家"。只有在繁重的家务劳动间隙，海伦才会沉浸在自己的世界里，听收音机，看杂志。然而，最能体味海伦的辛劳和付出的是女友特丽萨，而不是丈夫拉尔夫。炸鸡店被迫停业之后，为了补贴家用，海伦四处寻找工作，而拉尔夫不仅不愿意回去教书，还把海伦当成发泄怒火的工具进行殴打。由于受到美国社会消费主义的影响，加上又憧憬浪漫的爱情，海伦做了中国文化视为耻辱的事情。但她后来悬崖勒马，主动中断了与格罗弗的关系。拉尔夫又何尝不是被格罗弗引诱而走上极端个人主义和拜金主义的不归路呢？按照儒家文化的标准，拉尔夫的堕落更可耻。海伦没有权利责骂拉尔夫，而拉尔夫却可以惩罚不守妇道的妻子。任璧莲不动声色的叙述中隐含着对拉尔夫及其代表的传统夫权思想的强烈批判。与此同时，任璧莲特意以同情和宽容的笔触描写了特丽萨和老赵的婚外情，赋予这种有悖于中国传统伦理道德的男女关系以一定的积极意义。海伦注意到老赵从来不像丈夫对妻子那样"监控特丽萨的一举一动"，他们互敬互爱，平等相待，完全不同于中国传统的男尊女卑的婚姻关系；不仅如此，特丽萨所设想的她同贾尼斯共事一夫的平等关系也创造性地改写了旧中国的一夫多妻制度。在颇具乐观色彩的小说结尾，向来对特丽萨和老赵口诛笔伐的拉尔夫却回想起他们两人在游泳池戏水的情景，耳边响起的是他们平等的对话。拉尔夫深受鼓舞，这表明他不仅感受到了对特丽萨的亲情，也说明他最终能以人性的眼光看待并接受这份婚姻体制外的平等爱情。拉尔夫回到了讲台，特丽萨又成了张家的一分子，我们完全有理由期待拉尔夫对海伦的态度会发生质的变化，期待一个建立在平等的亲情和爱情基础上的劫后余生的张家。

任璧莲曾在访谈中多次谈到"典型美国人"这一标题的含义：第一，张家人最初以"典型美国人"这个词组来表示对白人美国人和主流文化的反感，可是后来他们自己也变成了"典型美国人"，反讽的意味不言而喻；第二，任璧莲以"典型美国人"为题，意在批驳"熔炉"语境中典型美国人的定义，强调张家人和任何其他种族的人一样都是典型美国人。[3] (pp. 180-181) 笔者上文已经详细论述了第一点，其实这两点之间有着紧密的内在联系。张家人的转变既是主观上对主流文化的认同，又是客观上被主流文化同化的过程。但是这样的转变给张家人带来的不是幸福，而是灾难。因此，这一反讽的真正目的是双重的：表达的不仅是任璧莲对主流文化——重点是拜金主义和极端个人主义——的批判，还有她对张家人抛弃本民族文化的优良传统、盲目认同美国主流文化的不赞成态度。

六十年代发生黑人民权运动之前，美国推行文化"熔炉"的同化模式，其结果必然是以弱势文化的消解来进一步稳固强势文化的地位。1955年出生的任璧莲伴随着民权运动的风风雨雨长大成人，90年代开始写作的时候正好赶上美国国内多元文化主义的兴起，她所提倡和拥护的自然是"美国色拉碗"的概念。肤色不同、传统各异的各民族生活在同一个国家，互相尊重，平等相处，无所谓主流和边缘。任璧莲对典型美国人下的定义便极具包容性："尤其在东部沿海地区，你发现自己常常和一股把美国性定义为与你的传统相反的东西的潮流抗争，根据这个定义，任何保存一部分传统的人都不是百分之百的美国人。这是我要坚决否定的。我自己对'美国人'下了一个定义。它不是可以被你继承的东西，尤其不会牵涉到抛弃传统的问题。我认为美国性是对身份的困惑。这是新世界的标志，因为在我们生活的社会里，你不可能仅仅是你父母的复制品，你也不知道你的孩子会变成什么样子。这不是说我是金发碧眼、吃苹果馅饼的白种人，但是如果有什么定义认为我不是百分之百的美国人的话，我要说的是这样的定义是错误的。"[4] 在任璧莲看来，移民来到新世界，都会面临文化适应和同化的问题，而美国国内各民族之间必然存在文化交流和融合的倾向，这样一来，无论是移民还是移民的后代，不管他们在美国生活了多少年，都会遭遇认同危机——这就是典型美国人的标志。

按照任璧莲的逻辑，张家人都是典型的美国人，不是因为他们认同美国主流文化，变成了所谓的"典型美国人"，而是因为他们在这个过程结束时产生了认同危机。以拉尔夫为例，当他的炸鸡店破产并差点导致家破人亡之后，他开始反思自己的行为，冒出来的问题便是"我是谁？"。拉尔夫解决认同危机的办法便是回归传统文化，但这不是简单的倒退，而是有所取舍，去糟粕取精华。重新振作起来的拉尔夫无疑会变成既非完全中国化又非完全美国化的人。他们能把东西文化的优点融为一体，并能以同样公正客观的态度鉴别吸收东西方文化。事实上，特丽萨就是这样的人。长期以来，处于东西方文化夹缝之间的华裔美国作家常常强调文化的冲突和文化人格的分裂，任璧莲却乐观地提倡东西方文化的融汇，这是她的独特之处，对当今时代为全球化和多元文化所困扰的人们不无借鉴意义。

注释

① 根据笔者的粗略统计，目前对 identity 的中文译法有 3 种："认同"、"身份"和"属性"它们的基本含义一致。本文兼用了"认同"和"身份"两种译法，较后者而言，前者可以表达出动态的微妙含义。
② 台湾学者单德兴在《析论汤亭亭的文化认同》一文中对这一点讲得比较详细。参见单德兴、何文敬主编：《文化属性与华裔美国文学》，台北："中央研究院"欧美研究所，1994 年版，第 2 页。
③ 其他三人为谭恩美（Amy Tan）、李健孙（Gus Lee）和雷祖威（David Wong Louie）。参阅 "Gish Jen," in *Asian American Literature Reviews and Criticism of Works by American Writers of Asian Descent*, edited by Lawrence J. Trudeau. Detroit Gale Research, 1999, p. 180 及子清：《与亚裔美国文学共生共荣的华裔美国文学》，载《外国文学评论》，2000 年第 1 期，第 97 页。
④ Gish Jen, *Typical American*, a Plume Book, 1991, p. 3. 凡未注明出处的文字均引自该小说。
⑤ 钱满素先生所著的《爱默生和中国——对个人主义的反思》一书（三联书店，1996 年版）对孔子的儒家学说和爱默生的个人主义思想进行了深入的研究和比较，这里不再赘述。
⑥ 关于东西方宗教和哲学思想中对待物质财富的不同态度，参见《爱默生和中国——对个人主义的反思》，第 74—76 页。
⑦ 参见刘纪雯：《车子、房子与炸鸡:〈典型美国人〉中的大众文化与国家认同》,《再现政治与华裔美国文学》，何文敬、单德兴主编，台北："中央研究院"欧美研究所，1996 年版，第 117 页。

参考文献

[1] Pearlman, Michey. Listen to Their Voices: Twenty Interviews with Women Who Write. Boston: Houghton Mifflin Co., 1993.
[2] 钱满素：《爱默生和中国——对个人主义的反思》，三联书店，1996.
[3] "Gish Jen," in *Asian American Literature: Reviews and Criticism of Works by American Writers of Asian Descent*, edited by Lawrence J. Trudeau. Detroit: Gale Research, 1999.
[4] Julie Shiroishi. "American as Apple Pie," in *Asian Week*, September 27 – October 3, 1996.

20

超越二元对立的话语：读美籍华裔女作家伍慧明的小说《骨》

陆薇

评论家简介

陆薇，北京语言大学博士、教授、博士生导师，现任北京语言大学应用外语学院院长。主要研究领域为西方文学理论、文学批评、美国亚/华裔文学和文化研究。专著有《走向文化研究的华裔美国文学》；译著有《哈代和他的〈远离尘嚣〉》、《追踪艾米》、《春梦之结》、《骨》、《稳如蜂鸟》、《此岸天堂》和《望岩》。

文章简介

本文从女性主义和后殖民主义的角度，探讨了新生代美国华裔作家伍慧明的小说《骨》中的自我身份和民族文化身份问题。笔者认为，《骨》中的故事看似简单，实则却隐含着两性、家庭以及民族的兴衰命运，是一个将个人、家庭及民族的历史与政治问题编织到一起的民族寓言。此外，本文还对美国文学批评家菲立帕·卡夫卡对《骨》的二元对立式解读提出了质疑，认为小说主人公所经历的不仅仅是在两种冲突之间寻求消极的妥协与调和，而是实现了对这种模式的超越，构建起了新的话语方式。同时，笔者还指出，《骨》这部小说不仅仅是一个表现个人和家庭生活经历的文本，还是一个透过"记忆、幻想、叙事和神话"重新发现百年来有关美国华裔"隐藏的"历史的文本。

文章出处：本文原载于《外国文学研究》2002年第2期，第47—53页。

超越二元对立的话语：读美籍华裔女作家伍慧明的小说《骨》

陆薇

在美国所有的少数族裔文学与移民文学文本中，主人公对自我身份（self identity）和民族文化身份（cultural identity）的求索无疑都是作品许多主题中最重要的一个。被称为新生代作家的美国华裔女作家伍慧明（Fae Myenne Ng）就直接以"骨"（Bone）一词为她 1993 年出版的第一部、也是受到最高赞誉的一部小说命名。这种径直追溯到先人遗骨的归宿、借回顾历史而对几代人的命运所做的探究，无异于美国华裔对自身处境所发出的天问，也是以最直白的方式挑战这个主题。《骨》中的故事虽然看似简单，但它隐含的却是两性、家庭及民族的兴衰命运。借用西方马克思主义理论家弗里德里克·杰姆逊的话说，这就是一个"民族寓言"，一个将个人、家庭及民族的历史与政治问题编织到一起的民族寓言。它探究了一个被排斥至边缘地带的少数族裔的民族历史根源，寻求在官方书写的历史版本之外重读、重写她那被抹杀或被掩盖的真实故事，以便再现其个人与民族的本真文化身份，这也是后殖民主义语境中文学表征的重要手段之一。本文力图以这些理论为出发点，分析美国文学批评家菲立帕·卡夫卡对《骨》的二元对立式阅读中的种种矛盾。在菲氏看来，在《骨》和其他美国亚裔文学作品中，都提倡了一种二元对立之间的妥协与调和，从而获得了"自我的整合"（the unitary self）[1]。本文作者认为，这个结论是值得进一步探讨和商榷的，因为书中的主人公不仅仅是在两种冲突之间寻求消极的妥协与调和，而是超越了这种妥协与调和，建立了自己话语方式的新一代华裔女性形象。同时，本文还试图说明，《骨》不仅仅是表现个人和家庭生活经历的文本，也是"透过'记忆、幻想、叙事和神话'重新发现百年来有关华裔'隐藏的'历史的文本"[2]。

和许多美国华裔小说一样，《骨》一书取材于作者的亲身生活经历，带有很强的自传色彩。伍慧明自己是第二代移民，父亲 1940 年移民到美国，在西海岸的加州大学伯克利分校的学生餐厅当厨师。母亲是位衣厂缝纫女工，靠没日没夜地踩缝纫机维持生计。伍慧明从小生活在小说中描写的旧金山的唐人街上。和许多她的同代人一样，她在家讲广东话，上教会办的中文学校。靠父母微薄的收入，她和哥哥相继完成了学业。1984 年伍慧明在哥伦比亚大学艺术学院获得了硕士学位。她曾与美国作家马克·库弗里斯结婚，后又离异。从 1998 年起，她一直住在纽约市的布鲁克林区，边在餐馆打工边写《骨》的书稿，前后花了十多年时间才完成了这部处女作，并因此一举获得了许多项大奖，得到了评论界和读者的一致好评。

小说《骨》是一个生活在旧金山唐人街上的三个女儿的家庭故事。小说中的父亲里昂·梁和伍慧明的父亲一样,也是一个生活在社会底层靠卖苦力养家糊口的男人。他常年出海,借以逃避与社会和家庭的各种矛盾。母亲也是位衣厂女工,是那种顺从男人、吃苦耐劳、孝敬老人、养育子女、任劳任怨的典型旧式中国女性。她先是嫁给大姐莱拉的父亲而遭遗弃,后又为一张绿卡嫁给了里昂,生了安娜和尼娜两个女儿。三姐妹中的老大莱拉是一所小学的教育咨询员,负责帮助移民的孩子与学校和老师沟通交流。她一直与父母住在一起,在他们精神上遭受重创时给了他们最大限度的安慰与支持。二女儿安娜和家里生意上的伙伴、翁家的儿子奥斯瓦尔多恋爱,但由于最后两家合作不成,翁家骗走了梁家的全部投资,致使两家关系破裂,安娜与奥斯瓦尔多的关系也遭到了父母的强烈反对。为此安娜选择了坠楼自杀的出路。小妹尼娜在姐姐出事之后只身去了东部的纽约,当上了空中小姐和导游,借以逃避家中挥之不去的愁云苦雨。莱拉在悉心照顾父母、帮助他们从灾难中摆脱出来之后,也充分了解和理解了老一代移民的心路历程,因此终于做出了自己的人生选择——和丈夫一起搬出唐人街,在更广阔的天地里开始自己的新生活。

  在这里,小说的题目"骨"的意象至少有两重直接所指。其一是指祖父故去后未能被送回故乡安葬的遗骨:这位受美国《排华法案》直接迫害以至终生未能成家立业的华埠单身汉,这位靠父亲这个"契纸儿子"("paper son")[3]继承家业、养老送终的老人,他终生的愿望就是自己死后要由养子将遗骨送回家乡,在那里入土为安,得到灵魂永久的安息。然而,这愿望终究没能实现。老人的遗骨被永远地留在了美国这片他始终认为是客乡的土地上。"骨"的第二层所指是梁家二女儿安娜由于不堪忍受父母对她与男友恋爱之事的反对而跳楼身亡后摆在家中的骨灰。与祖父的遗骨意义不同的是,安娜的死是自杀所致,从这个意义上来讲,她的骨骸是残缺不全的,从而给家人带来了无尽的痛苦与自责。两重意义上的遗骨未安葬使得全家人都陷入深深的内疚与不安之中。很明显,伍慧明在这样开头的一部小说中要探讨的是遗留在所有人心上症结的根源:留在世上人如何才能清醒、理智、冷静地面对过去的伤痛和今后的生活;被挤压在两个种族、两种文化夹缝里的人们如何正确看待自我;年轻一代的美国华人又该如何看待老一代的生活对自己的影响,安排自己的新生活;在一连串的二元对立,如生与死、爱与恨、过去与现在、父母与子女、东方与西方等矛盾中,他们将如何寻求生存的空间。这是美国少数族裔文学面临的共同的命题。

  《骨》在小说的一开头就向我们展现了过去与现在、生与死之间对立的矛盾冲突。小说是以事情的结束开始的:安娜此时已经坠楼身亡,她的死已给家人带来了无尽的伤痛与自责:父亲因此从家中搬到了城里的单身老人公寓,从此惶惶不安地度日;母亲整日心神不宁地寻找父亲,以求精神上的慰藉;父母的婚姻也因此濒临破碎;小妹尼娜只身去了东部的纽约,当上了空中小姐,彻底与中国的家庭背景脱离了关系。就连家里最理智、最豁达的大姐、故事的叙述者莱拉也整日为该不该把自己的婚事告诉父母、父母对此会有何反应而忧心忡忡。在父亲看来,这一切都是因先人的遗骨未能安葬所致。

在这里，作者伍慧明透过小说的主人公莱拉，向读者展示了一个全新的华裔女性形象，她不同于以往美国华裔文学文本中的女性，因为她所要做的并不仅仅是揭示华裔美国人在生活中面对的诸多矛盾和困境，更是积极建构一种超越种族与性别、个人与家庭、服从与独立、沉默与表达、过去与现在、东方与西方等多重二元对立的话语。她力图用自己建构的独特话语，在上述人物之间种种纵横交错的关系中将整个事情追根溯源地理出头绪，为它们找出合理的解释，用重读历史、重写历史的方式为死者安魂，为生者安心，为自己安生。④

首先，莱拉的视角为读者打开书中人物心结提供了最佳切入点，而我们对所有人物内心的了解都起始于父亲和家中女性的关系。在《骨》中我们看到的两性关系显然有别于传统的主流文学中男性占主导地位的两性关系：熟悉美国亚裔文学的读者恐怕早已习惯于这样的事实：在这里，男性并不是主角。《骨》中的父亲里昂一生最大的成就莫过于以重金买得"契纸儿子"的身份进入美国、取得美国公民身份了。凭了这个身份他才得以在美国改名换姓、娶妻生子、打工谋生，这似乎成了他一生唯一值得骄傲的事情。因此他一生的习惯就是收藏所有的文件、证件、信件（大部分是拒绝他各种申请的信件），乃至报纸，只要是官方印制、颁发的东西对他都有权威意义："这里的文件比血还重要"⑤，因为"对于一个契纸儿子而言，纸就是血"⑥。但极具讽刺意义的是，以切断血缘关系为代价换来的这个身份也是假的，这样，美国华裔男性的整个存在意义就在隐喻的层面上遭到了否定：父亲人生的一切都是建立在谎言之上的，他因此在这个社会中失去了自我。然而，制造这个谎言的不是别人，正是一向以诚实、民主、理性自居的美国政府，还有它所制定的移民政策。用历史的眼光来看，华裔男性的沉默与无奈原本只是为适应历史环境而采取的生存策略，但久而久之它却被主流社会有意地解释为"中国人的美德"，是"有自知之明"的表现。⑦可怕的是这种早期移民为适应恶劣的生存环境而戴上的面具到最后不仅被当成了他们后代共同的文化特征、印记，而且还成为征服者与被征服者拥有的共识。这不能不说是华裔最大的悲哀了。在这里，民族隐性的历史在个人叙事之中不经意地被凸现了出来⑧，并得到了修正。

所幸的是，《骨》中的莱拉并没有像《女勇士》中的汤亭亭一样不理解父母的"不许说"（因为不能说），更没有谴责父母的"谎话"，（因为无法讲出真话）。相反，虽身为养女，她却充分理解继父内心的苦痛，肩负了如父母照顾孩子般照顾继父的责任。为了应付警察对继父所用的多个化名而对他身份的盘查，莱拉翻遍了继父保存的所有文件，了解了老一代移民的心曲。她清楚地意识到，这位没有儿子的父亲在唐人街得不到任何尊重，而且，在美国主流社会里他无论在经济上还是在社会地位上都无足轻重、事事处处都被排斥在社会之外，然而，这并没有影响莱拉对继父的尊重与爱，因为她对整个事情有着历史的观察与分析，并以成熟的心态加以正视。她深刻地体会到："构成家庭的不是血缘，是时间"⑨，她就是以这样成熟的心态面对血缘全无却亲情浓厚的继父。她坦言："我是一个'契纸儿子'的养女。我继承了所有的谎言。这一切都属于我。我所有的是记忆，我要把这一切全都记住。"[10] 很显然，作为少数族裔女性，莱拉较《女勇士》中的汤亭亭已有了质的变化：虽然她也有抱怨，也有夹在两个世界之间的苦恼，但她再也不是那个对中国文化一味反抗、不顾一切地要与西方文化认同的女孩。莱拉有自己对两个世界的更成熟的认识和处理方法，她是作者理想中的华裔女性形象。

从这样的男性与女性关系中我们可以看出，少数族裔在主流社会控制下的确存在着"两性的不均衡"（"gender asymmetry"）[11]，但这种不均衡与男权社会意义上的"不均衡"恰恰相反：在这里，女性成为家庭的中坚力量，她们坚韧持久，在与男性一同承受着种族压力的同时尚能用母性的温柔与爱细心照料着男性，使他们得以从失意中看到希望。可以说这样的刻画既延续了美国少数族裔女作家对女性力量传统上的弘扬（如非裔作家托尼·莫里森和爱丽斯·沃克，华裔作家王玉雪、汤亭亭、谭恩美等人作品中的坚强女性形象），又彰显了伍慧明的独特话语视角：她的女主人公并不是志在抵制或颠覆男性霸权，用女性的力量去与之抗衡或取而代之，她的策略是坦诚地面对两性的处境，汲取两性共同的力量，用积极的合力来破除二元对立中的霸权意识，建立自己的主体性与地位。可见她的态度并不是在两者之间做任何调和。正如伍慧明反复强调的："回忆过去赋予现在力量"[12]，关怀男性的处境也同样赋予少数民族女性力量。

其次，从莱拉这个人物身上我们还能发现一个在许多美国华裔作品中都出现过的形象——一个中西方文化之间的译者的形象。同那些形象一样，莱拉也同时可以使用中文和英文两种语言，而且她的职业就是为当地的公立学校做咨询、翻译、解释工作，向学校表达移民的孩子与他们父母的意愿与想法，"打开交流的渠道"[13]。在家中，她是父母的传声筒，将讲中文、用中国思维方式思考的父母的意思传达给美国社会。但很多时候她这个译者做的却不是"忠实"的翻译，而是为了让大家都"生活更容易"而解释、修正双方的意思，使双方都得以互相接受。例如，当警方向莱拉询问安娜的自杀原因时，她感到以西方警察的思维方式，他根本无法想象、更谈不上能够理解她所提供的解释：

他（询问情况的警察）根本听不懂。他关心的是那些普通的原因，这就是他所关心的。也许我能解释安娜的困境。在唐人街，在家里，安娜是中间的女儿，所以她就被挤压在了所有麻烦的中间。

我还能给他一个里昂的解释，那就是祖父的遗骨没能安息；或者给他一个妈妈的解释：安娜觉得自己被出卖了，在她与奥斯瓦尔多（安娜的男友）的事上没有人能救她，她得承受翁家与梁家两家生意失败的指责。

但这些我一样也没说。这不是他能写进报告里去的。而且，他称呼我"小姐"也让我紧张：他不明白为什么我和安娜的姓不一样。把妈妈与里昂拉进来也无济于事，谈论这些事总是使事情更加糊涂。我没有现成得答案。我只是喃喃地说了一句：这是个说来话长的故事。[14]

把一个文化背景下的思想与经历传达给另一个根本不存在这些思想与经历的文化，这其中的难度可想而知，绝不是一个"忠实的译者"所能做到的。作为两种文化之间的媒介，莱拉并没有刻意去强调两者之间的不相容；相反，她用自己双语、双文化背景所赋予她的优势，过滤、筛选、增补、删除，使无法理解的变为能够理解、不可言说的变为可以言说。这种策略恰好印证了后殖民主义理论中的"挪用"（appropriation）原则，它使两种语言与文化之间的正常交流与正确理解成为可能，最大程度地消除了矛盾与抵抗。

从这个角度来讲，莱拉并没有前人可以效仿，因为历史上原本就没有美国亚裔女性（抑或男性）成功的典范。莱拉的身份是中国人、美国人、女儿、妻子、姐妹这些多重角色构成的，而这多重角色也绝非是能用中文或英文（中国文化或西方文化）所能定义得了的。换言之，要为自己定义，她就必须依照这个需要创造出自己的话语。正如美国非裔作家克莱斯特深刻地指出的那样：

> 女性精神的求索是对自身的灵魂深处和她在宇宙中的位置的觉醒……它涉及的是这样的一些最关键问题：我是谁？我为什么活着？我在宇宙中的位置如何？为了回答这些问题，女性必须倾听自己的声音，从自身的经历中寻找答案。她必须打破长期以来形成的习惯，事事要取悦父母、恋人、丈夫、朋友、孩子，但却从未取悦过自己……因为她再也无法接受这些世俗的答案了。她要接受一种全新的、革命性的力量，这力量也许能释放很大的能量，甚至超越她对自身能量的估价，使她能够重新认识自己，认识自己在世界上的作用。[15]

实际上，伍慧明在莱拉身上展现了美国少数民族女性在自我身份的问题上，从忧虑到肯定的四个阶段，那就是从对生活与自我身份的迷惑到对自身力量与生命力量的觉醒，再到把自身的力量与生命的力量合二为一的洞见，最终达到建立新的话语去表现新的力量。这四个阶段在莱拉身上是从她对女性在中国文化背景下和历史上的地位的怀疑开始的。这一点从小说的一开始我们就感受到了："我们是一个三个女儿的家庭，这用中国的标准来看可不是什么幸运的事情。"[16]（这种对女性的贬低几乎是所有美国华裔女性作家反复书写的主题。）不仅如此，莱拉在自己家中也是最不受宠爱的一个。妹妹安娜的死导致了她的人格分裂：一半是安娜死前的她，一半是安娜死后的她。在对自我身份的不断求索中，她开始一直是用否定的形式自我定义的："这就是我，一个生活在现在的女儿，而母亲的心却在其他两个人身上。我没有死，我只是不存在。"[17] 更为不幸的是，在照顾母亲与追求自己的生活的矛盾中，她还在母亲与男友梅森之间像拉锯子一样被拉来拉去。妹妹死后，她不得不把时间都尽可能地平分在代表过去的母亲和代表未来的梅森身上。然而，这自我与家庭之间的矛盾却是无法用平分时间和精力的方法来妥协、调和的，原因是这两者的结合根本无法给她一个完整的自我；在过去与将来的冲突中并没有她可以用来寻求自我整合的空间。

莱拉的觉醒在于她经过长时间的痛苦思考,最终认识到除了作别人的传声筒之外,她还要发出自己的声音,做出自己的决定,那样才能建立完整的自我。安娜与尼娜都做出了自己的决定:安娜不愿以爱情为代价做父母的孝顺女儿,所以选择了死亡;尼娜选择了把自己流放到了东部,流放到了空中。这样一种选择是以中国背景为代价而换来美国式的生存方式。莱拉认为她的两个妹妹并不是亚裔美国女性典型的那种牺牲品形象,要么"死守中国部分,要么成为美国部分"[18],而是为了反抗种族、性别、家庭等力量的压迫做出了选择。然而,做出这些选择毕竟付出了太大的代价。作为少数民族女性,她们也并没有寻找到理想的归宿。

莱拉的洞见始于对个体生命与整体生命的顿悟。她最终认识到她不愿步任何一个妹妹的后尘,因为她对父母、男友、生活都负有责任。她的选择是接受二元的同时存在。她用译者、修正者的身份祛除两者互不兼容的成分,寻找一种更高层次的合理性。她要在尊重别人选择的同时,也同样尊重自己的选择:

> 对于我来说,时间就好像坍塌了下来,在安娜跳楼的前后,我不想和以前一样了。我想要一种新生活……我该接受我当时,我当时是救不了安娜的,能救她的那个人不是我。我必须相信那是她自己的选择。[19]

在时间坍塌下来之后,莱拉反而有了在过去、现在、将来之间自由穿梭来往的可能与自由。这正对应了伍慧明在叙事形式上采取的那种波浪般的、在时间与空间上、过去与现实间不断翻滚、转换的技巧。在这样的时空维度里,她获得了同时在两个世界中生活的体验。于是,她开始把过去与现在,生与死、东方与西方看成是可以相互转变、而非相互对立的两极。具体地说,她身上既可以保留安娜的血液,但是又继续她自己的生活。她意识到:"安娜的心脏还在我们所有人的身上继续跳动。这种感觉日益真实起来。"[20]正是对过去、现实的积极正视与接受给了莱拉重新定义相互对立的两极的灵感,也给了她创造描述自己新生活的新话语权。

当她最终决定离开父母、与丈夫梅森开始新生活时,她是这样处理该带走和该留下的两者之间关系的:

> 我所有的东西都塞进了梅森的沃尔沃。当他把车慢慢地倒出巷子的时候,我最后看到的一样东西就是那个发旧的蓝色门牌,2号楼4门6号楼上(updaire)。没有人去更正过这个拼写错误。倒是每年都有人把它重刷一遍油漆。它就像油画册或里昂的身份文件,或者是祖父丢失的遗骨,总提醒我向后看,记住这一切。[21]

莱拉离开鲑鱼巷的家时心里是踏实的,因为"我知道我心中的一切,会指引我,所以我在转过弯时并不担心把那块蓝色牌子、鲤鱼巷、妈妈和里昂——还有所有的一切——留在那里（leave them backdaire）"。[22]

卡夫卡把莱拉最后的离开看作是对立的两极之间的妥协，她认为莱拉的做法是"离开过去的一切，开始自己新的生活，但同时又不会离开得太远"。[23]她把莱拉的走看成是女性主义的，是妥协的、尊重过去的行为；而把尼娜的走看成是后女性主义的，是"忘记性别与种族不平等历史的自私"行为[24]。这种分法似乎又设立了一对新的二元对立，尤其是在姐妹这种无论是生理上还是精神上都至关重要的关系之间设立这种对立更无益于问题的解决。这似乎是在印证这样的一个陈旧的模式：一位女性的自我肯定必须来自对另一位女性的否定，而这种理解无疑是既限制了莱拉自我肯定的程度，又削弱女性集体力量。相反，笔者认为，在这来之不易的自我肯定之中蕴藏的是一种无法避免的多意性：结尾处的updaire 和 backdaire[25]两词首先从语言的运用上就证实了这一点。有些事是无论用英文和中文都无法描述清楚的，要想将两种文化与语言之间相互冲突、对立，但又互为补充、互为借鉴的情形描述清楚，就需要创立一种新的语言，一种互补式的语言，这样才能做到你中有我，我中有你，互为补充。很明显，伍慧明在《骨》中的自我肯定模式已经超越了性别、种族、文化、现代与后现代的二元对立。它拒绝被划分到一极或另一极的模式中去，而是用一种新的语言、新的视角去看待这些矛盾的对立面。把一切都留在那里（leaving everything backdaire）就道出了选择的多意性。这种多意性既能使人解放，同时也潜存着威胁力量，促使人们不断地探索，不断地寻找新的答案。实际上，当每种语言、文化都有别的语言、文化无法进入或破译的领地时，误写/误读乃至误解本身都给人又提供了新的生存空间，改变话语方式在这种情况下就成为解决问题的最好途径。正如前文所说，美籍华裔女性在历史上并没有现成的定义，她们需要用自己的方式去为自己创造一个定义。在这个过程中，她们经历了与父母，与男性，与种族，与中西文化的各种冲突和矛盾，从对自我身份的迷惑、质疑到顿悟、觉醒，终于到用自己的亲身经历与体验去创造属于自己的话语，完成了自我的定义。不仅如此，在为自己寻求定义的同时她也将家庭与民族的矛盾症结梳理了出来，使人们能够重新审视官方书写的"正统历史"，以及它背后的政治、文化霸权，重新书写福柯（Michel Foucault）所谓的"有效的历史"[26]，从而使死者安魂、生者安心。正如她自己在一次访谈中所说：

"骨"对我来说似乎是形容移民不屈精神的最好的比喻了。这本书的题目就是为了纪念老一代人把遗骨送回中国安葬的心愿。我想记住他们未了的心愿。我写《骨》的时候非常理解他们的遗憾，所以就想在书中用语言创造出一片能供奉我对老一代的记忆的沃土，让这思念在那里永远地安息。[27]

我想这就应该是《骨》这本小说的终极意义所在了。

注释

① ⑪ ㉓ ㉔ Kafka, Phillipa.（*Un*）*Doing the Missionary Position*：*Gender Rsymmetry in Contemporary Asian American Women's Writing*. Westport，CT：Greenwood Press. 1997. pp. 4, 51, 52, 77.

② 何文敬：《铭刻先人轨迹〈家乡〉中华美自我的再现》，参见何文敬、单德兴主编，《再现政治与华裔美国文学》，台湾："中央研究院"欧美研究所，1996年。

③ 1906年旧金山地震引起大火，烧毁了移民局的档案，许多早期移民美国的单身华人利用这个机会让家乡亲朋好友的儿子冒充自己的儿子来美。此处便指这些非法入境的华人男性。详细介绍见 Elaine H. Kim 的著作 *Asian American Literature: An Introduction to the Writings and Their Social Context*. Philadelphia：Temple University Press, 1982.

④ 单德兴：《想象故国：试论华裔美国文学中的中国形象》，参见《四十年来的中国文学》，台湾："中央研究院"欧美研究所，1995。

⑤⑥⑨⑩⑬⑭⑯⑰⑲⑳㉑㉒ Ng, Fae Myenne. *Bone*. New York：Hyperion. 1993. pp. 9, 61, 3, 16, 139, 91, 15, 145, 193, 196.

⑦ Li, David Leiwei, *Imagining the Nation*, Stanford, California: Stanford University Press, 1998.

⑧ 冯品佳：《"无隐的叙事"：〈骨〉的历史再现》，参见何文敬、单德兴主编，《再现政治与华裔美国文学》，台湾："中央研究院"欧美研究所，1996。

⑫ ㉗ Brostrom, Jennifer. "*Interview with Fae Myenne Ng,*" *Contemporary Literary Criticism Yearbook*. Detroit：Gale Research Company，1994, p. 103, 104.

⑮ Christ, Carol P. *Diving Deep and Surfacing*：*Women Writers on Spiritual Quest*. Boston：Beacon, 1980, p. 8.

⑱ Chin, Frank, Jeffrey Paul Chan, Lawson Fusao Inada and Shawn Wong, eds. *Aiiieeeee! An Anthology of Asian American Writers*，Washington DC：Howard University Press，1983. p. 26.

㉕ 上述两词正确的英文拼法分别是 upstairs 和 back there，意思分别为"楼上"和"在那里"，这是讲中文的父母发不清英文的音而发的近似音。

㉖ Foucault, Michel. *Language, Counter-Memory, Practice*：*Selected Essays and Interviews*, Ed. Donald F. Bouchard. Trans. James Strachey. New York：Avon Books, 1977, p. 153.

21

鬼魂言说:《女勇士》中"鬼"的意象之文化解读

薛玉凤

评论家简介

薛玉凤,北京外国语大学博士,浙江理工大学外国语学院教授,曾任河南大学外语学院教授。主要研究领域为美国文学与文化、美国华裔文学、传记文学。专著有《美国华裔文学之文化研究》、《洛杉矶访学记》、《剑桥日记》和《美国文学的精神创伤学研究》。

文章简介

本文从文化的视角对《女勇士》中"鬼"的意象进行了全方位、多角度的解读。笔者认为,在汤亭亭笔下,"鬼"是一个多重的"能指",既指的是中国的传统文化,又指的是美国白人的主流文化。在这部作品中,汤亭亭借"鬼"的意象不仅阐释了美国华裔的双重文化身份以及他们在异质文化的夹缝中求生存的苦闷、迷惘、愤怒、希冀与无所归属,还体现了中美两种异质文化由冲突走向融合的艰难历程。

文章出处:本文原载于《解放军外国语学院学报》2003年第1期,第86—89页。

鬼魂言说:《女勇士》中"鬼"的意象之文化解读

薛玉凤

汤亭亭是当代美国著名的华裔女作家。1976年,她的处女作《女勇士》一经发表,便立即好评如潮,被盛赞为美国华裔文学的开山力作。[3:75]《女勇士》获1976年美国全国图书评论界非小说奖,汤亭亭也因此荣膺美国1997年"国家人文奖"。

《女勇士》以中国为背景,通过极富想象力的虚构和白描,展示了一个生活在中美两种异质文化重压下的小女孩的童年生活。作品共分五部分,前三部分是小女孩"我"讲述的几个儿时妈妈讲给"我"的故事,后两部分由作者本人讲述。作品将白人文化背景下华人受歧视、受压抑、贫困、不安定的生活现实,与中国传统文化中的神仙鬼怪、仙风道骨、行侠仗义的女英雄的故事融为一体,给人以巨大的艺术感染力和无比的审美享受。

"鬼"故事的描写是《女勇士》的一大特色。作品从头至尾,充满了各种各样的鬼。实际上,作品的副标题:"一个生活在鬼中间的女孩的童年回忆",已经充分暗示了鬼的意象在作品中的重要性。那么鬼到底指什么?它对烘托主题起着什么作用?书名《女勇士》与副标题的"鬼"之间有些什么联系呢?这些正是本文探索的主要内容。

1."鬼"说

《现代汉语词典》中"鬼"有七义:除了通常人们所说的"鬼魂"(人死后的灵魂)外,另有四义都含贬义,如:讨厌鬼、胆小鬼;鬼头鬼脑、鬼鬼祟祟;捣鬼、心里有鬼;鬼天气、鬼地方等。但是值得注意的是,口语中"鬼"有时也用作褒义词,意为"机灵",如小鬼、机灵鬼等。"鬼子"更成了现代汉语中一个专有名词,是对侵略我国的外国人的憎称,如我们称西方侵略者为"洋鬼子",称日本侵略者为"东洋鬼子"或"日本鬼子"。

中国文学对"鬼"也似乎情有独钟。从《墨子·明鬼》中的"杜伯报冤"开始,中国的鬼话异常丰富。"不屑与权贵为伍,宁可与鬼怪同流"的蒲松龄"喜人谈鬼",[4:6]在《聊斋志异》中把中国古代的鬼神文化推向了最高峰。《聊斋志异》简直是个鬼魅的世界,里面的狐魅鬼女个个年轻、漂亮、善良、热情,给读者留下了深刻印象。中国四大古典名著之一的《西游记》中也是鬼怪横行,所不同的是,吴承恩笔下的妖魔鬼怪大多青面獠牙、邪恶成性。可见文学作品中的鬼怪和现实生活中人们对鬼魂的理解一样,有时是自相矛盾的。

美国也并非一个"没有鬼魂的地方"。[1:45]从爱伦·坡对鬼魂的令人毛骨悚然的描写,亨利·梭罗的"每一根铁轨下都躺着一个爱尔兰人"灵魂的愤怒的呐喊,到托尼·莫里森

"献给六千万甚至更多"死去黑奴的《宠儿》中小鬼魂18年后对母亲的报复,再到电影《人鬼情未了》中惊天动地、催人泪下的人鬼未了情,谁能说美国文学中没有"鬼"的传统呢?由此看来,《女勇士》中群"鬼"乱舞,便并非没有其文学史上的渊源。汤亭亭正是继承了前辈们对鬼魂的描述,借"鬼"发挥,从而充分阐释自己的主题的。

2. 中国鬼——中国传统文化

《女勇士》中满是形形色色的中国鬼。什么墙头鬼、压身鬼、胡扯鬼、饿死鬼、扫帚鬼、淹死鬼等等,林林总总,丰富多彩。这些鬼故事是母亲英兰讲给女儿——叙述者"我"的。"我"在母亲的鬼故事中长大,对这些鬼魂充满恐惧。母亲40岁才得以到美国与父亲团聚,生下"我"及几个弟妹。"我"在美国出生,生长于美国的华人社区。因此"我"的有关中国的知识完全是母亲通过讲故事的方式灌输的。母亲是书中中国文化的代言人。

以鬼故事为主要载体,《女勇士》中的中国传统文化符号比比皆是。从历史传说、神仙鬼怪,到招魂祭祖、气功武术、裹足绞脸,再到吃活猴脑、饮甲鱼汤等古老而稀奇古怪的风俗民情应有尽有。书中还提到了许多中国历史或传说中的人物,如花木兰、蔡文姬、岳飞、关公、孔子、汉钟离等,各章节到处穿插着作者对中国文化自相矛盾的看法和评说。汤亭亭对中国传统文化符号无节制的使用,恰恰说明了作者受中国传统文化影响之深远。实际上,这些中国故事正像鬼魂一样,影响了作者一生。值得注意的是,汤亭亭对中国文化的描述,是经过艺术加工和变形的,是华裔美国人眼中的中国文化,是作者对中国文化的有意"误读"。

在众多中国鬼中,无名姑妈的鬼魂一直萦绕着作者,对其影响极大。"无名女子"是全书的第一章,开首第一句"'你不能把我要给你讲的话,'我妈妈说,'告诉任何人'"为全书定下了基调:这是一本女人写的书,一本写女人的书。母亲打破父亲"不准讲"的禁令,把无名姑妈的故事讲给了"我","我"则不顾母亲的禁令,用文字言说的方式把姑妈的故事公之于众。女性言说本身就是对中国传统男权文化的挑战。作者把语言作为工具,解构了中国几千年来"男尊女卑"的传统思想,颠覆了中国传统的男权中心话语,为像姑妈那样受传统男权社会迫害、含冤而死的女前辈们复了仇。

无名姑妈是中国传统男权文化的牺牲品。新婚第二天,丈夫随同村里的其他男人到"金山"淘金去了,数年后姑妈与人私通怀孕。在分娩的那一夜,族人袭击了姑妈的家。无奈之中,姑妈在猪圈里生下了孩子,天亮后抱着孩子投井身亡。从此以后,家里人绝口不提姑妈的事,"只当她没有出生过"。"我"初潮之时,母亲把姑妈的故事悄悄地告诉"我",一再警告"我"恪守妇道,以姑妈为诫。许多年后,全家人对姑妈的不贞仍然恼怒万分,他们故意要把她忘掉"要让她永远受罚"。然而:

我姑妈缠着我。她的鬼魂附在我的身上。因为现在，经过50年的疏忽之后只有我一个人舍得为她破费纸张，虽然不是为她做纸房屋和纸衣服。我想，她不会总对我心怀好意。我正在讲她的故事。她是含恨自杀，溺死在水井里的。中国人总是非常害怕淹死鬼。那是水鬼，眼泪汪汪，拖着水淋淋的长头发，皮肤水肿，在水边静静地等着，伺机把人拉下水作她的替身。[2:15]（以下出自此书的译文只注页码）

如果不是对中国文化耳濡目染，作者不可能对中国的淹死鬼描述得如此活灵活现。如今的"我"在接受了美国式的个性教育后，在"我"眼里，姑妈是一个敢于反抗命运、抗争传统的"女勇士"。她用投井自杀的方式以示抗议，从而成为反抗中国传统父权文化的典型。"我"为姑妈祭奠，用文字的方式为姑妈立传，为姑妈的被人遗忘复了仇。从此姑妈不再是孤魂野鬼，她可以向其他鬼魂一样，由鬼变作神了。

花木兰代父从军的故事在华裔美国人中家喻户晓，然而作者有意利用文化"误读"策略，在《女勇士》中提供了一个与以往的传说截然不同的版本。在这个版本中，花木兰7岁上白虎山学艺15年，练就一身本领后下山，自己组建部队，杀贪官、惩污吏、劫富济贫，为族人报仇雪恨。有意思的是，汤亭亭让花木兰也变了一回鬼，并结了"鬼亲"。鬼亲是中国民俗文化中人们为告慰早逝的亲人而为他们举办的一种冥婚形式。但在汤亭亭笔下，花木兰一走15年，家里人不知其死活，于是利用鬼亲的方式为其招魂，其丈夫不是鬼，而是花木兰从小一起长大的伙伴。花木兰作为《女勇士》一书的题解，是评论界一致公认的。作者把这个故事放在书中第二章，并且一开始就告诉读者："我们中国姑娘"在听这类巾帼英雄的故事时，就知道母亲是希望我们长大了要当女中豪杰的。

"我搞不清故事在何处结束，梦从何时开始。睡梦里母亲的声音与女英雄的声音混为一体了。"（17）因此，这节故事既是儿时母亲讲的故事中的一个，又是"我"自己的故事，"我"的幻想。在此，神话与现实、事实与梦幻交织在一起。它既是中国文化的变形，又是美国现实社会的象征。"白虎山"上的"白雪"、"白虎"和"白胡子老人"中的白色，分明就是美国白人的象征，"我"在白虎山15年的苦苦修炼，无疑暗示着华裔美国人在美国白人文化背景下的挣扎、彷徨、苦闷和对成功的渴望。"我"无法成为女剑客、女英雄，但"我"通过语言，变成了一位语言的女勇士。

母亲英兰捉鬼及招魂的故事与花木兰除暴安良的传说相映成趣。书中第三章"乡村医生"是母亲的故事。"英兰"意为"英勇的兰花"，是花木兰的谐音。名字本身就暗示着母亲是花木兰的翻版，是书中的"女勇士"之一。母亲作为中国传统文化的主要传播者，同样也是它无形中的维护者。从开篇第一句话就可以明明白白地看出，母亲是以父亲为代表的中国男权文化的同谋。但是母亲的所作所为又说明她根本不是一个恪守"三从四德"的传统妇女形象。学堂学医、宿舍捉鬼、到美国与丈夫团聚，还有打破父亲"不准讲"的禁令本身，以及后来鼓励妹妹月兰去美国找丈夫讨个公道，这一切的一切，都说明母亲像花木兰一样，是女中豪杰，是女儿效仿的榜样。

从以上分析可以看出，"我"从小沐浴在母亲关于鬼魂的故事之中，深受中国传统文化的影响，逐渐形成了自己的世界观，有了自己的价值取向。这种价值取向通过新版的花木兰的故事清楚地表达了出来，那就是身为女性，长大了不能只当别人的妻子或用人，而要做巾帼英雄、女剑客、女中豪杰。"我"既不是中国人，也不是美国人，"我"是一个华裔美国人，这才是"我"的文化归属。

3. 美国鬼——美国白人主流文化

《女勇士》中的鬼不仅指中国鬼，还指"白鬼"——美国鬼。书中把所有的美国人统称为鬼，按肤色分有白鬼、黑鬼、黄鬼等，按工作性质分有煤气鬼、推销鬼、移民鬼、送药鬼等等。在母亲眼里，"我们出生在洋鬼子们中间，受洋鬼子的教育，自己也有点洋鬼子气。"（167）真是一个名副其实的"鬼国家"！

如前所述，过去我们把西方侵略者称做"鬼子"，是贬称。《女勇士》中的美国鬼远非只是称谓。其中的文化意蕴在下面这段引文中得到展示：

> 美国也到处是各式各样的机器，各式各样的鬼——的士鬼、公车鬼、警察鬼、开枪鬼、查电表鬼、剪树鬼、卖杂货鬼。曾几何时，世界上充满了鬼，我都透不过气来，我都无法迈步，总是摇摇晃晃地绕过那些白人鬼和他们的汽车。也有黑人鬼，不过他们的眼睛是睁开的，笑容满面，比白人鬼要清晰可亲些。（88）

美国鬼不只是一种称谓，它是美国文化的"具象"，作者借"鬼"这个"意中之象"，以一个天真无邪的小女孩的视角，充分表现了美籍华人在美国文化种族歧视压迫下的陌生感、压抑感和不安全感。固守中国传统文化的母亲希望女儿继承中国文化遗产，不断地向她灌输鬼的理念和故事，使小女孩相信自己生活在一个充满鬼和异端的国度。同时，在使人"透不过气来，无法迈步"的白鬼子中，小女孩发现黑鬼的"眼睛是睁开的"，他们"笑容满面，比白鬼要清晰可亲"。这里，"眼睛睁开"是一个明显的隐喻。在美国，黑人和亚裔人同属少数民族，同是白人种族主义者迫害的对象，因而他们之间自然多了一种文化认同感；同病相怜，黑人自然对小女孩多了一分亲切。但是白鬼是不睁眼的，或者说，在白人眼里，小女孩是不存在的，所以她不得不摇摇晃晃地躲过那些白人和他们的汽车，以免被毁灭。很显然，汤亭亭在这里影射了美国白人的种族霸权、文化沙文主义思想。在美国白人看来，只有白人主流文化才是唯一正统的文化，他们歧视甚至无视少数民族的文化传统。书中另一个细节也形象地证明了这一点。小女孩刚上小学时，在所有的绘画作业上涂上黑颜色,"我认为我是在画幕布,幕尚未拉开或升起",它们"一片漆黑,蕴含着无穷的可能性","我想象着那些幕布豁然开启,展现出一幅又一幅阳光明媚的场景,上演着一出又一出辉煌的戏剧"。(149)然而,老师误解了这幅画,对小女孩丰富的想象力视而不见。

由此可见,"美国鬼"不仅指美国人,它还是一种种族的象征,指多元文化背景下的文化和种族歧视。可见"鬼"是一个多重"能指",它的"所指"既是具体的,又是抽象的。[6:138]

4. 异质文化的冲突与融合

汤亭亭借鬼的意象不仅阐释了双重文化背景下华裔美国人的双重文化身份,以及他们在异质文化夹缝中求生存的苦闷、迷惘、愤怒、希冀与无所归属感,而且很好地体现了中美两种异质文化由冲突走向融合的艰难历程。

《女勇士》中母女之间的冲突正是中美两种异质文化之间冲突的外在表现。小女孩尽管在母亲的故事中长大,但对中国文化毕竟只是一知半解,像众多第二代华裔美国人一样,她排斥甚至厌恶中国传统文化习俗,认为华人满口谎言、隔街说话、走路姿势不雅、重男轻女、神秘兮兮。其实母女间的冲突大多起因于两种文化本身之间的差异。比如母亲在女儿幼年时将她的舌筋割断,在小女孩眼里母亲是为了让她学会守口如瓶,保持沉默,是一种对女性完整人格的摧残和破坏,但母亲的用意恰恰相反:"割了以后,你的舌头就活泛了,能说任何一种语言,可以说截然不同的语言,能发出任何一个音。"(148)

使小女孩更为深恶痛绝的是中国传统儒家文化中的"重男轻女"思想。什么"养女不如养鹅""养女孩徒劳无益"等等对女性的歧视用语,更激起了她的叛逆精神,使她立志成为一个"非法打劫者"。(47)然而,生活在美国文化氛围中的她又不被美国社会所接受,对美国鬼充满恐惧。幼儿园三年的沉默生活对小女孩来说是刻骨铭心的。后来她发现许多华裔女孩像她一样沉默,而"沉默的原因是因为我们是华人"。(150)

异质文化之间的冲突也通过弥漫全书的众多的悖论表现出来。正像鬼在中国文化中意义的二元对立一样,《女勇士》中的众鬼也是良莠不齐,充满悖论的。洗衣房里酷热难耐时,讲个无害的鬼故事"让大家脖颈子后面冒点冷气",这是华人艰难创业中的一点消遣,而许多恶鬼则使"我"噩梦不断;鬼在花木兰的故事中指"短暂的缺席"(temporary absence),在"无名姑妈"的故事中却指"永久的流放"(permanent exile);[6:139] 无名姑妈对自己的新生婴儿满怀慈爱,却毫不犹豫地带着它投井自杀;花木兰女扮男装,战功赫赫,其光辉形象恰恰证明了女人一点儿也不比男人差;英兰嘴里宣扬的是中国男尊女卑的传统文化,所作所为却完全是一个现代新女性。汤亭亭用这一连串自相矛盾的描述,来加强叙事的张力,加剧主题的冲突感。

然而描写冲突并非汤亭亭的意图所在,由冲突走向融合才是作者心之所系。作品最后一章是汤亭亭自己的童年往事：如何学说英语，如何不断地接受中美两种文化，成为一个成熟的华裔美国女人。作品最后，汤亭亭借东汉末年著名女诗人蔡琰（蔡文姬）的故事来隐喻自己童年的屈辱生活，以及两种异质文化融合的可能性。蔡琰20岁时为南匈奴首领所掳，受辱生子，与蛮人一住12年。然而她始终不忘自己汉人的文化身份，孤独中拿起笔诉说，因而流芳百世。汤亭亭借蔡琰的故事一方面隐喻双重文化背景下华裔美国人的困境，另一方面，隐喻作者以蔡琰为榜样，用文字诉说。同时，蔡琰与蛮人和平共处的故事也鼓励着小女孩在中美两种异质文化的差异中求生存。

　　写作本身就标志着母女之间的和解，因为"故事的前半部分是她讲的，后半部分是我加的"。（190）从这个意义上说，《女勇士》是母女两人合作的结晶。母亲的鬼魂故事逼着"我"走出家门，去寻找一片"没有鬼魂的地方"，但也正是这些鬼魂故事，又牵引"我"回来。不论愿意与否，"我"无法否认"我"是中国人，"我"的血液里流淌着母亲的血液。"我其实是条龙，像母亲一样，我们俩都出生在龙年。"（100）"龙"不仅指中国文化中的属相，也是坚强勇敢的中华民族的象征。母女之间的和解与合作象征着两代人、两种文化价值取向之间的相互和解，标志着中美两种异质文化最终由冲突走向了融合。小女孩的成长历程，也就是她将两种文化融为一体重塑自我的过程。汤亭亭借中国传统文化中源远流长的鬼的意象来展示这种双重文化背景给小女孩带来的痛苦和屈辱，对西方读者来说是一种"陌生化"的手法。这也是《女勇士》深受读者欢迎的原因之一。

参考文献

[1] 巴宇特. 海外文学、亚美研究及其他 [J]. 外国文学评论，1998，(3)：45.
[2] 汤亭亭. 女勇士 [M]. 李剑波，陆承毅译. 桂林：漓江出版社，1998.
[3] 卫景宜. 中国传统文化在美国华人英语作品中的话语功能 [J]. 中国比较文学，1999，(4)：75.
[4] 尹飞舟. 中国古代鬼神文化大观 [M]. 南昌：百花洲文艺出版社，1999：6.
[5] Kingston, Maxine Hong. *The Woman Warrior* [M]. New York：Vintage Books, 1977.
[6] Lim, Shirley Geok-Lin Ed. *Approaches to Teaching Kingston's The Woman Warrior* [M]. New York：The Modern Language Association of America, 1991: 138.

22

唐敖的子孙们——试论《中国佬》华裔男性的属性建构与语言传统

潘志明

评论家简介

潘志明，北京外国语大学博士、教授、博士生导师，北京外国语大学华裔美国文学研究中心研究员，曾任淮阴师范学院外文系副主任、华裔文学研究中心主任。主要研究领域为美国小说和美国华裔文学。专著有《作为策略的罗曼司：温妮弗蕾德·伊顿小说研究》和《文明与生物：进化论对20世纪之交美国女性小说的影响研究》；译著有《灵魂骑士》和《奥穆》。

文章简介

长期以来，学术界对汤亭亭作品的关注主要集中于其中的华裔女性话语，对华裔男性话语的建构缺乏足够的重视和研究。因此，本文以对《中国佬》的第一篇故事《论发现》的解读为基础，就语言对华裔男性属性构建的作用及其对叙事结构性含义的影响予以了深刻的论述。笔者认为，汤亭亭的《中国佬》用华裔男性的英雄话语抵制了美国主流文化的消音力量，彰显了美国华裔男性的语言传统。

文章出处：本文原载于《当代外国文学》2003年第3期，第24—30页。

唐敖的子孙们——试论《中国佬》华裔男性的属性建构与语言传统

潘志明

赵健秀等人早在1974年出版的《哎咿》一书中就注意到华裔美国文化所面临的来自白人主流文化和华裔美国文学本身的双重女性化趋势，并且强调要用男性话语替代女性话语，建立华裔美国属性。在他们看来，"在像这个国家（指美国）这样的语言社会中，对语言的剥夺使本已匮乏的公认的亚裔美国文化完整性……和公认的亚裔美国男性风格雪上加霜"[①]。与之相呼应，《中国佬》用华裔男性的英雄话语抵制主流文化的消音力量，彰显华裔美国男性的语言传统，前置的也正是语言与华裔美国男性属性之间的关系，与亚裔美国文坛对男性化情感的呼吁不谋而合。然而，学术界长期以来主要关注汤亭亭作品中的华裔女性话语，对其中华裔男性话语的建构缺乏足够的认识和重视。有鉴于此，本文拟以《中国佬》第一篇故事《论发现》的解读为基础，就语言对华裔男性属性建构的作用及其对叙事结构性含义的影响这两方面做一些修正和补遗。

一

《中国佬》由7部分、18篇体裁各异、长短不一、形式上相互独立、主题上相互关联的故事组成。第一部分包括《论发现》和《论父亲们》两篇故事。其余6部分各由两到3篇故事组成，每部分的第一篇都是直接描写华裔男性的生活。这六篇金山勇士的故事以父亲、曾祖父、祖父、弟弟等家庭成员的中国或美国生活为线索，记述从19世纪中叶到20世纪60年代华裔美国史的主要事件。其他12篇故事则主要根据中国传统文化故事、西方文学故事、新闻报道以及美国排华法改编而成。

《论发现》和《论父亲们》是书中6篇华裔男性故事的引子。前者讲述了唐敖为寻找金山而落难女人国，被迫裹足穿耳，沦为女王奴婢的故事。"很久很久以前，有个名叫唐敖的男子为了寻找金山，漂洋过海，来到了女人国。由于他没有防备女子，立即被女人们抓住了。唐敖听从她们的吩咐，随她们而去。当时如果有男伴在场，他一定会回过头去朝他们挤眉弄眼。"（3）[②]这是故事的开头，而在故事的结尾作者明确地把女人国的发现与美洲的发现联系起来，在唐敖落难女人国和华裔的美国经历之间建立起对应关系："有学者说那个国家是武则天女皇在位期间（公元690年—705年）发现的，而有的学者则说比那要早一些，那是公元441年，地点是北美。"（5）后者篇幅很短，不足一页，内容也很简单仅讲述了孩子们在门口等父亲下班回家，结果却把另一个穿着与父亲相同衣服的男子错认为自己的父亲。

多数学者从双重批评的视角分析《论发现》的意义。史书美认为它"叙述唐敖在女儿国被迫装扮成女人的故事",把发生在林之洋身上的故事挪用到唐敖身上,借此对传统中国文化和美国主流文化实施了双重批评。③黄桂友认为"唐敖的经历是亚裔男性女性化的缩影,他们移民到北美,因找不到其他工作,不得已在厨房和洗衣房这样女人的天地里工作,因而被象征性地阉割了"④。类似地,张敬珏把这一改编看作一把双刃剑,它"不仅指向新世界的华人男子的坏疽,也指向旧中国以及美国对女性的压制"⑤。哥尔尼希认为,像《女勇士》中的花木兰一样,"唐敖也陷进了性别角色转换,不过这一转换代表着性别等级的'降级'","唐敖的女性化在转喻意义上代表着中国佬在白人美国[社会]的阉割"⑥。

以上学者的观点无疑都很有见地,但对故事以唐敖置换《镜花缘》原作中林之洋的原因却都没有做出说明。如果我们把《论发现》与《论父亲们》联系起来考虑,则会发现这些观点无法解释两则故事之间在情节、内容和主题上的脱节。为了弄清两者之间的关系,我们有必要回顾一下《镜花缘》的相关情节。

在《镜花缘》中,唐敖因受徐敬业的牵连从探花降为秀才,为了排遣心中的不快,跟随林之洋出洋经商。他们远涉重洋来到女儿国,不料林之洋被女儿国女王看中,并封为妾,幸亏唐敖相救才得以逃脱。后来,林之洋一行来到小蓬莱,唐敖食过仙草之后不肯复出。从以上简述中不难看出,唐/林置换是以学者置换商人。如果说商人以谋取利润多少为身份的标志,那么学者则以语言表达能力的高低来衡量自身的价值。因而,《论发现》以学者替代商人实质上是以语言取代了金钱,以话语权力置换基于财富权力。

汤亭亭在《中国佬》中一再把语言能力作为个人属性和权力的标志。《鬼伴》把语言与权力联系起来:"如果他考上了,那么就会功成名就——官职和美女,一系列的成功会随之而来。"(77)《中国来的父亲》则进一步把语言、读书人和治家、治国联系在一起:"金榜及第,读书人就会跻身于哲人的行列,统治中国,就会闻名于世,就会人皆攀附,学而优则仕就有享不尽的荣华富贵,就可以光宗耀祖。"(28)汤亭亭的观点在某种意义上不失为对语言和传统中国文化的合理解读。中国古代是一个诗的国度,言说能力作为诗的物质基础是传统中国男性社会地位和权力的象征。从这一意义上讲,唐/林置换说明了中国古代科举制度的一个核心问题:由于学者借助语言而介入权力并实现自身价值,语言自然地成为男性权力和自我的标识。

其二,唐/林置换还隐含着父亲和女儿之间语言传统的继承。《镜花缘》中唐敖之女唐小山为百花仙子投胎,唐敖没迹小蓬莱之后,唐小山第一次寻父,但唐敖不愿相见,只请人带了一封信给唐小山,命她改名闺臣,并相约等她中才女之后相聚。唐闺臣果然不负父亲的期望,在女试中榜上有名,名列一等十一名。其后,唐闺臣第二次寻父来到小蓬莱,结果与父亲一样不肯复出。虽然《中国佬》没有直接提到这一情节,但它却隐含着唐敖与《中国佬》父亲之间以及唐闺臣与汤亭亭/叙事人之间的两个类比关系,而两个类比关系的核心都是语言。

唐敖和父亲的类比关系中，语言呈现出由强而弱的趋势。唐敖由探花被降为秀才，并因此自我流放，结果身陷女儿国。《中国佬》叙事人的父亲也是秀才，同样也自我放逐，进入了美国这个女人国。而且，两者都从话语的中心走进女人国的边缘话语，并寄希望于依赖女儿的语言能力重新进入话语的中心。与父辈的类比关系相反，女儿之间的类比关系中，语言呈现出由弱而强的趋势。她们继承了父辈的语言传统，取代父辈成为语言强者。唐闺臣在武则天统治下的"女人国"的女试中脱颖而出，而汤亭亭通过写作成为享誉美国的作家/诗人。[7]

以上两个类比在语言上汇聚。语言搭起父女之间文化传承的桥梁，成为女儿寻父之旅的必经之路和先决条件，使女儿沿着语言这一维系走近和认识父亲。如果说唐闺臣中了才女才能与父亲团聚，汤亭亭则借写作（虚构的故事）对抗父亲的沉默，迫使他说出真实的故事，从而达到替父立言的目的。"我来告诉你我对你的沉默和寡言所做的猜测，我讲错了你尽管告诉我。如果我搞错了，你就得大声说出真实的故事。（15）"这段经常被学者们引用的话中，女儿实际上是父亲故事的代言人，只有通过"讲"父亲沉默背后的故事才能让父亲"说出真实的故事"，"讲"和"说"的语言交流是女儿走进父亲真实自我的途径。引文中女儿对父亲言说的邀请和《女勇士》中妈妈对女儿的言说禁忌（"你不得对任何人说"）形成了鲜明的对照。[8]

冲出言说的禁忌也即打破沉默，并用语言对主流话语实施报复。唐敖要求唐小山改名唐闺臣以表达自己及女儿（"闺"）对李氏"唐"朝的"臣"服和对武则天统治的不满，同时也借女儿语言的成功，对武则天对自己语言和权力的贬谪进行报复，象征性地回归语言家园。类似地，作者的父亲依据李白《菩萨蛮》"何处是归程？长亭更短亭"的诗句，为女儿起名亭亭，同样把回归家园的希望寄托在女儿身上。虽然汤亭亭没有像父亲所希望的那样回归家园，但"报道就是复仇，不是砍头破膛，而是用词"[9]。用写作追寻父亲的语言传统，恢复父亲的声音。在此意义上说，《中国佬》所重建的正是父亲/辈的语言家园。

《论发现》与《镜花缘》互文关系所隐含的语言对认识男性属性的作用为我们理解《论父亲们》的内容、形式以及标题提供了线索。从内容上讲，以《论发现》潜在的语言与寻父的关系为阐释框架，《论父亲们》展示的是由于父亲语言的失落而造成的子女对父亲的无知，认错父亲象征着女儿对父亲语言所代表的文化的无知。从形式上讲，对父亲的无知使父亲之论无从展开，因而导致了《论父亲们》故事篇幅的短小，使标题中的"论"字与故事篇幅之间形成极大的反差。更重要的是，从全书叙事结构上来说，《论发现》潜在的寻父主题和《论父亲们》的无言的主题使得追溯父辈的语言传统成为必要，因此两篇故事也就成为全书叙事的切入点和结构的开端。

二

1980年汤亭亭在访谈中对《中国佬》中的称呼做了如下说明："我决定直截了当使用'祖父'这一称呼，因为我认为我们都把他们当作祖先。"[10] 张敬珏则进一步认为："由于使用'父亲'、'祖父'以及'曾祖父'这些敬称，而不是使用各个人的名字，叙事人把个体家庭成员变成了原型。"[11] 其实，无论是"祖先""原型"，还是书名中复数形式的男人(men)，或者《论父亲们》标题中复数形式的父亲(fathers)他们都代表华裔男性。因此，女儿的寻父之旅即是对以父亲为代表的华裔男性的语言传统的追寻。进一步说，语言是文化属性的体现，华裔男性的语言状态即是他们生存状态的文化标志。正如林英敏所说："《中国佬》与《女勇士》一样，其中的言说、语言以及故事是历史、属性和自我的载体。"[12] 因而，讲述华裔男性的故事就是从语言的角度重新认识其文化属性。

《中国佬》中华裔男性的语言可以分为过去的言说和现时的沉默两种状态。《中国来的父亲》和《美国父亲》分别展示了父亲言说和沉默两种语言状态下的生活。由于现实中的父亲"寡言少语，沉默不语：没有故事。没有过去。没有中国"(14)，女儿只能通过想象重建父亲过去的语言状态。在女儿的逻辑中，父亲沉默的症结是语言问题，是语言的丧失导致了他既没有自我（故事）也没有历史（中国）的现实。为此，女儿用复调叙事来打破父亲的沉默，用不同版本的故事对抗美国移民政策对华裔的消音，变父亲的无言为复声。父亲可能是从纽约入境，也可能是从旧金山下船的，或者就出生在旧金山，甚至于父亲的出生时间也有多种说法："我父亲生于兔年，1891年或者1903年或者1915年。"(15) 汤亭亭在访谈中曾对此作过说明：

> 现在父亲已经去世了，我可以告诉你：其实，他是从古巴搭船偷渡到美国的，而且前后不止一次，而是三次；他被移民局警察逮捕两次，遣返两次。对于父亲入境之事，我当然得有合法入境和奇怪入境的许多不同版本，以免移民局官员读了我的书，再次把我父亲连同母亲逮捕、遣送出境。父亲对我的写作引以为荣，并以评论和诗作响应。[13]

汤亭亭的说明透露出另一事实：沉默不是父亲的本质，他不仅以女儿的写作为荣，而且还能"以评论和诗作响应"。此外，由于父亲入境美国的不同版本概括了华裔来美的主要方式，因而也把父亲的故事赋值给了所有华裔男性，使父亲的语言经历成为他们共同的经历。

在女儿的想象中，言说能力是传统中国文化中父亲最显著的特征。他与哥哥们最大的不同就在于他天生就是读书的料。正如阿婆说："你们的小弟弟与你们都不同……看看他的手和手指多长……这是生就握笔的手。我们要培养他参加科举考试。"(16) 父亲果然成为秀才，当了村上的私塾先生。即使在被关押在天使岛的时候，他还能以诗抒发对自由的渴望，并用李白的故事鼓励同伴们：

> 父亲吟唱李白进城被哨兵挡住的故事。李白照常喝得醉醺醺的骑在骡背上。他拒绝告诉哨兵自己的名字，写了一首气度非凡的诗，称皇上曾为他擦口水，皇上的宠姬为他研墨。哨兵深受感动，放他进了城。(57)

通过李白的故事，作者把父亲比作像李白一样的诗人和语言的强者。

然而，父亲与李白在语言上的类比没有使他享有李白的特权，天使岛把守美国国门的"哨兵"并不赏识他的诗才。虽然他说自己会读书写字，"但白鬼书记员已经在写'不'，因为他需要翻译，显然就不会读写"(58)。这样，父亲从言说的国度"来到了世上一个不讲荣誉的地方，在这里'英雄无用武之地'"(55)。由于语境的错置，父亲由语言的英雄沦为无言的困兽，陷入了沉默的现实。

与《中国来的父亲》相反，《美国父亲》中女儿所了解的现实中的父亲失去了语言的优势，经历了由唐敖到林之洋，由学者到商人的转变。而且，语言上的沉默与职业的变化、性别优势的丧失相伴而行。美国生活使他丢失了诗人的语境，由合法的话语陷入非法的行业（经营赌场），由男性中心话语进入女性化的边缘职业（开洗衣店）。与父亲的沉默一致，叙事的中心也从父亲转移到女儿和妈妈一边，女性话语喧宾夺主替代男性话语成为叙事的中心，男性的故事和语言优势则在女儿对男性沉默的迷惑不解和妈妈对父亲的数落声中丧失殆尽："你诗人。你读书人。金山上诗人和读书人有什么用？"(248)

为了进一步强化语言对父亲生活的影响，突出语言在属性建构中的作用，作者用《鬼伴》和《离骚：一曲挽歌》两个楔子分别与《中国来的父亲》和《美国父亲》相对应，从传统文化的角度对男性话语的在场（言说）与缺场（沉默）进行剖析。《鬼伴》套用《聊斋志异》中狐仙故事的常见叙事结构，讲述一名年轻男子雨中误入豪宅，迷恋年轻寡妇。当年轻人最终因思家而摆脱寡妇时，才发现豪宅原来只是一座坟茔。就故事背景而言，《鬼伴》与《中国来的父亲》有显而易见的相似之处，年轻人离乡背井、身入豪宅直接与父亲的金山之行相对应。然而，两则故事在情节上却大相径庭。正如张敬珏所说，年轻人得到了艺术和性的满足，而父亲在这两方面都受挫。[14]虽然我们无法从故事中得知年轻人是不是得到了性的满足，但两则故事的主人公在男女关系上的态度却有着天壤之别。《鬼伴》中年轻寡妇主动用食、色、性诱惑年轻人，甚至"跪在他跟前，求他别走"。但是，年轻人心里却惦记着家人、妻子、学业或收成，所以，当寡妇最终用胴体挽留他时，"他从她怀里挣脱而去"(77-80)。故事结尾的评论明显表明作者把年轻人当作成功者："年轻的丈夫回到了家人身边。英雄之家不无自身的魔力。"(81)与之不同，父亲却是失败者。虽然他主动花钱买衣服，请金发女郎跳舞，并还隐瞒自己为夫为父的身份，但他问金发女郎是否愿意跟自己回家时，却遭到她的拒绝："不行，亲爱的。"(66)

年轻人和父亲经历结局的不同也同样源自语言。究其原因,《鬼伴》与《中国来的父亲》都采用了开放式的复调叙事,让同一个故事情节发生在读书人、农夫或手工艺人身上,使读者容易忽略语言对主人公身份的定义作用。其实,正像父亲入境美国的不同版本概括了华裔赴美的共同经历一样,《鬼伴》的复调叙事也同样把读书人的语言属性赋值给故事中所有的主人公,不管他是读书人、农夫,还是手工艺人,他/他们与寡妇间的关系可以归结为语言关系。事实上,年轻人正是通过语言的交流才认识到自身的价值:

"给我讲一个你的故事",她说。他一边讲着令她惊叹不已的故事,一边却懂得了自己也不是一般人。从前,他闲不了的手里抓的总是自己地里最贫瘠的泥土。他制作陶器,而她却称他艺术家。如果他是科举失意的读书人,他会给她吟诗。她给他的安慰几乎让他为考场的失利而高兴。(76-77)

通过使用复调叙事,作者给了语言对属性的定义作用以共时的普遍意义。

此外,作者还通过对叙事时态的调整给语言对属性的定义作用以历时价值,赋予年轻人的经历以历史的普遍性。与《论发现》所用的过去时态不同,《鬼伴》主要以一般现在时叙述,给故事以超时空的价值和真理的特征。故事开端通过时态的巧妙使用,把发生在年轻人身上过去的个案强扭到现时中来:"这是已经发生了多少次的事,一位年轻人远在他乡,走在山路上"(Many times it has happened that a young man walks along a mountain road far from home)。(74)这句话把现时的事件(a young man walks)和现在完成时的已然性(it has happened)结合起来,并通过"多少次"的强化,给年轻人故事以可复现性,使语言对属性的建构作用具有共时和历时的价值特征。

与《鬼伴》相反,《离骚:一曲挽歌》以屈原的被逐影射了《美国父亲》的失语状态。屈原的失宠象征着诗和诗人语言的去中心,诗人从话语的中心落入边缘。类似地,父亲作为诗人从中国来到美国也从中心话语进入了边缘话语。在叙事上,讲述屈原的故事对女儿的寻父之旅也具有高度的象征意义,它不仅使讲述者走出沉默,而且也标志着父女之间的文化传承。从故事的来源看,父亲是第一叙事人,屈原的故事是通过他传给女儿的:"'中国人都知道这个故事。'父亲说。如果你是真正的中国人,不要教你就知道其语言及其故事,天生就会讲故事。"(256)父亲的话不仅把故事、语言和讲故事等价,而且还把讲述屈原的故事作为衡量中国人属性的尺度。从父亲角度讲,父亲讲述的屈原故事不仅证明了父亲自身的语言属性,也考验了女儿的语言能力和文化属性。从女儿角度来讲,女儿用英语复述父亲所讲的屈原故事,说明了她对父亲语言和属性等价逻辑的继承和认同,其行为本身已经证明女儿通过了父亲的文化考验。

以语言为属性的衡量标准,《中国佬》六篇华裔男性故事的主人公都是金山/美国勇士,因为他们都具有言说能力和言说欲望。《檀香山的曾祖父》中的伯公是一个讲话上瘾的人，虽然农场规定在甘蔗地里劳动时不许讲话，但他还能设法借着咳嗽声发泄心中的不满。《内华达山中的祖父》中的阿公被比作远征美国的"战争和文学之神"关公（149），不停地讲述着自己的美国之行。《更多美国人的由来》中的宾叔很健谈："事实上，他几乎讲个不停。"（190）《越战中的弟弟》中弟弟加入美国海军后不仅像阿公和宾叔一样"从早到晚咕哝不停"，（287）而且还继承了父亲的语言天赋，当了教师。入伍前他教一帮愚笨的学生，入伍后又教一群文盲一般的新兵。金山勇士故事以弟弟重操父亲旧业结束象征着新一代华裔男性语言强势的回归。

言说欲望最强的是伯公。在作者的想象中，伯公英雄创业者的语言特征使他无异于史诗英雄。"他像故事中漫游和被流放的英雄、出游的诗人、行僧和猴子、王子和国王一样唱歌。他的歌声像长了翅膀一样向四周、向高处飞翔，飞翔。"（98）在他看来，劳动时不许讲话的规定太荒谬，还不如去当和尚。伯公把禁言与削发为僧联系起来，触及了语言深刻的文化内涵。如果说上帝借语言创造天地而成为圣父，男性则把语言作为专利来维持自己作为丈夫、父亲和家长的地位。根据桑德拉和苏姗的观点，"男性的性征……不仅仅可类比于文学能力，而且事实上就是文学能力。诗人的笔在某种意义上说就是（超越比喻层次上的）阴茎。"[15]虽然伯公并不是依赖笔头表达能力生存的文人，但他是最原始意义上的"出游诗人"。禁言就是禁欲，所以，伯公视禁言为一切男性疾病的根源："叔伯兄弟们，我已经找到了我们的病根。它由说话梗阻所致。我们只要说，不停地说就行了。"（115）第二天，他们在地上挖了一个大洞，围着洞口开了一个喊叫聚会，把对家的思念和渴望喊进洞里。

喊叫聚会不仅是语言的发泄，也是男性语言形式的性仪礼和开辟家园的创举。如果说大地犹如女性，而容纳他们喊叫的洞就是女性的性器，那么他们通过喊叫把语言作为文化传统的种子，植入了大地的子宫，"埋了起来，种了下去"，重新开创了华裔男性的言说传统。因此，喊叫聚会作为性仪礼把华裔男性的言说传统植入了当地文化，象征着华裔男性的言说传统在美国繁殖。由此，他们成了语言传统的创造者和男性家园的创业先驱："我们能够创造风俗，那是因为我们是此地的创业先驱。"（118）从这一意义上讲，开创言说的传统就是恢复男性的文化繁殖能力，回到语言家园，成为开天辟地的上帝、播种的丈夫、创建家园的父亲和金山勇士。

语言是文化的载体，更是权力和自我的体现。布尔丢曾说："言说的能力就是言说的权力。"[16]《哎咿》的编者们则更直接地认为："没有自己的语言，男人也就不成其为男人。"[17]语言与权力和自我的关系正是汤亭亭作品把语言看作华裔美国属性建构核心的基础。无论是《女勇士》中华裔女性的说故事还是《孙行者》中新一代华裔的文学抱负，或者《中国佬》中华裔男性的语言传统，都依赖言说能力的张扬来展示华裔的自我和文化。此外，华裔的语言传统在构建华裔美国性的同时，还具有颠覆力量，起到消解主流话语合法性的作用。在此意义上说，语言作为《中国佬》故事的主线和叙事纽带，不仅是解读作品内容和叙事结构的线索，更是颠覆主流话语和重构华裔男性文化属性的本质力量。作者借助精心安排的叙事结构，用华裔的英雄话语和故事包围象征着白人话语中心的《法律》一章，消解其作为历史话语的中心地位和合法性，颠覆主流话语强加于他们身上的刻板形象，并通过故事再现他们对美国历史的贡献，从而为华裔美国性找回语言和历史的依据。更重要的是，对汤亭亭来说，言说的能力也即写作的能力，追溯华裔男性的语言传统也就是继承他们的言说欲望和诗的传统，实现由言说人生到写作人生的转变，使其成为唐敖的继承者和金山上的唐闺臣。

注释

① ⑰ Frank Chin et al., eds., *Aiiieeeee*！: *An Anthology of Asian American Writers*, Washington, D. C.: Howard UP, 1974. p. xxxviii. p. xlviii.

② Maxine Hong Kingston, *China Men*, New York: Knopf, 1980. 以下出自该书的引文只在引文后注页码，引文参照中文版《中国佬》(肖锁章译，译林出版社，2000) 的译文，有适当修改。

③ 史书美：《放逐与互涉：汤亭亭之〈中国男子〉》，载《中外文学》第 20 卷第 1 期，第 153 页。

④ Guiyou Huang, "Maxine Hong Kingston," in Emmanuel S. Nelson ed., *Asian American Novelists*: *A Bio-Bibliographical Critical Sourcebook*, Westport: Greenwood, 2000, p. 143.

⑤ King—Kok Cheung, "The Woman Warrior versus the Chinaman Pacific: Must a Chinese American Critic Choose Between Feminism and Heroism?" in Marianne Hirsch and Evelyn Fox Keller eds., *Conflicts in Feminism*, New York: Routledge, 1990, p. 240.

⑥ Donald C. Goellnicht. "Tang Ao in America: Male Subject Positions in *China Men*," in Laura E. Skandera-Trombley ed., *Critical Essays on Maxine Hong Kingston*, New York: G. K. Hall & Co., 1998, pp. 230-1.

⑦ 汤亭亭把 2002 年的新作起名为《做诗人》(*To Be the Poet*)，把诗人、诗和生活相提并论，而且 "To Be the Poet" 标题的右侧都有中文"女勇士"的印章。见 Maxine Hong Kingston, *To Be the Poet*, Cambridge: Harvard UP, 2002.

⑧⑨ Maxine Hong Kingston, *The Woman Warrior*: *Memoirs of a Girlhood Among Ghosts*, New York: Knopf, 1976, pp. 3, 53.

⑩ Arturo Aslas, "Interview with Maxine Hong Kingston," in. Paul Skenazy and Tera Martin eds., *Conversations with Maxine Hong Kingston*, Jackson: UP of Mississippi, 1998, p. 27.

⑪ ⑭ King-Kok Cheung, *Articulate Silences*: *Hisaye Yamamoto, Maxine Hong Kingston, Joy Kogawa*, Ithaca. Cornell UP, 1993, pp. 123, 106.

⑫ Amy Ling, *Between Worlds*: *Women Writers of Chinese Ancestry*, New York: Pergamon, 1990, p. 145.

⑬ 单德兴：《亭亭访谈录》，载何敬文、单德兴主编《再现政治与华裔美国文学》，台北："中央研究院"，1996，第 217 页。

⑮ Sandra M. Gildbert and Susan Gubar, *The Mad Woman in the Attic*: *The Woman Writer and the Nineteenth-Century Literary Imagination* (2nd ed.), New Haven: Yale UP, 2000, p. 4.

⑯ Pierre Bourdieu. *Distinction*: *A Social Critique of the Judgment of Taste*, trans. Richard Nice. Cambridge: Harvard UP, 1984, p. 409.

23

《女勇士》：从花木兰的"报仇"到蔡琰的歌唱

杨春

评论家简介

杨春，北京师范大学博士，北京外国语大学中国语言文学学院副教授。主要研究领域为比较文学、美国华裔文学和海外华人文学。出版有专著《汤亭亭小说艺术论》。

文章简介

《女勇士》是一部再现美国华裔女孩成长历程的小说。小说主人公从"花木兰报仇"的天真幻想到现实中的激烈反抗，最后期待着在打破沉默和隔阂的歌声中达到某种和谐和相互理解。在探寻个人身份的历程中，主人公经历了种族和性别的双重困境，东西方文化的冲突和碰撞以及在两种文化的夹缝中挣扎奋争的苦闷，并最终形成了一种既不同于中国人又不同于美国人的文化立场和身份。

文章出处：本文原载于《外国文学研究》2004年第3期，第74—79页。

《女勇士》：从花木兰的"报仇"到蔡琰的歌唱

杨春

　　美国华裔英语文学已经步入了主流文学的殿堂，这要归功于近三十年来一批华裔作家的出色表现。汤亭亭的处女作《女勇士》作为当年非小说类最佳书目而获得美国国家图书奖，被誉为振兴美国华裔文学的开山之作。张子清在《女勇士》中译本"总序"中写道："可以毫不夸张地说，华裔文学近年来在美国声誉日隆，与汤亭亭取得的文学成就密不可分。"（张子清4）美国学者斯赖格特（Nicole Slagter）对汤亭亭做了如下评价："在蓬勃发展的美国族裔文学传统中，金斯顿（即汤亭亭）的作品已获得了自己牢固的地位。……她的作品作为教材，被广泛使用在大学和中学的课堂。可以不夸张地说，她的作品也将成为美国华裔文学的经典。"[①]

　　《女勇士》是一部带有自传色彩的作品。这本书描写了一个华裔女孩在美国的成长经历。"我"是一个生长在旧金山唐人街的女孩儿。和许多华人移民一样，"我"的父母以开洗衣店为生。"我"在学校接受的是美国教育，在唐人街则处于传统的中国文化氛围之中。爱讲故事的妈妈给"我"的头脑里装进了大量的中国规矩、习俗、禁忌以及神仙鬼怪、英雄豪杰。唐人街的街谈巷议让"我"明白了中国人的好恶和成见。所有这一切和"我"心中的美国价值观念和行为准则混杂在一起，使"我"倍感困惑和矛盾。作者的描写并不着眼于人物的外部行为或生活环境，而是以现实和幻想相结合的手法，以女主人公穿越现在和过去、自由往来于真实生活和想象世界之间的思绪建构故事，真实地表现了主人公在两种文化的边缘挣扎、质疑、寻找自身位置的心路历程，可以说是一本心理成长小说。

　　小说由五个部分组成：第一部分"无名女子"，讲述了几十年前"我"的姑姑作为"金山客"的妻子被留在大陆老家，后与人通奸怀孕，使家里遭到村民围攻，姑姑抱着初生的婴儿投井自杀，从此全家不再提起她的故事。其中穿插了"我"对无名姑姑的经历的想象。第二部分"白虎山学道"，记叙了当"我"得知作为华人女孩，长大后只能给别人当妻子或用人后感到不平，于是从母亲讲的神话故事中得到启发，想象自己成为花木兰式的女英雄，在白虎山上跟神仙师傅学艺十五年，下山后代父从军，杀富济贫、建功立业、荣归故里的故事。其中穿插了令"我"失望的现实生活场景：唐人街的重男轻女，美国白人对华人的歧视欺辱。第三部分"乡村医生"，讲述了母亲勇兰的故事：她在大陆老家做医生的经历，以及她捉鬼招魂的本领，还有她讲述的稀奇古怪的中国故事。第四部分"西宫门外"，记叙了勇兰帮助妹妹月兰从香港来美国找变心再婚的丈夫，但软弱的月兰无力使丈夫回到她的身边，也无法适应美国的生活，最终精神失常，死在疯人院里："东宫娘娘"没能打败"西宫娘娘"夺回丈夫,败在了西宫门外。第五部分"羌笛野曲"讲的是"我"的故事。虽然妈妈说为了让我说好外国话,在"我"小时候就割掉了"我"的舌筋,但"我"在美国学校里仍然是个沉默失声的女孩。"我"痛恨比我更不爱说话的华裔同学,"我"对唐人街里轻视女孩的观念感到无比愤怒。最后,"我"从母亲讲的故事中得到启发,讲出了自己的故事:蔡琰在胡人中生活了十二年,终于打破沉默,在羌笛野曲的伴奏下唱出了自己的歌。

可以看到,小说五个部分基本上是按照女主人公成长的经历顺序排列的。当"我"刚进入青春期,母亲就给我讲了无名姑姑的故事,提醒我行为要检点,不要让家里人丢脸,否则就会像姑姑那样,成为不被家人提起的"无名"的人。第二、第三部分都是记述母亲讲的故事,以及我由这些故事生发的想象。第四部分是我目睹的月兰姨妈的遭遇。在各部分的描写中不时穿插了"我"在成长过程中对人、对事的感受、质疑和思考。第五部分记叙了"我"对环境的激烈反抗,以及追问和思考的最终结果。

作为在美国出生成长、接受美国教育的华裔青年,女主人公首先必须面对的就是两种文化的冲突和碰撞,以及作为少数族裔在美国寻找自身位置的问题。父母和唐人街的华人社会给予主人公的传统中华文化和美国的价值观念、行为准则在她头脑中相遇、对抗、相互质疑,使她感到茫然无措。"作为华裔美国人,当你们希望了解在你们身上还有哪些中国特征时,你们怎样把童年、贫困、愚蠢、一个家庭、用故事教育你们成长的母亲等等特殊性与中国的事物区分开来?什么是中国传统?什么是电影故事?"(《女勇士》4)[②]女主人公感到母亲讲述的"中国故事"虚虚实实、真真假假,让人弄不清哪些是事实,哪些是虚构和想象。关于中国,好莱坞电影里的描绘、从大陆传来的消息和"我"在书上看到的情况都互相矛盾。中国人不允许小孩子多问问题、不爱对小孩解释事情的习惯让她怀疑他们是怎样继承和发展了五千年文化的。女主人公对父母的许多行为感到不解和不满,但她也明白父母的许多做法是为了"适应美国严酷的社会现实"。"有时候,我痛恨洋鬼子不让我们说实话,有时候我又痛恨中国人的诡秘。别出去说啊。父母对我们说,虽然即使我们想出去说也不可能,因为我们一无所知"(166)。根据美国的行为准则,"我"感到华人移民的言谈举止粗鲁不雅,希望自己能变成地道的美国女性:"我所认识的移民嗓门都很响,即使离开他们过去隔着田野打招呼的村子好多年,也还是没有变成美国腔。我一直没有能够制止住我母亲在公共图书馆和电话里大嚷大叫的习惯。走路正(膝盖要正,而不是中国妇女那种内八字步),说话轻,我一直想把自己转变成美国女性"(9)。

但是,"我"对"我们华裔女孩子只好细声细气,显出我们的美国女性气",甚至"比美国人还要低声细气"(55)又感到反感和恼怒。就这样,两种文化不同的价值观念、道德观念、行为规则使女主人公的内心充满矛盾。她对两边都抱着怀疑和批判的态度,既不完全相信母亲关于神仙鬼怪、偏方迷信的讲述,不能认同华人社会中那些传统的规矩、成见和价值观念；同时又对自己身为华裔在美国社会中被歧视、被排挤的遭遇感到愤怒和无奈，深深体会到自己无法完全等同于美国人、无法融入美国社会的边缘状态。身为华裔，主人公时时感觉到种族的压力。华人移民受歧视、受欺辱的历史和现实以及她的亲身经历时刻提醒主人公自己是处于主流社会以外的边缘人。叫她"黄鬼"的老板，夺走父母赖以生存的洗衣作坊的白人，都成为她憎恨和复仇的对象。

除了种族的压力以外，女主人公还要面对唐人街重男轻女的传统观念带来的痛苦和困扰。"我不想再自惭形秽地在华人街待下去了，那里的民谚和传说真让我难以忍受"（49）：

有时候我父母和镇上的华侨邻居会说："养女好比养牛鹂鸟。"听到这些，我就会满地打滚，高声哭叫，一句话也说不出来，想止也止不住。

"这孩子怎么了？"

"谁晓得。使坏呗。女孩子就是爱使坏。唉，养女等于白填。宁养呆鹅不养女仔！"

"是我的孩子的话，我就会狠揍她一顿。不过管教女孩子也是白费功夫。女大必为别人妻嘛。"

"别哭了！"母亲声色俱厉。"再哭我就揍你。坏丫头！别哭！"……

"我不是坏丫头，"我常常高声回道，"我不是坏丫头。我不是坏丫头。"我也许也说过："我不是丫头。"（42）

"我"试图用努力学习换来的"A"赢得称赞和肯定，但也未能如愿。在种种歧视女性的言论的包围之中，愤怒的女主人公喊出："汉语中女子自称'奴家'，就是自己诋毁自己！"（43）可以看到，女主人公身上背负着双重的压力。一重压力来自身为华裔的少数族裔身份，一重压力来自女性身份。种族和性别的双重劣势使她处于双重的边缘。这时候，母亲讲的神话和传说给了她启示。女主人公运用自己的想象，在幻想的世界里成为"花木兰"式的女英雄，杀富济贫、建功立业，雄辩地反驳了唐人街中流行的"养女无用"的观念，为女性所受的屈辱和压迫报了仇。对于那些歧视华人的洋鬼子，"我"幻想唤来天剑，"冲他肚子上来一下，一定会给他那身衣服加上些皱褶，添上点颜色"。"我"还幻想着"在美国来回冲杀，夺回在纽约和加利福尼亚的洗衣作坊"（45）。当父母的洗衣作坊被推倒改建停车场时，"我"就做一些"刀呀枪呀的幻想"（44）。女主人公还对汉语的"报仇"一词做出了自己的解释，她认为"报仇"就是向世人"报告怨仇"：将华人受到的不公平的对待说出来。"我"认为，"我"和女勇士的相同之处就是都把要说的话藏在背后（在"我"想象的故事中，女勇士出征前，父母在她的背上刻下了他们的仇恨和誓言），而把这些话说出来，就是替沉默失声的华人同胞报了仇。

然而，花木兰式的"报仇"只能是小女孩儿头脑中的幻想或者梦境。"我"心里清楚"我"远不如梦里的女勇士，也不会有一只鸟来召唤"我"进山学艺。那只是幻想而已：

不管怎么说，没有鸟来召唤过我，也没有睿智的老者来教我武功，没有魔珠，没有能窥见一切的水葫芦，也没有兔子在我饥饿的时候自己跳进火堆。我不喜欢军队"（45）。如果再仔细考察一下"我"幻想的这个花木兰故事，就会发现，它具有和女主人公年龄相称的天真特质。比如，在"我"的幻想中，东方和西方的神话传说相互交织、混为一体。汤亭亭曾说，她是在混合使用东西方神话，"当花木兰进山时，我穿插了刘易斯·卡罗尔《爱丽丝奇遇记》的情节。她奔跑时发现一只兔子跳跃过来。……中国神话传说里有兔子，佛教故事里也有兔子。菩萨作为兔子跳进火里，肉烧烂了，饥饿的人可以饱食。"那是东方的传说。在《爱丽丝奇遇记》里，兔子没有被吃掉。我把东西方故事混淆了，因为我感到这种混淆现象常发生在小孩的头脑里，发生在美籍华裔小孩的头脑里。"我父母常对我讲这类故事。我入睡时，这类故事就混淆了"（张子清 194）。所以，主人公"我"在花木兰故事里将东西方神话传说混在一起，真实反映了华裔小孩特有的心理体验。

　　另外，这个故事很多时候是对"我"对加诸女性身上的侮蔑之词的逐一反驳，带有小女孩特有的情绪特点。例如，"我"相信女性的生理特点不会影响女勇士的能力："我只有一次没去出战，那是我分娩的时候。"一当"我"生下孩子，就立刻"催马杀向战斗最激烈的地方"（36）。梦里的女勇士与贞德不同，结婚和生孩子只能使她更加强壮。特别是在故事的结尾，当"我"完成了英雄豪杰的业绩回到家乡后，"我"跪在公婆面前保证从此会恪尽妇道、生儿育女。"我"还给了父母和整个家族一大笔钱，连父母的棺木都买好了。"我"相信，家里人一定会"杀猪祭神，庆祝我的归来"。"我"相信，"就凭我背上的字，就凭我一丝不苟地实现了背上刻下的誓言，村里人对我的孝心一定会代代传颂"（41）。显然，"我"是在用女勇士的行为驳斥那些"养女等于白填""女人胳膊肘朝外拐"的可恶论调。女勇士的行为表达了"我"作为一个华裔小姑娘对女性的最高期望和梦想：做一个女中豪杰，成就一番大事业；同时孝敬父母和公婆，相夫教子，得到乡邻们的赞颂。我们可以看到，小姑娘的想象并没有脱离开唐人街的传统观念。她的价值判断都是建立在华人移民的成人世界给予她的价值观念和道德评判之上的。这也就是为什么在这个被有些论者称为具有鲜明西方女权主义意识、族裔意识的美国华裔女英雄的花木兰身上，还保留着符合中国传统封建文化要求的女性特征的原因。笔者认为，这并非如某些论者所言，是作者在有意采取后现代主义的戏仿、拼贴手法对传统中国文化进行反讽，或是作者对中国文化的有意、无意的"误读"，而是作者对"我"这个华裔小姑娘精神世界的真实反映。

　　总之，"花木兰"的报仇只是出自华裔小姑娘天真心灵的幻想。如果这样的"报仇"也可以说是对华裔女性所面临的种族困境和性别困境的一种解决的话，我们也只能说它是一种幼稚的解决。在痛苦和困惑的成长过程中，女主人公不断地思索、寻找、质疑、反抗。她试图在充满敌意的环境中找到出路，找到自己的归属。主人公围绕"沉默"和"发声"的经历，既是她成长过程中的真实体验，也可以说是她寻找自己的文化身份、寻找华裔女性在美国社会安身立命的依据的过程。

为了让"我"说好外国话,在"我"小时候,妈妈就割了"我"的舌筋。

> 直到现在,……我的话仍然羞于出口。……打一次电话我的喉咙简直要流血,而且要耗尽那一整天的勇气,一听到自己断断续续的声音轻飘飘地说出口,自卑感便占据心头,一天的情绪也荡然无存。人们听到我的声音都会相互做鬼脸。我沉默得最厉害的岁月是上学之初的3年间,那时我在图画作业上涂上黑颜色,在画出的房子、花朵和太阳上涂上一层层的黑颜色。(149)

在美国学校里沉默失声的主人公痛恨自己处于这种境地,她的愤懑终于在一个比她更不爱讲话、在球场上更不受人欢迎的华人女孩身上宣泄出来。在女主人公欺凌弱者的冷酷外表下面,我们似乎看到了在美国社会左冲右突、试图找到自身位置的华裔女性的内心挣扎,听到了她们不甘处于边缘状态、力图找回自身尊严和价值的心声。在小说中,无论"我"用什么办法欺负她,这个女同学都不开口说一个字,她只是不停地哭。最后,眼见无法收场,"我"又气又急,对她说:

> "你为什么不说话?……难道你看不出来我是在帮助你吗?你就想这样下去吗?一辈子都哑着吗?(你知道哑意味着什么吗?)……而你,你是棵植物,知道吗?如果你不说话,你就只能是植物。如果你不说话,就没有个性。你不会有个性,不会有头脑。你总得让人知道你有个性有头脑。……没人会注意到你。……你哑透了。我干吗在你身上浪费时间?"我一边哭一边说。(64)

女主人公十分清楚沉默失声意味着什么。她想摆脱这种困境,她在一点一点地努力:"我在长进,尽管每天只长进一丁点"(149),"我们大都在最后恢复了讲话能力,尽管仍不免犹犹豫豫、断断续续"(157)。女主人公在美国社会(学校)里挣扎奋斗,努力冲破沉默失声的困境,经历了痛苦的过程。而在唐人街的华人社会中生存,同样也充满痛苦和挣扎。

华人邻居们还是把女孩当作赔钱货。"我"的功课再好也得不到赞扬。父母总担心"我"嫁不出去。在家人和邻居眼里,"我"又丑又笨、脾气暴躁、没礼貌。"我"甚至认为自己就是家里的疯女。于是,"我"真的变得古怪。"我"整天头发乱蓬蓬的,衣服皱巴巴的,连走路都有点跛了。"我"故意在客人面前打碎盘子,歪着嘴,一颠一跛地走路。终于,在压抑了很久以后,一天,"我"对母亲喊出了心里埋藏已久的话。虽然母亲并不能完全理解我,她的解释也不能完全让我满意,但在这次爆发后,"我"终于明白了:

> 我曾见到的景象也许全然不是由于我是华人,而是由于我仍是个孩子。这样的景象即使不付出这么大的努力,最终也会消失的。

当然喉咙仍然时常会痛，要制止这种疼痛，只有把我心中所想的说出口，也不管是否会丢掉工作。……申请工作的时候，我不再填报"双语"栏了。……我仍在不断地想理出个头绪来：究竟什么是我的童年、我的想象、我的家庭、我们的村子、电影故事、现实生活等等。(188)

我们可以看到，女主人公长大了。虽然对于自己的身份和传统仍然有许多疑问，但她不再耽于幻想，也不再愤怒而无目的地反抗。在母亲给我讲了许多年故事以后，"我"终于也开始讲"我"的故事了。这就是蔡琰的故事："在匈奴堆里生活了12年以后，蔡琰被赎了回来，……。她把歌从蛮人那里带了回来，其中三篇之一是《胡笳十八拍》，流传至今，中国人用自己的乐器伴奏，仍然演唱这首歌曲，歌词翻译得也不错。"(192) 小说就在女主人公讲的故事中结束了。蔡琰沉默失声多年以后，终于在"羌笛野曲"的伴奏下唱出了自己的歌。这就是主人公经历了痛苦的挣扎和思考之后找到的答案。

蔡琰的故事可以看作是作者对女主人公遭遇的困境和问题的最终解决。蔡琰是又一个"花木兰"式的女英雄。她驰骋疆场、英勇杀敌。被胡人擒获以后，虽然身处异国他乡，但她并没有自暴自弃、沉沦迷失，而是在沉默当中坚守着汉民族的语言和文化传统，最终唱出了自己的歌。蔡琰伤感怨愤的歌声是另一种"报仇"：打破沉默，用歌声向世人报告汉民族的惨痛经历。这也正象征着作者的"报仇"：打破华人多年的沉默，用文字向世人报告华裔同胞在美国的遭遇。而蔡琰和着"羌笛"的乐曲歌唱似乎表明作者想采用一种折中的方法来解决华裔面临的两种文化的冲突，并由此确认华裔在美国主流社会中的身份和位置。

美国学者屈夫在《女勇士》中译本的"译序"中说，"汤亭亭在整本书里探讨当一个华裔美国人对她意味着什么的深刻内涵"（屈夫 8）。我们在《女勇士》这部小说里看到的，正是一个美国华裔女孩的成长过程。由"花木兰报仇"的天真幻想到现实中激烈的反抗，最后期待着在打破沉默和隔阂的歌声中达到某种和谐和相互理解。看来，曾经在两种文化的夹缝中挣扎奋争，亲身经历了东西方文化的冲突、碰撞的作者对华裔在美国社会谋求自己独有的（既不同于中国人也不同于美国人的）文化立场和身份抱持着一种乐观的态度。也许，在今天充满纷争、对抗、偏见和隔阂的世界里，我们真的需要一种乐观，一种包容，以及追求和谐、理解的勇气和信心。

注释

① 转引自卫景宜：《西方语境的中国故事》（杭州：中国美术学院出版社，2002年，第6页。）
② 汤亭亭：《女勇士》，李剑波　陆承毅译（桂林：漓江出版社，1998年）。以下引文只注明页码。

引用作品

屈夫:"译序",《女勇士》. 桂林:漓江出版社,1998年,1—8页。
[Twitcher, Jeff. Foreword for Translated Version. *The Woman Warrior*. Guilin: Lijiang Publishing House, 1998, 1-8.]

张子清:"东西方神话的移植和变形",《女勇士》. 桂林:漓江出版社,1998年,193—201页。
[Zhang Ziqing. "Transplanting and Transforming of Eastern and Western Myths." *The Woman Warrior*. Guilin: Lijiang Publishing House, 1998. 193-201.]

24

历史是战争，写作即战斗——赵健秀《唐老亚》中的对抗记忆

刘葵兰

评论家简介

刘葵兰，北京外国语大学博士、副教授，北京外国语大学华裔美国文学研究中心主任。主要研究领域为美国文学和美国亚/华裔文学。专著有《变换的边界：亚裔美国作家和批评家访谈录》；编著有《重划界限：亚美文学研究新论》《华裔美国文学名著精选》；译著有《承诺第八》。

文章简介

本文运用米歇尔·福柯有关历史、有关"对抗记忆"的理论，深入分析了美国华裔作家赵健秀在小说《唐老亚》中对早期华工修建第一条美国横贯铁路的再现，揭露了早期华人历史在美国历史教科书中被恶意歪曲或抹杀的事实。本文认为，小说中的对抗记忆证明了众多华工是美国中央太平洋铁路建设的脊梁，他们的贡献是美国开拓西部边疆历史中不可或缺的一页。赵健秀对美国主流历史书写权威性和真实性的挑战不仅印证了他提出的"历史就是战争、写作即战斗"的观点，还为我们提供了一个从华人的角度出发的另类历史版本。

文章出处：本文原载于《国外文学》2004年第3期，第120—126页。

历史是战争，写作即战斗——赵健秀《唐老亚》中的对抗记忆

刘葵兰

集作家、编辑、批评家、文选编撰者于一身的华裔美国作家赵健秀（Frank Chin）极力把自己装扮成"唐人街的牛仔"[①]的形象。他提出了恢复美籍华裔被压制、被遗忘的历史，颠覆美国主流文学中华人驯服、保守、被动、落后的刻板形象，希望以此来为华裔美国文学的发展推波助澜。

挖掘早期美籍华人的历史一直是赵健秀关注的主题。1974 年，为了呈现"亚裔美国作家被压抑了 50 年的声音"，赵健秀和他的同行们编辑了《哎咿！亚裔美国作家选集》。[②]1991 年，他在《大哎咿！》中再次强调"这个世纪之初持达尔文进化论的哲学家们和小说家们讲授历史，使得我们现在接受这一切，把它们当作事实，形成一成不变的印象，而感到除此之外没有别的历史可学了"[③]。赵健秀尤其关心的是第一代华人开拓者们修建第一条美国横贯铁路的历史，正如一位评论家所总结的那样："唐人街，马瑟路德乡，（内华达山脉），铁路，华工——这些对赵健秀来说都是关键词，因为他们代表了他对美国西部的感情。他认为在白人种族主义的压迫下，他的民族已经忘却了或因急于同化主流文化而希望忘却这一段早期华人的历史。"[④]在他的众多短篇小说中，两部主要的剧本《鸡舍中国佬》(*The Chickencoop Chinaman*) 和《龙年》(*The Year of the Dragon*) 以及两部主要小说《唐老亚》(*Donald Duk*)[⑤]和《甘加丁公路》(*Gunga Din Highway*) 中，赎回华美历史的主题一再出现。

但《唐老亚》是一个特殊的历史文本。在这部作品中，作者愤怒地揭露了华美历史在美国历史教科书中被恶意歪曲或抹杀的事实，讲述了关于这一段历史的对抗记忆，并提出了"历史就是战争，写作即战斗"的文学主张。小说讲述了一位 12 岁的同名主人公唐老亚在农历新年里成长的故事。他由一个以身为华裔为耻、急于抹杀自己华裔背景的男孩成长为一个了解自己的华美祖先的历史并以此作为一个华人而骄傲的青年。他对早期华人历史的认同最终使得他变得成熟。

用米歇尔·福柯关于历史的观点来细读《唐老亚》将有助于我们理解这个文本。福柯非常关注历史，在某种程度上他在他的多种著述中都试图将历史从传统的宝座上拉下马，并在多个领域试图重写"有效的历史"(effective histories)，因此他有"'另类'哲学家和历史学家"的称号。[⑥]关于历史，福柯主要有以下观点：一、与许多理论家如法朗兹·范农、海登·怀特、霍米·巴巴一样，福柯认为过去并非简单的就是逝去的事情，如果重新考

虑、重新审查和建构，过去将会产生新的意义：

> 在一定程度上，追溯历史是有意义的。它能向我们表明现存的在过去并非总是这样的，在我们看来再明显不过的事情总是在不稳定的、脆弱的历史过程中由于各种机遇和偶然联合造成的……这就意味着这些事情都是人类实践的基础上，在人类历史过程中形成的；既然这些事情是形成的，那么只要我们知道它们是怎样形成的，我们就能解构它们。[7]

其次，他在《历史考古学》中论证了"断裂性在历史规训中扮演重要的角色"并号召学者们"把断裂性既当作一种手段又当作研究的目的"[8]。他认为看似牢固可靠的、人们习惯性地当作真理的历史实际上掩盖了无数有意无意的错误。仔细考察历史就会发现它是如此脆弱和不经推敲。

再次，福柯把历史看成一种与其他话语一样的社会实践，它是社会上各种力量与权力相互作用的结果。当一个社会里各种意识形态或话语都在力争一席之地的时候，主流的意识形态或话语就会占上风。在历史领域中也不例外，处于社会边缘的人们的历史往往会受到"压制"，或被当作是"不合格的"[9]。

最后，对于解决历史断裂性的办法，福柯并不是特别感兴趣，但他确实在他的论文集《语言，对抗记忆，实践》中指出了颠覆历史断裂性的一种方法：对抗记忆（counter memory）可以"将历史转换成一种完全不同的时间形式"，它是达到书写"有效历史"的途径。[10] 与传统的历史书写的方法相比较，对抗记忆通过变换另一种方式来重叙过去的事件以根除传统历史中虚假的连续性，瓦解人们把历史当作一成不变的、僵化的知识和绝对真理的认识。[11] 剥除传统历史的伪装以后，对抗记忆所提供的"有效历史"不像传统历史那样竭力保持一种"疏远"的态度来考察历史，而是"近距离地""根据事件最突出的特性来考察它们"[12]。在某种意义上，对抗记忆是通过重新组织、重新判断历史事件来重新记忆，旨在揭露历史的断裂性而不是继承传统历史所提供的虚假知识。

在《唐老亚》中，赵健秀重叙了早期华工修建第一条美国横贯铁路的经历。时间是不可逆转的，就像小儿一出生就与母体分离一样，人类被切断了他们与过去的联系，因此要重新回到过去是不可能的；过去只能通过记忆、梦想、想象、传说等等方式来赎回。[13] 小说主要通过三方面完成了对抗记忆：首先，与主人公同名的叔叔告诉唐老亚，他的高祖父曾经在铁路上工作，与其他华工一起修建了从加州的萨克拉门托到犹他州的普罗蒙特里的一段铁路。他的讲述代表了华裔中的口头传统，这对保存历史和文化是非常重要的。其次，唐老亚在一家公共图书馆里查到了一些关于铁路修建时的文件以及完工时的一些照片。这些书面文件有力地证明了华工们的工作是美国历史的一部分。最后，主人公的梦生动地再现了华工们修建铁路的情景，表现了他们的英勇。一方面，这些梦境表明"没有被言说和表现的过去会纠缠历史的现在"⑭；另一方面，当我们知道时间不可逆转时，梦境本身就是在想象中接近过去的一种途径。

总之，小说中的对抗记忆证明了众多的华工是美国中央太平洋铁路建设的脊梁，表明这些先辈们的贡献也是美国开拓西部边疆的广大背景里不可或缺的一页。更为重要的是作者毫不留情地揭露了美国主流历史中的断裂性，尤其是蓄意排斥华工们的贡献这一事实。

小说表明华人形象在美国主流历史中要么就被歪曲表现，要么就被完全抹杀。在小说的开头，唐老亚是一个生于美国、长于美国的第五代美籍华人，他对他在美国的先辈们的经历一无所知，也毫无兴趣。他深受主流文化中对华人刻板描述的影响。他的一位教授加利福尼亚历史的老师米恩·莱特常常津津乐道地在班上宣读一段关于华人的文章：

在美国的中国人几个世纪以来被儒家思想与禅宗神秘主义搞得被动软弱。面对极端个人主义与民主的美国人，他们全然缺乏防备。从他们踏上美国国土的第一步到20世纪中叶，面对侵略成性、竞争激烈的美国人的无情迫害，胆怯、内向的中国人总是束手无策。⑮

在这段短短的话里可以找到许多关于华人的刻板描述：被动的、优柔寡断的、驯服的、胆怯的、内向的、神秘的、无助的。而白人则被赋予各种优秀的品质：个人主义的、民主的、进步的、有竞争力的。这种描述表明种族主义者认为白人是优等民族而华人是劣等民族的立场。历史老师名叫米恩·莱特，根据英文的发音，名字的意义组合为"恶意"和"书写"。在给这位历史老师取名时，赵健秀暗示了白人们在恶意地扭曲华人的形象这一事实。⑯

后来，主人公的叔叔告诉他家族的历史，并提醒他注意观看铁路完工时的照片，他问唐老亚："那幅照片中没有华工出现，你有没有感到奇怪？"（23页）唐老亚回答不出这个问题。于是他和他的朋友阿诺德一头钻进公共图书馆，找寻关于华工的历史书与文件。他所发现的事实令他不安：在一幅完成最后一颗道钉的仪式的照片里没有一个华工；1200名⑰修建横贯铁路的华工们的名字在哪一本历史书里都找不着，但8个帮助华工们抬枕木的爱尔兰人⑱的名字全都有记载。华工们被排除在主流历史以外，这是一个不争的事实。

揭露了主流历史中存在的歪曲和排斥后，小说接着深层次地分析了历史书写本身的许多人为因素。这一秘密被唐老亚的父亲金·达克（King Duk）一语道破：历史就是一场战争！当儿子从图书馆回来，因为美国主流历史抹杀华人的功绩而万般烦恼并向父亲抱怨这不公平时，金·达克讽刺儿子道："公平？什么是公平？历史是战争，不是游戏！……别以为我会因为白鬼从不在他们的历史书中叙述我们的历史而生气或大吃一惊，你自己去寻找历史。你必须自己保留历史，不然就会永远失去它。这就是天命。"（122页）金是书中的智者，在许多场合他就是赵健秀的代言人。他清楚地意识到历史书写就是一场战争，许多社会力量都想争得一席之地。他的话回应了福柯的观点：作为一种社会实践和知识形式，历史是各种社会力量或话语相互作用的结果。

领悟了这一秘密以后，唐老亚梦到了华工和一些白人长官们为了如何在美国历史中体现华人的功绩而发生的惊心动魄的冲突。在这个梦中，唐老亚梦见了1869年铁路即将完工时的最后一颗道钉仪式。他梦见他的高祖父，当时和他一样仅仅12岁。他和其他华工们似乎意识到了白人们并不会把他们记载到美国历史书中，所以他们把自己的名字刻在一根枕木上，并热情洋溢地把它铺上。

同样，像查理·克罗克之流的白人完全意识到铁路的完工是历史上的一个里程碑，他们在仪式上所说的话所做的事都将载入史册，将来人们还会引用他们所说的话。关于中央太平洋铁路，当时有一个"四大头"（The Big Four）的神话：查理·克罗克（Charlie Crocker）、科利斯·亨廷顿（Collis P. Huntington）、利兰·斯坦福（Leland Stanford）和马克·霍普金斯（Mark Hopkins）。他们是华工们所修建铁路的所有者。这四位名流中，亨廷顿是参议员，有一座旅馆以马克·霍普金斯为名，利兰·斯坦福是加利福尼亚州州长，斯坦福大学是以他命名的。查理·克罗克最神气、最出风头，他经常穿着白西装、骑着白马在铁路边上走来走去，监督华工们的工作。他们都知道如何保持他们在美国历史中历史创造者和神话创造者的地位。查理·克罗克在内华达山脉上摆好姿势，仿佛他就是美国的马其顿王亚历山大或拿破仑似的，他让记者们给他拍照并刊登在《哈珀周刊》（Harper's Weekly）和《画刊》（Illustrated Magazine）上（127页）。斯坦福州长还着人请来一位知名画家，根据最后一颗道钉仪式上的照片画了一幅油画。这幅画现在还挂在美国某一博物馆里。

如此这般，他们确信自己能青史留名，然而决不能让中国人也享受这一荣耀。得知华工们在一根枕木上刻自己的名字以提醒人们他们的功绩后，克罗克轻蔑地对唐老亚所梦到的高祖父说："你现在只不过是一个小孩子。你还太年轻，不懂得历史是怎样创造的……你们（白人工人们）把这根枕木拔出来，把它劈碎！"（28页）然后，一群白人不管华工们的奋力反对和石头攻击，把这根枕木拔出来，换了一根新的。华工们为争取在美国历史中表现自己的努力被残酷地镇压了。白人们不仅毁坏了刻有华工名字的枕木，他们还要用武力把华工们从仪式现场赶走，因为到时候他们将庆祝并摆好姿势照相：

> 在明天的仪式现场将见不到一个异教徒。如果您（T. C. 杜兰特）允许，我将在火车头和电报杆上安排步枪手。如果有不受欢迎的华工靠近的话，步兵们将向我们发出警告，并将他们赶走。有必要的话可以用武力。金道钉，银道钉。最后一颗道钉将钉进枕木，电报将发往四方，我们的照片将保留我们国家历史上这一伟大的时刻。尽管我钦佩、尊敬中国人，他们不能参与这一切。我要向他们表明是谁修建了铁路。白人！白人的梦想。白人的头脑，白人的肌肉。（130页）

这一场景生动地表明正如华工们在最后一颗道钉仪式上遭到驱逐一样，他们也被有意地排除在美国历史之外。尽管华工们做了抵抗，然而他们与白人们之间不平衡的权力关系决定了他们的斗争必然失败。美国历史是有选择性的，八个爱尔兰工人的名字被载入史册，因为他们是基督徒，而作为异族的众多华工是毫无疑问会受到排斥的。

值得一提的是这虚构的场面正是许多美国历史书所呈现的。华人移民或华工在许多美国历史书中缺席，如《民主经历》[20]、《美国历史的形成》[21]、《美国历史概览》[22]、《1877年以前的美国历史》[23]。有些美国历史书在大肆渲染美国人们的伟大功绩的同时只用只言片语提到华工。如《美国历史》[24]就是一个例子。《美国人们：民族经历》是一个很有趣的例子。在书中，编者盛赞第一条横贯铁路是"美国铁路工程中最伟大的壮举"[25]，书中铁路的修建、经费筹措、相关法律、沿途铁路站、旅馆等等细节俱全。但如果你想了解参与修建中央铁路的华工的情况的话，你什么也找不着。[26]

小说也揭示了在当今的美国社会中，把华人刻板形象化以及把华人排除在历史之外的一些手段依然存在。首先，语言的丧失是导致华人传统包括历史的丧失的一个重要原因。许多批评家们都认识到语言对传播文化的重要作用，如法国批评家法朗兹·范农就曾经说过："说一门语言就是接受一个世界，一种文化。"[27] 赵健秀在1974年写道："语言是文化的中介以及人们的感性……白人文化一直用语言（英语）的统治地位压迫亚裔美国文化，使它在美国意识的主流中起不到什么作用。"[28] 其结果是造成语言（汉语）的丧失，这在唐老亚身上是显而易见的。他一开始不会说中文，对中国和中国人一无所知，并希望如此他就能成为一个百分之百的美国人。

其次，美国的学校教育扮演着一个重要角色，它使孩子们朝着接受主流社会价值的方向发展。有像米恩·莱特先生那样的老师们在学校散播反华思想，唐老亚对华人以及华人文化反感也就不奇怪了。他的叔叔很清楚地意识到了这一点，他指出："我知道你那狂妄自大的私立学校拼命想要掏空你们的心，把你们变成憎恨一切中国东西的机器，但你真正的名字是你的中文名字。在中文里，你姓李，不姓达克，是李逵的李。"（22 页）

最后，媒体无处不在，对宣传主流意识形态起了重要作用。赵健秀指出许多生于美国长在美国的美籍华人和美籍日本人"经常从收音机里、银幕、电视、连环漫画上获得对中国和日本的了解，推崇白人文化的作家们把黄种人描述成在受伤、悲伤、生气、骂人或惊奇时都会哀鸣、大喊、甚至尖叫'哎呀'的东西"[29]。在《唐老亚》中，作家揭露和讽刺了媒体对人们的影响。一方面，主人公名叫唐老亚，与迪斯尼动画中的唐老鸭之音相仿，而且他以美国知名舞星弗雷德·阿斯泰尔为自己的楷模。如此安排，作者讽刺了美国通俗文化的视听模式。另一方面，他指责美国媒体热衷宣传刻板的华裔美国人形象。比如说，"青蛙双胞胎姐妹"很厌烦一而再地在美国电影里演华埠妓女和异族女人的角色，而唐老亚的父亲金则对赛珍珠恨之入骨，因为她在作品中描写的华人大都形象猥亵。

正是因为在过去和现在都存在的这种种操作，使得华人与他们的历史疏离，不得不接受和同化于主流美国文化。作为一个生活在美国社会边缘的群体,华裔美国人是"一个没有历史的民族"。可以说这些策略相当成功,尤其体现在唐老亚身上,他很为自己华裔背景感到羞辱,想尽办法要使自己美国化。

华工在美国历史上的缺席反映了主流社会拒绝认可他们,否认他们的意义。海登·怀特说过,如果一种文化里没有叙述容量或拒绝叙述就意味着意义的缺失或放弃。[30] 范农指出殖民者有一种做法就是贬低前殖民时期的历史:"殖民主义并不满足于仅仅控制一个民族以及清除土著人头脑里的一切形式与内容。由于某种不正常的逻辑,它转向受压迫民族的过去,歪曲、破坏甚至摧毁他们的历史。"[31] 他的分析可以帮助我们解释美国历史书写中的操作。尽管唐人街不是一个殖民地,然而在以一个同化的可能性作为"异族"被接受的标准的社会里,美籍华人的思想必须被"殖民化"。这就是为什么华人的历史总是受到压制的缘故。同时,范农也指出,对被殖民民族来说,追溯历史是构建未来民族文化的一条很明确的道路。[32] 对少数裔人们来说,他们的文化被主流社会所拒绝或忽略,追溯他们被遗忘或被压制的历史是他们争取意义的一条重要道路。

赵健秀意识到华裔在美国历史中要么缺席要么被歪曲,作为作家,他试图挖掘早期华人被压制的历史,并赋予它意识形态的意义。对他来说,写作并不仅仅是一种文学实践,它是一种争取权利的形式。早在70年代,在他写给《戏剧评论》主编迈克尔·柯比的一封信中,他表示"他写戏剧就象承担了一个作战的使命,他要把一切都丢掉,来报复(种族歧视)"[33]。在他的小说中,他通过他的代言人唐老亚的父亲金清楚地表示写作就是战斗的观点——金·达克教导他的儿子"诗歌(文学)就是策略",并指出唐老亚的"天命"就是记载他的民族的历史。为完成这个"天命",身为作家的赵健秀使用多种策略。

首先,他知道致命的一招是揭露主流历史书写中的偏见。赵健秀深受《孙子兵法》的影响,他在他的作品中多次引用孙子的话。在《有约》中他引孙子:"是故百战百胜,非善之善者也;不战而屈人之兵,善之善者也。"台湾学者单德兴指出赵健秀从《孙子兵法》中学到了"上兵伐谋"的策略。[34] 因此,赵健秀最出色的策略是借唐老亚之口攻击主流社会书写历史的策略:排斥或歪曲表现华人。在过阴历中国年期间,唐老亚变得成熟了。一开始的时候,他是一个种族主义者,他鄙视一切中国的东西,对华裔历史一无所知,而且漠不关心。在他父亲和叔叔的启发和教导下,他对祖先们的历史产生了兴趣,并去图书馆查阅了大量资料。最后他终于明白了华裔历史被歪曲的事实,明白他的身份:一个华裔美国人。小说的结尾,当历史老师米恩·莱特又在胡扯华人被动、没有竞争力时,唐老亚愤怒地反驳道:

> 米恩·莱特先生,你说华人被动、没有竞争力,你错了。是我们把萨米特隧道炸通的。我们在内华达山脉的高山上工作,在那儿度过了整整两个严寒的冬天。为了要回拖欠的

薪水和争取由华人工头来领导华工，我们都举行了罢工，并且胜利了。我们创造了一天之内铺设轨道里程最长的世界纪录。在普罗蒙特里我们铺下了最后一根枕木。正是像你这样见识短浅的人才把我们（华人）排斥在那幅照片之外。(150页)

然后他和阿诺德拿出他们查阅的很多资料摆到老师面前证明他们的观点。米恩·莱特先生完全没有料到他们会这么做，他尴尬得很。唐老亚的这一举动不仅标志着他认同了华美历史，而且标志着他开始为华人群体争取权利。在一次关于权利的讨论中，福柯同意德鲁兹的观点，认为受压迫人们争取权利的第一步是为自己辩护：

> 如果说指出这些权力的来源——谴责并说出来——是斗争的一部分，这并不是因为它们以前不为人所知，而是因为谈论这些问题，迫使制度化了的知识网络来倾听，创造名字，伸出谴责的指头，并找到目标是颠覆权利以及发起对现行权力形式的新的斗争的第一步。㉟

其次，这个文本里所呈现的对抗记忆并非仅仅是"对历史苍白的、消极的反映"㊱而是作者为提倡华裔文化和传统所做的主动的努力。赵健秀一直不遗余力地宣传和鼓吹《三国演义》与《水浒传》中一些人物所代表的英雄主义。在《唐老亚》中，他创造了一个代表他理想的人物，关姓工头。这位工头先后领导华工们举行罢工以追回拖欠他们的工资，与爱尔兰工人竞争修铁路，创造了在十个小时之内铺设十英里铁轨的世界纪录，并领导工人们为铺设刻有他们名字的最后一根枕木而斗争。他绝不是天性懦弱、驯服，相反，他是一个勇敢的斗士。作者把关姓工头描写成一个有尊严、有智慧、有力量、有勇气的汉子，以反驳关于华人男性娘娘腔、不具备竞争力的刻板印象。

领导华工们反抗白人压迫的关姓工头在作者的心目中就是古代中国为穷人奋斗的关公的化身。对这个人物的塑造反映了赵健秀的文学主张：写作就是战斗。《三国演义》中忠诚、勇敢、侠肝义胆的关公在小说中被神化了，他是战争和文学的保护神。关公神像的右边像将军一样披着战袍，左边则像一位学者。对赵健秀来说，这两方面相互关联。他曾经表示关公"对士兵们来说是战争的保护神……对以文字来进行讨伐的斗士们（作家）来说，他是文学的保护神"㊲他斗争的方式就是写作，因此他结合了这两个方面。正像关公挥舞着他的青龙偃月刀一样，赵健秀舞动着他手中的笔。他试图利用他的写作为华裔美国人们鼓与呼，就像关公为受压迫的农民以及关姓工头为华工们所做的那样。

总之，美国主流历史中的断裂和缝隙就是赵健秀的战场，他挑战这些历史书写的权威性和真实性，并提供了一个从华人的角度出发的另类历史版本。清楚地意识到摧毁一个民族的历史会导致这个民族的毁灭，这位唐人街牛仔极力要通过他的笔来重构华美历史，来提倡华美传统、宣扬华美文化。

注释

① 赵健秀对牛仔形象情有独钟。在他的一篇散文《唐人街牛仔的自白》中,他描写自己穿着黑色的牛仔靴,黑色粗斜纹棉布衣,腰上系着黑皮带,嘴里叼着一根牙签,留着长长的、硬硬的胡子。更有趣的是,在《唐老亚》的封底有一幅作者的照片:他留着长发、胡子,穿着一件浅色牛仔衬衣,黑色牛仔外套,嘴里叼着一根牙签!

② ㉘ ㉙ Frank Chin, et al. eds. *Aiiieeeee!: An Anthology of Asian American Writers*(New York:Mentor, 1991), pp. x, 35-36, ix.

③ Jeffrey Paul Chan, et al., *The Big Aiiieeeee! An Anthology of Chinese and Japanese American Literature*(New York: The Penguin Group, 1991), p. xi.

④ Dorothy Ritsuko McDonald, "Introduction", in Frank Chin, *The Chickencoop Chinaman and The Year of the Dragon*(Seattle:University of Washington Press, 1993), p. ix.

⑤ 本文作品引文均出自该小说,页码见引文后的括号。

⑥ Alec McHoul and Wendy Grace, *A Foucault Primer*(Carlton:Melbourne University Press, 1993), p. viii.

⑦ Michel Foucault, *Politics Philosophy Culture:Interview and Other Writings 1977-1984*(New York:Routledge, 1990), p. 37.

⑧ Michel Foucault, *The Archeology of Knowledge*(New York:Pantheon Books, 1972), pp. 8-9.

⑨ Michel Foucault, *Power/Knowledge: Selected Interviews and Other Writings 1972-1977*(New York:Pantheon Books, 1980), pp. 81-82.

⑩ ⑫ ㉟ Michel Foucault, *Language, Counter-Memory, Practice*(Basil Blackwell:Cornell University, 1977), pp. 160, 154-156, 214.

⑪ King-Kok Cheung, *Articulate Silences*(Ithaca:Cornell University Press, 1993), pp. 15, 20.

⑬ 在论文《〈唐老亚〉中的记忆政治》中,李有成运用霍尔(Stuart Hall)的理论指出过去是弱势民族发言的位置,并分析了唐老亚的梦对赎回过去的重要作用。见单德兴、何文敬主编:《文化属性与华裔美国文学》,"中央研究院"欧美研究所,1994 年 11 月,121 页。

⑭ Homi K. Bhabhia, *The Location of Culture*(New York:Routledge, 1994), p. 12.

⑮ 此处参考了李有成先生的译文,125 页。

⑯ 李有成对这位历史老师的名字另有解释:Mr. Meanwright 姓氏音如 "mean right"(意味正确)。他指出这个名字有反讽意义。见 128 页注解 8。

⑰ 前后共有超过一万名华工参与了中央太平洋铁路的修建。

⑱ 爱尔兰人修建了联合太平洋铁路,两段铁路于 1869 年 5 月 10 日在犹他州的普托蒙特里接轨。

⑲ 关于这幅画有一个罕为人知的事实。利兰·斯坦福州长吩咐画家根据当时在仪式上照的照片画一幅油画,把照片中的酒瓶子去掉,把一些在场的"道德品质值得商榷的"女人去掉,而把好几位当时并不在场的显要人物加进去。历史具有选择性,由此可见一斑。参见 Thomas A. Bailey, "The Mythmakers of American History," *Myth and the American Experience*, Micholas Cords and Patrick Gerster eds.(New York:Glencoe Press, 1973), 5 页。

⑳ Carl N. Degler, *The Democratic Experience*(Scott:Foresman, 1981).

㉑ O. Kelly, *The Shaping of the American Past*(Englewood Cliffs:Prentice Hall, 1982).

㉒ Richard N. Current, *American History：A Survey*（New York：Alfred A. Knopf, 1975）.

㉓ Jason H. Silverman, *American History Before* 1877（New York：McGraw-Hill Book Company, 1989）.

㉔ Philip Jenkins, *A History of the United States*（St. Martin's Press, 1997）.

㉕ Daniel J. Boorstin, *The Americans：The National Experience*（New York：Vintage Books, 1965）, p. 256.

㉖ 华工们不仅当时不能参加庆祝仪式，他们的事迹被大多数历史叙述隐掉，甚至在一百年后他们还是被排除在外。1969 年 5 月 10 日是铁路完工一百周年纪念日，美国举行了庆祝，当时的交通部长傅尔皮发表讲话，盛赞美国人的勇气和技术，却对上万华工们的功绩只字未提。当华人团体抗议时，他始终未公开道歉。转引自李有成《〈唐老亚〉中的记忆政治》, 120 页。

㉗ Frantz Fanon, *Black Skin White Masks*（New York：Grove Press, 1967）, p. 38.

㉚ Hayden White, *The Content and the Form*（London：The John Hopkins University Press, 1973）, p. 2.

㉛㉜ Frantz Fanon, *The Wretched of the Earth*（New York：Grove Press, 1968）, pp. 210, 210-212.

㉝㊲ Frank Chin, "Letter to Michael Kirby", *The Drama Review*, Oct. 1976, pp. 33-34, 2.

㉞ 单德兴：《书写亚裔美国文学史》，见王德威主编：《铭刻与再现》，台北麦田出版社 2000 年版，228 页。

㊱ Li Leiwei, "The Production of Chinese American Tradition：Displacing American Orientalist Discourse", in *Reading the Literatures of Asian American*, Shirley Geok-lin Lim and Amy Ling eds.（Philadelphia：Temple University Press, 1992）, p. 320.

25

在路上的华裔嬉皮士——论汤亭亭在《孙行者》中的戏仿

方红

评论家简介

方红，香港大学博士，南京大学外国语学院教授、博士生导师。主要研究领域为美国生态文学批评、美国女性文学批评和美国族裔文学批评。出版专著有《华裔经验与阈界艺术》。

文章简介

本文通过分析汤亭亭的第三部小说《孙行者》对垮掉派和《西游记》的戏仿，深入解析了她如何在看似游戏的戏仿中塑造出了一种独特的反传统、反战、反种族歧视、玩世不恭的华裔嬉皮士形象。同时，笔者认为，这部小说是一部描写华裔嬉皮士美国西部故乡行的"漫游记"，汤亭亭借主人公惠特曼在美国西部的漫游一方面挑战、颠覆了美国华裔的刻板形象，另一方面也证明了美国是华裔的故乡和家园。

文章出处：本文原载于《当代外国文学》2004年第4期，第136—141页。

在路上的华裔嬉皮士——论汤亭亭在《孙行者》中的戏仿

方红

汤亭亭以其《女勇士》与《中国佬》为中国读者所熟悉,但是在艺术创作上,她的第三部小说《孙行者》绝不亚于前两部小说。《孙行者》讲述了深受垮掉派影响的华裔青年惠特曼·阿新,在大学毕业后,一边继续他的嬉皮士生活,一边从事剧本创作,并组织了亚裔社团上演他的戏剧。在这部小说的主题表达与人物刻画方面,汤亭亭展现出了更为娴熟、更为复杂的艺术手法。本文将通过分析《孙行者》中对垮掉派及孙悟空的戏仿,一方面评述了汤亭亭在看似游戏的戏仿中,所塑造的反传统、反战、反种族歧视、玩世不恭的华裔嬉皮士的独特形象;另一方面也证明该小说可以解读为描述华裔嬉皮士美国西部故乡行的"漫游记"。

戏仿与互文

戏仿(parody)与互文(intertextuality)这组相互关联的文学手法在《孙行者》中被频繁运用。汤亭亭借助这两种方法将读者引入了由文学典籍、电影、神话传说、历史事件及其他文化元素构成的迷宫中。与此同时,她利用戏仿与互文表达了华裔的普遍关注,并完成对主人公惠特曼形象的塑造。

在深入探讨《孙行者》中的戏仿之前,有必要澄清戏仿与互文的概念以及二者的关系。互文是克丽斯蒂娃(Kristeva)研究巴赫金的对话理论和狂欢化现象时所形成的,并在1969年发表的《符号学》中阐述的一个重要概念。互文的基本含义是指文本、话语与其他文本、话语的关系。从广义上讲,互文不仅包含参与最终文本的一切文本,还包括形成这一切文本的其他文本与话语。如克丽斯蒂娃所说:"一个文本片段、句子或段落不单是直接或间接话语中两个声音的交叉,它是无数声音和文本介入的结果。"[1]从狭义上讲,互文主要指文学作品间的渊源、影响与互动,人们借此探讨文本中采用引用、暗示、戏仿等方法与已有文本建立的"不可分割"的联系。[2]

戏仿的基本含义是模仿某一(类)作家的思想和措辞,并在模仿中进行适当的改造。不同时代的作家运用戏仿目的不同,侧重点也不同。18世纪作家利用戏仿以产生"滑稽""可笑"的效果,[3] 20世纪现代派小说家乔伊斯、斯泰恩将戏仿"用作形式实验,起到'日日新'的效果"[4]。后现代小说家用戏仿强化小说的游戏性及其意义的不确定性。琳达·哈钦认为后现代小说家使用的戏仿是"在继承传统的表层下包裹着讽刺性超越"的模仿,[5]是同时"融合与挑战被模仿对象"的一种"自相矛盾"的模仿。[6] 现代与后现代小说家不仅戏仿文本，还戏仿历史人物、现实事件，甚至相识的朋友与憎恶的敌人。

互文与戏仿在使用范围上也有明显差异，互文往往指文本或话语间的相互关系，很少涉及文本或话语之外的其他对象。而戏仿不仅可以以文本、话语为模仿、改造对象，也可以从其他领域选取模仿、改造对象。戏仿包含有互文，但有互文性的文本中却不一定有戏仿。

汤亭亭在《孙行者》中使用的戏仿与互文同时具有现代小说与后现代小说的特色。她借助戏仿《在路上》与《西游记》，写出具有浓郁美国华裔特色的"在路上"的小说，这让人想起乔伊斯在对《奥德赛》的戏仿中，写出现代派经典《尤利西斯》。汤亭亭运用戏仿与互文时又有后现代作家的随意、灵活与漫不经心，她在调侃读者的同时，引导读者参与似是游戏的小说创作。

汤亭亭在《孙行者》中使用的戏仿与互文值得研究，因为它们不仅同时糅合了现代小说与后现代小说的特色，而且具有华裔特色与作家的个性化特点。首先汤亭亭在《孙行者》中强化戏仿与互文的运用，有力地回击了赵健秀等对其小说的抨击。赵健秀等人认为汤亭亭在《女勇士》与《中国佬》中篡改了花木兰等中国经典故事，她在"伪造"（fake）中国文化与典籍。[7]汤亭亭并没有因为这种责难放弃她改写经典故事的习惯，相反，在《孙行者》的创作中她更广泛地运用互文与戏仿，她不仅戏仿东西方经典故事与人物，还将赵健秀及其作品与文学理念也作为戏仿的对象，通过模仿与改造，将它们纳入她的作品。她甚至将《孙行者》称作"他伪造的书"（His Fake Book），并以此为小说的副标题。在解释这个副标题时，汤亭亭强调 fake book 在音乐上指爵士乐演奏家进行即兴演奏时依据的基本谱曲。依照基本谱曲进行变奏与创新，这一音乐技法与文学上的戏仿有异曲同工之效。

其次，汤亭亭在《孙行者》中运用戏仿与互文，有创意地表现出华裔文化身份的独特性。汤亭亭借助对垮掉派与孙悟空似是而非的模仿非常巧妙地表达了惠特曼的文化身份，说明他既继承了美国文化与中国文化的传统，又有华裔特有的价值观。

本文重点分析了汤亭亭在《孙行者》中对垮掉派与孙悟空的戏仿，因为它们不仅仅是形式上的游戏，还涉及人物的塑造与主题思想的表达。《孙行者》的英文书名 Tripmaster Monkey（猴子旅行大师）也暗示了该书对垮掉派及孙悟空的戏仿对阅读此书的重要性。包括凯鲁亚克在内的垮掉派是依赖爵士乐、吸毒与性爱刺激进行神游的大师。《西游记》中的孙悟空是著名的"行者"，它凭其"火眼金星"识破妖怪的各种伪装，并以智慧与七十二般变形，帮助唐僧征服西行途中千难万险。汤亭亭将惠特曼的故事命名为 Tripmaster Monkey 暗示惠特曼是兼具孙悟空与凯鲁亚克式人物特点的旅行、神游大师，他是中国的石猴与美国五六十年代反文化运动代表的混合体。

"华人垮掉派":《孙行者》中对垮掉派的戏仿

《孙行者》的主人公惠特曼是60年代的嬉皮士,但他却自称"华人垮掉派"("Chinese Beatnik"),[⑧]他力图效仿垮掉派作家,以艺术的方式在精神层面上反叛美国的传统文化与价值观。在小说中汤亭亭通过戏仿垮掉派与《在路上》完成对惠特曼这一特殊嬉皮士形象的塑造。

垮掉派主要指美国50年代末60年代初以威廉·巴勒斯、艾伦·金斯伯格、卢西·卡尔、凯鲁亚克为代表的一群反传统、反权威的诗人与小说家。他们挑战以理性主义为基石、以清教价值观为核心的美国传统文化。他们喜欢"在路上"的感觉与流浪生活,爱好爵士乐,吸食大麻,服用致幻剂,尝试非传统的性爱方式,并以这些为主流社会所不齿的行为表现其反叛精神、获得心灵的顿悟与写作灵感。垮掉派作家成为美国反文化运动的先驱,被60年代的嬉皮士——反文化运动的主体——视为精神导师、生活榜样。嬉皮士效仿垮掉派,以荒诞不经的行为与自我放逐、自我放纵的生活方式反叛主流社会的价值观;但是与垮掉派相比,嬉皮士很少在艺术、精神层面表现其反叛精神。

为了突出惠特曼不是颓废、自我放纵的一般意义上的嬉皮士,而是反传统、反文化、反种族歧视,并在游戏、狂欢中完成其戏剧创作与演出的华裔作家,汤亭亭一方面展示惠特曼在大学毕业前与大学毕业后对垮掉派不同的态度以说明垮掉派对他的深刻影响以及他对垮掉派的反思与怀疑;另一方面,在汤亭亭笔下,小说叙述者不时地将惠特曼比作垮掉派,并在描述惠特曼的美国西部行时,以其所忆、所思、所视、所行表明他与垮掉派行神兼似但又有显著差异。这两方面构成小说《孙行者》对垮掉派戏仿的主体。

在《孙行者》中,惠特曼对垮掉派的态度在大学毕业前后有明显的变化。在学生时代他认同垮掉派的价值观与生活方式。他在旁听对金斯伯格《嚎叫》一案的审讯时被垮掉派文人彻底征服,他感到找到了"同伙"与"知音"(第22页)。他效仿垮掉派的生活,吸食大麻,享受性爱,迷恋爵士乐。惠特曼喜爱不受约束的生活,在被商店解雇后,他不仅不觉得沮丧,甚至感到"难言"的自由(第72页),他在旧金山的街道上闲荡,感觉就像"凯鲁亚克笔下的人物,沿街旅行"(第72页)。

在大学毕业后,惠特曼开始对垮掉派颓废的生活方式表示质疑,并重新审视他们的艺术追求及价值观。他对耶鲁诗人说:"我以前喜欢吸毒,它让我学到了许多东西,让我体会到宗教中的癫狂与集体感……不过这种癫狂的神游也让我发疯……我不想再被废掉(第50页)。"与此同时,他留心到凯鲁亚克称与他一起乘过车的画家兼演员维克多·王为"亲爱的小华人"(第22页),逐步意识到凯鲁亚克对华裔的歧视,开始厌恶这个垮掉派的国王,他要让"凯鲁亚克和他的美国之路滚到一边去"(第73页)。

小说叙述者对惠特曼及其行程的描写进一步强化了惠特曼与垮掉派的联系与差别。在描述惠特曼与南希在北滩街喝咖啡时，小说叙述者强调惠特曼把"头发松松地束在脑后"，"嬉皮士派头十足"（第13页）；当他带着南希在北滩街溜达时，他们两人"勾肩搭背，并肩而行"，"犹如凯鲁亚克时代的人们在游逛"（第22页）。惠特曼在旧金山的漫游也表现出他对垮掉派的眷恋。他带着南希溜达完因垮掉派而出名的北滩街，又带她进了"城市之光袖珍书屋"——这是家因销售被称为淫秽书籍的垮掉派作品而为人所知的小书店（第22页）。惠特曼不时发现垮掉派留下的痕迹，也常常情不自禁地想起凯鲁亚克的作品与逸事，他的所视、所思与他的所言、所行构成比较，使他成为与凯鲁亚克形神兼似但又截然不同的人物。

惠特曼与垮掉派的差异在他的美国西部行中表现得尤为突出。在旅行中，惠特曼逐渐意识到愤世嫉俗、玩世不恭、游离于美国主流社会之外——这些垮掉派与嬉皮士的生活态度——对华裔来说并不重要。华裔甚至不接受嬉皮士。"穿黑色高领绒衣"的嬉皮士在唐人街是遭人"白眼"的（第11页）。留长发、蓄胡子、失业后到处闲荡的惠特曼，让母亲感到失败，在朋友面前抬不起头。华裔对嬉皮士的态度说明他们不欣赏寻求社会边缘化的行为，相反，他们希望进入美国主流社会，过上中产阶级的生活，甚至以牺牲族裔文化身份与价值观为代价。

在路上的生活使惠特曼清晰地认识到：华裔要融入美国主流社会，争取与白人平等的权利，仅仅靠取得稳定的经济地位是不够的，他们必须摆脱丑陋的华裔刻板形象，在美国文化生活中取得话语权，创造出有影响力的华裔文化。惠特曼立志为华裔创作剧本，培育华裔的"梨园"（第28页）。惠特曼以其艺术追求，展现出不同于垮掉派及白人嬉皮士的精神层面。

从某种角度上讲，惠特曼在美国西部的公路旅行，可以看作是对凯鲁亚克《在路上》中描述的生活的粗线条的戏仿。与《在路上》的主人公萨尔与狄安相似，惠特曼也携带女友开车在美国西部公路上漫游，在路上的生活使他暂时逃离了以城市为代表的工业、商业社会，暂时不再是资本主义社会体系的"奴才"。但是在旅行中，惠特曼更深地意识到美国文化中的华裔刻板形象对华裔思想、意识的束缚，这使他无法彻底感受到凯鲁亚克在《在路上》中描绘的逃离城市后带来的行动上的自由与思想上的彻底解放。

在戏仿《在路上》与垮掉派中，汤亭亭具体、形象地表现出华裔嬉皮士惠特曼的特点。惠特曼喜欢神游与狂欢。但是无论他的神游，还是他组织的狂欢，都有别于垮掉派与一般嬉皮士的行为。惠特曼认为依靠吸毒进行神游是一种浪费，他提倡用艺术作品引导读者、观众在精神世界中遨游。与此同时，惠特曼充分意识到狂欢中挑战传统、颠覆权威的元素，他巧妙地利用狂欢达到其艺术目的。惠特曼将戏剧表演设计成华裔的狂欢节与有导游引导的神游，在赏心悦目的表演与热闹的狂欢中，引导观众熟悉文学作品与电影，批判美国文化中的种族歧视，解构华裔刻板形象，实现其"华人垮掉派"作家的艺术梦想。惠特曼是深受垮掉派影响的嬉皮士,但他又有不同于垮掉派的艺术追求。惠特曼作为华裔嬉皮士的特质在作者戏仿垮掉派的过程中逐渐明晰。

"美猴王在当今美国的化身":《孙行者》中对孙悟空的戏仿

汤亭亭在《孙行者》中对《西游记》的戏仿是在多层次上进行的。具有多种身份、爱嬉戏、热衷打"妖怪"的惠特曼是对孙悟空的戏仿,而惠特曼在美国湾区的漫游则戏仿《西游记》中唐僧师徒西行取经的主要情节。《孙行者》中对孙悟空的戏仿不仅参与人物形象的塑造,还是作者批驳华裔刻板形象的一种方式。作者更借助对孙悟空的戏仿启发华裔读者将惠特曼理解成不畏权势、爱寻欢作乐、聪明、诙谐、孙悟空式的人物,鼓励他们接受这个言行有些怪异的华裔嬉皮士。

《孙行者》在两个不同层面同时将惠特曼比作美国的孙猴子。一方面惠特曼自称是"美猴王在当今美国的化身"(第35页),他也喜欢模仿孙悟空的动作。例如,在挑选诗作以向南希展示自己的才华时,他在自己的房间跳来跳去,"提着长臂""头敏捷地摆来摆去","恰似一只迷惑不解的猴子"(第34页)。另一方面,小说叙述者在叙述惠特曼的故事时,也将他比作美国的孙悟空,她常称他为"亲爱的猴子"(第36页)、"可怜的猴子"(第36页)、"亲爱的美国猴王"(第377页)。

在两个不同层面同时将惠特曼比作孙悟空,目的之一在于用七十二变的孙悟空衬托惠特曼的多重身份、多重角色。七十二变是孙悟空的看家本领和主要特征。在护送唐僧西天取经的路上,孙悟空凭其智慧与七十二变,战败各路妖孽。美国的猴子惠特曼也具有多变的特点,只不过这种多变不是身体的变形,而是身份的不停转换。惠特曼是诗人、剧作家、脱口秀演员;他是愤世嫉俗、玩世不恭的嬉皮士;他是有责任感、使命感的华裔文人;他是妈妈眼中没出息的儿子,情人唐纳眼中怯懦的保护者;他是派对中的故事大王,又是凭借戏剧演出成功组织亚裔社团的领导者。多重身份、多重性格、多重角色是惠特曼的重要特点。富有个性、崇尚个人自由、善于在各种角色之间进行转换的惠特曼,尽管其姓 Ah Sing 让人想起布莱特·哈特诗中的异教徒阿辛(Ah Sin),但他绝不是哈特笔下怯懦、卑鄙的中国佬的翻版,而是对它及类似的华裔刻板形象的颠覆。

美国的猴子惠特曼也有孙悟空的"火眼金星",也与妖怪不共戴天,只不过惠特曼眼中的妖怪是英、美文化中的种族歧视以及经久不衰的华裔刻板形象。具有"火眼金星"的惠特曼能抓住种族歧视的各种表现形式。在拉·维埃耶用餐时,他听到邻桌的顾客在讲诋毁华裔笑话,便走过去挨个点着他们的鼻子说:"别让我再碰见你们还在笑话我们的民族。你们说外国佬的笑话,无论在哪儿我都要抓你们。(第236页)"在其戏剧创作中,惠特曼更是调动一切艺术手段抨击美国文化中的华裔刻板形象,他对外国佬形象的批驳尤为深刻。惠特曼不惜余力地批判华裔刻板形象,在这点上他与孙悟空一样极富斗争精神。但是惠特曼并不好战，这是他与大开杀戒的孙悟空的显著不同。惠特曼是位和平主义者，他厌恶战争，面对60年代的越战，他与唐纳假结婚、甚至考虑做宗教人士以逃避服兵役。

汤亭亭刻意以孙悟空衬托惠特曼的原因之一是她想说服华人、华裔接受这个华裔嬉皮士的形象。无论从审美习惯、还是价值取向上，嬉皮士都不同于华裔。尽管惠特曼反种族歧视，为华裔写剧本，他仍然保留了一些嬉皮士的生活方式。他喜欢流浪，爱好爵士乐，更重要的是他背弃主流社会的价值观，不以经济收入、社会地位作为衡量个人成功的标准。惠特曼完全不是华裔所期待的类似"华女阿五"那样的成功青年。在《孙行者》中，汤亭亭借惠特曼的"说戏"刻意再现了天真、勇敢、爱嬉戏的孙悟空：他潜入水中、钻过瀑布、发现了水帘洞，为众猴找到丰盛的食物与安居地；在美国的花果山，美猴王与众猴一起排演杂技、马戏，甚至开展马术竞技表演。惠特曼声称戏中调皮、可爱的孙悟空是自己的前辈。通过惠特曼自比孙悟空以及以惠特曼的形象对孙悟空进行一系列戏仿，汤亭亭鼓励华人、华裔读者将惠特曼理解成不畏权势、爱寻欢作乐、聪明、诙谐、孙悟空式的人物，并因此接受这个不合华人、华裔传统习俗的华裔嬉皮士。

当读者将惠特曼理解为孙悟空式的人物时，他们更容易理解他嬉皮士的生活方式以及他看似不求上进的举动。即使惠特曼不找工作，申请救济金以维持生活，他也是为了专心于戏剧创作而钻了资本主义福利制度的空子。而对大玩家惠特曼而言，演戏也是游戏的一种形式之一。惠特曼借戏剧表演组织了延续数晚的华裔派对晚会，以锣鼓与鲜花欢迎观众，并在戏剧表演中穿插时装秀、杂技表演、木偶戏，还在舞台上燃放焰火与鞭炮，派对晚会的成功表明惠特曼是富有创造力的、孙悟空式的大玩家。

《孙行者》中对惠特曼在美国西部漫游的描写构成美国猴王的"西游记"的主体，同时作者借惠特曼的西行记直接挑战与颠覆华裔异教徒、外国佬这两个华裔刻板形象。惠特曼熟悉旧金山以及加利福利亚州的每一部分，他在金山门公园散步，带唐纳到科伊塔楼看旧金山的三座名桥，他甚至知道旧金山的防空洞的位置。他在奥克兰参加朋友的派对，带唐纳去萨克拉门托探访母亲。惠特曼对旧金山、加州及美国西部地理的熟悉有力地说明美国是他的本土，是他的故乡。

无论在旧金山散步，还是与唐纳驾车行驶在西部高速公路上，惠特曼的所见所闻又时刻向读者展示他对美国文化以及美国华裔历史的熟悉。在开车经过锡尔瓦拉都时，惠特曼告诉唐纳华裔曾在此游行；在路过雷诺时，他想起玛丽莲·梦露曾在电影《悖时者》中从沃斯霍县法院门前的台阶上走过；在拉·维埃耶大厦用餐时，他想到这家饭店因向《淘金者》剧组提供膳食而出名。惠特曼在美国西部的漫游，是在美国故土上的西部行，与孙悟空、唐僧西天取经时途经异域他乡是不同的。惠特曼的美国西部行，生动形象地说明华裔完全不是白人作家笔下的异教徒、外国佬，他们是扎根于美国的黄肤色的扬基（Yankee），是崇尚个人自由的惠特曼式的美国人。

汤亭亭创造的美国猴子惠特曼的故事，可以看作是华裔行者在美国的"西行漫记"。在旧金山闲荡、在美国西部高速公路上驾车漫游的惠特曼是公路时代的行者，他的所见所闻表明华裔在美国已有五代人的历史，他们生于这片土地，也是这片土地的主人。描写惠特曼·阿新在美国西部漫游的《孙行者》成为华裔的《在路上》与《西游记》。

结语

通过分析《孙行者》中对垮掉派、孙悟空、《在路上》与《西游记》的戏仿，我们不难看出汤亭亭面对前辈作家没有感到焦虑（anxiety）与迟到（belatedness），相反，她在学习、继承前辈创作的基础上，很自信地以"拿来主义"的态度，对前辈的创作进行借用与改造，并将它们巧妙地糅合进自己的文学创作，这使戏仿成为她的主要艺术手法之一。

注释

① Kristeva, Julia, *Desire in Language*, Trans. T. Gora et al., Oxford: Basil Blackwell, 1984, p. 36.
② Abrams, M. H., *A Glossary of Literary Terms*, Fort Worth: Holt, Rinehart and Winston, Inc. 1988, p. 247.
③ Rose, Margaret A., *Parody: Ancient, Modern and Postmodern*, Cambridge: Cambridge University Press, 1993, pp. 5, 280.
④ 胡全生:《英美后现代主义小说叙述结构研究》，上海：复旦大学出版社，2000 年，第 128 页。
⑤⑥ Hutcheon, Linda, *The Poetics of Postmodernism: History, Theory, Fiction*, New York: Routledge, 1988, p. 11.
⑦ Chin, Frank, "Introduction," *The Big Aiiieeeee! An Anthology of Chinese American and Japanese American Literature*, New York: Penguin, 1991. p. 3.
⑧ Kingston, Maxine Hong, *Tripmaster Monkey: His Fake Book,* Vintage International, 1990. 引文适当参照中文版《孙行者》（赵伏柱、赵文书译，漓江出版社，1988 年）的译文，以下出自该书的引文只在引文后注页码。

26 《灶神之妻》中"英雄拯救"主题的原型分析

詹乔

评论家简介

詹乔，暨南大学博士、暨南大学外国语学院教授。主要研究领域为美国华裔文学、英美戏剧。专著有《美国华裔英语叙事文本中的中国形象》；译著有《从必需到奢侈——解读亚裔美国文学》。

文章简介

本文运用原型批评的方法对谭恩美《灶神之妻》中的"英雄拯救"主题进行了深入分析，认为这部小说在情节和主题上看似以中国神话为原型，但实则更接近于古希腊神话中帕耳修斯拯救岩石少女的故事；此外，本文还从赛义德的东方主义理论出发，对这部小说在美国大受欢迎的原因予以了剖析。笔者认为，这部小说之所以大受欢迎主要有两个原因：首先，这部小说以西方神话为原型的情节和主题与西方读者的集体无意识不谋而合；其次，这部小说既满足了美国主流社会窥视神秘东方的好奇心，又迎合了白人读者的优越心态和施恩心理。

文章出处：本文原载于《国外文学》2005年第1期，第83—89页。

《灶神之妻》中"英雄拯救"主题的原型分析

詹乔

　　谭恩美继第一部小说《喜福会》大获成功之后,第二部小说《灶神之妻》相继问世。《灶神之妻》虽未获得与前者同等的关注,但仍然赢得了读者和批评界的极高赞誉,高居当年畅销书之首。《星期日电报》评论说:"谭(恩美)是一位才华横溢的作家,她把那些不为我们熟知的色彩、气味、味道和风景编织成一张令人目眩的网。"《每日邮报》写道:"谭恩美的写作激情四射而且机智幽默,她使得东西方都更容易为人们理解。"[①]"《灶神之妻》中最吸引人的不仅在于其环环相扣的故事情节,而且在于其关于中国的生活和传统的细节描写。"[②]可见,《灶神之妻》的成功很大程度上要归功于谭恩美对中国的书写。

　　然而正因为如此,谭恩美等一批以女性为主的作家却遭到以赵健秀为代表的男性华裔作家的严厉指责:"汤亭亭、雷祖威、谭恩美是有史以来所有种族中第一批,也无疑是亚洲种族中第一批敢于篡改最广为人知的亚洲文学和知识体系用以伪造了一批知名作品的作家。为了让他们的伪造合法化,他们又不得不伪造所有的亚裔美国历史和文学,并争辩说在美国定居了多年的中国移民已然失去了与中国文化的联系,于是他们结合自己残缺的记忆与新的体验写出传统故事的新版本。历史的这个版本是他们对(中国人在西方人眼中的)固定形象(stereotype)的助长。"[③]虽然赵健秀对于他们的指控未免过于偏激和武断,但也并非全无道理。

　　本文运用原型批评的方法对谭恩美的《灶神之妻》中"英雄拯救"的主题进行分析,试图探讨本书情节的深层结构并非以中国神话为原型,而是源自以基督教传统为背景的西方文化,进而从赛义德的东方主义理论的角度探讨此书之所以受到美国主流读者群称誉的部分原因。

中国故事中的西方童话

　　《灶神之妻》继承了《喜福会》中母女关系的主题,但其中将近四分之三的篇幅用于讲述母亲江韦丽(Winnie)在中国的故事。甚至有评论指出,《灶神之妻》中女儿的部分影响了母亲故事的连贯性,[④]所以本文的分析论述主要以江韦丽的中国故事为主。

　　与其他一些华裔作家的作品一样(《女勇士》《孙行者》《灵感女孩》等),《灶神之妻》似乎也是建立在一个中国神话——灶神的故事——的原型基础之上的。谭恩美意在把灶神当作江韦丽的第一任丈夫文甫的原型,他们同为父权统治的实施者,最终却得到了善报:灶神把贤妻赶出家门,死后却被玉皇封为神仙;毫无人性的文甫寿终正寝于圣诞夜。

灶神的妻子则为江韦丽的原型，她们都是父权文化中女性的典范，受尽歧视和压迫。

江韦丽出生在20世纪初旧中国的一个富商之家，母亲是父亲的二姨太。当母亲与情人私奔后，父亲一怒之下把她所生的女儿江韦丽赶出家门，交给乡下的弟弟照管，十几年间不闻不问。江韦丽因母亲之过度过了寄人篱下的童年。为了改变现状她寄望于婚姻。没想到她的丈夫文甫是一个心胸狭窄的施暴者，对她百般凌辱，甚至不顾亲生骨肉的死活。面对丈夫无休无止的性残害和随之而来的女性生殖的奴役，她只能用放任丈夫在家中养情人和堕胎的消极方式予以反抗。当她终于忍无可忍决意离婚时，她曾幻想依靠父亲的权势来摆脱与文甫的婚姻。可当了汉奸、破了产的老父不能给她任何帮助。正在这时，一个美籍华人吉米·路易爱上了她。在吉米的帮助下，江韦丽摆脱了文甫的纠缠，几经波折终于来到美国，与吉米正式结为夫妻，过上了幸福的生活。

从情节和主题上看，江韦丽的中国故事更接近于古希腊神话中帕耳修斯英雄救美的故事。埃塞俄比亚国王刻甫斯的妻子向海洋的仙女夸耀自己女儿的美貌，触怒了海神波塞冬。海神于是派遣一个海怪到刻甫斯的国家来兴风作浪，并扬言只有把国王的女儿安德洛墨达送给海怪作食物，才能平息他的怒火。刻甫斯为了挽救国土只有忍痛将女儿绑在海边的岩石上等怪物来食用。此时适逢宙斯与达那厄的儿子帕耳修斯探险途中经过这里，见到美丽而忧伤的安德洛墨达。于是他挥剑斩杀了巨妖，解救了安德洛墨达，并娶她为妻，后来继承了刻甫斯的王位。

原型批评学家诺思洛普·弗莱说过："文学形式不可能来自生活，而只能源自文学传统，因而归根结底来自神话。"[5]"整部文学史从上古质朴的文学一直写到现代深奥精良的作品，在这过程中，我们有机会瞥见原来文学是呈现于原始文化中的较为局限和简单的程序系统逐步演变而成的复杂体系。"[6]因而，"几乎任何一个文学主题都与某个神话不谋而合"[7]。而弗莱认为追寻性浪漫故事的基本形式就是帕耳修斯故事中所表现的杀龙主题，也就是本文提到的英雄拯救主题。这个主题随着时代环境的变化在历史上演变出无数变体来。甚至连《圣经》这部为欧洲作家提供神话框架的著作，在弗莱看来都是这个主题的变体。"《圣经》的主要结构属于英雄历险式的传奇，讲述耶稣如何英勇地杀死象征死亡和地狱的恶龙，拯救出其新娘——教会，从而用创世达到再度创世的故事。"[8]后世所流传的童话和民间故事：白雪公主、灰姑娘、睡美人等无一不是这个主题的变种。在这个原型的基本结构中总会有一位老朽无用的国王，他的国土受到海怪的骚扰，而只有他女儿的生命才能换取国土的安宁。于是美丽的公主险些身陷魔爪。这时一位英雄出现了，他杀死了海怪，娶了公主，并继承王位。

诚如弗莱所说："浪漫故事具有一个由许多复杂的成分构成的简单模式。"[9]抛去繁复的细节，我们不难发现《灶神之妻》的基本框架与弗莱所说的追寻性浪漫故事如出一辙。故事中老朽的国王的变体就是江韦丽的父亲。如同刻甫斯一样，他明知文甫一家的恶劣秉性，仍然同意将女儿嫁给他，这全然等同于将女儿弃置于魔怪之手。尤其是战争结束后，年迈、破了产的他无力阻止文甫将他的家产通通变卖，更不用说帮助女儿离开文甫了。他所能做的只是装疯卖傻，偷偷地给女儿一些小恩惠。所有的人只能眼睁睁地看着文甫这个妖怪肆意地为非作歹，此时的他已经完全化身为那头吞噬无辜生命的海怪。作为象征着恶势力的海怪的变体，文甫的冷酷无情已经到了无以复加的地步，他永远无法满足的性欲以及他几近疯狂的厌女症使他具有了魔怪的特质。

而江韦丽与安德洛墨达一样因母亲之过被弃置于危险的境地——被逐出家门，过着寄人篱下的生活；后来又被迫屈服于文甫的淫威。她的美丽顺从和消极被动与安德洛墨达是如此地相似：

> 起初她（安德洛墨达）沉默而羞涩，害怕同一个陌生人说话。假使她能移动，她一定会用双手遮蒙着脸。[10]
>
> 我（江韦丽）从没刻意让文甫注意我，是他自己改变了主意。
>
> 我心地善良，像你一样；我单纯无邪，也像你一样。所以也许你能理解你的母亲曾经是怎样的人：一个孤独的姑娘，没有奢望的姑娘，又满怀向往。这时有人走来敲响了我的心扉——而且他是个很有魅力，一个让我想过上好日子的梦想得以实现的人。
>
> 我能怎么办呢？我只有放他进来。[11]

即使江韦丽后来具备了一些反抗意识，她仍然期望着救世主的出现。

> （战争结束了。）现在我有了选择。我可以回上海；我可以立即写封信给我父亲；我还可以向我叔叔或大婶或花生求助。肯定有人会帮我的。很快我就能摆脱这段婚姻，开始新生活了。[12]

她没有像她的堂妹"花生"和发报员"美丽贝娣"一样依靠自己的力量争取独立，那是因为，根据英雄拯救的原型模式，解救公主的英雄终究会出现，她所要做的只是忍耐、等待。她所经历的磨难，她的所有的痛苦都为拯救英雄的出现作好了铺垫。正如女权主义者西蒙娜·德·波伏娃为传统女性角色所作的总结：

> 她很清楚，要得到幸福，她必须被爱；而要被爱，她必须等待爱的降临。女人是睡美人、灰姑娘、白雪公主，她在接受，她在服从。在歌谣和故事里，我们看到，年轻男人为了追求女人而离家出走，甘冒风险。他杀死巨龙，与巨人搏斗。而她则被锁在塔楼中，关在宫殿里，囚在花园或山洞里。她被捆在岩石上，是个俘虏，正在酣睡：她在等待。[13]

在这个故事中，救世主美籍华人吉米·路易在江韦丽最绝望的时候如期而至，让她的生活有了转机。"当然，我第二次遇见他时，便飞快地爱上了他。"（在我遇见吉米的）第二天早晨我醒得很早，我快乐、兴奋极了。我的生活就要发生变化了。这个念头一直在我脑海里萦回。"⑭虽然期间发生了一些变故，吉米和江韦丽没能马上结合，但最终还是与他的婚姻使江韦丽摆脱了悲惨的命运。他在江韦丽的生活中无疑是个关键的契机。这样的结局，但凡熟悉童话故事的人都耳熟能详：公主经过了一番磨难，终于在王子的帮助下战胜了恶魔，两个相爱的人从此过着幸福的生活。难怪对《灶神之妻》大加褒奖的潘尼·柏瑞克（Penny Perrick）也注意到了其情节的童话性质：(《灶神之妻》)"把童话故事的天真率直和抒情诗精美的风格融为一体。"

由此，通过原型分析，我们看到了《灶神之妻》中这个隐藏在中国故事之下的西方童话。

西方神话中的东方主义

身为出生在美国，接受美国式教育的第二代华人，谭恩美并不讳言自己是个美国人："我感觉非常地美国化。在我到过中国之后我才意识到自己是多么地美国化。你一定要身处一个像中国一样的外国才会开始反思自己惯常有的一些假设和期望。"⑮谭恩美作为"美国化"了的华裔的身份在文本的书写和立意方面绝不是无足轻重的，这不仅说明以古希腊和基督教文化为背景的西方童话在其作品中的出现绝非偶然，同时也决定了其在书写中国时的意识取向。赛义德曾说过：

> 对于一个研究东方的欧洲人而言，他不可能忽视或否认他自身的现实环境：他与东方的遭遇首先是以一个欧洲人或美国人的身份进行的，然后才是具体的个人。在这种情况下，欧洲人或美国人的身份绝不是可有可无的虚架子。它曾经意味着而且仍然意味着你会意识到——不管是多么含糊地意识到——自己属于一个在东方具有确定利益的强国，更重要的是，意识到属于地球上的某个特殊区域，这一区域自荷马（Homer）以来与东方有着明确的联系。⑯
>
> 任何就东方进行写作的人都必须以东方为坐标替自己定位。具体到作品而言，这一定位包括他所采用的叙述角度，他所构造的结构类型，他作品中流动的意象、母题的种类——所有这一切综合形成一种精细而复杂的方式，回答读者提出的问题，发掘东方的内蕴，最后，表述东方或代表东方说话。⑰

谭恩美在《灶神之妻》中有意借用中国神话，为的就是证明她作为华裔对中国故事进行书写的特权；但她作为美国人的事实使得她在表述这个中国故事时却无意识地重现了古希腊神话中英雄拯救的主题和情节，并且带有明显的东方主义的倾向。

从女性主义的角度来看，英雄拯救的神话原型所反映的集体无意识是父权文化的产物：

女性被视为弱者处于客体的地位，而男性作为主体则担负着拯救客体的重任。值得注意的是，在这里担当拯救重任的男性是被西方化了的美籍华人吉米·路易。

在一个美国飞行员举办的庆功舞会上，吉米正式以救世主的形象降临在江韦丽的生活中。吉米长着一张中国人的面孔，但是他却是作为美国人来到中国的，他的东方外表被已然西方化了的言谈举止掩盖了起来。"一个中国男人正在每一张餐桌旁周旋，同美方和中方的飞行员攀谈，用西方的方式和他们握手。他几乎和那些美国人一样高。……他穿着美式的制服。……'我是美国人。'他用中文介绍自己，'美国出生的。'……他的英语听起来就像牛仔英语一样纯正。"[18]这个美国人风趣、机智，但又友好、谦逊，他的幽默感和绅士风度，尤其是他作为西方群体的一员所表现出来的对中国人，准确地说对中国女子的关照让江韦丽受宠若惊，甚至自惭形秽。"我不能说我从一开始就爱上了他，……但我得承认我饶有兴趣地观察他，和他与美国人在一起时的轻松自如。……而我当时一定像个乡下姑娘。这美国人会怎么看我啊！"[19]一方面，江韦丽的自卑自轻与吉米的自信自如形成了鲜明的对比；另一方面，吉米的优雅风度与文甫的浅薄无知、自轻自狂又形成了鲜明的对比。"我看得出来他（文甫）急于表现他的舞姿。但我很快就发现其实他对跳舞一无所知。"[20]而吉米则不仅舞跳得好而且"彬彬有礼，从不无缘无故揶揄别人"[21]。不难看出，吉米·路易、江韦丽和文甫之间的三角关系实际上反映的是一种东西方的二元对立：西方的代表吉米年轻、富有、英俊、有学识、有风度；而东方的代表一方面是美丽顺从、等待救赎的弱女子江韦丽，另一方面则是粗暴狭隘、不学无术、自私自利、兽欲膨胀的暴君文甫。很自然，西方在这场孰优孰劣的较量中轻易胜出。赛义德曾指出："东方主义是一种与宗主国社会中的男性统治或父权制相同的实践：东方在实践上被描述为女性的，东方的财富则是丰富的，而它的主要象征是性感的女性、妻妾和专横的——又极为动人的——统治者。"[22]正如赛义德所言，在这里西方，通过其代表吉米，表现为男性的，而东方则通过江韦丽——贫穷柔弱的女性，和文甫——专横无理、一无是处的男性，表现为女性的，或女性化的。于是这则原本服务于父权统治的神话被转化为一段东方主义的表述。

西方的胜利不仅表现在资质品德上，更表现在它的救世主姿态上。最有象征意义的是吉米在舞会上给中国姑娘起美国名字。"当然，他非常英俊，但他不像文甫那样纵容她们的示爱。他受欢迎的原因是他能给姑娘们起美国名字。"[23]重新命名寓意着重新赋予生命，至少对江韦丽是这样的。吉米给她起名"云妮"（Winnie），这个名字本意为"战胜"。表面上它可以理解为"战胜文甫"或"战胜父权统治而重获新生"，其中更深层的寓意或许可以理解为"西方战胜东方"，或"西方优越于东方"。值得注意的是吉米作为救世主的出现被安排在美国飞行员帮助中国军队赶跑了日本飞机的庆功宴上。"我记得那个舞会，那是在1941年的圣诞节期间。三天前日本飞机又到昆明来投炸弹。但这次美国志愿者们把日本人赶跑了。这可是我们这么多年来的第一场胜仗啊！……所以也许我们都像那个女教师一样为美国人而疯狂了。"[24] 通过这个并非偶然的"巧合",美国、中国、日本构成了吉米、江韦丽和文甫这个三角关系之外的又一重三角关系,它又一次不露声色地重现了英雄拯救主题与情节的基本模式:英雄(美国志愿者)打败了恶魔(日本军队),拯救了陷入魔掌的公主(中国人)。

这两个重叠的三角关系为英雄拯救的神话原型蒙上了东方主义的色彩。赛义德认为:"欧洲文化的核心正是那种使这一文化在欧洲内和欧洲外都获得霸权地位的东西——认为欧洲民族和文化优越于所有非欧洲的民族和文化。此外,欧洲的东方观念本身也存在着霸权,这种观念不断重申欧洲比东方优越、比东方先进,这一霸权往往排除了更具独立意识和怀疑精神的思想家对此提出异议的可能性。"[25] 实际上赛义德所认为的欧洲的东方观念在《灶神之妻》中得到了多方的体现,首先表现为对东方文明的否定上。谭恩美借江韦丽之口对东西方进行了表明立场的对比。"我不明白为什么所有人都总认为孔子是个善人智者。他令人们相互看不起,女人是最被人看不起的。"[26] "这就是中国,女人没有权利表示愤怒。"[27] "那会儿在中国,你总得为别人负责,不像这儿,美国——自由、独立、个性化的思想、想干吗就干吗、违抗你的母亲。"[28] 在江韦丽的口中,以及在《灶神之妻》的整个叙事过程中,中国都仿佛是个类似监狱的大陷阱,没有自由、没有人权、没有公理;而美国相比之下成了"自由之邦",成了解救在蛮荒之国走投无路的女人的庇护所。在此东方的缺陷以及西方的优点都被片面地夸大,这种肤浅的二元论实际上最好地服务了西方的优越感。

其次,西方的优越论表现在对中国人形象的诋毁上。故事中中国男人不是毫无人性、淫欲膨胀的厌女狂(文甫),就是"被阉割"了的懦夫(父亲、虎兰的丈夫——佳国、花生的前夫)。这恰好附和了西方自19世纪以来对中国人形象的模式化定型。[29] 从文学的角度来看,不论是对吉米还是对文甫的刻画都可以说是片面的、单薄的。这两个男主人公全然失去了作为典型人物的特征,而沦为一种刻板的类型。文甫被刻画成极端坏的恶魔,而吉米则被刻画成极端好的英雄,这种面具化的分类在美国的通俗文学和影视作品中倒是屡见不鲜的。

此外,西方优越论还表现在东方人自身对西方文明的向往上。吉米回到美国后当了牧师,他的宗教信仰表明他全然接受了西方文化,成了基督教文化的传声筒,从而成为"真正的"美国人。在故事情节上则表现为一个东方女子疯狂地爱上了西方男子。在这一点上,谭恩美又落入了俗套。在她之前这样的情节已不止一次地出现在描述东方人的小说里,如赛珍珠的《群芳亭》、约瑟夫·梅里的《英国人和中国人》、保尔·蒂伏瓦的《中国蝉》等。法国的米丽耶·德特利曾对这样的作品中的西方优越感做了精辟的总结:"中国人若想得到欧洲人的承认和尊重,就必须承认后者的优越,并谦卑地学习他们,在所有方面与他们靠拢。"而"殖民行为由此得到了辩护,甚至颂扬:它变成使所有中国人受益的拯救行为"[30]。

既然西方优越于东方,那么西方对东方的救赎就变成顺理成章的了。《灶神之妻》中所反映的基本拯救模式就是：美国志愿者拯救了中国军队；美国男人拯救了中国女人。吉米的一段本是戏谑的表白最好地说明了这种拯救与被拯救的关系："后来当我湿淋淋地躺在我丈夫（吉米）的怀里时，他告诉我，他曾经为我施洗以拯救我的灵魂。可是现在，他又哭又笑地说，林医生（另一位美籍华人）向我施洗拯救了我的生命。"㉛犹如神话中的英雄被赋予救万民于水火的重任，美国作为欧洲移民的国家于是大度地为非欧裔移民敞开了胸怀，这不仅给他们的民族优越感套上了一道人道主义的光环，也让他们更坚信自己的优越感是出自正当的理由。而与此同时他们更可以冠冕堂皇地鄙视其他非欧洲族裔。

因此，正如华裔文学批评家黄秀玲所言："谭（恩美）以某种方式频繁交替地铺陈细节和所谓'非细节'的能力，让有文化窥视欲的读者——也就是说，大部分的美国读者——得以辨出这个文学类型并作出相应的反应，他们热情地购阅的心理夹杂着尊重与窥淫欲、欣赏与屈尊俯就、谦恭与暗自庆幸的令他们倍感愉悦的复杂情感。"㉜《灶神之妻》以西方神话为原型的情节和主题不仅与西方读者的集体无意识不谋而合，更重要的是散布其中的东方主义意识既满足了美国欧裔白人主流窥视神秘的东方社会的好奇心，又迎合了他们以高人一等的姿态纡尊降贵的施恩心理。表面上这是一个关于中国的故事，实则是又一曲美国梦的颂歌。这也许可以解释《灶神之妻》之所以在美国大为畅销的部分原因。

注释

① ⑪⑫⑭⑱⑲⑳㉑㉓㉔㉖㉗㉘㉛ Amy Tan, *The Kitchen God's Wife*（London：Flamingo, 1992），p. 130, p. 316, p. 342-344, p. 303, p. 304, p. 301, p. 306, p. 305, p. 300, p 103, p. 170, p 132, p. 67

②④㉜ Sau-ling Cynthia Wong, "Sugar Sisterhood：Situating the Amy Tan Phenomenon", in David Palumbo-Liu ed., *The Ethnic Canon：Histories, Institutions, and Interventions*（Minneapolis: University of Minnesota Press, 1995），pp. 183, 197, 184-185.

③ Frank Chin, "Come All Ye Asian American Writers of the Real and the Fake," in Jeffery Paul Chan eds, *The Big Aiiieeeee! An Anthology of Chinese American and Japanese American Literature*（New York：Meridian, 1991），p. 3.

⑤⑥⑦⑧《诺思洛普·弗莱文论选集》，吴持哲编，中国社会科学出版社1997年版，131，85，127，109页。

⑨ 诺恩洛普·弗莱：《批评的剖析》，陈慧等译，百花文艺出版社1998年版，229页。

⑩ 斯威布：《希腊的神话和传说》，楚图南译，人民文学出版社1978年版，57页。

⑬ 西蒙娜·德·波伏娃：《第二性》，陶铁柱译，中国书籍出版社1998年版，336页。

⑮ "Amy Tan：An Interview with D. C. Denison," in *Boston Globe Magazine*, July 28，1991.

⑯⑰㉕ 爱德华·W. 赛义德：《东方学》，王宇根译，生活·读书·新知三联书店1999年版，15，27，10页。

㉒ 爱德华·W. 赛义德：《东方主义再思考》，载《后殖民主义文化理论》，罗钢、刘象愚主编，中国社会科学出版社1999年版，17页。

㉙㉚ 参见米丽耶·德特利：《19世纪西方文学中的中国形象》，载《比较文学形象学》，孟华主编，北京大学出版社2001年版，254—255页。

27

谭恩美小说中的神秘东方——以《接骨师之女》为个案

邹建军

评论家简介

邹建军，华中师范大学博士、教授、博士生导师，曾任中南民族大学外国文学与中国现当代文学教研室主任、学科带头人、中国女书文化研究中心主任。主要研究领域为美国华裔文学、中英文学关系、中西诗歌艺术、比较文学学科理论与文学地理学。专著有《台湾现代诗论十二家》《中国新诗理论研究》《现代诗的意象结构》《"和"的正向与反向：谭恩美长篇小说伦理思想研究》《多维视野中的比较文学研究》等；编著有《中国新诗大辞典》《中国朦胧诗纯情诗多解辞典》《20世纪中国文学史文论·新诗》等。

文章简介

本文以《接骨师之女》为个案，对谭恩美小说中东方神秘意象的存在形态、东方神秘意象与历史真实、东方神秘意象与艺术真实以及东方神秘意象的整体性建构进行了系统的探讨，并以此揭示了谭恩美的创作心理及其小说的艺术魅力。本文认为，谭恩美小说中的东方神秘意象既不是为了迎合西方读者的猎奇心理，也不是为东方主义理论作脚注，而是充分体现了作家对小说独特的艺术构思与独立的艺术品质的追求与追寻。

文章出处：本文原载于《外国文学研究》2006年第6期，第101—111页。

谭恩美小说中的神秘东方——以《接骨师之女》为个案

邹建军

谭恩美小说选材独特，往往以东方历史与文化作为人物活动与故事展开的背景，具有非常浓厚的东方色彩；其小说所写的往往是20世纪早期从战火纷飞的苦难中国移民到美国的一代妇女，如何在西方化的环境中深切体验到文化差异并艰难生存的故事，时时涌动着一股文化碰撞与融汇的激流；其小说往往以母女两代人的冲突而最终达成和解作为故事的基本框架与人物关系中心，既具有浓厚的家庭意味也具有深厚的人性关爱；其小说往往拥有一种中国传统章回体小说那样的圆形结构，故事有头有尾，情节循环往复，往往引起读者丰富的联想与无穷的回味，同时与西方现代派小说也有着密切的精神联系，从而拥有一种现代品格。而浓厚的东方文化氛围与强烈的东方文化神韵集中地体现在小说中存在的一系列东方神秘意象。

本文拟以《接骨师之女》[①]为个案，对其小说中所提供的东方神秘意象的存在形态、东方神秘意象与历史真实、东方神秘意象与艺术真实、东方神秘意象的整体性建构等问题进行探讨，以此揭示谭恩美的创作心理及其小说的艺术魅力，并进一步说明其小说中的东方神秘意象既不是为了迎合西方读者的猎奇心理，也不是为西方的东方主义理论作注解，而是集中而充分地体现了作家对小说独到的艺术构思与独立的艺术品质的追求。

需要说明的是，本文所称的"意象"，是指作品中存在的渗透了作家主观思想与情感情绪的物象，在小说中主要是一种事象；而在现实社会生活中所存在的同类事物，我们则称之为"现象"。

一、四类意象：东方神秘的存在形态

在谭恩美的小说中，往往具有一种神秘的东方背景，不论是反映历史上中国人的生活，还是描写现实中美国人的生活；无论是讲述中国历史上已经发生的事，还是讲述眼前美国正在发生着的事，往往都与以中国大陆为中心的东方神秘文化现象密切相关。东方神秘意象在其小说中普遍而鲜明地存在着，并且与小说故事情节的展开、鲜明主题的揭示、典型人物的塑造、审美意蕴的构建、艺术风格的创造等发生重要关系。

那么，谭恩美小说的东方神秘意象构成了什么样的存在形态呢？笔者认为，其小说的东方神秘意象，主要体现在算命、通灵、冤鬼托梦与汉字解释等四类意象上。

（一）算命类意象

且不说《喜福会》《灶神之妻》中的生辰八字与妇女命运的关联，《通灵女孩》的整个故事就是作为同父异母的姐姐邝向妹妹奥维利亚讲述从前的历史与人生故事，主要人物与情节都是以通灵的方式展示的。《接骨师之女》更是如此，引子"真"一开始，露丝的母亲茹灵这样说："我的女儿叫杨如意，英文名字叫露丝。我们母女都是龙年出生，但她属水龙，我属火龙，属相相同，性格却截然相反。（1）"这样，我们一开始就让作者引入了一场有关人的性格与命运的交响曲。关于人的属相与其命运之关系的描写，贯通小说人物故事的始终。在美国出生并长大的露丝也没有能够离开这种东方观念，在她失语的日子里，她静静地观看旧金山金门湾一带的海景。雾角声开始响起。随后，露丝看到了滚滚而来的巨浪，浪花仿佛轻柔的被子一般覆盖在海上面，缓缓向大桥推进。"她母亲常说，雾其实是两条巨龙相斗掀起的水汽，一条是火龙，一条是水龙"（9）。虽然她不一定相信母亲关于"水龙"与"火龙"相斗而引起海浪的说法，也不一定相信母亲关于人之属相与命运的观点，但她不能不联想到母亲所接受的文化传统。正是作家有意将人物放在特定的东方或东西文相交织的社会环境中进行描写，一切才显得那么真实可信、真切感人。

既然命运是由前生定下的，那我们是不是可以知道它的具体内容呢？中国民间文化观念认为天机虽然不可泄漏，但在特定情形下，灵异之人可以告知。《接骨师之女》中的主人公有三次请人算命的情节：第一次，仙心村棺材铺张老板和刘家老小刘沪森同时看上了年轻漂亮的宝姨，他们首先就是请人算命。张老板就近请教了本村走街串巷的算命师父：师父说这两个人的八字相合极好，因为宝姨属鸡，张老板属蛇，这两个属相最是合适。老人说宝姨的名字笔画数目也吉祥。更何况宝姨腮上有颗吉利痣，痣长在十一正口位上，这表示她生性温顺，善甜言蜜语。"棺材铺老板听了大喜，重赏算命师父"（142）。而茹灵的小叔（其实就是她的生身父亲）找的是周口店的一个神婆，她一看就说大事不妙，宝姨脸上的那颗痣，表示她一生将苦不堪言，况且两人的属相也极为不合，宝姨是火命属鸡，小叔是木命属马。"火鸡新娘子会跳在木马新郎官背上，啄得他七零八落，宝姨欲求无度，必要榨干了小叔为止"（142）。但当小叔给了她更多的钱时，她却改口对所谓的出生时间与那颗痣等作了新的解释。小说通过对两个人的算命事件，深刻地呈现了受封建观念影响的两个男人之可笑心理，也细致地刻画了算命者见钱眼开、认钱不认理的复杂心态。第二次，刘家墨店被大火烧毁后，茹灵与高灵来到街上，有一个瞎子说有一个鬼魂要与她们说话，于是她给茹灵、高灵姐妹写了一首诗："狗吠月升，星恒烁夜；鸡鸣日出，天光星散无痕。"宝姨讲过小叔当年向她表白爱情时，写过有关流星的诗句；宝姨在生前总是称茹灵为"小狗儿"，于是她感觉到这样的诗句虽然迷迷糊糊，却有着自己的深意，简直十分怪异，令人恐慌。这一次的算命揭示了两个天真小女所独有的那种涉世不深的心理，也真实地再现了旧中国北方民间真实的生活情状。第三次，茹灵与高灵从周口店的育婴堂出发，逃难到北京，由于时局维艰，她们总是在惊恐中度日。这时高灵最关心的是她先前的丈夫是不是还会回来找她的麻烦。高灵找的那位算命先生一只手捏了三支笔，一下子写出了三个不同的字来。一支笔夹在拇指和食指指尖上；第二支笔搁在虎口位置；第三支笔夹在手腕部。"高灵问他：'我丈夫死了没有？'她问得这么冒失，令我们很吃惊，大家都屏住呼吸，眼看着师父手起笔落，三个字同时写了出来：'失''望''归'"（223）。算命师父一只手同时拿三支笔，这个形象不仅是生动的，也是奇异的。看到这样模棱两可的结果，她们做出了不同的解释：高灵说张福男肯定是死了；于修女说也许没有死，说不定是说他回来了，我们要失望呢！小说在讲述这些算命故事的时候，也只限于讲故事而已，作家本人却不相信，小说中往往又出现了以事实来打破这种莫名其妙的预言的描写。因此，谭恩美小说中对东方民间神秘的算命与属相文化的描写，不仅是奇异的、引人入胜的，并且也是可信而充满深意的。

（二）通灵类意象

所谓"通灵"，是指在世的人要想知道已经死去的人，也就是在阴间生活的人的近况，以及一些难以理解事件的前因后果，可以请阴间的人来现身说话。刘家在北京的墨店被大火烧毁以后，请了一个道士将宝姨的鬼魂关进了黑罐，捉鬼行动的成功让他们终于安定下来；茹灵一到关键的时候，总要请露丝以沙盘作法，与其母亲宝姨说话，并对宝姨所说深信不疑，以此揭示这种东方神秘文化对中国人日常生活与心灵空间产生的影响。童年时代的露丝在学校摔伤之后，茹灵通过沙盘与宝姨对话，问她露丝受伤是不是因为祖先的毒咒？祖先的毒咒何时才解除？少女时代的露丝想看电影大片《绿野仙踪》，故意借助于沙盘来问宝姨，并说看电影正是宝姨的意见；"马桶事件"之后，露丝想离开兰斯一家而搬家，她也借助宝姨的口说要她们应住在"天涯海角"，于是母亲只能搬到旧金山海边居住；在美国的茹灵每次之所以能够成功购买股票，也是靠宝姨的及时指点，如此等等。小说中的通灵事件，可以说数不胜数，并且与茹灵、露丝等人物具有一种斩不断理还乱的关系。如果离开了那些通灵类意象的展开，也许就无法更深入地表现她们两人的心理世界与性格特点，当然也无法理解母女两代之间的性格冲突，以及作家借此所展示的广泛而深刻的中西文化差异。

（三）冤鬼托梦类意象

中国民间文化传统中有所谓"善恶到头终有报"的说法，如果一个人受冤而死，他或她变成了鬼，也要大闹人间，必找人报仇。[②]谭恩美小说以此表现民间之社会公义与复仇心理，体现了独到的思想与艺术眼光。《接骨师之女》中出现了多个鬼魂托梦事件，创造出小说情节与人物情感的高潮。一次是当宝姨以沸墨自杀未成而毁掉俊俏容貌之后，但因与小叔偷食禁果而未婚先孕，此时沪森托梦给了老太太说，如果他的所爱被赶出家门或受到不公正待遇，他会大闹刘家大宅，全家人从此将不得安宁。于是老太太在无奈之中决定留下宝姨生下女儿，并让她作为保姆将女儿养大。这个梦改变了宝姨的命运，这是在自身遭受严重打击（自己的父亲在她结婚途中被杀、自己的丈夫也无端被杀）之后得到的一点可怜安慰。正是因为一个莫名其妙的梦，她才活了下来，并展开了后来的人生故事：十五年之后，其女儿茹灵因对其母亲遭难的前因后果并不清楚，并不知道宝保姆就是自己的生母，所以不听宝姨的劝阻执意要嫁到张家；宝姨无力抗拒女儿嫁到仇家，她只好再一次以自杀表示绝望，终于酿成了惊天大祸。第二次，宝姨为报复刘家，以托梦方式找到大哥刘晋森，怒气冲冲地诉说道：刘晋森，我的一条命难道还抵不上张家的樟木吗？刘晋森吓得浑身瘫软，在梦中打翻了油灯掉到木质地板上；二叔来到，却误将白酒当成了水来灭火，于是大火不仅烧了刘家的店铺，还毁灭了相邻的几家店铺，刘家的命运急转直下。这个梦是小说中最为惊心动魄的情节之一。

（四）汉字类意象

汉字作为世界上最为古老的、至今仍得到广泛运用的一种象形文字，虽不属于东方神秘文化的范畴，但在西方人看来却有其神秘性，西方人总是将它与中国人的具象思维、艺术趣味相联系。在谭恩美的小说中，作为个体汉字的直接呈现及其对一些汉字的解释，也就成为东方神奇意象的存在形态。在《接骨师之女》中，作家将几个汉字作为整部小说的情节标志，如引言标题为"真"，而"真"的内容及其象征意义是极为丰富的。第二部的六章则以"心""变""鬼""命运""道""骨""香"为标题，不再像小说的第一部与第三部都是阿拉伯数字作为章的标示。一方面，它能够给小说带来一种鲜明的东方文化色彩，即可以让读者在阅读的时候产生一种东方文化之美感；同时，也切合这一部是露丝的母亲茹灵讲述自己从前在中国大陆所经历的东方故事之内容。以几个具有特定内涵的汉字作为每一章的标题，能够更真切地体现在中国长大并且饱受东方传统文化浸染的茹灵之手稿的真实性，同时也能够在一种自然形态下呈现中国民间传统文化的精神气度。"真"是道家思想的关键词之一，道教传说中有所谓"全真道人"，虽然《接骨师之女》引言"真"上要标举所述故事的真实性，也不免让读者联想到道教文化中的"真"之外形与内核。在《老子》中，有所谓"道可道，非常道"之说，"道"是老庄思想中的核心概念之一；在《接骨师之女》中，作家中将其中一章取名为"道"，也能够让人联想到老子的"大道"，以及世界的本原、人生的本相之类的重大命题。"鬼"文化在中国民间普遍存在，作家以"鬼"作为其中一章的标题，不仅表明小说中有诸多"鬼"意象，也揭示出人的命运的不可捉摸性；"骨"作为一章的标题，也许是为与接骨师世家故事相适应，也许是为了说明中国传统文化高标"风骨"之神。汉字作为中国古老传统文化精神的载体,在其小说中得到充分运用,这几个汉字与整部小说的主题表达、人物塑造、艺术结构、艺术风韵等存在着非常密切的关系。

谭恩美小说中的东方神秘意象涉及中美社会生活的方方面面,在不同的时代、不同的地域有不同的表现,种类繁多、形式多样,但从总体而言,主要可以分成以上四类,并由此构成其小说中东方神秘意象的基本形态。正是这四类意象的组构,深刻地影响了其小说艺术的主体精神与基本格局。

二、历史的真实写照:东方神秘意象的基本属性

对谭恩美等美国华裔小说作家作品中的东方神秘意象存在的必要性与必然性,对其思想与艺术价值的评价,学界往往存在不同的认识,对此我们有必要加以讨论。有的学者认为谭恩美等华裔作家的作品中所存在的这些东方神秘意象是不符合中国历史情况的,更有的人说这是作家为了迎合西方的东方主义者的口味,为了迎合西方读者的猎奇心理与审美趣味的异想天开。陈爱敏先生认为:"有这么一些在美国出生长大的华裔作家,正充当了这样的'创造者'的角色。为了融入主流话语之中,摆脱自己黄种人的身份,他们有意识地站在西方立场上,用白人的眼光来'看'自己的父母、前辈,'审视'中国文化,尽力向西方人呈现东方人丑陋、落后的'他者'形象,来迎合西方读者的猎奇心理。"笔者认为这样的说法并不符合作家创作小说的本意。谭恩美小说中存着大量的东方神秘意象,并不是作家为了迎合西方读者的审美趣味,也不是为西方的东方主义理论作脚注,更不是对自我民族生活的虚假反映,并没有丑化中国人的形象与文化。

首先,谭恩美小说中所呈现的东方神秘意象是基本符合历史事实的。所谓历史事实,就是指其小说作品中存在的这种种描写,与20世纪上半期中国大陆的社会现实相符合,也与20世纪后半期美国华人家庭的实际生活情形相符合。《接骨师之女》展示了三代中国女子的生活空间与心灵世界。作为第一代的宝姨,一生都生活在中国北方北京附近有乡村里;作为第二代的茹灵,前半生在中国北方北京附近的乡村与中国南方的香港,后半生则生活在美国西海岸的旧金山;作为第三代的露丝,一生都生活在旧金山。小说在叙述三代中国女人的故事时,显示了这种历史上与地理上的真实性,那些故事就好像发生在眼前一样,或者好像就是我们在昨天所经历过的一样,可见可闻,可感可触。

其次,谭恩美小说中所展示的种种算命现象、冤鬼托梦报大仇现象、通灵现象与古老汉字现象的奇异,具体的故事情节也许是虚构的,但其基本精神却是符合中国民间文化与传统文化事实的,因而让小说在整体上符合历史基本事实的。《接骨师之女》至少有一半故事情节发生在20世纪前半期的中国,在那样一个半殖民地半封建社会里,特别是落后的中国北方农村,观念落后,迷信盛行,是一种真实的情形;那时的人做什么都要借助于

神的启示,在许多时候都要算一算自己的命,正是这些构成了中国民间的神秘文化。直到今天,在我的老家四川南部的山区,封建迷信现象仍然非常普遍,并且深刻地影响着人们的日常生活与精神风貌。③因此,我认为这部小说中对人的属相的理解与算命事件的叙述是真实可信的。祖先崇拜是中国传统文化中的重要内容,人们普遍认为自己的祖先虽然死了多年,但其灵魂还是在,在早晨或黄昏的时候,据说还可以看见多少年以前去世的人。因此,小说中有关茹灵的外婆家即谷家在"猴嘴洞"的祖先因骨头不能归于原处而常常对后代发出"毒咒"的描写,也是真实可信的;并且,这种"毒咒"一直在宝姨、茹灵的心灵中留下了阴影,深刻地影响其一生一世的命运,这样的故事情节的具体内容与细节展示,也是真实可信的。在中国的民间文化中,人们一直认为天上有多少颗星星,地上就会有多少个人;每一个人由前世灵魂的投胎转世,每一个人都是有其来历的;正是在"前世"、"今生"与"来世"的天地大轮回中,才形成了世界的更替。所以宝姨因是七月十五日鬼节那天晚上出生,算命师父才算出她可能是鬼魂转世;中国民间文化中有着鲜明的善恶观,如果一个人冤屈而死,死后的灵魂是绝对要报仇雪恨的。所以,才有冤死的宝姨报仇、刘家墨店被烧这样的情节。这样的故事情节看似离奇,其实完全是符合中国民间生活的真实形态的。中国民间有所谓仙婆、道士、端公等巫术人士,正是他们构成了中国民间文化情感与形式的主要内容。因此,小说中多次出现了人与灵的对话情节,如少女时代的露丝要看电影,于是借宝姨的话而让母亲相信并同意;露丝因"马桶事件"想要搬家,于是借助沙盘而让母亲同意住到旧金山海湾的天涯海角,如此等等。小说中的这些描写是那样的真实可信的,因为它与中国民间生活具有高度的一致性。

再次,谭恩美小说中对东方神秘现象的种种展示,绝对不是一种故意编造,也不是为了取悦西方读者而进行的艺术虚构,而是对中国人在特定时期的社会历史生活的真实写照。那些有关人的属相与性格有关的观念,小叔托梦要求母亲关照女友的描写,宝姨灵魂大闹刘家导致大火烧毁墨店的事件,那些更多的与人与己算命的事件,那些非常离奇的多种多样的通灵事件,都体现了作为美国华裔作家的谭恩美对中国民间文化和二三十年代中国北方社会情形的了解与理解,是作家对中国传统文化的仔细观察与合理想象的结果。西方读者读到这些具有东方神秘文化的意象,也许会觉得神奇,也许会觉得有趣,但它们都是真实的;正由于是真实的,才有震动人心的思想力量与引人入胜的艺术效果;中国读者读到这样的神秘意象与具有传奇性的故事情节,也会感到很真实、很亲切,从而认同谭恩美小说的独到与深厚。

因此,谭恩美小说中所存在的种种东方神秘意象,并不是作家为了迎合西方读者的猎奇心理与审美趣味而进行的虚构,也不是为了成为东方主义的理论脚注而做出的选择,相反,却是对中国特定历史时期的人物与生活于美国特定环境的人物的真实描写与叙述,没有违背生活的真实性与历史的真实性,是对于中国人生活与心灵世界的真实写照。这就是其小说中东方神秘意象的基本属性。并且，这样的东方神秘意象不仅符合历史的真实，也是小说艺术真实的需要，即它们是其小说艺术生命中的一种要素，是小说独到的艺术风韵与独立的艺术风格的具体内容与表现形式。

三、艺术真实：东方神秘意象的重要品质

谭恩美小说中对于东方神秘意象的种种呈现，不仅具有历史事实的真实性，也是符合艺术真实的。对中国民间文化之历史事实的真实写照，是谭恩美小说中东方神秘意象的基本属性，这是我们对其小说东方文化精神的一个基本估计；并且我们认为这种种东方神秘文化现象的描写，也是符合小说的艺术真实的要求的，即它们是小说的人物与情节所必需的。当然，对此，学界也有不同的看法。士曾先生认为：

> 扶乩、占卜、生肖相克、阴曹地府、"龙骨"乃至书法，华裔美国女作家谭恩美将这些在西方人眼里有东方神秘主义色彩的华夏文化词语，招聚拢来。一番嫁接、拼合、组装，它们即如同施过魔法的精灵，来回穿梭于字里行间，翩翩起舞，成为一部小说中不可或缺的元素，铺成一方气场，在灵异氤氲的气氛里，讲述了上世纪移民美国的数个中国女子的传奇故事——《接骨师之女》。（士曾）

在这里，士曾先生虽然也认为这种种东方神秘意象是作为一种元素而在小说艺术中起作用的，但他也只是将它们当作一种破碎的"词语"，并进行"嫁接""拼凑""组装"，好像谭恩美的《接骨师之女》是靠一些东方神秘文化意象随意地"组装"与"拼凑"起来的，其实这是一种误解。谭恩美的每一部小说都有自己的主体精神建构，即体现了作家自己的创作意图与艺术构想。我们这里讲的小说的"艺术真实"，是说小说中的这种东方神秘意象的呈现，是小说本身的艺术表现与艺术表达的需要，有助于作家创造自己独立的艺术结构、塑造自己鲜明的艺术形象、构建自己独特的艺术风格等，而不是处于一种与艺术相分离的外在的形态。如果不是这样，她小说中的东方神秘意象只是小说艺术情节与艺术风格之外的东西，或者是附加在小说人物与情节之上的东西，或者完全是一种猎奇或有关东方的知识性内容，那就不符合小说的艺术真实。如果真是那样，有人说这是为了迎合西方读者对于东方的猎奇心理与欣赏趣味，或成为东方主义理论的注解，我们倒是并不反对。笔者认为，谭恩美小说中种种东方神秘意象的呈现，是其故事情节发展的必然要求，是人物生活中必不可少的要素，是展示人物情感与心理世界的独到角度。

首先，神秘东方意象是小说故事情节发展的必然要求。《接骨师之女》虽然是表现以女性情感为主的家庭生活，但故事却在中国大陆北方的农村、南方的香港与美国西海岸的旧金山相继展开；即使是在旧金山，也主要是在美国出生并长大的露丝与在中国大陆出生

并长大的茹灵之间展开,并由此构成了像蛛网一样密集而复杂的母女关系之结。在中国大陆时期的人物,其生活中本身就伴随着种种神秘文化现象,因而它们自然就构成了故事情节的主要内容;后半生的茹灵与其女露丝虽然生活在旧金山,但作为在早年遭受严重心灵创伤的茹灵与以迷信为中心的东方神秘现象相伴,小说中的描写也是再自然不过的事情。可以说,在小说主人公的人生转折关头,东方神秘现象的出现与运作都极为关键。在宝姨的婚姻事件中,两个喜欢她的人(张老板可能是为了得到龙骨而不是真心喜欢她)都请人算命,并由此而产生了一系列曲折的故事情节,并让小说波澜起伏、暗流涌动,丈夫与父亲都莫名其妙地死去,宝姨落得一个家破人亡的境地;刘家世代本来以制墨为生,在北京的生意也做得很红火,只因他们没有慎重地处理好宝姨的女儿茹灵的婚姻大事,惹得她自杀而鬼魂不散,大闹墨店,并将其全数烧毁,造成了刘家命运的重大转折;正是这件事,让少年时的茹灵不得不进入美国人办的育婴堂;后来她反而因祸得福,由北京、香港而转辗到了美国,开始了全新的生活。在《接骨师之女》中,两个已经死去的有情人的托梦,也是一种不寻常的举动:一个"梦"表达了对自己情人的关爱,一个"梦"表达了自己的绝望情绪。这两次托梦事件都造成了小说故事情节的波澜起伏,对表现两个人物的内心温情与刚烈性格,对小说大起大落、浓墨重彩的艺术风格之构成,都起到了重要作用。可见,算命事件与鬼魂托梦事件是整个小说故事情节的自然展开,并且对小说故事情节的发展产生了巨大的推动作用。

  其二,东方神秘意象是小说人物生活中必不可少的要素。谭恩美的小说几乎全部都是表现华人移民在移居美国前后的生活,可是不论在他们的中国生活时代还是美国生活时代,中国民间文化中那些具有神秘性的事物总是相伴而行。在他们的生活中本来就存在那些现象,他们的观念中本来就存在这些事物,东方神秘现象自然就成了小说中人物本来的生活内容与观念内容。《接骨师之女》中的宝姨不用说,在她所生活的那个时代,没有哪个女性不与算命与信神相关,她的生活中出现一些东方神秘意象,是并不奇怪的;茹灵在小的时候,相信那个道士将其宝保姆关进了罐子,因而感到一种莫名其妙的沮丧;露丝本来是不相信她妈妈那与神说话的方式,但由于她有那样一个具有特殊经历的、相信命运与鬼神的母亲,有的时候好像也感到很疑惑;她作为神与母亲之间的中介,她的生活中随时伴有东方神秘现象,也是再自然不过的事情。因此,小说中如果没有东方神秘意象的呈现与展示,那反而是有违于那个时代的生活真实,也不符合小说艺术真实的要求。既然她们生活的真实情况如此,并且那样的生活与人物不可分离,那自然应当如此描写;并且只有如此描写,人物形象才可能立得起来,整部小说才可以丰满起来。人物形象的塑造是作家关注的中心环节,而人物形象之所以能够塑造成功,首先就是作家真实地描写人物的生活环境,即让小说的环境体现出一定的典型性;其次也要对人物情感与心理做出深刻而细致的分析,让其具有鲜明的个性与气质。谭恩美小说中出现的对东方神秘意象的呈现与展示,正是独到地表现了主人公生活处境与独立的文化接受，东方人所特有的心理世界与精神境地正是在这样的文化语境中，才得到生动而深刻传达。

其三，东方神秘意象是展示人物心理的独到角度。神灵与命相观念对于中国人民的影响是深入心灵与精神深处的，因此，这种东方神秘意象的展现有助于对人物心灵与精神世界的描写。高灵的前夫张福男大抽鸦片，并将她当作自己的奴隶，于是她非常恨他，但也诚惶诚恐，不知所从。当她与茹灵等回到北京，就到街上请人算命，算命的结果是"归、失、望"；于是她感到高兴；而茹灵则认为这并不意味着张福男死了，说不定是说他回来了，让我们感到失望呢？这种解释的不同，就生动地刻画了两姐妹当时情感的曲折性与心灵世界的复杂性。高灵是希望他已经不在人世了，但又不完全相信；而茹灵则觉得她的言语与行为是很可笑的。如果没有这样的算命，那样复杂的心态就不便于展示得如此生动与细致。刘家认为墨店失火是宝姨冤魂不散、恶鬼作怪，于是请道士前来捉鬼。那个道士嫌钱少了，并不开始行动；待刘家一而再、再而三地加了银子，才开始捉鬼。刘家老大刘晋森、高灵妈妈那种不顾亲情、捉鬼心切，要彻底消灭恶鬼的心态被表现得活灵活现。后来，当得知那个道士只是一个骗子的时候，他们那样一种痛失钱财、悔不当初的心态，却也可圈可点，让人不禁失笑。在美国，茹灵总是以这样那样的方式来抗拒失忆，表现了对过去所作所为的忏悔情结。她总是要女儿充当自己与宝姨对话的中介，问祖先的"毒咒"是不是结束了？自己的命运是不是发生转机了？当露丝在沙盘上写出一些句子时，她也总能够根据自己的想法来做出合理解释，并得到情感解脱与心灵安慰。在第一部中，有这样的情景："茹灵抽泣不已。'宝姨啊，宝姨！真希望你没死啊！一切都是我的错，要是我能回到过去，改变定数，我就是死也不愿意离开你，一个人活在这世上受苦啊……"（63）。这样的情感表达，在小说中具有宗教一般的感染力，读者不得不为之动容。正是在这样的神灵面前，她的整个悔恨心理都呈现出来，让我们看到了一个多么虔诚的中国女子，一个多么纯粹的中国女人。

少女时代的露丝之心理，也在这样与神灵的对话中得到了丰富而深厚的表现。露丝摔断手臂后，在母亲与宝姨的对话中，她眼前先后四次出现鬼魂意象："妈妈有时会说起这个宝姨，她的灵魂会飘荡在空中，她生前不守规矩，死后被打到阴间。所有的坏人死后都要落进这个无底深渊，谁也找不到他们，他们注定要在阴间游荡，长头发湿淋淋的垂到脚下，浑身都是血。（63-64）""露丝使劲闭上眼睛。眼前浮现出一个女人，长头发一直垂到脚跟。"（64）"露丝不由睁开了眼睛。她想象中那个长头发的女鬼一直在转圈子。（64）""什么诅咒？露丝瞪着面前的沙盘，将信将疑地以为那死去女人的脸会浮现在一摊血泊之中。（64）"在这里，小说对在美国长大、没有接受过中国民间文化传统的露丝那种对于鬼魂的恐惧而不可名状心理的展示，简直是可触可感。如果不是借助于对东方神秘现象的叙述与描写，这样传神的心理表现也许是不存在的。

因此，小说中大量存在的人物心理刻画与种种形态的情感表达，之所以那么生动细致、丝丝入扣，也许主要是作家本身所拥有的那种特定女性心理的注入，同时也与中国民间传统文化中的神秘现象有着深厚联系。如果将小说中存在的种种东方神秘意象去掉，那小说人物形象的独特心理表现也许就没有了，那母女三代的形象则很难立得住。生活真实与艺术真实虽然也有重合的时候，但毕竟不是一回事；其小说中存在的东方神秘意象，主要来自现实社会生活中的同类现象，但也有作家自己的艺术创造，正是这种艺术创造的要求，让生活中的真实现象成为艺术中的真实表达，并成为小说艺术品质的有机构成。

四、整体性存在：东方神秘意象的形态特征

所谓东方神秘意象的形态特征，是指那些东方神秘意象在其小说中是如何生成、如何呈现的，是一种什么样的艺术形态，是对其小说中的东方神秘意象作一种整体上的审视，并对其价值与意义做出一种基本的判断。笔者认为，对东方神秘意象的呈现，像一条线索完整地呈现于《接骨师之女》的始终，如一种精神渗透于小说艺术的整体，并具有一种整体性的思想意义与艺术价值。东方神秘意象在谭恩美的小说中并不是像有的学者所讲只是一种事件、一种支离破碎的现象，或者说只是一种有关东方民间文化的知识性内容。小说中的三代女性，正是在灵与鬼的面前，才充分而完整地呈现出自己的感情与整个心灵；小说的具有东方色调的艺术风韵与艺术风格，小说的深厚的艺术感染力，正是在作家对东方神秘意象的建构中实现的。

首先，我们不能否认作家根据一些耳闻目睹的材料进行艺术构思与艺术创造的能力，这可能是其小说中的东方神秘意象最为重要的来源。小说创作并不是对已经发生过的或正在发生的历史事实的记录，也不是对于民间文化资源的记录与整理，因此作家以自己的艺术情感的发生与艺术想象的力量整合所有的历史与文化资源，从而形成像生活本身一样的艺术真实图景，这是小说艺术创作本身的要求。因此，其小说中的东方神秘意象基本上是作家本人的艺术想象的产物，所以才显得比生活和历史更真实、更典型、更深厚、更丰富。《接骨师之女》中所存在的种种东方神秘意象，绝对不是只作为一种材料而存在，而是作为艺术要素而存在的；我们不仅不能将其当作历史事实来看，也不能当作小说艺术之外的客观材料来看。小说中的东方民间文化与神秘意象，和小说中的人物与故事一样，显得非常真实可信，与作家本人的情感、小说中的人物的情感相适应。正是因此，我们读了小说以后，才与小说中的人物同哭同笑、同悲同喜。

其次，谭恩美的小说往往都构筑了一种具有浓厚东方文化色彩的气场，正是这种情景让读者能够很快进入到作家所设定的东方文化语境或东西方相交融的文化语境之中，并让整部小说染上一种浓厚的东方色泽。在《接骨师之女》引言"真"中，茹灵一开始就说起

她与其女儿的属相，说她们一条是水龙、一条是火龙，属相相同而性格却相反等等，这就让读者感觉到中国人的风俗生活故事开始了；在小说第三部结尾的时候，作家故意让茹灵与唐先生、露丝与亚特两对已经达到和解与达到又一个爱情高峰的情侣出现在中国文物展上，并以他们参观展出的顺序，依次饶有兴趣地介绍了"编钟"、"青铜器"与"甲骨文"等古老的东方文化意象，其实是作家故意让一种具有中国特色的东方文化演奏，在小说中经久不绝。

再次，东方神秘意象整体性让小说的精神境界与艺术境界达到了一个具有超越性的高度。小说的结尾是最为感人的一幕，露丝与她的外婆居然在一起从事写作，可以说作家让"人"与"灵"达到了高度的统一。在小书房里，露丝又回到了过去。桌上薄薄的笔记本电脑仿佛又变成了当年的沙盘。露丝又变成了六岁的小姑娘，还是当年的自己，摔断的胳膊已经好了，没受伤的手上拿着一根筷子，准备写下预言的字句。宝保姆来了，跟往常一样，在她身边坐了下来。她的脸很平滑，跟相片里一样美丽。她在一块端砚上磨着墨："'想想你的本意，'宝保姆说。'省视自己的内心，你想告诉别人些什么。'露丝跟外婆肩并肩一起开始写，文思泉涌，她们合而为一，六岁，十六岁，四十六岁，八十二岁。她们记下发生的一切，发生的原因，带来的影响。她们把过去那些本不该发生的故事写了出来。她们把本该发生的故事，有可能发生的故事都写了出来。（290）"

小说以这样的方式结尾是有作家的深意存在的：正是在这里，中国三代女子的影子才走到了一起，人生的过去与现在才走到了一起，中国人的历史与美国人的现实才走到了一起，人与灵才走到了一起，情感与思想才走到了一起，悲与喜才走到了一起；这样的审美情感只有在对东方神秘意象的呈现中才表达得如此充分，这样的人生境界与小说写作境界才达到了如此的高度；中国和美国才可以在一起对话，东方和西方才可以在融合与统一中发展自身。如果抽空了小说中的东方文化精神与东方神秘意象，那整部小说也许是支离破碎、面目全非的，那谭恩美小说还有什么独特的艺术风格呢？还有什么深厚的艺术魅力可言呢？可见，如果没有东方文化意象的选取与经营，谭恩美的小说也许并不像一种写中国大陆与美国华裔家庭生活的小说。东方神秘意象在其小说中往往并不只是作为一种故事背景，而是作为小说主题、人物、情节与艺术风韵的有机要素而存在：那些故事就发生在东方或东西方一体化的文化语境中，那些人物也生活在这样的东方文化气场与文化情景中；没有东方神秘意象及其所构筑的文化气场，就没有谭恩美的小说及其卓越的小说艺术建构。东方神秘意象是呈现小说独特艺术风韵的重要方式，也是小说艺术风格构成的基本要素。

谭恩美笔下的东方只是一个美国作家眼里的东方，并不着眼于对整个东方广阔社会生活的写照，也不完全是一种东方式的人生传奇，东方神秘意象也只是作为一种民间文化或者民间文化精神而进入小说的。因此，如果其中有什么不准确的地方，我们不能认为这是对中国文化的歪曲；如果存在比较集中而过分的描写，我们也不能认为是为了迎合西方人的猎奇心理与审美趣味，或者是为东方主义理论作注解。作家本人在回答《新京报》记者问，问她在写作时是不是刻意以东方神秘来吸引美国读者时，她说很多人看书都希望自己的想象力得以延伸。她认为中国的历史精深博大又神秘，中国人在美国读者眼中同样很神秘，"他们也许因为这样拿起我的书，但他们读的时候却会有情感上的熟悉感和认同感。从来没有人对我说，喜欢我的书是因为故事很有异国情调，他们都对我说，他们接收到了同样的情感，母女间的关系也都很相似（张璐诗）。在这里，谭恩美虽然承认中国历史的博大精深与中国文化的神秘性，但她认为读者之所以喜欢读她的小说，是因为她小说中的深厚而丰富的人性、真诚而深厚的情感，正是这些因素与读者产生心灵的共鸣，而不是因为她小说的异国情调。因此，我们可以肯定地说，谭恩美从事小说创作的时候，对于东方神秘文化现象的描写并不是外加上去的，也不是为了西方读者的猎奇心理与审美趣味而故意设置的。但是我们也要明确地认识到，虽然其小说中存在这些东方神秘意象，但并不表明作家本人也完全相信它们，根据小说中的叙述与描写来看，她多半是不相信鬼神与算命现象的合理性的，因此我们在评判作家的时候，对此要有清醒的认识。

美国华裔作家作品中东方文化的渗透与东西方文化的交融是一种普遍的文学写作现象，在黄玉雪、汤亭亭、赵健秀、哈金、严歌苓、黄哲伦、任璧莲、李健孙等人作品中或多或少地存在着，只是存在形态与表现方式有所不同。这不仅是一个重要的文学创作实践问题，也是一个文学批评与文学研究中不可回避并且十分重要的理论问题，因为它不仅涉及对具体作家作品的理解问题，与如何评价美国华裔文学乃至整个海外华文文学都有重要关系。本文对谭恩美小说中的东方神秘意象的探讨，以及在这种探讨基础上对美国华裔作家作品研究中所出现的一些观点提出的不同看法，属于理论对话的性质，并且因为这个问题关系重大，欢迎方家批评指正和广泛讨论。

注释

① 本文所引谭恩美:《接骨师之女》，张坤译（上海：上海译文出版社，2006年）。下文中作品引文，均出自此版本，只在文后注明页码，不再一一作注。
② 可参阅赖业生:《神秘的鬼魂世界——中国鬼文化探秘》（北京：人民中国出版社，1993年）。
③ 我在十四岁以前一直生活在那里，对于民间的生活形态与民情风俗相当了解，什么道士、端公、神婆、算命之类现象，伴随我们的日常生活，也对人们的思想与观念产生影响。

引用作品

张璐诗："华裔作家谭恩美专访：我是一个美国作家"，《新京报》，2006年4月14日。
[Zhang Lushi. "'I'm an American Writer': An Interview With Amy Tan," *New Peking Newspaper*, April 14 （2006）.]

陈爱敏：" '东方主义' 视野中的美国华裔文学"，《外国文学研究》6（2006）：112-118。

[Chen Aimin. "Chinese American Literature from the Perspective of Orientalism." *Foreign Literature Studies* 6（2006）112-118.]

士曾："谭恩美笔下的灵异东方"，2006 <http：//www.chinaaqw.com.cn/news.2006/0314.68.20293.shtml>。

[Shi Zeng. "The Mystical Orient in Amy Tan's Works." 2006〈http://www.chinaaqw.com.cn/news.2006/0314.68.20293.shtml〉.]

谭恩美：《接骨师之女》，张坤译，上海：上海译文出版社，2006 年。

[Tan，Amy. *The Bonesetter's Daughter*. Trans. Zhang Kun. Shanghai：Shanghai Translation Publishing House，2006.]

28

魅影中国：谭恩美的《百种神秘感觉》、《接骨师的女儿》与《防鱼溺水》中的跨国诡魅叙事

冯品佳

评论家简介

冯品佳，美国威斯康星大学麦迪逊分校博士、台湾交通大学外文系讲座教授、博士生导师，曾历任交通大学美国研究中心主任、"中央研究院"欧美研究所合聘研究员、交通大学副教务长、交通大学电影研究中心主任。主要研究领域为美国亚裔文学、影像与视觉文化研究。专著有《东西印度之间：非裔加勒比海与南亚裔女性文学与文化研究》《她的传统：华裔美国女性文学》；编著有《重划疆界：外国文学研究在台湾》《通识人文十一讲》、《影像下的现代性：影像与视觉文化》、《洞见：视觉文化与美学》、《影像与差异：视觉文化研究与政治》、《图像叙事研究文集》；译著有 Love 和《木鱼歌》。

文章简介

以"跨国诡魅"（transnational uncanny）的叙事间接记忆、再现中国可以说是谭恩美小说魅力的根源所在。在《百种神秘感觉》、《接骨师的女儿》与《防鱼溺水》这三部小说中，中国叙事的分量日益加重，有关"中国迷信"的主题和题材日渐凸显，甚至直接由鬼

魂作为主要的叙事声音。因此，本文在对跨国鬼魅叙事加以定义的前提下，对谭恩美在这三部小说中想象、记忆中国与中国文化的方式进行了深刻的探究与剖析。

　　文章出处：本文原载于《英美文学评论》2007年第11期，第113—142页。

魅影中国：谭恩美的《百种神秘感觉》、《接骨师的女儿》与《防鱼溺水》中的跨国诡魅叙事

冯品佳

> 鬼魂并非单纯只是死去或是失踪之人，而是一种社会表征，调查鬼魂可以导引我们进入一个意义稠密的场域——这是历史与主体共同组成社会生活的场域。鬼魂或幽灵是一种形式，让失去的、或几乎看不见的、或是对于我们训练有素的眼睛而言似乎不存在的事物以自己的方式让我们知道或看到它的存在。鬼魂运作的方式是作祟，这是让我们知道发生过什么或是正在发生什么事情的一种特殊方式。鬼魂作祟让我们有时甚至是不由自主的、但总是有些不可思议的情况下受到影响而进入某一现实的情感结构之中，在此情感结构中我们经历到的不是冷硬的知识，而是具有改变性的认知。
>
> Avery F. Gordon, Ghostly Matters[①]

在美国畅销书的市场上，华裔美国女作家谭恩美（Amy Tan）是个几乎攻无不克的常胜将军。尽管文学批评界对她有诸多负面评价，认为她有贩卖中国古董之嫌，然而从《喜福会》（*The Joy Luck Club*, 1989）一炮走红开始，谭恩美的每部小说都获得大量读者的青睐。《喜福会》也成为汤亭亭（Maxine Hong Kingston）的《女勇士》（*The Woman Warrior*, 1976）之后亚裔美国学界最广为讨论的小说，批评界甚至出现"谭恩美现象"一词来形容她受欢迎的程度（Wong "Sugar Sisterhood" 174）。推究谭氏受欢迎的原因，除了书写议题符合女性主义的部分诉求，极重要的因素是欧美主流社会读者希望从她的作品中一窥中国与华裔生活。谭恩美的小说所处理的主题不外乎母女之间的世代冲突、保存母亲记忆与延续母系传承的急迫性、以及女儿自身族裔认同与事业前途的挣扎。综观其叙事模式，其文本经常借由母女两代关系带出持续与美国场景并行的中国故事，母亲（中国）创伤的过去与女儿（美国？/中国？）迷惘的现在持续辩证，不断呈现母亲的文化记忆，也逼迫女儿修正自己的华裔美国身份认同。笔者认为谭恩美不断以一种"跨国诡魅"（transnational uncanny）的叙事间接记忆/再现中国，这是谭氏书写最能吸引读者之处，甚且可以说魅影式的中国叙事是其文本魅力之根源。以她近期的三部小说《百种神秘感觉》（*A Hundred Secret Senses*, 1995）、《接骨师的女儿》（*The Bonesetter's Daughter*, 2001）与《防鱼溺水》（*Saving Fish from Drowning*, 2005）而言，不但中国叙事的分量日益加重，而且属于"中国迷信"的主题诸如阴阳眼、转世与灵媒等等的题材纷纷出笼，甚至直接由鬼魂作为主要的叙事声音。本文即欲探讨谭恩美在这三部近期文本，如何以跨国诡魅的叙事再现与建构想

象中的中国文化记忆。论文将以文献推演跨国诡魅叙事的定义，其后再逐步分析谭恩美的这三部小说如何想象与记忆中国。

对于谭恩美小说中的中国想象有多篇国内外论文探讨，本文由其中几篇华裔学者之作谈起，作为探讨魅影中国的起点。一方面是因为这几篇论文有相当之重要性，一方面也是希望观察华裔学者如何解读谭恩美这个属于大众市场的华裔作者。讨论谭氏文本最广为引用的论文是黄秀玲（Sau-ling Cynthia Wong）对于"谭恩美现象"以及所谓的"糖姐妹"（sugar sisterhood）所做的分析。黄秀玲的论文以探讨《喜福会》及《灶神之妻》为何能够广受多方读者欢迎而造成出版奇迹的议题出发，以"糖妹"（sugar sister）为实例，说明谭恩美对于中文的误读。《灶神之妻》中谭恩美以"糖妹"一词来形容两位中国女性之间相亲相爱的关系，实际上则是"堂妹"的误用，肇因于对中国亲属关系缺乏清楚的认知。对于黄秀玲而言，"糖妹"的误用除了显示谭恩美对于中国的一知半解，因为受过中国教育的人根本不会犯下这种错误，更重要的是这个名词在叙事中其实是毫无作用，与小说的情节进展全然无关，其功能主要在于制造"东方效果"（Oriental effect），只能算是谭氏文本中"地道性标志"（markers of authenticity）的范例（"Sugar Sisterhood" 187）。谭恩美经由"文化诠释与文化同理心等举动似乎可以拥有地道性的权威"，借此吸引无数读者，然而这些看似地道的中国元素常常是经由美国出生的作者自己的认知所中介过的产物，因此"谭恩美现象"必须置放于"类民族志、东方主义的论述"中加以诠释（181）。但是黄秀玲并未因此完全否定谭恩美的创作，进而指出谭恩美的创作同时呈现自我东方主义化（self-Orientalizing）与反东方主义姿态的多重可能。也正因为这样多重的可能性，使得谭恩美之作相较于仅具单一意识形态的作品更能吸引到广大的读者群。读者若不想沦于单纯的窥视异国文化，则必须更加注意文化生产中的各种细节（191）。

周蕾（Rey Chow）的论文主要讨论广受欢迎的《喜福会》电影版本，细腻地探讨多元文化族裔的再现科技，也敏锐地指出谭恩美的作品乃至于相关的改编电影所倚赖的通俗性。她认为所谓的道地性的问题其实隐藏了傅柯式的全方位监视（Panopticonism）。周蕾以傅柯的"受压抑的假设"（repressive hypothesis）作为讨论族裔性的基础，指出本片剧情的基本假设是"亚裔美国文化经验的源头已经被遗忘、忽视、或者噤声"，因此急需以多组母女故事强化叙述，加汤加料，乃至于电影再现受到"多元文化主义者全方位监控的凝视"，弱势族裔作家的自白式与自传性书写成了"灵魂的《国家地理杂志》"，让"乖张的"他者有如囚犯一般在这个观察台或是实验室里受到监看，展现他们异常的举动或是仪式等等（103-04）。在这样东方主义式的视觉操作下，观看与被观看者明显处于不对等的权力关系。周蕾也认为《喜福会》中明显呈现对于滥情通俗剧的操弄，特别是那一群中国母亲更是集通俗化的"隐喻与刻板印象"之大成（107）。小说与电影虽然有所差异，笔者认为周蕾的主要论点对于谭恩美的小说文本仍可适用，特别是在探讨中国想象与母性叙事的部分。相较于黄秀玲仍带保留的论点,周蕾的分析显得比较严厉。但是两者都没有骤下断语,而是客观地讨论再现政治与地道性的问题。黄秀玲批评谭恩美自我东方主义化的姿态,但是也同时注意到谭氏小说中反东方主义化的颠覆之举;周蕾则解构弱势族裔文学与视觉创作中的权力运作以及通俗剧的幻想。两篇论文都提醒我们在讨论族裔性的再现问题时,除了所谓"真"(the real)与"伪"(the fake)的二元模式之外还有其他的可能。

　　另一位华裔学者马圣美(Sheng-mei Ma)对于谭恩美的批评则极为负面。他在专著中以两章的篇幅分析谭恩美的《百种神秘感觉》以及与白种女插画家合作创作的儿童绘本《中国暹罗猫》(The Chinese Siamese Cat),接续黄秀玲的论点,指出谭氏文本提供了"'另类的'东方主义,一种新世纪(New Age)的族裔性与原始主义的杂交",让西方读者以拥抱弱势族裔之名巩固了对于亚洲与亚洲人的东方主义式观点,"以回归中国原始的、本质主义的精神性来治疗一个分裂的多种族社会以及碎裂、僵化的后现代自我"(xxii)。马圣美毫不留情地批判谭恩美的书写有如将"华人与狗"带入新世纪的美国,再次以种族主义的精神羞辱了华人,而她的"多元文化美国具备了东方主义的装饰,经由新世纪风潮的加持,再由时髦的旧金山雅痞呈现出来"(117)。马圣美也指出《百种神秘感觉》中也有类似"糖妹"的文字错误,例如谭恩美试图以拼音 Changmian 玩弄"长鸣""长眠""长绵"的近似发音时,却犯了错把"绵"当作"丝"(smg silk)的乌龙(123)。马圣美的笔锋锐利且分析细腻,列举《中国暹罗猫》插图所展现的东方刻板印象与《百种神秘感觉》中玩弄新世纪想象加上原始主义的例子,论点十分辛辣犀利。其论文值得继续思考之处,在于《百种神秘感觉》中的转世与鬼魅现象是否真的只是玩弄新世纪的术语,或是另有其他的解读空间。[②]

　　以上几位华裔学者在评论谭恩美文本以及衍生而出的视觉文本时,基本上都在检视东方主义论述的运作以及其中的权力关系。"中国",在这样的批评脉络中,显得只是商业考虑之下的弱势以及理论推演之中的"借口",而无法成为真正讨论的主题。相较之下,单德兴的《想象故国:华裔美国文学里的中国形象》更直接讨论华裔美国文本再现中国的问题。单文由重新建构历史与记忆的脉络出发,检视了六位华裔美国作家的七部文本,谭恩美的成名作《喜福会》也是其中之一。[③]他认为,"如果民族/国家是'想象的社群'"那么他所研究的华裔作家笔下"主要根据所听所读的中国相关资讯,再以主流语言(英文)所呈现的中国则可说是'双重想象的故国'(doubly imagined homeland)";透过此种特殊的想象模式,这些文本具有"相当具体的践行效应(performative effects)",可以"填补主流社会各类历史中的空白,来改变/更替美国(文学)史"(182),也就是以另类书写"形成对抗叙事,具现了傅柯所谓的'对抗记忆'"(209)。单德兴的评论由正面的角度强调华裔美国叙事与主流论述拮抗的集体功能,表达对于华裔美国文学创作的肯定。对于本文,单文最重要的启发是"双重想象的故国"的概念。如果离散人民如鲁西迪(Salmon

Rushdie）所言，总已经是必须经由碎片不全的"破碎镜子"来想象故国（11），那么移民第二代以后的儿女经由口传或其他资讯拼凑而成的故国形象，再加上异国语言的传达之后，自然是经过"双重"的、甚至"多重"想象的故国。在谭恩美的小说中，中国作为（母亲的）"故国"的概念一直是叙事辩证的主轴之一，而且也总已经是经过多重想象中介的结果，其文本中挥之不去的诡魅效果也就来自这跨国想象之间折冲的结果。④

然而从前文所讨论的论文可以得知，谭恩美所想象中的故国／中国往往也是最为学者诟病之处。至今谭恩美的创作仍然无法脱离此一跨国想象的范围，因为虽然她百般抗拒华裔美国作家的标签，但是美国与中国仍然是她书写以及生命经验最重要的两个元素。作为一个美国人，她最大的负担——同时也是资产——就是母亲以及母亲的故国，不论美国女儿如何抗拒，心灵与身体创伤的疗愈之道都在太平洋的彼岸。检视谭恩美的创作历程，不难发现虽然她运用了不同的叙事模式，但是基本情节不外乎寻求如何协调跨国之间的文化差异。例如《喜福会》里四对母女轮流道出十六段中国与美国故事;《灶神之妻》以女儿美国叙事声音包夹母亲中国的故事;《百种神秘感觉》采用混血的美国妹妹与中国姐姐接力叙述;《接骨师的女儿》再度回到三段式的结构，在美国女儿两段叙述声音之间加入中国母亲陈述过去的手稿;《防鱼溺水》中死去的华裔中国名媛成为全知的叙事者，伴随友人踏上中国与缅甸的探险之旅。不论如何排列组合，故事大纲总是脱离不了横跨太平洋两岸的恩怨情仇。《喜福会》的菁妹（Jing-Mei）代替逝去的母亲回到中国与失散多年的双胞胎姐姐团圆的故事，可以说是谭氏小说的基本情节公式。因此在她的文本世界里可以说是不断上演着"回归"中国的情节，然而这些回归的故事大多仍停留在想象的层次。笔者认为谭恩美仍然属于写实派作家，因此她的小说中最成功的地方在于描写华裔女儿在日常生活中与周遭环境的紧张关系。诚如黄秀玲所言，谭恩美写到美国生活时是采用高解析度的写法，描述里总是充满"高度的物质独特性或稠密的讯息"（"Sugar Sisterhood" 186）；但是当她写到中国母亲的故事时，则诉诸黄秀玲所谓的"一般性"（generic）的模糊含混（"Sugar Sisterhood" 187）。每当谭恩美试图调整解析度，以植入中国的历史与地理展现中国在地的文化标志时，往往出现"糖妹"或是"长棉"之类的谬误。

但是若仅批判谭恩美因为中文造诣的粗浅所造成的谬误，恐怕会造成评论的局限性。笔者认为由正面的方式探讨谭恩美对于华裔美国文学传统的贡献应该更具有建设性。她结合光怪陆离的奇幻故事与跨国离散传统而成的跨国诡魅叙事在华裔美国文学就相当独树一帜。谭恩美选择有别于现实的奇幻传统来创作写实小说，是试图联结中国与美国两个新旧不同的文明所做的尝试，并且从其中寻找出她自己作为华裔美国人的路径。鲁西迪也曾经从印度裔离散作家的立场说道："奇幻文学，或是奇幻混合自然主义……使得我们能够在作品中反映我们所面对的问题：如何从古老的、传说萦绕的文明之中、建造一个新的、'现代'世界，也将这个古老的文化带进新的文化之中"（19）。这段话恰可形容谭恩美杂糅的书写策略。所谓跨国诡魅的叙事也可以说是谭恩美基于对中国的执念所发展出来的个人"作祟学"（hauntology）。作为母系故国的中国是谭氏文本中作祟的表征，因为华裔美国女主角在母性意志与意识的阴影笼罩下对于自我认同产生极度不确定性，以至于文本之中在美国发生的诸多纠葛最后都必须在中国解决，显示一种充满暧昧性的追本溯源的意识。中国这个"根源"在华裔美国主体的记忆中也经常勾连出个人与历史的创伤。同时，由于母亲所经历的战乱与去国离乡，对于小说中的美国角色而言，中国属于逝去与过去的一部分，因此在跨国接触中由于谭恩美常态的叙事模式使得当"中国"这个元素出现/回返时，格外显得魅影缠绕，甚且如戈登（Avery Gordon）在引言中所指出的，经常是以特殊的"作祟"方式出现，借以召唤华裔美国主角以及读者进入她所想象的、而且总已经是母系传统的"中国"情感结构之中，建构出一种另类的中国文化记忆。

　　中国的记忆究竟为何如此重要？简单来说，因为中国的记忆就是母亲的记忆。单德兴在论及《喜福会》时特别提出记忆在谭恩美文本中的重要性，他从谭恩美的自述中追溯出小说肇始于谭母重病之后女儿的深切自省，自觉对于母亲缺乏了解："她的创作动机可说是为了保存记忆——对于母亲的记忆，以及与母亲密切相关的对于中国的记忆。（199）"失去记忆与失去母亲在这种逻辑下密不可分，这也是谭恩美小说的特点之一。在此笔者要大胆指出谭恩美小说文本中隐藏着"弑母"与"恋母"的冲突欲望，这也是魅影中国的来源。谭氏小说之中几乎所有中国母亲的角色若非已死就是濒临记忆丧失，面对另一种死亡的危机。像是《喜福会》的母亲夙愿（Suyuan）必须死亡，菁妹才能回中国替母亲一偿夙愿；《百种神秘感觉》中的婉（Kwan）为了救妹婿而神秘消失在桂林的洞穴石窟；《接骨师的女儿》的三代母女故事中宝姨（Precious Auntie）为了警告女儿璐琳（Lu Ling）因而自杀，而璐琳又罹患了老年失忆症；《防鱼溺水》中一开始就神秘死亡的叙事者碧璧（Bibi）虽然膝下无子，但是在艺术鉴赏收藏上以及社交圈中却是十足的母性权威角色。谭恩美笔下的女儿们时时笼罩在一种"影响的焦虑"（anxiety of influence）之下，抗拒母亲所代表的以及母亲所带来的庞大精神压力。[5]然而，另一方面她们又唯恐面对母亲死亡或是丧失记忆之后所不可弥补的真空。这些矛盾的欲望互相抗拒，成为推动谭氏小说的基本叙事动力，更具体展现在对于中国想象的建构之上。

　　因此谭恩美笔下的"中国"总是带有挥之不去的魅影，造成其文本中隐约莫名的诡魅效果。弗洛伊德（Sigmund Freud）在著名的《诡魅》（"The Uncanny"）一文中指出"诡魅"其实并非异类，而是因为压抑而被异化的熟悉事物（241）。因此诡魅源自压抑以及被压抑者之重返（the return of the repressed）的交互运作。谭氏小说中母亲以及透过母亲身/尸体一再重返的"中国"可以说就是诡魅叙事的根源。"恋母"与"弑母"的冲突欲望——欲望母亲与对于这种欲望的压抑——更造成一种"家不是家"（unhomely）的效果。而诚如巴巴（Homi Bhabha）所言，文本中"家不是家"的时刻，正是个人与政治、家庭与世界接轨之时，使得创伤所造成个人的、心理的不确定性与外在世界的失序有所联结（10）。[6]也正因为这种"家不是家"的基调，让美国女儿们即使在土生土长的美国领土也感到进退失据，惶惶不安，这样身在家中却感到流离失所的郁结在华裔美国离散族群的脉络下格外具有深意。想要"安居"（at home），美国女儿总是必须面对中国带来的魅影，整理出一个自己可以接受的说法，这也是戈登所谓的面对作祟的鬼魅时应该采取的"清算政治"（politics of accounting 18）。

虽然母亲的中国在谭恩美的文本中一直是魅影萦绕，但是从《百种神秘感觉》开始才算正式在小说中使用"鬼"的元素。[7]《百种神秘感觉》中女主角奥莉薇亚（Olivia）同父异母的中国姐姐李婉声称自己具有阴阳眼，而且保留了前世的记忆，要帮助混血妹妹与前夫赛门（Simon）解决前世今生的纠葛。虽然李婉曾经因为阴阳眼的问题被送入精神病院接受电击治疗，小说最后却安排奥莉薇亚找到李婉在前世所埋藏的皮蛋，直接确认李婉所言属实，并非妄想症或是中国迷信的受害者。这个确认的动作在谭恩美的创作历程中无疑是一大突破，改变她以往对于"中国迷信"模糊暧昧，半信半疑，甚至戏谑嘲讽式的处理。究竟谭恩美为何要"搞鬼"？戈登指出，"写鬼故事意味着真的有鬼，也就是说，鬼能制造出实质的效果。在鬼的身上加诸某种客观性意味着就某种观点而言，可见性与不可见性的辩证，牵涉可以看到的与在阴暗之处的事物之间持续的协调"（17）。也就是说鬼的存在是要帮助我们扩展知觉，超越可见性的局限。这样的说法与小说不谋而合，强调"神秘感觉"或是直觉（instinct）。根据李婉的定义，"神秘感觉并不是真的神秘。我们称之作神秘，其实人人都有，只是淡忘了"（《百种神秘感觉》110）。她就很能擅用"神秘感觉"与阴世沟通。而她最重要的工作就是引导奥莉薇亚跳脱美国现实回顾前世，面对在中国发生的悲剧，带出太平天国的历史与长鸣这个与世隔绝的山村的记忆，完成跨国叙事的基础。因此，鬼魂的存在对于谭恩美而言，除了精神的层次，也成了推展叙事的有力工具。[8]

同时，《百种神秘感觉》仍然是在母女情节的叙事逻辑中进行。李婉这个可以活见鬼又古道热肠的中国女性也承袭了谭氏文本中中国母亲的典型。虽然奥莉薇亚的母亲是个专爱异国男子的白人女性，看似脱离了中国母亲的情节窠臼，实际上李婉扮演的是妹妹的替代母亲（surrogate mother），算是新瓶装旧酒。因此尽管李婉的年纪辈分与喜福会中的母亲有所差距，谭恩美在刻画李婉这个角色的方式仍然以类似其他中国母亲的方式处理。例如对于中国血缘的强调："尽管有这许多明显的差异，婉觉得她与我是一模一样的。照她看来，我们在冥冥中受一条中国脐带连接，使我们天生有相同的个性、私人情欲、命运与机缘。（《百种神秘感觉》22）"此处"中国脐带"的用法类似《喜福会》中的名句"你跟你妈是一个胚子里出来的"（"Your mother is in your bones!"）（原文 31 页，译文 28 页），以世袭血缘的关系将太平洋两岸的两大超级强国绑在一起，展现在生物决定论下无可遁逃的命运。小说结尾李婉神秘失踪而奥莉薇亚生下女儿莎曼珊的结局，一方面似乎终于除去了这个母亲角色,一方面又暗示轮回不断,李婉以莎曼珊的身份再次回到奥莉薇亚的生命之中。这样的安排显示谭恩美在血缘传承与自由抉择之间摇摆,对于这条中国脐带又想切除又难以放弃的犹疑,也印证了笔者"弑母"与"恋母"的论点。

透过这条"中国脐带",奥莉薇亚也被召唤"回返"中国。而谭恩美特意给中国之旅一个商业化与具有职业独特性的包装,是个由奥莉薇亚摄影、赛门撰文"报道中国的乡村美食烹饪"的计划(《百种神秘感觉》164)。这个计划也是两人试图挽回婚姻的最后挣扎。奥莉薇亚作为商业摄影师的职业背景恰好符合周蕾所谓的"《国家地理杂志》"式报道的范畴,借由摄影镜头窥探"第三世界"。同时,这个介绍美食的计划也很接近赵健秀(Frank Chin)所大肆批判的"餐饮情色业"(food pornography)。[9]因此这个旅行报道文学的计划可以说是谭恩美一个反东方主义论述的姿态,相当后设性地看待她自己的写作计划,仿佛意识到不论是美食写作计划或是谭恩美自己对于中国的书写,都具有观光导览的功能,也极可能沦入参与消费"第三世界"的经济模式。小说结尾长鸣被媒体、考古学者与观光客发现之后所遭到的生态浩劫,也可说是谭恩美对于消费/消耗式观光经济的一种反省。

不论谭恩美是否有意自我解构,或仅是故作姿态,美国角色"回归"的作用在于牵引出长鸣这个与世隔绝的小村庄,以及19世纪太平天国的战争记忆。长鸣虽然看似与世隔绝,但同时也是跨国文化交会之地。这个客家山村在《百种神秘感觉》中至少经历两次"洋人侵入",一次是19世纪的欧美传教士与外籍兵团,另一次则是奥莉薇亚与赛门这两个混血的半洋人。由于此一跨国背景以及奥莉薇亚第一人称的叙事声音,小说中对于长鸣的描写显然是透过观光客的角度书写,记录了奥莉薇亚透过摄影视景窗所看到景观:

> 我透过视景窗观看,感到我们似乎踏上一块虚构雾漾的土地,半是记忆,半是幻境。我们是在中国的涅槃吗?长鸣看起来就像是旅游宣传册子上小心剪裁过的照片,标明"是个年代久远充满魅力的世界,让旅客宛如回到时光隧道"。它传递了一种旅客在情感上渴求但从未真正得到的古雅奇趣。一定有什么地方不对劲,我一直警告自己。搞不好在拐角处我们就会与现实迎面碰上:速食餐厅、废弃轮胎场、林立的告示牌说明这村庄其实是为了游客设立的中国梦幻园:请在此购票!目睹你梦寐以求的中国!不受进步的污染,又沉缅于往昔的岁月!(《百种神秘感觉》226)

谭恩美对于长鸣的描写是属于"较高解析度"式的充满细节,除了盘龙样式的屋脊,还有石墙、拱门以及神秘的窟洞。[10]但是由前段引文可知这样的高解析度总是透过像摄影镜头这般媒介制造出来,而且充满了"难以置信"(disbelief)的张力。"记忆""幻境""中国涅槃"这些诉诸奇幻逻辑的词汇,与观光手册陈腐的广告词句并置,呈现另一层自我解构的后设性可能,不仅仅是对于美国观光客身份的局促,也显示出对于诡魅叙事的不安,因为其后出现的情节是李婉与鬼魂的对话,以及李婉童年时如何借尸还魂的传说。当然，谭恩美很巧妙地暗示即使是20世纪末的旧金山同样有鬼魅作怪，因为除了李婉的阴阳眼所看到的"阴人"世界，奥莉薇亚的新居也经常出现奇怪声响，但是最后证明是恶邻的人为操弄，以电子仪器装神弄鬼，因而可以回归到比较安全的20世纪科技逻辑。长鸣的中国鬼就无法轻易被除，不但有阴魂不散的"阴人"，例如遭美国将军断头的老卢，还有为了迎接李婉而车祸意外丧命的李大妈，可谓鬼影不断。鬼魂出没这样在西方世界属于"被去熟悉化"（defamiliarized）的情节在中国的情境下就这样被自然化，成为日常生活的一部分，谭恩美似乎对于读者提出顺应叙式逻辑、暂且心甘情愿地相信（a willing suspension of disbelief）情节的要求，以便走入她所"小心剪裁"的魅影中国。

李婉所叙述的太平天国旧事则与这些现在式诡魅的情节平行发展。姑且不论谭恩美对于太平天国或是客家族群的历史考据是否正确，相较于《喜福会》与《灶神之妻》中一再重复出现的中日战争与大陆沦陷的旧故事，使用清末的中国历史作为背景的确是一个新尝试，虽然说在谭恩美笔下凡是涉及战争最终必然又是一个"逃难"故事，使得小说多少仍然复制了她常用的旧情节。为了联结20世纪末的现代叙事时间与19世纪末的历史时间，谭恩美动员鬼魂与轮回的民俗信仰作为外在架构，串接相隔百年以及跨越大洋的时空背景。马圣美认为这样的联结显然暴露了谭恩美与新世纪思潮的关系（115）。笔者则以为这主要是小说家企图另辟蹊径所选择的叙事策略。更重要的是鬼魂作祟的主要功能是牵引出创伤记忆，迫使中美混血的奥莉薇亚正视她一直不愿意承认的中国血缘。奥莉薇亚最后放弃了继父以及丈夫白种人的姓氏，选择和莎曼姗一起姓李，因为她认为"如果将来没有和前人连上关系，姓氏又有什么意义呢？"（《百种神秘感觉》399）。奥莉薇亚的选择显然是个母系传承的决定。只有承认婉的姓氏和婉所代表以及呈现的中国，她及女儿才能拥有完整的历史。透过这个迟来的认可，整个人世与阴世交织互动故事又回到中国脐带/生物决定论的母系中国轨道上，构成谭恩美小说中鬼影/中国/母亲共生共存这种奇幻又诡异的三位一体。

这个奇异的三位一体在《接骨师的女儿》中再度出现。《接骨师的女儿》再次回到典型的谭氏华裔母女情节以及第二次世界大战所造成的流离失所，也延续《百种神秘感觉》而加入了额外的历史成分。整部小说魅影环绕，仿佛对于母亲失去的遗体以及即将丧失的记忆着了魔，呈现一种志异性的（gothic）家庭故事，在密闭性的文本空间中让前后三代的两对母亲与女儿彼此伤害，直到女儿能够认可母亲的重要，共同经历发现母亲的过去以及自我的声音的仪式，才能得到最终的和解。在这本小说里谭恩美选择以20世纪初年的北京人故事作为发展母女叙事的背景，将挖掘北京人的历史编入她虚构的家族故事之中，以各种细节促使她的小说与中国考古人类学上的重大发现得以联结。例如刘璐琳的第一任丈夫是北京人考古团队的学者，谭恩美甚至暗示北京人是周口店接骨师一族的嫡系祖先，因此也是璐琳以及其女露丝（Ruth）的老祖宗，而接骨师传家之宝的龙骨就是北京人的遗骨。在寻找北京人遗骨的过程中，璐琳与生母宝姨起了严重的冲突。因为宝姨担心如果先人骸骨不能安宁会加重家族所受到的诅咒，而璐琳则一心想要探询埋藏龙骨的家族秘穴以讨好未来的婆家。透过这些细节以及北京人的情节，谭恩美联结了现代的科学探索计划与前现代的民间传统信仰，再加上与家族骨血相关的演化族谱，又一次经由母系家族历史呈现一个阴魂不散的想象中国。

小说中的中国故事主要在第二部，[11] 经由璐琳的手稿回忆往事，充满了作祟的怨鬼。第二部特殊之处在于七个章节都有标题，而《鬼》就是其中之一，以宝姨自杀之后作祟刘家的故事为主。璐琳的生父以及宝姨的接骨师父亲的鬼魂也曾在文本中出现。通过托梦，甚至路边乞丐之口，亡魂表达他们对于活人不满或是指令。家人若是不堪其扰则找道士收鬼。在《接骨师的女儿》中阴阳世界不断沟通互动的模式再次成为中国生活的常态，其后经由璐琳的移民带入美国。在这个亡魂作祟的情节中，宝姨失踪的遗体和遗失的北京人一样是个不解之谜。宝姨为了不让女儿嫁入仇家而自尽死谏，尸体被愤怒的刘家人丢入断崖之下的"人间末道"之中，那里"躺着乞丐的游魂、自杀的女人和没人要的婴孩"（《接骨师的女儿》185），也就是所有被社会厌弃的生命以及他们毫无价值的身体。但是宝姨的身体对于小说的叙事发展极其重要。璐琳得知身世之后冒险走下断崖，但是无法找到宝姨的尸体，抱憾终生，也因此一直陷在精神性的"人间末道"之中，连带也影响了露丝的人生观。两具失踪的骸骨成为贯穿诡魅叙事的骨干，使得小说中的中国魅影环绕，也牵引出小说持续穿梭于阴阳两界的情节发展。

除了家族中作祟的鬼魂，《接骨师的女儿》也引进了穿梭阴阳界的鬼影书写（ghost-writing）与影子作家（ghost writer）两个与写作相关的诡异元素。[12] 这是《接骨师的女儿》中极为重要的双关比喻。英文里代笔的文胆叫做影子作家，有如幽灵一般。小说中年届50的华裔女主角露丝就是个专门替人捉刀写自助手册的作家，虽然事业成功却严重缺乏成就感。在与白人男友亚特（Art）同居十年的现实生活中，她也时有被当做幽灵的不被重视感。另一方面，小说中也测探阴阳两界模棱暧昧的接触。露丝从小就被母亲认为有与外婆通灵的能力，以沙盘书写做为人鬼沟通的方式。[13] 不论是鬼影书写或是作为影子作家，露丝都只能代人发声，牺牲了个人的声音。因此露丝罹患了奇特的失语症，连续将近十年固定在8月12日变成哑巴。此处鬼影书写以及露丝的影子作家身份使得小说自然而然成为对于小说创作行为的后设省思，甚且有艺术家成长小说（*Kunstlerroman*）的态势，让读者观察一位中年艺术家的挣扎。透过露丝写作事业与男女关系的描写，读者也可以意识到出版工业及两性关系之中的权力配置。作为代笔的影子作家及家庭中理所当然的付出者，露丝的生命在层层剥削之下逐渐失去意义，显现身心严重的失调。也就是在她的生命越来越像幽灵之际，母亲日益消逝的记忆成了她找寻自我的关键。

笔者认为露丝在母女关系、职业、乃至于生理上的困境皆源自被迫作为文化翻译者

(cultural translator)的角色。⑭因为跨国移徙所造成的特殊翻译情境在华裔美国文学中屡见不鲜。⑮在《接骨师的女儿》中，文化翻译的行为可以视为解决世代与族裔之间文化冲突所必须进行的协商折冲。文本中的翻译有诸多层次，露丝既是翻译的践行者也是翻译的接受者。露丝曾经以翻译者来形容自己作为影子作家的职业，认为她的工作是"帮助人们把思绪转化为文字"（《接骨师的女儿》45），借此自我肯定。但是在担任沟通阴阳界的鬼影翻译时，露丝则是个不情不愿的翻译者，身不由己地陷入祖母与母亲、中国与美国之间的恩怨之中。因此她采取抗拒策略，使得翻译成了"番易"而任意发挥，并且古灵精怪地利用母亲的迷信予取予求，因此不自觉地复制了母亲从前拒绝替暗哑的外婆作"传声筒"的行为。直到露丝发现母亲逐渐失去记忆，必须倚赖别人翻译母亲的中文手稿才能进入母系记忆场域时，才真正了解翻译的行动以及翻译家族历史的重要。谭恩美甚至透过手稿的译者唐先生说出一段翻译理念，借此强调翻译工作的方式与重要。⑯在小说尾声露丝开始正式创作，写的是母女三代的故事。第三人称的叙事者告诉我们露丝创作的笔记本电脑好像变成了童年时代的沙盘，先进的与极为原始的科技书写工具经由这个意象结合，凸显书写作为沟通/传灵的重要。借由书写，露丝仿佛得以召唤祖母的亡灵与母亲的记忆，因此她作为艺术家与华裔女儿的困境在此得到圆满的解决。

这个大和解的圆满结局也可以说是"弑母"与"恋母"辩证的结果。小说中璐琳一直自责害死了母亲，因而疑神疑鬼。露丝少女时代也曾经故意刺激母亲实现自杀的威胁，璐琳后来果真由楼上摔下受到重伤，令露丝懊悔不已。厌弃母亲的恶念以及事后不断的追悔贯穿文本，也是主要的叙事动力。在谭恩美自己的生命经验中，《接骨师的女儿》则是她因为母亲罹患失智症而开始构思及书写的作品，只是尚未竟书母亲就已辞世，谭恩美因此重新修改全书。这部小说也因此成为谭恩美纪念亡母之作，可谓萦绕着母亲的亡魂。英文版甚至以母亲少女时充满中国风的全身照片作为封面，与谭恩美作为封底的中年半身照片遥相呼应。这样的设计不但保持了谭氏小说系列一向的包装风格，同时也充满了贯穿世代、接续阴阳的隐喻。小说最后终于找到宝姨被人遗忘多年的名字，让这个被厌弃遗忘的女性重新回返家族历史。此一寻找真名的行动也有强烈的自传成分。谭恩美将本书献给祖母及母亲，并且特别将她们真正的姓名写于扉页，因为那是母亲去世前透露给她的秘密，弥足珍贵。⑰小说中的谷琉心、刘璐琳、杨如意/露丝三代女性与现实世界中的李冰子（Li Bingzi）、谷菁妹（Gu Jingmei）、谭恩美的女性互相呼应，共同联结成为一个跨越国界、时空、以及虚构与现实世界的母系传承网络。

在《防鱼溺水》中，穿梭阴阳界的书写可谓变本加厉，直接晋级鬼魂书写，整部小说都以去世的碧璧作为第一人称的叙事声音。这部小说可以说是谭恩美在母亲逝世之后的转型之作，以混合志异小说的传统、媒体报道、政治讽刺小说、再加上《百种神秘感觉》中已经使用过的旅行书写，记载一群美国游客至中国以及缅甸进行艺术之旅的故事，形成一个糅杂性的黑色幽默小说。谭恩美为了增加小说的可信度，在小说一开始宣称小说的情节其实是转述一个灵媒在通灵时自动书写（automatic writings）的笔记，运用志异小说转载手稿的传统为这部小说建构了一个虚拟的叙事框架。她并且模仿浪漫主义诗人柯立芝（Coleridge）的说法要求读者要相信小说："不论吾人是否相信（生者）是否可与死者通灵，读者浸淫于小说时要暂且心甘情愿的相信此事。要相信我们经由别人想象之门进入的世界真实存在，叙事者就在或存在我们左近。（Saving Fish from Drowning xiv）"这段话说看似理直气壮，这样的姿态也是志异传统中经常出现的成规，却带有自我解构的意味，暗示其后的故事可能难以置信，产生矛盾的自嘲效果。同时，为了加深可信度，谭恩美在这个短签之后附上一则《旧金山时报》（San Francisco Chronicles）有关美国游客在缅甸神秘失踪的新闻，以媒体报道的方式强化故事的"真实性"。这些文件结合了文学传统与现代传媒，无非是要制造真实的拟像，替这个鬼故事找个看似合理的解释。当然，谭恩美并非真的期待读者相信有鬼，这些"前文/借口"（pretexts）甚至显得口是心非，但是笔者以为这是她试图开拓新叙事手法的尝试，扩大她以往小说中一直存在的幽默特质，并且更进一步发展奇幻式的诡魅叙事，在真实与虚构之间寻找另类路径。

尽管在风格或题材上《防鱼溺水》都是一个新尝试，但是母亲与中国仍然是小说的主要元素，以鬼叙事者碧璧作为两者的联结与代表，以碧璧"缺席"的母亲作为潜藏文本。陈碧璧本名碧芳（Bifang），[18] 出身西化的上海世家，随家人避难移民美国之后成为旧金山的社交名媛，专门进口中国古董艺品。她虽然未婚，但却是小说中主要的母亲角色。她生前以中国古董艺术教母的身份穿梭于博物馆及艺文界，死后更以全知的叙事者身份引导读者，完成生时未完成的旅行团领队之职。更重要的是她思念生母这个潜藏文本成了最终解密的关键。碧璧在旅行出发前夕暴毙，死因不明，连碧璧自己都记不清楚猝死的原因，直到小说结尾才解开谜团，原来凶手是生母遗下的一件发饰。这件玉梳发饰是陈父在碧璧出生时送给小妾作为奖励，母亲死后被大娘拿走，碧璧又从大娘那里偷走，逃难又被家仆骗走，最后才辗转回到碧璧手上。这件屡次易主的装饰品却成了致命武器，在碧璧从椅子上跌下来时插入她的颈动脉。小说最后一页叙述发饰对于碧璧的意义：

> 我把姆妈的发饰在脸颊上摩擦，又把它靠着心口捂着。我像抱小孩似地摇着它。长久以来我第一次感到失去她的空虚感被她满满的爱所取代。我的喜悦正要满溢。然后我的双膝软了。它们颤抖着，变得软弱。我感觉到一阵的软化的浪潮，因而试着抗拒。然而我意识到这是怎么回事，我是在压抑情感以免跌倒。我为何感受不到？我为何自绝于爱的美丽之外？所以我不再阻止自己。我让自己被喜悦、爱以及忧伤席卷。抱着那件发饰，我从椅子上坠落。

（Saving Fish from Drowning 472）

文本中碧璧的死法显得十分牵强，但重点是她的死因是失而复得的爱，是承认对于母亲的思念、认知到失去母亲的创伤以及容许自己去感受爱之后的放松。文本之前碧璧在提及母亲时，几乎都集中叙述与大娘之间近70年的明争暗斗，对于母亲的记忆只提到大娘对于母亲恶意的批评以及那件发饰。作为一个父权家庭中少数的女性，大娘与她的战争就是争夺父亲/父权的青睐与赞许，以巩固在家庭中的地位。这样长期的争斗使得她无法敞开心怀去爱，也因此始终独身。最后能够解放她的也只有对于母亲的记忆以及母爱的怀念，而能够让她不再流连阳世的也是母性记忆。同时，象征母亲记忆、甚至是母亲的遗体的发饰再度回归碧璧之手也成了致命杀手，这样吊诡的母性叙述再一次显示谭恩美对于母亲角色犹疑暧昧的态度。也使得文本中母亲的阴影显得分外诡异。

碧璧将对于母亲的思念转化成职业与对于中国古董的鉴赏与收藏。她作为古董商人的职业可以说直接引用谭恩美经常遭到的批评，反讽又自嘲地把"贩卖中国古董"变成小说叙事者的职业以及情节的一部分，更将中国带入了叙事的地理空间。美国旅客因为在漓江触犯民俗的事件决定提早离开中国时，碧璧连声抗议。她以姿态奇特郁结的松树形容中国"古老、有韧性、而且特异的壮丽"；以融合道教与佛教风格的寺庙作为文化累积的具体表现——"没有什么会被完全舍弃或取代的。如果一个时期的影响不再风行了，它会被覆盖住。旧的景观依在，就在斑驳的表层底下，只要稍加磨蚀就会跃然而出"（*Saving Fish from Drowning*, 99）。透过她艺评家的观点，谭恩美仿佛在定义她所认知的中国，而在此定义之下，中国有如漫漶的羊皮手卷（palimpsest），需要细读，而不能囫囵吞枣，或是受到挫折就退缩的旅游心态加以看待，"否则所有幽微之处尽失"，只能见到观光手册上介绍的刚上过新漆的宫殿（*Saving Fish from Drowning*, 99）。此一观点来自出生中国又精于旅游的碧璧，无疑是预防以旅游为主的小说文本遭到贩卖异国风情的批评，也是谭恩美反东方论述的另一种姿态。同时，以死者作为中国的代言人又使得中国显得格外"鬼"异，令文本中的旅行也有如在阴阳世界穿梭。

旅游的主题与小说书名息息相关。此处谭恩美借由缅甸渔夫的传说故事做了相当尖锐的政治讽刺。美国旅客质疑在笃信佛教的缅甸捕鱼是否违反宗教信仰，渔夫解释他们捕鱼不是为了杀生，而是为了防止鱼儿溺水，只是它们自己无法生存。这样奇特的逻辑充满讽刺的意味，令一位美国游客立刻联想到美国的外交手段，"因为帮助他们反而不幸杀了他们"（*Saving Fish from Drowning* 162），操弄世界政局的超级强权因而被比喻为防鱼溺水的渔夫。这样的政治寓言饶具深意，若与小说中对于其他政权的讽刺并置，更加显示全面性的政治反省，而非以美国中心的观点去评断第三世界的政治操作，可视为谭恩美特意建构的反东方主义论点。其后光怪陆离的发展，包括美国旅行团被受缅甸政府屠杀的少数民族绑架，其后绑架者与被绑架者透过数字摄影装置而成为写实电视节目（reality TV）的焦点等等，都试图以黑色幽默嘲弄暴露政治操弄与残暴，使得这部小说涉入政治讽刺文类，不但让鬼影缠绕的"东方"成为政治强权的照妖镜,也强化了谭恩美的跨国诡魅叙事中政治性的反思,开拓更多的叙事可能。

综合而论,尽管谭恩美经常遭到自我东方主义化的质疑,从《百种神秘感觉》、《接骨师的女儿》到《防鱼溺水》,十年之间她逐渐发展出个人化的母性"作祟学",以各种母亲的人物作为母系故国的表征,以弑母及恋母的暧昧纠葛表达对于母亲的影响焦虑,以中国作为认同、记忆、创伤问题最终的解决之处,显示以母系传承为本的溯源意识。在这种种"作祟"的过程当中,母亲的战乱与流离经历所引导出的文化与历史记忆也成为小说中美国女儿生命经验不可忽视的部分,以魅影萦绕的方式在跨国接触的叙事中不断出现/回返,召唤文本中的角色以及文本外的读者进入"中国"(的)情感结构之中,以另类的方式想象、形构中国文化记忆,为华裔美国文学建立特殊的母系叙事模式,可以说是她对于华裔美国文学传统最独特的贡献。

注释

① 本文翻译部分除了谭恩美的小说《喜福会》(*The Joy Luck Club*)、《灶神之妻》(*Kitchen God's Wife*)、《百种神秘感觉》(*A Hundred Secret Senses*)、《接骨师的女儿》参考坊间中译本之外,其余译文皆为笔者之作。

② 如果参考谭恩美对于这部小说创作过程的叙述,新世纪的思潮其实并不在其考量范围之内。小说中五花八门的情节源自一连串发生在她周遭的巧合以及她所谓的学术性研究,就连太平天国的部分也是因为手边的学术书籍顺手翻到的结果。由文中可以推断"长鸣""长眠""长绵"的错误是因为她误用拼音字典,因为"长"与"唱"拼音相同就当成同一个字。请见谭恩美散文集 *The Opposite of Fate* 之中 "The Ghosts of My Imagination" 一文。

③ 其他六本则是黄玉雪(Jade Snow Wong)的《华女阿五》(*Fifth Chinese Daughter*, 1945)、朱路易(Louis Chu)的《吃一碗茶》(*Eat a Bowl of Tea*, 1961)、汤亭亭的《女勇士》及《金山勇士》(*Chinamen Bone*, 1980)、赵健秀(Frank Chin)的《唐老亚》(*Donald Duk*, 1991)以及伍慧明(Fae Myenne Ng)的《骨》(*Bone*, 1993)。

④ 谭恩美的文本中是否存在文化折冲以及协调是否有效端视十个人阅读的观点。感谢匿名审查人从另一角度指出"谭氏的作品,其效果往往是强化跨国经验的错愕与唐突,迫使读者在心理上'选边站'(常常是选择美国或中国的两难,而这也与'跨国主义'的精神相背离),而少有'协调'的成果"。然而笔者仍然倾向由辩证过程的角度来阅读这些文化交接的时刻,认为谭氏仍然有意经由跨国接触的过程得到某种(至少是文本性的)协调。

⑤ 所谓"影响的焦虑"是援引布龙(Harold Bloom)看待文学史上世代嬗替的论点。布龙认为后代的诗人在创作时总会因为前辈的成就而感到困扰,必须设法超越前辈。

⑥ 巴巴在讨论莫莉生(Toni Morrison)的《挚爱》(*Beloved*)时也用"家不是家"的观念讨论美国奴隶制度所造成的余孽与创伤。

⑦ 在华裔美国文学传统中,"鬼"的主题并非谭恩美首创。汤亭亭的《女勇士》就以《与鬼为伍的少女时

代》（*A Girlhood Among Ghosts*）为副标题。但是汤亭亭所谓的鬼除了母亲故事中说到的厉鬼，比较属于象征性的层次，喻指令她惶惶不安的事物，或是引用白鬼、墨西哥鬼等等这种华人对于异族的称呼。谭恩美在三部小说中用的鬼真的是指死者身后不甘心或是不安心所遗下的魂魄。

⑧ 李根芳在谈论这部小说中的鬼故事时则采用移民者的角度，她认为李婉的叙事中"萦绕不去的过去以及前世的鬼魂象征一个移民不能遗忘或根除的文化记忆"（117）。

⑨ 所谓的"餐饮情色业"就是仰赖特殊民族食物中异国风情的层面维生。请见黄秀玲的专书《阅读亚裔美国文学》（*Reading Asian American Literature*）中有关"食物情色业"的章节（55-58）。

⑩ 因为长鸣是以一个她在拍摄《喜福会》时曾经偶遇中国村庄为本（*The Opposite of Fate* 251）。

⑪ 《接骨师的女儿》中母亲叙事包夹在两段露丝第三人称的叙事之间，颇为类似《灶君娘娘》的结构，但是在写作技巧上《接骨师的女儿》显然进步颇多。

⑫ 邓尼克（Lisa M. S. Dunick）认为对于谭恩美的评论一般过分注重"说故事"（talk-story）的口语成分，因而忽略了谭恩美对于书写的重视，也忽视了小说中母亲角色的书写能力（literacy）。她认为重口述而轻书写的批评，造成了"对于书写创作的误读"（misreading of authorship），乃至于对于谭恩美的误读（17）。

⑬ 第二部中璐琳在宝姨死后曾遇见一个女乞丐在石灰上写下宝姨的讯息（《接骨师的女儿》244），应该可以算是沙盘通灵的前身。

⑭ 李根芳也是从文化翻译的角度阅读汤亭亭与谭恩美的文本。她认为这两位作家笔下的鬼代表她们"介乎其中"（in-between）的情况，必须经由书写以及翻译过去方可被除鬼影（106）。

⑮ 汤亭亭在《女勇士》里也曾经在陈述被母亲强迫翻译的痛苦，比如向送错货品的药店讨冲喜糖果。

⑯ 唐先生是个次要角色，是小说中理想的翻译者的代表。他曾对露丝说："我不喜欢逐字翻译，我希望在不曲解你母亲原意的前提下，用比较自然的语句表达你母亲的意思。"（《接骨师的女儿》325）他甚至要求要看璐琳年轻时的照片，以便能更贴切地以英文翻译出她的话。

⑰ 中译本虽然中规中矩，却未能将这两个名字译出，也让我们感受到翻译过程中无可避免的遗失。

⑱ 谭恩美又尝试玩弄碧芳拼音的谐音，让大娘嘲笑她是"放屁"。这样的语言玩弄其实一直是谭恩美书写的致命伤，然而她乐此不疲。

引用书目

Bhabha, Homi. *The Location of Culture*. London: Routldge, 1994.

Bloom, Harold. *The Anxiety of Influence*: *A Theory of Poetry*. 1973. Oxford: Oxford UP, 1997.

Chow, Rey（周蕾）. *Ethics After Idealism*: *Theory-Culture-Ethnicity-Reading*. Bloomington: Indiana UP, 1998.

Dunick, Lisa M. S. "The Silencing Effect of Canonicity: Authorship and the Written Word in Amy Tan's Novels." *MELUS* 31.2（Summer 2006）: 3-20.

Freud, Sigmund. "The Uncanny." *The Standard Edition of the Complete Psychological Works of Sigmund Freud*. Vol. XVII（1917-1919）. Ed. James Strachey. London: The Hogarth Press, 1978. 219-56.

Gordon, Avery F. *Ghostly Matters*: *Haunting and the Sociological Imagination*. Minneapolis: University of

Minnesota Press, 1997.

Kingston, Maxine Hong（汤亭亭）. *The Woman Warrior*: *Memoirs of a Girlhood Among Ghosts*. 1976. New York: Vintage, 1989.

Lee，Ken-fang（李根芳）. "Cultural Translation and the Exorcist: A Reading of Kingston's and Tan's Ghost Stories." *MELUS* 29.2（Summer 2004）: 105-27.

Ma, Sheng-mei（马圣美）. *The Deathly Embrace*: *Orientalism and Asian American Identity*. Minneapolis: University of Minnesota Press, 2000.

Rushdie, Salmon. *Imaginary Homelands*: *Essays and Criticism* 1981–1991. London: Granta, 1991.

Tan, Amy（谭恩美）. *The Bonesetter's Daughter*. New York: Putman, 2001.

——.*The Chinese Siamese Cat*. Illustrated by Gretchen Schields. New York: Macmillan, 1994.

——.*The Hundred Secret Senses*. New York: Putman, 1995.

——.*The Joy Luck Club*. New York: Putman, 1989.

——.*Kitchen God's Wife*. New York: Putman, 1991.

——.*The Opposite of Fate*. New York: Harper, 2003.

——.*Saving Fish from Drowning*. New York: Putman, 2005.

Wong, Sau-ling Cynthia（黄秀玲）. *Reading Asian American Literature*: *From Necessity to Extravagance*. Princeton: Princeton UP, 1993.

——. "'Sugar Sisterhood': Situating the Amy Tan Phenomenon." *The Ethnic Canon*: *Histories*, *Institutions*, *and Interventions*. Ed. David Palutnbo-Liu. Minneapolis: University of Minnesota Press, 1995.174-210.

单德兴．"想象故国：华裔美国文学里的中国形象"．铭刻与记忆：华裔美国文学与文化论集．台北：麦田出版社，2000: 181-212.

谭恩美．喜福会．于人瑞译．台北：联经出版社，1990.

——．灶君娘娘．杨德译．台北：时报，1994.

——．百种神秘感觉．李彩琴等译．台北：时报，1998.

——．接骨师的女儿．施清真译．台北：时报，2002.

29

谁在诉说，谁在倾听：谭恩美《拯救溺水鱼》的叙事意义

张琼

评论家简介

张琼，复旦大学博士，现任复旦大学外文学院英文系教授。主要研究领域为英美小说与诗歌、美国本土裔及华裔文学、莎士比亚及其改编等。专著有《矛盾情结与艺术模糊性》(*Ambivalence and Ambiguity: Chinese-American Literature Beyond Politics and Ethnography*, 2006)、《从族裔声音到经典文学——美国华裔文学的文学性研究及主体反思》、《文本·文质·语境：英美文学探究》、《灵魂伴侣：英美浪漫主义诗新读》；合著有《从边缘到经典：美国本土裔文学的源与流》、《视觉时代的莎士比亚：莎士比亚电影研究》；译著有《爱伦坡小说选》、《作者，作者》、《绿里奇迹》、《最美的决定：E.B.怀特书信集》、《21世纪批评述介》、《幽灵伴侣》、《文艺复兴》、《布雷斯布里奇庄园》、《永恒之民无所畏惧》、《杂路集》、《莎士比亚谜案》和《亚瑟的悲剧》。

文章简介

《拯救溺水鱼》是谭恩美创作上的一次重要转折，作者一改往日关注文化身份、凸显族裔特色、书写母女关系的"华裔"叙事，将观照的重点转向了对美国价值、行为方式、生活观念以及传媒影响等恒久问题的探究，尤其是从文化差异的角度探讨了贯穿文本内外

的"拯救"与"被拯救"的隐喻关系。这从一定程度上反映了美国华裔文学的发展趋势和走向。

　　文章出处：本文原载于《当代外国文学》2008 年第 2 期，第 149—154 页。

谁在诉说，谁在倾听：谭恩美《拯救溺水鱼》的叙事意义

张 琼

美国著名华裔作家谭恩美于 2005 年出版的《拯救溺水鱼》(*Saving Fish from Drowning*)，是继《喜福会》(*The Joy Luck Club*)、《灶神之妻》(*The Kitchen God's Wife*)《一百种秘密感觉》(*The Hundred Secret Senses*)、《正骨师之女》(*The Bonesetter's Daughter*) 四部长篇小说，及随笔集《命运的另一面》(*The Opposite of Fate: Memories of a Writing Life*, 2003) 之后的又一部新作。小说讲述了一群美国人到中缅一带旅游所引发的戏剧性故事。据说，小说的情节来自真实的故事，但从创作的角度看，作家似乎更乐于沉浸在璧璧诙谐、古怪的叙述中，以看似荒谬、滑稽的笔调探索命运、家庭、民族、文化、人权等恒久问题。值得注意的是，这部作品是谭恩美首部几乎不涉及中国人和美国华裔的文化认同、归属、母女冲突等主题的长篇创作。一些学者认为，这部作品是谭恩美的一个转折，也有人认为，这部作品是谭恩美自身对华裔文学创作及美国主流文学的一次深思，作品更多反映了后现代社会里的文化误解和冲突。[①] 但总体上说，似乎谭恩美一旦离开了族裔或母女冲突的主题，便多少离开了主流批评的关注，这从近年来国内外对此部作品的批评性研究不多可以得到印证。[②]

必须指出，目前大多数评论依然延续传统的批评视角，其关注点依然是政治、文化，甚至是族裔，而忽视了一个重要的、基本的事实，即谭恩美的小说创作首先是文学作品，这些作品之所以能赢得读者和批评家的注意，除了其中的政治、文化、族裔等内容外，其文学性和文学形式（包括叙事手段和语言等）也是十分重要的因素，而在《拯救溺水鱼》中，彰显其文化冲突主题的，正是其独特的文学性，特别在语言方面，作家一改以往有意为之的"华裔"风格，通篇没有使用简单、平面、可爱的洋泾浜语言，淋漓地展现了作者对英语语言游刃有余的驾驭能力，文字优美生动、诙谐简练、精湛典雅。

更值得注意的是作品的"灵异叙述"手法。小说的第一人称叙事者是美国旧金山一位从事中国艺术品收藏和交易的华裔女子陈璧璧 (Bibi Chen)，她以当地社交名流的身份，亲自安排了这次旅行，却在出行前几日不幸身亡，而且死因不明。因此，她只能魂系朋友，跟随并目睹了他们一路的经历，成为讲述所谓"异故事"(heterodiegetic) 的"事外叙述"(extradiegetic) 者，从而使故事情节在"谁在诉说""向谁诉说""谁在倾听"等问题中发展推进，使作品叙事虚实交杂，呈现出复杂的多重、多角度和多元观点，将叙事者和隐含听众之间由文化裂缝所产生的错位和冲突推到前台。

小说的 12 名美国游客在年龄、性别取向、种族背景上多有不同，既有抑郁症患者，

也有性情乐观开朗的人，有华裔主妇、从事种植的专业人士、生物学家、心理学者、同性恋者、两个十来岁的孩子，甚至还有一名已成为电视节目红人的驯狗师，但他们都抱着探索艺术的目的。在中国云南的丽江，这群游客因缺乏文化敏感而遭遇不快，被迫改变原来的路程和时间安排，前往缅甸。圣诞节清晨，其中 11 名游客登船游览了缅甸当地一个薄雾迷蒙的美丽小湖，之后便消失得无影无踪。然而在"全知"的叙事者视线中，他们实际上是被困在山区丛林深处，因为隐居在那里的"叛逆部族"认为，游客中的少年鲁珀特是部落神灵"白弟弟"的化身，他能抗击暴政，并具有让大家隐形的神力，从而能将部落从奉行军国主义政策的政府那里拯救出来。于是，这群游客在缅甸原始丛林里度过了一段终生难忘的日子。难民部落遁世隐居着，但他们却通过偷来的电视机接收到了卫星电视节目。11 名游客（驯狗师哈里因病未加入这次游湖旅行）失踪的事件也在电视媒体中被大肆报道，成为国际大事件。最后，游客和难民在对传媒曝光的信任和一系列阴差阳错中，终于回到了社会群体中，而游客们原本乐观估计的"拯救政治难民"的企图却被无情粉碎。无论是来自发达世界的美国游客，还是来自"落后"部落的缅甸人，他们都发现了新闻公开和真相的实际距离。这一细节从一个侧面，揭示了"叙事"和"倾听"之间、"叙事者"和"倾听者"（隐含叙事对象）之间的各种割裂。

  不过，谭恩美在这部作品中依然追寻着真实与虚构的微妙联系，在亦真亦幻的叙述中展开情节。例如，她在小说开篇的"致读者"中，先叙述了自己的一段"真实"经历：一日，作家在曼哈顿遭遇了一场阵雨，随后她走进一幢被称为"美国灵魂研究协会"③的大楼躲雨，发现了一本出自加州某位女子"自动写作（幽灵写作）"（automatic writings）的手稿。作者告诉读者，这手稿是该女子在陈璧璧的魂灵附体后写的。此后，谭恩美有意插入一篇新闻报道，用现实事件来对照此后立即出现的"幽灵写作"，并告知读者，随后的故事部分来自那份幽灵手稿，部分来自想象，这让读者在进入阅读状态后，顿时迷失在真实和虚幻，甚至是古怪的模糊界线里。根据旧金山当地的新闻报道："12 月 25 日拂晓之前，来自旧金山湾区的一群旅客（四名男子、五名女子，以及两个孩子）最后一次出现在漂浮岛屿景区的殷乐湖。这些美国游客和他们的缅甸导游登上两条有人驾驶的大船，去看湖上日出。通常，该游程需要 90 分钟时间。但是这些游客们没有返回，人和船全体失踪。"（P. xvi）于是，作家就这个报道展开创作，但问题的关键在于，她是以一种"真实可信"却又匪夷所思的笔调构建整个故事的，真假之间没有任何说明性的过渡。璧璧在生前安排了这次旅行，并称其为"跟随菩萨的足迹……一次走入往昔的神奇之旅"④（P. 2），但由于璧璧只能以灵魂的形式陪伴大家旅行，小说情节便一直通过已不在人世的亡灵的叙述和视角来展现。然而，在明显的虚构叙述中，小说又掺杂着当地的政治现状和旅行中的真实见闻，这不禁使读者产生一个个疑虑：我们如何来辨别真实和虚构？我们该相信哪个部分，哪个细节？谁在叙事？叙事是否真实完整？谁在倾听？谁应该在倾听？这些问题，都增加了作品的文学性，特别是通过文学手法传达的主题信息的深度。从表象上看，这些问题对于嗜好文学和虚构的读者来说似乎有些滑稽，但作品偏偏要在"艺术基于真实却又高于生活"的创作准则之下，以近乎荒诞却又真切的叙述来抹杀，甚至讽刺"高于"或"基于"之间的关系。游客在被困丛林为生存而奋斗时，看到了一档标榜真实的电视真人秀——《达尔文的适者生存》(Darwin's Fittest)，于是，真正陷入适者生存状态的游客体会到了真人秀的滑稽和浅薄。

也有人指出，谭恩美《拯救溺水鱼》的结构和幽默调侃的风格，模仿了英国作家乔叟的《坎特伯雷故事集》。⑤ 在这种怪异的"超自然"叙述中，最先出现的陈璧璧被人"谋杀事件"和故事中不断上演的不幸遭遇都没有让读者过于伤心，反而使小说在真实和虚幻的交织中产生了一种喜剧效果。不过，作家意在将严肃的思考藏在滑稽效果的背后，让一段段故事具有"坎特伯雷"式的寓言意义。在现代的跨国旅游中，语言障碍、越境手续、护照检查等细节似乎都在暗喻着现代人所不能逾越的某段模糊的距离。

从作品的叙述声音来看，《拯救溺水鱼》还是继续了谭恩美以前作品的风格，大力渲染超自然色彩，以及强调人所无法超越的神秘疆域。进入小说正文后，谁在诉说和叙述的问题就一直萦绕在读者心里。虽然作家在简短介绍完自己夏天的避雨经历，并将夹杂着"幽灵篇章"和作家想象的叙述推出后，就几乎退场了，但是显然，当代读者是不会真相信"魂灵附体"的。不过，作家依然渲染着这种气氛，认为"无论人们是否相信与死者进行交流一事，当读者沉浸于小说时，他们还是愿意将这种怀疑悬而不议。我们得相信，通过别人的想象而涉身的世界真的是存在的，而且相信叙述者正在，或者已经在我们当中了。"（P. 139）那么，究竟谁是小说真正的叙述者呢？是谁一直在诉说呢？这个问题看似滑稽，却成了读者始终追索的焦点。有趣的是，璧璧这个显在的叙述者对大家说："佛教说死者要在尸体周围盘旋三天而不去，此后再过四十六天才能转生。"（P. 142）因此，作家隐藏在璧璧的灵魂叙述之后，巧妙地以全知全能的视角描写这些美国人的东方旅程，以近乎超自然的神秘氛围创造了一个似乎真实的现代人的顿悟和心理诊疗过程。虽然情节不同，笔调迥异，但是细心的读者会发现这仍然延续了一贯以来的"谭恩美式的治疗神话"。

这样，尽管谭恩美这部小说大量涉及"政治"和现代传媒，她却巧妙地在小说伊始亮出"幽灵写作"的防身面具，在虚虚实实之间，借"别人"的话语进行大胆坦诚的揭示。幽灵写作，这种形式具有心理疗伤的功效，从宗教角度来看，它具有神秘的招灵色彩，而无神论者则认为这种写作方式其实是潜意识的某种外泄。不过，谭恩美的用意似乎已经超出了探究"幽灵写作"意义的范畴，因为她是在进行艺术创造，虚构是她安身立命的职业，而作家要探究的是：我们究竟从何处得到真理？生活中是否有很多真实的假象和假象的真实？正如作品中人物所言："当你生命中所有丢失的片段都被发现后，当你用记忆和理性的胶水将它们粘连后，你会发现仍有更多的片段要去发现。"（P. 472）当然，多数人会质疑超自然及神秘因素，他们更执意要寻找神秘底下的隐喻，更愿意倾听心灵深处的声音，相信幽灵只是潜伏在生存与死亡、现实和虚拟交界地带的人类自身的潜意识中，只是像心理学家所言："在弗洛伊德看来，超自然之'症结'恰恰就是心理分析之内部和外部的一个不确定地带。"⑥

那么，在看似荒诞的璧璧亡灵的叙说背后，究竟是谁在诉说，是谁在与读者交流这些生活、历史、艺术的体验和感受呢？作家和她笔下的叙述者有着怎样的距离呢？第一人称叙述者陈璧璧年过六十却孑然一身，她选择单身生活的原因是："据我观察，当爱的麻醉作用消散后，余下的总是痛苦。"（P.15）另外，璧璧常常觉得自己缺乏情感的冲动，觉得正是因为成长过程中缺失了母爱，失去了最初能填充孩子心灵，教诲爱之欢欣的母亲，自己才会如此寡淡冷静。然而，璧璧却在艺术中寻找到了精神的慰藉，她认为"一幅画能诠释我心灵的声音，我的情感全都在那里……自然、自发、真切、自由。"（P.31）从这个声音里，读者听到的是大多数现代人的孤独和心灵的渴望。当旅游团队进入滇藏边界的香格里拉后，璧璧又和大家分享她的观点，她认为真正的"香格里拉"不能成为旅游产业的陈词滥调，它是一种思维状态，一种适度和接受。但是，如果忍让和安静成了政治家驯服民众的信条，那么艺术就具有了颠覆性的力量，它会冲破限制和平静，"没有艺术，我就会淹死在静寂的水下。"（P.44）

正如小说中陈璧璧所言："可是我就像理解自己一样清楚地体会着别人的感受；他们的情感变成了我自己的。我秘密地参与着他们的心思：他们的动机和渴望，负罪感与后悔，欢乐和恐惧，包括理解他们所言事实的各层含义，以及他们不愿说出的话。这些思想像一群群游弋在我周围的彩色鱼儿，就像人们所说的，他们的真实感受从我这里猛然穿越。"（P.34）作家也自如地穿行在她的人物中间：温迪带着满腔的政治热望来到缅甸，要为人权、民主、言论自由而战斗；哈里和玛莲娜似乎在彼此间找到了爱情……这样的诉说基调使读者越来越靠近那个真诚而孤独的声音，甚至会使人混淆叙述者和作家的距离，觉得那个声音就是来自作家的诉说。"我阅读，为了逃避到一个更有趣的世界去……我爱小说仅仅是因为它们的虚幻性，是因为作家展示魔法的技巧。"（PP.146-147）谭恩美的创作历来被西方读者认为是逃离喧嚣现代生活的精神抚慰，是遥远的东方给大家开启的心灵栖息地，正如书中所言，"没有电线、电话架线杆，或卫星天线来破坏视觉。"（P.147）璧璧的朋友也正是冲着佛教的虚幻才前往云南和缅甸的。从这一点看，《拯救溺水鱼》无疑是对《坎特伯雷故事集》的戏仿，因为它讲述的不啻是现代人一次追求精神治疗的朝圣之旅。璧璧一路的诉说似乎不断在批判并消解现代文明人对于财富、名誉、地位、权力的欲望，让习惯纷繁嘈杂生活的人们学会"到湖边凝视着氤氲的升腾"（P.228），在青山的倒影里思索自己烦碌的人生。

然而，"谁在诉说"的问题再次出现：这样的叙述到底是"灵异"的小说叙事者所为，还是作者借其口所传达的声音。从作品看，谭恩美惯有的创作基调依然在文字底下涌动，她的笔下,东方、佛教都是虚空的载体,不必较真去辨别真伪。她不断通过璧璧的声音在诉说:生活仅仅是幻象,不必执象而求,要学会放弃和放松,生和死的距离也只是一线之隔。在小说中,璧璧及大多数游客总是在描述一些具体的经历之后跳出叙事,让读者逐渐忽略那些不断诉说的声音,因为它们总是来自一个地方,来自作品的终极叙事者,来自作家和读者真诚交流的心灵。有几个偶然的片刻,读者甚至会觉得那些诉说根本就是来自自己的内心,而自己就是溺水的鱼,或者就是那个执意要将鱼从水中救起的"文明人"。叙事者和倾听者的界线不是模糊了,是融合为一,而那个似乎身处故事之外的璧璧则忠实地传达着大家的声音,"我们看不到灿烂大自然的99%,因为这同时需要宏观和微观的双重视域。"(P. 252)

正因为缺乏这种双重视域,美国游客才会一厢情愿地同情贫穷地区人们的悲剧,以自己的经验来看待隐居难民在军国主义镇压下的痛苦,并努力给予援助,而他们采用的途径,如传媒报道、新闻曝光、经济资助、教育留学资助等却只成了"拯救溺水鱼"的荒诞行为。因此,究竟是谁在诉说,诉说者是否给得出答案,诉说者是否真有洞察一切的能力?这些问题,指向了作品更深层的意义:在似乎真实的当地政治局势中,人们在所谓的"拯救"行为中,得到的是什么?除了真实旅游中司空见惯的细节外,更重要的恐怕就是文化差异造成的冲突。因为极端的文化差异,当地部落民众以为鲁珀特是转世神灵,能施魔法将大家变成隐形人,躲过政府的追击;而被劫持的美国游客却以为靠自己的努力和媒体的力量可以拯救他们。虽然整个劫持事件从小说的第230页之后才开始描写,作家似乎并无渲染此事件的意思,但全书却一直在强调着一点:善良的动机并非一定导致好的结果,这种现象尤其体现在跨文化、跨种族的交流上。例如,旅程中个人的疏忽会被认为是亵渎神灵,一厢情愿的礼物会使接受者遭受灭顶之灾。仅书名《拯救溺水鱼》就明白揭示着因文化无知导致的一厢情愿的荒诞。

值得注意的是,故事的"灵异"叙事者具有东方背景,而叙事中的行动主体基本上是西方人,但故事发生的地点又在东方。叙事者、叙事内容和叙事行为,无一不受文化差异甚至割裂的影响。两个截然不同的世界造成了文化感受和理解的差异,而在这种差异和距离所导致的近乎滑稽和荒诞的效果背后,还有着更为深刻的文化甚至政治信息。谭恩美擅长的就是以其特有的叙述节奏来捕获读者,让人们认真地倾听,甚至对那些絮叨和琐事发生浓厚的兴趣。小说具有众多的人物,多次的漫谈甚至偏题,但总是带着淡然、从容、纯熟的话语节奏,这令读者逐渐深入拯救和被拯救的问题,探究事件的本因。谭恩美在作品中不无揭示性地讽刺了美国人因优越感所产生的忽略甚至是主观武断的行为,例如,美国的中学课本中除了提到美国飞虎队外,几乎没有涉及"二战"时期的中国;游客们对于落后国家和地区的态度大多是同情或给予经济资助,而对于自己的旅游则是抱着让未知的国度诊疗和解救自己在美国的精神困境的目的;看到当地人们将鱼捞出水面,还抱着不让鱼淹死的仁慈信念,美国游客们愕然了。或许只有游客德怀特(Dwight)认识到:"我们在其他国家的行为也不比这好……把人们从自身的安适中拯救出来,干涉他们的国事,让人民经受我们所谓的间接灾难,以拯救的方式使他们遭遇杀身之祸。"(P. 162)作品以很小的篇幅一针见血地点题:我们不能仅有好的动机而不考虑结果,究竟是谁遭遇结果?谁得救了?谁没有?作品中有一处精湛的警句:"这表明了新闻是如何决定世界发生了些什么的!"(P. 322)游客们最终走出丛林得救了,他们在事件的过程中和事件之后都受到了媒体的大力报道,人们也只能在报道中看到媒体希望并指引他们看到的东西,而对于那53个难民,公众在看到他们被集体拯救并得到政府原谅他们的许诺后,就再也得不到任何后续消息。这些人仿佛消失一般,局外人根本无法知道这一场拯救之后的真正结局。在佛教的幻象之说中,在神秘的国度,人们无法辨认小说故事里上演的是悲剧还是喜剧,或许它们原本就没有界线,而在作家的叙述节奏和风格里,读者逐步被这种个人的神话所渗透,模糊了最终的差异和彼此的阻隔。因此,无论小说如何以超自然的形式出现,最终还是使我们逐步明白,幽灵的存在是因为我们内心界定并承认了它们,用叙述和思考让它们有了生命,有了对我们生命的操控和假设。

从谭恩美的创作发展看,这部《拯救溺水鱼》依然延续着作家渲染超自然因素的写作风格,和《一百种神秘感觉》类似的是,小说中有幽灵叙述,有对于不同种族差异的政治讽喻,但更多的是揭示人物对于生活态度的感悟。虽然,从表象看,谭恩美似乎改变了以往作品对文化同化和身份认同的探索,更多关注了"政治局势",但她最擅长的"个人神话"和精神疗伤仍然发挥着功效;而且,从某种程度看,作家似乎不再随性渲染文化的交流和沟通,承担族裔文化译介的角色,而是将更多的笔墨和关注投向了对美国价值、行为方式、生活观念、传媒影响的探究,她自身在族裔问题上的矛盾情结也有了一种新的拓展。在艺术模糊性上,谭恩美一贯游刃有余,从沉缓细腻的叙说中,不断经历生活历练和人世思索的作家正在从全知全能的视角中跳出来,她似乎在谦逊地告诉大家:我无法解释文化的差异,我只有通过我的思索来展现,因此,在熟知和无知的矛盾中,我选择诉说,把困惑和盘托出。

注释

① 见 Kirkus Reviews,(August 1, 2005), p. 813 及 Library Journal,(October 1, 2005), p. 70.
② 例如,2004 年之前的谭恩美批评,大多集中在《喜福会》一书,如发表于《当代外国文学》2002 年第 2 期及 2003 年第 3 期上的三篇文章,该刊 2006 年第 4 期上的一篇文章探讨了谭恩美的"女性言说",但《拯救溺水鱼》似乎不在作者的视界之内。
③ 据查,美国确实有"美国灵魂研究协会",但并无作家所谓的"自动写作"档案。
④ Amy Tan, *Saving Fish from Drowning*, London: Fourth Estate, 2005. 以下不再作注,只在文中标明页码。
⑤ 作家并不否认这一点,不过,她认为大多数读者或许并不会看出这种结构上的暗合。
⑥ 见 Roger Luckhurst, "'Something Tremendous, Something Elemental': On the Ghostly Origins of Psychoanalysis," in Peter Buse and Andrew Scott ed., *Ghosts: Deconstruction, Psychoanalysis, History*, New York: Macmillan Press Ltd, 1999, p. 53.

# 30

历史与文本的交融：新历史主义视角下的《中国佬》

丁夏林

评论家简介

丁夏林，南京大学博士、南京农业大学外国语学院副教授。主要研究领域为美国研究和美国华裔文学。出版有专著《血统、文化身份与美国化：美国华裔小说主题研究》；译著有《东风·西风》。

文章简介

本文打破美国华裔文学研究中的"唯文化批评"范式，从新历史主义的角度对汤亭亭的《中国佬》进行了全方位的透视和考察，并围绕"历史的文本性"和"文学的历史性"这两个核心概念对文本展开了深刻的阐释和分析。本文认为，历史与文学的交融和互动是这部小说的本质特征；而汤亭亭通过对亚洲和西方神话的改写则创造出了一种开放式的美国华裔文学传统。

文章出处：本文原载于《当代外国文学》2009年第1期，第148—155页。

历史与文本的交融：新历史主义视角下的《中国佬》

丁夏林

蜚声海内外的华裔美国作家汤亭亭的传记体小说《中国佬》自 1980 年面世以来好评如潮，于 1981 年获得美国全国图书奖和国家书评界奖，而且作者本人也认为其质量高于其轰动一时的处女作《女勇士》。近十几年来，虽然远不如对《女勇士》的研究那样轰轰烈烈，但是国内文学评论者分别从不同角度对这部巨著进行了多方位的解读，极大丰富了我们对该作品的认识和理解。陈富瑞试图从"男性沉默"的视角揭示关于华裔移民在美国历史上作出贡献的"历史真实"。刘心莲则从中国神话、传说以及民间故事的改写这一角度探讨华裔美国人的性别和文化身份的迷失，而韩启群从"后现代性"角度考察了她的文学创新手法。吴丽从神话—原型批评角度揭示作品深刻的文化内涵，而霍小娟从文学与族裔的关系分析了其新颖的叙事策略如何实现"历史层面的价值意义"。潘志明则从华裔男性的属性建构和语言传统的关系这一角度对该作品进行了细致深入的分析，指出作者已经从"女勇士"转变成了"语言勇士"，为确立华裔男性的美国文化属性奠定了基础。[①]

在研读此类论文的过程中，笔者发现很少有人使用新历史主义文论对该作品作详尽的分析，即使有这方面的评论，也只是隔靴搔痒。比如刘卓和马强虽然选用了"新历史主义"视角，对其中"从中国来的父亲"一章进行了历史事实的考证，以期发现作者的创作动机、目的以及作品丰富的思想内涵，但没有对它进行全面的评价，不能令人信服地说明该作品如何独树一帜，为何其质量不亚于《女勇士》。[②] 本文认为，上述论点不乏精辟之处，但由于视角的局限，有以偏概全的倾向，甚至"唯文化批评"的歧途，或由于纠缠于深奥莫测的文学评论术语而迷失了作品的核心价值。因此有必要对其进行重新审视，进一步探究为什么《中国佬》能获大奖并在作者眼中胜出《女勇士》的原因。为此，笔者拟采用新历史主义文论对该作品进行全方位透视，运用该文论的核心概念，即"历史的文本性"和"文学的历史性"，从历史事实如何与文学文本交融这一角度，探讨该作品如何"颠覆"美国白人主流意识形态以及此种颠覆如何受到"抑制"，其创作手段如何与主题思想的表达相得益彰，进而解释它如何实现了主题思想和艺术手段的完美结合，成为一部如此不可多得的后现代艺术文学精品。

一、历史的文本再现

许多传统文学批评理论认为"文学文本"（literary text）具有宇宙性和本质（非历史的）真实性，而发轫于 20 世纪 80 年代的新历史主义文论（主要在美国）则认为文学文本是特殊历史条件下产生的物质产品,所有文本均可视为社会、政治和文化运作的调节器,政治斗争的手段。新历史主义文论开启了文学与历史的对话,并将文学文本与非文学文本并置,摒弃将文学文本放置于特定的历史大背景下的传统阐释维度,反对将历史事实与文学艺术作品区别对待,而将它们等量齐观,强调它们之间的互动。对于新历史主义者来说,一方面,历史事实不是历史学家笔下的客观知识的集合体;另一方面,文学作品不仅仅是表达历史知识的工具、媒介而已,是被动的"反映者",它已经成为"建筑一个文化的现实感的推动者"(3)。尤其在美国新历史主义理论的干将海登·怀特(Hayden White)那里,历史叙述被认为属于小说叙述的范畴,因此不可能有什么真的历史,历史编纂势必带有"诗人看世界的想象虚构性"(王岳川 204)。由此看来,文学艺术创作成了社会历史发展、变化过程中一个不可分割的组成部分,与历史事实本身同样具有创造力、破坏力和矛盾性。换言之,历史事实与(文学)文本再现不是客体与主体、被动与主动的关系,而呈现出交叉性和重叠性。历史的"如实直写"传统让位于后现代主义所倡导的"历史的文本性"。历史的真实性被揭开了神秘的面纱,给史实的文本再现提供了语言修辞、美学层面的艺术发挥余地。

面对美国白人历史学家故意忽视、抹杀少数族裔对美国历史所作出的贡献这一事实,汤亭亭勇敢地站出来为后者发声,用文学手段编织动听的故事,以"说故事"的方式将互不关联的故事、传说和民间逸闻串联起来,抗衡性别歧视和种族主义,使"历史事实"和文本进行平等对话,充分体现了"历史的文本性"这一新历史主义论点。在《中国佬》里,无论是美国夏威夷甘蔗地里的曾祖父、内华达山中开山辟路的祖父,还是身世不明、沉默寡言的父亲(们),乃至越南战场上的弟弟,在汤亭亭的笔下关于他们的故事都成为对白人主流社会的无情控诉,以一连串的"小历史"(small histories)粉碎了"宏大叙述"(grand narrative),还历史以真面目。他们虽然都是虚构的人物,其行为举止有许多文学夸张和(跨)文化再造因素,但仍然不失为历史的见证人,其故事情节的真实性依赖于家族传奇和"讲故事"的传统。不仅如此,汤亭亭还大胆"挪用"了中国古典文学资源,如首篇《关于发现》中的唐敖去金山淘金是中国清朝李汝珍的小说《镜花缘》的翻版。虽然这两部小说的主题和情节迥异,但是性别倒错和缠足是共有的,表现了较明显的互文性。这种合理借用巧妙地将性别歧视和殖民主义的残酷性、荒唐性展现在读者面前,从而"以其人之道还治其人之身"地再现了白人主流社会对亚裔人士实施的"阉割"政策,使读者在欣赏滑稽情节或者黑色幽默之余受到深刻的政治道德教育。正如霍小娟所言,《中国佬》的"每一段故事的背后都能反射出无限丰富的文本内涵,杂糅的叙事跨越各类文体,使她的叙事不仅有历史层面的价值观照,也有文学层面的艺术创新"(霍小娟 83)。

的确,《中国佬》虽然作为"非虚构性小说"类书籍而获巨奖,但作为《女勇士》的姊妹篇,它在美国文学中占据重要地位,可见汤亭亭的文学创新确实是其作品最突出的特点。

近年来关于少数族裔在美国正史中的"失声"的叙述不计其数，但汤亭亭以高超的文学手段描述华裔人士所受到的种种非人遭遇，使几乎早已消失、被遗忘的历史碎片重新浮出水面，其后现代性的文字产生了强大的震撼力。诚然，一般读者可能认为该书缺乏连贯性，从《关于发现》到《中国来的父亲》，从《论死亡》到《内华达山脉中的祖父》，从《法律》到《百岁老人》和《关于听》，章节之间关系扑朔迷离，使读者感到无法依靠传统的阅读习惯理解该作品。在对有限的历史素材进行文学加工方面，汤亭亭可谓是一位天才。比如在描述其祖父在内华达山上辟路炸山、修建横跨美国大陆的太平洋铁路时有一著名片段。"大自然的美完全把他征服了；他在吊篮里俯着身子，阴茎处有一种难以抑制的冲动；他想通过手淫来自慰。突然他高高站起身，将精液射向空中。'我在操整个世界'，他喊道。世界的阴道真大，大得像天空，大得像山谷"（汤亭亭 132-133）。从表面上看，这一场面可被看作美国文学中独特的"亚裔感性"的体现，粉碎了美国主流文化对其进行的阉割和消音，呼应了以赵健秀为领头羊的亚裔美国文学评论家对男性阳刚气质的召唤，但其实流露了美国文化中少数民族主体性的困境。阿公的自慰作为自恋主义的一种，与其说是对主流文化的异性恋婚姻法则的回避，还不如说是对白人主流社会男性主体的性快乐的蹩脚模仿。问题的关键在于，少数族裔能否摆脱"少数派"这一标签，与占绝对多数派的白人平起平坐，使自己的美国身份合法化，摆脱自己在美国社会结构和话语实践上的次等地位，高喊自己是"美国人"。一般读者可能对这样的描述一笑了之，甚至对这种少数族裔主体性的表达方式打抱不平，但是一位文学评论家认为此举代表了汤亭亭作为文学大师的原创性。汤姆·哈滔里（Tomo Hattorri）这样写道，"将自慰描写成为一种具有正面意义的怪异行为是将华裔美国人男性气质的剥夺史转化为自豪感和原创性的产生的一种方式"（Hattori 233）。撇开故事情节的"真实性"不谈，汤亭亭的文学想象和文字表达技巧使早期北美华人移民史具有更多的人情味，印证了历史事实的文本再现所具有的独特效果，凸现历史与文学之间的张力。

如果说上述例子说明汤亭亭将历史事实加工成文本作品的高超能力，那么从照片及其真实性这一维度，我们还可以考察历史与文本的交融、互动。汤亭亭孩提时期认为照片可以说谎，但是在成年时却认为照片代表真实。无论如何，《中国佬》中对照片的处理既证明华裔美国人的历史存在，又证明照片可以篡改历史，抹掉华裔美国人的贡献。在美国文化中，照片历来被认为是"历史文献"：虽然无声无息，但可作为对"现史实"的证明材料。可是，关于摄影术的学术观点认为照片只是一种通信工具而已，并非事实证据的一部分。照片本身不具有意义，其意义是摄影师赋予的。比如在确认父亲的身份时，汤亭亭认为他的中国人身份必须有一张照片提供证明。"除了长相是中国人，讲汉语，你没有其他中国人的特点。你没有拍过身穿中国衣服或者背依中国风景的照片。"（汤亭亭 7）但是，如果能够找到父亲的"中国照"，就能够确认其文化身份吗？答案当然是否定的。同样道理,当汤亭亭试图寻找祖父的生活痕迹时,她的确在家庭相册中找到了他们与马匹和马车相伴的照片,但是她看到的是她的叔叔/伯伯们而不是她祖父的身影,是前者为了证明在美国所取得的成功而拍的照片(为了寄往中国的亲戚),与作者寻找照片的动机大有出入。因此,虽然照片记录了某一历史时刻,但其真实性在于它所记录的是谁的时间,谁的历史(Teresa 4)。由此可见,她家庭所保留的照片并不具有唯一真实性,而是文艺创作(即摄影艺术)的一部分,是史实与文本的交汇。

虽然照片不能与历史真实画等号,但是在汤亭亭的笔下它们还是成为用来反抗白人历史学家将其先辈一笔勾销的武器。汤亭亭试图利用照片证明华裔先辈的功绩,在书中她描写了曾祖父和其他逗留者将每月工资寄给在中国的家人,仅留下一些用作赌资,或吃上一顿像样的饭,"每年去照相馆照一次像"(Teresa 6)。这些照片既证明了时间的流逝,又证明了伯公在夏威夷的生活经历。它们看起来是客观、中立的,能够"再现"历史,但是白人当权者可以利用它的信息/文件性掩盖其作为政治控制工具的本质。汤亭亭在利用旧照片证明其先辈的存在、贡献以及自己的童年经历的同时,也显现了照片的两面性,即白人统治者也可以利用照片的信息文献特质控制信息、身份、历史和权力之间的关系,甚至抹去少数族裔的存在。正如伯公的照片证明他们曾经存在过那样,美国正统历史利用相片的"空白"去除美国建国初期华裔美国人的存在,抹杀他们的功劳。"只有美国人可能做到。当洋鬼子摆好姿势拍照时,中国佬散去了,继续留下来会很危险。对中国人的驱逐已经开始了。阿公没有出现在任何一张铁路照片上。中国佬各奔东西,有人循着北斗星去了加拿大,有人……"(汤亭亭 147)。汤亭亭的创作理念一目了然:她不认为照片以及刊登照片的报纸、史书和家庭相册本身构成了"真实",相反,相片提供了"许多真实"。从这个意义上讲,《中国佬》并非寻求一种"真理",而是对真理以及真理的来源和本质提出质疑,凸现其后现代性,为新历史主义文论提供了样板文本(华明 1)。本来在社会文本中沉默无语的照片因其含义的多义性和不确定性而从原初历史中的物质关系中发生位移,在《中国佬》这一新文本中被赋予崭新的文化政治内涵,进而在读者那里被进一步阐释,凸现了新历史主义文论所谓的文学对历史的"抵制"作用。总之,她对历史事实的文本再现颠覆了美国白人主流文化的大写的历史,创造了华裔美国人特有的小历史片段,通过将记录断断续续的、互不关联的瞬间的照片与记忆、对抗记忆和想象融合在一起,组合成个人、家庭乃至民族历史的宏大画面,给后人留下了宝贵的思想和艺术遗产。

二、文本的历史意义

传统历史主义文论认为,历史大于文学,历史事实的真实性大于文学的想象和虚构性,前者比后者重要,而新历史主义文论则强调文学大于历史,文学在阐释历史时不要求恢复历史的原貌,而是解释历史"应该"和"怎样",揭示社会历史发展过程中最隐秘的矛盾,从而使其经济和政治的目的彰显出来（王岳川 183）。换言之，文学不是被动地反映历史事实，而是主动参与历史意义的建构，并融入历史话语、经济话语和政治话语的实践。鉴于历史事实只能作为书面文件存在，新历史主义实际上倡导并实践了解构主义关于"一切皆是文本"的观点，认为过去／历史已经过三次加工：1）先被它所处的时代的意识形态或者话语实践；2）然后被当代（即作家所处的时代）的意识形态或者话语实践；3）最后通过不精确的语言表达网络本身（Brannigan 175）。正因为"历史"已经不复存在，所以文学家或者历史学家的任务就是利用现存的以文字形式保存的历史片段阐释历史，填补大历史（官方正史）中的空白点，必要时可以发挥文学想象力，运用特殊语言形式、修辞或美学技巧。此外，非文学文本也具有同样作用，可以与文学文本形成互动。在这方面，汤亭亭大胆地在《中国佬》的中间安排《法律》一章就不难理解了。她将长达一个多世纪的排华法律条文不加评论地呈现给读者，冒着不连贯的风险，对读者提出了不大不小的挑战。但是，对一般读者来说突兀不协调的"插曲"在高超的作家手中不失为一个妙招。正如台湾学者单德兴所说，"作者匠心独具，不让史实凌驾宰制其他真实或想象的故事。此一类似编年史的历史陈述与全书其他部分，在互动中激荡出许多前所未有的东西。"（单德兴 29）我们分不清《法律》一章到底属于"历史"还是"文学"范畴了，因为两者已经融为一体。相对于汤亭亭的文学创作对象而言，《法律》一章是直白的、未经阐释的历史背景材料，是白人统治下的产物、丑行，可相对于故事主人公以及作家汤亭亭本人所处的历史时期和政治背景而言，《法律》这一章便成了《中国佬》这部文学精品的一部分，为文学对政治、经济以及历史所产生的意义提供了佐证。它夹在小说的中间，使文本前前后后所发生的故事具有逻辑连贯性、相得益彰，激荡出一幅多姿多彩、可歌可泣的历史画卷。华裔美国文学评论家李磊伟曾经高度评价《法律》一章，认为"它们不仅仅是文字，不仅仅是一段历史过去的语言记录而是语言行为，是残酷对待一个无声的少数民族权力的行为"（李磊伟 51）。

众所周知，华裔美国作家长期以来一直在美国"东方主义"霸权话语下从事写作实践，这包含两层含义。一方面，以爱默生为代表的美国文化对以孔子为代表的中国"高雅"文化欣赏有加；另一方面，狂热的美国基督教徒对中国人的"道德荒野"（moral wildness）倍加谴责。于是在美国人的头脑中形成了两种极端的中国人或华裔美国人的形象。1976年美国著名学者萨伊德在《东方主义》中一语道破天机，将西方的东方主义话语和其政治、经济乃至军事目的联系在一起——将东方"他者化"的目的是控制它，阻止它发出自己的声音，剥夺其主体性。国内学者长期以来对萨伊德的理论推崇备至，甚至亦步亦趋地重复其论调，为自己国家的反帝国主义、反殖民主义政策寻找理论依据，殊不知西方（包括美国在内）知识分子传统中的东方主义某种程度上反映了中国古代官方的一贯立场。中国的学者／官员在历史上一直是高雅文化的代表，与社会底层的"苦力"，形成鲜明对照，在

"文人"、"农民"、"工人"和"商人"这一社会阶梯中居首,到处流行"万般皆下品,唯有读书高"的声音。这就是为什么美国的东方主义者将"高雅文化"硬套在学者身上,而将"中国异教徒"这顶帽子扣在地位低微的中国移民——那些建造铁路、耕种田地、经营洗衣店和饭店的华人苦力头上的原因。虽然华裔美国作家试图颠覆东方主义话语,发出自己的声音,拒绝边缘化,但由于其处于"世界之间"的特殊身份,华裔美国作家的作品往往受到自动边缘化的厄运,常常被解读为异国情调而已,致使其内在的文学艺术价值遭到湮没。汤亭亭意识到东方主义的危害性,所以在《中国佬》等作品中将许多耳熟能详的中国以及西方的"高雅"文化典故并置,以致遭到中外文化纯洁分子的垢病。其实他们根本不知道她的用意:欲利用其祖先(中国广东省)鲜活的土语反击将人作"高"和"低"之区分。简言之,她认为这种二元对立本身就是霸权话语,是强加于别人身上的标签。如果说利用"土语"写成的作品《中国佬》能够成为英语大国(美国)的畅销书,那么其本身能够证明东方主义是多么的荒唐。

  为了探讨汤亭亭如何瓦解霸权话语,充分展示文学叙述的历史意义,我们不妨回到前文所述的《关于发现》这一章,具体考察它如何对中国小说《镜花缘》进行戏仿、改写,了解文本再现如何反作用于历史。原故事发生在中国唐朝武后时代(公元684—705年)当时武则天飞扬跋扈,竟命令御花园的一百朵花在冬天开花。它们服从了,但是打乱了四季的更替,使花仙子被迫离开皇宫,转世投胎为平民,甚至发配至海外。唐敖由于与武后的政敌的瓜葛而被剥夺其"探花"资格,于是决定和妻弟林之洋一起远赴海外寻找十二种名花,将其移栽至中国。唐敖作为"高雅文化"的代表,在全国考试中名列第三(探花),可谓官运亨通,但在她的改写中,唐敖的身份发生了彻底变化,从中国的"文人"变成了美国的大老粗——金山上的淘金者。另外,在《镜花缘》中唐敖不仅救出了妹夫林之洋,还治理了江河的洪灾,成为一名民族英雄,而在《关于发现》中唐敖被迫穿女人衣服,穿耳洞、戴耳环、缠足,吃女人食物,变成了侍候女王的用人,戏剧性地成了被周围人评头论足的对象,被彻底"他者化"了。就这样,通过描写一个高雅文人富有戏剧性的降格遭遇,汤从主题上瓦解了二元对立,彰显了文学描写所具有的政治、历史反作用。此外,这种解构不仅体现在对旧文本的改编和把玩上,还体现在《关于发现》的写作风格的前后不一致上。《关于发现》的第一句是"很久很久以前……"(汤亭亭1),而最后一句是:"有些学者说女儿国出现在武后执政期间(公元694—705年);也有人说在这之前,即公元441年就已有了女儿国,不过地点在北美"(汤亭亭2)。在这"神话"和"历史"表述之间叙述的是一个中国学者旅游者在"女儿国"被迫变性的屈辱的故事。这种跨文类叙述再一次颠覆了官方历史,解构了二元对立的思维定式,将历史中最隐秘的矛盾展现在读者面前,用"陌生化"的文学手段表明了作者的政治立场,对华裔美国男士被迫女性化发出了愤怒的控诉。余宁断言,"就这样,汤向'边缘化'发起反击的方式不是通过声称自己也是

'中心'人，而是通过对中心与边缘、高级与低级、历史与神话这些二元对立面发起挑战，她的《中国佬》创造了一部虚构性很强的非虚构小说，一种充满神话色彩的历史，一种由'低级'移民创造的高雅文化，一种不依赖'主流文化'垂青的族裔文学"（Yu 87）。

在《中国佬》这部高潮迭起、亦真亦幻的佳作中，体现文本与历史交融的地方比比皆是，比如其中的《鲁宾孙历险记》一章是对西方家喻户晓的殖民主义文本《鲁宾孙漂流记》的戏仿和改写，通过文字游戏不仅赋予主人公崭新的文化内涵——一个像骡子那样埋头苦干的赤裸裸的儿子或孙子，用于赞美其祖先移民美国时的勤奋工作和开拓精神，而且颠覆了西方正典中关于殖民帝国的神话，表明华人也是殖民先锋，从而粉碎了预先假定的欧洲文明所具有的内在种族的优越性。同样的戏仿或者挪用还被运用在其弟弟身上，其形象来自中国古代文化的屈原，塑造出刚正不阿、"众人独醉我独醒"的性格，彰显他们反战立场和人性光辉。凡此种种，都说明她将历史事实与文学文本创作的交相辉映使其可圈可点之处不计其数，可以解释为什么比《女勇士》棋高一着，成为华裔美国文学大花园中一朵鲜艳夺目的奇葩。

三、结语

有论者指出，文学研究大于文化批评，呼吁华裔美国文学研究者走出"唯文化批评"的误区，去关注文本结构、修辞审美的"内部"批评和专注于政治、文化乃至文学史的"外部"批评方法结合起来，使我国华裔美国文学研究回到正道上来（孙胜忠 87）。本文只是朝这一方向努力的一次初步尝试，因为先前对该作品所作的评价往往侧重其不同的方面，似乎没有完全切中要害，即使运用新历史主义的评论也只集中在"叙事策略"和某一章节以期找到作者的创作动机而已，缺乏对作品进行全方位考察，尤其没有聚焦于该文本所体现的历史与文学的交融和互动这一显著特征。通过考察文本细节，借助英语本族学者的洞见笔者发现《中国佬》的作者因其独特的历史观、文本观和高超的文学创作才能确实已经从"女勇士"变成了"语言勇士"（她大胆地将英语中的"中国佬"一词一分为二，创造出一个新词，充分显露其"颠覆"性），通过对亚洲和西方神话的改写兼收并蓄地创造了一种开放式的华裔美国文学传统。作为文学界描述华裔美国男性奋斗史的开山之作，该书的价值和地位无法撼动，其思想性和艺术仍然有待于学者的进一步挖掘。正如美籍华裔学者吴清云所言，"通过母亲的嘴巴和汤亭亭的笔，华裔美国男人适应新环境、改变自己的能力，他们的高贵品质和忍辱负重精神，他们的艰苦奋斗和热爱和平的精神，他们对自由和幸福的不懈追求被记录在一部动人心魄的，既是历史又是文学的宝书中"（Wu 93）。

注释

① 近年来国内文学评论者对《中国佬》的研究可谓热闹非凡,虽然无法与轰动一时的《女勇士》研究热相比。有关"男性沉默",参见《沉默的隐喻:〈中国佬〉中"男性沉默"探析》,载《世界文学评论》2007年第1期;关于中国神话与华裔身份的关系,刘心莲发表于《国外文学》2004年第1期的论文《中国神话重写与华裔美国人的身份迷失》进行了剖析;而韩启群从该作品创作手法的后现代性出发,探讨了作者的创新之处,其论文《探索与创新:论〈中国佬〉创作手法的后现代性》刊登于《四川外语学院学报》2002年第6期;刘丽运用原型理论对该作品中包含的原型意象进行了深刻挖掘,其论文发表在《济南大学学报》2005年第5期;而潘志明则通过考察语言的生成发展,进而揭示华裔男性如何在异国他乡确立其主体性,其论文《唐敖的子孙们——试论〈中国佬〉华裔男性的属性建构与语言传统》载于《当代外国文学》2003年第3期。

② 迄今为止,唯一一篇运用新历史主义理论分析该作品的论文由刘卓和马强合写,名为《游走于虚构与现实间的叙事策略——汤亭亭〈中国佬〉的新历史主义解读》,刊登于《山东外语教学》2007年第5期。他们聚焦于"从中国来的父亲"一章,探讨作品的虚构性与现实性之间的互动,旨在追寻作者的创作动机、目的与意义。

引用作品

Brannigan, John. *New Historicism and Cultural Materialism*. New York: St. Martin's Press, 1998.

Eagleton, Terry. *The Specter of Postmodernism*. Trans. Hua Ming. Beijing: The Commercial Press, 2000.

[特里·伊格尔顿:《后现代主义的幻想》,华明译,北京:商务印书馆,2000.]

Hattori, Tommo. "China Men Autoeroticsim and the Remains of Asian America." *Novel*(Spring 1998):216-234.

Huo, Xiaojuan. "Ethnic History Within Literature." Tonghua Teachers' *College Journal* 7(2004):83-87.

[霍小娟:《文学中的族裔史》,《通化师范学院学报》2004年第7期,83—87。]

Li, David Leiwei. "Revising American Literary Classics: Maxine Hong Kingston's China Men." *Foreign Literature* 4(1993):45-91.

[李磊伟:"修订美国文学名著录:马克辛·洪·金斯顿的《中国人》",李素苗译,《外国文学》1993年第4期,第45—91页。]

Pfaff, Timothy. "Talk with Mrs. Kingston." *New York Times*. June 15, 1980.

Shan, Dexing. *Ground-breaking and Path making. Chinese American Literature and Culture*, Tianjin: Nankai University Press, 2006: 24-56.

[单德兴:《以法为文,以文立法:汤亭亭〈金山勇士〉中的法律》,《开疆与辟土——美国华裔文学与文化》,天津:南开大学出版社,2006,24—56页。]

Sun, ShengZhong, "Questioning the Culturecentric Tendency in Chinese American Literary Studies." *Foreign Literature* 3(2007):82-88.

[孙胜忠:《质疑华裔美国文学研究中的"唯文化批评"》,《外国文学》2007(3),82—88。]

Kingston, Maxine Hong. *China Men*. Trans. Xiao Suozhang. Nanjing: Yilin press, 2000.

[汤亭亭:《中国佬》,肖锁章译,南京:译林出版社,2000。]

Teresa, C. Zadkodnik. "Photography and the Status of Truth in Maxine Hong Kingston's *China Men*." *MEIUS* （Fall 1997）: 55-40.

Wang, Yuechuan. *Post Colonialism and New Historicism: Collection of Essays*. Jinan: Shandong Education Press, 1999.

[王岳川:《后殖民主义与新历史主义文论》，济南：山东教育出版社，1999。]

Wu, Qingyun. " A Chinese Reader's Response to Maxine Hong Kingston's *China Men*." *MEIUS*. 13. 3（Fall 1991-1992）: 85-94.

Yu, Ning. " A Strategy Against Marginalization: The High and Low Cultures in Kirngton's *China Men*." *College Literature* 23.6（1996）: 73-87.

31

族裔、文化身份追寻中的超越与传承——从任璧莲的《爱妾》说起

许双如

评论家简介

许双如，暨南大学博士、暨南大学外国语学院副教授。主要研究领域为美国华裔文学。出版有译著《美国通史》和《Encarter英汉双解大辞典》。

文章简介

本文认为，任璧莲在《爱妾》中对文化身份、族裔性和传统文化的新思考既是对前期作品的传承，又是对前期作品的超越。一方面，任璧莲延续了前期作品中反本质主义的文化身份观，强调文化身份的流动性和可选择性，使文化身份问题超越了血统和种族的樊篱；另一方面，她又避免落入彻底相对主义的窠臼，强调族裔性和传统文化在文化身份建构中的意义，肯定了文化身份的历史性。这种独特的多元文化主义身份观为解决美国社会中的族裔问题具有重要的启示作用。

文章出处：本文原载于《暨南学报（哲学社会科学版）》2010年第6期，第87—93页。

族裔、文化身份追寻中的超越与传承——从任璧莲的《爱妾》说起

许双如

　　文化身份一直是华裔美国文学所关注的重要议题，经过几个阶段的发展，在当代华裔作家任璧莲的作品中又呈现出一片新景象：她没有停留在以往的文化认同模式，而是以强烈的后现代精神来观照文化身份问题，在一系列作品中质疑和解构美国主流社会霸权文化观，在对待族裔、文化认同等问题上表现出坚定的反本质主义立场和广阔的"世界主义"视野，但也正由于其反本质主义文化身份观和"世界主义"立场引起了批评界质疑的声音。

　　面对质疑，任璧莲不急于辩解，而是于 2004 年推出新作品《爱妾》(*The Love Wife*, 2004)，[①]继续以虚拟的文学为文化批评手段，表达其对文化身份及相关问题的新探索、新思考。

一

　　《爱妾》由各个人物穿插交互的自白构成。跟随人物时空交错的叙述，我们进入当代美国一个种族混合家庭的生活，体验其悲欢离合，感受交织其中的复杂情感。第二代华裔卡内基·王违背母亲意愿娶了白人女子布朗蒂为妻，两人抚养着两个亚裔养女及最小的亲生儿子。王妈妈去世前留下遗嘱让中国亲戚兰兰前来照顾孩子们。由于族裔、文化背景差异以及对彼此关系的猜忌，这个成分复杂的家庭发生了种种矛盾冲突，王家人都对自己的身份产生了困惑：我是这个家的什么人？这是我的家吗？

　　透过这个家庭的生活图景，我们分明看到了一个更为广阔的世界——多元文化时代的美国社会。小说围绕对"中国儿子"与"美国儿子"、"收养的"与"亲生的"、"主"与"仆"、"妻"与"妾"等几对隐喻性的、充满歧义的关系的探寻，着力描写这个"杂混"家庭中成员之间的矛盾、困惑和情感纠葛，其实是以隐喻的手法表现美国少数族裔在多元文化语境下追寻文化身份过程中的困惑和焦虑，艺术性地揭示文化身份问题的复杂性，并对建构多元文化身份进行超越性的探索。任璧莲在接受《华盛顿邮报》的采访时坦言，文化差异、族裔和文化身份是她所着迷的话题，也是其作品一贯的主题，虽然"(《爱妾》)这部小说所专注的问题是'何为家庭？''何为自然的？'……但在当前的全球化语境中，自然而然随着而来的另一个问题是'何为国族？'"[1]可见，家庭关系只是《爱妾》的表层结构，对族裔和文化身份问题的探讨才是其寓意所在。

　　在现代性历史语境下，人的主体成了各种异质的意识形态互相冲突的领域，处于一种分裂状态，而伴随这种分裂状态的是文化身份的危机感。对于处在文化边缘地位的族裔散

居者来说,其文化身份危机感及随之而来的焦虑感、无根感尤为深切,正如赛义德在《最后的天空》中痛楚的叩问:"身份——我们是谁,我们来自何方,我们是什么——对于流浪者而言很难维持。"[2]16-17《爱妾》中的各个人物都经历过这种身份危机和焦虑。卡内基的焦虑来自其徘徊于两种身份之间所产生的困惑:是认同本族裔传统观念,成为母亲所期望的孝顺的中国儿子,还是追求个人自由,归化为彻底的美国人?他自幼经历种族主义歧视,为了融入主流社会,努力挣脱母亲的影响,疏离有关中国的一切。卡内基代表了第二代华裔,他们与其父母辈有着全然不同的文化价值取向,一心想得到主流社会的接纳,为了"宣称自己是美国人",不惜疏离甚至鄙弃自己的祖先文化。然而,正如蒲若茜在《族裔经验与文化想象》一书中所指出的,他们处于被双重"他者化"的尴尬境地[3]189-19。一方面,在美国种族主义话语之下他们对本族裔传统文化的离弃并没能赢得主流社会的接纳,他们仍然避免不了主流社会的"他者"凝视。另一方面,他们自小由家庭中接受中国传统文化的熏陶,不管其承认与否,祖籍国文化已经深深植根于其血液之中,构成其"自我"的一半,但主观上他们却努力远离或"他者化"自己身上"中国"的这一半,结果导致自我的迷失或分裂。如卡内基在遭到种族主义者挑衅时,他的对抗手段却是抬出其引以自豪的资本:他拥有性感的白人妻子及丰厚的财富。显然,卡内基内化了美国种族主义对华人的"他者"凝视,接受了种族主义的"白色"强权和价值标准,以此证明自己的美国性。然而,他以抗拒中国传统文化作为追求美国性的代价却又使他陷入困境。从卡内基的身份困惑中,我们看到的是中国性与美国性两种异质文化力量在他身上的角力,看到的是第二代华裔徘徊在两种文化边缘的痛苦和迷茫。

　　王家的两个养女同样因为自己的族裔和历史背景而产生身份的困惑。时常有人问她们"你是哪里来的",好奇的目光似乎在不断提醒她们是异类——东方人、外国人、被收养的,这使她们深受困扰和伤害。林英敏在《这是谁的美国?》一文中也表达过同样的感受:"我很难把美国当做自己的家园,因为老是有人问我是从哪儿来的。"[4]在这种"他者"的凝视下,华裔难以获得对其"美国人"身份的认同感,但是,连他们生于斯长于斯的土地都不是他们的家园,那何处是家?小说中,"收养"这一意象也被赋予了象征意义,在美国的华裔/亚裔或新移民,不就像是美国的养子女吗?无论其是否在美国土生土长,无论其为美国社会作出多大贡献,他们始终都感受到自己身上的"他者"烙印。对此,任璧莲有切身的体会:"……但我又必须说有时候我确实仍能感觉到自己身上的'他者'的烙印。如果哪一位亚裔美国作家没有这种感觉,我会感到惊讶……"[5]

　　任璧莲不仅刻画了王家两代华裔的身份困扰,她对白人布朗蒂和新移民兰兰的身份设疑对于当今美国社会或许具有更为深刻的启示意义。兰兰在王家的身份颇为微妙:她究竟是保姆抑或意图对女主人取而代之的妾?布朗蒂感到兰兰的到来对其身份和地位构成了强大威胁,她甚至开始疑惑"这还是我的家吗?""这是谁的家?"[6]247,248任璧莲为布朗蒂与兰兰设置这样一种微妙的"主"与"仆"/"妻"与"妾"的关系，并非在玩弄暧昧，吸引读者，而是赋予其深刻的寓意。其喻指的是美国白人与少数族裔移民之间的不平等关系。长期以来，美国社会一直以"白色"文化为主导，非白人移民在美国社会处于次等地位。到了 20 世纪后期，随着新移民浪潮和多元文化主义呼声的高涨，白人主流社会感到其文化主导地位受到威胁而日益惶恐不安，并对少数族裔和移民产生了敌视和排斥情绪。在一些保守派文化精英的推波助澜之下，这种情绪颇有蔓延之势，出现了一股强大的"白人土著主义"，要求捍卫白人的主导地位。如美国保守派代表人物阿伦·布鲁姆就在《美国精神的封闭》一书中惊呼美国正在走向分裂，美国文明正在面临前所未有的严峻挑战，并将之归咎为移民潮和多元文化主义[7]。美国右翼学者亨廷顿更是直接鼓吹只有 WASP（具有盎格鲁—撒克逊血统并信奉基督教新教的白人）才能体现美国精神的内核，并警告说拉丁裔新移民的大量涌入会将美国文化连根拔起，直至消亡[8]。《爱妾》中布朗蒂的身份焦虑以及与兰兰之间的纠葛，正是这一社会情绪的反映。这种社会心态既为少数族裔移民寻求文化认同之路设置了重重障碍，又对双方都造成了极大的精神困扰。

小说对人物之文化身份焦虑的剖析揭示了当代美国多元文化社会现实是何等复杂，少数族裔移民追寻文化身份的过程是何等艰难，同时也传达出作家强烈的社会责任感和文化批评意识，充分展现了作家准确把握及表现社会情感的艺术功力。

二

任璧莲不仅通过作品反映社会问题，更可贵的是孜孜不倦地探索解决问题的出路。她匠心独运，通过人物奇妙关系的设置和心理纠葛的探析，赋予人物身份以极大的不确定性和多变性，从而为文化身份问题超越诸多障碍提供了可能。

罗蒂在《偶然、反讽与团结》一书中认为：真理是被制造出来的，而非被发现到的，历史是由无数偶然事件组合而成[9]。任璧莲显然赞同这一观点。故事一开始，作家就通过女主人公风趣的描述揭示了王家这个新式家庭其构成过程中的偶然性："不管怎么说，我们家是一种'即兴创作'。……是我们所选择的东西。"[6] 该家庭之奇特在于，它是偶然选择的结果。卡内基由于偶然捡到一名弃婴而"选择"与白人女子布朗蒂共同抚养该弃婴，后来为了反抗母亲，他"选择"与布朗蒂结婚。几年后中国养女温蒂作为"第二选择"也来到王家。而兰兰的加入更是为这个家庭的组成增添了戏剧性。

既然历史是由偶然事件组成的，那么事物就不存在一种固有的永恒的本质，事物之间也不止一个确定的唯一的关系。在这个由于偶然"选择"而"即兴创作"而成的家庭中，各个成员的身份长期处于变动不居的状态。不但两个养女的身份属性不明，即使是女主人布朗蒂，其在家庭中的身份地位也面临挑战：她虽与卡内基结婚生子，却一直得不到王妈妈的接受；兰兰名为保姆，在她眼中却更像是王家的主妇。任璧莲不断通过穿着拖鞋的脚、凑在一起的黑脑袋等意象的运用渲染兰兰在王家的安之若素并将之与布朗蒂的焦虑心态相衬托，有意布下迷局：谁才是这个家的女主人、孩子们心目中的母亲？谁才是所谓的"爱妾"？小说中最具颠覆性的人物关系在于：卡内基最后发现自己并非王妈妈的亲生儿子，而自认为王家"仆人"的兰兰原来却是王妈妈的亲生女儿。种种似是而非、变动不居的身份，似乎表述着这样一种文化观：文化身份并非固有的、与生俱来的，也非静止的、一劳永逸的，而是处于不断变化中。任璧莲曾说过：

……族裔性是很复杂的，不是固定不变的单一的东西。现在有些人认为，如果你是华裔，那就是你最重要的身份，生来就有，永不改变。如果你想把自己造就成别的什么人，那就是背叛了你的真实自我。这种想法是不对的。[10]

任璧莲这一文化身份观显然是反本质主义的。② 它从某种程度上呼应了美国学者班奈迪克特·安德森在《想象社群：反思国族主义之缘起与传播》中的观点：国家、民族具有时代性、虚构性，个人的国族归属并非与生俱来、亘古不变[11]6。任璧莲通过在叙事中对人物身份的非固有性和变动性以及家庭构成过程中的偶然性和不确定性的强调，将这一反本质主义文化身份观作为一件有力的武器，直接解构了霸权文化话语中僵化的国族属性概念。赛义德在《文化与帝国主义》的导言中写道："我们要想就什么是美国性格达成共识，就得承认美国人性格错综复杂，不具单纯的清一色的同一性"[12]293。霍米·巴巴在《献身理论》一文中也指出，坚持文化的固有原创性或纯洁性是站不住脚的[13]366。《爱妾》中人物族裔身份的不确定性和混杂性无疑是对传统观念中民族和文化的地道性、纯洁性的质疑。而兰兰与布朗蒂之间可能的取代/被取代关系的设置，更是对"白人土著主义"的直接挑战！随着美国社会进入要求多元共存的族裔时代，以华裔为代表的少数族裔群体不再竭力争取主流文化的接纳，而是通过积极寻找自己的话语权来争取平等的社会权利，提出由"边缘"走向"中心"的要求。任璧莲赋予兰兰以主人般的地位，正是对这一要求的呼应，她通过兰兰这一形象申明：美国也是少数族裔和移民的家，他们也有当家做主的权利。

以任璧莲的逻辑，如果我们同意文化身份并非固有的本质、而是可以变化的动态结构，那么我们就不会再像丽兹和温蒂一样受"你是哪里来的"这类问题的困扰，文化身份问题也就迎刃而解。既然文化身份不是恒定不变的，我们还有什么必要再追问"我是什么人""我的本性是什么"这类本质性问题呢？但我们也看到，人类总是需要某种认同感或某种文化身份作为精神归宿，这也是身处多种异质文化语境下的少数族裔一直苦苦追寻的精神家园。那么我们如何才能追寻到我们认同的文化身份呢？

霍尔认为文化身份的形成关键在于主体在历史和文化语境中"定位"的方式，包括被定位和自我定位[14]82。任璧莲则通过笔下人物处理文化身份危机的方式提出，文化身份的形成取决于主体的自我认同和主动选择。在任璧莲看来,"我来自哪里"并不重要,重要的是"我想成为什么样的人","我想要认同什么社会"。她在访谈中多次强调"选择"对文化身份建构的意义。"美国的由来就是有一群英国人决定不再做英国人,身份的变化一开始就是美国文化的特点。"[10] "每个所谓'族裔集团'的族裔都是每个人自由选择的。"[15]142 在《爱妾》中,我们时时可以体会到任璧莲所赋予"主动选择"的意义。如果说这个家庭起初的组建只是出于偶然的选择,那么其成员在经历过一段时间的身份困扰之后,最后却是通过主动选择获得了身份认同。丽兹和温蒂最终承认养母才是她们真正意义上的母亲,从而通过情感的选择走出了身份困扰。兰兰作为新移民,其选择是接受新文化,融入新生活。卡内基则走过了从叛逆、迷失、痛苦到最后获得文化认同的心路历程,其选择是将影响自己的中西两种文化加以调和,从而得以从文化身份分裂的痛苦中获得解脱。

在《爱妾》中,任璧莲通过强调主动选择在文化身份建构中的作用,使血统、种族不再具有决定性地位。其对血统、种族的淡化不仅通过无血缘关系的家庭成员之间的相互认同来彰显,更借王妈妈之口加以明确表述。在王妈妈(任璧莲)看来,构成家庭的不是血缘关系,而是家庭成员之间的认同和关爱。正是彼此的关爱与共同的生活理想使得这一家人得以超越血缘、种族和文化背景的障碍,和谐共处在同一屋檐下。"在一个基于共同理想而非血统和遗传而创生的民族中,其家庭也应该是按同理而凝聚成的——根据选择而不是根据生物学因素,这是再正常不过的。"[16] 这既是任璧莲对"何为家庭",也是对"何为国族"的回答。家庭不是由血缘关系决定的,而是由成员情感选择而凝聚成的,一个社会、国族的构成和维系也并非由种族和血统决定的,而是其成员选择的结果。翻开美国的移民史,我们看到各族移民由于历史的选择来到美国这一梦想之地,在追求美好生活的奋斗过程中,共同为美国的建设做出了贡献。他们一同生活在美国这个大家庭,无论他们有何种肤色,来自何种文化背景,只要认同美国文化,认同美国社会,都可以选择美国人这个文化身份,都属于美国这个大家庭的一员。

任璧莲在文化身份具有流动性的观点之基础上进一步提出文化身份是主动选择的结果,对族裔文化身份建构无疑具有深远的意义。它颠覆了"血统论",否定了血统世系在国族属性、文化身份形成过程中的决定性作用,否认与生俱有的、静止不变的文化属性,从而使文化身份问题超越了血缘、种族的樊篱,为少数族裔在追寻文化身份的道路上迎来豁然开朗的前景。

三

任璧莲在《爱妾》中所反映出来的反本质主义文化身份观与其前期作品的主题思想是一脉相承的。在《典型的美国人》中,任璧莲大胆质疑和挑战主流话语中僵化的"美国人"概念，提出重新定义"美国人"，在《莫娜在希望之乡》中更是旗帜鲜明地表达了文化身份具有"流动性"的观点，甚至认为每个人的身份可以自由转换。可见其反本质主义立场是一以贯之的。反本质主义文化身份观以差异、多元、变动、发展取代本质主义的同质、一元、僵化和停滞，在某种意义上是先进的。然而，反本质主义容易走向极端，陷入彻底相对主义和虚无主义。彻底相对主义的身份观在解构本质主义身份观的同时却抹杀了文化身份以及主体的历史性，抹杀了差异的客观存在。这正是任璧莲前几部作品引起一些批评者担忧的原因所在。如在《莫娜在希望之乡》中，主人公莫娜以一种儿戏般的、任性的口吻宣称："美国人就是你想成为什么人都可以"[17]49。这一文化身份观固然是对单一的、铁板一块的本质主义身份观的解构，但这一法伊阿本德式的"怎么都行"[18]的含混状态将导致本体性的丧失，与历史断裂，事物之间的区别丧失，势必回到同质化状态。

事实上，文化身份的追寻是个复杂而又艰难的过程，美国少数族裔在经历了许多精神上的痛苦和挣扎后，终于认识到舍弃族裔传统只会令自己陷入身份混乱和分裂状态之中，他们转而重新寻找传统，以"文化寻根"的方式寻求文化身份认同。这反映在当代美国华裔文学中是寻找传统的声音渐渐强大，在20世纪末更是形成了新的"回归"趋向[3]74。或许是对质疑的回应，或许是受这一回归趋向的促动，任璧莲在《爱妾》中对其文化身份观作了新的发展，表现出对族裔性和传统文化的极为重视并突破性地将之提升为小说的另一主题。我们欣慰地发现，在《爱妾》中，"世界性"文化身份的建构非但没有像有些研究者所担心的那样以放弃族裔性和抛弃历史为代价，而是以族裔性和传统文化为基础。在如何对待族裔性和传统文化的问题上，任璧莲采取的是一种积极的建设性的态度。一方面，如前所述，任璧莲努力强调文化身份的流动性和可选择性，这一文化身份观必然要求以开放的态度和发展的眼光看待族裔性、历史和传统。另一方面，任璧莲又肯定了文化身份的历史性，通过文本不断提示多元文化身份建构与族裔性和传统文化的关系。

小说中王家人正是在向传统回归的过程中确立自身的文化身份的。从丽兹将黑发染成金黄色，最后又染回黑色，温蒂起初厌恶别人提及中国到主动宣布要在万圣节扮成一段长城，还担心别人看不出是中国的长城这一变化过程中，我们看到的是少数族裔不再为获得主流文化的接纳而疏离甚至抛弃传统和族裔性，而是加以肯定和接受，从而走出了文化身份的迷失和分裂状态。而卡内基在母亲去世后却深深感受到与中国的情感联系，对中国诗歌产生了狂热的兴趣，并且努力学习中文，其变化更表现了少数族裔开始积极主动地寻找族裔传统，从传统文化中汲取精神力量。任璧莲正是通过描述人物的心理成长过程，强调族裔性和传统文化在文化身份建构中的意义。对此，我们可以从任璧莲的访谈录中得到印证，她明确表示反对抛弃族裔性的同化：

……我的故事不是关于个人被充满敌意和种族主义倾向严重的文化所毁灭,这种文化之崇尚暴力与归顺,而且只有在我抛弃自己血缘传统的条件下才接纳我——换言之,也就是要我与过去温暖我,滋养我的移民文化断绝关系背叛我身上最真最好的部分。这样的美国不是我所了解的美国,……当我回顾我的一生时,我不得不承认我身上最好最真实的部分是继承和学习的混合体。[6]

值得注意的是,传统和族裔性并非静止不变的,而是发展的,我们对于传统也不是要全盘接受,而是应该有所选择,有所摒弃。正如卡内基在母亲葬礼上思考如何处理母亲的遗物:"哪些应该埋葬?哪些应该保留呢?"[6]181 新一代华裔也应思考:上辈人留下的传统,哪些应予以保留和继承,哪些应予以摒弃?然而,在当代美国社会,在多种异质文化混杂交融的语境下,少数族裔性弱化、传统丢失的现象也是不争的事实。卡内基一直担心亲生的混血儿子身上华裔特征的消失,因为"这意味着即将消失的过去"[6]156,也即历史的断裂、传统的消失,而这正是卡内基或者说少数族裔群体所不愿意看到的。尽管如此,任璧莲对于传统的延续还是充满了期盼。小说中"家谱"这个意象被赋予了深厚的象征意义,承载着作家殷切的期望。母亲留下的这本家谱激发了卡内基强烈的"寻根"意识,成为他与祖居国之间的情感纽带。这本家谱最后传给了温蒂,象征着历史和传统在新一代华裔身上的延续。

正如《休斯顿纪事报》(Houston Chronicle)评论家芭芭拉·李思所说的,"一旦你接受了将历史传统与美国梦共融于家庭生活这一观念,你就要接受这种生活的挑战。"少数族裔面临的最大挑战就是如何协调传统文化、族裔性与异质的美国文化、美国性之关系。在少数族裔重获对传统文化的自信心的同时,美国白人主流社会却忧心忡忡,担忧少数族裔性会威胁到美国性。那么,少数族裔对其传统文化和族裔性的传承真的会影响美国性吗?为了保全美国性就一定要弱化、疏离甚至断裂与少数族裔传统文化和族裔性的联系吗?少数族裔性与美国性之间一定是此消彼长、互相对立的两极吗?在任璧莲以国族归属具有建构性、文化身份具有流变性的观点解构了固有的国族属性、文化身份概念时,就已经为这些问题的解答提供了必要的前提,那就是多元文化语境下的美国性已经不是传统观念中白人专有的民族性。小说中兰兰最终并没有取代布朗蒂的结局似乎暗示,任璧莲并不希望看到少数族裔性与美国性处于对立状态。她通过文本的建构努力调和少数族裔性和美国性的矛盾。随着故事的发展,卡内基终于理解了母亲对他要有"大故事"的期望,同时对"有大故事的生活"形成了自己的见解,他也终于认识到他们这个多种族家庭实际上是正常不过的美国家庭,认识到自己就是一个真正意义上的美国人。任璧莲以此说明卡内基的历史背景及其对族裔文化传统的继承并不会影响他做个真正的美国人。美国性与族裔性完全可以相互兼容并置,美国精神和移民的文化传统同样都是族裔成长的精神力量源泉。

任璧莲对在文化身份追寻过程中既要超越种族背景等障碍又注重传承族裔性和传统的主张，正是其坚持多元文化主义的表现。她以这种独特的多元文化主义身份观为解决美国社会族裔问题指出了一条希望之路。小说中，王家成员经历了徘徊和选择之后，终于获得了对自我身份的认同，也实现了彼此的理解。小说结尾，一家人为了守候共同的家，坐到了一起，布朗蒂和兰兰的手也握在了一起，尽管彼此之间仍有些不自在，尽管这个多种族家庭的前景仍不明朗，但我们仍然可以读出作者对这个新式美国家庭的美好未来的展望，读出她对建构一个超越族裔矛盾的多元共存、和而不同的世界的信心。

任璧莲在《爱妾》中对文化身份建构与种族、族裔性和传统文化之间的超越和传承关系的揭示是深刻有力而又富于艺术性的。从创作思想的角度来讲，《爱妾》这部小说对于任璧莲前期作品也是一种传承和超越。如果说任璧莲在前几部作品中所表现的反本质主义思想倾向带有彻底相对主义的嫌疑，那么《爱妾》则已成功地摆脱了这种嫌疑。从前面的分析中，我们可以看出任璧莲在这部小说中既反对本质主义铁板一块的同质化，又反对彻底相对主义对历史和差异的抹杀。具体到文化身份问题上，任璧莲所要强调的是，文化身份建构并不是为了成为什么而要抛弃什么，而是以历史的、发展的眼光看待文化身份，既要继承族裔性和传统文化，理性对待差异，又要寻找各族裔作为"同一国族人"的共性，建构超越族裔和文化差异的和谐世界。正如她所说的："我们必须看是什么东西把我们作为一个国家民族聚合起来，而不是去看什么东西使我们各自相异"[19]26。应该指明的是，不去看不等于否认其存在。继承传统，借鉴差异，着眼未来，超越过去，这才是一种积极的建构性的态度。这也正是任璧莲通过《爱妾》所表明的文化态度。因此，我们似乎不必担心任璧莲的主张将退回同质化的"大熔炉"时代。从以上的分析来看，任璧莲的多元文化主义思想更趋成熟稳健，我们也有理由期待她在探索多元族裔文化的道路上走得更远。

参考文献

[1] Off the Page: Gish Jen. Washingtonpost. com，2004（9.30）

[2] Edward Said. *After the Last Sky* [M]. New York: Pantheon，1986.

[3] 蒲若茜. 族裔经验与文化想象——华裔美国小说典型母题研究 [M]. 北京：中国社会科学出版社，2006.

[4] Gish Jen. *The Love Wife* [M]. New York: Vintage Contemporaries，2004.

[5] Amy Ling. "Whose America Is It?" [J]. *Transformations*，1998，(9·2).

[6] (佚名) 多元文化主义语境下的当代华裔美国文学——美籍华裔作家任璧莲访谈录 [J]. 国外文学（季刊），1997，(4).

[7] Allan Bloom. *The Closing of the American Mind* [M]. New York: Simon & Schuster，1987.

[8] Samuel Huntington. *Who Are We? The Challenges to America's National Identity* [M]. Simon & Schuster，2004.

[9] 理查德·罗蒂. 偶然、反讽与团结 [M]. 北京：商务印书馆，2003.

[10] 多元的文化，多变的认同——美国华裔作家任璧莲访谈录 [J]. 文艺报·文学周刊，2003-08-23:（4）.

[11] Benedict Anderson. *Imagined Communities: Reflections on the Origin and Spread of Nationalism*（1983）Rev. ed. [M]. London: Verso，1991.

[12] 爱德华·赛义德. 文化与帝国主义 [M]. 王坤，译. 上海：生活·读书·新知三联书店，2003.

[13] 霍米·巴巴. 献身理论 [M]. 朱立元，总主编. 二十世纪西方美学经典文本（第四卷）. 后现代景观（包亚明，主编）. 上海：复旦大学出版社，2000.

[14] Hall，Stuart. Cultural Identity and Diaspora [A]. *Lisa Lowe, Immigrant Acts: On Asian American Cultural Politics* [M]. Durham，N. C.：Duke University Press，1996.

[15] 单德兴. 对话与交流 [M]. 王德威，主编. 台北：麦田出版社，2001.

[16] Q&A with Gish Jen—A Conversation with the Author of *The Love Wife*. Asian-American Village. Indiversity. com.

[17] Gish Jen. *Mona in the Promised Land* [M]. New York: Random House，INC，1997.

[18] （美）法伊尔阿本德. 反对方法：无政府主义知识论纲要 [M]. 周昌忠，译. 上海：上海译文出版社，1992.

[19] 范守义. 典型的美国人——个美国故事 [C]// 任璧莲. 典型的美国人. 太原：山西教育出版社，2002.

32

论《喜福会》中的创伤记忆与家庭模式

顾悦

评论家简介

顾悦，南京大学博士、上海外国语大学英语学院副教授，教育部博士学术新人，上海市"晨光计划"学者。主要研究领域为英美文学研究、西方文艺理论研究、音乐与文学关系研究、当代英美文化研究、人文教育研究、比较文学与跨文化研究。出版有译著《爱》《昆恩的寂静世界》《非洲短篇小说选集》等。

文章简介

本文运用家庭系统理论对《喜福会》中创伤叙事的家庭性进行了精辟的阐述和解读。本文认为，苦难对于谭恩美而言，既不是政治话语的谈资，也不是对任何意识形态的颂扬或批判，而是实实在在的切肤之痛，是横亘在家庭、夫妻、母女之间的心理现实。民族的苦难和家庭文化中的毒性教条不仅给备受苦难煎熬的母亲一辈带来创伤，也深刻影响着她们的华裔女儿，影响着她们的成长、婚姻和家庭。而小说所采用的个体叙事为这种创伤记忆提供了医治的可能性。

文章出处：本文原载于《当代外国文学》2011年第2期，第100—110页。

论《喜福会》中的创伤记忆与家庭模式

顾悦

一

华裔美国作家谭恩美（Amy Tan, 1952— ）的《喜福会》近年来似乎成为国内学界的宠儿。据笔者粗略统计，仅 2007 至 2009 年间，国内公开发表的研究《喜福会》的论文就达二百余篇。然而在这一可观的数量背后则是大量的重复，说来说去很难脱离"华裔身份""文化冲突""后殖民女性主义"这几个词。

相比于非裔、拉美裔等作家而言，华裔美国作家面临的不仅是新大陆的种族歧视，更加沉重的则是来自故土的战争、贫困、灾害、饥荒、流离以及无形的文化枷锁所带来的创伤。因此，在批判美国主流文化、反对种族歧视的同时，对本民族文化与历史的反思成为华裔美国作家更为重要的使命。谭恩美对于中国妇女与家庭的苦难尤其关注。在她的小说中，"中国妇女无一不是受尽了苦难的受害者……小说中的母亲所经历的代表着中国与中国文化的往事毫无例外地标志着残酷、落后、愚昧"（赵文书 135）。谭恩美的这种姿态遭到了不少国内学者的垢病。《喜福会》等小说被认为是"为适应美国人口味而写的中国的故事"，是"东方主义刻板化的重复、印证与深化"（陆薇 136），而谭恩美"所要吸引的读者是那些对东方充满了好奇和幻想的白人"（陈爱敏 42）。这些批评所持的立场简而言之就是认为，谭恩美既然是华裔作家，那么就必须正面描写中国文化。这种"族群主义正确性"却正是谭恩美本人所反感的（谭恩美，《我的缪斯》220）。她从不认为亚裔作家就一定要一味颂赞亚洲文化。对于那些指责她出卖了自己族群的批评，谭恩美不以为然；她"不能想象，身为一名作家，却由别人来命令我应该写什么、为什么要写以及应该为谁而写"（229）。归根结底谭恩美的写作是她的个体心性对真实的追问。

《喜福会》很大程度上是一部自传性小说，其中的大量情节来自于谭恩美的个人与家庭经历。谭恩美的母亲出生在中国，第一任丈夫曾长期虐待她，她忍无可忍，离开了丈夫来到美国。为此，她不得不抛下三个女儿。谭恩美是母亲与第二任丈夫所生。在谭恩美尚未成年的时候，自己的父亲与一个哥哥就先后死于癌症。随后谭母也身患重病，挣扎多年后去世。"我的家族中有着不足向外人道的自杀传统、逼婚、遗弃在中国的孩子"（谭恩美，《我的缪斯》229），而谭恩美也饱受家庭暴力与情感伤害的折磨。这样的经历实实在在带给谭恩美本人巨大的创伤；她在青春期曾表现出严重叛逆的行为，后来甚至出现了心理问题，需要专业治疗。而写作正是谭恩美疗伤的一种方式。"她意识到文学创作有医疗效果"

(吴冰、王立礼 245);她曾经坦言,"我写作是为自己……如果不动笔,我说不定会疯掉……我……描述让我焦虑和伤痛的记忆以及那些秘密、谎言和矛盾,是因为这其中隐藏着真相的诸多方面"(谭恩美,《我的缪斯》216-17)。谭恩美认为,正是自己非常特殊的个人经历赋予了自己写作的能力,而她的作品也诞生于她对这些伤痛与真相的直面。

倘若对于人类来说,"奥斯威辛之后,写诗是残忍的",那么对于中华民族来说,近现代伤痕累累的一百多年之后,当"从外到内,从肉体到灵魂,记忆的创伤化几乎使不同阶层、不同年龄的每一个中国人都无一幸免"(张志扬 38)时,写诗同样是残忍的。倘若没有对苦难的直面,没有对创伤的哀悼,只是在遗忘抑或冷漠中沉醉于自我膨胀而高唱"弘扬传统""文化寻根",反倒是对本民族的不负责任。正如学者刘小枫所质问的,"如果在历史文化的土壤深处是一茎腐烂的根,我们是否必须得去寻求?如果在历史文化的原创形态中包含着谎骗的力量、命定的无用性、形形色色的伪善、疾病、死亡,我们也应该'认同'?"(17)谭恩美并没有因为自己的华裔身份,就对中国的传统和历史一味唱赞歌,而这也正是她遭到批评的主要原因。作为中国本土的学者,倘若我们不去对小说所触及的苦难加以反思,反而狭隘地要求华裔作家必须"正面"描写自己族群的历史及文化,则我们不免又重复了"中国儒家……历来……(的)一个心病:只准说好的不准说坏的"(张志扬 47)。面对亲历的创伤,谭恩美究竟是应该选择直面呢,还是应该为了"华裔族群"抑或"中国文化"的"面子"就加以粉饰呢?她用自己的小说清晰地回答了这个问题。

二

创伤记忆一直是汉语文化的欠缺。面对历史留下的创伤,汉语文化往往总是用宏大的词句把个体的苦难抽象成为"国家""民族"的苦难,似乎受创的只是"国体""民族尊严",而"实实在在受伤残的身心反倒像旁观者"(张志扬 40)。因此,每一个个体的具体受难被忽视,"记忆的创伤化尚未化到个人的生存论根底"(41)。对于事实的扭曲、对于创伤记忆的漠视必然导致创伤一再重复。直面痛苦是医治的开端;唯有"把脓血弄干净"(巴金 II),才能逐渐走出创伤的阴影。

西方学界自 20 世纪 90 年代以来展开了对创伤的跨学科研究,以历史学、社会学、心理学、伦理学、文学批评等诸多视角审视创伤;其中,卡鲁斯(Cathy Caruth)对创伤的精神分析研究以及范德柯克(Bessel A. van der Kolk)等人的神经学创伤研究常常被学者用于对文学作品中的创伤进行解读(Dodman 267)。起源于 20 世纪 50 年代美国心理学界,以莫里·波恩(Murray Bowen)和弗吉尼亚·萨提亚(Virginia Satir)等人的理论为代表的"家庭系统心理学"则对个体在家庭中的创伤记忆尤为关注。家庭系统理论的视角可以帮助我们更好地理解谭恩美的小说。创伤叙事的家庭性是谭恩美《喜福会》的核心。苦难之于谭恩美并不是政治话语的谈资,不是对任何意识形态的颂扬抑或批判,而是真实属己的切痛,是横亘在家庭、夫妻、母女间挥之不去的心理现实。无论是在生活中抑或在小说中,创伤记忆都是谭恩美必须面对的。从《喜福会》中我们发现,中华民族的苦难不仅给苦难中的中国人带来创伤,也实实在在地影响着他们的子女——华裔美国人,影响着他们的个人成长、婚姻、家庭。心理学研究告诉我们,家庭是一个系统,家庭中的任何事件都会在每一个人身上留下痕迹(Corey 424);"父母与孩子的关系模式,是孩子与其他人建立关系的基础"(武志红 50);爱与恨都能够通过家庭一代代传递。过多的创伤彻底改变了生命感觉,并且在家庭的集体无意识中留下了足以导致更多苦难的阴影。创伤给民族的文化心理带来的巨大影响(Farrell 7)正是通过一个个家庭具体呈现的。当华裔美国人遭遇到生存中的诸多磨难时,他们在父母一辈的创伤记忆中寻找到了理解当下的线索。

"家"是中国传统文化的核心承载体。"家庭及其延伸家族在中国传统社会的重要地位……是任何一种别的文化都无可比拟的"(徐行言 49)。但是,在《喜福会》中,我们清楚地看见,中国的传统家庭并不是辜鸿铭所说的"人间天堂"(辜鸿铭 86),倒更贴近明恩溥的描述,即"大多数中国家庭都是不幸福的"(明恩溥 151)。不幸福一方面来源于生命中遇到的灾难与变故。"记忆中刻骨铭心的撕裂与抛弃"(Heung 602-603)充斥着小说中的每一个家庭。素云因为战火被迫与两个女儿分离,琳达因为洪水被迫与母亲分离,安梅的母亲则因为传统文化与伦理的压力两次被迫与儿子分离。小说中,我们也看到大量非正常死亡。安梅的母亲因不堪羞辱而自杀,安梅的儿子淹死在海边,琳达的长子车祸丧生,映映的两个儿子都出世即夭折。这些苦难给小说中的每一个家庭都带来了沉重的记忆。与这些意外灾害留下的伤痛相比,家庭中的"毒性教条"给家庭成员造成的创伤同样深刻。这些毒性教条也许是家庭成员所不自知的(Aliss 52),但却代代相传,在暗中控制着家庭成员的行为。家庭系统理论告诉我们,不健全的家庭模式与心理状况倘若没有在一代人身上得到康复,那么往往会在后一代身上重复出现。如果我们仔细审视一下《喜福会》中的四个家庭,我们会发现惊人的重复性。三位母亲曾经遭遇离异,而她们的女儿全都没有幸福的婚姻,两个离婚,一个濒临离婚。映映嫁给了一个"坏男人",而她的女儿丽娜同样嫁给了一个"坏男人"。琳达与女儿薇弗莱同样遭遇第一次婚姻的失败。安梅的母亲一味牺牲自己,安梅的女儿露丝亦然。素云丧偶,而女儿则迟迟未婚。母亲常常发觉,尽管环境发生了变化,尽管自己试图给女儿们自己没有得到的爱,但是自己的命运却往往在女儿身上再一次重演。安梅不禁感叹,自己和女儿"就像是台阶一样,一级连着一级"(211)①。

中国传统家庭文化本来就具有很多不健康的成分。家族利益与名誉常常凌驾于个体价值与幸福之上。对于中国人来说,"个人当然没有独立的人格,而只视为谱牒的一个阶段……人们结婚非为自己而结婚,乃为家族而结婚"(萨孟武 79),而"这正是中国和欧美婚姻的根本不同点所在"(辜鸿铭 78-79)。传统家庭文化过于强调亲子关系而忽视夫妻关系。美国文化人类学家本尼迪克特曾经指出,东方伦理"与西方伦理最对立的莫过于丈夫对妻子的态度。在'孝的世界'中，妻子只处于边缘地位，父母才是中心"（本尼迪克特 144）。历代圣贤经书大都鼓吹儿女对父母的"孝道"并以此为家庭之宗旨，只有对传统文化做出了剧烈批判的明代学者李贽能够明白，"夫妇，人之始也。有夫妇然后有父子"（李贽 90）。传统文化之下，儿媳在家族中的地位则最为低下。作为女孩，她们被当作外人，得不到父母的爱与承认；作为夫家的媳妇，她们不过是家务劳动与传宗接代的工具。而最主要的，她们受到来自婆婆的压迫。这些婆婆们曾经也是儿媳；当往日的儿媳成为婆婆之后，"她也会以相同残忍的方式对待儿媳妇：她将自己曾经遭受过的所有痛苦都施加在儿媳妇的身上"（何尔康比 52）。除此之外，对未成年人的忽视与摧残则更是普遍。对于这些真实的情形，《喜福会》毫不隐晦。

《喜福会》为我们展现了华人孩子的共同的不幸。母亲一辈的童年全都在批评、挖苦、恐吓抑或冷漠中度过，来自长辈的肉体与精神虐待都司空见惯；女儿这一辈也依然遭遇了毒性教条下的充满虐待的成长环境，而给她们施以这些虐待的，正是当年的受害者——她们的母亲一辈。安梅的弟弟对粗暴的训斥表达了一点不满，他的舅母立即"'呸'一下唾在（他的）脸上，抓起他的头发就往门上撞"（33）。而在旁边目睹这一场景的安梅，同样也是这样的家庭暴力的受害者；她的幼小心灵必定受到极大创伤。更多的时候，安梅则被外婆用各种鬼故事恐吓。当这一代人移民到了美国之后，他们在潜意识中认同了虐待自己的长辈，并又用同样的方式对待自己的子女。精美说自己不是神童而只是一个普通孩子时，母亲"当即给了（精美）一个巴掌"，还骂她"没有良心"（129）。一位华裔母亲只是因为孩子对礼物表现出失望，就在众人面前打孩子耳光，让孩子遭受疼痛与羞辱的双重惩罚。当十岁的薇弗莱拒绝自己成为母亲炫耀的工具，让母亲觉得"丢面子"时，母亲琳达会毫不心软地用对儿童来说极为残酷的忽视与冷漠惩罚她；不仅自己这样，还阻止薇弗莱的哥哥对她的关心，隔绝了薇弗莱在家中可能得到的一切温暖。至于语言上的虐待就更是数不胜数了。可以说，小说中孩子在童年所遭受的虐待比比皆是。这严重地影响了他们的自我价值感，让孩子带着深深的恐惧感、不安全感与羞愧感长大。

中国文化是一种"家族本位"的文化（徐行言 49）。在中国传统中，"一个公民并不是为他自身活着，而首先是为他的家庭活着"（辜鸿铭 79）。小说让我们看到了华裔父母对孩子个体价值的漠视，而这也正是他们的幼年经历过的。父母对儿女没有无条件的爱，只有"听话"才是被允许的，而"幼者的全部，理该做长者的牺牲"（鲁迅 125）。孩子生命的价值被完全否定，存在的意义不过是长大之后"能派大用处"（42）。琳达很清楚"我妈妈不爱我"（43）；当她两岁时被定下与黄家的婚事之后，在家中就被当作了外人。本尼迪克特很早就发现，在东方，"一个人呱呱坠地，就自然地背上了巨大的债务"（80）。当安梅因为被烫伤而险些丧命，醒来之后她听到的却是自己的外婆这样的话："即便你的寿数短了一点，你还是亏欠了你的家……我们会很快把你忘掉的"（37）。这使得安梅心理上受到极大伤痛，甚至远远超过她肉体的疼痛。安梅的母亲没有得到自己的母亲的爱，但是却用"割肉疗亲"这样的极端方式表达了她愿意为母亲牺牲。在心底，她仍然幻想着用这最后的一次机会不惜一切换取母亲的爱，却终究是徒劳。她早已被自己的母亲当成了"鬼"，彻底被弃绝，失去了生存的合法性。"中国的母亲对女儿有绝对的控制权……孩子对她而言就像物品一样，她可以要求孩子无条件地听从她的命令"（何尔康比 52-53）。小说的开篇，当"千里鹅毛"的故事中的母亲诉说自己对女儿的希望时，她一再说"我会让她……她会领略我的一番苦心……我要她成为……"（1），自始至终没有考虑到女儿自己的主体性，没有想过女儿自己会有什么梦想什么需要，只是想把自己的愿望与想法加到女儿头上。琳达"牺牲了自己的一生，只为了履行父母许下的一个诺言"（40）。到了女儿这一辈，孩子依然是为了父母的脸面存在。龚琳达与吴素云始终将女儿当做彼此攀比的工具，映映也用女儿住的房子进行炫耀。华裔父母习惯于不把孩子当作真正意义上的"人"来看待。素云在分螃蟹的时候，不由地觉得四岁的苏珊娜不算人。尽管孩子们没有被当作人得到尊重，但另一方面，她们又被迫成为"小大人"，承担本不应当承担的责任。十四岁的露丝被父母命令照看四个弟弟，而因此为弟弟平的死抱疚终生；精美也不得不在母亲们打麻将时照顾她们的孩子，倘若照顾不周，一切都会被当作她的过失。合理的需要得不到满足，不合理的责任重重强加，这就是华裔儿童的命运。

谭恩美在《喜福会》中突出表现了华人女性的缺乏自我，而这很大程度上也是家庭的产物。我们看到，小说中的孩子在小的时候，自身所独特的感受、个性、梦想、价值就不被接纳；孩子必须按照父母所规定的样式生活。映映原本不羁的性格却被母亲与保姆决然地否定，她无法做自己。童年的一次落水经历对映映影响很大。尽管落水之后她被家人找到了，但是她始终不记得被找到的过程；从水中出来之后她甚至不认识自己，认为自己永远地迷失了。这一经历有着很强的隐喻性——你们不接纳真实的我，所以这个真实的我掉进水里了，并且永远找不到了。落水的经历不仅让映映体会到自己的"安全感与归属感的丧失"（Hamilton 130），更让她体验了自我的丧失。从此以后，她感到自己"把自己给丢了"（73）；因此"多年以来"她"从不会让一丁点……个人想法和见解"从嘴中说出，并且"一直将真正的自己严严实实地罩住"（60），甚至女儿都无法了解她。安梅的外婆在安梅幼年常常用鬼故事恐吓她：倘若她不听话而"自作主张"的话，脑髓会全部流出而死。这样一个故事也是有隐喻意义的：你的脑子不是用来思考的，只是用来服从的；一旦你选择思考，你就不被允许存在。不仅母亲一代是这样，女儿一代依然是。吴素云的"世界上只有两种女儿，听话的和不听话的。在我家里，只允许听话的女儿住进来"（136）的说法，更是概括了这样的毒性教条；言下之意，你是谁、你怎么想都是没有意义的，我要你怎么样你就得怎么样，不然我就不认你。所以，女性是注定不被允许拥有自我的。她们"对自己所具有的一切情绪、需求和欲望都感到羞耻……被迫发展出一个假我——一个按照文化或家庭需求而塑造成功的面具……与真我逐渐分离"（布雷萧 15）。这种对自我的否定，也使得她们发展出了低下的自我价值感。悲哀的是，当她们成为母亲时，继续实践着这样的毒性教条，而自我的丧失也同样影响了她们的女儿一辈。

倘若幼时父母不让女儿们拥有自我，那么当她们成年之后、进入婚姻之后，也依然不会拥有自我。尽管美国没有旧中国的封建制度，女性"无须仰仗丈夫的鼻息度日"（1），但是没有自我的她们还是无法在丈夫面前成为自己。安梅一方面希望幼年的露丝"听话"，一方面又幻想她成年之后不要受别人支配，这本身就是矛盾的。从小没有自我的孩子是不可能突然一天就发展出自我的。自幼露丝从母亲安梅那里得到的信息是，"听话"是好的，有自己的想法是不好的——这也正是安梅小时候被灌输的教条。因此，露丝就成为了一个"听话"的乖小孩。当露丝成年之后，尤其在婚姻中，她也总是愿意处在"听话"的地位，继续做那个服从的乖小孩。在准备与丈夫特德离婚的时候，露丝感觉到，"我一点都不留恋他。我留恋的是我和他在一起的感觉"（188）。和特德在一起的感觉就是"听话"的感觉，如同小时候听母亲的话一样。最初特德吸引她的正是他的"自信与固执己见"（107）；露丝总是习惯于问特德"我们该怎么办？"（110），让他替自己做所有决定。在这样一个关系中，特德扮演的是那个发出命令的父母，而露丝则是那个听话的乖孩子。露丝一味压抑自己的感受，从来不提出自己的要求，正如小时候在母亲面前一样。当特德因为造成医疗事故而自尊受到冲击，不再能够扮演"父母"的角色，心中的"小男孩"需要来自妻子的精神支持时，长期习惯了"听话"而没有主见的露丝便显得很无力。这也是他们婚姻破灭的直接原因。与一味"听话"的露丝相反，精美更多地是用一种叛逆的态度对抗母亲。在小的时候是故意弹错钢琴，长大之后则是在事业上不断地违背母亲的期望。虽然这看上去是在摆脱母亲的控制，但逆反不过是另外一种被控制——它依然受制于母亲的看法。在母亲一辈中，琳达最大程度地追寻了自我；她曾经质问，为何要为别人的快乐牺牲自己？为何要让别人决定自己的命运？我自己究竟是谁？经过这样的反思，她"发现了一个真正的自我"（59），并从此立志"永远不会忘记'自我'"（50-51）。琳达的女儿薇弗莱也是女儿一辈中相对来说自我最坚定的。然而她在潜意识中依然容易被母亲的看法左右，尤其是关于婚姻；母亲对薇弗莱的配偶的挑剔指责能够不知不觉内化为薇弗莱自己的看法。薇弗莱悲哀地发现，也许是母亲无意中破坏了自己的婚姻，而自己"永远只能是妈手中的一枚棋子"（178）。

《喜福会》中两代人的模式常常是女儿一代总是处于"被动，无力，被控制"（Banmen 481）的状态，而母亲一代则显出一种"强迫性控制欲"（Bump 63）。小说中，家庭成员严重缺乏心理界限，常常陷入一种心理学称之为"共依存"（codependence）的不健康心理状态：我为别人而活，你也得为我而活。这很大程度上来源于中国文化中"他人取向"、"压抑私欲"（贾玉新 163）的传统。母亲们从小就被教导不能为自己而活，她们的生命早已被自己的父母设计好了，她们并不拥有自己的生命，并不拥有选择的权力；她们只能从自己的儿女身上抢夺生命的选择权。她们的控制欲也来自她们低下的自我价值感。自我价值感低下的人"通常想要从他人那里得到肯定"，并且"总是想操纵别人"（转引自萨提亚 30）。他们在与亲人的关系中常常会存有这样的心态："如果你没有常常表现出你是为了我而活，那么我会觉得自己一无是处"（149），而这会进一步影响他们的自我价值感；此时，他们就会加大控制的力度。前面提到的母亲要求女儿按照自己来活，就是这种心态的体现。而不顾女儿们的想法与感受，强迫年幼的她们出人头地，其实是母亲们借以证明自己、填补自身价值感低下的方式。我们看到，小说中的母亲一辈总是特别挑剔，对周围的人充满不满，看到的永远是别人的缺点。这其实也是自我价值感低下的一种体现；她们将对自己态度投射到别人身上。对别人的不接纳来源于自己的不接纳，而对自己的不接纳又来源于幼时长辈对自己的不接纳。因此，母亲们会非常热衷于用厨艺、儿女等来证明自己的价值。当薇弗莱无意中看到了熟睡的母亲时，她发现，在强势、挑剔、控制欲强的外表之下，母亲的内心原来是那样的"羼弱、单薄、无助"（179）。这正是创伤记忆带给母亲们的心理印记。"被抛弃是小说中的母亲都面临的现实；她们的每一个故事都包含了与家庭的根本性分离"（Shear 197）；大量的分离体验使得母亲这一代产生了严重的分离焦虑，而亲人意外故去的经历则使这种焦虑愈发强烈（McGoldrick 88-92），因此她们对于和女儿的分离极为恐惧。琳达甚至会想和女儿一同去度蜜月。心理学也告诉我们，"极权式的控制、完美主义的吹毛求疵、轻视的职责和动辄大发脾气等行为，其实都是羞愧的化身"（转引自布雷萧 106）。家庭中的毒性教条以及种种虐待与被压制的经历使得她们心中充满羞愧，于是会做出这些反应。

苦难所带来的沉重的负罪感也折磨着小说中的主人公们。小说开篇我们就读到，素云的丈夫认为素云是被"自己心中的某个念头折磨死的"（3）。由于战火与疾病，素云被迫与襁褓中的双胞胎女儿分开；尽管在当时她做了她能做到的一切，但深深的内疚始终萦绕着她。映映出于对丈夫背叛的愤怒，用堕胎的方式杀死了他们的孩子，这也成为了映映一生巨大负罪感的来源。而女儿这一辈也依然难逃负罪感的控制。露丝为弟弟的死感到内疚，觉得是自己错，没有照看好他。丽娜则为邻居男孩阿诺德的死感到内疚，因为自己曾经偷偷希望过他死掉。映映仿佛拥有"第六感"一般，能够预言家中未来的不幸。这与其说是一种东方的神秘主义，不如说更符合心理学上所说的"自我实现的预言"。正如露丝所悟，"所谓命运，它的一半其实就是出自我们的期望"（123）。在丽娜八岁的时候映映就预言她一定会嫁给一个坏男人，因此丽娜在潜意识中告诉自己，"我一定会嫁给一个坏男人"。事实上，她也确实嫁了一个"坏男人"。然而当丽娜回想起丈夫的行为时，她隐约觉得，也许是自己"使他变成这样的"（161）。映映在怀上了第二个儿子后，"不知怎么搞的，常会径自撞到家具或墙上"（97），似乎总是故意要伤害腹中的胎儿。由于内心充满负罪感，因此她们都在潜意识里告诉自己,"我坏,我不配得到幸福";这样的信息重复地出现,如同咒语一般控制着她们,而她们也不知不觉地向着这些"预言"实现的方向生活。

三

当代学者张志扬曾经极为尖锐地指出,"无论是一个人或一个民族,对于20世纪中如此巨大的创伤记忆,以为不靠文字像碑铭一样建立的反省、清算、消解而生长、置换、超越的能力,就可以在下一代人的新的生活方式中悄悄地遗忘、抹去,这除了不真实和不负责任,还说明这个人或这个民族已在历史的惰性中无力无能承担他自己的遭遇从而把无力无能追加在历史的惰性中作为欠负的遗产弃置给了下一代。"(69-70)一代人的创伤如果没有得到处理,必然会通过家庭系统带给后一代人伤害。《喜福会》沿袭了亚裔美国文学的自传性传统(Sohn 7),大胆地触及了私人历史的真相,并通过创伤记忆的个体叙事,拒绝了遗忘的可能,开始寻找医治的途径。小说先后用了七个叙述者,这常常让评论家难以把握。事实上,这恰恰是作者良苦用心的体现。谭恩美最初认为《喜福会》就是一部短篇小说集(Souris 99)。通过给予每一个人自我言说的机会,谭恩美为我们展示了叙事的力量。叙事塑造了自我,重新叙事也能够改变自我(Xu 4)。正是对自身创伤记忆的叙述,使得那些被压抑进潜意识里的创伤体验重新浮现,她们能够在痛处哀痛,以此释放那些影响着自己当下生命的过往感受,重新获得生命的自由。这部小说里的故事许多都曾在作者的家庭中发生过,因此,同样可以说这是谭恩美为自己书写的创伤记忆。

"喜福会"最初就是一个交换故事的聚会。在桂林的硝烟与流离中,当生活的希望显得虚无缥缈的时候,素云与三个女人一同发起了"喜福会"。打麻将与吃食都是次要的,而从夜里到天亮的交谈才是聚会的关键。在这里,她们"讲故事,怀恋着过去的好时光,憧憬着将来的好时光"(9);通过叙事,她们得以重新拼接起被战火所打碎的生活的时间与空间,得以重新构造本已遥远的"喜"与"福"。这样的叙事,也让她们在周遭的恐惧与痛苦中依旧能够持守希望。素云到了美国之后,当她在另外三位女性那"漠然惆怅的脸上"(5)看到她们"各自有她们的隐痛"(4)之后,旧金山版的喜福会诞生了。在她们奔赴大洋彼岸重寻幸福时,她们生命中的 大部分却留在了千里之外的故土"(吴冰、王立礼 250);那里对于她们来说意味着塑造了她们的性格的原生家庭,以及其中撕心裂肺的创伤记忆。而共同拥有创伤记忆的四位女性组成的喜福会,为她们提供了彼此支持的人际关系,是新大陆的她们重新拾得生命感觉的途径。正是在"喜福会"中,她们那"被创伤击垮的生存意义"(Larrabee et al. 354)得以重建。

创伤足以将当下与过往极为真切而紧密地联结在一起(Melley 108)。《喜福会》的叙事结构暗示了家庭模式与创伤记忆在两代人生活中的影响。十六个故事分为四组。第一组叙述的是母亲的童年,尤其是她们与自己母亲的关系。在这组故事中,我们看到了四个家庭的苦难过往，看到了母亲一代的悲惨童年。这是创伤记忆的原初叙事。创伤第二组叙述的是女儿的童年以及她们与母亲的关系。在这里，我们看到了母亲童年的家庭模式是如何又一次在女儿身上重现的。第三组叙述的是女儿成年之后的境遇，尤其以她们的婚姻危机为主。这些故事又让我们看到，母亲成年之后遇到的家庭苦难是怎样重复在女儿们的生活中的。这两组故事让创伤在家庭系统中的传递一览无遗。第四组则重新由母亲叙述，在这一组故事中，母亲们开始尝试从自己的过去中寻觅如今女儿所遇到的困难的线索。这一组叙事具有强烈的反思性；随着故事的展开，过去与现在的关系被逐渐揭示出来。这组叙事也具有明显的对话性，母亲们对女儿们讲述自己的故事，女儿们得以了解自己所不知的家庭过去，这本身就有医治的作用（Gilbert 76）。随着家庭的创伤记忆被一点点剥开，女儿们开始触摸到母亲的过去，心中的结也渐渐打开。她们不仅"渐渐懂得自己和母亲冲撞的深层文化原因"（刘海平、王守仁 376），更懂得了自己遭受的苦难背后的深层文化原因。

　　勇敢地直面创伤记忆正是《喜福会》的力量所在。"某种东西，并非由于它是历史事实就拥有神圣的权利"（刘小枫 11）。苦难就是苦难，并不因为它们发生在中国，就足以带上光环。无论是中国人抑或华裔美国人，面对历史与文化时，需要的不是"在传统的文化心态中自欺欺人"（刘小枫 26），也不是仅仅"发掘自己已有的精神资源"（余英时 91），更需要反思传统文化的弊端，直面民族的创伤记忆。这样的反思与直面尤其需要个体化，需要处理每一个家庭的创伤。"唯有不忘'过去'，才能做'未来'的主人"（巴金 823）。直面创伤才能将过去的留给过去，才能斩断苦难在家庭中的传递，避免陷入"一再重复的命运"（张志扬 70）。

注释

① 本文所引之小说译文摘自谭恩美：《喜福会》，程乃珊、严映薇译，部分译文有修改。

引用文献

Aliss, Laurie, P. *Contemporary Family Communication: Messages and Meanings*. New York：St. Martin's Press, 1993.

Ba, Jin. *Random Thoughts*. Beijing：SDX Joint Publishing Company, 1987.
［巴金：《随想录》，北京：生活·读书·新知三联书店，1987 年。］

Banmen, John. "Virginia Satir's Family Therapy Model." *Individual Psychology* 42.4（1986）：480-92.

Benedict, Ruth. *The Chrysanthemum and the Sword*. Trans. Lü Wanhe et al. Beijing：the Commercial Press, 1990.
［鲁思·本尼迪克特：《菊与刀》，吕万和等译，北京：商务印书馆，1990 年。］

Bump, Jerome. "D. H. Lawrence and Family Systems Theory." *Renaissance* 44.1（1991）：61-81.

Bradshaw, John. *Bradshaw. The Family*. Chengdu：Sichuan UP, 2007.
[约翰·布雷萧:《家庭会伤人》,成都：四川大学出版社，2007年。]
Chen, Aimin. *Identity and Estrangement: An Orientalist Looks at Chinese American Diaspora Literature*. Beijing：People's Literature Publishing House, 2007.
[陈爱敏:《认同与疏离：美国华裔流散文学批评的东方主义视野》,北京：人民文学出版社，2007年。]
Corey, Gerald. *Theory and Practice of Counseling and Psychotherapy*. Belmont, California；Brooks/Cole, 2005.
Dodman, Trevor. "' Going All to Pieces'：' A Farewell to Arms' as Trauma Narrative." *Twentieth Century Literature* 52.3（2006）；249-74.
Farrell, Kirby. *Post-Traumatic Culture: Injury and Interpretation in the Nineties*. Baltimore：Johns Hopkins UP, 1998.
Gilbert, Roberta M. *The Eight Concepts of Bowen Theory: A New Way of Thinking About the Individual and the Group*. Leading Systems Press, 2006.
Goodnow, Frank Johnson. *China: An Analysis*. Trans. Cai Xiangyang and Li Maozeng. Beijing：China International Culture Publishing House, 1998.
[古德诺:《解析中国》,蔡向阳、李茂增译,北京：国际文化出版公司，1998年。]
Gu, Hongming. *The Spirit of the Chinese People*. Trans. Huang Xingtao and Song Xiaoqin. Nanjing：Guangxi Normal UP, 2001.
[辜鸿铭:《中国人的精神》,黄兴涛、宋小庆译,南宁：广西师范大学出版社，2001年。]
Hamilton, Patricia L. "Feng Shui, Astrology, and the Five Elements：Traditional Chinese Belief in Amy Tan's *The Joy Luck Club*." *MELUS* 24.2（1999）：125-45.
Holcombe, Chester. *The Real Chinaman*. Trans. Wang Jian. Xi'an: Shaanxi Normal UP, 2007.
[切斯特·何尔康比:《中国人的德性》,王剑译,西安：陕西师范大学出版社，2007年。]
Heung, Marina. "Daughter-Text/Mother-Text：Matrilineage in Amy Tan's *Joy Luck Club*." *Feminist Studies* 19.3（1993）：597-616.
Jia, Yuxin. *Intercultural Communication*. Shanghai：Shanghai Foreign Language Education Press, 1997.
[贾玉新:《跨文化交际学》,上海：上海外语教育出版社，1997年。]
Larrabee, M. J., S. Weine, and P. Woollcott. "'The Wordless Nothing'：Narratives of Trauma and Extremity." *Human Studies* 26.3（2003）：353-82.
Li, Zhi. *Fenshu & Xufenshu*. Beijing：Zhonghua Book Company, 1975.
[李贽:《焚书续焚书》,北京：中华书局，1975年。]
Liu, Haiping, and Wang Shouren. *A New Literary History of the United States*. Vol. 4. Shanghai: Shanghai Foreign Language Education Press, 2002.
[刘海平、王守仁主编:《新编美国文学史》（第四卷）,上海：上海外语教育出版社，2002年。]
Liu, Xiaofeng. *Deliverance and Dallying*. 2nd ed. Shanghai：East China Normal UP, 2007.
[刘小枫:《拯救与逍遥（修订本二版）》,上海：华东师范大学出版社，2007年。]
Lu, Wei. *Towards Cultural Studies：A Study of Chinese American Literature*. Beijing：Zhonghua Book Company, 2007.

[陆薇:《走向文化研究的华裔美国文学》,北京:中华书局,2007年。]

Lu, Xun. "How Should We Be Fathers Today." *Grave*. Beijing：People's Literature Publishing House, 1980: 122-36.

[鲁迅:《我们现在怎样做父亲》,见《坟》,北京:人民文学出版社,1980年,第122-36页。]

McGoldrick, Monica, Randy Gerson, and Sueli S. Petry. *Genograms*. New York：W. W. Norton and Company, 2008.

Melley, Timothy. "Postmodern Amnesia：Trauma and Forgetting in Tim O'Brien's 'In the Lake of the Woods.'" *Contemporary Literature* 44. 1（2003）: 106-31.

Smith, Arthur. *Chinese Characteristics*. Trans. Liu Wenfei and Liu Xiaoyang. Shanghai：Shanghai Joint Publishing Company, 2007.

[明恩溥:《中国人的气质》,刘文飞、刘晓旸译,上海:上海三联书店,2007年。]

Sa, Mengwu. *The Water Marsh and the Chinese Society*. Beijing：Peking Press, 2005.

[萨孟武:《水浒传与中国社会》,北京:北京出版社,2005年。]

Shear, Walter. "Generational Differences and the Diaspora in *The Joy Luck Club*." *Critique* XXXIV. 3（1993）: 193-99.

Sohn, Stephen Hong, Paul Lai, and Donald C. Goellnicht. "Theorizing Asian American Fiction." *Modern Fiction Studies* 56.1（2010）1-18.

Souris, Stephen. "'Only Two Kinds of Daughters'：Inter-Monologue Dialogicity in *The Joy Luck Club*." *MELUS* 19. 2（1994）: 99-123.

Tan, Amy. *The Opposite of Fate: Memories of a Writing Life*. Trans. Lu Jinshan. Shanghai：Shanghai Far East Press, 2007.

[谭恩美:《我的缪斯》,卢劲杉译,上海:上海远东出版社,2007年。]

——. *The Joy Luck Club*. Trans. Cheng Naishan and Yan Yingwei. Hangzhou：Zhejiang Literature and Arts Publishing House, 1999.

[谭恩美:《喜福会》,程乃珊、严映薇译,杭州:浙江文艺出版社,1999年。]

Satir, Virginia. *The New People Making*. Trans. Yi Chunli and Ye Dongmei. Beijing：World Publishing Corporation, 2006.

[维吉尼亚·萨提亚:《新家庭如何塑造人》,易春丽、叶冬梅译,北京:世界图书出版公司,2006年。]

Wu, Bing, and Wang Lili, eds. *Chinese American Writers*. Tianjin：Nankai UP, 2009.

[吴冰、王立礼主编:《华裔美国作家研究》,天津:南开大学出版社,2009年。]

Wu, Zhihong. *Why Family Hurts: A Survey of Psychological Truths in the Family*. Beijing：World Publishing Corporation, 2007.

[武志红:《为何家会伤人——揭示家庭中的心理真相》,北京:世界图书出版公司,2007年。]

Xu, Xingyan, ed. *A Comparative Study of Chinese and Western Culture*. Beijing：Peking UP, 2004.

[徐行言主编:《中西文化比较》,北京:北京大学出版社,2004年。]

Xu, Ben. "Memory and the Ethnic Self：Reading Amy Tan's *The Joy Luck Club*." *MELUS* 19. 1（1994）: 3-18. Yu, Yingshi. "The Modern Significance of Chinese Culture from the Perspective of Its Value System." *Culture: China vs. the World*. Vol. 1. Beijing：SDX Joint Publishing Company, 1987. 38-91.

[余英时:《从价值系统看中国文化的现代意义》,《文化:中国与世界(第一辑)》,北京:生活·读书·新知三联书店,1987年,第38-91页。]

Zhao, Wenshu. *Harmony and Variation: Changing Cultural Orientation in Chinese American Literature*. Tianjin：Nankai UP, 2009.

[赵文书:《和声与变奏:华美文学文化取向的历史嬗变》,天津:南开大学出版社,2009年。]

Zhang, Zhiyang. *Traumatic Memory*. Shanghai：Shanghai Joint Publishing Company, 1999.

[张志扬:《创伤记忆》,上海:上海三联书店,1999年。]

33 哈金的战争书写：以《战废品》为例

张琼惠

评论家简介

张琼惠，美国俄勒冈大学博士、台湾师范大学英语系教授，曾先后在俄勒冈大学比较文学所、东海大学、东吴大学任教并任东吴大学英文系主任。主要研究领域为自传文学、美国亚裔文学与移民文学。出版有专著《重塑美国华裔文学》(*Transforming Chinese American Literature*, 2000)、编著《移动之民：海外华人研究的新视野》以及译著《月白的脸：一位亚裔美国人的家园回忆录》。

文章简介

本文以小说主人公俞元身上的"刺青"为切入点，再现了哈金超越国家界限的跨国主义视角：一方面，在作品中，他对人的判断不受国籍或政治立场的预设，而是回归到对"人"的理解；另一方面，就个人而言，他对母国文化和归化国文化既认同又疏离，呈现出了一种超越原乡与移居地的跨国心态。

文章出处：本文原载于《华文文学》2011年第2期，第65—70页。

哈金的战争书写：以《战废品》为例

张琼惠

马克杯，我无言的伴侣
都三十多年了
你饱受西伯利亚的风雪摧残
以及黄土平原上的沙尘炙热
如今你在大西洋岸
在汽车废气中
变得坚强
……
你看来如此漠然
无视任何结论
总是漂流不定

——哈金，《漂流的马克杯》（"Traveling Mug"）

脚前两条路各有不同的前程
一条通往结满梨与杏的果园，
一条通往收藏影片的放映馆。
因为心中不知如何选择，
两只脚便各依自己的意愿决定。
我见到右脚昂然向右边迈出
而左脚则阔步向左边前去。
既然两条路都选了
我遂抬头看见了一个红气球
向上飘去。①

——哈金，《路》（"Ways"）

华裔美国作家哈金一九五六年出生于中国大陆辽宁省，自小在黑龙江省长大，十四岁为了要参加"中苏大战"、幻想自己可以英勇地为国捐躯，因此虚报年龄而加入中国人民解放军，在西伯利亚的中苏边境一待便是五六年。退伍后留在东北地区工作、念大学。他在一九八五年赴美留学，在近大西洋岸的马萨诸塞州攻读英美文学博士学位。因此《漂流的马克杯》一诗，其实是哈金的自述之作，以一个马克杯转喻他三十多年漂泊、流离的人生历程。哈金到美国留学之后才开始以英文创作，以写诗开始，而第一本长篇小说《等待》（*Waiting*，1999）一出版便崭露锋芒、得到当年的"美国书卷奖"。哈金是诗人、也是小说家，作品中"战争"一直是他念兹在兹的议题，《等待》叙述冷战之后美苏对中国影响的消长，《战废品》（*War Trash*，2004）描绘韩战及"文化大革命"之后中国文化资产的得失，其中共同关注的焦点则是检视西方文化对东方社会的冲击与利弊。哈金的视角是跨国的，史瓦茨（Lynne Sharon Schwartz）曾经称哈金为"移植的小说家"（a transplanted novelist），"以轻快敏锐、但又夹杂着哀伤的愤怒与同情，书写他的家乡"（26）。他以凌越国家界线的观察，描述烽火下的苦难，而身历其中的不仅只是他人、也是他自己，《战废品》是他第一次以第一人称的视角所撰写的作品，融合小说与自传体回忆录，本文探讨哈金如何透过《战废品》呈现战争的意义及暧昧的跨国联结。

　　分析此一议题，极佳的着手点是《战废品》主角俞元身上的刺青伤疤。小说的背景设在韩战期间，人物是一群被美军及南韩军队收房的战俘，俞元便是其中之一，经过数年，这群人曾被迫迁移、辗转待过好几个战俘营。虽同为敌军所俘，但当时的中国战俘又分为拥国民党派及拥共产党派。俞元对党派之争没有兴趣，只一心期待能战后平安返乡，然而在一次两党角力中，在失去意识的情况下俞元竟被人在肚子上刺下了"FUCK COMMUNISM"的刺青。原本理应是慷慨激昂、充满男性气概的"忠诚宣示"，这个刺青对俞元而言却更像是少女失去贞操一般令他感到羞辱。刺青表面的文字虽指涉主动，但身体的遭遇却全然是被动，而且这难以除去的印记让他从此再也无法证明自己对共产主义的忠心与清白，若有幸得以返乡恐怕还会遭受批斗。因为情势混乱自保不易，俞元只好隐忍难堪。自古以来刺青即具有宗教及社会意涵，以身体为符码，借由烙印重订身份，表征祭祀的牺牲或社会的阶级与地位。刺青像一刀的两刃，既标示归属、也标示隔离，既象征反叛、也象征归顺，端由批判的立场而定。吉尔（Alfred Gell）如是说明刺青如何标示身体与文化之间的分隔及联结：

　　　　刺青藉由技术修饰了身体，使某种特殊的"隶属"成为可能。……反过来说，刺青也让某些与众不同的社会及政治关系有进一步衍义及延续存在的机会。……就修饰身体的层面看来，刺青（或者在一些认为刺青是必要、正常的地方，决定不刺青）的立意明显、且易于辨认，都是为了将身体当成工具，循着社会环境的要求去重塑个人的特质。（3）

　　普理察（Stephen Pritchard）也指出刺青常是用来"辨别身份、判断社会化的一项指标"，他说：

刺青是身体的注记，在心理、文化、政治等各方面，烙印、建构、赋予身体内涵。然而，若是认为刺青纯然只是一种暗喻，是文化或社会加诸在身体的印记、是外在的社会或文化情境附加在个体身上的一种指定、影响或塑形，那就太简化刺青所标示的意义了。……刺青是意义生产的场域，不只是个人"个体化"或主体"主观化"的过程，而且是在同一时间以文化建构个别的主体、以个别的主体建构文化。（331-332）

因此，以俞元为例，他身上的刺青同时代表排除及纳入，不仅将他抽离亲共产党的阵营、同时也将他归入亲国民党的麾下，标示他对一边的忠诚及对另一边的背叛。

然而，借刺青来决断个人属性又极为不当，因为俞元并非主动获得刺青，自此这个身体的烙印开始因不同时空背景而演绎出不同的象征意涵。《战废品》的〈引子〉以描述俞元的刺青开始，小说最后〈不同的命运〉以描述俞元如何改造刺青作为结束，数十年来，身上的刺青已经历经几次改变，而每一次的改造／改写都推翻了先前原有的意义。俞元其实对国共之间的竞争没有特别立场，沦为战俘后最大的愿望就是尽快脱离宛如废物般的俘虏生活、返乡与母亲及尚未入门的未婚妻团圆，因此以刺青判定他的政治属性其实是一个迷思。在战俘营中，有一回他不慎落入亲国民党阵营，但身上的刺青竟意外让他免于遭受凌虐，而且还因此受到重用、负责重要的谍报工作，如他所说、这个刺青成了他的"安全证书"（147）。刺青之为用，是帮助他得到当时应该有的"政治正确"身份。然而因为刺青毕竟是"肤浅"的，这个身上的注记可能因地制宜、视情况而改变意义。韩战结束后，俞元为了在返乡前除去这个令他感到羞愧的伤疤，向一位军医求助，医师成功地抹去其中几个字母、但又加了几点，刺青因此变成了"FUCK... U... S..."。虽然文字改了，意义依然误导，新旧刺青皆无法真实地表达他的个人特质或政治倾向。但讽刺的是，当"文化大革命"如火如荼地进行时，在打倒美帝的氛围下，俞元的刺青再次成了他的护身符，让他幸免整肃的磨难。因为刺青可以改造，就不该代表分隔或联结，也不能标示文化或政治的差异。俞元的经验只能证明以刺青来判辨身份或社会化的程度其实非常不可信赖。小说又过了几十年之后，国际情势再次扭转；当年战俘营中拒绝被遣返大陆而决意前往台湾的"叛徒"如今受到中国政府热烈的欢迎、成为重修两岸关系的媒介，而中苏对抗及中国经济的改革也将美国由敌人转为盟友。俞元此时已是七十多岁的老翁，他离开中国大陆去探视已经移民到美国的儿子，而到美国的计划之一就是找一个医生彻底地将他的刺青拿掉。俞元入境美国时极度忐忑不安，害怕身上的刺青会成为拒绝他入境的理由，"心跳得像一只落在网里的鸽子"（7）。俞元的担忧后来证明是多余，但这看似好笑的插曲其实提醒了在华人入境美国的历史中，许多人因为自身一些可见（如肤色）或不可见（如文化或宗教差异）的印记，惨遭遣返的命运，而这些印记其实就像刺青一样，都是肤浅而不可信的。虽然普理察说刺青"不只是个人'个体化'或主体'主观化'的过程，而是在同一时间以文化建构个别的主体、以个别的主体建构文化"（332），但从另一个面向观察，刺青应该也是个人被群体文化吸纳、失去主体性的过程。刺青之为用不一定是标新立异，有时反而是指涉群体霸凌加诸个人身上的压力，以及属性建构充满不真与善变的事实。

《战废品》虽然以战争为背景，全书没有描述任何战场交战的场景。对营中的战俘而言，有关前线战况的讯息来源极其微薄；有时是已过时、遭美军丢弃的报纸，而报纸的语言又是多数人毫无概念的英文；有时是偶尔才能接收到的微弱广播；而大多时候则是战俘间流传的谣言以及自己的想象臆测。研究全球化流动现象的阿帕度莱（Arjun Appadurai）曾提出一个观察，以五个向度，即族群景观（ethnoscape）、媒体景观（mediascape）、科技景观（technoscape）、金融景观（financescape）和思想景观（ideoscape），说明在全球发展、经济与文化散裂的情势中，最容易跨界流动的即是族群、媒体、科技、金融与思想。若是我们引用阿帕度莱的思考模式研读《战废品》，会发现在国际战争的情境中，最容易被搬弄流动的不是别的，而是战俘，也就是书名标题所指的"战废品"。由于战事的胜负消长，他们不停地被迫搬迁，由一个战俘营迁至另一个战俘营、跨越在中韩的国界交接处、穿梭在国共的政治缠斗中。而此般频繁的流动并非证明他们的价值及自主性，相反地，只是一再凸显他们的无助与无用。他们宛如一群乌合之众，非但没有军士应有的豪气英勇，反而在国际谈判下成为无足轻重的筹码，因为罪犯永远代表国家的失败，是国家执行力不彰的证明，是一群政府不愿面对败仗的真实存在。在韩战中，战俘努力保持自己对国家的忠贞，保有将他们赎回的正当性，虽然实际的情形是战后政府愿意将他们领回"只是为了保住脸面"（《战废品》333）。

《战废品》叙述的是一群被剥夺人性尊严的战俘。战争激烈时，他们在极度单薄的装备下为国家出生入死，但因为军方误判讯息，下达错误指令，导致他们向敌军自投罗网、身陷囹圄多年。政府执行国家的权力下达命令，其结果却是让人民沦入非人的处境，失去为人的价值，如战俘抱怨："这是犯罪。他们用起人来就像用拉套的牲口，就像烧劈柴"（77）；在世时他们是苏俄军队口径下的"炮灰"，阵亡后就成了朝鲜土壤里的"肥料"（318）。即便躲过战火，在战后获得遣返，还得有心理准备，因为"一回到中国你们就会遭受批判、酷刑、关押、甚至处决……终身成为社会的渣滓"（109）。如书中的战俘韩述所言："我们的悲剧在于……对他们来说，你们是一群懦夫和行尸走肉，根本就不应该活着"（110）。

其实在战俘营中，这些战囚一直努力为自己创造生命的意义及价值、摆脱战废品的身份。他们自动自发组了十个"艺术"组织，在无聊烦闷的生活中将创意发挥到极致，积极举办各项"文娱活动"。他们自制乐器、自编军歌、自创舞台剧，展现各式各样的才能，借以在极端恶劣的环境中鼓舞士气，并且将自我的身份从"战俘、战废品"转为"艺术家"。李克（Dorlea Rikard）注意到战争时期艺术表现的特殊意涵："战争文学里充满音乐的元素,……包含许多用以宣扬教义的军歌、行动剧及示威。仔细观察这些各式各样的音乐作品,我们发现这是人类以一种复杂的方式来响应战争的理念与现实"(130)。从心理的角度来看,这些作品之所以复杂,因为它可以是集体意识的营造、也可以是个人情绪的宣泄。战营中自组的乐队被当成"是'与敌人战斗的特殊武器',……可以鼓舞同志们的斗志,激起大家对敌人的仇恨,可以把战士们变成更有效的战斗机器"(《战废品》282),同时"唱歌是一种宣泄,歌词的内容并不重要,……一起唱歌就成了释放悲痛和苦恼,恢复感情平衡的一剂良药。……还可以减弱大家对孤独的极度恐惧"(《战废品》284)。因为战时艺术创作动机及效果的复杂性,许多作品都是即兴的、暂时的、拼凑式的、改编的,甚至虚构、极度煽情、与事实不合的。他们集结众人美术、木作、医学、化学、音乐、语言等各种才能,上演《华尔街之梦》,以诙谐搞怪的情节暗批美国的军事资本主义;他们高唱《大喇叭常撒谎,不听它》、《老天爷,吓死我了》、《杜鲁门不中用》,上演《活捉贝尔将军》,慷慨激昂但也自大虚夸,反映出战俘营中烦闷、恐惧、对未来充满焦虑的事实。在俞元看来,这些战时的艺术作品既功利又粗糙:"他们的所有创作讲求的仅仅是实用,艺术就像是一件武器:每个作品都是为了达到唤醒人们、激发斗智的目的。这些作品有一种即兴的感觉,一种率性的冲动,却又总是虎头蛇尾。……无论他们怎样挥霍自己的才能,他们仍像是些精明的抄写手,对自己的粗劣之处视而不见"(285—86)。俞元的感受呼应了罗彬生(Randy Robertson)对因为战争而制作出的作品的批判,说这些是"文学的化妆品、一种用来遮掩——但却无法抹除——分裂争执、种种丑相的'战时粉妆'"(468)。因此,尽管活动众多、士气高亢,却缺乏深度、充满陈腔滥调,这些艺术创作其实无法真正地为战俘创造生存的价值或生命的意义。当艺术无法与政治脱钩、意识形态的表达大于艺术美学的讲求,其结果只能像《战废品》里的艺术成果一样引人发噱。

除了平日的文艺活动,战俘营的大事就属"升国旗"事件为代表。营中的地下领袖裴山政委被软禁的监狱中,但他透过自创的"裴氏密码"下达命令,指挥战俘的活动。他指示大家在一九五二年十月一日"每大队都要升国旗,以显示斗志与决心"(246)。虽然名为凝聚士气,但俞元却私下怀疑这是因为"裴政委一定感到了与世隔绝得太久了,急于造出些事端,好引起外部的注意,向他的上级提醒我们的存在。……他的动机也暴露出他的弱点,他似乎已经失去了一贯的镇定和耐心……我越琢磨他的动机,就越可怜明天将要顽强拼杀的战士们。他们都被利用了"(249—250)。当天,升旗一举引来美军的血腥镇压,最后导致数十人死亡、一百多人受伤,营中的战俘的确成了战废品,牺牲生命以成就政治的虚荣。

其实在众多战俘中,足以成为"战废品"的最佳代表即是裴山本人。裴山是所有中国战俘中职位最高的领袖,是战俘心目中共产党的象征与精神寄托。在一次转换营区、重新分配铺位时,众人好不容易目睹裴山本人,忍不住对着微笑挥手的裴山欢呼呐喊:"裴政委的出现鼓舞了大伙的士气,很多人甚至流下眼泪,好像一个神,或一个天使,突然降临在我们中间。他们把裴政委看作是共产党在这里的化身。那些人没有神可以顶礼膜拜,只能把自己的一腔虔诚倾注到某个首长、某个真人身上,集中到裴政委身上"(219)。然而裴山却是故事中最没有作为的人,他被软禁在单人房中,时常为溃疡所苦,无法也无力参加活动,他的存在几乎是隐形的,但却符合大家的想象,成了救赎的希望所在。他主要的政绩包括成立"共产主义团结会"(127)以及发起升旗运动,但前者只完成"章程",后者则造成惨烈的伤亡。相较之下,他有单人房、有私人厨师,在囚禁中仍享受阶级礼遇。升旗运动实际上是一大挫败,但为了维系民心士气,裴政委仍恭贺这是一次"光荣的胜利"(254),同时宣布将所有牺牲的同志封为"英勇斗士",将全体官兵颁功、授等,"滥发的嘉奖已经近乎儿戏"(255)。战争结束之后,裴政委随即被解除军职、开除党籍,成了名副其实的"战废品",而战时口头的封功论赏当然也全数化为乌有。

假如《战废品》里的战俘是政治难民,那么俞元是身历其境的一位旁观者。由于略谙英语,他得以面对面地与拘禁他们的美军直接沟通、并取得一手信息。他结识军中的格琳医师,说她有"真正的仁慈,……她的仁爱如泉水一般涌流出来,恒定又自然"(71);他又受教于伍德沃斯牧师,伍牧师的圣经讲道成了他忧郁时最大的心灵支柱,而阅读《圣经》则帮助他控制焦虑、保有希望。同时根据他的观察,"说到折磨人的办法,中国人和朝鲜人比美国人要在行得多"(91),亲眼看见了中国人因为政治立场不同而自相凌虐的残暴手段。俞元一方面感叹战友的愚忠,一方面对美军的天真无知一样深表同情。在拘禁期间,他发现自己在阅读圣经以及俄国经典文学时找到生存的力量,同时体悟到:战时无论是中国、韩国、或美国的军人,在接触死亡时同感惧怕、失去亲人时同感脆弱、面对未来时同感迷惘。俞元的观察来自一种跨国的眼光,虽然在战俘营中有敌我的对立,但他对人的判断却是不受国籍或政治立场所预设,而是回归到对"人"的了解。如同葛伯对跨国视野的定义:"跨国主义抵制如移入、迁出、同化、涵化等传统模式的思维,而是超越原乡与移居地的范畴、摒弃固有的时间与空间、特别是国家疆界的限制,去理解行为及存在的意义"(61)。

在高龄七十四岁时,俞元飞到天国探访儿了,同时决定完成两件心愿:除去身上的刺青,并以英文撰写回忆录。俞元认为这本回忆录是为所有中国的战俘而写,并不是"我们的故事",因为"在我内心身处,我从来就不是他们中的一个。我只是写下了自己的亲身经历"(367)。俞元写的并不是他的故事、不是自传,而是回忆录。虽然都是传记书写,但"自传"与"回忆录"的本质并不相同。如玛可思(Laura Marcus)所分析,关于传记书写,"在厘清内在/外在的生活、分别私领域/公领域的不同、以及对照二者所呈现的价值观时,马上就会联结到自传/回忆录的区别"(21),并且"相较之下,回忆录的作者会在自己所观察、记录的历史当中让自己消溶于无形"(151)。[2]同样地,俞元决定撰写回忆录,把这本书"看做一个像我这样的穷老头儿,能够遗留给他的美国子孙的唯一礼物"(9)。这本书是俞元要留给后人的资产,但对象并不是在中国的人,而是在美国的后代,因此要以英文撰写。俞元说自己"从来就不是他们中的一个",因为他总是保持冷静、客观地陈述他对战俘的观察。俞元与哈金有许多类似的境遇,在俞元身上可以找到哈金的自我投射,最明显的例如他们都是在十四岁开始自修英语、曾在东北边境从军等。俞元跳脱国族建构所设下的本位主义,其眼光来自于哈金的跨国经验。

在《战废品》的"引子"最后,俞元说"我要用纪实的方式,来讲我的故事,以保证历史的准确"(9)。华生(Faith C. Watson)对此有许多批评,她先是点出俞元在故事中为了保护自己,先后用了三个不同的名字掩饰身份,这些语言的标记构成整本作品的基调,让俞元/哈金在语言、身份、情节及叙事方法上操弄骗术,《战废品》虽说是用"纪实"的方式记录,却充满诈欺,故事本身不过是"一种转译的伎俩、蓄意破坏的身份、伪造的文件;不只是叙述者、还牵涉哈金本身,以毁灭性的方式去表达,原来他用以叙事的媒介——特别是英语——是多么不可信赖"(115);而整本书不过是"蓄意编造的复杂谎言"("a complex fabric of intentional lies" 119)。没错,《战废品》的情节当然包含许多谎言、伪造、以及骗术,但这并不能因此判定书中的纪录不够"纪实";相反的,《战废品》正是一部揭发骗术的作品,叙述在看不到意义的战争中,人民如何苟延残喘、力求生存,试图扭转一番宛如"战废品"的人生。华生虽说哈金以谎报年龄而加入军队,但这并不能因此抹杀哈金在战区的亲身经验;华生批评这本作品虽以战争为名,却没有实战的场景,然而这种"场景的缺席"不应该等同于战争的不存在,反而是引导读者去思索在"看不见"的地方战争依然有实际的影响,且其影响力不仅止于当下、尚且包括在战场的以外以及在战后的未来。至于"纪实"的手法,并不应该因为主要情节关于"谎言及骗术"便否定其纪实的叙事;以写实的方式叙述战事中人们自欺以及欺人的种种心态也是一种纪实。

《战废品》的自传性书写,其实经过双重"疏离",如纽曼(Shirley Newman)所说的"在自传中抽离自己"("to distance the self in autobiography"),一是哈金以第一人称的观点撰写俞元的故事,一是俞元以旁观者的角度描绘军中战俘的生活。"疏离"并一定是反叛,相反的,它常是在传记书写中必要的时空间隔、以达到映照的成果。俞元最后还是决定拿掉身上的刺青,此举不仅要彻底消去身体上的印记,也要泯除在意识形态上将人们加以区隔的国家及政治派别。"刺青"与"传记书写"的联结并非由哈金开始,汤亭亭(Maxine Hong Kingston)的自传书写《女勇士》(The Woman Warrior, 1975)转译了岳母在岳飞背上刺出"精忠报国"的典故,让女战士花木兰的父亲在女儿出征前在她背上刻字,誓言"报仇"。汤亭亭的自传,铭刻了早期华人移民美国的种种辛酸血泪,借自传书写"报道"歧视与不公、控诉对弱势移民的不平等待遇,其宗旨是以刺青作为属性建构的手段、用"铭刻"

来"报道及纪实"。但哈金的作品重构、解构了汤亭亭的"刺青 / 自传"联结，如书中所言："我希望有那么一天，我的孙儿孙女，还有他们的爸妈，会阅读我这些故事，从而能够感觉出我肚皮上刺青的全部分量"（《战废品》9）。虽然纪实、再现历史的本意未改，但关于刺青 / 铭刻方面，哈金一来呈现"刺青"在通俗文化、权力关系与群体归属中的运作，一来又借由刺青意义的多次演变解构其"以身体定义属性"的意涵。或许我们应该同意华生在文中两度强调的引文，指出哈金"是一位华裔美国作家，拒绝委身在自己出生的文化、也拒绝自己已归化的国家。相反地，他故意让自我的立场在两者间流连，认同两边、又与两边疏离"(Ge, 52; qtd. in Watson 117 and 129)。其实哈·金在《路》("Ways")一诗当中早已自首，指出选边站的不是。《战废品》的主题既是战争，忠诚、立场、选边当然是关键议题，但是，是否哈金正是借着营中生命宛如废弃品的战俘，点明"选边"的迷思及无稽？原来在或左或右的政治、历史、文化情境中，其实并非一定得遵循或推翻既有的立场、选择左或右，而是可以跳脱窠臼、另辟蹊径，决定向上或向外发展，追随如法国导演拉摩里斯 (Albert Lamorisse) 在电影《红气球》中那颗已化身为诱人极品、朝上飞去的红气球？

注释

① 《错过的时光：哈金诗选》有收录、翻译这首诗，但最后三句在意义上与本文所翻的不同，《错过的时光》的版本是："走在两条道路上 / 我的脑袋涨成一个红气球，/ 朝向上的那条路冲去"(40)。原文的 "turned my head into" 因为动词 turn 可有不同意义，指"变成……"或是"转头看向……"，因此这又是哈金运用语言双关语所创造的另一个例子。
② 华裔美国文学中一个明显的例子即是林玉玲（Shirley Geok-lin Lim）所写的《月白的脸：一位亚裔美国人的家园回忆录》(*Among the White Moon Faces: An Asian-American Memoir of Homelands*)，作者坚持此书是"回忆录"而非自传。她一开始在《序言》里就说"这本书要献给我生命中所有的女人"(21)；其写作动机全然不是为了自己、而是为了记录马来西亚的历史、书写在她的生命中产生意义的女人。

引用书目

哈金. 《战废品》. 季思聪译. 台北：时报，2005.
——. 《错过的时光：哈金诗选》. 明迪译. 台北：联经出版社，2011.
Appadurai, Arjun. *Modernity at Large.* Minneapolis: University of Minnesota Press, 1996.
Ge, Liangyan. "The Tiger-Killing Hero and the Hero-Killing Tiger." *Comparative Literature Studies* 43.1-2 (2006), 39-56.
Gell, Alfred. *Wrapping Images: Tattooing in Polynesia.* Oxford: Clarendon, 1993.
Gerber, David. "Forming a Transnational Narrative: New Perspectives on European Migrations to the United States." *The History Teacher* 35.1 (2001), 61-78.

Jin, Ha. "Traveling Mug." *World Literature Today* 74.3 (Summer 2000): 486.

——. *War Trash*. New York: Vintage, 2004.

——. "Ways." *Between Silences: A Voice from China.* Chicago: The University of Chicago Press, 1990. p. 63.

Marcus, Laura. *Auto/biographical Discourse: Theory, Criticism, Practice.* Manchester: Manchester UP, 1994.

McLintock, Scott. "The Penal Colony: Inscription of the Subject in Literature and Law, and Detainees as Legal Non-Persons at Camp X-Ray." *Comparative Literature Studies* 41.1 (2004): 153-167.

Newman, Shirley. "The Observer Observed: Distancing the Self in Autobiography." *Prose Studies* 4(1981): 317-336.

Pritchard, Stephen. "Essence, Identity, Signature; Tattoos and Cultural Property." *Social Semiotics* 10.3(2000): 331-346.

Rikard, Dorlea. "Patriotism, Propaganda, Parody, and Protest: The Music of Three American Wars." *War, Literature and the Arts* 16. 1 & 2 (2004): 129-144.

Robertson, Randy. "Lovelace and the 'Barbed Censures': Lucasta and Civil War Censorship." *Studies in Philosophy* 103 (2006): 465-498.

Schwartz, Lynne Sharon. "Emigrés Looking Homeward." *The New Leader* 2002 (September/October): 26-28.

Watson, Faith C. "Ha Jin's War Trash: Writing War in a 'Documentary Manner'." *Japan Studies Association Journal* 2009: 115-131.

34

重绘战争，重拾记忆——析论哈金的《南京安魂曲》

单德兴

评论家简介

单德兴，台湾大学博士、台湾"中央研究院"欧美研究所特聘研究员，曾任台湾"中央研究院"欧美研究所所长、《英美文学评论》主编。主要研究领域为英美文学、美国亚裔文学、文化研究和翻译研究。专著有《铭刻与再现：华裔美国文学与文化论及》、《反动与重演：美国文学史与文化批评》、《重建美国文学史》、《"开疆"与"辟土"——美国华裔文学与文化：作家访谈录与研究论文集》、《翻译与脉络》、《越界与创新：亚美文学与文化研究》、《故事与新生：华美文学与文化研究》、《赛义德在台湾》、《论赛义德》(《赛义德在台湾》简体版)、《翻译与评介》；译著有《魂断伤膝河：美国原住民沧桑史》、《写实主义论》、《英美名作家访谈录》、《格雷安·葛林》、《塞万提斯》、《味吉尔》、《劳伦斯》、《知识分子论》、《文学心路：英美名家访谈录》、《格理弗游记》、《权力、政治与文化：赛义德访谈录》等；编著有《文化属性与华裔美国文学》、《再现政治与华裔美国文学》、《全球属性，在地声音：〈亚美学刊〉四十年精选集》、《他者与亚美文学》等；访谈集有《对诂与交流：当代中外作家、批评家访谈录》、《与智者为伍：亚美文学与文化名家访谈录》、《却顾所来径：当代名家访谈录》、《文心学思：当代名家访谈录》(《却顾所来径》简体版)。

文章简介

本文从创伤与记忆的角度探讨了哈金的长篇历史小说《南京安魂曲》。笔者认为，哈金的这部小说从具体的人和事出发,以文学的形式对抗了失忆与健忘,创造性地介入了南京大屠杀这一被历史遗忘的悲剧,并借着重绘战争、重拾记忆,超越了时间,把历史升华成了文学,是一篇地地道道的"历史事件中的个人故事"。

文章出处:本文原载于《华文文学》2012年第4期,第5—15页。

重绘战争，重拾记忆——析论哈金的《南京安魂曲》

单德兴

> 我如何描绘这一切？唯有神才能诉说这个故事。
>
> ——荷马
>
> 战争要求作家以最好的技巧来召唤，尤其是出于他们对伤者与死者的责任。
>
> ——麦克罗林（Kate McLoughlin）
>
> 必须从具体的人与事出发，才能真正超越时间、历史。
>
> ——哈金

2010年1月27日，也就是《南京安魂曲》（*Nanjing Requiem*）的英文版与中文简体字版问世前的一年八个月，哈金于台湾"中央研究院"欧美研究所发表演讲《历史事件中的个人故事》，其中谈到自己如何尝试在两部历史小说里——2004年出版的《战废品》（*War Trash*）以及正在修订中的《南京安魂曲》——结合个人与集体，运用许多难忘的细节，来描绘像朝鲜战争和南京大屠杀这样巨大的历史事件。他坦承在这两部长篇历史小说的撰写过程中，遭遇到的重大难题之一就是要找到一位恰切的叙事者，此人既能贴近这些历史事件，观察其中众多细节，又能出入于不同地方，提供更周全的景象，呈现时代的氛围。在《战废品》中，出自作者拟想的叙述者俞元，是朝鲜战争时的一名中国军人，遭到美军俘虏，后来在战俘营担任中英口译员。全书透过俞元的观点提供读者众多细节，赋予他们一个观看朝鲜战争的特别角度，以及战争对于俞元这个"战废品"的摧残。

相形之下，南京大屠杀复杂得多，不仅因为南京在沦入日本皇军之手后遭到荼毒的平民百姓数目惊人，也因为世人，特别是日本政府，漠视甚至否认那段悲惨的历史。比方说，就战争文学而言，《剑桥战争书写伴读》（*The Cambridge Companion to War Writing*）对南京大屠杀只字未提，而《剑桥二战文学伴读》（*The Cambridge Companion to the Literature of World War II*）只在年表中列入南京大屠杀（xiii），书中各章并未进一步探讨。桑塔格在《旁观他人之痛苦》（Susan Sontag, *Regarding the Pain of Others*）一书中提到"日军在中国的屠杀，特别是在1937年12月屠杀了将近四十万人，强暴了八万人，也就是所谓的南京大屠杀"，是"很少人有心去重拾的记忆"（76）。[①]七十多年来日本政府不断否认那场浩劫，经常被拿来对比德国政府对于犹太大屠杀的态度，高下立判。拉萨尔（Aaron Lazare）在《论道歉》（*On Apology*）一书中就写道："日本和德国不同，一直不愿对"二战"之前和"二战"期间其军队所犯下的各种战争暴行道歉。这些包括了南京大屠杀，突袭珍珠港，对西方国家战俘不必要的暴虐，以及强征亚洲国家的妇女充当慰安妇。(199)"②其实，这种态度也伤害了日本本身，因为日本不但过去错失、而且现在依然错失"重新定义自己身为全球社群一员的机会"——此处借用巴特勒(Judith Butler)在另一个场合的观察(Butler, *Precarious* xi)。

然而，如果所犯下的罪行及所造成的创伤未曾充分面对、承认并适当处理，就不可能搁置过去，遑论期盼更和平与和谐的未来。那也就是为什么张纯如(Iris Chang)将其名著《南京大屠杀》(*The Rape of Nanking*)的副标题特意取为"二战中被遗忘的大屠杀"("The Forgotten Holocaust of World War II")，不只因为日本政府无情地否认那个血淋淋的事件，而且全世界似乎也遗忘了那桩惨绝人寰的悲剧。③南非大主教图图(Desmond M. Tutu)在《南京大屠杀：历史照片中的见证》(*The Rape of Nanking: An Undeniable History in Photographs*)一书的《前言》写道："隐瞒1937至1938年发生在南京的暴行，无视历史真相是一种不负责任的犯罪，至少是对后世心灵的严重损害"(ix/x)。对图图这样的自由斗士而言，"我们决不应回避往日的邪恶，无论它们是如何的恐怖。如果我们试图忘却，企图相信人的本性从来都是善良的，那么总有一天我们会为自己的健忘症而痛悔莫及，因为邪恶的过去是阴魂不散的。(ix/x)"④

果真如此，那么像哈金这样来自中国，以英文写作闻名美国甚至国际文坛的小说家，要如何来面对1937年的南京大屠杀？要如何来书写这段七十年来被压抑的历史以及被遗忘的事件？要如何透过自己的叙事艺术来再现这些令人发指的暴行，为世人揭露这桩悲剧，并且借着重绘战争与重拾历史，创造性地介入这个历史事件？或者，像赛义德(Edward W. Said)所强调的，他要如何来扮演"特殊的象征性角色……作为一个知识分子，见证一个国家或地区的经验，借此赋予那个经验一个公共属性，永远铭刻在全球论述的议程里"(127)？

哈金在繁体字版《南京安魂曲》的序言中宣称，自己在尝试再现南京大屠杀时，决定撰写魏特林(Minnie Vautrin)⑤的故事，这个具有深意的选择旨在把民族经验跟国际经验融合起来。中日战争时，魏特林是首都南京的金陵女子文理学院代理校长，把学校改为难民营，庇护了一万名妇孺，使他们免于日军的蹂躏。在南京沦陷之后的那段混乱日子里，她的英勇行为拯救了许多生命。此外，她所写日记、书信与其他文件，已成为这个人类历史上最暴戾的战争之一的重要见证报告。张盈盈在为女儿张纯如2007年于北京出版的《南京浩劫》"中文版序"中，清楚回忆了张纯如在耶鲁大学发现魏特林日记时的兴奋之情："记得有一天，纯如在耶鲁大学神学院图书馆查数据时，阅读了魏特林女士的日记，感动得泪流不已，并立刻打电话给我们，她说魏特林日记中记载了许多感人的故事，证实了日军在南京的暴行。纯如还告诉我们魏特林居然是生在伊利诺伊州，并在伊利诺伊州大学读过书，与纯如是校友！她在电话中说得非常激动，至今我仍清楚地记得她那颤抖的声音。"

《魏特林笔下南京的恐怖：日记与通信，1937—1938》(Terror in Minnie Vautrin's Nanjing: Diaries and Correspondence, 1937–1938)的编者陆束屏（Suping Lu）也深深肯定魏特林的日记与其他文件的价值，对其重要性有如下的评论："若不是魏特林留下这些丰富的文字纪录，包括逐日的日记，随着时间的流逝，她和她的人生故事就会淡入历史，为人所遗忘。她的日记提醒我们她所过的那种非凡的生活，并提供我们第一手的见证，描述在一个狂飙且充满挑战的年代中的那些事故与事件，而那个年代对于今天的世代而言似已如此遥远。(xxviii)"⑥

张纯如小时候就听父母谈论南京大屠杀，后来决定以此写一本书。她在《南京浩劫》的第一段写道："在人类漫长的历史中，自相残害的例子不胜枚举，令人叹息。但是，如果这类残害也有程度之分的说法成立的话，那么，在世界历史中很少有暴行在惨烈度和规模上能与二战期间发生在南京的暴行相提并论。"⑦她谦卑地说，此书只是"对日本人在南京所犯下的残忍和野蛮罪行的一个简单的摘要"，其目的"是要了解该事件的真相，以便汲取教训，警示后人"。《南京浩劫》这本书的确吸引了许多读者的注意，包括了华美作家林永得（Wing Tek Lum）和哈金。林永得是夏威夷的第三代华裔美国诗人，在1997年读到日军所犯的罪行后义愤填膺，迄今针对这个主题写了大约八十首诗作。哈金也坦承，张纯如的《南京浩劫》与魏特林的日记是他所读到有关那个历史事件的重要资料和文件。⑧哈金在繁体字版的序中说，"真正开始对这件事了解是在张纯如的《南京浩劫》出版之后"。

哈金在台湾"中央研究院"演讲时，哀叹以犹太大屠杀为题材的文学作品汗牛充栋，相对地，有关中国历史上重要事件的文学作品却很少。他批评中国对于过去的态度"我觉得中国有很多重大的历史事件，但是没有出色的历史小说，好像作家很多事情都没做"。就他而言，"中华民族是很健忘的民族，政府也鼓励遗忘过去，要人民向前看"。然而，对他来讲，"南京大屠杀是个很重要的事件，好像是块新地方，但是怎么写呢？"（《历史事件中的个人故事》，11）。几经寻思，他决定写自己有关南京大屠杀的故事，并命名为《南京安魂曲》。

讲求创新的哈金一如往常，每部长篇小说都采取新技巧，这次则是借着集中于魏特林这位美国基督教女传教士暨教育家来写历史小说。他约略谈到纪律与坚忍的重要，以及书写与重写的必要，以便"创造出一个完整的故事，但这需要大量的工作"。此外，他提到当时必须克服的两个技术问题。第一个难题就是"找出真正的细节，……是要有因果的，把这细节放进去，让它和场景结合得恰到好处。所以这需要很好的叙事功力。"第二个更困难的工作就是要"创造一个心灵"。他透露一直修改到第三十二遍才终于得到自己所想要的。在繁体字版的《南京安魂曲》序言中，他更明确地指出，解决之道就是创造出一个中国女性角色高安玲作为叙事者。在那之后，他又修订了大约十几遍，也就是说，全稿修改了四十几遍。

若说张纯如意图从史家的角度出发，以她所发现的文献让人注意到南京发生的"被遗忘的大屠杀"，那么哈金就是从文学创作者的角度出发，以小说再现这个被忽略的悲剧，就某个意义而言，也是"被压抑者的返回"（"the return of the repressed"）。因此，哈金创作《南京安魂曲》的主要目的之一，就是要反抗失忆与不公不义。《战废品》和《南京安魂曲》与哈金其他作品最大的不同，就是运用了许多历史材料。然而，重要的是如何运用想象力，把这些转化为文学艺术。

换言之，哈金认为要写出好的历史小说，作家必须善用想象力，使真实的细节发挥作用，使所叙述的史实足以取信并感动人，借此产生一部独特的艺术品。这些史实一方面是他文学创作的素材，另一方面也是他必须超越的对象，以产生具有新视野的文学作品，而不只是铺陈历史资料。哈金在书末的《作者手记》中宣称"本书的故事是虚构的"，接着列出他所参考的文献史料。对于作家哈金而言，重大的挑战就在于寻求适当的再现方式，以期"把历史升华成文学"（《哈金专访》）。

《南京安魂曲》分为四部（首都沦陷、慈悲女神、诸种疯狂、此恨绵绵）与尾声。这四部根据的是魏特林日记中的许多史实，涵盖的时间从1937年11月下旬到1940年4月，描写的内容包括：日军入侵南京之前的情况；日军占领南京之后，魏特林把金陵女子文理学院改为临时难民营来保护一万名妇孺；凶残的日本皇军所犯下的暴行；魏特林如何与其他外国人和当地人合作，努力协助并保护校园里的难民；创校校长返回学校之后的校园政治；以及魏特林返回美国就医，希望从身心俱疲与忧郁中康复。前四部共占五十章。尾声只有简短的两章：前一章以书信体呈现魏特林在美国的最后那段日子、自杀与葬礼；末章简要描述了第二次世界大战之后在东京的战犯审判，二十五名日本主要战犯中只有七名被判处死刑。此外，也诉说了高安玲一家的遭遇，包括她与日本媳妇和孙子在东京两次的短暂会面。

为了写这部长篇历史小说，哈金阅读了大量的历史资料，包括耶鲁大学神学院图书馆完整的电子版《明妮·魏特林日记》（*Minnie Vautrin's Diary, 1937–1940*），以及在美国与中国出版的中英文字及图片数据。[⑨]然而，面对这个中国近代史上的伤痛记忆与集体创伤，小说家的挑战是要提供一个动人且可信的再现，其中既充满了特定人物与事件的具体细节，也要尽可能地涵盖这场历史悲剧。为了达到这些目的，哈金创造了高安玲这个中国女性角色作为叙事者。此人在公务上是魏特林处理校务与救济难民的得力帮手，在私谊上则是她的知己。读者就是透过高安玲的双眼看到南京陷入日本皇军之手前后发生在魏特林周遭的事件。

由于叙述者高安玲"作为帮助明妮·魏特林管理金陵难民营的中国女人，也出了点名"（297/293），而且跟随她到南京各处，因此能就近观察并详细描述这位代理校长的许多活动,必要时也可提供一些评论。借由她的叙事视点,读者看到魏特林所涉入的险境,需要多大勇气来面对禽兽不如的日本士兵,如何仔细估算手边资源以照应校园里的众多难民,需要如何的外交手腕来与其他具有人道精神的外国人合作,并且和日本外交官、基督徒协商等等。此外,高安玲的职位也能协助处理校园里的多项事务,包括竭力维持家庭手工艺学校与工读的安排。高安玲既是华人"领班的"(具体办事的)(219, 248/219, 245),也是魏特林的心腹,能分享彼此的想法和秘密(包括她的儿子浩文在日本当医科学生时娶了日本女子,生下一个儿子,后来被日军强征入伍,先在苏州城外一家野战医院当助理医师,最后在洛阳被中国游击队当成汉奸刺杀)。然而,高安玲自知无法调和魏特林与学院创办人老校长丹尼森夫人(Mrs. Dennison)之间的冲突与矛盾,因为她很可能轻易就遭解雇。

简言之,哈金借着塑造高安玲这个叙事者,不仅生动描绘了南京沦陷后魏特林英勇度过的一些难关,也呈现了南京大屠杀那种难以承受的重担,以致这位在许多中国人心目中的"女菩萨/慈悲女神/慈悲女菩萨"("Goddess of Mercy",140/136, 141/138, 187/187, 188/187, 214/214, 216/216, 264/262, 271/269, 283/280)精神严重受创,不得不返回美国接受治疗,最终自杀身亡。就技术层面而言,哈金在繁体字版序言坦承,创造出高安玲可以提供一个中国人的角度与中国家庭的故事,"因为中国人是真正的受害者,必须在他们的故事和明妮的故事之间找到一种平衡。这才是负责的态度"。而且,在南京沦陷至魏特林身亡之间还有几年较为平淡的岁月,在不愿捏造有关魏特林的故事的情况下,"可以用叙述人高安玲一家人的故事来帮助小说维持叙述的冲动力,直到明妮最后的结局"。

身为魏特林的得力助手,高安玲不是目睹、就是耳闻日本军人在校园以及南京所犯下的许多暴行,尤其是在沦陷最初几星期那些令人不寒而栗的凶残行为。底下虽然只是《南京安魂曲》提到的两个数字,但见微知著,透露出日军酷行的可怕程度。在魏特林的指示下,金陵女子文理学院的大刘负责登记难民失踪的家人,结果在一个星期内就有"四百多例——共有七百二十三名男子和男孩被日本兵抓走,多数发生在十二月中旬",也就是紧接在日本占领之后。这些多为平民百姓,"其中,有三百九十人是买卖人;一百二十二人是农民、苦力和园丁;一百九十三人是手艺人、裁缝、木匠、石匠、编织匠和厨师;七人是警察;一人是救火员。还有九名十二岁到十六岁的少年"(94/91)。更惊人的数字来自当地的慈善组织。红十字会的道德社"从一月中旬到三月末……一共掩埋了三万两千一百零四具尸体,其中至少三分之一是平民"(129/126)。另一个慈善组织崇善堂"到四月初为止……在城里和郊区一共掩埋了六万具尸体,其中百分之二十是妇女和儿童"(129/126)。仿佛这些还不够骇人,叙事者更提到,"每个星期都有新的千人冢出现"(129-30/126),而且"迄今为止,最大的坟墓是长江,日本人往长江里丢进了成千上万的尸体"(130/126)。这些惨绝人寰的悲剧都以平铺直叙的手法来陈述,印证了费斯克(Courtney Fiske)对于哈金的风格之观察:"哈金的散文简约、无华,不让人注意到文字本身。……他用字精简,让人觉得几乎是实用的：他关切的是精确、诚实与直接描述。"

上述的数字实在惊人，但它们意味着什么？ 巴特勒有关"数字"的说法或许可以提供一些有用的见解。她在《战争的框架：生命何时值得哀恸？》（*Frames of War: When Is Life Grievable?*）一书中说"数目是来框架战争损失的一个方式，但这并不表示我们知道该不该、何时、或如何计算数字"。虽然"我们也许知道如何计算"，但这有别于"设想出一条生命如何、该不该计算"（xx）。《南京安魂曲》涉及几个问题，第一个就是如何计算。由于许多人丧命于日本皇军手下，很难就南京大屠杀的受难者提出一个具体的数字，这也是数十年来中日之间的争论点。

以下仅举出哈金使用的一个生动的细节。魏特林和高安玲有一次外出，来到一座小山谷中"方圆十多亩"的水塘。水塘周围和水塘里有许多具尸体，"尽管才下过雨，一道小溪冲进来"，但尸体流出的血依然把塘里的水都染红了，高安玲立刻知道这是一个刑场。魏特林建议说："我们应该数一数，这里被杀了多少人。"两人数了之后，总共发现"一百四十二具尸体。其中有三十八名妇女，十二个孩子"。而"水里可能还有更多尸首，但是塘水太混浊了，看不清楚"。仿佛这还不够恐怖似的，高安玲加道：如今到处都是杀人刑场。相比之下这里算不了什么（96/93-94）。然而，无法有个精确的数字，并不表示就不该找出谁该为这些罪行负责。

再者，"生命该不该计算？如何计算？"（Butler, Frames xx），这个问题比表面上看来更为复杂。《南京安魂曲》以本顺（Ban）这个男孩的故事开场，魏特林派他去向德国"西门子公司驻南京代表"（10/8）拉贝（John Rabe）以及安全区国际委员会总部（Safety Zone Committee）的委员报告日军"进咱们难民营随便逮人的情况"（3/2）。但这个讯息从来没传到，因为传信人在路上被日本兵押走了。

不同于其他被拘留、刑囚、甚至杀害的被俘者，本顺很幸运地在几天后获释，回到学院。叙事者以及读者透过本顺的口述得知他所经历的恐怖之旅。他说了一整个晚上，最后这样结束了他这段惊人的冒险："天哪，人命突然之间就变得不值钱了，死尸到处都是，有些尸体的肚子被切开，肠子都流了出来，有的被汽油烧得半焦。"（6/5）换言之，当人变成杀人机器时，受害者的生命就不再被当作生命。另一方面，这些暴行也玷污了日军的名声，与一般人印象中谦恭有礼的日本民族有如天壤之别；更重要的是，这些凶狠残暴剥夺了施暴者的人性，使他们沦为野兽。

每条生命都算数

然而，一如《南京安魂曲》所强力展现的，从个人层面来看，一条人命就是一条人命。那也就是为什么尽管人生非常痛苦，很多人仍然挣扎着活下去；那也就是为什么许多人面对心爱的人逝去觉得备受打击；那也就是为什么那么多人，尤其是当时居住在南京的许多外国人,挺身而出救助这些受苦的中国人,甚至将个人生死置之度外。书中最动人的故事之一就是安玲的儿子浩文,他赴日本接受医学教育,在当地娶日本女子盈子为妻,并生下儿子阿真,却被迫加入日本陆军,在驻军中国时回家探望母亲,最后被中国游击队当成"走狗""二鬼子"(148/145)刺杀。

自从中日战争爆发之后,家人非常担心他的安危。当他担任日军随军医师,第一次也是最后一次返乡探望家人时,安玲起初拒绝接受儿子赠送的金手镯,因为她怀疑那很可能是得自中国的受难者。直到浩文向母亲保证是别人送他的,而不是向自己同胞抢来的,安玲终于勉强接受,并提醒儿子要记住自己基督徒的身份(173-75/173-75)。但当安玲接到儿子死讯时,只能和女儿在家里把窗帘拉下暗自哭泣,唯恐周遭人发现她们的秘密,不仅让家庭蒙羞,而且可能招致危险。此处形象描述了对心爱家人丧命的心情。总之,就个人层次而言,每条生命都算数。

一条生命不只是一条生命

吊诡的是,有时一条生命不只是一条生命。魏特林和安玲尽力保护蜂拥进入他们校园的一万名难民,而在正常情况下该处顶多只能容纳两千七百人。除了要照料这些人饮食起居,还要协寻他们失踪的家人,减轻他们的肉身之苦与心灵创伤。而魏特林和安玲最担心的事情之一,就是可能会有难民在校园里杀害日本人以兹报复。幸好这种事并没有发生,让她们松了一口气。否则日军就有借口扫荡校园,摧毁他们庇护众多妇孺的努力。这些大都为无名的受害者所遭受的暴行,以及"谁的生命算数?"或"谁的生命更有价值?"这类问题,连接到巴特勒讨论的两个重要议题:人命的危脆以及值得悲恸(the precariousness of human life and grievability)。巴特勒承认脆弱(vulnerability)是人类的普遍现象,也承认自他之间的相关相倚(the relationality and interdependence between self and other),这些看法允许我们更深入地审视所犯下的那些罪行(Precarious, xii-xiii, 28-31)。

悲恸是一种强烈且特殊的回忆方式,却往往也是南京大屠杀这个事件里所欠缺的。在先前提到的场景中,魏特林和高安玲计算池塘里和周围的尸体之后,底下的对话触及了回忆、遗忘、历史和记忆等议题:

"这里应该立一个纪念碑。"明妮说。
"如今到处都是杀人刑场。相比之下这里算不了什么。"我答道。
"不管怎么样,这里应该被记住。"
"人们通常都是很健忘的。我想那是生存下去的办法吧。"
我俩陷入沉默。然后她又说"历史应该被如实记录下来,这样的记载才不容置疑、不容争辩。"

> 我没有回答，知道在她内心里，对中国式健忘十分愤慨。这种健忘是基于相信世上万物最终都没什么要紧，因为所有一切最终都会灰飞烟灭——就连记忆也是会逐渐消失的。这样一种见解也许很明智深刻，可人们也可以认为，中国人似乎用健忘作为逃避责任、逃避冲突的一种借口。（96-97/94）

安玲继续思量道家可能的影响，以及道家与强调"秩序、个人责任，以及勤勉"的儒家之差异。显而易见的是，中国所谓的三教——儒教、道教和佛教——在魏特林眼中都是"异教"，而魏特林告诉高安玲，"这个国家需要的是基督教"（97/94）。这个看法是身为基督徒的高安玲马上能够接受的。

这里无意谈论不同宗教的高下，或当时中国最需要何种宗教。然而遗忘或健忘这个议题是哈金在中研院演讲以及他在繁体字版序言中所提到的："中华民族是个健忘的民族，许多重大历史事件在文学中都未有相应的表达。日本人则不然，挨了两颗原子弹，随后就出现了《黑雨》之类的文学作品，使他们得到世界的同情。（2）"因此，哈金有意写出一部相应于南京大屠杀的作品，来对抗失忆与健忘。进言之，他的写作也是一个承认和反抗之举：一方面承认并正视那个惨剧，另一方面则反抗"对于损失的虚化（the derealization of loss）——对于人类痛苦和死亡的感觉迟钝"，因为这些会进一步导致"去人性化"（Butler, *Precarious* 148）。

谁的安魂曲？

然而这里出现两个问题：为何是"安魂曲"？谁的安魂曲？更精确地说，为什么这部有关南京大屠杀的作品，特别是以魏特林这位有"女菩萨"之称，获得"采玉勋章（中华民国政府颁给外国人的最高荣誉）"（255/252）的基督徒女主角的作品，会以"安魂曲"命名？其实，答案多少就隐含在问题里。

如前所述，对于作家哈金而言，写作就是为了反抗失忆、健忘、不公不义，而当前这个例子就是以艺术的方式重新召回战争记忆。在南京大屠杀这个例子中，虽然以中文收录、翻译、出版了许多历史文献，却不见能与有关原子弹苦难的日本文学相比拟的作品，遑论有关二战期间犹太人苦难的汗牛充栋的大屠杀文学。有鉴于"南京大屠杀文学"之匮乏，具有双语文、双文化背景的哈金写出了《南京安魂曲》，作为他的文学介入。他的努力及其意义等同于拉卡帕拉（Dominick LaCapra）所谓的"书写创伤"（"writing trauma"）："这包含了在分析过去和'赋予过去声音'之中，演出、重订并（就某种程度而言）解决的过程；这些过程与创伤的'经验'调和，限制事件以及事件的病征效应，而这些效应以不同的组合与混杂的形式得以抒发"（LaCapra 186）。借着书写《南京安魂曲》，哈金努力把声音赋予原先无声无息、被遗忘的受害人，并且希望"这些灵魂得以安息"。[⑩]而这也是身为作家的哈金,为弱势者发声的长久以来的人道关怀。

魏特林的安魂曲

就个人层面而言,这也是魏特林的安魂曲。国民政府颁给她采玉勋章,"表彰她拯救了上万名南京市民的生命"(254/252),这个数目远高于"二战"期间自纳粹魔掌中营救出一千多名犹太人的辛德勒(Oskar Schindler)。然而,辛德勒的事迹因为澳洲小说家肯尼利(Thomas Keneally)布克奖之作《辛德勒的方舟》(*Schindler's Ark*, 1982),以及美国导演斯皮尔伯格(Steven Spielberg)奥斯卡奖之作《辛德勒的名单》(*Schindler's List*, 1993)而传扬全球。相形之下,魏特林的义行却被埋没,只有少数历史学家知道。虽然张纯如在书中写到魏特林,但直到2006年魏特林的日记被译为中文出版之后,华文世界的读者才有机会一窥这位美国女传教士的英勇事迹。另一方面,魏特林也为她的教会与美国人所遗忘,因为她自杀身亡,而这是教会所不允许的罪行。在《南京安魂曲》的尾声中,魏特林的人生最后一段路是透过艾丽斯写给叙事者转交的报告中所间接呈现的。⑪

魏特林深受忧郁症之苦,于1941年5月14日自杀,"自她离开南京整整一年"(Zhang Kaiyuan, 330)。而两天后她在美国印第安纳波里斯的葬礼,只有六个人参加(294/291)。这与有众多中、外人士出席在南京石鼓路大教堂为修女莫妮卡·巴克利(Monica Buckley)所举行的追思礼拜,形成强烈的对比(272-74/269-71)。南京大学历史教授兼传教士瑟尔(Searle Bates)以"基督徒在战争时期的职责"为布道词,一方面谴责战争是"我们人类能产生出的最具毁灭性的东西,所以我们一定要尽全力防止战争";另一方面也强调抵抗侵略者的"正义战争"(274/270-71)之必要。他如此结束他的布道词;"真正的基督教徒,应该置身于人道和无视一切的暴力之间"(274/271)。除了瑟尔的布道词之外,牧师丹尼尔·柯克(Daniel Kirk)所朗诵的《圣经·诗篇》第二十三篇,也让魏特林重新体悟到这首诗篇的庄严、宁静与崇高(272/269)。就像叙事者所描述的,葬礼过后,明妮说希望自己死的时候,也能享有类似的仪式。它充满了温暖和庄严,仿佛我们刚刚聚首于莫妮卡的葬礼,是为了祝福她灵魂升天。那位故去的女人,现在一定安宁了"(274/271)。然而,魏特林却是孤独而终,未曾得到应有的追思与哀荣。

在魏忏林心中,"金陵学院已经成了她的家,中国已经成了她的第二故乡"(235/233)。虽然她是南京成千上万难民眼中的女菩萨,然而却晚景凄凉,身后为中美人士遗忘数十年。哈金对此双重遗忘耿耿于怀,借由以魏特林作为长篇小说的主角,为这位英勇的传教士暨教育者谱出安魂曲,希望借由文学作品的铭刻与再现,让魏特林能像巴克利一样,"现在一定安宁了"(274/271)。

哈金的安魂曲

　　进言之，这部长篇小说也是哈金的安魂曲。数十年来南京大屠杀已经成为中国人的集体创伤。正如创伤专家拉卡帕拉和卡鲁思（Cathy Caruth）告诉我们的，创伤的特色是延迟和无法理解（belatedness and incomprehensibility〔LaCapra 41；Caruth 92〕）。历史文献提醒人们有关南京大屠杀这个创伤，然而却历经几十年才酝酿出一部众所瞩目的文学作品，这些由美国、中国大陆和台湾媒体对于《南京安魂曲》的热烈回响便可看出。

　　必须指出的是，写出这部长篇小说与作者的中国及华美背景有关。哈金在繁体字版的序言劈头指出："小时候常听老人们说起南京大屠杀，但对其中的来龙去脉和具体情况并不清楚。"倒是来到美国之后，他发现"这里的华人每年都要纪念这一历史事件。我和太太也参加过数次集会"。当张纯如的《南京大屠杀》于1997年出版时，对哈金的太太卞莉萨冲击很大，因为她的故乡距离南京不远。哈金也是从这本历史书中首次知道魏特林和她的善行，因此决定写一部关于这个中国近代史上的灾难与集体创伤的长篇小说，为魏特林及战争中的受害者伸张正义，并且认为如果写得好的话，可以"把民族经验跟国际经验融合起来"。

　　哈金在繁体字版的序言中承认：写这本书对他来说已经成了"心病"。但是他"一路做下去，改到第三十二遍时已经做到了极致，不过故事仍不成个，细节很有意思，但整体依旧松散"。他向中文读者坦承，在三年的写作过程中，曾经两度搁笔，多次哭泣，有一回甚至梦到太太生了一个女婴，孩子的脸就是魏特林的脸。他认为那是个"启示"，因而决定"这部小说死活也得写出来"。对哈金而言，写《南京安魂曲》是"我个人的战争，在纸上的战争"。小说出版之后，他终于可以理直气壮地说："我尽心尽力了，能做的都做了。"而对任何一位作家来说，尽心尽力完成了一部作品，的确称得上是安魂曲。

众人的安魂曲

　　最后，这也是更多人的安魂曲。余华为简体字版《南京安魂曲》所写的序言就名为"我们的安魂曲"。他同时指出，作者所试着表达的是："让我们面对历史的创伤，在追思和慰灵的小路上无声地行走。从这个意义上说，哈金写下了他自己的安魂曲，也写下了我们共同的安魂曲。"这里所谓的"我们"似乎不仅限于中国人。前文提到巴特勒有关人类的脆弱以及彼此相依的关系之论点。[12]因此，对于凡是愿意承认并正视他人痛苦的人而言，包括此处特指的南京大屠杀，此书都是他们的安魂曲。原因在于：若是没有适当的承认、再现与和解，任何灵魂都无法安息。

　　图图也对南京大屠杀表达了相同的见解。这位诺贝尔和平奖得主分享他在南非的宝贵经验："为促使作恶者认罪并寻求和解，有必要使人们了解发生在南京的事实真相。我们只能原谅我们所了解的事物,而没有原谅的和解是不可能的。(ix-x)"不过先决条件就是真正的认错与诚挚的道歉。[13] 唯有透过原谅与和解,才能把过去放下。就这个意义而言,《南京安魂曲》提供了世人再次体认南京大屠杀的机会,并且寻求某种了解与和解。

因此,在撰写《南京安魂曲》时,哈金至少尝试着同时完成四件事:(一)书写南京大屠杀这个旧有的创伤,以哀悼、再现、记忆其中的受害者;(二)为长久遭到双重遗忘的南京"女菩萨"魏特林重拾记忆,让世人注意到她的义行;(三)治疗作者个人的"心病",让自己能够安心;(四)让世人得以再度面对人类历史上那个悲惨事件,并寻求可能的解决之道。借由《南京安魂曲》英文版的问世,以及中文简体字版与繁体字版在华文世界的出版,哈金使得魏特林栩栩如生,而此人所代表的正是金陵校训"厚生"(140/137)、"基督徒在战争时期的职责"(274/270),以及民胞物与的精神。哈金透过他的写作,展现了他的义愤,并借由文学努力寻求再现那些"无法命名与无法哀恸的"("unnameable and ungrievable" [Butler, *Precarious* 150])受难者。换言之,哈金借由"考虑并留意他人的苦难",透过文学创作、艺术再现强力介入,并寻求"在伦理上有所响应"(Butler, *Frames* 63)。

哈金在"中央研究院"的演讲中,提到艾略特(T. S. Eliot)的名诗《四个四重奏》中的一句话:"唯有通过时间,才能超越时间"("Only through time, time is conquered."),并且把它转化为:"必须从具体的人与事出发,才能真正超越时间、历史"(《历史事件中的个人故事》,6)。就南京大屠杀而言,许多受难者在历史上依然无名无姓,而整个悲剧七十年来也未得到世人应有的重视。哈金的长篇小说以大量史实为基础(尤其是有关魏特林的史实),从众多文件和当事人(包括日本士兵)的目击报告来抽取细节,透过不断地书写与重写,为读者提供一幅具体的图像。最后的成果《南京安魂曲》就是透过文学来再现具体的人与事(其中有些是真实的,有些是作者创造的),赋予这些人与事生命,将南京大屠杀刻画在读者心中,重拾记忆,借此"超越了时间"(《历史事件中的个人故事》,6),"把历史升华成文学"(《哈金专访》)。

注释

* 本文改写自 "Reinscribing War, Reclaiming Memories-Reading: Ha Jin's *Nanjing Requiem*",宣读于2011年12月9日至10日于台湾"中央研究院"欧美研究所举行之 War Memories: The Third International Conference on Asian British and Asian American Literatures,谨此感谢李有成教授邀稿。英文精简版 "'Sublimating History into Literature'—Reading Ha Jin's *Nanjing Requiem*" 刊登于 *Amerasia Journal*. 38:2 (Summer 2012)。

① 麦克因尼斯(Donald MacInnis)在为章开沅编的《目击大屠杀:美国传教士见证日本人在南京的暴行》(Zhang Kaiyuan, ed., *Eyewitnesses to Massacre: American Missionaries Bear Witness to Japanese Atrocities* in Nanjing）所写的前目中提到,"遇害的军人与非战斗人员估计有 26 万至 35 万,高于在日本投下的两颗原子弹造成的死亡人数(十四万与七万)总合。估计有两万至八万名中国妇女遭到强暴,其中许多遇害"(ix-x)。卜正民(Timothy Brook)在为自己编的《南京大屠杀史料集》(Documents on the Rape of Nanjing)所写的导言中也提到:"到底有多少民众被杀、受伤、遭到强暴,至今仍众说纷纭。各方都认可的确切数字,或许永远都统计不出来。南京地方法院 1946 年 4 月完成的战后调查,把死亡人数定为 29 万 5 525 人。其中男性遇害者占 76%,女性占 22%,儿童占 2%——儿童的死亡人数自然是最难以追踪的,而且总是可悲地被低估了。(2)"后者之中译参考王了因、陈广恩等译,方骏审校之《南京大屠杀史料新编》(台北:台湾商务印书馆,2007),惟依英文原书略有修订。

② 有关德国与日本对"二战"的不同记忆与态度,可参阅布鲁玛的《罪恶的代价:德国与日本的战争记忆》(Ian Buruma, Wages of Guilt: Memories of War in Germany and Japan)。林铮颉译(台北:博雅书屋,2010)。

③ 此书繁体字版与英文版同在南京大屠杀 60 周年出版,名为《被遗忘的大屠杀:1937 南京浩劫》,萧富元译(台北:天下文化,1997),一个月内便印行了三次;简体字版出版于南京大屠杀 70 周年,名为《南京浩劫:被遗忘的大屠杀》,杨夏鸣(北京:东方出版社,2007)。

④ 此书为中英对照,前后二页码分别指涉原文与中译。

⑤ Minnie Vautrin 的中文姓名为"华群",《南京安魂曲》中译为"魏特林",《南京大屠杀史料集》第 14 册中译为"魏特琳"。本文主要依照《南京安魂曲》的译法。

⑥ 张连红在《南京大屠杀史料集 14 魏特琳日记》的"本册说明"中,除了称赞其日记的可读性之外,也强调其作为历史文件的重要性,以及作为记录日军暴行的强有力证据(未编页码)。

⑦ 此处两个页码分别指涉英文本及杨夏鸣之中译本。

⑧ 有关林永得《南京大屠杀诗抄》(The Nanjing Massacre: Poems,暂译)的初步探讨,可参阅笔者《文史入诗——林永得的挪用与创新》(132-134),相关访谈,可参阅笔者《诗歌·历史·正义:林永得访谈录》。林永得多年来大约阅读了 50 本有关南京大屠杀的英文著作,并在 2009 年 12 月 17 日致笔者的电子邮件中,列出其中主要的 27 本。哈金在《南京安魂曲》书末的《作者手记》中也列出了许多参考的中英文书籍与文献。

⑨ 详见《作者手记》(《南京安魂曲》,301-02/297-99,两个页码分别指涉英文本及中文简体字版)。对魏特林传记感兴趣者,可参阅胡华玲的《南京浩劫中的美国女神》(Hua-ling Hu, American Goddess at the Rape of Nanking: The Courage of Minnie Vautrin)。有关日本占领下魏特林早期的生活情况,《魏特林笔下南京的恐怖:日记与通信,1937—1938》提供了许多有用的信息。有兴趣把魏特林放在南京大屠杀的历史脉络者,可参阅张纯如的《南京浩劫》,尤其是 129—39 页(杨译 165—76 页)。有意知道魏特林与其他九位当时在南京的美国传教士的情况,可参阅章开沅编的《目击大屠杀》(Zhang, Eyewitnesses),329—90 页。此外,史咏和尹集钧合编的中英对照《南京大屠杀:历史照片中的见证》收录了许多令人发指的照片。

⑩ 哈金在第一本诗集《在无声之间》(Between Silences: A Voice from China,1990)的序言中,认为身为幸运者的自己,必须为历史中的不幸者发言(2)。虽然后来他在评论集《在他乡写作》(The Writer as Migrant,2008)的第一章"发言人与部族"中舍弃了这个自许的发言者的角色,但他这种充当无声者的喉舌的人道关怀一直维持不变。

⑪ 根据哈金于 2011 年 12 月 1 日致笔者的电子邮件,这些报告是哈金自己创造出来的。

⑫ 值得一提的是，巴特勒这两个论点让人联想到佛教的两个重要观念：无常与缘起。巴勒特的论证主要集中于 2001 年 9·11 事件之后的全球社群，因此她所指的主要是人命的危脆，以及自我与他人之间的相互依存，更精确地说，美国与世界其他地方的相互依存。佛教的无常观指的是万事万物都处于变化的过程中，无法长存；而缘起观则指体悟到万事万物彼此相关，相依相存。

⑬ 参阅拉萨尔《道歉与原谅》"Apology and Forgiveness"，文收《论道歉》，第 228-250 页。

引用作品

中文

卜正民（Timothy Brook）（编），《南京大屠杀史料新编》（*Documents on the Rape of Nanjing*），王了因、陈广恩等译，方骏审校。台北：台湾商务印书馆 2007 年版。

布鲁玛（Ian Buruma），《罪恶的代价：德国与日本的战争记忆》（*Wages of Guilt: Memories of War in Germany and Japan*），林铮顗译，台北：博雅书屋 2010 年版。

余华：《我们的安魂曲》，《南京安魂曲》，江苏文艺 2011 年版，第 1—4 页。

哈金：《南京安魂曲》简体字版，季思聪译，江苏文艺 2011 年版。

《南京安魂曲》繁体字版，季思聪译，台北：时报文化 2011 年版。

《哈金专访：〈南京安魂曲〉，勿忘历史》，河西主访，2011 年 10 月 31 日，2011 年 11 月 15 日检索。〈http://news.sina.com.tw/article/20111031/4781095.html〉。

《历史事件中的个人故事》，2010 年 1 月 27 日台湾"中央研究院"欧美研究所演讲，刊登于《思想》16（2010 年）：1—24。

张盈盈，中文版序，《南京浩劫：被遗忘的大屠杀》，张纯如著，杨夏鸣译，东方出版社 2007 年版，第 1—6 页。

张纯如：《南京浩劫：被遗忘的大屠杀》，杨夏鸣译，东方出版社 2007 年版。

《被遗忘的大屠杀：1937 南京浩劫》，萧富元译，台北：天下文化 1997 年版。

张连红，本册说明，《魏特琳日记》，魏特琳著。

单德兴：《文史入诗——林永得的挪用与创新》，《蕉风》505（2012 年）：129—134；《诗歌·历史·正义：林永得访谈录》，《蕉风》504（2011 年）：31-37。

魏特林，《魏特林日记》，张连红、杨夏鸣、王卫星编译，《南京大屠杀史料集》第 14 册，江苏人民出版社、凤凰出版社 2006 年版。

英文

Brook, Timothy, ed. *Documents on the Rape of Nanking*. Ann Arbor: University of Michigan Press, 1999.

Buruma, Ian. *Wages of Guilt: Memories of War in Germany and Japan*. New York: Plume, 1995.

Butler, Judith. *Frames of War: When Is Life Grievable!*. London: Verso, 2010.

——. *Precarious Life: The Powers of Mourning and Violence*. London: Verso, 2004.

Caruth, Cathy. *Unclaimed Experience: Trauma, Narrative, and History*. Baltimore: Johns Hopkins UP, 1996.

Chang, Iris（张纯如）. *The Rape of Nanking: The Forgotten Holocaust of World War II*. New York: Basic Books, 1997.

Fiske, Courtney. "An American in China. "Rev. of *Nanjing Requiem*, by Ha Jin. *Open Letters Monthly: An Arts and Literature Review*. Retrieved 1 Dec. 2011, from 〈http://www.openlettersmonthly.com/an-american-in-china〉.

Hu, Hua-ling（胡华玲）. *American Goddess at the Rape of Nanking*: *The Courage of Minnie Vautrin*. Carbondale : Southern Illinois UP, 2000.

Jin, Ha（哈金）. *Between Silences*: *A Voice from China*. Chicago: Uniuersty of Chicago Press, 1990.

——. E-mail to the author. 1 Dec. 2011.

——. *Nanjing Requiem*. New York: Pantheon, 2011.

——. *The Writer as Migrant*. Chicago: University of Chicago Press, 2008.

LaCapra, Dominick. *Writing History*, *Writing Trauma*. Baltimore: Johns Hopkins UP, 2001.

Lazare, Aaron. *On Apology*. Oxford: Oxford UP, 2004.

Lu, Suping（陆束屏）, ed. and intro. *Terror in Minnie Vautrin's Nanjing*: *Diaries and Correspondence*, 1937–1938. Urbana: University of Illinois Press, 2008.

Lum, Wing Tek（林永得）. E-mail to the Author. 17 Dec., 2009.

MacInnis, Donald. "Foreword." In Zhang Kaiyuan, ed., *Eyewitnesses to Massacre*. ix-xi.

MacKay, Marina, ed. *The Cambridge Companion to the Literature of World War II*. Cambridge: Cambridge UP, 2009.

McLoughlin, Kate, ed. *The Cambridge Companion to War Writing*. Cambridge: Cambridge UP, 2009.

Said, Edward W. *Humanism and Democratic Criticism*. New York: Columbia UP, 2004.

Shi, Young（史咏）, and James Yin（尹集钧）. *The Rape of Nanking*: *An Undeniable History in Photographs*（《南京大屠杀：历史照片中的见证》）. Ed. Ron Dorlman. Chicago: Innovative Publishing Group, 1997.

Sontag, Susan. *Regarding the Pain of Others*. New York: Penguin, 2003.

Tutu, Desmond M. "Foreword." In Shi and Yin, *The Rape of Nanking*. ix-x.

Zhang Kaiyuan（章开沅）, ed. *Eyewitnesses to Massacre*: *American Missionaries*: *Bear Witness to Japanese Atrocities in Nanjing*. New York: M. E. Sharpe, 2001.

35

华裔美国文学中华人伦理身份与伦理选择的嬗变——以《望岩》和《莫娜在希望之乡》为例

苏晖

评论家简介

苏晖，华中师范大学文学院教授、博士生导师、《外国文学研究》杂志主编，华中师范大学英美文学与比较文学研究所所长，曾任华中师范大学文学院副院长。主要研究领域为欧美文学、比较文学、喜剧美学以及伦理学批评。专著有《西方喜剧美学的现代发展与变异》和《黑色幽默与美国小说的幽默传统》；编著有《二十世纪世界文学史》《外国文学史》《20世纪西方文学》等。

文章简介

本文以《望岩》和《莫娜在希望之乡》中主人公的身份问题为切入点，以伦理身份选择为研究视角，揭示了美国华裔对身份认知从二元到多元的变化。笔者高度评价了任璧莲提出的有关伦理身份动态变化的崭新理念。她认为，这种与众不同的身份观有助于扩展对于伦理身份和伦理选择内涵的界定，即伦理身份可以不由个人所处的血缘或文化背景所决定，它不是固定不变的，而是流动可变的，它能根据个人的伦理选择来确定。这对于探讨全球化时代移民的伦理身份与伦理选择问题提供了借鉴和启示。

文章出处：本文原载于《外国文学研究》2016年第6期，第53—61页。

华裔美国文学中华人伦理身份与伦理选择的嬗变
——以《望岩》和《莫娜在希望之乡》为例

苏晖

华裔美国文学作为美国少数族裔文学的重要组成部分，近几十年来呈现蓬勃发展的态势。伍慧明（Fae Myenne Ng, 1956—）和任璧莲（Gish Jen, 1956—）都是 20 世纪 90 年代崭露头角的美国华裔女作家。伍慧明曾获得过美国全国图书奖（2008）、古根海姆基金会奖（2009）等多项大奖。《望岩》（*Steer Toward Rock*, 2008）是伍慧明继处女作《骨》（*Bone*, 1993）之后完成的第二部长篇小说。这部小说虽然创作于 21 世纪初，反映的却是 20 世纪中叶麦卡锡时代美国政府向美国华人实施"坦白计划"（The Chinese Confession Program）背景下，华人移民所面临的伦理身份的困惑及对伦理身份的追寻。《莫娜在希望之乡》（*Mona in the Promised Land*, 1996）是任璧莲继《典型美国人》（*Typical American*, 1991）之后的第二部长篇小说，该书获得了美国"国家批评界奖"和《纽约时报》年度好书"的称号，还被《洛杉矶时报》评为"1996 年十佳书籍"之一。《莫娜在希望之乡》虽然创作于 20 世纪末期，尚未进入 21 世纪，但其中倡导的族裔伦理身份的多样性与流变性观念却具有超前性。本文试图运用文学伦理学批评方法，通过对这两部小说主人公伦理身份与伦理选择的比较分析，考察华裔美国作家笔下美国华人伦理身份及伦理选择的嬗变。

一、《望岩》中杰克伦理身份的错位、缺失与找寻

伍慧明的小说《望岩》讲述了 20 世纪 60 年代，中国广东青年梁有信为了获得赴美资格，向旧金山唐人街开赌场的司徒金购买假身份，取名杰克·满·司徒，做了司徒金"契纸"上的儿子。他与唐人街华裔女孩儿乔伊斯相爱并育有一女维达，却被迫娶"契纸妻子"伊琳为妻，但伊琳实际上却是他的"契纸父亲"司徒金的"替代妻子"。为了摆脱畸形家庭关系带来的痛苦，杰克参加了美国政府的"坦白计划"，司徒金因此受到牵连，杰克也被报复致残。杰克在晚年申请成为了美国公民。《望岩》中人物的伦理关系，都围绕着"契纸"展开，故事线索由杰克对美国公民身份的追求贯穿始终。杰克经历了自我伦理身份的错位、缺失和寻找过程后，最终确立了伦理身份。

《望岩》中人物的伦理身份和伦理关系，是由"契纸"建立的。主人公杰克在 19 岁时为了到美国谋生，与司徒金建立了书面契约上的父子关系。由于"契纸"的约定，杰克履行着儿子、丈夫应尽的义务，比如孝敬司徒金，和"契纸"妻子伊琳举行婚礼等。

除契约基础上建立的伦理身份以外，作品中的人物还具有第二层伦理身份，即现实中的伦理身份。比如司徒金和伊琳现实生活中的夫妻身份，杰克与华裔女孩乔伊斯的情人身份等。由于美国的移民政策规定，已婚的司徒金无法和他在中国的妻子团聚，所以只能借杰克妻子的身份，在美国娶了一位替代的妻子。杰克与乔伊斯存在真实的感情，并且育有一个女儿维达，但是因为杰克和伊琳的法律关系，杰克与乔伊斯只能以情人的身份相处。

契约构成的伦理身份和现实中人物的伦理身份之间，并不是互相平行独立，而是存在着交叉和错位。从契约的角度来看，司徒金是杰克的父亲，伊琳是杰克的妻子。但是从现实生活的伦理身份看，伊琳是司徒金的妻子、杰克的母亲。这种交叉错位的伦理身份，让杰克陷入了一种伦理混乱和伦理两难的境地。如果他接受契约上的伦理关系，那么自己的父亲娶了自己的妻子。如果从现实的伦理身份来看，杰克娶了他的母亲，而情人乔伊斯虽与他生育了女儿，却因为没有合法的妻子身份，不能与他结婚。

杰克在双重错位的伦理身份之间游走纠缠，一直找不准自己的身份定位，正如杰克所说："我爱的女人不爱我，我娶的女人不是我的女人，张伊琳在法律上是我的妻子，但事实上她是司徒一通的女人"（Ng 3）[①]。错乱的伦理关系，导致杰克对自己的伦理身份认识不清晰。

如果从社会层面来看杰克的伦理身份，可以看到他的伦理身份其实是缺失的。聂珍钊教授指出，"由于社会身份指的是人在社会上拥有的身份，即一个人在社会上被认可或接受的身份，因此社会身份的性质是伦理的性质，社会身份也就是伦理身份"（264）。杰克在来美国之前，已经被抱养给了一个村子里没有孩子的女人，随后移民到美国，从这一层面来说，杰克血缘上的伦理身份已经被隔断。来到美国后，美国政府实施的"坦白计划"要求以"契纸儿子"身份入境的华人移民坦白自己的伪造身份，如果继续隐瞒伪造身份而被查出，将会被遣送回国。"坦白人"不会遭到处罚和遣返，但需交出美国护照随时听候遣返处置。杰克为了摆脱伦理身份混乱的处境，打算参与"坦白计划"，以坦白自己与司徒金之间的契约关系而确立自己的社会伦理身份。但"坦白"依然是一个伦理两难的选择。如果杰克选择坦白，他相当于出卖了自己的父亲，背负了不孝和背叛的罪名，同时坦白还会引起连锁反应，改变与他建立契约的亲属关系的伦理身份，扰乱现存的伦理秩序。如果他选择不坦白，就会永远陷入伦理身份不明晰的处境。由于契纸身份是伪造的身份，所以杰克一直以来用不真实的身份来定位自己。在杰克坦白以后，他的美国护照被没收，这意味着从社会层面来说，杰克的身份是缺失的，这种身份的缺失陪伴着杰克大半的生活历程，直到杰克晚年在女儿维达和"契纸"妻子伊琳的鼓励下正式成为美国公民。

虽然杰克一直面临伦理身份错位乃至缺失的处境，但他始终没有停止对伦理身份的找寻。"人的身份是一个人在社会中存在的标识"（聂珍钊 263），如果一个人不具备明确的身份定位，那么他生存在世界上就没有归属感，也就无法拥有正常人的权利和自由。杰克之所以在"契纸儿子"身份及"坦白计划"中徘徊，其实是在寻找一种心理的归属感，一种在异国站稳脚跟的踏实感。

杰克对伦理身份的找寻分为两种方式，一是回到中国，重新连接起自己血缘上的、文化上的伦理身份。杰克在晚年不止一次向维达表示过重回中国的愿望。这个愿望由维达帮他实现。维达拜访中国，在广东的小村落里找到了杰克的亲生母亲，回溯了杰克的身世来源。维达以这种形式化的行为连接起了血缘文化上的伦理身份。此时维达也明白了他父亲要回国的意思："回中国就是回到母亲的怀抱"（224）。这是在心灵上对归属的寻求。

杰克另一种追寻伦理身份的方式是申请美国国籍，成为合法的美国公民。在杰克通过申请美国国籍考试后，官员问杰克选择梁有信还是杰克·满·司徒为自己的真实名字时，维达观察到了杰克的表情："爸爸张着嘴，我感觉像是被关进中级监狱一样。那个时候我明白了，他的表情是我一生都在为之困惑的，也是我在中国处处可以见到的脸。那是一张坚持、执着但又困惑的脸"（272）。杰克执着坚持的是自己伦理身份的找寻，困惑的是由伦理身份不明确导致的混乱和迷茫，这种伦理身份的缺失和不明晰，困扰了杰克一生。最后维达帮助父亲选择了杰克·满·司徒这个名字为杰克的美国公民名字，而不是杰克的真名。这说明无论是中式的名字还是美式的名字都不重要，它只是一个符号。重要的是，要有一个明确的、合法的名字的确立，这样才意味着，杰克拥有了一个合法的、明晰的伦理身份。至此，杰克用了几乎一生的时间，找到了自己的伦理身份。

然而，正如《望岩》的译者陆薇所言，杰克最终获得的伦理身份仍具有悖论色彩。女儿维达为父亲选择了杰克·满·司徒作为登记美国公民的名字，因为这是"陪伴他度过了大半辈子的名字，这是他通过自己的努力换来的名字，是他为了爱而选择的名字，这个让他变得更真实的名字"（272）。但所谓"让他变得更真实的名字"毕竟是"他的假名字"，杰克是以假名字、假身份才进入美国的，他之所以能获得真公民的资格，是以他坦白自己的假身份为前提的。这便是与杰克有着同样经历的美国华人所经历的共同的生存悖论：一个"契纸儿子"只有以承认自己伪造身份的方式才能获得美国公民的身份；在历尽艰辛终于获得选择的自由时却已经失去了选择的能力。"在假身份之下人们付出和得到了真感情，在真感情中，身份的真假已变得无足轻重"。在这样的伦理困境中，"真实与虚假并不是绝对的二元对立的概念，它们是特定历史语境下的权宜的、相对的、在某些特定条件下甚至可以相互逆转的概念。"对于杰克而言，来到美国之后经历的诸多磨难已让他感觉真名与假名之间没有太多分别，真名不过是个符号，假名却成为了不得不接受而且是习惯了的事实。"真和假均已失去了本质意义，因为无论是真还是假，名字与身份都是社会建构的产物与权力的附属品，于他都失去了意义。"②

二、莫娜对自己伦理身份的质疑与重新选择

《莫娜在希望之乡》的故事开始于1968年，那时，"族裔意识的天空已经破晓，即将染红张家人所住郊区的夜空"（Jen 3）③。作品一开始便点明了所讲述的是莫娜作为第二代美国华裔皈依了犹太教而引发的一系列故事。

莫娜出生并成长于美国，一直受到美国文化的教育，其思想与认知与父母存在很大的不同。莫娜崇尚民主、自由、平等，对家庭和社会赋予她的既定的"华裔"身份不满，加上处于青春期的叛逆心态，她通过与朋友一起建立多种族组织"古格尔斯坦营"（Camp Gugelstein）来表达自己对伦理身份的认识和探求。最后，莫娜自己选择犹太伦理身份，加入了犹太教。她对伦理身份的自主选择，引发了与其母亲的矛盾，莫娜不得不离家出走。最后莫娜得到了母亲的谅解，她与美籍犹太裔青年赛斯结了婚，坚定了自己的犹太伦理身份。

莫娜对伦理身份的探寻过程经历了质疑、探索与选择三个阶段。莫娜自小拥有一个良好的生活环境，虽然她幼年在华人区居住，但8岁时，已经随父母搬往犹太富人区。莫娜的父母拉尔夫与海伦作为第一代华人移民，经过一生的打拼，当上了煎饼店的老板，为莫娜和莫娜的姐姐凯莉创造了优越的生活环境。并且，莫娜的父母都积极向美国白人上流社会靠拢，希望能够拥有较高的社会地位。为此，他们努力摆脱自己的华人影子，教育两个女儿认真勤奋努力，在父母原有的基础上更上一层楼。莫娜的姐姐凯莉考上了哈佛大学，但莫娜却与家庭的整个氛围不相融合。这种不融合源于莫娜对自己既定的伦理身份的不满。从法律层面上来看，莫娜是法定的美国公民；从家庭层面看，莫娜作为华人移民的女儿，被父母要求尽力融入美国，同时拥有传统的中式特征和修养。但是在美国土生土长的莫娜是一个"香蕉人"，除了外貌上保留了华人特征外，其他方面莫娜都已经被美国化。莫娜不懂中文，更不了解中国传统文化。因此莫娜无法接受美国社会固有的对华人的认知，她认为自己完全是一个美国人。外在赋予莫娜的伦理身份与莫娜内在伦理身份是不相符合的，这引发了莫娜对自己伦理身份的质疑。

为了摆脱自己的典型华人标签，莫娜和朋友一起组织建立了"古格尔斯坦营"，以探索对伦理身份和不同族裔文化进行自由选择的可能性。"古格尔斯坦营"是一个包括黑、白、黄三个人种的团体，"在承认种族的差异和多样性的同时保持平等和友爱"（Partridge 226）。在营中，成员们没有陈规式的种族概念。莫娜加入了犹太教，决定做犹太人；莫娜的男朋友美籍犹太裔赛斯则按照日本文化方式生活，而且在犹太人、日本人、黑人和美国人等多重身份之间不断跳跃、转换；凯莉的大学室友黑人女孩内奥米则在预科学校里学会了中文，对中国文化十分感兴趣，养成了打太极、坐禅、诵经、练瑜伽、喝茶和制作风筝的习惯，甚至还会烧几个中国菜。

按照莫娜的理解，自己是美国人，而"美国人意味着能够成为你想成为的任何人"（49）。因此，每个人的伦理身份并不简单地由自己出生时的血缘伦理身份和伦理环境所决定，个人可以依照自己内心的意愿进行重新选择。作品中"转换"（switch）是莫娜口中出现频率最高的一个词语。在莫娜看来，美国社会的自由民主体制和多元文化现实为人们自主选择自己的伦理身份提供了条件，作为一个"美国人"是享有身份转换自由的。她说，"每个在这里出生的人都是美国人，也有人是从他们原来的身份转变过来的，""无论如何你都能成为美国人，就像我变成犹太人一样，只要我想。我所要做的就是转换，只是转换而已"（14）。也就是说，美国这个由多元文化构成的"希望之乡"为人们提供了任意建构伦理身份的机会和可能。这种伦理身份可以自由转换的可能性使所有生活在美国的人都可以成为"美国人"。

作品以"莫娜在希望之乡"命名是有深意的。"希望之乡"一词出自《圣经》，意指上帝赐给以色列人祖先的"应许之地"——迦南，那是一个"美好宽阔流着奶与蜜之地"。莫娜作为在美国出生和成长的第二代华裔，接受了美国文化的熏陶，认为美国社会文化强大的包容力使得这个国家有可能成为各少数群体的希望之乡，美国是种族的、文化上的和性别上的充满希望的自由之地。小说通过莫娜对于自己伦理身份的自主选择说明，"'美国人'这个身份是上帝赐予的希望之乡的标志，这是全球移民汇聚于这块土地的精神动力，因为只有在美国，每一个个别人才能选择自己喜欢的族群文化身份，所以说，美国人的身份是普遍意义上一个民族和文化的标志"（江宁康 321）。

三、两部作品主人公伦理身份选择之比较

对比《望岩》和《莫娜在希望之乡》的主人公对自己伦理身份的认知和选择，二者呈现出很大的差异，这种差异又源于两人生存处境和伦理环境的不同。

第一，由于杰克的伦理身份长期处于错位和缺失状态，所以杰克自我对伦理身份的认知和找寻限于最基本的生存需求阶段，即获得一个合法、合乎秩序的伦理身份。莫娜在已经是合法的美国公民的前提下，却对自己已有伦理身份进行质疑，大胆抛弃了自己的美籍华人身份，选择做一名犹太人。莫娜对自己伦理身份的认知和选择已高于生存的基本需求，并对整个美籍华人的伦理身份观念进行了颠覆。

二者的区别首先反映了美国城市中居住在不同社区的两个社会经济群体的华人的生存环境及伦理身份的差异。尹晓煌在《美国华裔文学史》中指出，"自 20 世纪 60 年代以来，美国华人社区的贫富分化越来越明显"，"美国华人社区便分化为：郊区华人（定居于环境优雅的郊区的中上阶级华人）与唐人街华人（住在拥挤的市区贫民窟的贫穷华人）"（223）。杰克和莫娜分别为这两个社区华人的典型代表。

《望岩》中主人公杰克是唐人街华人的代表。他的生活环境与美国实施《排华法案》的大背景密切相关。19世纪，随着美洲淘金热的兴起，掀起了华人向美国移民的浪潮。1882年，美国政府实施《排华法案》，法案剥夺了华人移民的美国公民权。法案通过后，在美华人鲜有机会与家人重聚或是在他们的新家园开始家庭生活。种种限制下，为了获得进入美国的准许，大量的靠"契纸"建立的无血缘家庭应运而生。然而美国政府又在1956年实施"坦白计划"，对"契纸"家庭进行大量清洗。美国华人移民在这个时期，受到了各种歧视、不公正的待遇，亲情、爱情缺失，自我身份处于不合法的位置，陷入了生存危机。这是美国华人移民在当时共同面对的伦理环境。杰克处于20世纪五六十年代"坦白计划"期间，"坦白计划"针对的是伪造身份的华人移民，伪造身份多见于从中国移居到美国的华人。这些华人多是底层的来美国谋生者。他们被迫栖居于穷困的唐人街，干着最低下的工作，所关心的只是如何维持生计，还受到"坦白计划"的威胁，连基本的伦理身份和生存权利都无法得到保障。杰克的遭遇其实与莫娜的父辈相似，在任璧莲的小说《典型美国人》中，就讲述了莫娜的父辈移民美国类似的谋生历程。

相比于杰克对自己伦理身份选择的无奈，莫娜的伦理选择则多了自主性和自由性。莫娜所处的伦理环境是在20世纪60年代末期，代表定居于富人区的中上阶级华人。莫娜的父母经过奋斗，已经为莫娜创造出了一个相对富足安稳的生活条件，身份是否合法而担忧，莫娜也不会像杰克那样为生存而挣扎，对自己伦择多了自主性。加上此时正是美国民权运动高涨时期，美国联邦政府实行铲除种族隔离制的改革，强调了公民权利的平等，至此美国少数族裔开始积极争取自己的权益，试图改变固有的弱势群体地位。自幼接受美国教育的莫娜在此影响下，具备了争取自我权益的意识。因此莫娜大胆选择了她所信仰的犹太教，选择做一名犹太人。而在中国长大的杰克，则保有中国人传统的伦理意识，对华人的伦理身份确信不疑。另外再加上杰克在美国的不合法身份和契纸儿子带来的畸形身份，杰克首要关心的是自己的基本生存问题，即能拥有一个正常的伦理身份。

杰克和莫娜也分别代表了两代美籍华裔，杰克代表的是从中国大陆移民到美国的父辈一代，带有传统中国人的勤劳、拼搏性格，想努力改变自己的生存环境。莫娜则是在美国出生的华裔，与父辈相比，他们的生活条件有了很大的改善。除了与生俱来的外表特征外，他们受到美国文化的深刻影响，思想观念比父辈更加开放和包容，这给了他们以新的眼光审视自己伦理身份的机会。出生时代、伦理环境的差异，导致了杰克和莫娜不同的伦理身份选择。

第二，杰克的伦理困惑与选择局限于在美国身份与中国文化身份之间，而莫娜则着眼于思考多元文化之间身份的流动性和可选择性；杰克将外在的、生理上的标志作为确定伦理身份的准绳，莫娜则认为只有在思想上和精神上对某种价值观念和宗教信仰加以选择和认同，才是真正美国人的追求。

如果说伍慧明以及汤亭亭、谭恩美等当代美国华裔小说家着力于描写东西方文化冲突并在作品中突出中国文化元素,任璧莲的小说则更加关注于在多元文化、多种族共处的美国社会中,如何定义"典型的美国人",以及如何实现各种族之间的平等交流及文化身份的自由流动等问题。任璧莲的作品不仅仅聚焦于美国华裔,而是将多个种族的人们汇聚在一起,如日裔、犹太裔、非裔等少数族裔,同时也包括主流群体的白人。这是对以往华裔美国文学创作着重表现单一华裔群体的突破。任璧莲的小说借助人物的伦理选择,提出了伦理身份的多样性和流变性理论。在一篇访谈中任璧莲谈到《莫娜在希望之乡》的创作初衷:"这本书描绘不是传统意义上的白人的美国,这个美国最重要的特征就是认同的流变。事实上,美国的由来就是有一群英国人决定不再做英国人,身份的变化一开始就是美国文化的特点。有些人认为,如果你是华裔,那就是你最重要的身份,生来就有,永不改变。如果你想把自己造就成别的什么人,那就是背叛了你的真实自我。在我看来,在美国,各个种族之间互相融合,没有哪个种族的文化是纯粹的,认为一个人只可能有一种文化身份的想法是非常幼稚的。"④对于人物伦理身份的认定,任璧莲突破了传统观念中以血缘、出身等外在条件为准绳的观念,而强调思想上和精神上对特定文化的选择与接受。如莫娜选择犹太伦理身份,是因为它受到犹太文化的感染,渴望皈依犹太教。莫娜之所以喜欢犹太教是因为,拉比"让每个人都提问、再提问,而不仅仅是服从、再服从","是因为人人都能成为自己的拉比,直接与上帝一起做自己的事"(34)。从这段话可以看出,莫娜皈依犹太教的本质是追求独立自主的自我,这与美国文化所崇尚的个人主义价值观是一致的。尽管莫娜的伦理身份转变带有理想主义色彩,但是作品对于伦理身份问题的思考却给予当代美国以重要的启示。

四、美国华人伦理身份与伦理选择的嬗变

从杰克到莫娜的伦理身份转变,可以大致勾勒出美国华人伦理身份。华裔美国文学所描写的美国华人对自己的身份大致持有三种心态:逗留者心态、追逐者心态和以美国人自居心态。⑤逗留者心态把美国视为一个淘金之地,一旦发财便荣归故里,衣锦还乡;追逐者心态的华人则极力迎合白人主流文化,有意识去掉自己的中国特征,以融入白人主流文化圈为最高目的;而以美国人自居的华人则认为自己本来就是美国人,拥有美国人的思想价值观,不应以自己是华裔而被视为美国人中的特例。

杰克对自己伦理身份的认知还属于逗留者的心态,莫娜则属于以美国人自居的心态。这种伦理身份意识的演变轨迹,也照应了华裔美国文学作家对自我伦理身份认知的演变。早期的华裔美国文学多表现的是在异域生存的艰辛和荣归故里的心切,比如天使岛的华人诗篇,华人对自己的伦理身份认识还停留在中国人、美国客人的阶段。之后的华裔美国文

学，明显可以看出迎合美国主流文化的倾向，比如刘裔昌的《虎夫虎子》、黄玉雪的《华女阿五》等，这些作品的作者通过对中国文化异域情调的夸张渲染，来迎合美国主流文化。在此阶段，华人作家站在美国主流文化的视角，来审视自己的伦理身份，这种审视带有种族歧视、东方主义的影子。但其间赵健秀、徐忠雄等作家，在其作品中塑造新的华人男性形象，试图打破美国主流文化对华人纤弱形象的定位，以此来重新定位自己的伦理身份，以此摆脱华裔美国文学中东方主义的影响，寻求主动独立的身份定位。而在任璧莲的《莫娜在希望之乡》中，作者的思想摆脱了固定的伦理身份限制，认为个人生理上的特征并不能决定其伦理身份，而是可以根据自我的价值取向，以自我选择来确立自己的伦理身份。华裔美国文学对自我伦理身份的认识，大致沿着这一规律发生演变。

  从《望岩》和《莫娜在希望之乡》这两部作品可以看出，美国华人对于伦理身份的认知经历了从二元到多元化转变的历程。长期以来，在美国这个白人主流文化占据主导地位的单一伦理环境下，华人及其他少数族裔文化被逼到边缘地位。华人对自己身份的认知具有模糊性和对立性，即华人身份与美国人身份的二元对立。单一文化的倾轧，也使华人对自己身份的认知显得狭隘，《望岩》便反映了华人对自己身份的狭隘认识。随着民权运动的兴起，少数族裔的地位有所提高，美国华人对自己身份的认识有了一定的改变。《莫娜在希望之乡》则更大胆地提出了可以自主选择自己的伦理身份，这个伦理身份可以不是本民族的伦理身份，也可以不是主流的白人身份，而是其他少数族裔的伦理身份。"任璧莲就是以民族身份转化的文学叙述回答了'谁是美国人'这个与美国历史一样长久的问题。'自由决定自我身份'的核心就是自主原则，这也就是美国性的核心"（江宁康 321）。这部作品提出的有关伦理身份动态变化的崭新理念，有助于扩展对于伦理身份和伦理选择内涵的界定，即伦理身份可以不由个人所处的血缘或文化背景所决定，它不是固定不变的，而是流动可变的，它能根据个人的伦理选择来确定。这对于探讨全球化时代移民的伦理身份与伦理选择问题提供了借鉴和启示。

结语

  《望岩》的作者伍慧明与《莫娜在希望之乡》的作者任璧莲属于同一个时代的美国华裔女作家。伍慧明选择还原历史的创作走向，"敢于直面华裔美国历史上种族主义移民法案所带来的创伤与灾难"⑥，在《望岩》中揭示早期华人移民在伦理身份的错位、缺失与找寻过程中遭遇的不幸，作品涉及到了美国华人历史上的排华法案、坦白计划，道出了华人不能说、不敢说的沉默历史，"使人们能够重新审视官方书写的'正统历史'，以及它背后的政治、文化霸权"（陆薇 361）。这在种族不平等并未完全消除的当今美国社会，显然仍具有重要的启示作用。任璧莲则在《莫娜在希望之乡》中，通过主人公对于自身伦理身份的质疑、探索与选择，大胆提出伦理身份自主选择的新颖概念，打破了长期以来华人对于中国传统文化和美国文化认识中的二元观念，用更加宽容自由的态度处理二者的关系，预示了全球化背景下移民之伦理身份与伦理选择的未来发展趋势。两位作家创作倾向不同，但都打破以往美国华人作家的创作路径，一个直面历史，一个观念新颖，他们都为华裔美国文学创作开辟了新路。

注释

① See Ng, Fae Myenne, *Steer toward Rock*（New York: Hyperion, 2008）3. 译文见伍慧明：《望岩》，陆薇译（长春：吉林出版集团有限责任公司，2012 年）3。以下引文皆出自该译本，只标注页码，不再一一说明。

② 参见陆薇："作品介绍"，《望岩》，陆薇译（长春：吉林出版集团有限责任公司，2012 年）26-27。

③ See Jen, Gish, *Mona in the Promised Land*（New York: Alfred A. Knopf, 1996）3. 以下引文皆出自该书，只标注页码，不再一一说明。

④ 石平萍：《多元的文化，多变的认同——华裔美国作家任璧莲访谈录》，《文艺报·文学周刊》2003 年 8 月 26 日第 4 版。

⑤ 参见尹晓煌 1-50。

⑥ 陆薇："译者序"，《望岩》，陆薇译（长春：吉林出版集团有限责任公司，2012 年）22。

引用书目

江宁康：《美国当代文学与美利坚民族认同》，南京：南京大学出版社，2008.
[Jiang Ningkang. *Literature & National Identity in Contemporary America*. Nanjing: Nanjing UP, 2008.]

陆薇："直面华裔美国历史的华裔女作家伍慧明"，《华裔美国作家研究》，吴冰、王立礼主编，天津：南开大学出版社，2009: 347-362.
[Lu Wei. "Fae Myenne Ng: A Chinese American Woman Writer Who Faces Directly the Chinese American History." Eds. Wu, Bing & Wang Lili. *Study of Chinese American Writers*. Tianjing: Nankai UP, 2009: 347-62.]

伍慧明：《望岩》，陆薇译，长春：吉林出版集团有限责任公司，2012.
[Ng, Fae Myenne. *Steer toward Rock*. Trans. Lu Wei. Changchun: Jilin Publishing Group Co., Ltd., 2012.]

- - -. *Steer toward Rock*. New York: Hyperion, 2008.

聂珍钊：《文学伦理学批评导论》，北京：北京大学出版社，2014.
[Nie Zhenzhao. *Introduction to Ethical Literary Criticism*. Beijing: Peking UP, 2014.]

Partridge, Jeffreye L. "Gish Jen's Mona in the Promised Land." *American Writers Classics, Volume II*. 215-232.

尹晓煌：《美国华裔文学史》，徐颖果等译，天津：南开大学出版社，2006.
[Yin Xiaohuang. *Chinese American Literature since the 1850s*. Trans. Xu Yingguo, et al. Tianjing: Nakai UP, 2006.]

诗歌研究

36 当代美国华裔英语诗人评述

朱徽

评论家简介

朱徽，四川大学外语学院教授、博士生导师，四川大学锦城学院外国语学院学术带头人，四川省比较文学学会副会长。主要研究领域为翻译与跨文化研究、加拿大研究与中西比较文学。专著有《中英比较诗艺》《中美诗缘》《加拿大英语文学简史》等；译著有《加拿大抒情诗选》、《世界文学名著解析丛书》和《女性的奥秘》。

文章简介

从20世纪后半叶开始，产生于唐人街亚文化的美国华裔诗人逐渐成长起来，以鲜明的文化和种族特色登上了当代美国文坛。本文认为，华裔英语诗歌是中美文化结合的产物，其中所体现的美国华裔诗人的文化立场大致可分为两类：一、以中国传统文化为骄傲，在诗歌中再现个人与中国传统文化的连接和承继关系；二、从历史的角度出发，对饱含苦难的唐人街亚文化持负面态度，对继承唐人街传统的可能性与必要性予以否定。

文章出处：本文原载于《西南民族大学学报（人文社科版）》2006年第2期，第173—177页。

当代美国华裔英语诗人述评

朱徽

在 20 世纪美国的诗歌中，华裔英语诗歌是一个独具特色的组成部分。在历史上，早期中国移民在美国社会中的地位十分低下，备受种族歧视和压迫，完全没有接受教育和进入主流社会的可能性。第二次世界大战以后，美国华裔的社会地位有了明显改善，他们的经济和政治地位有很大提高，一批华裔精英出现在美国主流社会的各个领域。在这样的历史和社会大背景下，当代美国华裔英语诗歌有了很大发展，以其独特的文化内涵和表现方式引起了美国读者和评论界的关注。不少文本对当代美国华裔英语诗歌产生的历史背景、发展概况和代表性诗人诗做了分析评论。

一、唐人街与华裔英语诗人

中国人移居美国，始于 19 世纪 40 年代鸦片战争结束之后，至今已有 160 年的历史。这比欧洲外大多数地区向美国移民要早得多。1848 年，加利福尼亚发现金矿，由此引发的淘金热潮掀起了中国移民去美国的第一次浪潮。从 1867 年起，有大批华工参加修建横跨美国的太平洋铁路，他们以自己的血汗和巨大牺牲为美洲的繁荣做出了历史性贡献。在 19 世纪末期，美国掀起了排华运动。从 1882 年美国国会通过第一个《排华法案》之后，又颁布一系列法律条文，排斥打击华人。在以后长达数十年的历史时期内，在美国的华人遭受了严重的种族歧视和剥削压迫，生活十分艰辛。早期的唐人街成为凝集同胞、对抗歧视、维持生存的封闭的华人社区。餐饮和洗衣成了华人赖以谋生的传统职业。直到 1943 年，已经实行了 60 年的《排华法案》才被撤销，居美华人的国内亲属可以来美国跟他们团聚。1949 年后，随着中国政治局势的巨变，一大批中国人来美国定居。1965 年美国政府修改了优惠欧洲的种族歧视移民政策，大批华人移居美国，唐人街的规模不断扩大，经济有了空前的发展。

在华人移居美国的一个多世纪中，在美国东西海岸的大城市里逐渐形成的"唐人街"（Chinatown）产生了一种兼具东西方文化特征的亚文化传统[2]，使华人能够保存自己特有的文化和习俗，使中华文化的精华不至于在融入美国主流社会和主流文化的过程中丧失殆尽。中华文化提倡的不畏艰难、自立自强、勤奋节俭、开创未来等传统美德在唐人街得到充分的展现。由唐人街亚文化传统孕育成长的当代华裔英语诗人创作的、体现着悠久丰富的中国文化的文学作品成为美国文学开发新作品的巨大资源；另一方面，他们在美国接受了良好教育，精通英文，熟知美国读者的阅读兴趣和批评界的动向。美国社会的民族多样性、美国文坛的宽容性和出版界的商业性也为华裔英语文学的发展提供了条件。20 世纪 60 年代以后，随着民权运动和女权主义的兴起，华裔文学跟美国其他少数族裔文学一起，作为"反主流文化"而发展兴盛。当代华裔英语诗歌在美国主流社会中产生了相当的影响，获得过多种文学奖，已经成为当代美国诗歌的组成部分。

二、华裔英语诗人综述

在中美诗歌相互交流和影响的过程中，有一个现象很值得注意。那就是，在 20 世纪 20 年代前后的美国诗歌复兴时期，甚至在整个 20 世纪的前半叶，中国诗歌主要是通过美国诗人翻译家的翻译介绍而对美国诗坛产生影响的。在这一过程中，在美国几乎没有华裔诗人和作家用英文写作。据考察，最早用英语创作的华裔诗集是《宝石塔》(A Pagoda of Jewels, 1920)，出自洛杉矶的一位中国学生（英文名 Moon Kwan）之手，但那只能算是偶一为之的尝试之作。到了 20 世纪后半叶，产生于唐人街亚文化的一批年轻美国华裔诗人逐渐成长，彻底改变了这种面貌。在这一进程中，直到 20 世纪 70 年代前期，他们的作品尚未作为一种社会文化的成就引起广泛关注。又经过十多年的发展，接近 80 年代末时，一些具有代表性的美国华裔诗人单独出版诗集了，美国华裔英语诗歌开始初具雏形。其实，这一批年轻诗人的姓名、接受的教育和诗歌作品都是中美文化结合的产物。绝大多数美华诗人没有数典忘祖，都保留了家族的姓氏，但又都取一个容易被美国人记忆的美国名字。他们中的多数人多少都具有使用英汉两种语言的能力，他们为自己的文化遗产感到自豪，并努力在作品中将自己与中国传统文化的连接和承继关系表现出来。另一些诗人从历史的角度出发，认为唐人街亚文化包含了太多的血泪与苦难，很难给华人提供生存和发展的条件，于是在继承中华传统文化的大前提下对继承唐人街传统的可能性与必要性持否定态度。无论如何，当代在美华裔诗人的勤奋努力为中国文化和中国诗歌在美国的传播增添了一支生力军。

当代华裔英语诗人分布在美国各地，比较引人注目的有：旧金山的"天脚六女性"(Unbound Feet Six)、纽约的"地下研讨会"(The Basement Workshop)、杂志《桥》周围的诗人群、以西雅图为大本营的一些华裔诗人，以及夏威夷杂志《竹岭》周围的诗人群等。[3] 华裔诗人迅速崛起，以鲜明的文化和种族特色登上当代美国诗坛。他们的独立地位不断上升，不再仅仅是影响主流的配角，其中不少人正在进入主流。有些诗人的作品已经引起领导美国诗坛的批评家的注意，有的诗人已经进入了少数族裔诗人很难进入的"大出版社"。重要的华裔英语诗人已经跟美国当代主要诗人的名字一起出现在有影响的美国出版商的书目上。

作为中国和美国诗歌互相交流和影响的一支独特生力军，华裔英语诗人的作品已经走出了"异族文学"的狭隘领地，成为美国诗坛上一股新兴力量。目前，华裔英语诗歌正在兴起,新的局面正在形成。中国的翻译界和外国文学界给当代华裔英语诗人以相当的关注,如 1990 年出版的汉译本《两条河的意图——当代美国华裔诗人作品选》(王灵智、赵秀玲、赵毅衡编译,上海文艺出版社)收入 22 位华裔诗人的近 70 首诗作,比较集中地介绍了当代华裔英语诗人。译文前有选编者的序言,是华裔英语诗歌研究与翻译的重要成果。《二十世纪美国诗歌史》(张子清著,吉林教育出版社,1995 年)的第五章"美国华裔诗歌"也集中介绍了美国华裔诗歌的历史文化背景和主要的华裔诗人等。

三、女性华裔英语诗人

在当代美华英语诗坛上,女性诗人有非常突出的表现。70 年代在旧金山出现了由六位华裔女诗人组成的著名诗派"天脚六女性"(The Unbound Feet Six),其成员包括默尔·吴(Merle Woo,吴淑英)、珍妮·林(Genny Lin,林小琴)和耐丽·王(Nellie Wong,朱丽爱)等。默尔·吴自称是社会主义者和女权主义者,是美国左翼政治活动的积极分子。她主张"每一首诗都是政治诗"。她在《黄种女人说话了》一诗中写道:"我戳穿谎言,我嘲笑/那些人把我们骂成/中国佬/胆小鬼/斜眼婊子/异国娇娃/想欺负我们/剥削我们/揭穿他们的虚弱/摧毁他们";林小琴出生于旧金山唐人街,毕业于哥伦比亚大学和旧金山州立大学,是促进亚美文化交流的活跃人物,她与华侨史学者麦礼谦合作编译的《埃仑诗集》获得了巨大成功。她的诗作常描写美国华人的经历,如旧金山唐人街的老华工:"他们是过客/眼睛像海水的泡沫/被时间吸干/他们枯草般的四肢/原是筋肉密织/挖过矿井/割过庄稼/扛过铁轨/现在却长满老斑"。耐丽·王(Nellie Wong,朱丽爱)出生于旧金山湾区,她的中国情结系于以中国餐馆、麻将和鸦片等为特色的唐人街文化,常使读者感受到处于文化边缘的华裔诗人那种无所归属无所适从的悲凉。她在名作《我的祖国在哪里?》中表达了美籍华裔对自身身份(identity)的困惑和处于两种文化夹缝中的尴尬境地,对唐人街文化是否代表中华文化质疑:"我的祖国在哪里?/它在哪里?/蜷缩在边界之间,/夹在暗处跳舞的地板,/和低声细语的灯笼,/难以辨识相貌的烟雾之中?"她在其代表作《我的中国之恋》中表明:"我的中国之恋不会穿过月门攀上天厅,也不会在长满牡丹和菊花的园中盛开",而是希望自己"呼出的精神属于每个女人/每个男人,每个孩子,他们都在战斗,/吃饭、生存,在继承下来的土地上"。尽管后来"天脚六女性"的成员由于政治倾向不同而分道扬镳,但她们的作品以批判意识、女权主义和民权运动的基调在美华英语文学史上写下了重要的篇章。

其他比较重要的华裔女性诗人卡罗琳·刘(Carolyn Liu,刘玉珍)出生于夏威夷,毕业于旧金山州立大学,获英语文学与创作硕士。她在多种杂志上发表诗作,出版有诗集《Wode Shuofa》(汉语拼音《我的说法》,My Way of Speaking,1988)等。卡罗琳·刘通过英译本和中文本阅读了大量中国文学作品,她读过陶渊明、杜甫、李白、阮籍、白居易和苏轼的诗词，以及韩愈、吴承恩和吴敬梓等的作品。她认为白居易能够把历史、个人生活和抒情融为一体；陶渊明看似浅近的语言中蕴含着玄学味，他对转瞬即逝的事物的观察和体验等都值得自己学习。卡罗琳·刘于 1979 年来天津任教，结识了一批当代中国作家、诗人。她深受中国诗歌和哲学的影响，试图用诗歌对中国儒家和道家思想作阐释和演绎。她甚至认为，创作的目的就在于将中国的庄子与西方的 W·布莱克合成一种精神。中国古典哲学引导卡罗琳·刘走上了文学创作的道路。如她的诗《道之一义》(*One Meaning of Tao*) 表述她对"道"的理解，《关于庄子》(*Regarding Zhuang Zi*) 描写她对庄子的看法及对老庄思想的认识；诗《埃歇到达庄子的境界》(*Mencius Fulfilled by Escher*) 用埃歇 (M. S. Escher, 1898–1970) 的版画艺术来观照庄子的"得鱼忘筌"说；诗《儒家门徒辩论之注释》(*A Footnote to a Dispute Among Confucius Disciples*) 喻指儒家思想中孟子学派与荀子学派关于人类天性的那一场辩论，即"性本善"与"性本恶"之争，并表达她自己对此的看法；这些诗作的内容和情调都与儒家和道家的思想息息相通。

华裔女诗人梅梅·勃森布鲁格（Mei-mei Berssenbrugge，白萱华）于 1947 年出生于北京一个中西混血家庭，后随家人去美国，在马萨诸塞州长大，在俄勒冈州里德学院获英语学士学位，在纽约哥伦比亚大学获艺术学硕士学位。她长期在多所大学讲授文学创作课程，后来在新墨西哥州印第安学院讲授文学创作。她认为，她的诗歌创作所接受的影响，在美国传统方面有惠特曼、狄金森和庞德等，在中国方面有杜甫、李白和王维等。梅梅·勃森布鲁格多才多艺，除诗歌创作外还当舞剧编导，她的剧本《一两杯》("One, Two Cups")曾由著名美华戏剧家弗朗克·陈执导在纽约和西雅图上演。梅梅·勃森布鲁格自 70 年代初开始发表诗作，出版的诗集有《峰随浪行》(*Summits Move with the Tide*, 1974)、《随意拥有》(*Random Possession*, 1979)、《热鸟》(*The Heat Bird*, 1984) 和《移情》(*Empathy*, 1989) 等。她曾经用"两条河的意图"(*The Statement of Two Rivers*) 作为其诗作的标题，用以表示美华英语文学是东西方两种文化的产物。诗中写道：我记得那些春花 / 如蜡的白花瓣多么脆弱 / 根却深到无法挖出 / 在河岸上每个地方，当大河流淌 / 我们找到只有多雨之春才开的无名花 / 又少又难的诺言隔段时间又重复 / 使我们高兴"，使读者感受到中国传统文化的精华在美国主流文化的强势下依然生生不息，以及诗人置身于这两种文化之中的亲身体验。

黛安娜·张（Diana Chang，张粲芳），是华裔女诗人、画家，出生于纽约一个中西混血家庭，先居住在纽约长岛，曾在巴拿尔学院任创作课教授，长期担任《美国笔会》主编。黛安娜·张多才多艺，已多次开过个人画展。在文学创作方面，她已经出版了 6 部小说和两部诗集。这两部诗集是《地平线在明说》(*The Horizon Is Definitely Speaking*, 1982) 和《马蒂斯的追求》(*What Matiss Is After*, 1984)。黛安娜·张热衷的题材是诗和画的关系，追求在具体意象中的运动。关于她的诗歌创作，她说："在风格上，我追求意象，本能地游动于隐喻、明喻和拟人化之间,以便使我们的思想具体和明确","我感到我是地道的美国作家,但背景大部分是中国的"。[1] 如她的短诗《万物依然》("Things Are for Good")中有这样的诗行:"大海在水板上练习写白字／却从没有明白它有什么可说／日复一日,黄昏延展成咏叹调／高高地抛过大地//……月亮,看不到有什么支撑／全凭意志,横穿过黑夜。"诗人通过月亮和大海这些意象抒发她的中国式情怀。

如上所述,有一些当代华裔诗人对以唐人街亚文化为代表的传统美华文化采取了批评态度。这类诗人也包括女性诗人,如玛丽琳·陈(Marilyn Chin,陈美玲)。她曾在马萨诸塞大学主修中国文学,并在艾奥瓦大学获得英国文学和文学创作硕士学位,从1978至1982年在保尔·安格尔(Paul Engle)和聂华苓夫妇创建并主持的"国际写作计划"担任翻译和协调员。她出版过诗集《矮竹》(*Dwarf Bamboo*, 1987),获得过一些重要的诗歌奖项。她在一首题为《我们是美国人,我们居住在冻原》的诗中写道,她站在如同冻土带般冰凉的美国,朝着大洋对面的中国唱歌:"今天在雾濛濛的旧金山,我朝东面对／中国,一棵巨大的秋海棠——／粉红、芬芳,被铜绿／所蚀,害虫所伤。我为她唱／一首布鲁斯歌;连一个中国女孩都会唱布鲁斯歌,／她的沉默寡言是黑色和蓝色。"那张巨大的秋海棠叶正是中国版图,尽管还有些颜色和香气,但已是遭受腐蚀和伤害;布鲁斯歌是美国黑人唱的歌曲,曲调忧伤。作为一位华裔女性,她感到自己的地位可能还比不上黑人。诗人对美华文化和自己的身份产生出一腔幽怨。玛丽琳·陈认为,唐人街的历史充满了太多的血泪与苦难,所以不主张继承唐人街的传统。如她在诗《开端的结束》中,将死于修筑美国铁路的华工与历史上死于修筑中国长城的祖先联系起来,认为这样的"传统"应该终结了,让自己这一辈人来做"终结的开端"。又如女诗人劳琳·陈(Laureen Ching)在屡屡遭遇人们对她的中国人身份(identity)质疑时,表示她不愿意在占主流地位的西方文化中甘作温顺卑微的传统东方女性:"我是中国人／虽然我的眼睛／不是棕黑的杏仁／可以在你的火上烤／我的喉咙也是单调地嘎嘎响。／看我屈起十个脚趾／十颗完美的子弹／对准目标准备杀人",表现出她反传统反主流的精神。

四、其他重要的华裔英语诗人

除上述女性诗人之外,还有一些重要的当代美华英语诗人,他们中有:阿伦·刘(Alan Chong Liu,刘肇基)出生于加利福尼亚,曾在圣塔·克鲁兹加州大学攻读艺术学,是一位具有很强政治意识和历史观念、风格独特的老诗人。他的诗作收在诗集《献给贾迪娜的歌》(*Songs for Jadina*, 1981)等中。他曾主持过多种亚美文学杂志和选集的编辑工作,如《化影为光》(*Turning Shadow into Light*)等。他的力作《岩石中的水泉》将抒情和叙事的文体并列,使作品具有史诗式的幅度和深厚的历史感。在这首长诗中,他以历史审视的眼光描写19世纪华人筑路工人被屠杀的血案,呈现早期华工与当今华人之间一脉相承的血缘:"在铁道架上,血管扭结成路标,画出我们走来的路。"在长诗《寻找太平天国之魂》中,他写自己在中国西南部大渡河畔漫游,回想当年太平军西征的悲壮经历而发出感慨。

阿瑟·施(Arthur Sze,施家彰)于1950年出生于纽约,曾经在柏克利加州大学研习中国文学,翻译过王维的诗,曾在多所学校讲授诗歌创作,是当今美国诗坛上十分活跃的华裔青年诗人,也是当今华裔诗人中唯一既创作诗又翻译诗的诗人。1986年以后,阿瑟·施任美国印第安学院创作室主任,跟他的印第安人妻子居住在新墨西哥州的圣菲市。阿瑟·施出版了几部诗集,如《两只乌鸦》(*Two Ravens*, 1976)、《眼花缭乱》(*Dazzled*, 1982)和《江、江》(*River, River*, 1987)等,还有一本收入自己的创作和中国诗歌译作的合集《柳风(*Willow Wind*, 1972)等。他曾多次获得重要的文学奖项。阿瑟·施深受中国文化的影响,并在诗歌创作中体现出自己与中国传统文化的联系。他在文章《透过空门》("Through the Empty Door")中对唐代诗人刘长卿诗《寻南溪常道士》作了视角新颖的分析评论;在短诗《网络》("The Network")的开头描写了19世纪早期中国移民去美国的海上经历。他的长诗《丝绸之路》("The Silk Road")不仅限于描写马可·波罗的历史题材,还表现诗人对和平的渴求和对生命的玄想。旅美青年华裔作曲家谭盾为这首长诗谱曲,在纽约成功演出。阿瑟·施的诗作有意避免西方诗歌的论辩倾向,简短而意蕴深厚,具有中国古诗冲淡静远的特色。如短诗《王维》:"在我的窗边 / 雨咆哮,狂说死亡 / 所不见 / 竹林里弹拨的 / 古琴声 / 这琴声使鸟如醉如痴 / 把月亮 / 带进心坎"。他的诗作经常以中国作为题材,如《看中国照片》("Viewing Photographic of China")和《否定》("The Negative")等写了他对"中国文化大革命"的看法;诗《道家画家》("The Taoist Painter")抒发了诗人特有的那种美国式道家思想感情。

约翰·姚(John Yau,姚强)于1950年出生于马萨诸塞州,在布鲁克林学院获得艺术学硕士学位后在多所学校任教。从1976至1989年出版诗集9部。他的诗集《尸体与镜子》(*Corpse and Mirror*, 1984)被美国当代诗坛领袖人物约翰·阿什伯利选入《国家诗歌丛书》出版,引起广泛好评。其诗作出现在各种选集中,两次获得英格兰姆·梅利尔奖。美国诗刊《护符》(*Talisman*)1990年秋季号重点介绍约翰·姚。他读过李贺和李商隐的诗并从中得到很大启发,如诗作《李贺和李商隐的诗歌译文阅后仿作》("A Suite of Imitation Written After Reading Translations of Poems by Li He and Li Shang-Yin")等就体现了这种影响。约翰·姚更多地接受了当代西方文艺思潮的影响,他的主业是西方美术批评,又跟美国当代"纽约诗派"联系较多,其作品明显接受西方超现实主义的影响。在诗歌创作中,他善于把中国古诗的意象法和"纽约诗派"的奥哈拉、阿什伯利和科克等诗人的超现实主义手法结合起来,如《中国田园曲》("Chinese Villanelle")第四节第一行就用了陆机《文赋》中"操斧伐柯"的典故,但整个情调还是西方式的,是西洋化的中国田园风光。诗的开头是:"我们曾在一起,我曾想念过你 / 那时空气干燥,浸透了光线 / 我像琵琶把房

间灌满描写 // 我们曾眺望过愁闷的云抛开形状", 这类诗句给读者的印象如同观赏西方超现实主义绘画作品, 距离传统中国诗歌的意象和意境就比较远了。

　　青年诗人李力扬（Li-Young Lee）于1957年出生于雅加达一个印度尼西亚华侨家庭,《二十世纪牛津英语诗歌指南》称他的父亲曾经是毛泽东的私人医生。[4] 1959年, 由于印度尼西亚政局动乱, 他的父亲被投入苏加诺的监狱关押一年, 出狱后带领全家逃离印度尼西亚。全家人辗转香港、澳门和日本, 于1964年到达美国定居。李力扬曾在匹兹堡大学、亚利桑那大学和纽约州立大学求学。22岁时以一组诗获得美国诗人学院奖, 从此走上诗歌创作的道路。李力扬现在跟自己的家人居住在芝加哥, 虽然他赖以谋生的职业是服装设计艺术, 但他仍然坚持诗歌创作。他已经出版两部诗集:《玫瑰》（Rose, 1986）和《我爱你的城市》（The City in Which I Love You, 1990）, 都赢得批评界的赞扬, 分别获得了重要的美国诗歌奖项。在美国的《华侨日报》等华文报纸上, 经常可以见到他的诗作的中文译文。李力扬的诗作清新质朴, 其题材经常是歌颂他的华侨父母亲和中国情结, 在后现代主义的当代美国诗坛上具有独特的风格, 发出引人注意的新声。李力扬从未来过中国（如他的诗行 "我从未去过北京颐和园也没有机会站在石舫上凝视"）, 但他从小就喜欢聆听母亲和祖母唱中国歌: "她唱起来, 我的祖母加入, / 母亲和女儿唱得像年轻姑娘", "两个女人都开始流泪, / 但是谁也没有停止歌唱", 这里的 "母亲"、"祖母" 和 "歌唱" 都具有鲜明的象征意义, 蕴含着诗人终生不改的中国情结, 具有感人的艺术力量。他的作品以 "荷花"、"菊花"、"月光" 和 "雨丝" 等富含中华文化色彩的意象和清新抒情的风格受到美国读者的欢迎和批评家的赞扬, 并获得美国诗坛的重要奖项。

参考文献

[1] 陈辽, 张子清. 地球两面的文学 [M]. 南京: 南京大学出版社, 1993.

[2] 周敏. 唐人街——深具社会经济潜质的华人社区 [M]. 北京: 商务印书馆, 1995.

[3] 赵毅衡. 第二次浪潮: 中国诗歌对今日美国诗歌的影响 [J]. 北京大学学报, 1989（2）.

[4] Ian Hamilton, ed. *Oxford Companion to 20th Century Poetry*. Oxford University Press, 1996: 295.

37 "木屋诗"研究：中美学术界的既有成果及现存难题

盖建平

评论家简介

盖建平，复旦大学博士、南京师范大学博士后，现为江苏第二师范学院文学院副教授。主要研究领域为美国华人文学与中美文化关系。出版专著有《早期美国华人文学研究：历史经验的重勘与当代意义的构建》。

文章简介

本文在充分肯定中美学术界"木屋诗"（天使岛诗歌）研究既有成果的基础上，对如何认识木屋诗文学性的问题进行了深入的研究和思考，并提出了颇具创建性的建议。本文认为，在回溯中国古典诗歌创作传统、考证近代美国华人文学修养水平的同时，还原诗歌创作的"木屋"环境及其背后深广的美国排华史、中国近现代史背景，是研究木屋诗文学的有效策略。

文章出处：本文原载于《华文文学》2008年第6期，第79—86页。

"木屋诗"研究：中美学术界的既有成果及现存难题

盖建平

木屋诗，以其题与地点命名，是 1910—1940 年间申请进入美国的华人移民题写在被囚的移民入境审查拘留所——"木屋"——墙壁上的诗文。这座木屋建于旧金山海关附近的天使岛上，因此学者也称其为"天使岛诗歌"。

拘囚在天使岛中的华人，很早就有文字创作活动，他们不断投书向外求援，当时这些书信文章在唐人街的报纸上发表；也有过来人把自己的经历写成文章发表在国内的杂志上，都成为今天研究美国华人历史、文学的重要史料；同时，人们在木屋的墙壁上写下、刻下了大量诗歌。

20 世纪 70 年代以来，随着美国平权运动、多元文化观念的增长，木屋诗的搜集整理，成了美国文化界华裔文化建设的重要工程。华裔学者、作家麦礼谦（Him Mark Lai）、杨碧芳（Judy Yung）、林小琴（Genny Lim）三人，在对木屋诗进行整理校勘的基础上，进行了英文翻译及注释，于 1980 年出版了中英文对照的《埃仑诗集：天使岛诗歌与华人移民史 1910—1940》，此书正文部分选录 70 首"木屋诗"，附录另外 66 首，加上一篇"木屋拘囚序"，共 137 首作品。除了对诗歌英译、加注，编者还对当年的亲历者作了大量实地访谈（oral histories），穿插在诗集各章节中，使读者进一步细致了解当年华人来美的原因、华人在木屋中的生活情况、移民官进行审查的种种细节，以及移民站医疗的详情。这一诗选的出版是木屋诗研究的里程碑。1990 年，劳特（Paul Lauter）选编的《希斯美国文学选集》从《埃仑诗集》中选录了十三首英译作品，木屋诗正式列为美国文学的经典。

《埃仑诗集》出版后，在原拘留所附属医疗所的墙上，又陆续发现了更多的诗歌，这带来了天使岛研究的新一章。2002 年起，Charles Egan、Wan Liu、Newton Liu 及王性初等学者、作家四人，对旧有的以及最新发现的诗文进行了更大规模的核勘、整理、归类、阐释及翻译，完成了七百五十多页的研究报告《诗歌与碑文：翻译与诠释》("Poetry and Inscriptions: Translation and Analysis"）。

作为美华文学的经典之作，木屋诗在中美学术界都得到了相当的关注，近三十年来已有诸多成果问世，对木屋诗的内容、价值从各个角度进行了阐释研究，为我们认识、把握木屋诗的整体风貌和形式特色提供了重要的指导。尽管如此，木屋诗研究中，仍然有不少论题、细节尚无定论，需要深入发掘的内容很多。

一、中美学术界对木屋诗的内容研究及意义阐发

（一）对木屋诗内容的宏观梳理

对木屋诗的内容，历代研究者作了宏观的归类，《埃仑诗集》将诗歌按内容分成"远涉重洋""羁禁木屋""国强雪耻""折磨时日""寄语梓里"五章，或者可以说是五个主题；王性初则将木屋诗的内容按照其表达的感情作了总括分类，包括了"思乡情怀""壮志未酬""忧国忧民""无奈苦闷"以及"满腔仇恨"等。

木屋诗中的众多典故，也得到学者的研究梳理。王性初归纳说："诗中引用的历史人物典故众多，且上下数千年，有南霁云、冯唐、李广、孙膑、林肯总统等。此外，光绪和项羽则分别由'厄瀛台'和'无面见江东父老'点出，除此，还有些民间传说中的人物，如织女、牛郎、精卫等也出现在诗中。"单德兴《忆我埃仑如蜷伏——天使岛悲歌的铭刻与再现》一文中的列举更加细致。

对于木屋诗的文体，学者一般都简言为四、五、七言的律诗绝句，而王性初将木屋文字的形式分为九种，包括：1. 四言、五言、七言律诗、绝句。2. 自由体。3. 顺口溜、打油诗。4. 楹联。5. 须知。6. 警句、箴言。7. 藏头诗。8. 唱和。9. 其他。

王性初仅仅承认格律文字可观的作品为"诗"，而将文字不太可观的另归类为"顺口溜、打油诗"；至于把"藏头诗"、"唱和"之作单列出来，虽然分类的方法还可以商量，但却显现了木屋诗技艺多姿多彩的一面；而"警句"、"箴言"、"楹联"更是十分有特色的木屋文字，虽不能作诗歌看待，亦已显现出木屋书写的丰富多样。

（二）美国华裔学者对木屋诗的历史文化价值阐释

木屋诗发掘、面世以来，美华学者对其历史及文化价值作了明确的标举。

对美国及美国华裔来说，发掘木屋诗，最直接的社会效应，是揭示一段以往美国官方历史不见提及的、乃至被刻意掩饰、歪曲的历史。麦礼谦评论说，"创作于美国排华史后期，诗歌刻写了人们即将忘却、险些就要被忘却的辛酸历史，其历史的、社会的意义，已足够称道。"学者们下功夫进行文本编译和人物访谈，正是以脚踏实地的细致考据，呈现这段历史的真相。

而木屋诗再现历史、澄清真理，具有引导人们重新审视美国华人现状的社会意义。《埃仑诗集》序言中，麦礼谦举美国华人对移民局的规避态度——这一现象至今仍被目为美国华人移民的一种典型特征——为例，提出：华人"素习违法"，正是美国排华政策的结果。在长达一百多年的排华史中，移民局官员对华人百般刁难，肆意虐待，"正是这些不愉快的回忆，加之以不公正的法律，才导致华人对移民官的畏惧和回避，而官方的漠不关心只能使这种对立变得更为严重"。学者借此强调，华人并不是"天性"习惯逆来顺受，而是

长期处于美国官方的强权之下，为了减轻种族主义变本加厉的迫害，不得不忍气吞声。

发掘了历史，才能认识到现实背后错综复杂的历史因果关系，从而对当今的社会现象有更中肯客观的认识。木屋诗因此成为美国社会政治进步的生动体现，同时起着警示美国种族主义政治历史的重要作用。

关于木屋诗的文学文化价值，80年代《埃仑诗集》初版时，美国文学批评界对木屋诗的艺术效果已经有所评论——"对于身为华人、身处天使岛上意味着什么，这些诗歌传达了愤怒、英雄主义、绝望、强烈的冲击力，以及不懈的振作对抗，远非二手或三手材料所能够呈现。"[1] 指出了木屋诗作为文学作品特别擅长的感动人的力量。

麦礼谦等非常看重这种感性的力量，因其能够将读者带入一个全新的视角，从而冲击美国白人文化中根深蒂固的、对华人的刻板印象："这些诗歌自成一体，以直截简练的语言表达华人难以忘怀的痛苦，记录的是他们在有机会成为美国人之前所遭受的流离失所，丝毫没有那种麻木、被动与自满的'食莲者'的刻板形象。"食莲者典出《奥德赛》，岛上居民日食莲实便能忘却忧愁，故尔醉生梦死，不思进取，是奥德修斯经受的严峻考验之一；英雄主角一心乘风破浪，返回故乡，则是对这种停滞不前的战胜和超越。美国传统排华主义自我辩护的说辞之一，便是批评华人的"守旧"，声称：并非美国社会不愿接纳华人，而是华人一味保守中国的旧传统并以此自满，不肯改变，顽固不化，才长期滞留在美国社会的边缘，不能"融入"。木屋诗展现的丰富情感中，从来不乏华人向往美国的拓荒精神，这种主动精神与他们被歧视、被虐待的现实处境形成了鲜明的反差，于是，木屋诗对种族主义的权力话语和顽固成见提出了正面的质疑和挑战。

不仅如此，在成长于平权时代、致力于发掘祖先文化传统的美国华裔看来，木屋诗对美国"正史"和"主流观念"的挑战冲击效应之外，更是推进美国文化多元化、重构美国文化的新鲜力量："无形之间，这些源自中国文化的诗歌，在美国散播了一种新的文化观念，对于美国华人来说，是文化的神圣遗产；没有前人以拓荒精神来到这片大陆扎根，就没有今天的美国华人。"而长期由华人加入建设的美国，确乎具有了由华人带来和传播的新型的精神文化遗产和传统。

（三）华语学术界阐发木屋诗意义的几个要点

华语学术界的木屋诗研究，除了文学史的引述概括外，专门论文不多，阐发的要点比较集中。

首先，引进了美国学术界研究的成果，对木屋诗反驳美国种族主义霸权话语的价值有所认识，认为木屋诗可以"铲除19世纪和20世纪早期美国文学把华人刻画成古怪、驯服、无知、无性感、不开化的刻板印象，对揭露和消除白人种族主义的偏见，对提高华裔美国人民族自尊心和自信心，无疑具有宝贵的历史文献价值"[2]。

第二，华语学者对木屋诗的肯定，出发点是其反映近代华人移民史的纪史作用。赖伯疆在《海外华文文学概观》中称赞木屋诗记录了早期华人移民的苦难经历，是"新移民用血泪写成的诗篇"、"内容多种多样，有的描写离乡背井生离死别的痛苦，有的则是表现高昂的民族气节和爱国主义思想"。③

第三，是结合中国近现代历史转折的话语，强调木屋诗体现华人、中国人民族意识觉醒的价值。

华语学者们不约而同地提到了木屋诗折射出的华人的民族自尊心。张子清则结合了美国华人移民史和华人的近代思想变迁，对于木屋诗的文化内涵，他评论说，木屋诗的震撼人心之处在于它"表现了富有才智的弱国国民的觉醒，他们清醒地认识到，他们之所以到海外遭受欺凌是因为腐败的清朝政府无能而使中国遭列强瓜分，辱国丧权"④。单德兴甚至认为，木屋囚人的愤怒中除了"民族自尊心与深切体会国弱家贫的现况"，还包含着"强烈的文化优越感"⑤。

在华文学者的视角背后，是中国近代史反抗帝国主义侵略、图存救亡的视角，木屋诗强烈的"民族感情"，特别容易得到分辨和强调。

二、对木屋诗创作情形的考证及推断

对于木屋诗作为历史纪录的珍贵价值，中美研究者都十分推崇；而要完整地把握木屋诗人的创作情形，今天能够参考的记载并不充足。学者们不仅根据作品的内容以及当年华人的追述进行分析，还或多或少地加入了自己的想象和推论，因此木屋诗也呈现出各异的面目。

（一）无落款署名意在"隐藏身份"？

木屋诗中的大部分作品都没有题目、也没有署名。论及这一现象，张子清、陈中美、王性初等都倾向于主张，华人身处监禁之中，且身负以"虚假身份""非法入境"的嫌疑，出于可能会被查出身份的顾虑而"不敢留名"。

不过，根据移民的追述，他们在墙上刻字写诗的活动并未受到禁阻，待审的移民被反锁在拘留所的房间里，警卫只在门外看管，"看守从来不进到屋子里来，所以他们不知道里面的实际情形"⑥。再加上移民官不懂中文，对华人的情况仅有一知半解，并无能力从题诗查究作者的身份。

笔者倾向于主张，没有署名的作品，主要应当是出于作者不愿留名，或者说，自认不必要留名。——从创作状态来讲，题壁留名乃是挥洒尽兴之事，冶游名胜之余，行旅有感之际，诗兴勃发、慨然命笔，既与当时当地达成无可复拟的共在状态，又可垂示于后来，备人抚今思昔；古诗中也不乏题于狱中的慷慨悲歌之作，不过，作者多是为持守信念及行动而遭囹圄之灾，秉持着明确的道德与品格自信。而木屋诗的作者，只是因为生为华人，便要身受欺辱，题诗自道之时，每每不忍具名。陈依范《美国华人史》第十七章"天使岛"中，描写了他本人1979年造访天使岛的所见所闻，从侧面展现了木屋题诗的凄惨情形："站在我身边的老人，腰背微驼。他目不转睛地注视着秀美的天使岛，不时用手背拭去泪花。……其中一首诗由于被刷上了石灰而模糊不清，正当我凝眸细辨时，那位老人用手指敲着这首诗，仿佛叩击着记忆的门扉。老人说，'他刻下这首诗后就寻短见了。他是一位学者。'"⑦可以作为追想当时华人创作状态的补充。

另一方面，确实有人在题诗时留下了自己的名字，尽管许多署名用的是化名或自号。只写籍贯、不写姓名的做法，或许是一种谦恭的表示，在古代文学史上习惯于以籍贯代表身份的做法也非常之多。

考察现存木屋诗的落款，较为完整的署名包括了姓名籍贯，如"台邑李镜波题"、"香山许生勉客题"、"玉清氏作台山溏溪"、"台山南村李海题"、"石宁题"等，或许可以作为线索，追溯作者的具体身份，不过年深日久，已难以尽考。有少数署名，只记录了姓氏或籍贯，如"阮题"、"香山人题"、"台山余题"、"民国十三廿四晨铁城闲笔"，香山、台山、铁城，都是以故乡之名作为作者的身份标记。还有一些署名，如"香山荡子题"、"铁城道人题"、"华侨铁城山僧题赠"、"台山助苗长者题"等，则又添上了作者自评自道的成分，试图在寥寥数字中显出更多的个性，如"荡子"在古诗中指离家漂泊在外的男子，等若强调题者离家万里的现实状态，"道人""山僧"，含蓄地标榜着出世的心怀，以及超然于眼前暂时困境的精神力量；"助苗长者"，使用的是"揠苗助长"的成语典故，是对自己急于成事的自我解嘲。还有题作"往墨侨题"，是以航行目的地墨西哥标明自己的身份。

还有以社团名称落款的，如"自治会"、"爱群社黄黄叶食"等。其中的"自治会"是木屋内华人自治团体的名称，成立于1922年，是木屋中的华人移民自发成立的互助自治社团，其英文名称为"Angel Island Liberty Association"，社团领袖一般由那些被拘留时间最长的有经验的人担任，文化水平高的人也参与其中。这个社团职能甚多：作为被囚华人的发言人，与拘留所方面交涉；帮助新来的移民适应木屋生活；还倡导健康的文化生活，以会费购买唱片、书籍和其他娱乐用具，供囚人过文化生活，有条件时还每周组织说书、戏剧和音乐会，并给孩子们上课。⑧以此推断，"爱群社"应当也是华人自助组织，至于其为木屋内的组织，还是写诗人所属的其他组织，已经不可考；"黄叶食"，则可能是作者从自己饮食菲薄的木屋生活感受中蜕化出来的别名。

（二）30年代后木屋诗创作锐减？

《埃仑诗集》编者还主张，"1930年后就少有年轻移民写古体诗了"，其理由是，20世纪30年代后，中国的旧体诗写作已经逐渐式微。不过，从当年移民的回忆来看，30年代后诗歌的创作仍在继续："天使岛上的人们在墙上写满了诗，手能够到的所有的地方，乃至浴室内部都是如此。一些诗是刻上去的，不过大多数还是用墨写的。通往篮球场的厅里刻了不少诗，因为那里的木料比较软。（当时）在墙上找一块写得下诗的地方已经很困难了，所以有时候躺在床上想到诗句的时候，我就起身把它写在帆布床底下。"⑨这是1931年前后的情形，口述人当年15岁。或许到了当时已经没有可用的墙面，供人们写下更多的诗文了。

（三）木屋诗没有华人女性的创作？

木屋诗中没有保留华人女性的作品，或者说，无法确证现存作品中有华人女性的参与，亦被视为一种缺憾。王性初认为，"这些诗文全为男性之作，而女性无声无息。这一事实反映了传统中国父权社会意识形态下中国妇女的地位。"不过，这一观点也有反证——从移民访谈来看，确实有女性移民提到自己在木屋里写诗的情形——虽然不确定是不是写在墙上："我的确写了一些诗，一边掉着眼泪。"当时是1939年。虽然今已无从考证她写的是否旧诗，但正像她所主张的，诗歌"就像人们会唱的歌一样。非常常见"，⑪无论旧体诗还是新诗，在被寄予深切的感情这一点上是一致的。

（四）关于木屋诗作者之文学水平的不同评价

以华人的文学创作批驳排华话语中关于早期华人是"目不识丁的文盲"的言论，是中美学术界的共识；但木屋诗作者的创作水平具体如何，学者们有不同的主张和评价。

《埃仑诗集》初版时提出，木屋中的华人大都受过初级的教育、有文化修养、了解诗歌创作的一些基本技术。

张子清则将木屋诗作者的身份限定在"移民知识分子"，"因了这些知识分子的缘故，播下了美国华文文学的种子"。他主张："这些留笔的诗作者们并不是没有文化的打工仔，而是学养有素，有深厚的文化底蕴，能娴熟地运用王粲、庾郎之类的典故，比喻自身的处境。"这一论证虽然针对美国排华主义"早期华人移民都是文盲"的言论而发，但并不十分令人信服。毕竟，王粲、庾信之类的典故在今天的人看来虽然"古雅"，但在旧时，却是学童启蒙之初便要求朗朗上口的文学常识，尚不足以证明"学养有素"——也许正是因此，他又立刻转而补充说，"从古体诗歌的艺术标准来衡量，确实有些诗篇未免粗糙，但在当时连名字或真名都不敢署的恶劣环境下，诗作者根本没有相互切磋的条件，也没有什么参考书可以查阅或引用，而是凭他们以前的文化积累了。"⑪

王性初的表述又有所不同。在他看来，不少木屋诗应当是集体创作的结晶，"诗歌的作者有可能也是刻字者，也可能不是同一个人。有些诗歌，甚至可能是集体创作或你一言我一句凑成的。也有些诗歌有雷同之处，这就是在现场互相观摩、学习甚至有点诸如中国民间'赛诗会'的过程。"⑫

　　美华诗人陈中美则细心地发现了一位"采写难友事迹"的诗人——有两首落款为"铁城道人"的诗作,一首开头道:"李宅人员把身抽,夏季乘船到美洲";另一首开头则是:"林到美洲,逮入木楼"。另外还有一首落款"逍遥子铁城"的诗作提到:"黄家子弟本香城,挺身投笔赴美京"。陈中美认为,这三首诗为一人所作,"写出三姓人的遭遇"⑬。

　　由于第一手历史记载所存有限,尚在进一步发掘之中,上述论点成立与否,暂时只能悬置。而文学研究者深入研究木屋诗,除了参考历史记载及其他辅助材料之外,仍然需要找到合适的"读法",阐释木屋诗的"文学性",展现木屋诗的文学特质,包括对它的形式和主题进行透彻的系统分析,仍是文学研究不能回避的问题。

三、阐释木屋诗"文学性"的权宜之计及其有限性

　　不少学者对木屋诗的文采有限怀有顾虑,如李君哲《海外华文文学札记》中评价木屋诗:"虽然不是讲究对仗、平仄严格的律诗,但却朴素无华地表达了在异国他乡失去自由尊严的华人的悲愤之情。这些木屋诗,后来堪称是美国华文文学史上的先河吧。"⑭正是因为对木屋诗的"技巧"不能认可,对其作华文文学史定位时,语气含糊,不置可否。主要从事现当代华文文学研究的黄万华,也只是勉强承认其为"也许可以算得上美国本土上由华侨创作的作品"⑮。

　　自从《埃仑诗集》出版以来,木屋诗研究者们都做出了各自的评述。在评述中,如何评价木屋诗的"文学性",尤其是如何评价木屋诗的"文学质量",学者们不约而同地采取了并非直接肯定而是为之"辩解"的折中态度。

(一)主张"文学性"的核心在于内容

　　在编写《埃仑诗集》时,麦礼谦等便对木屋诗形式上的"瑕疵"(flaw)有所解释。特别说明,"那个时代的大部分移民都没有受过初级以上的正规教育",同时在被羁押的艰难环境中,"也没有查阅字典或韵书的条件",因此"许多诗歌不符合中国古典诗歌韵律平仄的规则"⑯。《埃仑诗集》的策略,是将木屋诗之"文学性"的要点落在以"语言的直截简单"表达早期美国华人移民经历的内容,而"不在于展示艺术高妙的范例"(to present a case for artistic excellence)。正如普尔·劳特对"文学价值"的界定,强调文学应当具有参与族群生存经验的社会功能——"从少数、边缘化族群的角度来说,艺术应当具有更加清晰的社会性的、也许实利的功能……生存,生活空间和生活的希望,要求边缘化的族群调动一切可以调动的有限资源。艺术不可能超脱于这场斗争。相反,它必须在其中扮演重要的角色。……文化活动因此成为人们从被动的受害者转化为积极的斗争行动的一种过程。"⑰以此看来,《埃仑诗集》的阐释已经基本上覆盖了木屋诗作为美国文学的主要价值,

对木屋诗的历史意义价值的发掘本身就属于其文学价值的范畴之内。

《埃仑诗集》出版在美国的英文语境下，读者中有很大一部分并不懂中文，对于只读英文的读者来说，原文的文字形式及其"缺陷"尚不构成直接的问题；而对于华文读者来说，却恰恰相反：文字形式不仅无可回避，而是首当其冲。

（二）选择合乎格律的作品为代表作

美华学者们普遍认同，木屋诗采用的主要是中国古代文学史上长期居于"正统"地位的文体——古典诗歌。在世界文学史上都拥有极高成就的中国古典诗歌，从春秋、魏晋、唐宋到明清，历代诗人都潜心探索写诗的技艺，形成了相当发达的"诗法"，对于诗的命题、写作、修改，文字、风格、效果的鉴赏等诸多环节，都有大量经验传世。在文人士大夫那里，作诗本身成为一种艺术，而衡量诗歌的标准，也形成了相当精密的格局，形式要求日益精密——讲究遣词用字的精致巧妙，抒情的怨而不怒，哀而不伤，说理则要主之以情，寓之以象，托之以事，而以含蓄不露为高——格律整饬、声韵和谐、文字优美，几乎被认为是古典诗歌的基本特征。

如以这些标准来衡量木屋诗，自然会得出其质量"参差不齐"的结论，而对其中韵律和谐、文字优美的作品给予更多的肯定。也正是因为从文字、形式入手，许多华语学者对木屋诗表示了遗憾和谅解。

王性初主张："这些人不少都是受过私塾基础教育，至少粗通文墨，对于传统诗歌有基本的创作和欣赏的基本能力，知识水平较高，古典文学修养较深的也不乏其人。"而且"这些刻在墙上的诗，不少书法有着相当的水平，主要字体有楷书、颜体和行书"。他再次主张，要肯定木屋诗的文学价值："天使岛诗歌的文学价值，用今天的标准来衡量，也许够不上一流的水平，……天使岛诗歌的英文译诗，已经进入了美国主流文学殿堂，那么，作为天使岛诗歌的中文文本，它的文学价值难道不值得我们去肯定吗？"[18]

而上文已经引述的张子清关于木屋诗人的身份是"知识分子"、"学养有素，有深厚的文化底蕴"，以及运用典故"娴熟"等观点，更是明确体现了研究者对于"正宗"中国古典文人诗歌标准的接受。——接受了这一广泛流行的文人诗歌标准，则不能不选取诗作中文理可观者为木屋诗艺术水平的代表，而对木屋诗总体加以适度的"论证"和"拔高"。但是若要正面展开对木屋诗的深入研究，这一权宜之计毕竟难以为继：在找到解读水平"参差不齐"的木屋诗的方法之前，对木屋诗的形式的阐释和分析，都仅仅是对木屋诗形式"缺憾"的"解释"和"弥补"。

四、木屋诗"文学性"研究的两个突破口

（一）加深对"木屋经验"的感性认识

2005年，作为《埃仑诗集》三位编者之一的美国华裔作家林小琴，根据其自身感性的艺术体验，对木屋诗给予了很高的评价："我被这些诗人的激情和政治觉悟所震撼。被拘留的大多数华人很年轻，在16至20岁左右。他们了解中国的历史，深知自己在中国作为被压迫的牺牲品的角色，也深知在美国作为无助移民的角色。他们在诗里把中国历代国王的迫害和失败与自己在天使岛上遭拘押的处境相比。他们是有勇气、决断和冒险精神的囚人，尽管遭遇种种被排斥、种族主义和贫困，但始终追求自由的梦想。他们在诗里表达了自省、悲伤、受伤害、愤怒的感情。他们多数人掌握了中国古典诗歌的一些基本形式，反映了他们相当成熟的艺术水平，而他们所受到的教育却只相当于小学到中学。多数诗篇非常美，令人感动和难忘。很难相信这么年轻的人会写出具有成熟和敏感水平的诗篇来。它们感染我如此之深，以至于永远萦绕于我的脑海。"⑲她主张，木屋诗人的创作极其成功，具有极强的艺术感染力。这一热情洋溢的评价，显示出其作为美国华裔、对美国华人史的深刻认识与强烈共鸣。

而没有美国华人感性经验的当代中文读者，假若不了解美国排华史的种种令人震惊的现实，则很难通过诗歌文字层面的阅读、品味，进入木屋诗的语境。阅读史学论著，即使读了一些历史书，如果不曾深入思考、把握美国排华史，而仅仅将其作为"历史背景"泛泛而读，也仍然难以进入文本的语境。历史学家对华人在木屋中的处境过于精炼的介绍——"过着没有犯罪的犯人生活。被拘留的时间是那么长，生活又是那么单调苦闷，有些感到受委屈而愤愤不平的人跳海自杀。"⑳——并不能令读者直观意识到木屋中人有其特定的、丰富的精神世界，读者不会想到要去了解、同时也不能了解木屋诗人的真正感受，更不会认识到他们承担的精神冲击和现实压力是如何沉重，自然也就无法知道，他们的"决断"、"愤怒"蕴含着怎样巨大的力量和先锋的信念。

（二）重新审视木屋诗的中国文学文化传统

仅仅强调对木屋生活详情的具体把握及其丰富的感性内涵，或许可以对我们的感性阅读有所启发；但是，关于木屋诗作为古典诗歌的"不足"究竟应如何看待，仍然是研究者需要面对的问题。

对木屋诗美学的阐发和建构不可能建立在回避中国古典诗歌传统的基础上。而如果不停留在大致印象的层面、将"古典诗歌"的概念看作铁板一块，而是对中国古代诗歌的创作和演变具有较为广泛、系统的掌握，则并不难看到，在典故、韵律、平仄、长短这些文字的形式背后，交错活跃着深厚而丰富的文学传统。

从作者的身份、书写的内容来看，木屋诗有两点显而易见的特殊性：

首先，无论是否具有"秀才"资格，木屋诗的作者在现实中的身份，不是在封建社会拥有较高社会地位的士大夫文人，而是在近代世界"三千年未有之变局"中漂洋过海、经营生活的普通华人移民，这提醒我们，用现存中国古典文人诗的标准衡量木屋诗，实际上于理欠通。

其次，木屋诗的内容，是华人远涉重洋、遭遇美国《排华法案》的监禁，被圈禁固定在特定的狭小空间——木屋——中的所历所思所感，这一题材已经超出了古典诗歌的语词和技巧的现成"储备"，而延伸到新的话语空间中。

这两点是木屋诗的新处，对研究者提出了创造性的解析阐释的方法论要求。如何一方面回溯中国古典诗歌的创作传统、考证近代美国华人的文学修养水平，同时还原诗歌创作的"木屋"环境、及其背后深广的美国排华史、中国近现代史背景，不失为阐发木屋诗美学特征与精神风貌的可行之途。

注释

① 纽约《时代》杂志关于《埃仑诗集》书评。《埃仑诗集》封底。Island: Poetry and History of Chinese Immigrants on Angel Island, 1910—1940. Him Mark Lai, Genny Lim and Judy Yung, Seattle: University of Washington Press, 2000.
②④⑪⑲ 张子清:《华裔美国诗歌的先声：美国最早的华文诗歌》，《当代外国文学》2005年第2期，第153—158页。
③ 赖伯疆:《海外华文文学概观》，花城出版社1991版，第157—156页。
⑤ 单德兴:《忆我埃仑如蜷伏——天使岛悲歌的铭刻与再现》，《铭刻与再现——华裔美国文学与文化论集》，台北：麦田出版社2000年版，第49页。
⑥⑧⑨⑩⑯⑰《埃仑诗集》，华盛顿大学出版社1991年版，第76页，19页，136页，25页，20页。
⑦ 陈依范:《美国华人史》，世界知识出版社1987版，第234—235页。
⑫⑱ 王性初:《诗的灵魂在地狱中永生——美国天使岛华文遗诗新考》，《华文文学》2005年第1期，第17—22页。
⑬ 陈中美:《金山诗话》，台山：华侨书社1989版，第13—14页。
⑭ 李君哲:《海外华文文学札记》，南岛出版社2000版，第91页。
⑮ 黄万华:《美国华文文学论》，山东文艺出版社2000版，第4页。
⑳ 李春辉、杨生茂:《美洲华侨华人史》，东方出版社1999年版，第221页。

38 华裔美国英语诗歌：概况、研究现状与问题

宋阳

评论家简介

宋阳，暨南大学博士，沈阳大学外国语学院讲师。主要研究领域为美国华裔文学与海外华人诗学。

文章简介

本文系统回顾、分析了美国华裔英语诗歌的概况、研究现状以及存在的问题。本文认为，美国华裔英语诗歌是文学性与族裔性结合的完美典范。研究美国华裔诗歌，既要注重发掘被长期漠视和忽略的文学审美性，也要注重其作为族裔文学的独特性，深入研究诗歌中所蕴含的社会、历史与文化价值。

文章出处：本文原载于《华文文学》2011年第4期，第66—71页。

华裔美国英语诗歌：概况、研究现状与问题

宋阳

自 20 世纪 60 年代起，美国的少数族裔举行了大规模的民权运动，争取自身应得的权利。这场运动的成效体现在文学研究领域，便是包括华裔美国文学（Chinese American Literature）在内的亚裔美国文学（Asian American Literature）、非裔美国文学（African American Literature）和犹太裔美国文学（Jewish American Literature）等少数族裔文学得到了蓬勃发展。自此，华裔美国文学涌现了一批具有较高知名度的作家和研究学者，出版了大量的文学作品和研究专著，进入了美国主流文学史和大学课堂，并产生了相关的学术期刊、研究会议和大量的硕士博士论文。遗憾的是，华裔美国英语诗歌的研究还缺乏学界应有的重视，在整个华裔美国文学研究成果中所占的比例极小。因此，本文希望能拉开华裔美国英语诗歌系统研究的序幕，发掘其独特的美学特征与文学价值，对以后的研究抛砖引玉。

一、华裔美国英语诗歌概况

李立扬是美国华裔中诗集最畅销、获得最广泛主流社会认可的当代诗人。他著有《玫瑰》（*Rose*, 1986）、《我爱你的城市》（*The City in Which I Love You*, 1991）、《我的夜之书》（*Book of My Nights*, 2001）、《在我双眼后》（*Behind My Eyes*, 2008）四本诗集和散文诗自传《长翅膀的种子》（*The Winged Seed: A Remembrance*, 1995）。诗人曾先后荣获德尔默·施瓦茨纪念诗歌奖（1987）、美国图书奖（1995）、威廉斯奖（2002）、美国诗人学院会员资格（2003）、美国国家艺术基金会资助基金等二十余项艺术奖项。出版了李立扬三本诗集的 BOA 出版社主编汤姆·沃德（Thom Ward）曾说："李立扬的诗集最畅销，甚至比西尔维娅·普拉斯（Sylvia Plath）过去四十年卖得都多……他是一个真正的纯诗人。"[1]

李立扬的早期诗作大量描写家庭的温暖与关爱，常常能用平凡朴实的语言将平淡的生活场景描绘得异常感人。《玫瑰》收录的 25 首诗歌中与父亲有关的就高达 17 首，塑造了一个博学多才、笼罩着神的光辉却又饱受不公对待的脆弱、慈爱的父亲形象。在《我爱你的城市》中，诗人将细腻的情感投注到妻儿身上，体现了"由爱生爱"（love begets love）的主题。[2]《我的夜之书》和《在我双眼后》的诗风改变，诗人受到爱默生超验主义等方面的影响，提出了自己的核心诗学理念——"宇宙心灵"（the Universal Mind），诗作也越来越多地描写"夜晚"等带有哲学意味和玄学色彩的意象。

宋凯西出生于美国夏威夷，有着韩裔和华裔的双重血统。她目前也出版了四本诗集，分别为《照片新娘》（*Picture Bride*, 1983）、《无框的窗，光的广场》（*Frameless Windows,*

Squares of Light, 1988)、《校园人像》(School Figures, 1994)和《乐土》(The Land of Bliss, 001)。她年仅27岁就荣获耶鲁青年诗人丛书奖(1982),之后又赢得权威杂志《诗歌》(Poetry)颁发的弗雷德里克·博克奖(Frederick Bock Prize)、美国诗人协会的雪莱纪念奖、夏威夷文学奖、美国国家艺术基金会资助基金等奖项。宋凯西的诗集多描写了诗人作为夏威夷的华裔和韩裔混血儿、作为女儿、姐姐和母亲的经历和情感。她关注家族故事,所创作的许多生动的意象,比如"照片新娘"和"甘蔗"等,将她出生与成长的夏威夷、族群历史与家族亲情紧密联系。宋凯西后期的诗作的故事性和叙事性明显增强,诗人也尝试了小说的书写,创作日益多样化。

另一位女诗人陈美玲出生于香港,7岁随父母移居美国。她的首部诗集《矮竹》(Dwarf Bamboo, 1987)获得了海湾地区书评奖(Bay Area Book Review Award)。她的第二本诗集《凤去台空》(The Phoenix Gone, the Terrace Empty, 1994)赢得了国际笔会约瑟芬·米尔斯奖(the PEN Josephine Miles Award)。此外,她还创作了诗集《纯黄狂想曲》(Rhapsody in Plain Yellow, 2002)和故事集《月饼刁妇的复仇》(Revenge of the Mooncake Vixen, 2010)并多次赢得了手推车奖(Pushcart Prize)。诗人对中国文化特别是文学尤其感兴趣,曾先后学习了古汉语和中国古典文学,翻译了艾青的诗集。她的诗中不仅有汉字的使用,还有李白、白居易等诗人的诗句,更有对《老子》《乐府》的活用。相对于李立扬和宋凯西另两位主要诗人而言,陈美玲诗歌的族裔情感和女性主义意识要更为强烈,她的族裔和女性宣言笔调强劲有力,让人精神倍受鼓舞。

除了这三位主要诗人之外,其他华裔诗人也是各具特点。中荷混血女诗人白萱华(Mei-Mei Berssenbrugge, 1947—)的诗歌有着浓厚的哲学意味,着力发掘人的内心世界,语言具有"实验派或后现代"抽象、难懂的特色。③ 施家彰(Arthur Sze, 1950—)是一位多产诗人,创作了9本诗集。他的诗歌常能见到中国传统文化、美国原住民文化等多元文化的元素。诗人对自然科学也很感兴趣,作品中有很多科学术语,例如诗集《红移网:1970—1998年诗选》(The Red-shifting Web: Poems, 1970—1998, 1998)的名字"红移"就是物理学和天文学的术语,指物体的电磁辐射由于某种原因波长增加的现象。朱丽爱(Nellie Wong, 1934—)、胡淑英(Merle Woo, 1941—)和刘玉珍(Carolyn Lau, 1946—)三位女诗人的作品都具有鲜明的女性主义色彩,例如刘玉珍语言豪放大胆,"在处理严肃的题材时,也不乏粗话"。④

夏威夷诗人群体也格外让人瞩目:除了上文介绍的宋凯西和刘玉珍外,还有被誉为"夏威夷东西方文化台柱之一"的林永得(Wing Tek Lum, 1946—)和因使用改良洋径浜英语写作系统(modified Pidgin writing system)和书写夏威夷文化而受到关注的查艾理(Eric Chock, 1950—)。夏威夷诗人群体并未因其与美国大陆之间的隔阂而自怨自艾,他们创立的竹脊出版社(Bamboo Ridge Press)专门出版夏威夷作家和书写夏威夷的作品,在角落中发出了他们的声音。

林玉玲（Shirley Geok-Lin Lim, 1944— ）、梁志英（Russell Leong, 1950— ）、刘肇基（Alan Chong Lau, 1948— ）、林小琴（Genny Lim, 1946— ）和姚强（John Yau, 1950— ）都是多才多艺的诗人。林玉玲是个多产的学者诗人，写有六本诗集和一百多篇学术文章，诗歌和短篇小说在全世界的65个选集中出现过。林玉玲的诗行紧凑，感情真挚，关注移民的问题，从家庭、国家和自身中迁徙的主题在多部诗集中都有体现。⑤梁志英是诗人、小说家和评论家，诗集《梦尘之乡》（The Country of Dreams and Dust, 1993）充满佛家的哲思体悟。刘肇基除了写诗之外，还举办过多次画展，具有"画家的眼睛、诗人的听觉，还有在蔬菜水果超市训练出来的感觉"。[4]他的诗集《布鲁斯和青菜》（Blues and Greens: A Produce Worker's Journal, 2000）着力描写其在农产品店工作时所遇到的日常生活的点点滴滴。林小琴既是诗人又是剧作家、导演和学者。她的诗集《战争的孩子》（Child of War, 2003）对现今世界中的各种暴力与不公进行了强烈的批判。姚强是美术硕士，深受抽象表现主义画风的熏染，在写诗之余从事艺术批评，他的诗选集《喜悦侧影像》（Radiant Silhouette: New and Selected Work, 1974—1988, 1989）中的组诗"龙血"（Dragon's Blood）、"成吉思·陈：私人侦探"（Genghis Chan: Private Eye）是文学审美与族裔情感的完美结合。

诗歌本身就具有其他文类无法企及的张力与激情，作为离散书写的美国华裔诗歌更是渗透着诗人们独特的体温与族裔情感。这些诗歌作品既有诗人群体之间应答的共鸣，又具有每个诗人个体独特的高歌，诗篇的主题、意象、语言等方面各具特色，极大地丰富了美国华裔文学与海外华人诗学的边界与空间。

二、华裔美国英语诗歌的研究现状

华裔美国英语诗歌研究的主要阵地在美国。1991年，王灵智、赵毅衡主编的《华裔美国诗歌选集》（Chinese American Poetry: An Anthology）选编了20位华裔诗人的诗歌作品，是国内外华裔诗歌研究的重要参考书。另一本重要的研究资料是黄桂友主编的《亚裔美国诗人：传记、著作索引与批评原始资料集》（Asian American Poets: A Bio-Bibliography Critical Sourcebook, 2002），该资料集对诗人的生平、主要著作及主题、批评接受、著作索引、相关研究索引这五方面进行介绍。根据该书提供的华裔诗人相关研究目录的题目，这些批评多为对诗集的书评。例如在李立扬的16篇相关批评中，有8篇是诗集的简单书评，2篇是对诗集的详细介绍，1篇是338对单一诗篇的简短分析，3篇是对诗人的介绍及评论，1篇对诗人的采访，只有1篇是真正意义上对诗人及其作品的学术研究——《李立扬诗歌的继承与发明》（"Inheritance and Invention of Li-Young Lee's Poetry"）。

在研究专著方面，在周晓静的《亚裔美国诗歌中的族裔和他异性诗学》（The Ethics and Poetics of Alterity in Asian American Poetry, 2006）中与本文相关有三位华裔诗人：李立扬、陈美玲和姚强。该书共七章，采取的是一章研究一位诗人的方式，例如在第二章，作者指出陈美玲的诗作充满了从家园到流亡的运动，陈美玲拒绝家园是拒绝其代表的"熟悉的安全场景"，她这种"走向流亡发誓不来"的决心在诗歌的形式、内容和风格方面都有所展现。张本兹（音译，Benzi Zhang）的《北美亚裔离散诗歌》（Asian Diaspora Poetry in North America, 2008）对美加两国的亚裔诗歌进行了分析，其中涵盖了陈美玲、施家彰等华裔美国诗人。他通过对跨文化诗学、家园重建政策等方面的分析，认为亚裔离散诗歌表明了一个变化的过程，而非一个归属的场域。亚裔诗人们走出了盲目的种族和文化依托，走向一个"至今还未被批评术语认可或绘图的离散诗学新天地"。

硕士博士论文方面，在 Proquest 学位论文全文检索系统中共有 1203 篇亚裔美国文学论文，与华裔文学相关的共 141 篇，其中以华裔诗歌为主要研究对象的只有 9 篇，而且多是将其作为华裔或亚裔文学研究的一部分，例如马里兰大学的爱德莲娜·麦克考米克（Adrienne McCormick）的博士论文《实践诗歌，生产理论：当代美国多族裔诗歌中的对抗/位置诗学》（"Practicing Poetry, Producing Theory: Op/Positional Poetics in Contemporary Multi-Ethnic American Poetries"，1998）是对美国各少数族裔诗歌的整体研究，其中几小节对陈美玲的"多重自我"和宋凯西的"我与他者"两种书写位置和身份认同进行了分析。

直接将华裔诗歌作为主要研究对象的硕士博士论文只有 2 篇。加州大学伯克利分校的多萝西·王（Dorothy Wang）书写了题名为《必须的修辞：李立扬、陈美玲和姚强诗歌中的比喻、反讽和戏仿》（"Necessary Figures: Metaphor, Irony and Parody in the Poetry of Li-Young Lee, Marilyn Chin, and John Yau"，1998）的博士论文，该文共三章，分别对李立扬的比喻政策、陈美玲反讽的野蛮人声音和姚强的戏仿进行分析，认为：比喻"几乎是却不是的本性"反映了诗人与中国文化过去和同化逻辑关系的平行结构；反讽多重的声音是华裔女性诗人与同化和文化、种族、语言本真性要求的协商；戏仿同时内在化和破解了主流话语。作者强调这些必要的修辞是文学外和文学内部的力量，使诗人们形塑自身独特的历史，同时也是他们反思那些独特历史、文化、语言压力的途径。安吉洛州立大学的爱普里尔·提得特（April Ticd）针对宋凯西诗歌中的画面感书写了《框画记忆：宋凯西诗歌中的画面感》（"Framing Memories: Photography in the Poetry of Cathy Song"，2002）的硕士论文。她指出诗人在诗作中并入了叙述声音的转换和摄像等技巧，通过这些策略，诗人允许读者加入到其创造的记忆中，将每一个记忆扩展为诗人、叙述者和读者之间的合作努力。

在学术期刊方面，本领域的《亚美杂志》、MELUS 等期刊都刊登了大量的华裔美国方面的论文。但遗憾的是，华裔英语诗歌依然是关注度较少的一个领域。就 MELUS 而言，与华裔美国文学相关的 68 篇文章中，只有 5 篇与华裔英语诗歌有关，包含 1 篇林玉玲的访谈、1 篇白萱华的访谈、1 篇张粲芳（Diana Chang, 1934—）的访谈、1 篇对李立扬和陈美玲及其他两位亚裔诗人在移民身份方面的研究，1 篇对宋凯西和两位少数族裔作家

"分歧的忠诚"的分析。不论是数量还是研究深度、范围都是不足的。

国内华裔美国诗歌的研究更加滞后。在笔者参加的"2009 年亚裔美国文学研讨会"上，提交的 45 篇论文中只有一篇与华裔诗歌有关。清华大学的黄清华在《文字的重量：对李立扬诗歌"Persimmons"的文体分析》中指出《柿子》一诗体现了诗人在追求文化归属感与身份认同感的过程中所体验的困惑与面对抉择时的两难处境。

在中国知网中，与华裔美国文学"主题"模糊相关的期刊文章及硕士博士论文有千余篇，但华裔英语诗歌方面的研究却仅有寥寥十余篇。其中做出最大贡献的应该是南京大学的张子清教授，他对华裔美国英语诗歌进行了早期的译介工作。张子清在《梁志英诗选》一文中翻译了梁志英的 6 首诗歌作品。在《袁世凯之外孙李立扬》（《中华读书报》2005 年 3 月 30 日）中，他对李立扬的生平和几首代表诗作进行了简短的介绍。在《汤亭亭：她的诗集像一本日记》（《中华读书报》2005 年 4 月 27 日）中，他简介了汤亭亭的近况及新诗集《成为诗人》。在《梁志英的诗》（扬子江诗刊，2008 年第 6 期）中再次翻译了梁志英的 5 首诗歌，同样在译文后对诗人简介。在《华裔美国诗歌鸟瞰》（《江汉大学学报》2006 年第 6 期）中，张子清对美国华裔诗人现状进行了梳理和简短的诗作分析。在 2009 年出版的吴冰和王立礼主编的《华裔美国作家研究》中，张子清书写了《华裔美国历史与社会现实生活的跨文化审视：华裔美国诗歌》一文，在这篇长达 125 页的论文中，作者几乎对每一位华裔诗人都进行了介绍，主要关注诗人的生平经历，并结合选取的诗作分析各个诗人创作的独特之处，具有重要的学术价值。

同样在译介方面，高晓匀是国内最早译介美国华裔诗作的学者，《宋凯西诗歌四首》和《静谧：宋凯西诗歌的特点》（同载于《名作欣赏》，1997 年第 5 期）两篇文章分别对宋凯西的部分诗歌进行了翻译并分析了她"流淌着宁静"的诗行。赵文书在《华美诗歌三首》（当代外国文学，2003 年第 3 期）中分别翻译了宋凯西、李立扬和陈美玲的一首诗歌，并在译文后对诗人进行了简单的介绍。四川大学的朱徽教授书写了《当代美国华裔英语诗人述评》（西南民族大学学报，2006 年第 2 期）对华裔英语诗人进行了综述，尤其关注白萱华、陈美玲、刘玉珍等华裔女诗人的作品。2010 年，美国太平洋大学副教授周晓静一人连发四篇关于李立扬的文章，其中一篇是对李立扬的简介《关于美国当代诗人李立扬》，诗歌月刊，2010 年第 5 期），三篇是诗作译稿《李立扬诗四首》，译林，2010 年第 3 期；《美国当代诗人李立扬（Li-Young Lee）诗选（12 首）》，诗歌月刊，2010 年第 5 期；《李立扬诗选》，诗选刊，2010 年第 9 期）。

在学术论文方面，龙靖遥在《李立扬的"宇宙心灵"玄学与科学的糅合》（当代文坛，2008 年第 4 期）中对李立扬的诗学核心词汇"宇宙心灵"（the Universal Mind）进行了分析。他指出：李立扬应用现当代科学理论来证明万物源泉是宇宙心灵这个玄学观点，并在诗歌中对这一观点进行了书写和阐述，这种将文学、玄学、科学杂糅的现象具有重要的诗学意义。清华大学的黄清华在《时空、光影、色彩中的华裔美国文化——评诗人李立扬的〈柿子〉》(文艺报，2009 年 11 月 05 日）中对诗作中多次转换的两个空间"教室"与"家"进行分析，认为两者的对比映射着两种生存环境、两种语言文化、两种情感、两种思维方式的对比，基本实现了三个目的："继续突出"柿子"这一中心意象；表现"我"与父亲在后者失明前后的心理与浓厚的父子情谊；呈现我在寻求身份认同过程中的失落感与进一步认识自我的愿望。"浙江师范大学外国语学院院长李贵苍书写了《赋感知以形式：华裔美国诗人白萱华的诗学突破》（外国文学研究，2010 年第 3 期）的文章。他认为：白萱华通过 40 年的不懈探索，超越了美国自现代主义兴起的诗学传统，最终形成了自己独特的诗学理念和超长诗行著称的写作风格。文章在西方现当代哲学和美学的视域下，分析了诗人再现感知过程并赋予这个过程以形式的哲学意义，认为诗人通过挖掘事物的"物性"以求真，获得了在诗学方面难得的突破。

天津理工大学的丁慧在徐颖果教授的指导下写作了硕士论文《陈美玲诗歌中的英美抒情诗传统》，认为"陈美玲诗歌……更多继承的是英美抒情诗歌的传统，在诗歌的语言和美学思想上都与主流抒情诗一脉相承，无疑是美国诗歌不可分割的组成部分"。

目前国内没有华裔美国诗歌方面的研究专著，只是将其作为华裔美国文学整体中的一个部分进行研究。在李贵苍的《文化的重量：解读当代华裔美国文学》一书中，作者用一章的篇幅对华裔诗人李立扬和陈美玲进行了研究，认为两者都是"在往昔的经历和个人历史积淀中寻找自我"。

一些华裔/亚裔文学研究的选集中也有少数的单篇论文。在吴冰教授主持的国家社会科学基金项目"华裔美国作家研究"的成果集《华裔美国作家研究》中，19 篇论文只有 2 篇与华裔诗歌相关，即南京大学张子清教授写的《华裔美国历史与社会现实生活的跨文化审视：华裔美国诗歌》，还有赵文书的《跨世纪华裔美国文学鸟瞰》一文，对华裔诗人郭亚力和姚强给出了简介。台湾学者单德兴在《"开疆"与"辟土"——美国华裔文学与文化：作家访谈录与研究论文集》中曾对夏威夷华裔诗人林永得与中国古典文学的关系进行了研究，通过关注"使用典故"这一写作策略分析林永得的"第三代华裔美国夏威夷诗人身份"的建立。该书同时还附了关于华裔诗人林永得和梁志英两人的访谈，具有重要的学术价值。

三、研究中存在的问题

首先，诗歌被认为是"文学的最高形式"。它富于想象，在选词、节奏、韵律、结构格式等方面均有着较高的美感要求，它常能透过特定的形象和技巧，让字词蕴含双重或多重含义，唤起情感共鸣。但是遗憾的是，诗歌的美学特质反而框限了自身发展和相关批评，造成现今诗歌批评在整个文学批评中的边缘化。

另一方面，人们通常以为诗歌长于表现个人感受和抒发内心情感，在宏大的民族、政治以及社会问题方面的书写具有局限性。因此，在注重族裔性研究的少数族裔文学研究领域中，学者往往认为诗歌的族裔性、社会性不强，诗歌的研究在族裔文学领域进一步减少，双重边缘化。

第三，华裔英语诗歌在国内只有少数的几篇诗歌选译，没有诗集翻译出版。而反观华裔作家汤亭亭（Maxine Hong Kingston，1940—）、谭恩美（Amy Tan，1952—）等人的小说，就因为广泛译介的关系使得更多的学者加入进来。华裔英语诗歌没有译本，英语水平要求较高，再加上诗歌比其他文类更难以理解，更加凸显了语言的障碍，导致国内的华裔英语诗歌研究被三重边缘化。

因为华裔美国英语诗歌多重边缘化的身份，它的研究也出现了一些问题。国内外的华裔美国英语诗歌多是在亚裔美国文学甚至美国少数族裔文学的大范围中进行，虽然诞生了相关的诗选集、原始资料集、研究著作和一定数量的硕士博士论文和期刊论文，但在亚裔或少数族裔文学大背景下进行的研究，很难对具有不同文化背景和移民经历的各个族裔进行深入、具体的研究，亚裔和少数族裔的共性难免掩盖了华裔等不同族裔的文学美感和艺术特色。

而且，现有的国内外华裔英语诗歌研究中，简单的译介、诗评过多，缺少深入的、系统的研究。同时，对文本的关注度不够，过于注重自我认同、社会历史等族裔性方面，对诗歌的文学审美的研究不足。

本文认为，对华裔美国英语诗歌的研究应发掘出其被长期漠视或忽略的文学审美性。但这绝非"为艺术而艺术"的去族裔化研究，而是在关注文学审美的同时，反观其作为族裔文学的独特的社会、历史与文化价值。华裔美国英语诗歌的语符、音韵、形式、修辞和意象等方面较小说等其他文类更具文学性与美学色彩。而且，诗歌长于抒发个人情感的特质非但没有淹没华裔诗歌的族裔性和社会性，反而使得作品中的族裔情感表现得更直接、更强烈。华裔美国诗歌中文学审美与族裔追寻相得益彰的互动关系为华裔美国文学及批评提供了一个有效的借鉴。族裔性是界定此类文学为华裔美国文学的前提和基准，但同时，我们不应将族裔性绝对化，使其凌驾于文学价值之上，成为华裔美国文学及文学批评的最高和唯一标准。另一方面，文学性是华裔美国文学所追求的最终美学价值，但只坚持文学审美则否定了华裔美国文学双重文化背景所带来的社会学和人类学价值。包括华裔美国英语诗歌在内的华裔美国文学应善于利用族裔性带给文本的美学张力，保持华裔美国文学的活力，发出自己差异的声音。

注释

① Chris Cooper. "Li-Young Lee: The Poem Within the Poet." http://www.jadedragonh.com/ archives/bookrevu/liyounglee.html.

② Wenying Xu. "Li-Young Lee." *Asian American Poets: A Bio-Bibliography Critical Sourcebook*. Guiyou Huang ed. Connecticut: Westport, Greenwood Press, 2002: 207.

③ Yen Xiaoping. "Mei-mei Berssenbrugge." *Asian American Poets: A Bio-Bibliographical Critical Sourcebook*, ed.Huang Guiyou. Westport, Connecticut: Greenwood Press, 2002: 45.

④ 张子清:《华裔美国历史与社会现实生活的跨文化审视：华裔美国诗歌》，吴冰、王立礼主编《华裔美国作家研究》，南开大学出版社2009年版，第427，462页。

⑤ Nina Morgan. "Shirley Geok-Lin Lim." *Asian American Poets: A Bio-Bibliographical Critical Sourcebook*, ed. Huang Guiyou. Westport, Connecticut: Greenwood Press, 2002: 215.

中国维度下"天使岛诗歌"史诗性与文学性再解读

易淑琼

评论家简介

易淑琼，暨南大学博士、暨南大学图书馆馆员。主要研究领域为跨文化视野中的海外华人诗学。出版有专著《〈星洲日报〉文艺副刊（1988—2009）与马华文学思潮审美转向》。

文章简介

本文在对天使岛诗歌进行细读的基础上，重新置入中国视角，以"历史整体性"追溯了天使岛诗歌的文化语境，着重对该文本的史诗性与文学性进行了深入的研究和探析。本文认为，天使岛诗歌的史诗性体现在其"怨语愁言"反映出了近现代"家国同构"模式上的文化民族主义思潮；而它的文学性则在于，天使岛诗歌作为一个集体文本，其中的佳作多以"比兴"、使事用典等传统手法呈现移民丰富、鲜活的感性，散发出了引人"兴发感动"的优美诗情。然而，需要注意的是，对其文学性的考察，绝不能离开近代"诗界革命"后旧体诗词自身转型这一史诗语境。

文章出处：本文原载于《暨南学报（哲学社会科学版）》2012年第10期，第41—49页。

中国维度下"天使岛诗歌"史诗性与文学性再解读

易淑琼

  1910 至 1940 年间,大约有 17.5 万名主要自广东珠三角一带申请入境美国的华人移民曾被留置关押在位于旧金山湾的天使岛(Angel Island),等候移民官甄别其入境资格。华人移民在拘留所木屋留下了大量的旧体诗文题壁之作。1980 年,天使岛移民后裔麦礼谦、林小琴、杨碧芳(Him Mark Lai, Genny Lim, Judy Yung)等三人将这些文字整理、校订、编译成中英双语文本《埃仑诗集》(*Island: Poetry and History of Chinese Immigrants on Angel Ialand*, 1910—1940)出版,成为迄今"天使岛诗歌"研究最重要的文本①。

  综观中美学术界现有研究,均主要视"天使岛诗歌"为华裔美国文学/历史的奠基文本(Founding Texts),其意义在于被囚华人自塑的情感丰富、真实立体的形象改变了美国社会长期以来根深蒂固的华裔美国人的刻板、概念化形象及异己化想象。正如《埃仑诗集》前言所论:"(这些诗打破了关于华裔美国人是)被动、冷漠、自满的食莲者一族的刻板印象""无意中传达了一种新的感性——一处以中国为源以美国为桥的华裔美国人感性进而延伸出一个新的文化视角","是华裔美国人历史的活碎片,是映照过去图像的镜子"。[2]27-28 这实际上无意中导向并涵摄了整个"天使岛诗歌"研究话语,即天使岛诗歌是一个历史的更是政治的文本,突出"天使岛诗歌"所创造出的独特的"华裔感性"对于构建美国华裔新身份的重要性。此后的学者均一致强调"天使岛诗歌""对种族主义的权力话语和顽固成见提出了正面的质疑和挑战"[2]。

  "天使岛诗歌"多为无名氏们的无题诗,再加上题壁这一特殊的创作行为表明无名氏诗人们并非如传统视文学为"经国之大业",而是快意于抒写本身,抒发被囚者们无以述说的哀愁、思念、悲愤与沉思。因此"天使岛诗歌"首先是一个抒情叙事的文学文本,是一群早期"新移民"碰撞在与中国现实迥然不同且遭受排斥的西方语境里之困厄灵魂的悲歌,故而这一华裔美国文学的早期文本同时也是北美华文文学的拓荒性文本。而总览之,现有研究往往无意中忽略后者或者仅作含混的定性之评。本文以充分贴近天使岛诗歌文本为前提,重新置入中国视角,将这一特殊的海外华文文学文本"放入其所成并与别的因素密切互峙互玩的历史全景中去透视"[3]241,即以"历史整体性"追溯此一文本的文化语境,细绎这一为研究者所高度概括的"血泪史诗"的文本之史诗性何谓?[4]34 这一水平参差的文本之为研究者语焉不详或折中"辨解"的文学性何在?②

一、史诗性:"家国同构"模式上的文化民族主义

(一)"怨语愁言"——民族意识的呈现与"家国同构"的文化模式

初读《埃仑诗集》,可以感知的其中情愫大致可概括为"壁墙题咏万千千,尽皆怨语及愁言"(A31)。我们知道,任何一个人被连根拔起移至一个陌生环境中产生疏离感、漂泊感是很自然的心理反映,"今同胞为贫所累,谋食重洋,即使宾至如归,已有家室仳离之慨,况复惨苦万状,禁虐百端。"[5]15 对被囚的天使岛中国移民而言,梦想与现实的巨大落差所带来的心灵冲击是无疑的:"意至美洲做营谋","谁知栖所是监牢"(A8)。而长期羁禁自然引发了"空令岁月易蹉跎"(B11),"壮志待酬抱恨长"(B50)的焦虑。《埃仑诗集》中,明言西人的"苛待"、"苛例"、"摧残"、"凌虐"、"刻薄"、"薄待"的诗仅 11 首,所占比例并不太高,因为比肉体和物质上的苦楚更让人难以忍受的是监囚本身所致的不自由:"囚困木屋天复天,自由束缚岂堪言?(A32)"《埃仑诗集》载有 1933 年时年 12 岁亲历天使岛拘囚生涯的 Mr. Wong 对天使岛生活的回忆:"对我来说,一切东西吃起来都味道不错,……只是他们拘禁你的方式,像在监狱里,这使我们感到屈辱。当白种人到达中国,他不会受到那种待遇,他会像一个国王一样受到优待。"[1]108

遭遇如此困厄之境,流注在诗行中的哀戚与悲愤之情不足为怪,而反思何以漂洋过海遭此侮辱也成为一部分天使岛诗歌的主题。"家计逼我历风尘"(A3)即为生计所逼是移民出洋的主要动力之一,《埃仑诗集》中明确提到因"家贫"、"家穷"、"囊空"、"囊涩"等相类原因出洋谋生的诗约 22 首。除"求富"外,也有"半生逐逐为求名"(A54)或壮志待酬者,但不论何种原因萍飘海外,均被囚受辱于孤岛。其深层原因在这群无名氏诗人看来,直接与"国弱"或"国势未能张"(B46)相关,"为乜来由要坐监?只缘国弱与家贫"(A34),"国弱我华人,苦叹不自由"(B44)。将国弱、家贫并置,体现了家国一体的民族文化传统。身世之感与家国之忧在中国文学传统中,从来是一对孪生兄妹,天使岛诗歌同样呈现如此令人动容的深忧隐痛:"眼看故国危变乱,一叶飘零倍感长"(A16);"忆我埃仑如蜷伏,伤心故国复何言"(A40),个人的身世之悲与沉重的黍离之伤、天然的血缘亲情与国族之悲互为交织,呈现出"家国同构"的显著特征。"方今五族为一家,列强未认我中华"(A37),这里"中华"是"族",是"国",也是"家",家国同构构筑了中华民族的心灵家园。

直至近代,朴素的民族主义意识亦是建立在"家国同构"的文化之上,如光绪二十九年(1903)羊城守经堂石印《爱国三字书》云:"我所住,系中国。……在古时,称大国。到而今,弱到极。"而列强们则"声声话,分我国,制我民。我国民,要相为,我为尔,尔为我。无论男,无论女,无论老,无论幼,要同心,要合力。一国人,皆兄弟,皆姊妹,我同胞,宜勉哉。"这一段供"黄口小儿"吟诵的"三字书"[6],仍是基于伦理亲情、"家

国同构"模式上的朴素民族主义及爱国意识的灌输。

这种"家国同构"的观念使天使岛移民不仅仅汲汲于"为口奔弛"（A51、B40、B46），对于故国山河形势亦了然于心，并呼吁同胞发奋努力，勿忘国耻："东蒙失陷归无日③，中原恢复赖青年"（A40），与此相类的诗句表现出的民族自尊与自强之心历历可见。

"二十世纪早期，民族意识日渐增长，这也反映在诗中"[1]25。国势积弱不振、寄人篱下的拘囚环境，天使岛中国移民的不满与憎恨情绪与日俱增，民族自尊的情绪甚至发酵至一种极端状态。首先从诗歌对于异族（美国人）的称谓来看，相当一部分诗使用中国古代对于四方少数民族的歧视性称谓：北狄、南蛮、西戎和东夷，现将天使岛诗中类似指称统计如下：番奴/番邦（6次）；胡奴/胡人/胡/胡房/丑房（6次）；蛮夷/蛮（4次）；犬戎（1次）；狄庭（1次）、白鬼/鬼（3次）；西奴（3次）；狼医（1次）。自然也有比较中性的称谓如"白人""美人""美国人"，不过数量相对要少得多。"从某种意义上说，十九世纪末蔓延于美国社会的种族歧视，加深中国传统中对'蛮夷'的偏见。"[7]116 其次，诗中出现的一些更为偏激的语言类似今天网络愤青色彩。如"倘得中华一统日，定割西奴心与肠"（B46）等等，可视为天使岛中国移民在异域遭受不公正待遇及强烈的文化冲突下非理性的应激性情绪宣泄。

上述诗中"强烈的文化优越感、民族自尊心与深切体会国弱家贫的现况的奇特结合"[8]56 同时反映出近现代以民族国家观念和主权意识为基调的民族主义的兴起与流行。《纽约时报》1907年9月15日社论《觉醒的中国》指出："由于日俄战争以沙俄的失败告终，在清国人民中激起了民族性的本能反映。这种民族思潮最典型的表述方式就是——中国乃我中国人之中国。这种思潮受到多种因素的启迪。"[9]321 前引童蒙读本《爱国三字书》则表明西方列强侵凌是中国民族主义思潮成为近代最有影响的社会政治思潮的催生剂。尤当注意的是，1905年中国爆发民众广泛参与的反美拒约爱国运动，以前所未有的新形式——抵制美货来反对美国排斥和虐待华工、要求废止中美华工条约，"是中国近代史上最早以近代民族主义为动员方式反抗西方列强的运动之一"，反美禁约运动"与同时期的拒俄运动和收回路权运动一起，揭开了中国近代民族主义运动的序幕"[10]。无论亲历近代民族主义运动与否，天使岛诗人无疑长于这一民族意识觉醒及民族主义情绪高涨的社会思潮中并受其熏染。

（二）使事用典——选择性的文人文化传统与文化民族主义

中国社会科学院历史学家雷颐说："中国的民族主义，我更愿意表述成'文化民族主义'。"[11]20世纪80年代，美国著名汉学家费正清也曾明确指出："当一个世纪前近代压力促使中国广泛的民族主义上升时，它可能是建立在一种强烈的认同感和文化优越感基础之上的，我们应当把它称之为文化民族主义，以把它与我们在其他地方所看到的通常的政治民族主义相区别。"[12]74 文化民族主义植根于悠久的历史文化传统。天使岛诗中的文化民族主义呈现在诸多方面，包括前述的对于多难家国的认同，对于异族歧视性的称谓及其中所折射出的一种华夏中心主义的文化优越感；同时，相当一部分诗歌突出呈现的使事用典特色亦见微知著，尤其是其中所彰显的文人文化传统。

笔者粗略统计，《埃仑诗集》中，用典较为明显的诗歌约40余首诗（含《木屋拘囚序》，以下简称《序》）。又据台湾学者单德兴统计，其中涉及到中国民族历史人物21人，以时代为序大略是：周文王、姜太公、孔子、伍子胥、勾践、西施、陶朱/范蠡、韩信、项羽、李广、冯唐、苏武、李陵、王粲、阮籍、祖逖、庾信、颜杲卿、南霁云、韩愈、光绪[8]49。此外，细读诗歌文本，还有颜回（《序》、B14），孙膑（B39），春秋时被囚到晋国的楚人钟仪（B33、B64）、战国苏秦（A4、B30），西晋亡帝司马邺（《序》），秦王李世民（《序》）等。上述历史人物主要可分为两类，一类为民族文化史上纯然悲情的人物，如被迫投降匈奴的李陵、以皇帝之尊而执仆役之事的司马邺，慨叹"时无英雄，使竖子成名"洒穷途之泪的阮籍，被囚瀛台十年的光绪帝。而被异族羁禁岛上的无名氏诗人们以这些"失路英雄"、"穷途骚士"（A38）自比，同样充盈着悲情色彩；另一类也是最多的一类基本上是中华民族的文化英雄、精神偶像，大多蒙受苦难，却终以坚忍度过横逆，功成名就。身处孤岛的无名氏诗人们自称"青山飞不去，绿水阻英雄"（A25）实际上表明他们是以诗中所举的民族文化英雄自比，表达了一种可贵的自我认同。上述这些历史人物之典全部出自正史，尤其前四史。正史作为经典文化文本，属于雷蒙·威廉斯所说的"选择性传统"[13]134，这一"选择性传统"同时也属于文人文化传统，并民间化为普通百姓的生活行为方式及价值评判指南。天使岛中国移民"在美国被囚而寻求自我表达或沟通、再现时，不管在书写行动、形式、文字及内容上，依然透过中国文人文化的中介"（mediation）[8]47。

除人物之典，还有出自神话、寓言、民俗、民谚及诗文等的事典及语典。如妇孺皆知的"精卫填海"："精卫衔砂填凤恨，征鸿诉月哀频生"（A30）；而"痛君骑鹤归冥去，有客乘槎赴美来"（B54）则分别用了"骑鹤成仙""乘槎浮海"等神话典故；再如"从此闻飚云汉起，行看万里奋鹏程"（A54）　联，显然用了《庄子·逍遥游》中"大鹏"神鸟意象。对于稍稍浸染中国文化传统的人来说，上举典故均是熟典而非僻典。这些文化典故通过书本、民间传说、戏曲等多重渠道广为人知，在与西方文化碰撞时，这一深植民间的"选择性传统"作为抒情达意的媒介，成为普通民众立身进退的文化依凭。

"天使岛诗歌"呈现的民族文化认同意识与文化优越感，并没有因为"我们祖上阔过"而呈现为盲目的排外心理以及对异文化先验性拒绝的傲慢。普通的中国民众为了更好的生活"风尘作客走西东"（B39），不自觉被挟裹进全球化浪潮，行旅于"寰球遍地"（B61）间，诗中屡屡出现的世界地名如吕宋、墨京、墨洲、古巴、大溪地、南洋、欧洲、西欧、亚（洲）、印度、蒙古等，嵌用到诗中的"林肯总统""拿破仑"等外国杰出历史人物的名字等,均映现出这批远涉重洋的国人已具备睁眼看世界的全球性视野。

在受斥的异文化场域中,天使岛诗歌中的怨语愁言或豪迈粗率甚至自得之语,同时携载着文化民族主义的思潮。天使岛诗人以家国同构观念为基础,以选择性的中国传统文人文化为中介,在"寰球遍地"的行旅中,在被羁禁的屈辱的现实生存中,为自己构筑起一方坚守的精神家园,也让我们全面感知处于"三千年未有之变局"中"草根"中国人丰富情愫下的深度思想潜流。

二、文学性:旧体诗词转型语境中的民间集体性文本

(一)诗可以群:作为集体文本的天使岛诗歌

华裔诗人王性初认为天使岛诗歌不少作品是集体创作的结晶[14]。其实,天使岛诗歌整体上亦可视为一个集体创作文本,它们基本上是无名氏们的无题之作,多是"想起愁来题首诗"(B49)的信笔直抒,共同的身份和经历使得油然而生的羁旅愁怀具有趋同性和集体性。

天使岛诗的独特之处在于它们是题壁诗。题壁诗作为一种文学传统,在我国唐宋已蔚为风气,"向闻我国名士,经过名胜之区,必有题壁韵语,谓留鸿爪,后来之人且从而慨慕步和。"[5]423"慨慕步和"使天使岛诗歌创作具有了真正的群体性和集体性。

首先天使岛诗歌有明确标注为和作或酬赠之作的,如B39首诗末题"华侨·铁城山僧题赠"。唱和酬赠无疑是诗歌集体性创作的形态。其次,《埃仑诗集》中一个普遍的现象是麦礼谦在前言中所言"这些诗互相借用,重复其他人的句子或暗引"[1]24。如第A58首:"劝君切勿来偷关,四围绿水绕青山。登高远望无涯岸,欲渡绿水难上难。生命堪虞君自重,斯言不是作为闲。"第B63首:"路远行人万里难,劝君切勿来偷关。艰险情形莫问,斯言不是作为闲。"这两首诗类似于同题集咏。诗的"互相借用"或"暗引"集中反映在大量诗的韵脚高密度集中在同一韵部,一些诗甚至雷同用韵,且诗意相承,意象相类,试举之:

离乡漂流到美洲,月缺重圆数轮流。
家人切望音信寄,鸿雁难逢恨悠悠。(B21)
忆自动轮来美洲,迄今月缺两轮流。
欲寄安书恨期乏,家人悬望空悠悠。(B22)
无聊百感困监楼,触景愁人泪怎收?
曾记动轮来美境,迄今回溯月返流。(B32)

从诗意来看,三首诗似互答互和之作。三首诗均押《平水韵》下平声十一"尤"部韵。

据笔者统计，《埃仑诗集》中有33首诗押"尤"部韵，韵脚用字多有雷同，如将"美洲"、"木楼"两词置于偶句句尾押韵或置于首句入韵的诗分别多达13首、11首，用"愁"字押韵的诗9首，如"船中苦楚木楼愁"（A6）、"点知苦困木楼愁"（A7）等诗；其他如重复用"秋""忧""囚""仇""流"等字押韵，其所组配的词语多相似及至重复使用。如前举诗中用于押韵的"悠悠"一词，还有"心悠悠"（A5）、"乐悠悠"（A6）等组配。

以上天使岛诗歌的"互相借用"或"暗引"之情形与明确标注的唱和酬赠一样，都表明创作的集体性、即兴性。将诗题之壁墙这一艺术行为本身给在场或不在场的人参与品评、修改诗歌提供了便利的客观条件。中国是一个诗的国度，诗性品质已渗入人们的日常生活。1939年23岁的Mrs. Chan在其口述材料中说，诗"就像人们会唱的歌一样。非常常见。我的确掉着眼泪写了一些诗"。而1931年时15岁的Mr. Ng在访谈中说："天使岛上的人们在手所能及的所有墙壁上甚至是浴室里写诗。……有时，有人不喜欢另一人写的，他会贬损那首诗……有时候，人们为诗而吵闹。许多人不知道怎样写诗。他们没有受过很多的教育，但他们知道一些诗的规则。"[1]136 诗就"像人们会唱的歌一样"，"不知道怎样写诗"的人也"知道一些诗的规则"等等，这样就具备了"群居相切磋"的主观条件，一首诗题之壁墙，即为潜在的竞赛和优劣比较留下了空间。由此，天使岛诗歌可以视作以"被囚埃仑"为题的集体吟咏，真正体现了儒家"诗可以群"的诗美理想，同时可以想见相互切磋中逗趣及无形中的彰才炫学为无法预期的囚禁生活增添了一抹亮色。

由于天使岛诗歌文本的集体性，因此可视其为近代中国非专事创作的普罗大众文学的代表，兼具民间文学特质。其特殊性还在于，它们是近现代身在异域亲历西方文化冲击的新移民创作。故而，集体性、民间性、新移民文学是认识和理解天使岛诗歌创作的前提关键词，也是解读诗中文化民族主义的出发点。

（二）天使岛诗人的身份与诗歌文学性认定

谈到天使岛诗歌的文学性，有一个一以贯之的代表性看法："从传统意义上说，天使岛的这些华人创作的诗歌不能算作文学作品，至少文学价值不高。"[15]552 而归根结底，这种评价无意识暗含了一种与天使岛诗人身份相关的先入为主的类似东方主义的成见，即早期的"海外华人"＝"苦力"，"苦力"的创作自然就如鲁迅所言的原始劳作者的"吭唷吭唷"歌。如面对天使岛诗歌水平参差不一、一些诗歌不符合旧体诗的音韵规则的现实时，麦礼谦亦解释为，"绝大部分移民没有受过小学以上程度的正式学堂教育"[1]25。但综观《埃仑诗集》中的诗歌及实地访谈等文本，这一结论似有待修正。

《埃仑诗集》编排中的第一部分"远涉重洋"（The Voyage）、第三部分"折磨时日"（About Westerns）前面均有大型配图，前幅图中上百名簇立甲板上的华人男子多为头戴时尚的鸭舌帽或圆顶礼帽者，亦不乏穿西装、打领带甚或有戴眼镜知识分子模样者；后幅图为赤裸上身接受体检的年轻华人小伙,而不少人脚穿锃亮皮鞋,这些移民的衣着显示在排华法期间入境美国者已不同于纯粹苦力贸易的华工。美国欧亚裔作家水仙花在频繁接触当时的华人移民劳工之后曾评论道:"我所认识的许多华人不仅是洗衣工,他们还是艺术家或诗人,大多数都出身于有地位的家庭。"④可以推测,天使岛上的华人移民不乏家境丰裕受过良好学校教育者。诗中清楚地自述了作者的身份:"留笔除剑到美洲"(A34),"挺身投笔赴美京"(A36),"握别兄弟与同窗"(B46)"弃书荒砚来飘洋"(B50),"日夜静坐无聊赖,幸有小说可为朋"(A19),抛书投笔、揖别同窗赴美,以小说打发岛上囚禁生活,这无不表明其文化人身份。《埃仑诗集》所载访谈则更进一步真切地表明相当一部分人的文化人身份。接受访谈的 Mr. Chew,1923 年时 32 岁,他是以教师职业申请进入美国的:"在香港领事馆,我是作为教师身份来的。在发给我许可证之前,他们还对我进行了知识和科学方面的测试。"[1]47不少口述者提到被囚埃仑岛时,有阅读书报的习惯:如 1931 年 15 岁的 Mr. Ng 说,在囚禁期间,除了打球、玩玩麻将、以小游戏赌着玩等有限的娱乐外,"大多数人以阅读打发时光。至少有五份不同的从三藩市来的报纸"[1]74。1930 年时年 20 岁的 Mr. G. Lee 说:"我对天使岛的第一印象并不太坏。……像其他从台山来的中学生一样,我比较习惯宿舍生活。"[1]46大多数人能看书阅报,其身份有中学生甚至还有青年教师等,这至少可以肯定,天使岛诗歌的作者固然达不到有论者所言的"移民知识分子"的层次[16],但大体具备基本的文化素养,数量不菲的用典更说明他们具备相当的创作素养。

《红楼梦》第四十八回《滥情人情误思游艺·慕雅女雅集苦吟诗》写香菱拜林黛玉为师学作诗,有一段常被引用的耐人寻味之语,黛玉道"什么难事,也值得去学? 不过是起、承、转、合,当中承、转,是两副对子,平声对仄声,虚的对实的,实的对虚的。若是果有了奇句,连平仄虚实不对都使得的。"[17]365自幼被拐的香菱虽曾读书,亦并不符合今天的高学历标准,但终于悟出诗中三昧,能写出新巧又有意趣的诗。而 1978 年天使岛树起的纪念石碑上有一幅工整的对联:"别井离乡飘流羁木屋,开天辟地创业在金门",即是白手起家的洗衣工李相写下的。这说明,旧体诗的创作水平高低,与学历高低并无必然联系。南京师范大学教授、当代旧体诗词名家钟振振认为,从理论上说,只要有小学文化程度,均有可能写出诸如王之涣的《登鹳雀楼》类的千古绝唱来。[18]所以,即使认定天使岛诗人所受教育程度不高,但据此来推断天使岛诗歌文学价值不高还是稍嫌笼统。

与其他艺术创作相似,历代诗词创作水平呈"金字塔"形:即中等以上水平的作品占少数,堪称精品者更是居于塔尖的极少数,天使岛诗歌总体上也符合这种诗词创作层级水平的正态分布。由劳特(Paul Lauter)主编的两巨册《希斯文选》(*The Heath Anthology of American Literature*)是美国两大主流文学选集之一,它自《埃仑诗集》中选录了 13 首诗的英译,这部分天使岛诗歌因此汇入多元美国文学的经典文本集群。

综合前两节所述,认识与把握天使岛诗歌的文学性与文学价值的前提应定位为:即中国近现代史上一群具有一定知识素养的新移民中的无名氏文化人,以题壁这样一种即兴形式,集体铭刻了怀着谋求更好生活理想的中国人远涉重洋却身陷囹圄的异域悲歌。它们未经诸多润色,更近于汉乐府民歌"感于哀乐,缘事而发"的诗歌创作传统。

(三)"天使岛诗歌"的"比兴"传统

入选《希斯文选》的13首诗与《埃仑诗集》中的其他精品之作多以富于民族趣味的"比兴"及使事用典、隐喻性意象等传统艺术手法呈现移民们丰富、鲜活的感性,散发出引人"兴发感动"的优美诗情。⑤

作为抒情叙事诗,天使岛诗歌一方面大量以与文人诗语的工致精炼迥异其趣的常态话语、口语化方式叙事,呈现天使岛拘禁的原生态,如"蛮夷发令把房迁,上下奔驰气绝然"(A52),"数次审查犹未了,还须裸体验胸膛"(B46)等等,均平白如话;另一方面天使岛诗人熟练地使用触景兴情的传统"比兴"之法,如"西风吹动薄罗裳,山坐高楼板木房"(A21),"雄鹰亦易驯,能屈始能伸"(A28)等句,均是借自然界契合诗人情感、身世之物起兴入诗。

同时,天使岛诗歌中蕴含丰富的隐喻性意象、历史性典故,呈现了移民们细腻的情感及坚忍的生存态度,并以此平衡了艺术上的直白乃至粗糙之处。其中的精品亦大体具备了杜甫《春望》中"感时花溅泪,恨别鸟惊心"传统诗美特征。如收入《希斯文选》的诗:

木屋闲来把窗开,晓风明月共徘徊。故乡远忆云山断,小岛微闻寒雁哀。失路英雄空说剑,穷途骚士且登台。应知国弱人心死,何事囚困此处来?(A38)

这首诗刻画"失路英雄""穷途骚士"形象,而"晓风明月"与人共徘徊,亦是朱熹所言"先言他物以引起所咏之词"的起兴之法,[19]47诗中"云山遮断""寒雁哀鸣"之意象无不染上主体的情绪色彩,该诗的英译亦被选刻在加州伯克利市著名的"诗歌栈道"的一块铸铁碑上,[20]其中情语景语之互渗带来的动人的情感力量当是入选之重要原因。

王逸《离骚经序》云:"《离骚》之文,依诗取兴,引类譬喻"[19]121。"引类譬喻"是中国文人最为熟稔的笔法,一些积淀丰厚的譬喻常作为文化意象而使用。如有句云"芳草幽兰怨凋落,那时方得任升腾"(A30),其中"芳草幽兰"即为通用文化意象,如屈原的《离骚》"余既滋兰之九畹兮,又树蕙之百亩",此处"芳草幽兰"显然抒发了天使岛诗人自视高洁、才不得遇、志不能伸之痛。天使岛诗歌植入的意蕴丰富的文化意象与嵌入的众多历史人物典故无不富于象喻意味,因而增强了诗歌的凝练与文采。

整体而言,天使岛诗歌还达不到物我同构的创作佳境,即未上升至以物观物、物我等观的主客体生命同构状态,但基本上能进入"以我观物,故物皆着我之色彩"的"有我之境"[21]79,如"满腹牢骚难罄竹,雪落花残万古愁"(A20),"时望山前云雾锁,恰似更加一点愁"（B14）等句无不心与物接，景象均为"心象"。

更妙趣的是，天使岛诗歌不乏另类才情之作，如《木屋铭》拟仿刘禹锡《陋室铭》：

楼不在高，有窗则明；岛不在远，烟治埃仑。嗟此木屋，阻我行程。四壁油漆绿，周围草色青。喧哗多乡里，守夜有巡丁。可以施运动，孔方兄。有孩子之乱耳，无咕中叶哗（Tie bi）之劳形。南望医生房，西瞭陆军营。作者云，"何乐之有"？（A33）

《陋室铭》本反映文人安贫乐道、淡泊名利、高雅脱俗的精神追求。而天使岛诗人的戏仿之作，一方面是对于拘囚生活的纪实，另一方面调侃、游戏笔墨间呈现出苦难中的谐谑与幽默。

（四）"非诗性"与旧体诗词自身转型的历史语境

郭沫若曾说过"我也是最厌恶形式的人，素来也不十分讲究他，我所著的一些东西，只不过尽我一时的冲动，随便他乱跳乱舞罢了。"[22]349 当我们进入天使岛诗歌文本，首先感知的也正是其中活泼泼地跃动着的情感与力，这些冲动和力甚至冲破了整饬形式的约束。故而，在探讨天使岛诗歌的文学性时，中美学术界均一致强调其中"特别擅长的感动人的力量"[2]。但无可否认，以传统文学范式来看，天使岛诗歌不乏粗糙甚至粗陋之处，回避天使岛诗歌中部分作品的"非诗性"或以其内容形式均可睹者来拔高其文学性均为权宜之策。而在现有天使岛诗歌文学性探讨中，有一个为人所忽略的从晚清以来诗坛自身发展维度来考察的盲点："天使岛诗歌"属于受黄遵宪、梁启超所倡导的"诗界革命"余波所及的中国旧体诗词的创作范畴，其文学性也应置于旧体诗词自身转型此一诗史语境中观察。

戊戌变法前后的"诗界革命"是一场传统诗歌改良运动。1868 年黄遵宪在《杂感》一诗中提出"我手写我口，古岂能拘牵"[23]42，强调诗歌在创作内容上的自由。1899 年梁启超正式提出"诗界革命"的口号："第一要新意境，第二要新语句，而又须以古人之风格入之，然后成其为诗。"[24]189 这一改良主张后提炼概括为"熔铸新理想以入旧风格"[25]2。随着诗界革命的进一步发展，力辟新境的尝试表现为对西方新学理、新事物、新词语的狂热追求；同时，重视以民间歌谣、儿歌、白话俚语等"流俗语"入诗，诗体通俗化的趋势也越来越占上风，并以现代大众传媒——报刊为载体，形成了"诗界革命体"诗歌[26]。此后十余年胡适等人发起了新一代的彻底"革命"——白话诗运动，更是对诗歌语言及诗体的大解放。"诗界革命"的余波及白话体新诗兴起自然影响到天使岛诗歌语言及诗体的越界。

天使岛"木屋诗的内容，是华人远涉重洋、遭遇美国排华法案，被禁锢在特定的狭小空间——木屋——中的所历所思所感，这一题材已经超出了古典诗歌的语词和技巧的现成'储备'，而延伸到新的话语空间中。"[2] 也即是说，传统的文言语汇、形式规范与意象体系，已不足以完全适应和承载新的事物、情感、思想。天使岛诗歌大量以新概念、新语词入诗。如前举"劝君切勿来偷关"之"偷关"，其他如"战舰""轮船""矿务""关税""勾虫""炸弹""财政""列强""专制""花旗"等等。一些现代时事性语汇也为诗人所化用，如"今日兄弟困牢笼，只为祖国；他日同胞欲自由，务须努力。"（B8）这一楹联体式诗后一句颇似仿孙中山《总理遗嘱》中语："现在革命尚未成功。凡我同志，务须……继续努力，以求贯彻。"诸多新语汇为旧体诗歌注入了现代元素。

由于被困天使岛的移民多源自广东珠三角一带，"因而夹杂粤方言口语，是天使岛诗歌的另一特色"[4]。此外，音译英文词汇亦嵌用进诗句中，如"孤身飘流到此处，不幸拨回父母悲"（B24）之"拨"当由 Deport（被驱逐出境）之音译而来。

以上有别于传统文言语汇的新词的介入，松动乃至瓦解原来稳定、谨严的诗体形式即"旧风格"。虽然它仍然保持着相对固定的诗节、诗行与字数，并有大致的韵脚，但由于文言词语多是单音节词，而新名词多是由两个或多个音节组成，势必导致原有诗词格律与新名词之间的不相兼容。最后，天使岛诗歌虽然都押韵，但大部分是采用古体诗和近体诗的准定型诗体写诗，并非遵循谨严的格律，所以天使岛诗歌题材整体上虽属传统的羁旅愁怀，但新概念、民间口语、洋泾浜语汇种种及传统诗体的突破使其形式上表现出与传统诗歌迥异、与"诗界革命体"诗歌亦一脉相承的风貌。当然，"成也萧何，败也萧何"，天使岛诗歌的"非诗化"特征也与新名词、新语句、新诗体之运用有关。

以精英文学传统来看，天使岛诗歌中相当多的作品不合雅的规范与标准，但天使岛诗人自由、即兴、随性、大胆、富于创设性的色拉拼盘式作品，别有情趣。在广东侨乡，有一类中国近代乡土建筑的特殊类型——开平碉楼建筑群，集防卫、居住和中西建筑艺术于一体，特别是碉楼上部将不同西方风格流派、不同宗教门类的建筑元素如穹顶、山花、柱式等汇集在一起，表现出特有的艺术魅力，学者将这一大杂烩式的建筑称之为"外国建筑碎片的组合"。如果说开平碉楼是近代走出国门的非主流社会的侨乡乡民以非专业的、局限性的眼光将"西方文化引进乡村之后的一个实践"[27]，那么，主要来源于广东台山的天使岛中国新移民诗作者也以非主流社会的民间文人的集体身份，将其感受到的时代大变局中中西文化碰撞交汇中的新事物、新元素大胆而无拘忌地组合进中国旧体诗词形式之中，"我手写我口"，从而旧皮囊装新酒，亦在一定意义上带给我们类于《木屋铭》的中西合璧的别样艺术美感，虽未登大雅之堂，却呈现出作为民间"俗文学"的"活文学"与"真文学"的特殊价值[28]。

注释

① 笔者使用的版本为 [San Francisco]： HOC DOI, distributed by San Francisco Study Center, 1980。该诗

集正本收诗69首，外加1篇骈文，并穿插了大量编者对天使岛移民亲历者访谈的英文口述资料（Oral Histories），附录收录66首诗。由于绝大部分无题，诗集编者于正附录各自以阿拉伯数字标序。为引用方便，笔者将正本诗标注为A，附录诗标注为B。如A31表示是诗集正本部分的第31首诗，B11表示是附录第11首诗。

② 盖建平《"木屋诗"研究：中美学术界的既有成果及现存难题》（《华文文学》2008年第6期，第84页）一文指出：如何评价木屋诗的"文学性"，尤其是如何评价木屋诗的"文学质量"，学者们不约而同地采取了并非直接肯定而是为之"辩解"的折中态度。

③ 指1933年日军占领热河，内蒙古东部沦陷之事。

④ 转引自尹晓煌著，徐颖果主译，尹晓煌校订《美国华裔文学史》，南开大学出版社2006年版，第25页。

⑤ "兴发感动"说是叶嘉莹在《迦陵论词丛稿》、《迦陵论诗丛稿》和其他著作中贯穿首尾的诗词批评理论。

参考文献

[1] Him Mark Lai, Genny Lim, Judy Yung. Island: Poetry and History of Chinese Immigrants on Angel Island, 1910-1940. San Francisco: HOC DOI, 1980.

[2] 盖建平. "木屋"诗研究：中美学术界的既有成果及现存难题 [J]. 华文文学, 2008,（6）.

[3] 叶维廉. 历史整体性与中国现代文学研究之省思 [M]. 中国诗学. 人民文学出版社, 2006.

[4] 管林. 赴美华人的血泪史诗——试论天使岛诗歌 [J]. 暨南学报, 1992,（2）.

[5] 阿英. 反美华工禁约文学集 [C]. 北京：中华书局, 1960.

[6] 照片中国. http://www.picturechina.com.cn/bbs/, 2011-07-08.

[7] （美）尹晓煌. 美国华裔文学史 [M]. 徐颖果, 主译. 天津：南开大学出版社, 2006.

[8] 单德兴. "忆我埃仑如蜷伏"——天使岛悲歌的铭刻与再现 [C] // 铭刻与再现——华裔美国文学与文化论集. 台北：麦田出版社, 2000.

[9] 郑曦原. 帝国的回忆——《纽约时报》晚清观察记 1854-1911（修订本）[M]. 北京：当代中国出版社, 2007.

[10] 王立新. 中国近代民族主义的兴起与抵制美货运动 [J]. 历史研究, 2000,（1）.

[11] 雷颐. 中国人民族自信心重建 [EB/OL]. http://news.qq.com/a/20090929/000623_1.htm, 2011-06-07.

[12] 费正清. 美国与中国 [M]. 北京：商务印书馆, 1987.

[13] 雷蒙·威廉斯. 文化分析 [C] // 罗钢, 刘象愚. 文化研究读本. 北京：中国社会科学出版社, 2000.

[14] 王性初. 诗的灵魂在地狱中永生——美国天使岛华文遗诗新考 [J]. 华文文学, 2005,（1）.

[15] 朱纲. 新编美国文学史（第二卷）[M]. 上海：上海外语教育出版社, 2002.

[16] 张子清. 华裔美国诗歌的先声：美国最早的华文诗歌 [J]. 当代外国文学, 2005,（2）.

[17] 曹雪芹, 高鹗. 红楼梦 [M]. 岳麓书社, 1987.

[18] 黄君. 满腔热情话诗坛——访"城市风光"诗词大赛金奖得主钟振振 [J]. 中华诗词, 2004,（3）.

[19] 郭绍虞. 中国历代文论选（上册）[M]. 上海：中华书局, 1962.

[20] 陶洁. 美国诗歌一侧面 [EB/OL]. http://www.people.com.cn/GB/wenhua/40473/40474/2996603.html, 2011-06-12.

[21] 王国维. 新订人间词话·人间词话 [M]. 佛雏, 校辑. 上海: 华东师范大学出版社, 1990.
[22] 郭沫若. 论诗通信 [C] // 中国新文学大系·建设理论集. 上海: 良友图书公司, 1935.
[23] 黄遵宪. 人境庐诗草笺注 [M]. 钱仲联, 笺注. 上海: 上海古籍出版社, 1981.
[24] 梁启超. 夏威夷游记 [M] // 饮冰室合集·专集之二十二. 北京: 中华书局, 1989.
[25] 梁启超. 饮冰室诗话 [M]. 北京: 人民文学出版社, 1959.
[26] 郭道平. "诗界革命体"诗歌主题研究——以清末《大公报》诗为例 [J]. 天津社会科学, 2010, (2).
[27] 张国雄. 广东侨乡近代建筑的文化解读——岭南大讲坛·艺术论坛第六十二期 [EB/OL]. 南方网, http://theory.southcn.com/c/2009-01/13/content_4838053.htm, 2011-09-30.
[28] 宋剑华. 精英话语的另类言说——论20世纪中国文学的"民间立场"与"民间价值" [J]. 暨南学报（哲学社会科学版）, 2011, (2).

40
"内在无限性的绽开"：李立扬的诗

冯冬

评论家简介

冯冬，南京大学博士，青岛大学英语系副教授，诗人。主要研究领域为哲学与精神分析语境下西方诗学陌异性之开启以及第二次世界大战后西方诗学与当代思辨哲学之间的交互研究。出版专著有《默温诗之欲望与无限性》；译著有《中华帝国纪行》、《亲密接触中国》、《中国五十年见闻录》、《蛛网与磐石》、《未来是一只灰色海鸥》和《别处》。

文章简介

美国华裔诗人的双重文化背景深刻影响着他们对文学意象的处理和语言表现形式的选择，使他们的诗歌呈现出独特的文体风格。同时，中国传统文化蕴含的丰富生态思想也为美国华裔诗歌的跨文化生态美学研究提供了可能。本文认为，美国华裔诗歌的跨文化生态美学研究不仅有利于深入发掘中国传统文化资源的当代价值，也有利于建构成熟完备的美国华裔诗学体系。

文章出处：本文原载于《外国文学动态研究》2016年第5期，第46—53页。

"内在无限性的绽开"：李立扬的诗

冯冬

当代华裔美国诗人中，李立扬（Li-Young Lee, 1957—）是较少受到"族裔"与"技术"双重困扰的一个，或者说，他并不想直接使用这两种流行的文化资源进行诗化创造。身份之再现竞争与技术匿名化——两个似乎矛盾的面向——无疑正对当下世界范围内的诗歌与非诗歌写作产生难以言明的影响。在李立扬这里，身份与技术并未获得意识层面的明确表述或问题化，相反，李立扬更关注诗歌的形式张力如何从近乎神圣的虚无中构造一个可见的轮廓，而不是被当下各种相互竞争的语境所主导——这些语境（族裔、技术、文化、政治）将符号的堆积自动处理为一种"过程诗学"，实质上却取消了任何创作原则。作为一个"跨文化"诗人，李立扬首先面对的是某种切近哲学思辨的东西，某个无法被多个文化领域涵盖的"居间"的诗意之物。

在 1996 年的一次访谈里，李立扬指出诗歌写作过程的内在镶嵌性，诗歌文本在结构上类似一朵玫瑰，层层相叠，意义剥之不尽。诗人追求的乃是"在内部之内的内部，内部之内部"，对李立扬来说，"诗歌是一种内在无限性的绽开"（an infinity inward flowering）[①]。从构词法来看，"无限性"与"内在"（或"内向"）之间的连字符履行了一个二律背反的功能，将两个看似相悖的哲学概念连成一体并使之同时归属于"绽开"这个颇具海德格尔风格的语词。根据西方基督教神学，无限性并非外在于人的精神或知觉，它并不是我们无法想象的数学上的无穷大数列或宇宙的不可穷尽性；相反，无限性已然内在于人的心理结构，只有人作为有限存在才能拥有无限性的观念，比如基督教中上帝的观念虽然内在于信仰者，但不被信仰者的肉身所限制，它无限地突破我们所熟知的语词、符号、认知框架，将我们带向超越时空的灵性显现。所以在诗歌创造过程中，恰恰是内心深处的挖掘而非对外在现实的描述造就了有着无限意指的诗歌意象。李立扬在访谈中说："我甚至写到这样一个地步，我不再相信有所谓的外在的生活……诗歌的声音基本上是一个无限地内向的声音。"（Breaking: 76）

当然，这并不是取消诗歌对具体现实问题的处理能力，李立扬的很多诗作直接关涉 20 世纪流亡作家的普遍命运，即在异国他乡所遭受的歧视、失语、异化、身份重塑等等与族裔性相关的迫切问题。对此，海外华人学者有众多评论。比如，周晓静对李立扬诗歌进行了较为深入的跨文化阅读，强调了诗人对中西文化与诗学的继承和在此基础上的创造，认为"李立扬诗歌中对于美籍华人的形象，有着新的发明，而这深深根植于美籍华人的生活现实"[②]；徐文英分析了李立扬作品中由饮食传统所承载的文化记忆以及诗人最终对爱默生式超验主义的渴望③；张本之在讨论李立扬的《礼物》一诗后指出："对于亚裔离散来说，记忆就是从他们已被埋葬的文化遗产的仓库中挖掘出那些事件，使之变得可见、可感。"④这些评述触及了李立扬诗作中归属于"过去——现在——未来"这个时间轴上的记忆内容，但是对历史记忆的挖掘——无论是个体、群体还是种族的——仅仅为作为艺术作品的诗歌提供了粗制原料，关于存在之个体的真理更多地从诗歌的特异形式中生发出来。剥除了对未名之物的渴望的见证式诗歌，极有可能沦落为当代文化产业的产品，因为怀旧的主题正好迎合了大众对读者一个假想的已经逝去的更好年代的消费口味。从创作者的角度来说——李立扬在访谈中多次强调这一视角——诗意的生发本质上溢出了任何特殊的历史规定性，这溢出的过程由对历史事件的"持有"与"超越"所组成。在海德格尔看来，倒是艺术本身反过来触发了历史之历史性："每当艺术发生，亦即有一个开端存在之际，就有一种冲力进入历史之中，历史才开始或者重又开始。"⑤

以这样一种将既定历史进程悬搁的出发点来讨论李立扬的诗作，我们发现在他二十多年的创作生涯中，李立扬力图突破主体意识在客观时间中的局限性，将内在精神以敞开的形式带入一个超越时空的领域。自第一本诗集《玫瑰》（*Rose*，1986）到最近的诗集《在我眼睛背后》（*Behind My Eyes*，2008），李立扬诗艺的成熟与他在写作过程中对历史、文化记忆的依赖性的减少是同步发生的。他近期的诗作已经不再像早期那样萦绕于弗洛伊德所谓的"家庭罗曼史"，例如《礼物》《独自吃饭》《幻象与解释》《我要母亲唱歌》等以亲情回忆为主线的诗，而是在更有想象力的无意识的写作基底上展开言说。他似乎决意不再让家族史的细节——特别是关于父亲的记忆——限制诗歌在多个存在维度上的绽开，虽然他坦承"玫瑰"这个意象以及生命如花绽开的观念是从父亲那儿传承而来的（Breaking: 22）。早在1991年，李立扬就在一次访谈中坦言，"为了继续'写作'，为了完全地让我自身最终成形"，不得不超越"这个全知、全能、激烈，充满爱意且忍耐一切的形象"，否则"就得永远与这些虚构的全知、全能的特征相争执"（Breaking: 47）。

我们从精神分析得知，父名作为一个符号化原则，本来就存有想象与虚构的成分。一个成熟的诗人对父名所承载的历史与文化的规范力不可能不有所警惕。一种内在的诗意生活要求诗人在写作实践中突破以父名为代表的总体化原则，正如李立扬迫切地意识到的，"我每天变得越来越没有父亲"，"这些天我在某人已用尽的生活的／旧的光芒中醒来"，"我与记忆无关了"⑥。虽然与家族记忆以及父名（文化身份）的无休止的"争执"在很大程度上塑造了他最初两本诗集——《玫瑰》与《在我爱你的这座城市》（*The City in Which I Love You*，1990）——但李立扬在写作过程中逐渐意识到，单纯凭借他称之为"记忆的艺术"⑦很难在创作中走得更远，所以他在访谈中一再强调诗人要与超越个体和时空的宇宙心灵相通，而不是与文化进行同一水平上的对话。"我试着从一个匿名的地带开始写作。那个地带超越了文化，比文化更隐深。比我的父母或电视告诉我所是的那个人更隐深。"

（*Breaking*: 117）这个匿名之所剥除了人的社会和种族身份，也比社会学和遗传学所能预测的个体命运更加不确定，然而这种不确定性反过来像一件礼物一样赋予文化真空地带的流亡作家更自由的表意方式。"我仍在心中等待／一个名字的到来／不是我父母给的／我的兄弟姐妹也不那样叫我，／这个名在我出生前／被任何一棵树所预言。"[⑧]李立扬以近乎海德格尔的语调提醒我们，人是一个本真的存在者，而诗人正是将这种跨越族裔身份的本真的多重存在带入具有回响的诗行的写作主体（see *Breaking*: 121）。"有时一个人／显示他自己／无法理解／的神秘。／比如成为一个或多个，／以及两者的孤独。"（*Book*: 36）这样一种无意识的分身术削弱了文化的总体性，在文化的间隙开辟出内在的写作空间。

李立扬的第三本诗集《我的夜晚之书》（*Book of My Nights*，2001）可视作他创作生涯中的分水岭，他的诗自此呈现出一种新面貌，对父名的追溯和呼求逐渐淡化，取而代之的是诗歌在意识和无意识层面上的绽开，个体在文化生活中的连续历史被无限的顿悟的现时瞬间所打断，诗歌文本具有了与流俗时间相对抗的开端性。李立扬放弃了前面两本诗集中夸大的描述与叙事成分，而在一种克制、去修辞，甚至极简主义的风格中展开人与世界的相互镶嵌的多义书写。例如短诗《一颗心》以这样的句子开始："看这些鸟儿。甚至飞翔／也从虚无中／诞生。"（*Book*: 41）诗人在此肯定了"虚无"的创生力量，诗歌作为"虚无中诞生的飞翔"显然无法被特定的文化生活与历史境遇所限制，正是前历史的那种痛彻的虚无催促诗人在诗行间起飞，一位优秀的诗人能够从虚无中汲取无限想象力而不是被它肆意吞没。他接着写道："最初的天空／在你体内，在／白昼的两端打开。"天空、白昼以及被亲密地称为"你"的鸟儿被置入相互蕴含、互为表里的本真的时空关系。"最初的天空"已经不再是记忆中故乡的那片天空，它指向一个前人称之为无记忆的时间起源，这个起源在鸟儿（也暗喻诗人自己）体内和白昼两端的巨大空间中敞开。"翅膀的扇动／永远是自由，将一颗心／系于每一个下坠之物。"（*Book*: 41）读者能明显感到被抽象之后的"物"（天空、鸟儿、翅膀、心、下坠之物）在一个匿名的地点，经由词语的替代而重新整合，获得了想象层面更为深刻的关联。

李立扬在后期诗歌中致力于用虚实相间的写法来营造这种空间的敞开性，将各种事物放置入空白纸页这个情感与思想的虚拟场域。如果说日常事物与人一道拥挤在现代都市生活的狭小空间内，那么诗歌正是释放人和物并将其重新置入更开阔空间的一种尝试。于空白处的书写首先意味着将空白或不在场本身提高到与在场同等的本体论高度，并在此基础上与在场相贯穿，揭示事物在被词语构建出的时空领域中的显现。李立扬在1999年的一次采访中谈到空间与沉默的类比关系："我不认为沉默是声音的缺失。当我听见沉默时，词语中就有一种孕育。有一种孕育着的沉默，这就是我力图曲折地表达的。就像雕刻家使用岩石——石头——以便让我们体验空间。你知道哥特式教堂吧？你走进去的时候，你体会的正是空间。空间的垂直性，然而他们用石头做到这一点。否则你无法指认它。它是透明的。艺术揭示了空间，沉默。"（*Breaking*: 122）这是艺术或诗歌自身包含的双重性：正是在最大的虚空中，存有最大的在场的完满。缺失与完满之间不是对立的非此即彼的关系，它们并不否定对方，而是互为存在的条件，相互孕育、滋生。作为意义再生产的文化与传统非但不能填补诗人内心深处的裂隙，相反倒是从这个裂隙而来的，文化再现与世界本身的沉默相互镶嵌在一起。沉默总是期待着言说，期待着自身被打破，正如空间期待着物在其中的显现和对自身空白的重叠、穿越。这种作为基底的"空"并非一无所有，而是一种词语给出的多个维度上的可充满性，诗行之间的空白落差仍然期待着被读者个性化的理解所充满。如果取消这个从言说到沉默的落差，那么诗意本身也就烟消云散了，只剩下文化的注脚。有时候李立扬将实与虚的逻辑推到显现与非显现的极限："我童年的所有房间中／上帝是最大的／最空的。"（*Book*: 61）

李立扬后期诗歌的最大特点在于不断去发现、探索"空"的形状、性质以及与实在性的交叉。"空"为诗句意义的无限绽开预备了水平视域和垂直深度两个方向上的意指可能性。词语进入了肉身，在躯体中不断延展，与可见的实体缠绕在一起，主体之间的空虚场域被词语穿透并充满。例如在《回声与阴影》一诗中，虚拟性与实在性如此纵横交错：

死亡与非死亡。
那之间窗帘飘动，
它们在她身上投下阴影，

鸟儿的阴影，孤单的一群，
翅膀与叫喊构成的躯体
在复杂的统一中旋转，俯冲。（*Book*: 54）

此处的"窗帘"既在本然意义上指称将室内与室外区分开的那层帷幕，又在隐喻意义上暗示我们生命中掩饰着死亡的那层不可见的面纱。"窗帘"采取了一个居间的位置，对标题中所谓的"阴影与回声"、对死亡与非死亡构成一道区分，使之具有运动感和可触摸性，但是在同时，窗帘的"飘动"又威胁着要瓦解这道生与死、存在与虚无的区分。"鸟儿"这个单一意象被拆解后重新纳入复杂化的构建过程，一方面被赋予了实实在在的躯体，另一方面进入"虚化"的诗意书写。快速旋转并俯冲的鸟儿仿佛逃脱了重力定律，成为阴影（如死亡或非死亡）一样的漂浮不定之物，它们的"复杂的统一"揭示了鸟群在人的秩序和意义世界中留下的痕迹。诗中的"她"并不占据一个显眼的位置而是隐退入窗帘与鸟儿等事物之中，如一幅风景画中站在窗边有所等待的女主人公。整首诗以黑白为基调，动静交错，映衬出巨大的沉默的在场，读者仿佛听见了无声无息的阴影，看见了无色无味的空间的秩序。

从李立扬最近的诗集《在我眼睛背后》(2008)来看，经过二十多年的思考、创作与诗艺的锤炼，他已经极大地摆脱了早期感伤主义的单声调而转向垂直空间与水平时间相交叉的多声部言说，用非实体的词语来引出无意识中的无时间性向度："梦见世界［是］一本敞开的痕迹之书。"⑨评论者希拉·拉特查比（Hila Ratzabi）指出："这本书的精神的中心依赖于两个轴：水平轴（处于时间中的身体对时间的体验）和纵轴（心灵对梦的无界限区域的进入，即无时间性）。在两轴的交汇处，语言试图为存在者的不可能的两重性赋予一个声音。李立扬不仅站在未知事物的边缘窥视，他进入了它，仿佛那是童年故居里一个熟悉的房间，然而再回来转述给我们。他打乱了二分法，悬置了开端/终结、过去/未来、男人/女人、身体/精神等等的区分。边界融化了，语言敞开。这些诗接近了不可表述之物的边缘。"⑩

自法国象征派诗人马拉美以来，将世界写成一本书是许多诗人的宏大梦想，然而在李立扬这里，词语不仅表述或替代了事物，而且更多地与事物在隐喻中相互交错、镶嵌，形成一张里外透明的语言的织物。在写作的空白场域，词语如湖水的涟漪绽开。例如在长诗《湖泊效应》中，李立扬虚构了"我"和"她"两个实质上是一体两面的对话者：

她说，"湖是一本敞开的书，
白昼如一个读者稳健的目光。"

我说，"白昼是一本在我们之间打开的书，
湖是我们一起读的一个句子
一遍遍读，我们的声音
是幽灵，面包，地平线。"

她说，"一首多声部的歌谣
从许多房间进进出出。"

我说，"心灵如一面湖，
你的声音是一个泡沫的形象。"（*Behind*: 36）

诗中反复出现的"是"和"如"不仅履行了连接本体和喻体的常规修辞功能，它们更对事物施行了非同一性的转换，将其纳入了无意识的连接方式。从黑格尔的辩证法来看，"是"或"如"不但没能命名它所被期待着去命名的，反而揭示了主词和谓词间的永恒裂隙。"是"在抹平事物间差异的同时正好将这个差异彰显无遗，于是阅读的愉悦在很大程度上源于阅读期待在由肯定词造就的否定性裂隙中的持续坠落。此外，我们还看到诗中本体和喻体的轮番跳跃，首先湖是一本书，白昼是读者，继而白昼变成了书，湖变成了句子，再接着心灵或精神（mind）成为湖，而人的说话声成为湖上的一个由水沫构成的缥缈形象。这首诗营造了一个梦境，"我"和"她"不断交换言说的位置，将自然之物（湖）、时空（白昼）以及对世界的书写放置在一个不断相互影响的类似湖泊效应的过程中。这首诗可以无尽地写下去，因为意指的扩散性影响在理论上讲是无限的，我们可以从一个词"湖"推演出相关的一系列本体和喻体。

类似的意境在这本诗集中随处可见，在另一首组诗《一个声音的多重生活》中，我们读到："我窗外的鸽子听上去／像受了伤。／这不是起源的国度。总是住在／被占领的区域。在无法企及的／天堂的阴影里，／负担着一个记忆／完美的果园被看不见的手修整。／也许拥有翅膀意味着／被无限性击伤，被／自由的磨难所祝福。"（Behind : 82）在短短几行之间，李立扬勾勒出了巨大的时空跨度。此处有一种在文化与价值之外的对生活的担当，起源已经不可回返，天堂不可企及，唯有伤口一般敞开的自由如影相随。无限的事物是可怕的，因为它携带了创伤性的能量，正如评论者周晓静所指出，李立扬的诗歌可以被解读成与不可知的他性（alterity）的一场遭遇。[11]然而被周晓静以及其他评论者所忽视的是，李立扬的诗提出了自我与他者的诸多伦理问题，例如自我的身份如何被他者所构建等等。对于诗歌创作来说，我们首先看到的是在李立扬这里，无限的他者如何逐步渗入书写过程本身并深刻地改变了诗歌的时空结构。重要的不是李立扬在诗中说了什么并以此作为文化身份研究的参照，而是在诗人打通多重意识方面对诗艺本身的琢磨与贡献。

在一次关于诗集《在我眼睛背后》的采访中，李立扬对利兹·洛根（Liz Logan）说："我的困境在于，我醒来后感觉到多重人格的存在。我体内有一个人以某种方式将整个世界体验为一种诗——我周围的整个世界充满了意义和在场，甚至上帝的在场。联系随处可见，一切事物听起来都是一首诗，一切都是一首诗的开端……我在观看、倾听、感受，试着保持冥想。我随时都在倾听诗。"[12]对诗的倾听本质上优先于对诗的言说，这种先于文化记忆与族裔身份叙述的"垂直倾听"也许正是诗意生发的幽深之源。"一阵风吹过，那本书对着一个夜晚／的声音打开了，它在问：'我们是多个还是一个'？"（Behind: 39）我们在此倾听的诗歌的诘问之声既从外面而来——来自我们身处其中的夜晚，又来自我们茫然若失的内在，我们既是"多"（与多元文化主义相差异的垂直的"多"），也是那个"一"（人类共同的起源）。李立扬试图通过"多"的形象将读者带入"一"的体验——此"一"可理解为贯穿了作者、读者、世界意义的意识之原初统一，它正被书写无尽分解并以不确定的方式重新结合。李立扬与其他华裔美国诗人的最大区别也许在于，他致力于以诗的方式"哲学地思"，而不仅仅满足于展现某种"哲思"。"哲学地思"要求诗人不将任何一物当成已经给予，它呼唤诗人进入先在之"一"（父名、身份）的巨大的缺失性冒险，驱使他走上从可感之物到概念之物、再到无概念之物的精神旅程。李立扬近二十年来的诗似乎遵循着这样的思路，他以匿名的声音质询自己和读者的身份，而这个与人类意识相关的问题在生活的视域中始终悬而不决，期待着我们作为感知的主体去体验虚无深处那孕育并分裂着的绽出。

注释

① Li-Young Lee, *Breaking the Alabaster Jar: Conversations with Li-Young Lee,* ed. Earl G. Ingersoll, Rochester: BOA Editions, 2006, p. 76. 后文同一著作引文将随文标出该著名称首词和引文出处页码，不再另注。

② Xiaojing Zhou, "Inheritance and Invention in Li-Young Lee's Poetry," in *MELUS*, 21.1（1996）, p. 131.

③ Wenying Xu, "Transcendentalism, Ethnicity, and Food in the Work of Li-Young Lee," in *Boundary*, 2 33.2（2006）, pp. 129-157.

④ Benzi Zhang, *Asian Diaspora Poetry in North America*, New York: Routledge, 2008, p. 83.

⑤ Martin Heidegger, *Poetry, Language, Thought,* trans. Albert Hofstadter, New York: Harper & Row, 1971, p. 77.

⑥ See Li-Young Lee, *The City in Which I Love You, Rochester*: BOA Editions, 1990, pp. 34, 13, 37.

⑦ Li-Young Lee, *The City in Which I Love You*, p. 49.

⑧ Li-Young Lee, *Book of My Nights, Rochester*: BOA Editions, 2001, p. 61. 后文同一著作引文以该作品首词加页码作注，不再另注。

⑨ Li-Young Lee, *Behind My Eyes*, New York: W.W. Norton & Company, 2008, p. 54. 后文出自同一著作的引文，将随文标出该著名称首词和引文出处页码，不再另注。

⑩ http://www.valpo.edu/vpr/ratzabireviewlee.html.

⑪ See Xiaojing Zhou, *The Ethics and Poetics of Alterity in Asian American Poetry*, Iowa City: University of Iowa Press, 2006, pp. 25-65.

⑫ http://www.pw.org/content/interview_poet_liyoung_lee?cmnt_all=1.

戏剧研究

41
从蝴蝶夫人到蝴蝶君——黄哲伦的文化策略初探

卢俊

评论家简介

卢俊，英美文学博士，南京师范大学外国语学院副教授。主要研究领域为美国华裔文学。出版有专著《20世纪美国华裔小说研究》。

文章简介

黄哲伦的戏剧《蝴蝶君》是对《蝴蝶夫人》隐含的性别关系和东西方关系的颠倒。这不仅解构了西方人关于东方女子等同于蝴蝶夫人的刻板印象，而且也颠倒了原有的东西方权力关系，成为与西方中心主义相对立的他者的声音。本文认为，黄哲伦的这部剧并非是在宣扬东风压倒西风的政治观点，而是希望东西方都能在当下多元化的文化景观中反省自我，抛弃旧有的刻板印象，由对立和对抗转向对话与交流。

文章出处：本文原载于《外国文学研究》2003年第3期，第86—90页。

从蝴蝶夫人到蝴蝶君——黄哲伦的文化策略初探

卢俊

自从 20 世纪 70 年代以来，随着汤亭亭、谭恩美、李健孙、雷祖威、任璧莲等一系列富有影响的作家的作品的出现，反映"边缘文化"的美国华裔文学取得了长足的发展。

作为"边缘文化"代言人之一的黄哲伦被文学评论界认为是当今美国最富才华的华裔青年剧作家。在他 22 岁那年，作为其戏剧生涯起点的《刚下船的中国移民》就赢得百老汇设立的奥比（Obie）奖；随后他创作的关于 1867 年华人铁路工人罢工的戏剧《舞蹈与铁路》获得有线电视 CINE 金鹰奖；再加上同年他完成的《家庭至爱》，构成了"美华三部曲"。1988 年他以《蝴蝶君》一剧，夺得了声名卓著的托尼（Toni）奖，成为第一位获此殊荣的美国华裔剧作家。该剧随后由大卫·克罗恩伯格执导拍成电影，英国影星杰罗米·艾瑞恩饰演男主角，好莱坞美籍华裔影星尊龙反串女主角，影片在美国风靡一时，引起巨大反响。

《蝴蝶君》一剧是根据一篇真实的报道创作出来的。一位法国外交官深深地迷恋上了一个中国的京剧旦角，他们有着 20 年的情人关系，直到最后，这位法国外交官才发现他的中国情人不仅是一名男性，而且还是一个间谍。他承认他之所以没有见过他的中国情人的裸体是因为他觉得"中国的女性在恋人面前非常地矜持、娇羞；这是中国的一个传统"（Hwang 94）。黄哲伦在《蝴蝶君》的后言中写道，"这并不是中国的传统；亚洲的女性在恋人面前和西方的女性一样，并不矜持、娇羞"（Hwang 94）。黄哲伦由此推断出，这位法国外交官爱上的并不是那个京剧旦角，而是他所幻想的东方女性的刻板印象。

由《蝴蝶君》这一书名，我们不难看出，黄哲伦是要写出一部"伟大的《蝴蝶夫人》似的悲剧来"（Hwang 94-95），或者说，他是要解构蝴蝶夫人这一对东方女子的刻板印象，颠倒《蝴蝶夫人》一剧中所隐含的东西方的权力关系和性别关系。

众所周知，普契尼的《蝴蝶夫人》讲述的是一个失败的异族婚姻关系的故事。在《蝴蝶夫人》中，平克顿，这位美国海军军官来到日本，和一位名叫巧巧桑，又名蝴蝶夫人的艺妓结婚。平克顿在蝴蝶夫人怀孕时离去，但他许诺会在知更鸟下次筑巢时回来。蝴蝶夫人忠诚地等了他三年，拒绝了富有的日本男子的求婚，但当平克顿回来时，却同一个白人女子结了婚。他让他的白人妻子前去要回他和蝴蝶夫人所生的小孩，得知这一切，蝴蝶夫人绝望地自杀了。

实际上，蝴蝶夫人的故事在西方已经流传相当一段时间。普契尼第一次在伦敦看到柏拉斯可的独幕剧时，便被蝴蝶夫人的故事迷住了，于是创作了《蝴蝶夫人》一剧。其实，柏拉斯可的独幕剧是根据美国费城律师龙恩的短篇故事《蝴蝶夫人》改编而成的，而龙恩的《蝴蝶夫人》又是从洛帝的《菊子夫人》中得到灵感，洛帝根据他在日本停留一个月的经历写成了虚构日记《菊子夫人》。

很少有读者知道蝴蝶夫人故事的创始者是法国人洛帝。洛帝其貌不扬，身材矮小，他的生平很可能就像平克顿在普契尼《蝴蝶夫人》中享乐主义式的言辞："浪子在世界各地享乐，不在意冒险。只要冒险向他招手，他就下锚……如果没有采集各国的花朵……没有赢得各个美女的爱情，就觉得人生虚度"（Hwang 7）。当洛帝到达日本时，他告诉朋友他要挑个黄皮肤的女子结婚。那个女子的黄皮肤对洛帝而言非常重要，这让他觉得她有别于他们自己的白种女人。洛帝喜欢用昆虫来形容女人，所以当他看到菊子夫人张开双臂，穿着和服而睡时，他想到了"一只巨大的蓝蜻蜓，栖息在那儿，一双残酷的手把她钉在地板上"（林英敏 202），这便是蝴蝶夫人的前身。后来洛帝把他在日本的一个夏天的经历改写成《菊子夫人》，事实上，他在日本只待了一个月。

龙恩的《蝴蝶夫人》在形式和情节上都受到了洛帝的《菊子夫人》的影响，书中描写了法国海军船员平克顿和日本艺妓蝴蝶夫人之间的爱情故事。和洛帝一样，龙恩也认为白人男子哪怕其貌不扬，都拥有全部的权力；而东方女子，哪怕是迷人的美女，都没有一丝权力，他们之间关系的起始和终结都是由白人男子决定的。龙恩还相信，在皮肤较黑的民族中，白人男子就如同神一样。在他的短篇小说中，龙恩没有让蝴蝶夫人自杀，但是其目的还是歌颂白人文化，因为它教导了蝴蝶夫人如何采取更积极、更健康的人生态度。

柏拉斯可在他的独幕剧中并没有对蝴蝶夫人给予多少的同情，让她在最后自杀。柏拉斯可所要呈现的是一个被钢针钉住的扭动挣扎的蝴蝶的形象。普契尼综合了洛帝、龙恩书中的一些事件，选择了柏拉斯可的结局，让蝴蝶夫人边唱歌边死去，两只手指向他们的孩子，示意把孩子留给平克顿。

西方人喜爱蝴蝶夫人自杀的结局，"不仅仅是普契尼喜欢蝴蝶夫人为残忍薄情的平克顿自杀的结局，整个剧院的人们都愿意看到这个结局，这是人们最想见到的"（Cheng 574）。1901年，华裔欧亚作家华坦纳发表了蝴蝶夫人故事的另一个版本《日本夜莺》，内容与洛帝／龙恩／柏拉斯可／普契尼的故事有所出入，却赋了了这个异族婚姻故事一个快乐的结局，结果无法挑战风行的柏拉斯可／普契尼版的《蝴蝶夫人》。

综上所述，《蝴蝶夫人》的故事基本上是西方白人男子一厢情愿的产品。他们把东方女子定型为美丽漂亮、温顺可人的蝴蝶夫人，她们无怨无悔地爱上残忍薄情的西方男子，甘愿为西方男子献出一切，包括生命和尊严。而西方男子只要抓住蝴蝶，使用钢针刺穿她的心脏，将她制成标本或玩物，而他则扮演着浪漫潇洒的收藏家或猎手的角色。显而易见，《蝴蝶夫人》的故事中有着深深的种族主义和殖民主义的痕迹。更为糟糕的是，它帮助西方人构建了对东方人在种族和性别上定型化的网络，使得蝴蝶夫人成为西方人，尤其是白人男子对东方女子的刻板印象。

决意要写出一部"伟大的《蝴蝶夫人》似的悲剧来"的黄哲伦在他的《蝴蝶君》一剧中，巧妙地把普契尼的蝴蝶夫人这一东方女子的刻板印象编进了法国外交官和中国京剧名伶的爱情故事中。根据《蝴蝶君》的剧情，加利马尔深深爱恋像蝴蝶夫人般的东方女子，所以当他第一次看到由宋丽灵所扮演的蝴蝶夫人时，他第一次感受到了歌剧的美，发现了自己魂牵梦萦的东方女子在现实世界中的具象，令加利马尔神魂颠倒。"我相信这个女孩，相信她的痛苦，我想用我那强有力的臂弯绕着她——她是如此的娇小，我甚至想带她回家，好好地保护她，哄她，直到她开心为止"（Hwang 15-16）。加利马尔在西方观看《蝴蝶夫人》时，从未被真正感动过，因为蝴蝶夫人的扮演者往往是体格硕大的西方女子，一点也没有用自己娇美小巧的生命向西方男子忠诚献祭的姿态。加利马尔被宋丽灵所扮演的蝴蝶夫人深深地迷恋住，以至于无法看清眼前的真相。当宋丽灵在第三幕褪下自己的衣衫，露出他的男性生理特征时，加利马尔的蝴蝶夫人的幻想被击得粉碎，他选择了幻想，把自己装扮成蝴蝶夫人的模样自杀。

黄哲伦写出了一部男女关系、东西方关系以及殉情方式都颠倒过来的《蝴蝶君》，不仅解构了西方人心目中东方女子作为蝴蝶夫人的刻板印象，而且也颠倒了原有的东西方权力关系，成为与西方中心主义相对立的他者的声音，对原有的东西方关系中潜在运作的文化霸权与权力关系进行了一次惊人的倒置。通过倒置原有的角色关系：无怨无悔的东方女子和残忍薄情的西方男子，黄哲伦试图打破西方白人男子脑海中关于东方女子等同于蝴蝶夫人的刻板印象。

在《蝴蝶君》一剧中，黄哲伦用京剧旦角宋丽灵来扮演加利马尔想象中的蝴蝶夫人。宋丽灵充分利用了西方殖民者脑海中对蝴蝶夫人的刻板印象和性幻想，装扮成加利马尔所期待的东方女子，一步步地使加利马尔陷入了这美丽的陷阱。在第一次见面后和随后几次见面中，宋丽灵有目的地让加利马尔感觉到他（她）害怕他这个西方男子，而加利马尔则一方面疯狂地工作，另一方面拼命地压抑着自己，不去看望宋丽灵。这种禁欲似地拼命工作反而使加利马尔对宋丽灵的性幻想更加强烈。"我知道这朵娇羞的花朵在等待着我的召唤，而我却邪恶地不让自己去见她，我第一次感到了力量的涌动———种作为男人的力量"（Hwang 32）。宋丽灵知道加利马尔对他（她）所扮演的蝴蝶夫人有着某种幻想，于是写了几封信给加利马尔，进一步地让他相信他（她）不可抗拒地爱上了他这个残忍的白人男子。他（她）在信中写道："自从我们见面，六个星期已经过去了……有时候我恨你，有时候我恨我自己，但我总是非常想你……你的残忍和无情简直令我无法相信。我不值得你对我如此无情，不要来找我了，我不想再见你了……我已经无话可说，在你面前我的尊严已经荡然无存，你还想要什么？我已经使自己在你面前颜面全无"（Hwang 35）。宋丽灵给加利马尔的几封信让他感觉到他仿佛就是平克顿而宋丽灵就是那个蝴蝶夫人，他开始将宋丽灵想象成他的蝴蝶夫人，从她那儿，他可以感受到作为男人的尊严和力量。坦率地讲，加利马尔是无法从他的妻子和西方情人那儿感受到这一切的。他的妻子比他年长，但是他妻子的父亲是一位驻澳洲的大使，为了自己事业的发展，加利马尔才和她结婚，他承认他和她之间没有任何激情。他的妻子想要一个小孩，而医生检查过她以后说没有什么问题，所以她建议加利马尔去看看医生。她的建议在很大程度上暗示了加利马尔的不育，毫无疑问，这大大地损伤了加利马尔作为男人的尊严。他的第一次性经历也让他颜面全无。尽管他对朋友讲他对此很满意，但实际上他是仰视着骑在他身上的伊莎贝娜，从某种意义上讲，他是被伊莎贝娜"强奸"的。由此可见，作为男人，他的生活在西方简直就是一个失败。但是当他到达东方以后，作为西方殖民者中的一员，他觉得他有权占有一个如蝴蝶夫人般的东方女子。"东方的女子不能自已地臣服于西方男子，这是她的命"（Hwang 25）。性上的占有与政治上的占有在原有的东西方关系内部达成了同一性。然而当西方男子得到东方女子以后，并不严肃认真地对待东方女子的爱情，而是抓住蝴蝶，用钢针刺穿她的心脏，将她制成标本或玩物，而他自己则扮演着浪漫潇洒的收藏家或猎手的角色。加利马尔也不例外。他与一个和他名字发音相同的女留学生发生关系，但是这个接受过西方文明的、过于男性化的西方女子让加利马尔更加怀恋和温顺的蝴蝶夫人在一起的时光。在一定程度上，这位男性化的西方文明女子反衬出了西方男子对东方女子的刻板印象——温顺、沉默、无怨无悔。加利马尔想象着宋丽灵一定会像蝴蝶夫人一样对他的不忠而暗自流泪。坦率地讲，加利马尔是从来不敢对他的妻子和西方的情人那样的，因为他知道她们是不会像蝴蝶夫人那样为他的不忠而暗自流泪的。宋丽灵让加利马尔充分感受到了作为男人的权力和力量。所以当宋丽灵褪下衣衫，还给加利马尔一个真实的自我时，加利马尔无法接受他所钟爱的蝴蝶夫人竟是由一个男人创造出来的事实，他的蝴蝶夫人的幻想在那一刻被击得粉碎。而对宋丽灵而言，加利马尔是他演艺生涯中最大的挑战。宋丽灵在真相大白之际对加利马尔自问自答："为什么在京剧里，要由男的来扮演女的角色？……因为只有男的才知道一个女的被期待成什么样子（Hwang 63）。"

加利马尔不愿意面对这一残酷的现实。其实如果不是太深深迷恋他脑海中的蝴蝶夫人的刻板印象，他从一开始就可以察觉出这两个蝴蝶夫人的不同。普契尼所表现的是一个沉默的，没有多少自己声音的蝴蝶夫人；而宋丽灵所扮演的蝴蝶夫人从第一次和加利马尔见面，就一针见血地指出了《蝴蝶夫人》一剧中隐含的种族主义和殖民主义的痕迹，并且重新编了一个"蝴蝶夫人"的故事，把残忍薄情的白人男子换成了身材矮小的日本男子，把温柔美丽的蝴蝶夫人换成了金发美女。根据宋丽灵的说法，日本男人残酷地对待对他痴情的金发美女，最后抛弃了她，而她为他献上了自己的生命。"我相信你会认为这个金发美女是个疯子，但是如果是一个东方女子为一个西方男子献出生命，你会觉得这是一个美丽的故事"（Hwang 17）。在宋丽灵和加利马尔的交往过程中，宋丽灵表面上臣服于加利马尔，但实际上却一直掌握着主动权,让加利马尔一步步迷失。当得知事实真相后,加利马尔让宋丽灵滚开,"从我这儿滚,今夜我最终学会从现实区别引幻想,洞察其中的不同,但我仍选择幻想……我要与我的蝴蝶约会,我不想让你的臭皮囊玷污我的卧室!"(Hwang 90)与《蝴蝶夫人》相比,巧巧桑在知道被平克顿抛弃的残酷现实后,能够正视现实,选择自杀。而《蝴蝶君》中,当加利马尔在知道自己所钟爱的蝴蝶夫人是由一个男子装扮而成时,他不愿意面对现实,而是要回到他原先所幻想的世界中。"真理需要牺牲,我的错误单纯绝对……光荣地死胜过无颜地活,我才是那个蝴蝶夫人"(Hwang 92-93)。在人物性别发生反转之际,东方女子和西方男子的殉情方式也发生了倒置,加利马尔把自己装扮成蝴蝶夫人,割喉自尽;而宋丽灵则一身西装,叼着香烟,嘴里念着"蝴蝶夫人""蝴蝶夫人"。这样,普契尼《蝴蝶夫人》中残忍薄情的西方男子在《蝴蝶君》中由一个东方的男子所取代,而温顺可人、无怨无悔的东方女子却由一个对东方女子有着强烈爱恋、最终为此爱恋付出生命代价的西方男子所担当。但这并不是一次完全对等的倒置。在《蝴蝶夫人》中,巧巧桑为平克顿而自杀,是东方向西方的献祭;而在《蝴蝶君》中并不是加利马尔向宋丽灵的献祭,而是西方向他所幻想的东方以及对东方女子刻板印象的献祭。当殉情方式倒置以后,原有的东西方权力关系也就发生了相应的倒置。当我们再一次审视原有的东方/西方、东方女子/西方男子的关系时,宋丽灵在法国法庭上提出的几条原则,真实得接近残酷,残酷得接近真实:

西方认为自己是男性的——大枪、大工业、大钱:于是东方是女性的——柔弱、纤细、贫穷……只是擅长艺术,充满了不可思议的智慧——那种女性的神秘。

你希望东方国家屈从于你们的枪炮下,东方女人屈从于你们的男人。

我是一个东方人,而作为东方人,我永远不可能是完全的男人。(Hwang 83)

西方殖民者用男性来描述自己,用女性来代表被殖民者。他们将对被殖民者的征服比喻成男人征服女人。在男女天生有别的假设下,被殖民者就永远不可能和殖民者一模一样。而且,西方殖民者将东方男子女性化,这实际上是一种象征性的阉割行为。通过占有东方女子、阉割东方男子和弱化东方,西方获得了某种优越感。但在黄哲伦的《蝴蝶君》中,通过击碎西方男子脑海中的对东方女子的刻板印象,以及倒置无怨无悔的东方女子和残忍薄情的西方男子的角色,使得原有的东西方权力关系也发生了惊人的倒置。

《蝴蝶君》一剧曾被视为是一部反美戏剧,但是黄哲伦在该剧中并不是要宣扬东风压倒西风的政治观点,而是希望在全球化和多元化的今天,东西双方都能反省自我,丰富自我,彼此坦诚相待。"切穿层层的文化和性别的错误感受"(Hwang 100),抛弃旧有的刻板印象,由对立、对抗转为对话和交流,这就是黄哲伦在《蝴蝶君》一剧中所要表达的观点。

我们相信在当今多元化的文化景观中，这也许不是盲目乐观的结论。

引用作品

Cheng, Yu-hsiu. "The Death of M. Butterfly." *Tamkang Review* Vol. 27. No. 4, 569-582.
Hwang, David Henry. *M. Butterfly*. London: Penguin, 1988.
林英敏：“蝴蝶图像的起源”，《再现政治与华裔美国文学》，何文敬、单德兴编. 台北："中央研究院"欧美研究所，1996 年，185—210.
[Lin Yingming. "The Origin of Butterfly Image." *Reappear Politics Overseas Chinese American Literature*. Eds. He Wenjing and Shan Dexing. Taibei The Central Study Institute and Europe America, 1996:185-210.]

42

《蝴蝶君》：从边缘走向中心

朱新福

评论家简介

朱新福，文学博士，苏州大学外国语学院院长、教授、博士生导师，外国语学院外国文学研究所所长。主要研究领域为美国小说、美国诗歌、美国生态文学。出版专著有《美国经典作家的生态视域和自然思想》。

文章简介

剧作家黄哲伦在《蝴蝶君》中，一改传统戏剧舞台上的东西方关系，从政治、文化、哲学、性别关系的层面颠倒了东西方的权力关系和性别角色，颠覆了西方对东方的刻板印象；另一方面，角色关系和性别身份的转变挑战了传统的身份观，认为族裔身份既不是某种一成不变的本质的实体，也不等同于抽象的人性，而是在不断发展的社会、历史和文化中被创造出来的可变的属性。

文章出处：本文原载于《苏州大学学报（哲学社会科学版）》2004年第4期，第70—74页。

《蝴蝶君》：从边缘走向中心

朱新福

在传统的美国戏剧舞台上，表现东西方爱情戏剧的一个突出现象是剧中的西方男子总是身处突出的中心地位，他们是强者，是主人；而东方女性则通常以弱者的形象出现，她们顺从、低下，身处边缘，被排斥在舞台的"中心"。这一模式的剧本一般涉及一个西方男人和一个东方女子的爱情故事，大多是东方女子无怨无悔地爱上薄情薄义的西方男子，甘为白人男子献出一切，包括尊严和生命；而西方男子则扮演着浪漫潇洒的玩家和猎手的角色，决定着爱情关系的起始和终结。这类主题的剧作可以列出不少：美国剧作家大卫·贝拉斯科（David Belasco, 1853—1931）的《蝴蝶夫人》（Madame Butterfly, 1900）和普契尼的同名歌剧都讲述了女主人公蝴蝶夫人在遭受丈夫、美国海军上尉平克顿抛弃以后自杀身亡的故事；塞缪尔·希普曼（Samuel shipman）和约翰·海墨（John B. Hymer）合作的《东方是西方》（East Is West, 1918）几乎只是把贝拉斯科的《蝴蝶夫人》改头换面再搬出来而已，其中女主人公的名字"明娃"（Ming Toy）意味着她对西方人来说只不过是一件被玩于掌心的中国明朝古董般的玩偶；保罗·奥思本（Paul Osborn）的《王苏茜的世界》（The World of Suzie Wong, 1958）本质上讲述了一个西方以恩赐者的姿态接纳东方的故事；甚至美国戏剧大师尤金·奥尼尔的《马可百万》（Marco Million, 1928）也没有脱离美国舞台上华人固定形象的巢窠。显然，有关中西方爱情主题的戏剧的主要模式是西方支配东方，东方处于被动、边缘化的境地。更为糟糕的是，这类主题的剧作有着明显的种族主义和殖民主义的痕迹，它帮助西方人构建了对东方人在种族和性别上定型化的网络。当代美国剧作家黄大卫（David Henry Hwaig, 1957— ）的《蝴蝶君》（M. Butterfly, 1988）正是针对这种模式创作的。黄大卫"一反处于强势地位的西方男子玩弄、欺凌东方弱女子的东方主义套式，构思出一个西方人为自己的一厢情愿的美梦所蒙蔽而被东方人操作的情节"[1](P 386)旨在扭转由大卫·贝拉斯科的《蝴蝶夫人》开始形成的、在以后的戏剧中又不断被强化了的错误观念。黄大卫以华裔文化代表的身份在创作中真实表现华裔美国人的文化历史与现实经历，努力重新建构遭美国式的东方主义话语所压抑的亚裔美国文化，并试图摈弃美国舞台上的中国人作为"他者"的扭曲形象，力图使华人的形象摆脱"边缘化"的影响。《蝴蝶君》一剧跨越了传统戏剧的框架模式，将剧中男"女"主角的关系作了象征性的转换，把东西方的权力关系和性别角色颠倒了过来，改变了传统戏剧舞台上的东西方关系。

黄大卫的《蝴蝶君》是根据1986年5月11日《纽约时报》上一则有关法国的一起间

谍审判案的新闻改编的。案件涉及一名法国外交官和一名中国京剧演员的恋爱故事。在20年的密切交往中，这位法国外交官居然不知道他所爱的旦角演员实际上是一个男人。根据这段间谍案的新闻，黄大卫创作了这部反映东西方关系的戏剧。剧情开始的时间是1988年。剧中的主人公，65岁的法国前驻华外交官雷纳·盖利马在法国一单人监狱里回忆着他与中国京剧旦角演员宋立凌（译音）的20年恋情经历。20年前，盖利马在北京的一次使馆晚会上邂逅了男扮女装演唱了普契尼歌剧《蝴蝶夫人》选段的宋立凌。宋立凌优雅的身姿和动人的歌喉深深打动了盖利马，并使盖利马理所当然地把他当成了女性。在盖利马眼里，宋立凌恰如一位蝴蝶夫人，是他想象中的具有东方特征的美女化身。盖利马随即堕入情网。在"恋爱"过程中，盖利马不惜将有关外交机密泄露给宋立凌。1986年法国情报机构逮捕了这对"情侣"。在法庭上，盖利马拒绝相信宋立凌是男儿身，然而当宋立凌剥去衣服真相大白时，他不得不相信了这个事实。于是他被关进了监狱。盖利马在监狱讲完故事后，像被平克顿抛弃的蝴蝶夫人一样，自杀了。全剧在盖利马如同一只蝴蝶的形象中结束。

《蝴蝶君》的主题涉及男女关系问题、性问题、种族问题、帝国主义与殖民地问题，等等，但是最重要的还是东西方的权力关系和性别关系。东西方权力关系是该剧复杂有趣的剧情在文化、政治、哲学等不同的层面上反映的一个中心主题。在西方，许多人把"东方"（Orient）一词当作一个与同样被非自然化了的词"西方"（Occident）相对的、充满欧洲人权力意识的概念，它代表一个"被欧洲人凭空创造出来的地方，自古以来就代表着罗曼司、异国情调、美丽的风景、难忘的回忆、非凡的经历"[2](P.1)；一些西方人将"东方"指示为愚昧、淫荡、神秘、缺乏精确性、不可信赖、具有恶魔特征、缺乏历史性的地域，类似的描述中当然包含着帝国占有和统治的欲望，正如赛义德本人所说："东方从一个地理空间变成了受现实的学术规则和潜在的帝国统治支配的领域。"[2](P.255) 西方与东方的传统关系犹如男人与女人的关系，这一观念是西方强加给东方的，因为西方人一向认为东方人偏女性化、温柔、顺从，贝拉斯科的戏剧和普契尼歌剧《蝴蝶夫人》就是这种偏见的典型例证。为了挑战这一错误的传统观念，使原先身处"边缘"化的东方走向舞台的"中心"，黄大卫从政治、文化、哲学的层面，并通过男女关系特性的描述，把传统的东西方角色关系颠倒过来。

在政治和文化层面上，黄大卫颠倒了西方殖民者与东方被殖民者的角色。盖利马与宋立凌在政治、文化层面上的关系与西方强国和东方第三世界国家的政治关系紧密相连。在剧中盖利马为美国情报机构工作，向美国提供有关中国对越战争态度的情报，因为在20世纪60年代美国和中国没有接触。出于帝国主义者的狂傲，盖利马总是错误地估计真实的情况。且来听听他和他的上司图隆的对话：

　　图隆：看来你已得到内部消息了。中国人现在究竟在想什么？

盖利马：他们从骨子里怀念过去的日子，那种穿西服、喝咖啡的日子。

图隆：关于越南战争，我们可以向美国人提供什么？

盖利马：告诉他们东西方有很多天然的共同之处。

图隆：你是凭自己的经验在说话？

盖利马：东方人也是人，他们希望能够得到我们的好处。如果美国证实会赢，越南人将会欢迎他们进入互惠联盟。

图隆：我看不出越南人会经得起美国的炮火。

盖利马：东方人总会在强权之下低头。[3] (P.826)

这寥寥数语，生动地勾勒出西方人自恃优越、根本不把东方人放在眼里的狂妄和傲慢，辛辣地嘲讽了西方在对东方的理解上所表现的强盗逻辑："'他们'和'我们'不一样，由于这一原因，他们应当被统治。"[4](1) 事实并非像盖利马想象的那样，东方人并不总是在强权之下低头，美国人没有能够赢得越战的胜利。盖利马最终被宋立凌所俘虏。宋立凌提供的假情报导致了盖利马遭解雇，被遣送回巴黎。剧作者把盖利马与越战联系起来，目的是想说明，关于东方人总是顺从西方的观念是根植于殖民主义者和帝国主义者在东方的态度中的，因为"西方文化总是趋于对另一种文化以改头换面的虚饰，而不是真实地接纳这种文化，即总是为了接受者的利益而接受被篡改的内容"[2](P.45)。作者通过宋立凌在法庭上面对法官所说的一番话，清楚地表明了这个观点：

西方对东方有几分国际强者的态度。西方人总是认为自己有男子气概，军事力量强大，工业发达，资金雄厚。而东方人则是女子气的，无战斗力、落后、贫穷，最多是有点艺术天赋，具备一些难以解释的智能而已。西方认为东方就像一个没有自我意识的女人一样需要被控制。[3] (P.836)

某些西方殖民者喜欢用男性来描述自己，用女性来代表被殖民者；他们把殖民者征服被殖民者描写成男人征服女人。正如黄大卫在《蝴蝶君》的"后记"中所说，这种描述"符合殖民主义心态。在殖民地，土著人不论男女都带有'女性化'的特征，因为他们恭顺又服从……土著社会就像一个好女人一样服从男性化的西方"[3] (P.841)。然而，这种盖利马式的狂傲和偏见并没有使西方战胜东方。东方是不会也不应当如西方幻想中的东方模式形象那样屈服于西方霸权的，这正是黄大卫在剧中要求西方殖民主义者正视的事实。《蝴蝶君》在解构贝拉斯科和普契尼的故事的过程中，用分析的眼光观察东西方最近的政治冲突，揭露了一个长期存在的偏见，颠倒、转换了老一套的东西方角色关系。

在哲学层面上，黄大卫成功地在剧中使盖利马处在现实的边缘、臆想的中心，由支配者变成了顺从者，对东西方的身份（identity）进行角色转换。综观全剧，我们可以看出，盖利马讲述的故事出自他由来已久的臆想。他幻想有一个美丽顺从的女子等着他，就像蝴蝶夫人等着平克顿一样。在遇到宋立凌之前，他一直感到自己对女人是不能胜任的，女人总凌驾于他之上。当盖利马在使馆的晚会上见到宋立凌所表演的蝴蝶自刎的场面时，他立刻爱上了"她"。演出结束后，他对宋立凌说："这真是一个纯粹的牺牲。这个男人（指平克顿）并不值得爱，但是她能做什么呢？她爱他，爱得太深。这真是一个非常美丽的故事。"[3](P.818) 盖利马自以为在宋立凌那里发现了类似蝴蝶的化身，从"她"身上看到了美丽、顺从的"东方人"面对西方势力的献身性。"她"不愿脱下衣服做爱的那种害羞感，不仅增加了"她"的吸引力，而且强化了他对东方女性的固有认识。当有人问1986年间谍案的法国外交官，他为什么直到案发依旧浑然不知所爱的人并非女儿身时，这位外交官回答说："我以为她很害羞，我以为那是中国的风俗。"黄大卫认为："这个法国人的假设与视亚洲人为羞答答的低垂花朵的传统观念是一致的。这位外交官爱上的并不是一个人，而是一种幻想出来的传统模式形象。"[5](P987) 由于宋立凌的假象与盖利马臆想中的观念相符合，盖利马从未怀疑过"她"。他的爱事实上是对他自己意念的爱，他的幻想代替了真实，在宋立凌身上，盖利马看到一个由他自己臆造的形象。鉴于此，宋立凌则马上意识到盖利马正为一个顺从而富有牺牲精神的东方"女子"着迷。"她"立刻在与盖利马的罗曼史中扮演着蝴蝶的角色，以此来蒙蔽盖利马。"她"以害羞为借口掩藏了自己的真实性别让盖利马爱着他幻想中的蝴蝶。从表面上看，盖利马控制着宋立凌，但实质上却相反，只要宋立凌需要，盖利马愿意在任何时间顺从地给她提供需要的秘密情报。盖利马明明知道已受宋立凌控制，但是他依然沉湎于自己的臆想之中。直到被关进监狱里盖利马还说："你知道，我一直被一个完美的女人爱着。"[3](P.815) 他还说："我有一个幻想。关于东方。东方女子为所爱的男人去死。即使是那些完全不值得爱的男人。"[3](P.839) 在回忆临近结束时，盖利马戴上蝴蝶夫人的面具，以满足的口气说道：

> 我梦想中所拥有的东方人总是穿着长衫与和服的苗条女人，她们为所爱的、不相配的、无所顾忌的洋鬼子死去。她们从小被培养为完美的女人，会承受我们给予的任何惩罚。然而又回过头来无条件地爱我们。这已成为我人生的梦想。我终于找到了她。现在我在巴黎郊外的一座监狱里，我的名字叫雷纳盖利马——我也以蝴蝶夫人而声名远扬。[3](P839)

黄大卫强调，《蝴蝶君》并不是要讲述一个真实的间谍故事，而是要表现西方白人对"东方"的臆想。如果说在普契尼的歌剧《蝴蝶夫人》中，蝴蝶夫人逆来顺受，心甘情愿地做一只被玩弄的蝴蝶，那么，这只能"是西方白人男性对东方女子的概念化的看法，满足了西方男性的窥视欲与愉悦感"[1](P.387)。盖利马这位西方外交官爱上的并不是有血有肉的人，而是一个概念化的臆想。宋立凌正是利用西方白人对东方女子的臆想，得以将盖利马玩弄于股掌之间。

盖利马在臆想的深渊中越陷越深,以至于把幻想当成了生活的现实。当宋立凌在法庭上当众袒露出他的男人身份和特征时,盖利马依然只看到他幻想中的蝴蝶:

盖利马(对宋立凌):你立刻给我滚出去!
我跟我的蝴蝶有个钓会,我不让你的身体弄脏了屋子![3](P.838)

此时的盖利马已与幻想中的蝴蝶合二为一,由于无法摆脱心中的蝴蝶,他只能把自己变成"蝴蝶夫人",只能像蝴蝶夫人那样去献身,只有自杀才能解脱。事实上,盖利马20年来一直生活在他以为是真实生活的幻想中,他为理想中的蝴蝶角色来自杀,把现实与幻想编织在一起。"作者将盖利马变为自己的蝴蝶,这一处理在某种程度上和中国古代庄周的哲学思想相吻合(这里不是指"蝴蝶"在字面上的巧合)。庄周在梦中变成一只蝴蝶,蝴蝶又变成他自己,现实与幻想已分解不开。在这一点上,盖利马成了他自己的蝴蝶与庄周梦蝶在哲学上的相仿。"[6](P16) 盖利马不愿面对现实,而是要回到他原先所幻想的世界中。在戏的最后,宋立凌站在盖利马的尸体旁边,作为一个男人,他悠闲地抽着香烟,只淡淡说了说了两声:"蝴蝶?蝴蝶?"此时的宋立凌倒成了平克顿。"这样,普契尼《蝴蝶夫人》中残忍薄情的西方男子在《蝴蝶君》中由一个东方的男子所取代,而温顺可人、无怨无悔的东方女子却由一个对东方女子有着强烈爱恋、最终为此爱恋付出生命代价的西方男子所担当。"[7](P89) 宋立凌原先作为东方人受支配和顺从的角色关系完全被颠倒过来了。

这种转换也通过表示男女关系的特性来展现。作者首先把法语单词"Monsieur"(先生)缩写为"M",使之成为剧名"M. Butterfly",有意将剧名所寓意的人物性别模糊化:究竟是蝴蝶小姐、蝴蝶女士、蝴蝶夫人,还是蝴蝶先生?还是几种身份的结合?传统的偏见认为西方人是男性化而东方人是女性化。为了排除这种偏见,黄大卫塑造了一个性冷淡、无能的西方人物,就像生活中的那位法国间谍一样。一些场景加强了这方面的描述。在盖利马的回忆中,有一场偷窥成人色情杂志的场面,年轻的盖利马和一位杂志上的裸体姑娘的对话:

姑娘:我知道你在偷看我。
盖利马:我在发抖,我的皮肤变得血红……我什么也做不了,为什么?[3](P.817)

这说明盖利马从年轻时开始就有性无能的倾向。在他的首次性经历中,他被一个名叫伊萨贝娜的姑娘压在身下,不能动弹,完全处于被动的被"强奸"的状态。他结婚后一直没有小孩,当他的妻子明确告知她经医生检查没有问题,并要他去看医生时,他马上拒绝,说道:"你以为他会找出我的什么缺陷吧"。[3](P.827) 最重要的是,盖利马从未发现宋立凌的真实性别,这一事实雄辩地证明了他的性无能。这些情节表明,作为一名西方男子的盖利马,不具备生理上的男子气概,去实现他征服东方女性的愿望。可见,作为男人,盖利马的生活在西方简直就是一个失败。

　　一些西方的评论认为，宋立凌的形象正对应了亚裔男性在美国社会和文化中的一种被阉割了的女性化男性形象，盖利马被男扮女装的宋立凌欺骗达二十多年，这一关键性的细节并未颠覆亚裔男性被女性化的东方主义传统，反而在一定程度上强化了这种概念话的幻觉。事实上，黄大卫塑造宋立凌这一形象的目的之一，是要"探讨在有种族区分和性别区分的社会中，身份的复杂性和可变性以及固定不变的概念化形象的荒谬"[1](P387)。为了解构这一固定不变的概念化形象的荒谬性，剧作者让宋立凌表面上臣服于盖利马，而实际上宋立凌一直掌握着主动权，让盖利马一步步迷失。宋立凌一开始有意以受盖利马控制的姿态出现，因为"她"明白"她"获胜的唯一把握是作为女性出现。"你希望东方国家在你们的枪炮面前屈服，东方女人屈从于你们的男人，所以你们说东方女子是最好的妻子。我是一个东方人，作为一个东方人绝对不可能是一个完美的男人。"[3](P836) 宋立凌充分利用了西方殖民主义者脑海中对蝴蝶夫人的刻板印象和性幻想，处处以盖利马所期待的东方女子形象出现，像一位聪明的猎人，一步步把他引入了那美丽的陷阱。俗话说，兵不厌诈，公正地说，宋立凌的所为也不失为"东方"战胜"西方"的策略。正是"她"那顺从的蝴蝶夫人的表演赢得了盖利马的心。一旦"她"成功地成为盖利马心中的"女人"，"她"就控制了他，支配着他提供秘密情报。

　　在最后法庭受审一场中，宋立凌一改原来面貌，不穿蝴蝶服装，改穿一身西装，成了潇洒英俊的男子汉；而盖利马却在宋立凌的真实性别袒露后，反而穿上了蝴蝶服装，戴起了蝴蝶面具。当代女权主义批评家中有人把"穿异性服装"（cross-dressing）的表演行为看成是政治身份的表示，是身处边缘的"他者"自我解放和自我认同的一种手段。[8](P.170, 171) 所谓身份和认同，按照福柯的说法，就是被社会权力极其知识规约化的自我性。长期以来，美国主流文化话语迫使华人处于脱语禁声的状态，华裔表述往往陷于国家政治许诺与种族歧视现实的痛苦之中，大熔炉的宏大叙述不能表现华人的情感与心理积淀。华人无法以美国国家叙述的语言形成华人自身的独特意识，也无法依赖中国文化的传承树立自己的身份。所以，最后的场景中角色关系和性别身份的彻底转换具有高度象征性，它间接标榜了华人的身份意识，其目的在于建立一种新的华裔族文化身份。《蝴蝶君》向我们表明：族裔身份不是某种一成不变的本质的实体，也不等同于抽象的人性，而是在不断发展的社会、历史和文化中被创造出来的可变的属性。寻求"自我"的声音、书写华裔历史、绘制华裔文化前景是黄大卫等当代美国华裔作家对华裔文化传统的自觉性以及对华裔文化身份的有意识建构。把角色关系、性别身份与东西方关系联系起来，整个效果是惊人而尖锐的。东方不总是女性化的，西方也不会永远是男性化的。男性化的西方与女性化的东方的关系不再是正确的了。在谈到《蝴蝶君》的这个结尾时，黄大卫毫不隐瞒地承认，"作为亚裔，我是站在宋立凌一边的。"[9](P10) 针对社会主流文化对东方的种族歧视，黄大卫首先"把'谴责的手掌指向帝国主义的西方',以宋立凌对盖利马的最后胜利完成了蝴蝶夫人这个东方形象对西方的复仇"[9](P.10),使原先身处边缘的东方人从舞台"边缘"走向了舞台的"中心";同时,黄大卫希望该剧能够纠正种种文化和性别的错误感受,抛弃旧有的刻板印象,由对立、对抗转为对话和交流。这恐怕也是剧作者要表达的另外一个重要目的。

参考文献

[1] 王守仁. 新编美国文学史：第四卷 [M]. 上海：上海外语教育出版社，2002.
[2] 爱德华·W. 赛义德. 东方学 [M]. 王宇根译. 北京：生活·读书·新知三联书店，1999.
[3] Gilbert, Miriam, et al. eds. *Modern and Contemporary Drama* [M]. New York：Bedford/ St. Martin's, 1994.
[4] Said, Edward. *Culture and Imperialism* [M]. New York: Vintage Books, 1993.
[5] Hwang, David Henry. "Epilogue." *Modern Drama* [M]. Toronto: Harcourt Publishers, 1995.
[6] 都文伟. 百老汇的中国题材与中国戏曲 [M]. 上海：上海三联书店，2002（本文所引用的台词均为都文伟先生译）.
[7] 卢俊. 从蝴蝶夫人到蝴蝶君——黄哲伦的文化策略初探 [J]. 外国文学研究，2003（3）.
[8] Murphy, Brenda. ed. *The Cambridge Companion to American Women Playwrights* [M]. Cambridge: Cambridge University Press, 1999.
[9] 邹惠玲，黄大卫. 美国戏剧领域中的华裔文化代表 [J]. 四川外语学院学报，2002（4）.

43
美国华裔戏剧的历史与现状

徐颖果

评论家简介

徐颖果,天津理工大学美国华裔研究所所长、教授。主要研究领域为美国女性文学和美国华裔文学。专著有《跨文化视角下的英美文学》《跨文化视角下的美国华裔文学——赵健秀作品研究》《美国女性文学:从殖民时期到20世纪》;编著有《美国华裔文学选读》《族裔与性别研究最新术语词典》《美国华裔戏剧研究》;译著有《坦率直言:欧茨文选》《美国华裔文学史》。

文章简介

纵观美国华裔戏剧近百年的历史,大致可以将其发展划分为三个阶段:20世纪20年代为初级阶段;20世纪70年代为崛起阶段,20世纪80年代至今为繁荣发展时期。在近百年的发展历程中,美国华裔戏剧无论从创作主题、戏剧形式,还是影响范围上都发生了巨大的变化:主题上,美国华裔剧作家从最初对中国传统戏曲的依赖、对族裔性的关注转向了更为普世的主题;戏剧形式上,经历了从东方到西方、从单一到杂糅的发展道路;而在影响范围上,则从起步时期的备受冷落一路走向国际舞台。笔者认为,美国华裔戏剧的发展和繁荣主要有两个原因:一是美国华裔的社会地位不断提升;二是华裔戏剧越来越符合美国主流受众的审美趣味。

文章出处:本文原载于《南开学报(哲学社会科学版)》2009年第5期,第51—57页。

美国华裔戏剧的历史与现状

徐颖果

美国华裔戏剧是美国华裔文学的重要组成部分。然而，美国华裔文学中为人熟知的大多是小说和自传。至于戏剧，除了赵健秀和黄哲伦，其他美国华裔剧作家以及作品知者不多。事实上早在 20 世纪初期，美国华裔就开始创作英文戏剧并在舞台上演。在将近一个世纪的时间内，优秀的美国华裔剧作家不断涌现。他们不但极大地丰富了美国华裔文学，也为美国文学和美国戏剧做出了卓越的贡献。本文将从美国华裔戏剧的主题、戏剧形式和影响三个方面，对每个历史阶段进行梳理，以期研究美国华裔戏剧传统的构建，探讨美国华裔戏剧的发展趋向。

一、美国华裔戏剧的冒现

华人首次在美国上演戏剧可以追溯到 19 世纪中期。据记载，1852 年 10 月 8 日正值淘金热高潮之际，一个由 20 个华人男女演员组成的剧团在旧金山 Sansome 街上的美国剧院进行演出。由于这些剧目都是以中文上演，而且通常都是中国传统剧目，所以美国华裔戏剧研究一般不涉及这一阶段，而是重点研究华裔用英文创造的剧目。尽管如此，笔者还是认为华人上演的中文戏剧应该是美国华裔戏剧发展的组成部分。美国的华裔剧作家开始出版英文戏剧是到了 20 世纪 20 年代。在 1920 年到 1925 年期间，美国的文学季刊《诗学》(Poet Lore) 首次发表了几位华裔作家创作的英文戏剧。[①] 第一部由华人剧作家用英文出版的剧本是洪深创作的《已婚丈夫》(The Wedded Husband)，该剧出版于《诗学》1921 年春季期（32 卷）。1912 年洪深曾在哈佛大学参加过乔治·皮尔斯·贝克的著名的戏剧创作会，后来回到中国继续用中文进行文艺创作。

20 世纪 20 年代，一向有多民族文化特点的夏威夷开始有亚裔学生创作的剧本问世。这些作品主要是情节剧，大部分都没有上演过，即使演出也是仅仅在大学校园的舞台上由业余演员上演。李玲爱（Ling-ai Li）被认为是这些亚裔学生中最早创作戏剧的华裔学生。李玲爱于 1910 年出生于夏威夷的一个华人移民家庭。父母 1896 年从广东移民赴美。与那个时代中国移民多在甘蔗种植园作苦力不同，李玲爱的父母均为医生。李玲爱于 1930 年在夏威夷大学获得文学学士学位。在大学期间，她创作了三部戏剧，分别为:《露丝·梅驯从记》(The Submission of Rose Moy)、《无为之道》(The Law of Wu Wei) 和《白蛇》(The White Serpent)。其中《露丝·梅驯从记》1925 年在夏威夷首演，剧作于 1928 年出版。[②]《露丝·梅驯从记》是一部研究美国华裔戏剧不得不提的作品，这不仅仅因为它是较早问世的一部华裔剧作,更重要的是它所涉及的主题至今仍为当代美国华裔和其他族裔戏剧所延续,即传统与现代的冲突、不同的文化价值观、女性主义理想、父权制等等。她关于女性的主题,即使在今天也是亚裔美国戏剧的重要母题之一。在该剧中,父亲传统而保守,一心想让女儿遵从父命,嫁给一个有钱的已婚男人。露丝·梅却想为妇女选举权而奋斗。在追求西方的自由与遵从东方的孝道之间,露丝·梅十分迷茫。同样的主题也出现在1929年出版的《无为之道》中,剧中的男主人公以牺牲真爱为代价,遵从了父母安排的婚姻。1932年李玲爱改编了中国传统剧目《白蛇传》,创作出了《白蛇》。1933年李玲爱专程来到中国,学习音乐和中国戏曲,返回纽约后,她执导了一些电影纪录片并创作出了其他的戏剧作品。1975年,在美国建国二百周年之际,李玲爱被美国国家女艺术家协会授予二百周年纪念荣誉女性奖。

早期的美国华裔剧作家挪用中国戏曲,因此表现出明显的中国文化影响。即便是他们自己创作的戏剧,也浸润着中国文化的价值观,比如洪深创作的《已婚丈夫》。虽然该剧的副标题是"一部现实主义中国戏剧",但是出于种种原因,该剧并没有像人们期望地那样刻画出华人的新形象,而表现出"对中国传统的儒家思想的偏爱"[3]。但是,华裔毕竟有离散族裔的本质,因此,除了中国戏剧的影响,华裔戏剧还有跨文化的视域。李玲爱的作品中凸现的关切人种与文化问题的特点,是传统中国戏剧中不曾有的。然而,尽管如此,早期华裔戏剧的影响只局限于局部地域,并没有在美国造成广泛的影响,也没有引起美国主流社会的关注。

二、美国华裔戏剧的崛起

20世纪60年代极大地改变了美国戏剧舞台的景观。民权运动引发的民族平等意识给美国华裔以很大的激励。在这十年期间,反越战运动、女权主义运动、多元文化运动、美国亚裔运动的风起云涌,都对华裔剧作家产生了深远的影响。美国华裔戏剧也进入重要的发展阶段。20世纪70年代涌现出了几部由华裔剧作家创作的重要剧作。

其中之一是美国华裔重要的剧作家之一赵健秀。1972年,赵健秀的剧作《鸡笼中的唐人》(*The Chickencoop Chinaman*)在美国最负盛名的美国普雷斯剧院上演。时隔两年,他创作的《龙年》(*The Year of the Dragon*)又在该剧院首演成功,并随后被美国公共广播电台拍成电视连续剧。《鸡笼中的唐人》以盘根错节的种族关系为背景,剧中涉及白人、印第安人、亚裔人、非洲裔美国人等角色,从多角度展现了少数族裔的生存状况。《龙年》探讨了在面对主流社会时,华裔个体与家庭、社区的关系,以及唐人街的传统对第二代移民的强大影响。虽然美国戏剧界对赵健秀的两部剧评价不一,但是它们在美国戏剧史上的显著地位都得到了认可,因为这是纽约出品的第一部原创的亚裔美国戏剧,而且与长期存在的唯唯诺诺、愚蠢可笑的华裔刻板形象截然不同,这两个剧刻画出了敢于直言、愤怒不羁的华裔形象，赵健秀从此引起美国戏剧界的关注。

　　吴淑英（Merle Woo）是20世纪70年代另一位表现突出的华裔剧作家。吴淑英1941年生于旧金山，父亲是中国人，母亲是韩裔美国人。1965年在旧金山州立大学获得英语专业学士学位，1969年获得英语专业硕士学位，现任教于旧金山州立大学和加州大学伯克利分校。她非常关注同性恋问题。吴淑英第一次接触戏剧是当她在《贵夫人病危》（*Lady Is Dying*）中扮演一个角色时。后来她与朱丽爱（Nellie Wong）、基蒂·徐（Kitty Tsui）成立了一个名为"三人不缠足"（Unbound Feet Three）的表演小组，该组于1981年解散。1979年，吴淑英出版了剧本《疗养院电影》（*Home Movies: A Dramatic Monologue*），1980年出版了剧本《平衡》（*Balancing*）《疗养院电影》疾呼反对性别歧视、反对种族歧视。戏剧用人物独白的形式，由一名老妇人口述自己年轻时的屈辱经历。故事的场景设在疗养院，一名老妇人正在观看黑白影片，影片中亚裔女孩遭受白人性骚扰的影像，唤起了她年轻时遭受老板性骚扰的记忆。吴淑英的另一部戏剧《平衡》描写了母亲与十几岁的女儿，彼此相爱、努力接受对方的故事，是美国华裔文学"母女关系"母题的又一表现[④]。

　　另一位重要的华裔剧作家是林小琴（Genny Lim）。林小琴1946年出生于旧金山，父母都是广东移民。1973年她在哥伦比亚大学获得广播新闻专业证书，随后数年中，从事过不同的工作。1978年她在旧金山州立大学获得戏剧艺术专业学士学位，并于1988年获得创作专业硕士学位。林小琴出版的戏剧有：1978年创作、1980年首演的《纸天使》（*Paper Angels*），以及《苦甘蔗》（*Bitter Cane*）和《唯一的语言》（*The Only Language*）等等，除此之外，尚未出版的作品包括：《和平鸽》（*Pigeons*）、《冬之地》（*Winter Place*）、《中国问题》（*La China Poblana*）等。林小琴凭借《纸天使》获得了中心乡村奖，而且，由于对华人社区的贡献，她荣获了由旧金山华人文化中心基金会颁发的文化贡献奖[⑤]。

　　林小琴的《纸天使》和《苦甘蔗》受到了批评界的广泛关注。正如题目《纸天使》所示，《纸天使》使故事回到了1905年的天使岛，天使岛是华人移民心中永远的创痛，当时中国移民在进入美国之前，先要在这里接受羁押审查。华人移民的身心都受到折磨，有些人不堪痛苦，跳海自尽；有些人被关押长达数年之久。故事讲述了四名华人男性和三名华人女性移民的经历。他们满怀追求幸福生活的梦想，不远万里来到大洋彼岸，却最终梦碎天使岛。该剧审视了天使岛拘役和1882年《排华法案》给华人移民造成的身心伤害。《苦甘蔗》发生在夏威夷的甘蔗种植园中，它探索了中国劳工面对家族史、感情、荣誉、异国奋斗时的过客心态。

　　随着几位亚裔戏剧作家作品的成功上演和美国亚裔戏剧的表现突出，在经历了长期无声、无语的生存状态之后，20世纪70年代成了美国亚裔戏剧的崛起阶段。这一阶段的戏剧，多借鉴西方戏剧表现手法和演出方式，受到美国主流社会的欢迎，作为一种文学力量，华裔戏剧获得了极大的成功。美国华裔戏剧发展迅速，开始引起人们的注意，作品开始在美国的一些大剧院上演。然而，直至 70 年代末，华裔戏剧仍未出现吸引全国广泛关注的重要剧目。

20 世纪 80 年代美国华裔戏剧的领军人物黄哲伦的巨大成功，标志着美国华裔戏剧的发展达到了一个新的高度。黄哲伦生于 1957 年，1979 年毕业于斯坦福大学英语专业，曾在耶鲁大学进修戏剧。他的戏剧《新移民》（FOB）首次在斯坦福大学上演，该剧后来在奥尼尔剧作大会上得到进一步完善，于 1980 年在纽约的莎士比亚节公共剧场上演。黄哲伦创作的《舞蹈与铁路》（The Dance and the Railroad）、《家庭奉献》（The Family Devotion）和两个独幕话剧《睡美人之屋》（The House of Sleeping Beauties）、《声之音》（The Sound of Voice）也在公共剧场上演。他的新剧作《金孩子》（Golden Child）获奥比奖。奥比奖是每年向纽约外百老汇剧院上演的杰出戏剧颁发的奖项。黄哲伦最著名的戏剧是《蝴蝶君》（M. Butterfly），该剧不但奠定了黄哲伦在美国华裔文坛的地位，也为他在美国戏剧发展史上赢得一席之地。批评家伊斯特·凯姆说黄哲伦在《蝴蝶君》中运用了中西方的戏剧形式，和超戏剧的表演模式，探索了性别、性属性和东方主义表面与本质背离的矛盾。这种感知与蒙骗之间的动态互动影响使得《蝴蝶君》成为美国二十世纪最重要的戏剧之一。《蝴蝶君》也成为继彼德·沙弗的《莫扎特》（Amadeus）之后，在百老汇上演时间最长的非音乐戏剧。"黄哲伦把东西方的主题和艺术风格婉熟地结合在一起。黄哲伦的书写主题也不断地扩展，从唐人街和新移民到修建铁路的历史人物，再到对死亡的态度这些人类普遍关注的主题。"⑥黄哲伦的戏剧被美国主流社会接受并给予高度评价，是华裔戏剧进入主流戏剧的开始。20 世纪 70 年代和 80 年代出现的美国华裔剧作家赵健秀和黄哲伦，增加了美国华裔戏剧在主流戏剧舞台上的显示度。

三、美国华裔戏剧的繁荣

20 世纪 80 年代之后又涌现出一批新的华裔剧作家。他们的创作主题更加广泛，戏剧形式更加多样，表现手法也更为丰富。较为突出的是华裔戏剧作家、表演艺术家、导演庄平（Ping Chong）。庄平于 1946 年出生在加拿大的多伦多，在美国纽约唐人街长大。他最初在纽约大学视觉艺术学院和普拉蒂学院学习电影制作和图片设计，却在学习中发现了自己真正的兴趣在戏剧表演，于是转而投身戏剧。从 1964 年至 1966 年他加入了舞蹈设计师、作曲家梅瑞狄斯·蒙克的郝思基金会，与她合作了几部戏剧。1971 年庄平正式作为一名表演艺术家开始了自己的戏剧事业。1973 年他执导并演出了自己的第一部戏剧《拉撒路》（Lazarus）。随后创立了斐济戏剧公司，后更名为庄平公司，他自己的剧作都在这里上演。庄平的作品在美国各主要城市、北美地区、欧洲和亚洲广泛上演。到目前为止已经出版了众多作品中的三部，分别为：《善意》（Kindness）、《雪》（Snow）和《努伊·布兰奇》（Nuit Blanche）。在他尚未出版的众多剧本、电影剧本和多媒体作品中，剧作《不期之事》

（Undesirable Elements）已经广为流传⑦。虽然庄平早在赵健秀成名之时就开始创作，但是他是活跃在20世纪80年代以后的重要剧作家之一。

庄平获得过众多奖项和荣誉，如：1986年音乐剧杰出成就奖（与梅瑞狄斯·蒙克共同获得），1988年的乡村奖，1988年美国戏剧作家奖，1990和1998年的贝西奖（贝西奖是一种自1984年以来每年由"纽约市舞蹈剧院创作室"颁发的奖项，为在舞蹈和表演艺术方面取得成就的艺术家设立），1977和2000年两度凭借《乡村之音》（Village Voice）荣获奥比奖。1981年，庄平的第一部重要的剧作《努伊·布兰奇：凡人眼光》（Nuit Blanche: A Select View of Earthlings）在纽约首演。《努伊·布兰奇》讲述的是一个跨越时间和空间、反映人类生存状况的故事。故事的地点从南美跨越到第三世界国家，在这些地方，殖民主义、帝国主义对当地文化造成了毁灭性的破坏，作品对此进行了审视和批判。当故事的场景移至美国时，重点放在奴隶制对美国的影响，并以卡罗来纳州为缩影进行了演绎。《善意》1986年首演，接着很快在诸多东南部城市演出，并多次出国表演。戏剧发生在20世纪60、70年代的美国郊区，描写了五个孩子和一个名叫巴斯的大猩猩的故事，讽刺了人类对有智慧的动物的剥削，例如对早熟的灵长类动物。1988年《雪》（Snow）在明尼阿波利斯市上演，该剧跨越了历史和国界，将德国、日本、法国和美国置于不同的历史时期。将不同历史时期、不同文化背景和不同国度的人们连接起来的主线正是下雪这个自然现象。该剧说明，在纷繁复杂的自然和文化差异中，不变的是相同的人性。

林保罗（Paul Stephen Lim）也是这一时期一位重要的美国华裔剧作家。他出生在菲律宾马尼拉，父母均为华人，24岁时移民美国。1970年林保罗在堪萨斯大学获得英语专业学士学位，1974年获得英语专业硕士学位。1976年，林保罗在攻读博士学位期间，创作了第一部戏剧《反角》（Conpersonas），之后他放弃了博士学业，全身心投入戏剧创作。他的剧本很多，出版的有八个，分别为：《反角》（Conpersonas）、《分别时刻》（Points of Departure）、《肉体，闪光和弗兰克·哈里斯》（Flesh, Flash and Frank Harris）、《斧头帮》（Hatchet Club）、《同性美国：性解放的故事》（Homerica: A Trilology on Sexual Liberation）、《女性：一部新剧》（Woman: A New Play）、《肉体凡胎》（Figures in Clay）、《母语》（Mother Tongue）。未出版的剧本包括：《密室》（Chambers: A Recreation in Four Parts）、《李和密室男孩们》（Lee and the Boys in the Backroom: A Play in Two Acts）、《河边报告》（Report to the River），还和史蒂夫·莱斯合写了一部作品《该死的》（Zooks）等等⑧。

林保罗荣获多个奖项，其中包括1975年菲律宾授予他享有盛誉的帕拉卡文学纪念奖，1996年肯尼迪中心对他在美国大学戏剧节的杰出表现授予的金质大奖章。他的创作主题之一是同性恋问题，作品中常常含有自传成分，反映了他对性关系、性别政治和人种政治的关注。《反角》就通过自杀者迈尔斯·赛格勒与其他三个角色的关系反映出了这点。这三个角色分别为他的同性恋爱人、未婚妻和孪生兄弟。该剧说明人的身份是由他的性关系或社会关系决定的，个人的成长发展就建立在这个基础之上。《肉体凡胎》的主题也是同性恋关系。故事发生在堪萨斯的劳伦斯市，涉及了不同时代、两个种族的三名男子的三角恋爱。主角是一名叫作李大卫的菲律宾华裔美国人。与此剧同时完成的剧本《母语》，有着同样的场景和人物，是《肉体凡胎》的姐妹篇。作品审视了人种、性别、性取向和职业对李大卫产生的综合影响。在创作《河边报告》时，林保罗的创作主题发生了转向。在这部作品中，犯罪与惩罚搅乱了一座宁静的美国中西部小镇。故事发生在考河边，考河是一条流经劳伦斯、将其一分为二的河流。年轻人麦克死于流浪汉杰克之手，在调查和定罪的过程中，不同的意见将小镇的人们搞得四分五裂，相互猜忌。换言之，犯罪地点考河，不但是劳伦斯市的地理分界线，也成为破坏小镇人们团结和睦的罪魁。

狄梅·罗伯茨（Dmae Roberts）也是一位不可忽视的剧作家。罗伯茨1957年生于台湾，母亲是中国人，父亲是美国人。8岁时来到美国，在俄勒冈州章克森市长大。1984年毕业于俄勒冈大学新闻专业。到目前为止，她已经出版了三部戏剧作品，分别为：《后座上的毕加索》（Picasso in the Back Seat）、《打碎玻璃》（Breaking Glass）、《告诉我，珍妮·毕果》（Tell Me, Janie Bigo）。《后座上的毕加索》探索了艺术与消费者的关系。两个窃贼盗走了一幅毕加索的名画，寻找和发现这幅画的过程对每个参与其中的角色都起到了潜移默化的影响。剧中的角色包括：两名窃贼、博物馆馆长和一名无家可归的女人。这部戏剧的教育意义在于：它说明了艺术具有改变人性、提升精神品质的巨大作用。《打破玻璃》带有更多的个人色彩，探讨了在种族混合的家庭中如何处理家庭内部关系的问题。在这个剧中，母亲是中国人，父亲是美国白种人，他们有两个混血孩子。他们不仅要努力处理好家庭的关系，还要共同应对俄勒冈州章克森市的种族歧视。这部作品突出描写了父子关系[9]。

除了一部剧作之外，罗伯茨所有未出版的作品均被搬上了舞台，它们有：《美美，女儿的一首歌》（Mei Mei, a Daughter's Song）、《佛陀女士》（Lady Baddha）和《拥抱火山》（Volcano Embrace）等等。作品《美美，女儿的一首歌》聚焦于母女关系，戏剧《佛陀女士》则证明了人类皆有怜悯同情之心，正如题目所示："佛陀女士"这一题目本身就暗含怜悯慈悲之意。

罗伯茨获得过诸多奖项，包括有她凭借广播文献剧《美美，女儿的一首歌》荣获的乔治·福斯特·皮博迪奖；凭借《后座上的毕加索》获得的波特兰戏剧批评奖最佳原创戏剧奖和俄勒冈图书奖最佳戏剧奖和罗伯特·F.肯尼迪新闻奖等等。

另一位重要的美国华裔剧作家是叶添祥（Laurence Michael Yep）。叶添祥是第三代华人移民。他1948年出生于旧金山，在一个非常贫困的黑人社区长大。1970年获得加州大学圣克鲁斯分校的文学学士学位，1975年在纽约州立大学布法罗分校获得博士学位。叶添祥是一名多产的儿童读物作家和小说家。他的戏剧作品亦属上乘。1987年《偿还华人》（Pay the Chinaman）在旧金山首演，《偿还华人》讲述了两个华人的生存故事。《龙翼》

（*Dragonwings*）是儿童剧作，很受欢迎，在加州伯克利上演。《龙翼》是他的八本"龙"系列儿童读物之一，每本都以龙身体的一部分冠名，讲述一个不同的故事。该剧探讨了种族和谐的主题，剧中的华人移民与白人一起工作，他们跨越了种族的藩篱，建立了友谊。华人终于在异邦的土地上扎下根来，得以安居乐业、繁衍生息。《仙骨》（*Fairy Bones*）在旧金山的西风剧院首演[⑩]。

除了以上几位之外，蒂萨·张（Tisa Chang）、伊丽莎白·黄（Elizabeth Wong）、谢耀（Chay Yew）和谢里林·李（Cherylyne Lee）等也是有重要成就的剧作家，特别是谢耀，他是目前活跃在华裔戏剧界的年轻有为的戏剧人，值得专题研究。

四、美国华裔戏剧的发展变化

美国华裔戏剧在近百年期间发生了巨大的变化。从1925年李玲爱的戏剧《露丝·梅驯从记》首次搬上舞台到21世纪的今天，美国华裔戏剧已经不可同日而语。华裔剧作家开始发出自己的声音，在美国的视觉艺术中以生力军的身份冒现。回首美国华裔戏剧的历史，今天的美国华裔戏剧经历了以下的发展变化。

1. 戏剧主题的变化。美国华裔戏剧最初曾受到中国戏曲的影响，甚至直接移植和挪用中国传统戏曲，用英语讲述中国的故事，例如李玲爱根据中国传统戏曲《白蛇传》改编创作的《白蛇》。随着华人逐步融入美国社会的努力，华人开始转而聚焦居住国的现实。与此相同，美国华裔戏剧也开始反映华人移民在美国所经历的种族歧视和文化冲突等现实问题。之后，由于20世纪60年代民权运动影响，美国华裔剧作家的少数族裔意识被唤醒，20世纪70年代创作的剧作表现了种族冲突、家庭矛盾、唐人街压抑的生活、个人与族裔群体的关系，以及渴望建立美国华裔传统、打破亚洲人的刻板形象、追求"美国华裔感性"，以及抒发华裔对中国文化的自豪感等等内容。进入20世纪80年代后，华裔戏剧创作主题更加丰富、广泛。在继续表现种族矛盾、文化冲突的同时，开始从多种不同角度审视美国华人的生活，试图准确地表达美国华裔多样化的经历与情感。不仅如此，剧作家还着眼于人类共同的、普遍关注的话题：战争、艺术、死亡、全球化等等，这在20世纪80年代和90年代的作品中都有反映。华人和华裔剧作家同其他少数族裔剧作家一样，反映了美国梦、文化融合等广泛见诸离散文学的创作主题。华裔剧作家从最初的对祖籍国戏剧资源的依赖，和对华裔族裔性的关注，扩展为与居住国的戏剧融合和对非族裔性的、具有普世意义的主题的关注，可以说发生了巨大的飞跃。主题层面的变化表明了在不同的时期华裔在祖籍国与居住国之间身份定位的不同选择，也表现了华裔戏剧从主题上逐渐跨越族裔身份而趋同于主流戏剧的特点。

2. 戏剧形式的变化。早期的美国华裔戏剧曾借鉴中国传统戏曲的内容和表现手法。20

世纪 70 年代的华裔戏剧多采用西方戏剧形式，角色言说的是认同为美国华裔的话语，戏剧的视角是美国华裔的跨文化视角，他们不同于深受中国文化影响的早期戏剧，也不同于美国主流戏剧。他们表现了华裔新的形象。20 世纪 80 年代的戏剧以黄哲伦的《蝴蝶君》为代表，展现了东西方戏剧元素和表现手法的结合。这种东西方戏剧舞台效果的结合，使《蝴蝶君》取得了非同凡响的效果，也迎合了美国多元文化的审美观。另外一些新近出现的试验剧目，正在积极探索新的表现形式、表演方法，将使美国华裔戏剧形式和表现手法更加丰富、更加多样。可以看出，美国华裔戏剧形式大致经历了从东方到西方、从单一到杂糅的发展道路，表现出逐渐接近美国主流戏剧传统的趋势。

3. 影响范围的变化。20 世纪 20 年代美国华裔戏剧的第一部作品《露丝·梅驯从记》是在夏威夷上演，基本上没有对美国本土造成影响；20 世纪 70 年代华裔戏剧崛起时的作品，均在美国本土各大剧院上演，在全国范围内引起了关注；20 世纪 80 年代、90 年代华裔戏剧繁荣时，戏剧在全国上演，剧作家获奖频频，有些戏剧还代表美国出国演出，获得了国际声誉。华裔戏剧的发展和繁荣，一方面与华裔在美国的社会地位提升有关，另一方面也与华裔戏剧越来越符合美国主流受众的审美趣味有关。从中我们也了解到美国华裔戏剧被美国主流接受的程度。从美国华裔戏剧主题变化、戏剧形式变化和影响范围的变化，我们看到了美国华裔文学发展的历史轨迹和特点，这是我们了解美国华裔文学全貌不可或缺的内容。

注释

① Dave Williams, *Misreading the Chinese Character: Images of the Chinese in Euroamerican Drama to* 1925, New York: Peter Lang, 2000, p. 175.

② Guiyou Huang, ed., *The Columbia Guide to Asian American Literature Since 1945*. New York: Columbia University Press, 2006, pp.16-17.

③ Dave Williams, *Misreading the Chinese Character: Images of the Chinese in Euroamerican Drama to* 1925, p. 177.

④ Guiyou Huang, ed., *The Columbia Guide to Asian American Literature Since 1945*, pp. 107-108.

⑤ Guiyou Huang, ed., *The Columbia Guide to Asian American Literature Since 1945*, pp.50-51, 99-100.

⑥ Guiyou Huang, ed., *The Columbia Guide to Asian American Literature Since 1945*, p.294.

⑦ Guiyou Huang, ed., *The Columbia Guide to Asian American Literature Since 1945*, pp.87-88.

⑧ Guiyou Huang, ed., *The Columbia Guide to Asian American Literature Since 1945*, pp. 100-101.

⑨ Guiyou Huang, ed., *The Columbia Guide to Asian American Literature Since 1945*, pp.102-103.

⑩ Guiyou Huang, ed., *The Columbia Guide to Asian American Literature Since1945*, pp.110-111.

44

华裔美国戏剧综述

周炜

评论家简介

周炜，中央戏剧学院博士，北京外国语大学英语学院副教授、华裔美国文学研究中心研究员。主要研究领域为美国亚裔戏剧、欧洲戏剧史。

文章简介

美国华裔戏剧发轫于20世纪60年代风起云涌的美国亚裔运动，指的是由美国华裔剧作家创作的，以美国华裔的视角反映美国华裔的，涉及美国社会中存在的种族矛盾、文化冲突等议题的作品。作为亚裔戏剧的重要组成部分，华裔戏剧在近半个世纪的发展过程中，呈现出三大浪潮。第一大浪潮的剧作家大多于20世纪七八十年代开始发表作品，创作的主题以再现华人史、代际矛盾和族裔性为主；第二次浪潮的剧作家成熟于20世纪80年代末至90年代，其创作主题主要集中于对华人历史的回顾和对其他族裔移民的关注；第三次浪潮指的是从20世纪90年代末至今的剧作家，他们探讨的议题主要包括美国社会日益复杂的种族问题、异族通婚以及对美国文化的重新认识。

文章出处：本文原载于吴冰、王立礼主编的《华裔美国作家研究》第362—382页。该书2009年由南开大学出版社出版。

华裔美国戏剧综述

周炜

华裔美国戏剧的界定和发展

在研究华裔美国戏剧时，通常会遇到界定的问题：是不是所有由美籍华人戏剧家创作的作品都属于华裔美国戏剧的研究范畴？本文参照吴冰对华裔美国文学的定义，将华裔美国戏剧定义为由华裔美国剧作家创作的、以华裔美国人的视角反映华裔美国人的、涉及美国社会中存在的种族矛盾、文化冲突等议题的作品。从这个定义出发，本文将集中讨论 20 世纪 70 年代至今的主要作品。从这些作品中，我们可以看出华裔美国戏剧始于 20 世纪六七十年代，在半个多世纪的过程中，不断壮大的华裔美国戏剧呈现出三次大的发展浪潮。

华裔美国戏剧发轫于 20 世纪 60 年代风起云涌的亚裔美国运动。这场运动唤醒了亚裔美国人追求平等权利、反抗种族歧视的政治觉悟，激发了他们的创作热情。亚裔戏剧家们纷纷拿起手中的笔，勇敢地书写他们几乎被淹没的历史。在这种历史背景下，亚裔戏剧逐渐发展壮大，其标志是四大亚裔剧团的成立。这四大剧团是位于洛杉矶的东西方演剧人剧场（East West Players）、旧金山的亚美戏剧工作室（Asian American Workshop）、西雅图的亚洲人剧团（Theatrical Ensemble of Asians）和位于纽约的泛亚保留剧目剧场（Pan Asian Repertory Theatre）。其中，亚美戏剧工作室后改名为亚美剧团（Asian American Theatre Company），亚洲人剧团后改名西北亚美剧场（Northwest Asian American Theatre）。亚美戏剧工作室的创始人是赵健秀，他提出亚裔演员应该上演由亚裔剧作家创作的作品。泛亚保留剧目剧场的创始人张渝（Tisa Chang），出生于中国，她是由演员转为戏剧导演的。泛亚保留剧目剧场被公认为最有影响的亚裔剧场，也是现在上演亚裔戏剧作品的最大的常规剧院。到 20 世纪 90 年代，亚裔剧场已发展到近 40 家。亚裔美国戏剧在百老汇和地方剧场均有演出，亚裔作家的作品也在美国国内、国际上不断获奖。

亚裔剧场的发展为亚裔戏剧的发展起到了巨大的推动作用。首先，这些剧场为亚裔演员、导演和剧作家提供了一个平台；其次，为在主流舞台奋斗的演艺人员提供了一个过渡和缓冲的地带；同时，剧场进行培训工作，举办戏剧创作比赛，为有志从事戏剧的亚裔青年提供了机会。丰富的戏剧活动也为华裔剧作家们提供了肥沃的创作土壤。在创建初期，这些剧场的主要成员是东亚国家移民的后代，如日裔、华裔和朝/韩裔演艺人员等，到 20 世纪 90 年代以后，来自东南亚和南亚的艺术家开始加入这支创作大军。亚裔戏剧家们的努力在21世纪初终于结出了丰硕的成果。2006年6月，东西方演剧人剧场在洛杉矶发起举办了名为"下一轮大爆炸"的第一届亚美戏剧大会（Next Big Bang: The First Asian American Theatre Conference）；2008年6月5日至7日，穆氏演艺剧团（Mu Performing Arts）和潘吉世界剧场（Pangea World Theater）在明尼阿波利斯联合举办了题为"塑造声音和视野"的第二届全国亚美戏剧大会（Shaping Our Voice and Vision: The Second National Asian American Theater Conference）。第一届全国亚美裔戏剧节（The First National Asian American Theatre Festival）于2007年6月11日至24日在纽约举行，来自35个演出团体的艺术家们在为期两周的时间里在纽约城区内外的13个演出场所上演了自己的作品。这些活动使美国的亚裔剧场成为美国戏剧界发展最为迅速的戏剧团体，并因此改写了美国剧坛的面貌。

作为亚裔戏剧的重要组成部分，华裔戏剧在近半个世纪的发展过程中，呈现出三大浪潮。第一大浪潮的代表人物是赵健秀、黄哲伦、林小琴、林洪业等。他们的首部作品多发表于20世纪七八十年代，创作的主题主要涉及华人在美国历史的再现、代际冲突、对身份属性的探求以及文化的族裔性等问题。1972年，赵健秀的《鸡舍的中国佬》在纽约的天地剧院上演，他也从此成为华裔戏剧的代言人。在商业上最为成功的华裔剧作家当属黄哲伦。他创作的《蝴蝶君》成为在百老汇上演的第一部由亚裔剧作家创作的戏剧，并获1988年托尼奖最佳剧作奖。第二次浪潮的剧作家成熟于20世纪80年代末至90年代，表现比较突出的是黄准美（Elizabeth Wong）等。这批剧作家的创作主题既有对华人历史的回顾，也有对其他族裔移民处境的关注。第三次浪潮指从20世纪90年代末至今出现的剧作家，其代表人物是谢耀（Chay Yew）。这一浪潮剧作家的创作视野有所拓展，关注的议题不只限于自己族裔的历史和现状，而是以此为出发点，来探讨美国社会日益复杂的种族问题、异族通婚以及对美国文化的重新认识。黄哲伦在为《亚裔美国戏剧》所写的前言中对第三浪潮的剧作家做过如下评论：他们的作品"承认文化的流动性，他们宣称文化是活生生的事物，是日新月异的经历的集合体，并因此不断地接受人们的再度阐释"[①]。在研究中值得注意的是，第二次浪潮和第三次浪潮的界限不甚清晰；同时，有的剧作家，如黄哲伦、谢里琳·李（Gherylene Lee）和张家平等，创作力旺盛，他们的创作生涯贯穿了整个三大浪潮。

三大浪潮代表作家及作品分析

第一浪潮代表剧作家及其作品

这一浪潮中涌现的作家基本上出生于20世纪40至50年代，觉醒于20世纪60年代亚裔美国运动蓬勃发展的时期，在70年代和80年代开始发表作品。其中的代表人物是赵健秀、黄哲伦、林小琴、张家平、林洪业、谢里琳·李等。他们创作的主题主要涉及华人在美历史的再现、代际冲突、对身份属性的探求等。

赵健秀（Frank Chin, 1940— ）

赵健秀的戏剧作品只有《鸡舍的中国佬》（The Chickencoop Chinaman，又译《鸡笼华仔》）和《龙年》（The Year of the Dragon）两部，但均具有较大的影响力和广泛的争议性。《鸡舍的中国佬》于1972年5月27日在纽约天地剧院首演，连演33场，是第一部在这个剧院上演的亚裔剧作家的作品。《鸡舍的中国佬》反映了亚裔群体的觉醒以及在探求自身属性的过程中所遇到的困惑和迷茫。剧情围绕着作家和电影制作人谭林的匹兹堡之旅展开。谭林正在拍摄一部有关黑人拳击冠军奥瓦坦的纪录片。在拍摄过程中，奥瓦坦多次提到他的父亲查理·波普考恩。于是，谭林来到芝加哥拜访查理。但令他失望的是查理并不是奥瓦坦的亲生父亲，只不过担任过奥瓦坦的教练；他现在经营着色情影院，而且对华人充满了种族歧视。在剧中先后登场的人有谭林少年时代的日裔朋友谦次、冒充白人的莉、莉的儿子罗比、白人森林管理者和印第安人等。剧中的每个人似乎都遭受身份问题的困扰，谭林和谦次模仿黑人的口音和举止；莉先后和不同种族的人结婚，并生下了不同肤色的孩子，她总是尽可能隐瞒自己的华人血统。在剧中，谭林是一个觉醒的华裔形象，他不满白人主流社会强加在华人身上的刻板印象，在第一幕第一场中就发出了愤怒的呼喊："中国佬不是天生的，而是被各种偏见塑造成的。"[2]但在寻求自身属性的过程中，他又充满了迷茫，他和谦次忽而模仿黑人的腔调，忽而模仿盲哑作家海伦·凯勒的说话方式，显示了他在自我探寻的过程中失去了方向。[3]而剧中的最后一场是谭林在厨房中做饭，似乎又强化了针对华人的刻板印象。总之，这部充满激愤之情的剧作提出的问题多于解决的方法。评论家黄桂友认为这部剧"集中揭示了亚裔在美国社会中所遭遇的同化问题、身份属性的确定问题以及自身文化的困境"。[4]

《龙年》于1974年5月22日首演于纽约的天地剧院，连演30场。剧本描写旧金山华埠一个华人家庭在春节前后发生的事情，包括吴老先生原配的到来、女儿麦蒂和她的白人丈夫的造访，以及吴老先生的死亡等。身患重病的吴老先生是华埠的市长，和大儿子弗雷德经营着一家旅行社。行使着绝对家长权力的吴老先生在家里依然按照中国的传统观念行事，他没有通知家里的任何人，就把原配从中国接到美国。弗雷德曾梦想成为一名作家，但依然遵从父命，在华埠当了10年的导游。他痛恨自己的生活现状，痛恨华埠，但在某种程度上又离不开它。弗雷德在遵从中国传统的价值观和寻求实现自我价值中徘徊不定、痛苦挣扎。小儿子约翰尼则是个不良少年，刚被保释出狱，他唯一的理想就是在华埠当个导游。女儿麦蒂嫁了个白人，写了一本关于烹饪中国佳肴的书，因而使自家餐馆的生意大有起色。但她已经不把华埠视为自己的家，并力劝弗雷德离开华埠，去追求自己的作家梦。

赵健秀通过对弗雷德的刻画表现出他对华埠复杂的感情。华埠一方面保存了中国的传统文化，但在某种程度上也束缚了华人的发展，他们似乎走到哪里都摆脱不掉华埠的影响。全剧的结尾带有强烈的讽刺意味：在华埠庆祝春节的鞭炮声和游行的欢呼声中，吴老先生轰然倒下，预示着华埠以及它所保存的传统文化在各种力量的夹击之下无法生存的颓势。《龙年》留下了一个悬念：华埠存在的意义何在？其价值是否仅仅作为满足游客猎奇心和偷窥欲望的一种工具？

黄哲伦（David Henry Hwang, 1957— ）

黄哲伦创作力旺盛，在三大浪潮中均有不俗表现，也是商业上最为成功的华裔剧作家。他最为知名的作品《蝴蝶君》（*M. Butterfly*）于 1988 年 2 月 10 日首演于华盛顿的国家剧院（National Theatre），同年 3 月 20 日在纽约的百老汇公演，并获得巨大的成功，创下了连演 777 场的佳绩。黄哲伦凭借该剧摘取了诸多大奖，其中包括托尼年度最佳剧作奖（Tony Award for Best Play of the Year）、纽约剧评人奖（The New York Drama Desk Award）、外评奖（Outer Critics Circle Award）等。同时，他也成为美国百老汇舞台上一颗冉冉升起的新星。黄哲伦的成功使美国的观众和评论界更加关注华裔剧作家的创作。著名评论家杰里米·杰勒德（Jeremy Gerard）在《纽约时报》上撰文指出："黄哲伦的出现填补了纽约剧坛的空白。在他之前，亚裔戏剧的演出大多局限于张渝（Tisa Chang）的泛亚剧场和温·汉德曼（Wynn Handman）的美国天地剧院。"⑤

《刚下船的人》（*FOB*）是黄哲伦的第一部剧作，其英文题目是 "fresh off the boat" 几个字的首字母缩写词，特指那些初到美国的华人。1979 年春此剧在当时黄哲伦就读的斯坦福大学上演，1980 年在纽约的公众剧场首演，并迅速获得评论家和观众的好评，同年获奥比奖最佳美国新剧奖（Obie Award for Best New American Play），从而成功地奠定了黄哲伦作为杰出的华裔剧作家的基础。《刚下船的人》围绕着三个年轻人展开。史蒂夫是刚从中国香港来到美国的留学生，戴尔是第二代华裔，格雷丝是第一代华裔。三个年轻人各自的经历代表了华人在美国社会中不同的同化历程。戴尔已完全被主流文化所同化，他鄙视那些刚到美国的中国人，视他们为"他者"。格雷丝十岁从中国台湾来到美国；因为被学校中的华裔同学所孤立，只好同美国同学交往。她的被同化基本上是一种无奈的选择。史蒂夫来自于繁华的中国香港，开始的时候他以华人而自豪，并试图确立自己在美国这个新国家中的身份。但在戴尔和格雷丝的反复提醒下，他不得不承认"什么都没有改变"⑥。这部作品反映了作为美国少数族裔的华裔如何确定自身属性的问题。剧中所有的冲突都集中在一个焦点上，即华人的被同化是不可避免的，同化的过程也就是放弃中国母体文化的过程，而这种放弃也导致了自身属性的不确定性。黄哲伦在剧中还展现了早期华人在美国的历史，如修铁路、开洗衣店等。

《舞蹈与铁路》(The Dance and the Railroad) 1981 年 3 月 25 日首演于纽约的新联邦剧场（New Federal Theatre），同年 7 月在约瑟夫·帕普的纽约公众剧院上演。这部独幕剧以 1867 年在美国修铁路的华工大罢工为背景，刻画了华人的梦想，生存的艰难和新老移民之间的隔阂、误解以及最终的沟通。该剧只有龙和马两个人物，他们怀着美好的憧憬来到美国，但残酷的现实很快就粉碎了他们的梦想。华工从事繁重的筑路工作，但收入微薄；为了缩短工时、提高待遇，他们举行了罢工，最后经过妥协，同白人工头达成了协议。在罢工胜利后，马、龙两人对自我的身份均有了新的认识。龙开始重新审视自己同其他华工的关系，意识到自己是他们之间的一员。而马对自己的未来也有了恐惧感，他意识到在美国发大财的梦想已遥不可及，自己最好的下场只能是客死他乡。这部剧从正面描写了华工修建太平洋铁路的历史，彰显了华工勇于反抗的一面。评论家杰里·迪基（Jerry Dickey）在《"东方的神话，西方的神话"：黄哲伦剧作中对种族和性别刻板印象的颠覆》一文中指出："黄哲伦在这部剧中迎头痛击了西方强加在亚裔男性身上的刻板印象。"[7]

《蝴蝶君》取材于真实的故事。一位法国外交官被指控为中国政府传递情报。他同一位京剧男旦同居二十年，却从不知道后者是一个男人。黄哲伦以作家特有的敏感抓住了这个事件中的戏剧化成分，构思了《蝴蝶君》的框架。全剧以前法国外交官加利马尔的回忆为主线，追溯了他与京剧演员宋莉龄的交往。该剧涉及东西方文化的冲突、两性关系以及同性恋等主题，但最突出的主题是对东方主义的批判。《蝴蝶君》颠覆了意大利作曲家普契尼的歌剧《蝴蝶夫人》的情节，宋莉龄颠覆了西方人对亚洲人模式化形象的认识。他身兼多重角色，在舞台上反串女角，在生活中常身着女装，同时他还是一个间谍，而这一切数年后才被揭露出来。在该剧的结尾，加利马尔和宋莉龄对调了角色。加利马尔穿上了和服，至死抱着对东方的幻想，呼唤着"蝴蝶"的名字而自杀；而宋莉龄则穿上了男装，用鄙视的眼光漠然地看着这一切。这种角色的对调在文化意义上解构了存在已久的西方对东方的刻板印象。著名评论家林英敏在《蝴蝶图像的起源》中对此评论道："虽然蝴蝶在每次演出中都自杀，却永远活在西方舞台及西方想象中，一再被人处理，一再死去。这种殖民式的／帝国主义式的图像至今百年，为时已久。如今该是让它永远安息、允许亚裔女人主动、倾听她的声音的时候了。"[8]

多产的黄哲伦还创作了以家族历史为素材的《家族奉献》(Family Devotions, 1981) 和《金童》(Golden Child, 1996)，以日本文化为背景的、探索两性关系的《声之音》(The Sound of a Voice, 1984) 和《睡美人之家》(The House of the Sleeping Beauty, 1983)。其他作品还有独幕剧《枷锁》(Bondage, 1992)、《寻找华埠》(Trying to Find Chinatown, 1992) 和《当乌鸦飞过时》(As the Crow Flies, 1986) 等。除话剧外，黄哲伦也创作歌剧、音乐剧，如《航行记》(The Voyage, 2000) 和《屋顶上的 1000 架飞机》(1000 Airplanes on the Roof, 1989) 等。

林小琴（Genny Lim, 1946— ）

林小琴出生于旧金山，父亲幼年时即从中国广州来到美国，后回国娶妻。她很早就立志成为一个诗人、表演艺术家和剧作家。1973 年从哥伦比亚大学毕业后，她曾当过自由撰稿人、电视制作人和媒体评论家。林小琴共创作了 14 部剧作，其中比较著名的有《契纸天使》（*Paper Angels*, 1978）和《苦涩的甘蔗》（*Bitter Cane*）。她在旧金山州立大学攻读硕士学位期间，对天使岛移民拘留站墙上的诗歌产生了兴趣，并以此为素材创作了《契纸天使》一剧。这部剧获中心城区奖（Downtown Village Award），后被收入她参与合编的《埃仑诗集》（*Island: Poetry and History of Chinese Immigrants on Angel Island, 1910–1940*）一书中。该书 1982 年获美国图书奖。《契纸天使》描写七位中国人在天使岛移民拘留站等待的经历，真实地再现了中国移民 1905 年在天使岛的悲惨遭遇，带有浓厚的悲剧色彩。李先生是一位诗人，虽然身在天使岛，却忧国忧民。他清楚地意识到："如果不是国弱家贫，我们就不会被拒绝入境，我们也就不必冒充契纸儿子了。"⑨陈公是在美国生活了四十年的苦力，这次回乡特意把妻子接来团聚，却因被查出患有肝吸虫病而被驱逐出境。他对美国不抱任何幻想，但对自己曾洒下汗水的土地却有着难以割舍的感情。被无情地赶出了美国后，他在绝望之中悬梁自尽，他的妻子只好孤身一人留在举目无亲的美国。林是个血气方刚的年轻人，他不堪忍受拘留所里的苦闷生活，一怒之下捆绑了看守，跳海逃生，奔向自由。《契纸天使》生动地表现了华人对幸福生活的渴望、追求梦想的勇气以及同命运抗争的坚定决心。

《苦涩的甘蔗》描写的是 19 世纪 80 年代在夏威夷的中国劳工的经历，刻画了劳工们在甘蔗园里艰苦的生活和对正常生活的渴望。林小琴的剧作还有描写人与人之间关系的《鸽子》（*Pigeons*, 1986）、描写母女关系的《唯一的语言》（*The Only Language*, 1986）等。

谢里琳·李（Cherylene Lee，1953— ）

谢里琳·李（音译）是第四代华裔美国人，父亲是牙医，母亲在好莱坞当临时演员。她三岁时就在哥伦比亚广播公司拍摄的电视剧《无人想要的家庭》（*The Family Nobody Wanted*）中扮演角色，是第一批在情景喜剧中亮相的亚裔演员之一。李在加州大学伯克利分校学习古生物学，毕业后曾参加一些音乐剧在世界范围内的巡回演出。1985 年她创作的《黄宝驾到》（*Wong Bow Rides Again*）描写父权观念浓厚的黄宝和三代家庭成员之间的紧张关系。该剧于 1987 年在洛杉矶的东西方演剧人剧场上演，是第一批反映华人早期移民史的剧作之一。她的另一部作品《印第宝》（*Yin Chin Bow*）1986 年在纽约的泛亚保留剧目剧场演出。印第宝是剧中主人公的名字，他 12 岁抵达加州，同加州最大的印第安部落育洛克（Yurok）族人结婚生子，后又娶了一位中国妻子。这部剧的主题是"同化造成了族裔文化的模糊，同时也破坏了自身文化所具有的价值"[10]。

1998年，李为西弗吉尼亚州当代美国戏剧节（West Virginia's Contemporary American Theater Festival）创作了《把老虎抬到山上》（Carry the Tiger to the Mountain）。这部剧以1982年发生在底特律的陈果仁（Vincent Chin）遇害案[11]为背景，以陈的母亲为主线，讲述了她从一个照片新娘成长为一个民权积极分子的过程。

谢里琳·李的其他作品包括《阿瑟和莉拉》（Arthur and Leila, 1992）、《遗产密码》（The Legacy Codes, 1999）、《失去平衡》（Knock off Balance, 2000）和《混合信息》（Mixed Messages, 2004）等。

张家平（Ping Chong, 1946— ）

张家平是国际知名的戏剧导演、剧作家、编舞和视觉艺术家。他出生于加拿大的多伦多，但在纽约的华埠长大。高中毕业后，他在普拉特学院的视觉艺术学校学习电影制作，1964年至1966年在梅雷迪斯·蒙克（Meredith Monk）的基金会中开始了他的戏剧生涯。1975年，他成立了富士剧团，后改名为张家平剧团（Ping Chong and Company），剧团的目标是探索新的戏剧形式。从1972年起，张家平共创作了50余部舞台作品，2000年获奥比持续成就奖（Obie Award for Sustained Achievement）。他的代表作《东西方四重奏》（The East/West Quartet）由四部独立的剧作组成。第一部是《出岛》（Deshima），1990年在荷兰的米克里工作室剧场（Michery Workshop Theatre）首演，1993年1月1日在纽约的辣妈妈剧场（La MaMa E.T.C）演出。出岛是日本在17世纪为前来从事贸易的荷兰商人建立的租借地。这部剧讲述日本和西方的关系。全剧跨越时空，把个人史和社会史有机地结合起来，刻画了日本对外交流史的几个主要阶段：17世纪荷兰人在日本经商的情况、二战中美国为日本人设立的集中营、日本对印度尼西亚的占领和20世纪80年代日美之间的贸易战等。《东西方四重奏》的第三部《中国风格》（Chinoiserie）于1995年9月22日在内布拉斯加州林肯的赖德表演艺术中心（Lied Center for Performing Arts）上演。该剧探讨中国和西方的关系，把中国近代史上的主要事件放大，集中笔墨描写了乾隆皇帝和英国派往中国的第一个使节马噶尔尼的接触、鸦片战争的起因、欧洲人对茶叶的偏爱、中国移民在美国的定居、1982年底特律的陈果仁谋杀案和中美之间的贸易摩擦等。《东西方四重奏》的第三部《哀伤之后》（After Sorrow）1997年1月31日在纽约的辣妈妈剧场首演。该剧以一个教友会妇女对越南的访问为主线，描写越南和西方的关系。《东西方四重奏》的第四部《包狱皮》（Pojagi）2000年2月24日在纽约的辣妈妈剧场首演。该剧讲述朝鲜和西方的关系，以仪式性的表演展示了从16世纪到当代的朝鲜历史。张家平在作品中经常使用多媒体、灯光、舞蹈等艺术手段，其前卫的创作手段极大地丰富了戏剧语汇，增加了其作品的观赏性。张家平的其他主要作品有《洪堡潮流》（Humboldt's Current, 1977）、

《白夜》(*Nuit Blanche*,1981)、《善意》(*Kind Ness*,1986)、《雪》(*Snow*,1988)、《不受欢迎的人》(*Undesirable Elements*)和《中国:三个故事》(*Cathay: Three Tales of China*,2005)等。

林洪业(Darrell H. Y. Lum, 1950—)

林洪业出生于夏威夷的火奴鲁鲁,1972年毕业于夏威夷大学,1976年获硕士学位后从事教育工作。1978年他与查艾理(Eric Chock)合办了竹脊出版社,出版《竹脊》杂志,发表夏威夷本土作家创作的诗歌、小说等。他的剧作大多描写生活在夏威夷的第一代中国移民和他们的子女之间的代际冲突和文化冲突等问题。林洪业的主要作品有《幸运的橘子》(*Oranges Are Lucky*, 1976)、《神奇的芒果》(*Magic Mango*, 1980)、《我的家在街的那边》(*My Home Is Down the Street*, 1986)、《交火》(*Fighting Fire*, 1995)和《有点儿像你》(*A Little Bit Like You*)等。其中,《幸运的橘子》的主人公是81岁的祖母,她讲述了年青时艰苦的生活以及家庭中三代人的冲突。《交火》讲述的是父子之间的冲突,带有浓厚的自传色彩。

林保罗(Paul Stephen Lim, 1944—)

林保罗出生于菲律宾,父母均是华人,他24岁时移民美国,就读于堪萨斯大学,1974年获英语硕士学位。1989年,他在堪萨斯大学成立了"非常规英语剧场"(English Alternative Theatre),这个剧场逐渐成为美国中西部比较有影响的戏剧创作组织。林保罗的作品涉及性别属性、种族刻板印象以及职业上的边缘化问题;作品中有很多对同性恋的描写。林保罗的主要作品有《人物拼图》(*Conpersonas*, 1975)、《出发点》(*Points of Departure*, 1977)、《泥塑人物》(*Figures in Clay*, 1992)和《母语》(*Mother Tongue*, 1992)等。评论家刘先认为他的作品的"自传性成分多于对种族问题的探讨"[⑫]。

第二浪潮代表剧作家及其作品

第二浪潮的剧作家多出生于20世纪50年代,在90年代初期开始发表作品。他们的创作领域涉及除华裔之外的其他亚裔族群以及他们的生活现状,试图从更广阔的视角探讨美国社会中存在的种族歧视、性别歧视等现象。第二浪潮比较有代表性的剧作家是黄准美、德美·罗伯茨、邝杰等。

黄准美(Elizabeth Wong,1958—)

黄准美出生于加州,1980年从南加州大学的新闻系毕业后,在洛杉矶的一家电视台工作。在观看了黄哲伦的《刚下船的人》和日裔剧作家山内若子(Wakako Yamauchi)的《灵魂起舞》(*And the Soul Shall Dance*)之后,她决心投身戏剧创作。她先后在耶鲁大学的戏剧学院和纽约大学学习戏剧写作，1991年毕业于纽约大学的蒂施艺术学院，获戏剧创作硕士学位。在那里学习期间，她创作了《给一个学生革命者的信》(Letters to a Student Revolutionary, 1991) 和《朝鲜泡菜和油炸猪小肠》(Kimchee and Chitlins, 1990) 两部剧作。《给一个学生革命者的信》于1991年5月7日首演于纽约的泛亚保留剧目剧场。该剧讲述成长于不同环境的两位年轻女性对身份认同、文化差异和自由、民主等观念的不同理解。毕比是美国女孩，在北京旅游时邂逅了中国女孩卡伦，两人开始了长达十年的通信，在通信中，卡伦不断表现出对美国自由、民主体制的向往。卡伦的这种向往促使毕比认真审视自己所处的环境，她开始认识到她在种族、性别方面所遭受的歧视。剧本的主题是毕比对自身属性以及美国社会中所谓的平等、自由和民主的质疑。

《朝鲜泡菜和油炸猪小肠》剖析了发生在纽约布鲁克林区的韩裔和非裔美国人之间的冲突。一名黑人妇女在韩国人开的店里购物时，被店主怀疑偷东西。双方于是发生了冲突。这名黑人妇女在冲突中受了伤，被送进医院后又离奇地失踪了。日裔记者苏兹被电视台派去调查此事。在调查的过程中，她发现来自不同的族裔和文化背景的人缺乏沟通，他们互相猜忌、互相敌视。韩国店主认为所有的黑人都懒惰，黑人护士露丝·贝蒂则认为韩国店主不主动和她打招呼是对她的蔑视，而卡特牧师则抓住这次事件为自己所代表的黑人社区争取更多的同情和支持。这使苏兹回忆起自己的童年时代对黑人所感到的恐惧。黄准美在这部剧中提出的问题是很尖锐的，如种族歧视是否只存在于白人和黑人之间？少数族裔之间是否也存在着不同程度的种族歧视？这种歧视源于何处？

黄准美的另一部重要作品是以好莱坞华裔演员黄柳霜（Anna May Wong）的生平为蓝本的《中国娃娃》(China Doll, 2005)。这部剧揭示了黄柳霜作为好莱坞第一个华裔明星所面临的两难处境。她因为自己的族裔背景而成功，同时，在种族歧视盛行的年代，她的族裔背景又限制了她在好莱坞的发展，她只能不断地重复自己，扮演邪恶的"龙女"，而不能在事业上获得更大的成功。

除以上三部剧作外，黄还创作了短剧《庞克女孩》(Punk Girl, 1997)、儿童剧《快乐王子》(The Happy Prince, 1998)、《普罗米修斯》(Prometheus, 1999) 和《无敌猴王的神奇历险》(Amazing Adventures of the Marvelous Monkey King, 2001) 等。

德美·罗伯茨（Dmae Roberts, 1957— ）

罗伯茨是独立广播制作人和剧作家。她出生于中国台湾，母亲是台湾人，父亲是来自俄亥俄州的美国士兵。她8岁时随父母回到美国，在俄勒冈州的农业小镇长大。她1984年从俄勒冈大学毕业后，即成为独立制作人，为美国全国公共广播公司（National Public Radio）创作广播剧，其中包括由13部剧组成的《遗产：来自美国的故事》(Legacies: Tales from America)。罗伯茨自称深受汤亭亭的影响，认为她自己的创作表现了"一种别处无法得到表现的双重文化视角"[13]。

罗伯茨的主要作品有自传体广播剧《妹妹,女儿之歌》(*Mei Mei, Daughter's Song*)、话剧《打碎玻璃》(*Breaking Glass*, 1995)、《后座上的毕加索》(*Picasso in the Back Seat*, 1998)、《观音菩萨》(*Lady Buddha*, 1997)和《告诉我,贾妮·比戈》(*Tell Me, Janie Bigo*, 1998)等。《妹妹,女儿之歌》表现的是母女关系,讲述了中国台湾出生的母亲和在美国出生长大的女儿辛蒂同回中国台湾时发生的故事。母亲千辛万苦把女儿抚养成人后,理所当然地期待回报,但女儿受美国的教育和价值观的影响,不可避免地和母亲产生了隔阂和矛盾。《打碎玻璃》继续保持自传色彩,讲述来自中国台湾的妻子和丈夫、儿子之间的关系。《后座上的毕加索》探索了艺术对人生的影响,这部剧获波特兰剧评界最佳原创戏剧奖(Portland Drama Critics Circle Award for Best Original Play)和俄勒冈图书奖最佳戏剧奖(Oregon Book Award for Best Play)。

邝杰(Dan Kwong,1954—)

邝杰是表演和视觉艺术家、作家、教师,他出生于洛杉矶,父亲是华裔,母亲是日裔美国人。父母亲两个家族的移民史、华裔和日裔所遭受的种族歧视以及他本人的独特经历成为他戏剧创作的动力和源泉。邝杰坚信"个人的经历可以反映出政治,而政治也无处不在地包围着个人"[14]。邝杰的作品多由他本人演出。第一部作品《武士中外场队员的秘密》(*Secrets of the Samurai Centerfielder*, 1989)1989年首演获得成功,奠定了他从事表演和写作的基础。此后他又连续创作了五部带有自传色彩的"单人秀"社会政治作品,由他本人在美国各地、伦敦和墨西哥城巡回演出。邝杰的作品还有《残缺的道和好好先生的故事》(*Tales from the Fractured Tao with Master Nice Guy*, 1991)、《三节简单的修道课》(*Monkhood in Three Easy Lessons*, 1993)、《月亮降临39街的那个晚上》(*The Night the Moon Landed on 39th Street*, 1999)等。

第三浪潮代表剧作家及其作品

第三浪潮的剧作家多出生于20世纪60年代,首部作品发表于90年代以后。他们创作的题材更为多样,几乎涉及美国当代生活中的各个方面。纽约泛亚保留剧目剧场的艺术指导张渝敏锐地注意到这一变化。她对此评论道:"我们过去收到的大多数剧本是探讨家庭关系,主题多是年轻一代在试图挣脱父母的束缚过程中所引起的文化冲突和新旧冲突。……现在收到的作品描写异族通婚的后果,作者多具有多元文化背景,而谢耀的作品更是触及了亚裔中的同性恋现象,在很多传统的亚裔家庭中,这一话题仍然是禁区。"[15]这一浪潮的代表作家有谢耀、尤金妮娅·陈、桑德拉·清·陆和段光忠等。

谢耀（Chay Yew, 1966— ）

谢耀出生于新加坡，16 岁时赴美求学，在佩帕代因大学（Pepperdine University）学习戏剧。两年后，他回到新加坡，为新加坡戏剧工作室（Theater Works in Singapore）创作了他的第一部作品《他仿佛听见》（As If He Hears, 1989），剧中有对同性恋的描写，后被新加坡政府禁演。1988 年，他返回美国。

刻画华人美国梦破灭的《仙境》（Wonderland）1999 年 9 月 14 日首演于加州圣地亚哥的乔拉剧场（La Jolla Playhouse）。剧中的三个人物分别被命名为男人、女人和儿子。男人是一个建筑师，在新加坡工作时和女人邂逅，并把她带回美国，两人育有一子。"仙境"是男人设计的购物中心的名字，因为设计成功，他总是被分配设计类似的建筑，而无法发挥自己的设计潜能。"仙境"在一次事故中起火被烧。经调查，男人对建筑质量负有主要责任，并被吊销设计执照。失业后，男人无法付房子的抵押贷款，房屋被房产公司强行收回，他投海自尽。女人到美国前被好莱坞电影中所展示的物质生活所迷惑，到美国后，坚持要丈夫购买豪华的海边别墅。在失去丈夫和房屋后她只好流落街头。儿子在学校感到孤独，只同黑人男孩乔治交往，两人逐渐发展为同性恋关系，但此行为不被父母所容，他只好离家出走，后在好莱坞客串小角色。《仙境》中的人物虽然是华裔，但折射的生活却具有普遍意义。男人和女人已经脱离了华人初到美国时的窘迫境况，却不能摆脱被美国梦戏弄的下场。女人对生活的奢望使全家人背上了消费主义的包袱，而男人的脆弱使他无法度过生活中的劫难，以致全家人在危机时刻失去了安身之所。儿子在学校受到种族歧视，身心得不到正常的发展。具有讽刺意味的是，保险公司声称男人是溺水而死，因此拒绝赔偿。

《美丽的国家》（A Beautiful Country）于 1998 年 6 月在洛杉矶的奠基石剧场（Cornerstone Theater Company）上演。这部剧融合了讽刺剧、悲剧、音乐、舞蹈和录像等多种元素。谢耀在剧中使用了大量的幻灯片来展示亚裔移民在美国的状况，他让演员扮演照片中的人物，以口述历史的方式展现亚裔美国人遭受的歧视和暴力，包括天使岛拘留站华人和罐头厂菲裔工人的悲惨处境，1871 年 10 月发生在洛杉矶的屠杀华人事件以及底特律的陈果仁惨案。

谢耀的作品还有《红》（Red, 1998）、《剪刀》（Scissors, 2000）、《问题 27，问题 28》（Question 27, Question 28, 2008）和涉及同性恋的《瓷器》（Porcelain, 1992）、《他们自己的语言》（A Language of Their Own, 1994）等。《红》以华裔作家王颂加对"文化大革命"的回顾为主线，探讨艺术家和政治的关系、传统与变革的冲突以及华裔作家的责任问题。《剪刀》以幽默的语言讲述 20 世纪 20 年代生活在曼哈顿唐人街的华人理发师和白人老顾客之间的故事。《问题 27，问题 28》刻画的是第二次世界大战期间日裔在美国的遭遇。

谢耀现任洛杉矶马克·泰珀剧团亚裔戏剧工作室（Asian Theater Workshop at Mark Taper Forum）的驻团艺术家和导演。他获得过很多奖项，如《瓷器》获 1993 年伦敦边缘奖最佳戏剧奖（London Fringe Award for Best Play）。在美、加、英等国均有他的作品上演。

尤金妮娅·陈（Eugenie Chan, 1962— ）

尤金妮娅·陈（音译）是第五代华裔，成长于加州，曾在耶鲁大学学习文学，1993 年从纽约大学获戏剧写作硕士学位。她的作品多以美国的西部和西南部为背景，揭示在多民族的美国社会，在阶级、宗教、性别和民族因素互相作用的环境中，"华裔在身份建构方面经常出现的矛盾，以及华人移民和西裔、印第安人之间的关系"[16]。她的《埃米尔，一部中国剧》(Emil, a Chinese Play, 1994) 描写埃米尔在美国的旅行。他从迈阿密开始，经过了美国的南部、中西部、迪士尼乐园，终止于旧金山的华埠，中间还穿插了他和女儿马吉的故事。这部剧探讨什么是"中国性"等议题。1994 年出版的《威利·吉》(Willy Gee!) 描述一个华裔家庭在美国大萧条时期的故事。这部剧展示了华人在种族和宗教的误解中谋生的智慧。1997 年创作的《大牧场》(Rancho Grande) 使用了西班牙语、英语和汉语。全剧以主人公玛米讲述中秋节的传统开场，刻画了女性在华裔家庭中的地位和扮演的角色以及家庭成员之间微妙的性别关系，这是她的作品中经常出现的主题。她的最新作品是《买单》(Daphne Does Dim Sum or Mai Dan, 2008)。此外，陈还创作了电影剧本《天堂平原》(Paradise Plains, 1993) 等。

桑德拉·清·陆（Sandra Tsing Loh, 1962— ）

桑德拉·清·陆（音译）不仅是专栏作家、表演艺术家、小说家，还是钢琴家。她 1962 年 2 月 11 日出生于洛杉矶，父亲是华人，母亲是德国人。她的作品以讽刺、幽默见长，讽刺对象多是生活在南加州郊区的那些举止怪异的人。陆非常关注美国社会中经常变化的种族关系，她本人的双重文化背景以及她在多元文化环境中成长的经历为她的创作提供了丰富的素材。陆主要的戏剧作品是由她本人表演的"单人秀"，有《在美国的异乡人》(Aliens in America, 1995)、《和巴德·肯普的糟糕性爱》(Bad Sex with Bud Kemp, 1998)、《我的担忧》(I Worry)、《糖果仙子》(Sugar Plum Fairy) 和《心急火燎的母亲》(Mothers on Fire, 2008)。

段光忠（Alice Tuan, 1963— ）

段光忠是活跃在纽约和西雅图戏剧界的重要剧作家之一。她 1963 年出生于西雅图，5 岁时随全家迁至加州。段光忠毕业于加州州立大学洛杉矶分校，1997 年在布朗大学获艺术硕士学位。她 1988 年开始戏剧创作，作品以实验性著称，常使用大胆的、后现代的手段来探索移民史等问题。

段光忠的作品有《孙氏家族的最后传人》(Last of the Suns, 1995)、《插花》(Ikebana,

1996）、《某些亚洲人》(Some Asians, 1997）和《新世纪的新文化》(New Culture for New Century, 1998）等。《孙氏家族的最后传人》围绕加州的一个华裔家庭，探讨了亚裔美国人在美国生存的价值和意义。《插花》借用日本插花这一艺术形式，用15幕展示一个美国华裔家庭所经历的身份危机。

除了上面提及的剧作家外，尤其是在第一次浪潮蓬勃发展的阶段，华裔小说家、诗人也创作了优秀的戏剧作品，如叶祥添、白萱华和胡淑英等。叶祥添（Lawrence Michael Yep，1948-）是知名的儿童作家，主要以科幻作品著称。他出生于旧金山，1970年毕业于加州大学分校，后到纽约州立大学分校攻读博士学位。叶祥添创作过三部话剧，即《付钱给中国佬》(Pay the Chinaman, 1987）、《仙骨》(Fairy Bones, 1987）和《龙的翅膀》(Dragonwings, 1992）。其中《龙的翅膀》改编自他创作的同名小说。白萱华（Mei-Mei Berssenbrugge, 1947-）以诗歌创作著称，只写过一部话剧《一杯，两杯》(One, Two Cups, 1974），通过描写母女关系，质疑身份属性这一议题。胡淑英（Merle Woo, 1941-）是诗人、社会活动家、激进的女权主义者。她出生于旧金山，父亲是从中国移民美国的人参销售商，母亲是韩裔，父母在进入美国之前均在天使岛被拘留过。胡淑英曾经加入由六位华裔女性组成的名为"不裹足的女人"戏剧创作小组。她的独白剧《家庭电影》(Home Movies, 1979）对种族主义、性别歧视主义发出了愤怒的呐喊。《平衡》(Balancing, 1980）探讨母亲和正处于青春期的女儿对爱的寻求。

结语

华裔美国戏剧的发展和亚美运动息息相关。在这场运动的推动下，华裔剧作家们的创作热情空前高涨，写出了文笔犀利、风格迥异的大量作品。第一次浪潮的剧作家们多以回顾自己家族和种族的历史为起点，以全新的视角重新诠释自己的历史，力图从各个层面打破美国主流社会在银幕和舞台上塑造的华人刻板印象，以黄哲伦的《蝴蝶君》最具影响力。《蝴蝶君》的成功引起了全美对华裔戏剧乃至亚裔戏剧整体的关注。第二次浪潮的剧作家们的创作视野有所扩大，创作对象涉及其他种族、两性关系、文化等方面，代表人物是黄准美。第三次浪潮的剧作家们继续关注以上议题，同时探讨新的话题，如亚裔中的同性恋现象，代表人物是谢耀。

华裔剧作家们在戏剧手段上也做了大胆的尝试。以前卫著称的张家平在创作中大量使用多媒体、灯光和歌舞等形式，谢耀的作品中也有歌舞表演。此外，第二次浪潮中的邝杰和第三次浪潮中的桑德拉·清·陆等表演自己创作的单人秀作品，受到观众的欢迎。第二次浪潮中的德美·罗伯茨在广播剧领域也有出色的表现。随着华裔经济地位的逐步提高，他们通常不会阻碍子女投身演艺事业，同时他们也希望在舞台上看到更多的反映他们生活的作品。可以预见的是在不远的将来，会涌现出更多的华裔剧作家和杰出的作品。

注释

① David Henry Hwang. "Foreword," *Asian American Drama: Nine Plays from the Multiethnic Landscape.* ed. Brian Nelson. Now York. London: Applause, 1997: viii.

② Chin, Frank. *The Chickencoop Chinaman/The Year of the Dragon*. Seattle and London: University of Washington Press, 1981: 6.

③ 参见本书俞宁对《鸡舍的中国佬》的论述。

④ Guiyou Huang. "Frank Chin," *Asian American Playwrights: A Bio-Biliographical Critical Sourcebook*, ed. Miles Xian Liu. Westport, Connecticut. London: Greenwood Press, 2002: 25.

⑤ Jeremy Gerard. "David Hwang Riding on the Hyphen," *The New York Times*, March 13, 1988。此文被收入 *Drama Criticism*, Vol. 4. Detroit: Gale Research Inc., 1994: 208.

⑥ Hwang, David Henry. *FOB and The House of Sleeping Beauties*. New York: Dramatists Play Service Inc.,1983: 53.

⑦ Jerry R. Dickey. "'Myths of the East, Myths of the West': Shattering Racial and Gender Stereotypes in the Plays of David Henry Hwang." 此文被收入 *Drama Criticism*, Vol. 23. Detroit: Gale Research Inc., 2004: 106.

⑧ 林英敏. 蝴蝶图像的起源. 单德兴译. 见何文敬, 单德兴主编. 再现政治与华裔美国文学. 台北: "中央研究院" 欧美研究所, 1996.208.

⑨ Genny Lim. Paper Angels, *Unbroken Thread: An Anthology of Plays by Asian American Women*. Amherst: University of Massachusetts Press, 1993: 21.

⑩ Randy Barbara Kaplan. "Cherylene Lee," *Asian American Playwrights: A Bio-Biliographical Critical Sourcebook*, ed. Miles Xian Liu. Westport, Connecticut. London: Greenwood Press, 2002: 176.

⑪ 陈果仁遇害案指华裔陈果仁 1982 年 6 月在底特律被两名白人杀害的事件。陈果仁 1955 年出生于中国广东, 后被陈姓美籍华人夫妇收养。杀害他的白人罗纳德·埃本斯 (Ronald Ebens) 和他的养子迈克尔·尼茨 (Michael Nitz) 当时是克莱斯勒汽车制造厂的工人。三人在酒吧发生争执, 后发生暴力冲突, 致陈果仁死亡。当时对两名白人的量刑过轻引起公众的不满, 更在亚裔社区掀起了一场声势浩大的声援运动。因为日本汽车工业 20 世纪 80 年代对美国汽车工业的冲击, 克莱斯勒有大批工人失业。亚裔团体认为陈是被误认做日裔才遭此厄运的。后在亚裔团体的压力下, 两名白人被重新审判, 并被判罚巨额赔款。陈果仁遇害案通常被认为是泛种族亚裔运动的开端。

⑫ Miles Xian Liu. "Paul Stephen Lim," *Asian American Playwrights: A Bio-Biliographical Critical Sourcebook*, ed. Miles Xian Liu. Westport, Connecticut. London: Greenwood Press, 2002: 202.

⑬ 转引自Gary Storhoff. "Dmae Roberts," *Asian American Playwrights: A Bio-Biliographical Critical Sourcebook*. ed. Miles Xian Liu. Westport, Connecticut. London: Greenwood Press, 2002: 299.

⑭ 转引自SanSan Kwan. "Dan Kwong," *Asian American Playwrights: A Bio-Biliographical Critical Sourcebook*. ed. Miles Xian Liu. Westport, Connecticut. London: Greenwood Press, 2002: 165.

⑮ Paula Span. "The Lush Flowering of Asian American Drama," *Washington Post*, 2 Mar. 1998: G01, 〈http://www.washingtonpost.com/wp-srv/local/longterm/theater/bckgrnd-2008-5-21〉

⑯ Sean Metzger. "Eugenie Chan," *Asian American Playwrights: A Bio-Biliographical Critical Sourcebook*, ed. Miles Xian Liu. Westport, Connecticut. London: Greenwood Press, 2002: 19.

45

《蝴蝶君》中全景敞视监狱意象

唐友东

评论家简介

唐友东，上海外国语大学博士，南通航运职业技术学院人文艺术系教授、副系主任。主要研究领域为美国华裔文学。

文章简介

本文结合福柯的"全景敞视监狱"理论，以主人公代表的东西方权力关系的对立与转换为切入点，揭示了西方用话语建构知识与权力框架的荒谬。本文认为，从辩证和历史的角度来看，西方构建的话语符号系统无异于是一把双刃剑。它在确立和巩固西方对东方注视和统治的权力结构的同时，客观上又使处于权力中心的西方受到监视和束缚，从而形成话语的内部殖民和自身权力的被放逐。

文章出处：本文原载于《当代外国文学》2010 年第 3 期，第 106—112 页。

《蝴蝶君》中全景敞视监狱意象

唐友东

华裔剧作家黄哲伦（David Henry Hwang，1956— ）的室内剧《蝴蝶君》(*M. Butterfly*，1989）是对普契尼歌剧《蝴蝶夫人》(*Madame Butterfly*）的戏仿。对于《蝴蝶君》，国外评论界自始至终有三种不同的声音：第一种，正如作者多次强调的，它旨在解构东西方固有的刻板印象（Hwang, *M. Butterfly* 95），这种陌生化的处理颠覆了西方白人至上的传统思维；另一种声音认为东方人善于欺骗、男人女性化，而《蝴蝶君》无疑固化了这种认识（Moy, *Theatre Journal* 54）；第三种观点认为"《蝴蝶君》在挑战东方主义刻板观念的同时又重写和加强了这种刻板偏见"（Shimakawa 356）。自 20 世纪 90 年代以来，国内华裔美国文学的研究渐成气候，但对黄哲伦的《蝴蝶君》的研究还寥寥无几，研究的视野也较狭窄。评论者分析较多的是主人公性别或文化身份的建构、颠覆问题，而忽视了作品隐含的话语和权力等主题，以及作品在揭示它们时使用的隐喻结构。《蝴蝶君》比较突出的一个叙述方式是对福柯的"全景敞视监狱"（panopticon）结构的使用，特别是通过主人公代表的隐形权力结构的对立与转换揭示了西方用话语来构建东西方知识与权力框架的荒谬，指出西方对东方用话语构筑的权力注视阻碍了西方获得东方真理的可能性和东西方的深层交流。

"全景敞视监狱"理论的实质是权力对知识的占有，以及知识如何"批准权力的行使，并使其合法化"（丹纳赫等 127）。被福柯称为"政治解剖学"或"权力力学"的人的管理手段诞生于 18 世纪，这是一种操纵、塑造和规训他人肉体的技术。18 世纪晚期边沁（Jeremy Bentham）构想出了福柯称之为"层级监视"的全景敞视监狱，其结构为"四周是一个环形建筑，中心是一座瞭望塔。瞭望塔有一圈大窗户，对着环形建筑。环形建筑被分成许多小囚室。"（福柯 224）这样，一种自动的注视就产生了。这是一个高效的人体控制技术，高明之处在于瞭望塔中只需一个人，仅仅通过注视就可以控制囚室中所有的犯人；瞭望塔即使拉上窗帘，中间没有监视的人，小囚室里的犯人也会感到窗帘后面有双"注视"的眼睛，并将这种压力施加在自己身上，变成自我监视的一种手段。在这个全景敞视监狱中，瞭望塔中的监视者不仅是管理知识和真理的拥有者，更是游戏规则的制定者和权力的执行者，而权力的来源对于囚犯而言是符号（瞭望塔）的存在，即西方建构的话语体系（并非真理）。西方把自己与瞭望塔中的那个似在非在的存在画上了等号，而非西方的则被视为囚徒，必须接受来自瞭望塔的监视，并将其内化为自己的行为，成为自我监视的一种手段。这是一种西方设计的、高效和理想化的对东方管理的模式。

"全景敞视监狱"理论是福柯权力理论的重要组成部分，国内运用该理论进行文本分析的文章并不多见。① 本文从《蝴蝶君》中东西方权力结构的分布和更迭，探讨东西方由于交流断隙（conversation gap），即知识的缺失衍生出的权力问题。东西方交流一直具有单向和单维度特质：单向指作为西方的代表，加利马尔并不了解，也不想了解中国京剧旦角宋莉玲及其代表的文化，而宋莉玲却通过母亲及多种方式对加利马尔代表的文化有着透彻的了解；单维度指加利马尔对东方的东西并不感兴趣，他着迷的是要找一个心目中的"蝴蝶"，借此来展示和炫耀他作为西方白人的荣耀和尊贵。由于缺乏对自己和他人的"文化自觉"力，即缺乏对自己和外国文化的足够了解、分析和选择的能力，加利马尔自困于"种族优秀"的虚幻想象中，最终成为"自恋灾难"（Juan 45）的牺牲品。《蝴蝶君》中加利马尔权力的流放暗示白人种族主义者关于解决知识与权力关系的矛盾心理：他们认为知识会产生真理、催生权力，同时又缺乏自省、自知和知他的勇气和能力。这个矛盾以不同的形式在性别文学、种族文学以及流放文学等研究中存在，全景敞视监狱理论为解决这个问题提供了一个思路。

《蝴蝶君》中全景敞视监狱意象的运用，全景式、多层次、充分地展示和阐释了禁锢加利马尔精神的本质原因和形成过程，打破了西方长期构筑并引以为傲的话语体系和权力架构，令人耳目一新。该剧的故事结构是：法国谍报人员加利马尔在大使身份的掩护下，携妻子来到中国。因工作出色被提升，同时他也陷入了宋莉玲的情网之中，甚至"把升职归功于宋莉玲"（38），他的那个"蝴蝶"、他"俯首帖耳"的东方女人。为了证明他作为白人的优越地位，"他搜集所有的证据证明宋莉玲对他感兴趣，甚至怕他"。（37）最后，他不能接受宋莉玲——他心中的"蝴蝶"的男性身份的事实，更不愿面对大众，只有选择"光荣地死去"（Hwang, *M. Butterfly* 92）。加利马尔的死亡源于他对白人身份和文化的盲信、宋莉玲对他的顺从和低调迎合，但更多的是因为他对东方的无知。在与宋莉玲交往的过程中，加利马尔始终不愿接受宋莉玲代表的文化，因为他觉得中国"文化的古老，其实就是衰败"（18）。他宁愿相信西方对东方毫无根据的政治描述，也不愿面对和接受眼前真实的东方。失去了正确的认知，也意味着他和宋莉玲的交往中丧失了话语权和行动力，即瞭望塔中监视者的能力。因此，他和宋莉玲的关系渐渐从"注视/被注视"转化为"被注视/注视"。在这个知识与权力转换的悖论中，加利马尔无疑是失败者。

一直以来，西方主流话语都在对东西方的性别、身份进行编码和符号化。创造符号就是创造对西方有利的话语知识，"制造出有关被殖民者的知识形态，使他们成为殖民者监视对象的一种手段"。（丹纳赫 127）福柯认为"符号的使用与我们一起界定了权力的停泊之处"。（转引自梅基奥 119）追求符号背后的权力，定义、注视他者并最终在制造游戏过程中，让被定义者把"这种权利关系铭刻在自己身上，成为征服自己的本源"（福柯 227），这才是西方制造东方话语的企图，也是作者通过作品向观众传达并力图颠覆的旨趣所在。

事实上，这种被编码的话语知识是把双刃剑：一方面，西方主流的陈规话语规定了东西方的权力场域，"界定"了西方对东方的统治方式；另一方面，这种刻板话语客观上对种族主义者本身也起到了反制的作用。西方精心构建的"层级监视"体系并非十全十美。他们通过强大的军事侵略、经济和政治制裁，尤其是后殖民时期，通过制造种族优越论等话语习惯传达他们的价值观念，使得广大的非西方一直处于威压的"注视"之中。但在《蝴蝶君》中，这种注视和被注视的关系却倒置了过来，加利马尔成了被注视的对象。他所接受的注视来自两个方面，一是来自宋莉玲的权力操作策略，表面上宋莉玲在按加利马尔的思维行事，但这种以退为进的策略却牵制了加利马尔；另一方面来自加利马尔自身的白人种族主义文化，加利马尔在自身文化的规束之下，失去了辨别是非的能力，困住了思维和手脚。这两个方面贯穿全剧、交互作用为加利马尔设定了层层枷锁。

东西方在政治、经济和军事等方面的不平衡决定了宋莉玲在和加利马尔的交往中必须采取迎合的策略。长期以来，西方对东方所有的知识以扭曲的性别关系为隐喻，并建立在二元对立的逻辑基础之上。在西方话语中，东方是阴性、缄默和顺从的，"如果好胜是统治阶级的特点，顺从必定是从属群体的特点"（米利特40）。所以，东方屈服于西方变得顺理成章。东方人娇小的身材和谦卑温顺的性格，也助长了西方对东方的强势和控制心理。加利马尔来到北京，面对陌生的文化，并不清楚自己接受的西方文化与所处环境冲突，对自身文化的优越感使他失去了解和学习他族文化的兴趣。宋莉玲的迎合策略为他抹平了现实存在的文化差异，解除了他对宋莉玲的警惕。这种迎合策略强化了加利马尔对白人种族文化的盲从，也成了此策略忠实的维护者。虽然在他的心中，宋莉玲是一个异域的、被注视的角色，但实际上一种新的"全景敞视监狱"的模式已经形成。在这个新的权力场内，加利马尔无法挑战和逃避宋莉玲的权力操纵，他对东方所谓的权力在宋莉玲的操弄策略中渐渐被置换过来，成了宋莉玲"精神对精神的权力"的对象（福柯231）。如果质疑宋莉玲，无疑是在质疑自己的文化，质疑自己存在的合理性，所以加利马尔只有按照宋莉玲所设定的模式活动，成为自己监视自己的囚徒。

宋莉玲迎合的策略首先表现为交际身段的柔软。她"恰当、别有用心地展示了被西方推崇的'东方'女性的气质——诚实、拘束和胆小"。（Kondo 16）在与宋莉玲的交往中，加利马尔"第一次发现作为真正男人的自我"（17），他享受着这种男人的绝对权力。在他眼里，即使是宋莉玲的"西化的男子气的"外表也"仅仅是一种做作，来掩盖她内心'东方'女人的特性……并且（她）永远改变不了这种'东方'气质"。（16）他在用自己已有的知识解读宋莉玲的所有行为，他眼中的东方经过他所接受的文化过滤而失去本真。这是"西方男人和东方一接触就已经糊涂了"（Hwang, *M. Butterfly* 82）的真实原因，加利马尔的这种心理也为宋莉玲对整个事件的操控拓展了更大的时间和空间。其次，宋莉玲的策略表现为交往手段的灵活，具体表现为易装和产子。《蝴蝶君》中，中国一直被描绘成'女性化的场所'。"（Suner 54）宋莉玲的易装不仅是加利马尔接受宋莉玲的前提，也是这一整体环境的需要。面对加利马尔的疑虑和步步紧逼，宋莉玲为加利马尔"生"出了一个小孩，这不仅消除了加利马尔对宋莉玲性别的怀疑，也使他"关于自己男性生殖能力的疑问得到圆满的答复"。（53）"产子"情节的安排，不仅契合了西方对东西方权力结构的心理认知，也将宋莉玲的示弱推向了极致。

加利马尔同样是白人种族文化的追随者和受害者。"在追求宋莉玲的过程中，加利马尔是精于算计、主动和自信的。"（Kerr 127）这种自信源于他对西方构筑的东西方权力结构的笃信和痴迷。加利马尔实际上自困于自己的文化，他对自身文化的注视超越了他的理性思维能力，他孱弱的个性逃不出这个怪圈。正如他在第二幕第三场结尾坦言："我们都是所处时代和地域的囚徒。"（Hwang, *M. Butterfly* 47）就整剧而言，无论是性别的困扰、身份的转变和权力的置换都与文化的认知有关。困扰加利马尔的不仅仅是自身的性格和能力缺陷，而且是西方文化创造的有关白人自身和他者的虚幻概念。东西方之间的"障碍不是实体的，而是文化和象征意义上的，并且不会被清除"（Juan 39）。加利马尔注定要从一个监狱转到另一个监狱，从一个心灵的监狱到另一个实体的监狱，这个转变有很强的象征意义。黄哲伦指出："种族主义、男性至上主义和帝国主义都企图贬损'他者'，使'他者'低于自己。"（Hwang "Evolving" 18）而这种企图和努力反过来又使自己"深陷自设的虚妄的枷锁中"。（Moy, *Marginal Sights* 50）加利马尔们深受这种枷锁的束缚，完全失去自己的思维和行动的自主性。

加利马尔有关自身的知识来自两个方面。一方面来自西方主流文化的宣传。他笃信白人主流文化的宣传，尤其对歌剧《蝴蝶夫人》喜欢有加。他被剧中幻化的女主人公巧巧桑，那个献身海军平克顿的女主角、"美丽而勇敢"的日本艺妓、"喜欢受虐"的蝴蝶深深吸引。对加利马尔这些白种男人而言，"蝴蝶（巧巧桑）有难以抵制的诱惑力……我们很少有人会错过成为平克顿的机会。"（Hwang, *M. Butterfly* 42）在白人种族主义者眼里，东方和东方人只不过为愉悦西方而存在，东西方之间不平等的权力结构是不容改变的。另一方面来自他生活氛围的影响。加利马尔的妻子黑尔格以及身边的朋友不断地向他传输有关东方落后文化的"知识"，这强化了他对东方的陈旧印象。黑尔格对中国及中国文化有根深蒂固的偏见，第一幕第七场，她一出场就引用英国诗人兼小说家吉卜林在《东西方的叙事诗》（*The Ballad of East and West*）的诗，对加利马尔说："你不会改变他们，'东方是东方，西方是西方……'"（18）。对于宋莉玲出演《蝴蝶夫人》，她更是充满疑问和不屑，"她用汉语，还是意大利语表演？""她能行吗？""她有漂亮的戏服吗？""她变态吗？"（19）这一场黑尔格共有十句话，一连串有四句歧视性的问话，这无疑是对宋莉玲话语权的责问，暗示宋莉玲有冒犯、玷污西方话语纯洁性的意图。至于玩世不恭、整天和女人厮混的马克对东方女性的偏见则表现得更为露骨："她心底深深地埋藏着某个东西……她不能自已……她一定会委身于你，这是她的命。"（25）

宋莉玲的迎合与白人文化的灌输使加利马尔对心中的"蝴蝶"充满了幻想，迫切地想展示他强壮的臂膀拥她入怀，因为"人体是权力的对象和目标"（福柯 154）。他坚信虽然他"不英俊、勇敢，也没有吸引力，但我们能像平克顿一样，值得拥有像蝴蝶夫人一样的女人"（Hwang, *M. Butterfly* 10）。在来自宋莉玲和自身文化的双重注视下，加利马尔被虚幻的优越感和权力意识牢牢地控制住，在这个本质上由自我设置的精神监狱里，他不愿也不能摆脱这种束缚，他甚至"宁愿接受这种欺骗（宋莉玲一直男扮女装的身份），这个游戏"。（Jr 43）法庭上，当宋莉玲男人的身份暴露无遗时，他说"我心里有一种感觉，虽然我的幸福是短暂的，我的爱情是个骗局，但我的理性却不让我知道真相，这样我心里会好受一点"（Hwang, *M. Butterfly* 88），至此，新的全景敞视监狱的结构形成了。瞭望塔中是否有人，即宋莉玲做什么对加利马尔并不重要，他已将自己囚禁起来，他只想得到心中的"蝴蝶"，他只想按照自己所受的"教育"，在设定的框架内行事。对于西方种族主义者而言，真实的东方是什么并不重要，他们根本不把非西方看在眼里，更不会有沟通和交流的兴趣。因此，加利马尔们不仅失去了自知的能力，也对宋莉玲以及他所代表的文化一无所知，自然就成了"全景敞视监狱"中被注视的"囚徒"。

西方关于东方神话的全部秘密在于白人种族主义者的这种"强奸心理"（82）。加利马尔并不是一开始就自愿成为被注视的对象，虽然他和宋莉玲交往几次后，很想"拥她入怀，甚至保护她、带她回家"（16），但他对东方更多的还是居高临下的不屑和嘲讽。他不认可宋莉玲所代表的"衰败"的文化，对宋莉玲感兴趣，也只是想试一试他是否能"抓一只蝴蝶，然后让它在针尖上慢慢痛苦地挣扎"（32）。所以，加利马尔才会突然"在长达五周的时间里，既不去剧院，也不打电话或写信，（他）知道她在等（他）给她电话，（他）故意捉弄她，不和她联系"。（32）但他没想到，正是他这种高调的示威为宋莉玲权力的操纵提供了广阔的空间，正是他对自己文化的盲目笃信切断了他的退路。

加利马尔从一个侵略者和注视者的角色转变自身文化和宋莉玲注视下的"囚徒"，他与宋莉玲在"全景敞视监狱"中身份和权力的转换，本质上是由西方的文化傲慢与东方交流的断层引起的。在西方创造东方和"他者"的过程中，他们往往被自己创造的文化"蒙住双眼，从而失去了解真相的能力"（Hwang, "Evolving" 18）。加利马尔最后拔剑自杀也暗示"他成了其自身文化和历史所形成的规则的牺牲品"（Kondo 15）。

加利马尔与宋莉玲的权力结构的变化暗合了福柯"全景敞视监狱"结构中隐藏的知识与权力关系：占有知识意味着拥有权力。加利马尔在本剧开始以全知的姿态进入西方创造的东方世界，他不能接受任何与自己认知相左的事物。他忽视了一个基本的事实，那就是白人种族主义理论只不过是西方用话语制造的"真理游戏"，但其与真理知识相差甚远，这给宋莉玲的权力操纵提供了舞台。加利马尔的文化"自恋"使他失去了自知和知他的能力和勇气，他不愿失去令东方尊崇的地位，也不愿面对宋莉玲男性的身份。福柯的"全景敞视监狱"赋予了"监视者"知识与权力,失去一切的加利马尔被迫继续"选择虚幻的符号"(Hwang, *M. Butterfly* 91)。

黄哲伦通过"全景敞视监狱"中东西方权力结构的更迭,深刻地揭示了西方创造"东方"等概念和术语的本质:企图使广大的非西方把这种话语的注视铭刻在自己的身上,并内化为检视自己、驯服于西方的力量,但这种努力在知识与权力认知方面是荒谬可笑的。加利马尔们不愿承认"在东方主义的陈述里,东方和女性的存在仅仅用来支撑白种男性的(权力欲望)幻觉(但幻觉所产生的毁灭性结果)不是由女性、他者的阴性身体来承担,而是落在白人男性的身上"(Suner 61),这是《蝴蝶君》给西方和日益发展的东方提出的警示。在倡导多元文化的今天,不同文化背景的交流双方必须对自身和对方的文化有客观、理性的判断和取舍,克服单向和单纬度的交流所衍生的矛盾和问题,寻求能够接受的精神价值。"这种精神价值,并不是站在文化输出的一方,而是站在文化接受方的立场、为接受方所认可的那种带有普世性的精神价值。"(盛宁 12)这样的一个普世价值,是"与异域、异族和异己文化进行交流的一个价值基础"(12),也是人类最终消弭隔阂,建立和谐的基础。黄哲伦期望剧中呈现的一些价值观念"能对政策的制定者在考虑全球范围内的问题时有所影响"(Hwang "Evolving" 18),这样我们就不会有东西方交流时狭隘的视野,交流的心态也会更开放和积极。

注释

① 在《外国文学》2005年第2期登载的《权力的控制与实施——论麦尔维尔小说〈比利·巴德〉中的"圆形监狱"意象》中,杨金才教授运用福柯的"圆形监狱"意象理论,从权力结构的分布入手,深刻分析了赫尔曼·麦尔维尔在小说《比利·巴德》"战威号"舰这个微型等级社会中权力的控制和实施,从而得出了"战威号"舰就是资本主义社会权力趋向缩影的结论。

引用文献

Danaher, Geoff, et al. *Understanding Foucault*. Trans. Liu Jin. Tianjin: Baihua Literature and Art Publishing House, 2002.
[杰夫·丹纳赫等,《理解福柯》,刘瑾译,天津:百花文艺出版社,2002年。]
Foucault, Michel. *Discipline and Punish*. Trans. Liu Beiwei, et al. Shanghai: The Joint Publishing Company, 2003.
[迈克·福柯,《规训与惩罚》,刘北威等译,上海:三联书店,2003年。]
Hwang, David Henry. *M. Butterfly*. London: Penguin Group, 1989.
—. "Evolving A Multicultural Tradition." *MELUS* 3(1990): 16-19.
Juan, E. San Jr. "Symbolic Violence and The Fetishism of The Sublime: A Metacommentary on David Hwang's

M. Butterfly." *Journal of International Studies* 1（2002）: 33-46.

Kerr, Douglas. "David Henry Hwang and The Revenge of Madame Butterfly." *Asian Voices in English*. Eds. Mimi Chan and Roy Harris. Hong Kong: Hong Kong UP, 1991: 119-30.

Kondo, Dorinne K. "*M. Butterfly*: Orientalism, Gender, and A Critique of Essentialist Identity." *Cultural Critique* 16（1990）: 15-47.

Merquior, Jose Guilherme. *Michel Foucault*. Trans. Han Yanghong. Beijing: Kunlun Publishing House, 1999.

[J. G. 梅基奥,《福柯》, 韩阳红译, 北京：昆仑出版社, 1999 年。]

Millett, Kate. *Sexual Politics*. Trans. Song Wenwei. Nanjing: Jiangsu People's Press, 2000.

[凯特·米利特,《性政治》, 宋文伟译, 南京：江苏人民出版社, 2000 年。]

Moy, James S. *Marginal Sights*: *Staging the Chinese in America*. Iowa: University of Iowa Press, 1993.

—. "David Henru Hwang's *M. Butterfly* and Philip Kan Gotanda's *Yankee Dawg You Die*: Repositioning Chinese American Marginality on the American Stage." *Theatre Journal* 1（1993）: 51-63.

Sheng, Ning. "Three Approaches to 'Cultural Consciousness' in the Context of Globalization." *Contemporary Foreign Literature* 1（2008）: 12-19.

[盛宁:《全球化语境下的"文化自觉"三议》,《当代外国文学》2008 年第 1 期, 第 12—19 页。]

Shimakawa, Karen. "'Who's to Say?' or, Making Space for Gender and Ethnicity in *M. Butterfly*." *Theatre Journal* 3（1993）: 349-62.

Suner, Asuman. "Postmodern Double Cross: Reading David Cronenberg's *M. Butterfly* as a Horror Story." *Cinema Journal* 2（1998）: 61-62.

图书在版编目（CIP）数据

美国华裔文学评论集 / 郭英剑，王凯，冯元元主编 . —北京：中国人民大学出版社，2018.9
（美国亚裔文学研究丛书）
ISBN 978-7-300-26118-8

Ⅰ. ①美…　Ⅱ. ①郭…②王…③冯…　Ⅲ. ①文学评论 – 美国 – 文集　Ⅳ. ①I712.06-53

中国版本图书馆 CIP 数据核字（2018）第 187705 号

美国亚裔文学研究丛书
美国华裔文学评论集
总主编　郭英剑
主　编　郭英剑　王　凯　冯元元
Meiguo Huayi Wenxue Pinglunji

出版发行	中国人民大学出版社			
社　　址	北京中关村大街 31 号	邮政编码	100080	
电　　话	010-62511242（总编室）	010-62511770（质管部）		
	010-82501766（邮购部）	010-62514148（门市部）		
	010-62515195（发行公司）	010-62515275（盗版举报）		
网　　址	http://www.crup.com.cn			
	http://www.ttrnet.com（人大教研网）			
经　　销	新华书店			
印　　刷	天津中印联印务有限公司			
规　　格	185 mm×230 mm 16 开本	版　次	2018 年 9 月第 1 版	
印　　张	31.25	印　次	2018 年 9 月第 1 次印刷	
字　　数	635 000	定　价	68.00 元	

版权所有　　侵权必究　　印装差错　　负责调换

中国人民大学出版社外语出版分社读者信息反馈表

尊敬的读者：

　　感谢您购买和使用中国人民大学出版社外语出版分社的 _____ 一书，我们希望通过这张小小的反馈卡来获得您更多的建议和意见，以改进我们的工作，加强我们双方的沟通和联系。我们期待着能为更多的读者提供更多的好书。

　　请您填妥下表后，寄回或传真回复我们，对您的支持我们不胜感激！

1. 您是从何种途径得知本书的：
   □书店　　　□网上　　　□报纸杂志　　　□朋友推荐

2. 您为什么决定购买本书：
   □工作需要　□学习参考　□对本书主题感兴趣　□随便翻翻

3. 您对本书内容的评价是：
   □很好　　　□好　　　□一般　　　□差　　　□很差

4. 您在阅读本书的过程中有没有发现明显的专业及编校错误，如果有，它们是：
   _____
   _____
   _____

5. 您对哪些专业的图书信息比较感兴趣：
   _____
   _____
   _____

6. 如果方便，请提供您的个人信息，以便于我们和您联系（您的个人资料我们将严格保密）：
   您供职的单位：_____
   您教授的课程（教师填写）：_____
   您的通信地址：_____
   您的电子邮箱：_____

　　请联系我们：贾乐凯　黄婷　程子殊　鞠方安
　　电话：010-62515580，62512737，62513265，62515576
　　传真：010-62514961
　　E-mail：jialk@crup.com.cn　　huangt@crup.com.cn　　chengzsh@crup.com.cn
　　　　　　jufa@crup.com.cn
　　通信地址：北京市海淀区中关村大街甲59号文化大厦15层　　邮编：100872
　　中国人民大学出版社外语出版分社